有爱的青春陪伴者

最好

Zui Hao

禾刀 著

上

贵州出版集团
贵州人民出版社

图书在版编目（ＣＩＰ）数据

最好：上、下／禾刀著． -- 贵阳：贵州人民出版社，
2023.1
　ISBN 978-7-221-17343-0

　Ⅰ．①最… Ⅱ．①禾… Ⅲ．①长篇小说－中国－当代
Ⅳ．①I247.5

中国版本图书馆CIP数据核字(2022)第181980号

最好：上、下

ZUIHAO：SHANG/XIA

禾刀 / 著

出版统筹：陈继光

选题策划：大鱼文化

责任编辑：陈珊珊

特约编辑：不　夏　年　年

装帧设计：颜小曼　唐卉婷

封面绘制：糖谷一　燃北柒

出版发行：贵州人民出版社（贵阳市观山湖区会展东路SOHO办公区A座
　　　　　邮编：550081）

印　　刷：长沙鸿发印务实业有限公司

开　　本：880毫米×1230毫米　1/32

字　　数：565千字

印　　张：17

版　　次：2023年1月第1版

印　　次：2023年1月第1次印刷

书　　号：ISBN 978-7-221-17343-0

定　　价：65.80元

贵州人民出版社微信

目

录

CONTENTS

目 录

C O N T E N T S

第 一 章

面相有点凶

戚生生随着母亲陈隽搬到梧城时，正值 2011 年盛夏酷暑。

这是个素有"火炉"之称的城市。八月末，烈日炙烤大地，沿街的梧桐在柏油马路上投下暂时的遮蔽，戚生生站在落荫里等着回去的公交车。

她花了两天时间记住了南淮区这片的公交车路线。

从超市到家，从家到即将就读的高中，不管多远都只要两块钱。

此时是一天里最热的时候，公交站牌前没什么人，燥热的风吹过，戚生生努力让自己的心静下来，但后背仍冒出一层细密的汗珠。

她向上提了提手里的西瓜，白皙的手掌被塑料袋勒出一道明显的红痕。

有点疼。

她低头瞧着手掌，眨了下眼，还是没有放下。

608 路公交车从远处驶过来，戚生生向前走了几步，看到车里没什么人，不由得松了口气。

车上开了空调，刚一上去，冷风就吹到了脸上，戚生生将早已攥在手心里的硬币投进箱内，熟练地向最后一排走过去。

本以为没人会坐最后一排，没想到戚生生一抬眼就看见了猫在角落里垂着脑袋的少年。

少年看着年纪不大，眉目精致，穿着纯白的 T 恤，脚边放着一个篮球。

因为睡姿的缘故，好看的肩胛骨尤为明显。

他正在闭目休息，刺眼的阳光，透过窗子落到他的脸上，惹得他烦躁地皱起眉头，抬起骨节分明的手揉了揉黑色的短发，发丝随着车辆的颠簸在光影里舞动，俏皮又青春。

少年和夏日的适配度很高。

戚生生将西瓜轻轻放在地上，没有打扰闭目养神的少年，默默走到另一边，靠窗坐下。

车开得并不快，时不时在站点前停下，乘客来来往往。

从超市到家有半个小时的车程，戚生生拿出口袋里的耳机和 MP3，打算听会儿音乐打发时间。

轻缓的钢琴前奏在耳边响起，是一首名叫《她说》的歌曲。

戚生生勾起唇角，淡然一笑。

她很喜欢这个歌手，想着未来有一天去看他的演唱会，为此她还特意买了个存钱罐，每天攒一点，积少成多，攒够了就去。

戚生生跟着耳机里的音乐轻声哼唱，目光落到窗外向后掠过的法国梧桐上，心里一直绷紧的弦有片刻的放松。

她将要在这陌生的城市度过三年。

报考今阳中学是她临时做的决定，在收到录取通知的那天，她的脸上没有过多的表情。

她本以为母亲陈隽会指责她的意气用事，没想到母亲只是点点头，说了句："考得好。"接着便带着她从白安搬到了梧城。

灰溜溜的，像是潜逃。

想到这儿，戚生生收回目光，垂下眼，攥紧了手里的塑料袋。

一首歌结束，在耳边安静的空当，一个篮球忽地出现在戚生生的脚边。

戚生生盯着篮球，抬头看向左侧。

少年像是受够了阳光的侵扰，用手撑着脑袋侧过脸，磕磕绊绊地继续睡，连篮球滚到了另一边也没发现。

这是有多困，晚上没睡吗？

戚生生极快地扫了一眼少年的睡颜，轻轻用脚把球踢了回去。

篮球老实地按原路返回，但奈何公交车走走停停，不一会儿，篮球又依惯性地滚到了戚生生的脚边。

就这么来回重复了几次，戚生生认命般地弯腰抱起篮球，下一站她就要下车了，打算车停稳时再把球放回去。

不一会儿，公交车在站牌前停下，戚生生站起来转过身，想将篮球放回少年脚边，没想到一抬眼便对上对方冷峻的目光。

许是因为睡得不安稳，少年的眼神带着点锐气，紧皱的眉头还未舒展开，配上张扬精致的眉眼，显得整个人都透着股不好惹的气势。

戚生生被这突如其来的对视吓了一跳，察觉到少年探究的视线，连忙垂眼把篮球放下，然后头也不回地拎起西瓜下了车。

她加快步子走到巷子口，脑海里不断出现少年的眼神，心跳很快。

踏进巷子里，周围安静下来，戚生生松了口气，摘下耳机放进口袋。

陈隽租的房子在最里面的那排老旧居民楼三楼，想要回去就必须穿过这条幽深的巷子，白天还好点，一到傍晚，巷子里就会完全陷入黑暗，只有头顶的一盏微弱路灯在顽强地工作，照明效果甚微。

戚生生每次走在巷子里都不敢回头看，总觉得后面有什么东西跟着。

不知道是不是自己想太多的缘故，戚生生盯着青石路面往前走，身后响起了轻微的脚步声。

她瞬间抬手攥紧了领口，一些杂乱的画面在眼前浮现，呼吸逐渐急促起来。

那脚步声越来越近，戚生生后背僵直，加快了步伐。

那人亦步亦趋地跟着。

她不敢回头去看脚步声的主人是谁，只觉得这条巷子好长，到最后她直接跑了起来，塑料袋勒得她手心生疼，耳边有凉风拂过，但她只觉得燥热。

时忧单手抱着篮球，看见前面的少女忽然莫名其妙地奔跑起来，一时愣在原地，抬手摸了把脖后的汗，表情有些许茫然。

她跑什么？

难道真的是做贼心虚？

想到这，时忧将篮球举到面前，上下看了看，实在没发现这个脏到看不出原本颜色的篮球有什么好偷的。

他把玩着篮球，没再把这事放在心上，继续向前往家的方向走，在快出巷子的时候脚下踩到了什么东西。

时忧低头一看，是台白色的 MP3，样式小巧可爱，还带显示屏。

他弯腰捡起来，不知道为什么，眼前出现了刚刚少女在车上的模样，皮肤很白，脸颊泛红，戴着耳机。

这个应该是她掉的吧。

时忧抬眸看向少女消失的地方，挑了下眉，动作流畅地将 MP3 揣进口袋里，直起腰手插兜单手转球，看起来心情不错。

戚生生一口气跑到楼梯口才停下，喘着气回头看了一眼，那人并没有跟上来。

她站在原地舒缓呼吸，对自己这副神经质的模样感到烦闷，下意识地伸手摸向口袋，却摸了个空。

原本应该在里面的 MP3 不见了，只剩下缠绕的耳机。

戚生生皱眉咬了下嘴唇，估计是刚刚在奔跑的时候弄掉的。她看了眼逐渐西沉的太阳，不太想回巷子里找，只能寄希望于 MP3 是在出了巷子之后才丢的。

她沿路找了半天，可地上什么也没有。

陈隽在忙店里的事，得到晚上才能回来，天色逐渐暗淡，戚生生站在巷子口，巷子里昏暗阴冷，让人望而生畏。

做了一番心理建设后，戚生生还是决定进去找一找。

那个 MP3 是父亲买给她的，她不想弄丢。

好在到了下班时间，不少居民穿过巷子，戚生生的胆子大了起来，可是低头寻了一圈，并没有看见任何白色的物体。

难言的失落涌上心头，戚生生呼了口气，眼眶微热。

她在晚风里站了许久，直到陈隽窈窕的身影出现在视线里，才动了动手指。

"干吗不上去啊？"陈隽接过她手里的袋子，打开看了看，"怎么就买了个西瓜，不是让你去买个新书包吗？"

戚生生没什么力气地摇摇头："我之前那个还能用。"

陈隽虽然快四十了，但看起来还是很年轻，五官美艳，气质上佳，特别是一双眼，十分灵动漂亮。戚生生有着和她一模一样的眼睛。

陈隽看出戚生生状态不对，伸手揽过她的肩膀："上去吧，妈妈做西瓜汁给你喝。"

"妈……"戚生生在身后叫住她，声音低哑，"我把爸爸送的MP3弄丢了。"

陈隽开门的手一顿，背对着她沉默了两秒，随即笑道："丢了就丢了，我再给你买新的。"

戚生生没有应答，她不再继续这个话题，乖巧地接过西瓜放到桌上，然后就要进厨房拿刀。陈隽阻止她："我来弄，你把自己上学要用的东西准备好，明天就开学了。"

"以后你就是高中生了，专心学习就好，这些生活上的事都不用你操心。"

陈隽说完故作神秘地笑了笑，从包里拿出一个盒子递给她："升学礼物。"

戚生生接过打开，里面是一部翻盖手机。

"昨晚打麻将手气好，赢了不少，我又贴了点，正好能买部手机给你。"陈隽见她没什么表情，撇了撇嘴，"笑一笑嘛，别家小姑娘想要，家长都不给买。"

戚生生闻言扯了个微笑："谢谢妈。"

"我先回房间了。"

手机是白色的，开机伴随着悦耳的音乐，戚生生摸索了一阵，搞懂了大致的使用方法，便小心翼翼地放到床头。

她对这些东西没什么欲望，不过正好可以当成MP3的代替品。

房间有些憋闷，戚生生打开窗户通气。她们租住的居民楼年代久远，位于老城区的中心，楼群正后方是一片带院子的小洋楼，住在那里的人非富即贵。

此时夜灯亮起，繁荣和陈旧交替，形成了诡异的和谐。

戚生生趴在窗台上吹着晚风，不由得看向离她最近的那栋洋楼，原本黑暗的二楼房间此时忽然被点亮，有个模糊的身影出现在窗口，戚生生没有偷窥的癖好，正要移开视线，却见那人坐了下来，正对着窗口，手上开始写写画画，看样子在学习。

也是个学生吗？

戚生生眨了下眼，继续趴在那儿，无聊地展开联想。

看着是个男生，成绩估摸着不错，念高中吗，他家带院子应该有养狗吧……

想着想着，戚生生笑了下，随后把窗户关上，翻出睡衣进浴室洗澡，今晚她要早点睡，明天一大早得去学校报到。

戚生生的房间没有空调，房东留下的旧电风扇开到最高档也没有太大的散热效果。

戚生生横躺在床上，这夜她睡得不踏实，做了个光怪陆离的梦。梦里有双粗糙的手架在她的脖子上，随着她的挣扎逐渐收紧，直到陈隽敲门叫她起床，那种窒息的感觉才消失不见。

从床上坐起来，她的额头冒出一层细密的汗，抬手摸了摸脖子，那里完好无损。

看了眼时间，还不到七点，但窗外的天色已经大亮了。

磨磨蹭蹭地爬起来洗漱完，陈隽正好买了早餐回来，戚生生默默地喝完一碗粥，吃了两个拳头大的包子，吃到实在咽不下去了，才放下筷子。

陈隽看在眼里，眉头几不可见地皱了皱："吃不下就别硬塞。"

戚生生拿起牛奶的手一顿，眼睫低垂："知道了。"

短短一个暑假，戚生生胖了二十多斤，原本瘦瘦小小的一个姑娘成了世俗眼里标准的胖子。

壁橱里各式的小裙子被不同颜色的 T 恤代替，宽松的休闲裤成了标配。原本漂亮的长发也剪成了利落的齐肩短发。

她像是换了个人。

陈隽在一中附近租了间店面，继续做甜品的老本行，这段日子忙着装修开业，只能让戚生生自己一个人去学校报到，临走时还特意嘱咐她把手机带上，有事就电话联系。

为了避免高峰期人挤人的场面，戚生生提前半小时就到车站等着了，不一会儿她坐上了早班第一辆公交车，安静地喝完手里的牛奶后，车在今阳一中的站点停下。

下车点到校门还要过个红绿灯，戚生生攥紧包带，目不斜视地等在路口，直到绿灯亮起才抬起脚步，乖巧得像个瓷娃娃。

学校位于繁闹的街道，梧桐树沿街而栽，绿叶茂密成荫，将灼热的阳光阻挡开来。

卖早餐的摊贩扬起吆喝，有的店铺门前排起长龙，队伍里有不少穿着一中校服的学生，看样子是高二和高三的。

戚生生抬眼透过叶子间隙与阳光打了个照面，眼睛猛地被刺了一下，泪水冒了出来，脚步也随之停下。

恍惚间，一只洁白修长的手出现在身前，戚生生还没缓过神来，红着眼眶下意识抬头看向手的主人。

只见一簇比阳光还要耀眼的金发闯进视线里，戚生生呼吸一顿，睫毛轻颤，不知是因为阳光的缘故，还是这金发太过夺目。

男生比戚生生高了一个头，他收回拦住戚生生的手，走到她面前，手插进兜，微微弯下腰来与她直视，嘴角扬起一抹浅淡的微笑。

两人之间距离很近，戚生生莫名屏住了呼吸，仿佛被钉在了原地，本该后退的动作怎么也做不出来。

男生鼻子高挺，脸部轮廓明显，本是清俊的长相，但偏偏生了双漂亮的桃花眼，此时唇角含笑，眼尾自然上挑。

一头金发在阳光下显出白色，戚生生第一次觉得，原来有人染金发能这么好看。

戚生生瞳仁微动，脸颊有些发热，视线透过刘海间隙移到了男生的鼻尖，再不敢多看那双黑眸一眼。

她极快地眨了眨眼，喉间像被堵住了。

"小同学，能帮个忙吗？"男生的声音很符合他的长相，好听温润，清澈悦耳，没有少年般的稚气。

戚生生这才感觉身上的发条重新启动，往后退了两步，低头闷声道："什么忙？"

虞宋直起腰，视线落在对面女生的头顶，语调带笑道："让我打个'劫'。"

听到这句话，戚生生脖子一僵，连带着声音都染上了情绪："啊？"

虞宋也觉得自己这句话有点莫名其妙，不由得轻哂，指了指右边的巷子："打赌输了，你能帮帮我吗？"

戚生生看向他指的方向，却见巷子里站着几个容貌各异的男生，他们外套上有职高的校徽。

他们听不见二人的谈话，脸上俱露出兴味的表情，饶有兴致地盯着戚生生看。

戚生生瞧了一眼便收回了目光。

今阳一中隔一条马路就是职高，里面鱼龙混杂，都是些成绩差、浑浑噩噩混日子的人。

她开学之前就在学校贴吧里看到不少一中学生吐槽的帖子，说放学路上经常会被职高的人骚扰。

戚生生看了眼金发的男生，他穿着低领的黑色短袖，露出的锁骨泛出粉色，这么干净好看的男生也是职高的学生吗？

她难以把这两者联系在一起。

场面一时有些沉默，虞宋没有催戚生生，慢条斯理地撩了把头发，露出凌厉的眉眼，表情淡淡，眼里没什么情绪。

戚生生没有看见，她艰难地咽着唾沫，在做了无数心理建设之后，这才低声道："好。"

"不过我带的钱不多，只有这……"她摸向书包的侧袋，声音低低的。

早上陈隽给了她一百元，留做零用。

虞宋勾唇，打断她："看见那边的商店了吗？"

戚生生闻言转过头，顺着他手指的方向看过去。

"去那里帮我买三罐可乐就行。"

虞宋好听的声音近在咫尺，戚生生甚至能感受到有温热的呼吸喷洒在耳郭上。

她没敢转回来，怕距离又一次靠近，心跳会再次失去节奏。

"三罐够吗？"

巷子里人不少。

虞宋听出她的弦外之意，眼角含笑："嗯。"

"谢谢了。"

"不用……"

戚生生和人说话很少会这么没有底气，但面对这个连名字都不知道的男生，她第一次生出了怯意。

就像一身狼狈的落魄之人忽然走进富丽堂皇的宫殿，由心底滋生出的自惭形秽。

商店门口坐着一个中年大叔，正摇着蒲扇坐在藤椅上打瞌睡。

戚生生过了马路走到门口才惊觉自己现在的行为有多莫名其妙，帮一个初次见面的男生买东西。

"老板，三罐冰可乐。"她低声说。

大叔突然被叫醒，逆着光瞧了她一眼，语气不太好："冰箱里，自己拿。"

"好。"

大叔抻了抻胳膊，站起来走进柜台："七块五。"说罢就拽了个塑料袋将还冒着寒气的冰可乐装好。

戚生生低头掏钱，付完账就出了商店。

直到过了马路，她的心跳再次加速起来。

虞宋目送着少女进了商店，转身回到巷子里。为首的男生走过来勾住他的肩膀，嬉笑道："果然女生还得你来。"

另一个男生发出一声怪笑："哎，虞宋，你们聊什么呢？我看小胖妹脸都红了。"

虞宋眉头稍敛，不动声色地抽出自己的肩膀，语气漫不经心："胖吗？还好吧。"

"这还不胖？"男生做作地提高音量，"那胳膊都快赶上我的腿了，兄弟你眼神没毛病吧？"

"你瘦得跟猴儿似的，是个人胳膊都比你腿粗。"他对面的男生打趣道，说完看向虞宋，"难得我们虞大哥打赌输了一次，你让她买几罐啊？"

虞宋靠在墙边低头玩着手机，肩宽腿长，额前碎发凌乱，他头也没抬："三罐。"

"啊？"男生眼睛一瞪，"这大热天的，我们五个人，就买三罐？不够喝啊！"

虞宋停下动作，偏头轻飘飘地看了他一眼，声音没什么起伏："那你别喝了。"

男生闻言拳头握紧，但对上虞宋那双黑不见底的眼眸时，气焰顿时消了大半，杵在原地没有说话。

旁人见状连忙打圆场，笑道："算了，难得虞宋输了一次。"

虞宋不再理会这群人，余光扫到戚生生快走到巷子口了，于是抬脚走出去，来到女生面前。

戚生生轻咬下唇，将袋子递过去："给你。"

虞宋垂眸看了眼，嘴角上扬："谢谢。"

男生修长白皙的手指伸过来，指节泛着淡淡粉色，戚生生呼吸稍顿，虚虚地递过去。

袋子被接过，在戚生生收回手的时候，虞宋忽地覆上她的手背，把一个东西塞给了她。

动作极快，不到一秒钟，戚生生只察觉到手背有一道凉凉的触感，还没等她反应过来就消失了。

她倏然抬头，男生只余给她一个高瘦的背影和还未消散的木质香水气息。

直到那身影消失在巷口拐角，戚生生才后知后觉地低头看向手心。

是一张崭新的二十元钱。

他把买饮料的钱还给了她。

甚至还多了不少。

戚生生心头一动，像被人大力揉搓了一把，麻得厉害。

她抓着二十元钱，愣在原地，不知是因为天气太热，还是男生的举动太过反常，她的脸又红了。

梧城的盛夏末尾，风还是很燥热，吹到人的身上一点也不舒服，可戚生生却觉得夏天真好，比任何一个季节都要好。

夏天，是个让人脸红都找得到借口的季节。

她忽然一点也不想让夏天结束了。

戚生生走进学校大门的时候脸还烫烫的，她用手背贴上脸颊，不太能理解自己这是怎么了。

抬头看向右侧职高的方向，她极淡地抿了下唇。

今阳一中是梧城最好的私立中学，每年的一本率都高达百分之九十，无数家长削尖了脑袋都想让自家孩子进去。

戚生生在白安的时候成绩比较好，常年跻身在班级前三的位置，但就算是这样，考到今阳也是擦着分数线过的，一想到今后周围都是些比她优秀的人，就有种无形的压力在心头升起。

这届高一总共有二十个班，学校到高二才会根据文理分出强化班和普通班，所以高一每个班学生的成绩水平并不均衡。

学校占地面积极大，基础设施完备，教学楼很多，楼与楼之间用回廊相通，每层都有独立的厕所，如果是不熟悉学校的人绝对会在里面迷路。

戚生生就是那个迷路的人，她找了半天都没找到高一（18）班的位置，每次抬头看向班级牌，不是高二就是高三，就是没有高一。

她在回廊里上下穿梭了好几圈，眼见着时间快要到八点了，她决定找个人问问路。

正巧这时楼梯上走来一个女生，绑着高高的马尾，身着短裙，腰细腿长，长得非常漂亮。

戚生生看到女生的长相，原本想要说出口的话一时堵在了喉咙里。

她不好意思开口。

戚生生抿紧唇线，收回目光低头盯着阶梯，尽量降低自己的存在感。

可那个漂亮的女生却率先开口叫住她："那位同学你等一下！"

声音清透明亮，戚生生定在原地。

施映完全没在意自己穿着短裙，一步踏上三个台阶跳到戚生生旁边，抱怨道："高中部也太大了！我晃了半天都没找到十八班在哪儿！"她看戚生生没有穿校服，认定戚生生也是新高一的学生，不由得爽朗笑道，"你也迷路了吗？你在几班啊？我们一起呗！"

接连砸了三个问题过来，戚生生有些招架不住，她深吸了口气，转身对上施映睁得大大的眼睛，扬起一个浅浅的微笑："我也是十八班的。"

施映瞳仁一亮："太巧了吧，这是什么天定的缘分。"她伸出手开始自我介绍，"我叫施映，施耐庵的'施'，映日荷花别样红的'映'。你叫我'小施'或者'小映'都行，叫我'施施'和'映映'也不是不可以，我妈就叫我'施施'，但我不太喜欢，所以你还是叫我'映映'好了，当然你要是就想叫'施施'也行，我不介意。哦对了，你叫什么名字啊？"

戚生生愣了愣，不知该如何作答，这位叫施映的女生在社交方面未免有些太过……强了点。

"我叫戚生生……"

"哎！那边那两个！哪个班的？这边上自习呢，鬼叫什么？"

戚生生手举在半空还没握上去，就被走廊上突然走过来的老师打断了下面的话，她们还在高二教学楼这边，声音在一片寂静里显得确实大了点。

施映显然没被老师的指责影响到，笑眯眯地顺势牵住戚生生，回过头大方问道："老师，请问高一（18）班怎么走啊，我们迷路了。"

老师皱着眉，见对方是今天来报到的新生，没有追责下去，抬手指了指一旁的回廊："从这儿过去，后面那栋楼的四层。"

"谢谢老师。"

施映回过身朝戚生生眨了下眼，用口型说："走吧，生生同学。"

戚生生垂眸瞧着牵住她的那双手，很软，热热的，不自觉嘴角上扬，点点头。

两人顺着老师指的方向走去，施映路上一直盯着戚生生看，忽地抬手指向她的唇角，仿佛看见了什么新大陆："你有兔牙！"

戚生生闻言下意识抿紧唇瓣。

"好可爱！"施映说完张开嘴，给她看自己的牙，含混不清道，"我有虎牙，你看你看，可尖了。"

确实很尖很利，笑起来时虎牙若隐若现，中和了原本深邃的长相，透出几分可爱娇憨。

"我们太有缘了，一个兔牙一个虎牙，分到一个班，今早还同时迷了路。"施映"啧啧"了几声，"我们做同桌吧。"

戚生生用舌尖舔了舔自己的门牙，原来这个叫作兔牙啊。她一直因为这两颗门牙长得比别人略大而苦恼，还是第一次听见别人夸她的牙可爱。

想到这儿，戚生生回握住施映软绵绵的手，胸口有些发胀，"嗯"了一声："好，我们做同桌。"

十八班的班主任是个二十多岁的年轻人，名字叫吴云青。听说是刚毕业的研究生，放弃了硕博连读的机会，选择回母校教书。

他早早地就站在了教室门口，戴着副细框的眼镜，个子很高，通体书生气质，每到了一个学生就点头微笑。

戚生生和施映找到班级的时候，吴云青已经站到了讲台前，见她们二人才来，抬头笑道："后面还有两个空位置。"

开学第一天座位都是先到先得，她俩迟到，只剩最后一排靠窗的位置，也算实现了做同桌的约定。

今阳一中分初中部和高中部，班里不少人都是从初中部直升上来的，施映也是。所以班里同学相识的不少。

她刚一落座，前桌一个胖胖的男生便掉过头，手肘搭在她的桌上，扶了下落到鼻尖上的眼镜："不愧是你，迟到专业户。"

施映冷哼，反击道："一暑假没见，你果然又胖了。"

邵鹏没跟她计较，注意到施映旁边的戚生生，主动打招呼："之前没见过你啊，是在今阳念的初中吗？"

戚生生把书包塞进桌肚，摇摇头："不是，我是考进来的。"

"哇，那你成绩肯定很好吧？中考多少分啊？看起来像个学霸。"邵鹏眨了下"肉缝眼"，语气夸张。

没等戚生生回答，施映抬脚踢了下邵鹏的板凳："去去去，废话真多，别烦我们。"

邵鹏本就没坐稳，被施映这么一踢，肥硕的身子猛地一晃，铁质的板凳腿与地面之间摩擦发出刺耳的声音，窸窸窣窣的班级瞬间安静，大家的目光都集中过来。

邵鹏回头瞪了眼施映，压低声音："你有毛病啊。"

施映回击："活该。"

吴云青正在看班级名单，听到动静抬起头笑了下："既然安静了，我就先点个名，到齐了我们就开始接下来的事情。"

"我读到谁，谁就喊声到。"

他说完便照着名单开始点名，十八班共有四十名学生，很快便点完了，一个不差。

"人齐了，还有两个复读的同学要等军训结束才来。"吴云青收起名单，抬头扫了眼教室。

听到还有复读的，戚生生心生好奇，竟然还会有人复读高一吗？

施映看出了她的疑惑，主动小声解释："今阳抓学习抓得很紧，高一结束的时候会进行一场分班考试，考得很差的人会被学校强制复读，打好高一的基础才能升高二。"

怪不得今阳的成绩那么好，强制复读一年确实会对那些高一不认真学习的人产生压力，高一也正是打好基础的时候。戚生生心里叹了口气，有点担心自己跟不上大家。

吴云青算起来是第一次带班，心里不可能不紧张，他强装镇定地轻咳一声，按照自己昨晚准备的流程，转过身在黑板上写下自己的名字和电话号码："从今天开始大家就是一名高中生了，接下来要面对的最后一道难关就是高考，我们将在今阳共同学习成长，朝着终点迈进。我首先作个自我介绍，我叫吴云青，你们高一的班主任兼化学老师，这一年将由我陪伴大家。"

说完，教室里响起热烈的掌声，最为激烈的就数前排的几个男生，为首的一个甚至站起来鼓掌，动作浮夸。

"程于这人，还是一如既往地爱现眼。"邵鹏侧过脸和施映吐槽。

施映"嗷"了声："你有本事到他面前说啊。"

"君子不与小人争长短。"邵鹏扶了下眼镜。

"怂就直说。"

等掌声消停下来，吴云青指着黑板道："这是我的电话，有什么事都可以打给我，不用觉得不好意思。"

他自我介绍完就轮到同学们了。

程于坐在第一组第一排，就从他开始。

程于长得不错，就是个头不太高，目测一米七五左右，做事非常积极，自我介绍也落落大方。吴云青听完连连点头，俨然有了把他当作小能手培养的念头。

轮到后排还有段时间，戚生生拿出笔记，把班主任的名字和电话抄在了扉页上。

施映看在眼里，用胳膊轻轻地撞了她一下："生生，你的名字怎么写啊？"

听到这话，戚生生用笔在封面一笔一画地写下自己的名字，边写边说："戚继光的'戚'，生生不息的'生生'。"

"生生不息……"施映重复了一遍，"这个寓意好棒啊，是谁给你取的？"

戚生生笔尖一顿，笑意不太明显："我爸。取自《周易》生生之谓易也。"

程于因为早上过于出众的自我介绍，被吴云青记住了名字，导致一上午跟班级有关的杂事都安排到了他的头上，俨然已有一副班长的模样。

第一节课刚结束，他就被吴云青吩咐带着几个男生去教务处搬书。

跟初中相比，高中的课本数量多了一倍，戚生生眼见着面前课桌上的书越堆越多，像一堵墙一样，遮住了她的视线。

她抽出其中的物理书，翻开飘着淡淡油墨气味的课本，仔细地看了起来。

戚生生的理科很好，尤其是物理，每次都能拿到高分。文科里政治还好点，历史却是她的硬伤。她早就想好了，等高二分文理的时候，选择理科物化班。

一旁的施映显然还没从暑假的余韵里回过神来，将课本一股脑塞进桌肚，抬头见班里没有老师，顿时泄了气，偷偷摸摸从包里掏出耳机戴上，趴在桌上开始补眠。

邵鹏是个坐不住的，掉过头想和施映讲话，却被施映先一步嫌弃摆手，没办法只能转移目标，去骚扰看起来很好说话的戚生生。

"我叫邵鹏，你叫什么名字啊？"

戚生生停下笔，声音很轻："戚生生。"

此时屋外阳光大好，透过窗子打在女孩细腻白嫩的侧脸上，柔软灵气的杏眸泛出浅棕色的光晕，鼻子秀气挺翘，兔牙在说话时若隐若现，可爱极了。

邵鹏一时看愣了，忘了接下来要说的话，直到后背被人猛地推了一把，才回过神来骂道："谁啊？要死啊！"

他气愤地扭过头想看看谁这么无聊，没想到正对上嬉皮笑脸的程于。

"邵小胖搁这儿干吗呢？"处于青春期变声少年独有的哑嗓，程于坐在邵鹏的桌子上，手里把玩着邵鹏摘下来的手表。

程于眉尾一挑，语气里都是嘲弄："你这口味还挺重的，找了一个同类。"

这话很过分很刺耳，戚生生手中滑动的笔尖用力一顿，在书本上留下深深的墨迹。

她抬头看了眼男生恶劣的微笑，什么话也没说，淡淡收回视线。

邵鹏被程于的话刺得脸色通红，原本伶牙俐齿的他说话都开始结巴："你，你别胡说，我才没有……"

"没有什么？说清楚啊。"程于站直身子，居高临下地盯着他，眼神晦暗，和在吴云青面前简直是两个人，"高中又被分到一班，我警告你，最好老实点，不然有你受的。"

邵鹏无声咽了口唾沫，没有说话，但脖后的冷汗却出卖了他。

程于威胁完，临走时还意味深长地看了眼垂头看书的戚生生，轻佻地吹了个口哨。

周围的同学仿佛很忌惮程于，冷眼看完这场闹剧，直到人走了才继续谈笑说话。邵鹏捡起被扔在地上的手表，一上午过去都没有再掉过头。

施映是在放学铃打响之前醒的，今天是开学第一天，不会正式上新课，班主任也在忙开学的事宜，她这一觉睡得很踏实。

她转头注意到戚生生脸色白得难看，皱眉问道："生生，你哪里不舒服吗？"

"没有。"戚生生扯起嘴角，弱弱地摇摇头。

正巧这时放学铃打响，施映笑了笑："没事就好，放学了，我们走吧。"

"嗯。"

八月末，在今阳的第一天并不如戚生生想象中的美好，她坐在回去的公交车上，眼睛看向窗外。汽车路过职高的大门时，她忽地坐直了身子，直到视线范围里再也寻不见那红色的大门才垂下眼。

那抹金发像刻在了她的脑海里，怎么也挥不掉。那三罐可乐也不知道够不够抵他输掉的那个赌。

高一要进行为期一周的军训，学校要求所有学生必须住校，直到军训结束走读生才能回家。

中午收拾行李的时候，陈隽问起她在新学校的情况，戚生生眉眼低顺，只挑好地说："学校很漂亮，老师也很好，同桌是个很热情的人。"

陈隽状似不经意道："你们班主任是男的女的？"

戚生生正在叠衣服的动作停了两秒，随后轻声说："男的，刚毕业，教化学的，看起来很斯文。"

"那才二十多岁吧。"陈隽笑了下，"也挺好的，新官上任三把火，肯定很负责。"

戚生生"嗯"了声："今晚开始我就在学校住了，要等下周才能回来。"

"知道了，把钱装好，缺什么就现买，或者给我打电话，我送过去。"

"好。"

下午，大家拖着大包小包走进班级，吴云青按照早上报到的顺序分配了宿舍，戚生生和施映顺利地住在了一块儿，除了她俩还有班上的另一个女生，三个人住在四人间，剩下的那个床铺自然而然地成了行李摆放处。

女生叫杨昕，长发及腰，长相和艳丽的施映完全不同，属于清纯类型，说话时也是细声细语，她把行李箱搬到三楼的过程中嘴里一直"哎哟"个不停，听得施映直皱眉。

打开宿舍门，一进去杨昕就捏住了鼻子。

"咳咳，这里面好多灰尘。"她转过身看向戚生生和施映，瓮声说，"我有哮喘，不能接触粉尘，能不能请你们打扫一下？"

言下之意就是"我做不了卫生"。

戚生生没觉得什么，倒是施映走进去夸张地吸了吸鼻子，蹙起眉头，有些阴阳怪气："哎呀，你鼻子可真灵，我一点也闻不到呢。"

说完扭头朝着戚生生眨眨眼，"生生，你闻到了吗？"

见施映这副鬼灵精的模样，戚生生无奈地顺着她摇了摇头。

杨昕扯了下嘴角，干笑："是吗？真羡慕你们，不像我有点灰尘就难受。"

施映听到这话对着戚生生翻了个白眼，她把行李拉进宿舍，还顺手把戚生生的箱子也拖了进来，接着二人就开始打扫起来。

铺好床铺收拾完毕，她们锁上门朝食堂走去，明早七点半开始军训，今晚就开始上晚自习了。

从食堂回来，只见教室门口堆着军训的服装，众人按照先前提供的尺码依次领衣服。

程于是分发的人，轮到戚生生的时候，他故意低头看了眼尺码，鼻子里发出意味不明的哼笑。

戚生生眸光微闪，接过衣服没有看他。

晚上只有吴云青在班级看班，见大家都在预习新课，他寻了最后一节课来选班干部。

程于果不其然成了班长，副班长给了另一个帮他做过事的女生，至于其他班干，吴云青采取自我推荐制，然后让同学投票选举。

戚生生不想当班干，所以全程没有举过手。倒是施映对文艺委员这个职务很感兴趣，一直极力推荐自己："我是舞蹈生，练了十几年的芭蕾，还会唱歌，如果我成为文艺委员，我一定会尽心履行我的职责。"

一番演讲说完，班上响起掌声，但大多都来自男生。本以为这已经是十拿九稳的事了，没想到杨昕也要参选。

"我从小学就开始学习古筝，在市里的比赛上还拿过金奖，我觉得我比施映同学更有资格当选文艺委员。"杨昕说完看了眼施映。

吴云青很满意大家的积极，在黑板上写上二人的名字，让同学们将名字写在纸条上，谁得的票多就给谁当。

施映本以为胜券在握，没想到最后唱票结束，她竟然比杨昕少了两票。

"好了，文艺委员就由杨昕同学担任。"吴云青宣布结果。

施映不服气地坐下，盯着杨昕的后脑勺："她故意的吧。"

"别难受了。"戚生生也不知道怎么安慰她，只能捏了捏她的胳膊，"我觉得芭蕾更好看。"

施映闻言噘起嘴，抱住她："还是生生好，这帮没眼光的。"

选完班干部，各科的课代表人选都留给了任课老师自己决定，升入高中后的第一个晚自习就这样结束了。

回宿舍的路上，施映拉着戚生生非要去超市买点零食回去："一中超市里那个巧克力面包特别出名，外面买不到的，我请你吃。"

戚生生晚饭时在食堂吃了不少，现在还不饿，但架不住施映的热情，只能在超市门口等她。

这个时间正是各个年级晚自习结束的时候，超市里人流拥挤，其间还有不少穿着初中部校服的学生。

晚风微凉，戚生生往墙角边移动了几步，刚想转过身背对着风时，肩膀和一个人撞了一下。

她立即道歉："对不起。"

那人却没有说话，在戚生生面前立住脚，戚生生抬眼看过去，是程于。

光线昏暗，她看不清程于的神色，只听到对方语气微冷，声音带着讥笑："我说谁肩膀这么厚实呢，原来是邵鹏的小同类啊。"

场面安静了几秒，空气有些许凝滞。

戚生生表情微敛，垂在裤缝旁的手不自觉地握紧。

她不清楚自己哪里得罪了他，一天里遭到了两次莫名其妙的恶意。

站在程于旁边的高个男生闻言上下打量了一眼戚生生，胳膊搭在程于肩上，嗤笑道："你们班的？"

"是啊，和施映是同桌。"

"施映的同桌？"高个男生怪笑一声，对着戚生生说，"哎，同学，你坐在施映旁边不难受吗？"

戚生生眉头皱起，不懂他这是什么意思。

"你不觉得自卑吗？"

男生说完更加肆无忌惮地发出笑声，连带着程于盯着戚生生的视线都不自觉染上嘲弄。

自卑……

戚生生抓紧袖口处的布料，极力克制自己的呼吸，但还是有股莫名的酸意窜上鼻头。

对方的三言两语就将自己说得哭了鼻子，这事怎么想怎么丢脸，戚生生死死咬住唇，抬眼看向程于，红色湿润的眼眶在头顶灯光的照耀下泛出水色，眼睛睁得很大，圆圆的，鼻头微红，活像只被惹急的兔子。

"和你有关系吗？"声音听起来一点气势也没有。

这个眼神仿佛镇住了对面的少年，程于盯着她沉默了几秒，忽地抿了下唇，从鼻子里轻哼一声："没意思。"说罢转身进了超市。

一旁的男生临走时瞥了眼戚生生，没再说什么。

见人走远，戚生生松了口气，她立在原地等了一会儿，回想起刚刚那二人的嘲讽，不由得低下头看着隐在宽松休闲裤里的双腿。

一阵风吹过，能大致看出双腿的宽度，比施映的粗很多。

她没有看太久，不一会儿便抬起头，正巧这时施映拎着黑色塑料袋从拥挤的门口挤了出来，将手里的袋子递给她："给你买了一个。"

"多少钱？"戚生生打开袋子朝里瞧了眼，"我回去给你。"

施映笑道："客气什么，我请你的，就当感谢你今天投了我一票。"

戚生生还是第一次被人请吃东西，也不知道该如何表示感谢，总觉得不能白拿："那我请你喝饮料吧，你想喝什么？"

见她真要进去买，施映连忙扯住她："里面那么多人，等你出来澡堂热水都没了。"施映勾住她的胳膊，笑得很漂亮，"以后跟我不用这么客气，我们是朋友，请吃个面包怎么了。"

施映比戚生生高半个头，她跟施映说话得仰起脖子，超市附近只有一盏照明用的路灯，白色的灯光很柔和，把施映的轮廓照得半明半暗，她看着施映，心里暖烘烘的。

"谢谢。"她轻声说。

"不客气，小兔牙同学。"

军训的第一天很热，阳光直射大地，如果在烈日下操练，一天下来绝对会晕几个。

学校怕大家受不了，就将所有队伍都安排到了教学楼后的阴凉地训练。

十八班的教官是个还不到二十岁的年轻人，总体训练强度不高，站会儿军姿就会让大家原地休息。吴云青自费买了两箱水放在旁边，一上午的时间就被喝得差不多了。

"听说最后一天要走方阵，还会打分，走得最差的一班要被通报批评。"邵鹏把帽子拿在手里当扇子用，但效果甚微，只见他整个后背都被汗水打湿，浑身冒着热气，坐在施映旁边仿佛一个人形暖气。

施映正擦着防晒霜，闻言瞅了眼正和女同学聊得欢快的教练，"啧啧"了两声："我估计我们班最后一名没跑了。"

"看看人家十六班，一上午就休息了两回，都开始踢正步了，我们还站军姿呢。"邵鹏抱怨道。

十八班的训练进度确实太慢了，只有七天的时间留给他们训练，最后一天还要比赛，这教练看起来一点也不着急。

戚生生用纸巾擦拭额头的汗，抬眸间却与前方程于的视线相撞，男生极轻地眨了下眼，随后面无表情地移开。

她皱了下眉，觉得莫名其妙。

随着教练结束的哨音响起，施映抓起戚生生的胳膊就往食堂跑："趁着高二高三还没下课，赶紧去打饭，不然待会儿那队排得，比超市抢鸡蛋的队伍都长。"

这奇奇怪怪的比喻让原本没什么精神的戚生生都不由自主地加快了脚步。

一中的食堂很大，总共有三楼，一二楼是学生食堂，三楼是教师食堂，施映之前做过攻略，一楼的米线最好吃。

因为新高一的饭卡还没制作完成，所以他们还是用现金支付。

两人点完米线就寻了个靠近空调的位置坐下等着，戚生生背后冒出一层细密的汗，黏在身上十分难受，她不由得站起来走到空调前。

空调的风力十足，戚生生站在风口，任由凉爽的强风吹在背上，直到汗水被蒸发殆尽，她才重回座位。

施映皱眉看她："你这样确定不会生病吗？"

没了汗水的侵扰，戚生生现在只觉得通体舒爽，她笑着摇摇头："不会的。"

不一会儿米线就好了，两人又吃了个满头大汗，在食堂蹭了会儿空调，直到凉快下来才启程回到宿舍。

杨昕早已躺在了床上，听到门口传来的动静，十分烦躁地翻了个身。

戚生生和施映对视一眼，没有再继续说话。

中午有两个小时的休息时间，戚生生洗了把脸就爬上了床，施映躲在被子里偷玩她私藏的手机，也不知道在看什么，偶尔能听见她压抑的笑声。

宿舍走廊里寂静无声，不知过了多久，她听见了隔壁床上的施映传来绵长的呼吸声。

戚生生翻了个身，面对着墙壁，闭上眼睛想要逼着自己入睡，可时间一分一秒过去，她却感觉脑袋越来越重，昏昏沉沉的，浑身都在发热，但她却觉得冷。

她强撑起身子坐了起来，抬手探了下额头。

烫得厉害。

她回想起食堂里施映的话，不由得苦笑一声。

真的发烧了。

戚生生强忍着脑袋的沉重，下床穿上鞋子，动作缓慢地套上军训服外套，没有叫醒施映，一步一晃地走到宿舍门口。

可宿舍的门因为年代久远，一打开就会发出与地面摩擦的沉闷噪音，她只打开了一道缝，屋里就传来了翻身的声音。

"生生，你去哪儿？"施映小声问道。

戚生生重重地呼了一口气，扶住门把手，全身软绵绵的，语气迷糊："施映，我好像——发烧了。"

后来具体怎么到的医务室，戚生生已经没印象了，只记得醒过来的时候，她正躺在医务室的病床上，一旁吊着输液瓶，吴云青站在她的床头。

见她醒了，吴云青连忙走上前，问道："你醒啦，现在感觉怎么样？退烧了吧？"

戚生生虚弱地摇摇头："没事了，我的头已经不晕了。"

听到这话，吴云青松了口气，伸手将她的被角掖好，嘱咐道："流过汗千万不能站在空调底下，冷气一激，当然会发烧啊。"

他抓起一旁的包背上，说道："你安心在这儿输液，今天的训练就别去了，在宿舍好好休息，等病好了再说。"

"谢谢老师。"戚生生用被子遮住半张脸，鼻间都是消毒水的味道。

等吴云青走后，医务室只剩戚生生一个人，校医老师在办公室里没有出来，她侧头看了眼输液瓶，还有一大半，不着急换。

烧一退，神经放松下来，再经过上午的折腾，整个身子尤为疲倦，戚生生找了个舒服的姿势躺好。医务室不是很大，病床与病床之间用白色的帘子隔开，此时宽大的窗户大敞，微风吹了进来，空气中有太阳的暖意和青草的涩味，帘子在风中摇摆，感觉整个时空都慢了下来。

戚生生半眯着眼盯着随风而动的床帘，困意逐渐席卷，在她迷迷糊糊要睡着的时候，门口处由远及近地传来男生嬉笑的声音。

"一到物理课你就肚子疼，老孙再傻也知道你是故意的。"其中的一个声音哑涩低沉，一听就知道还处在变声期，他嘲笑道，"但不学也能考及格，学霸果然天赋过人。"

"我对物理过敏不行嘛。"另一个男生回道，"别到老孙面前废话。"

这个声音和刚刚那个变声期的公鸭嗓不同，很好听，是独属于少年的清润嗓音，明朗又慵懒。戚生生迟缓地眨了眨眼，只觉得这声音比照射进屋里的阳光还要让人舒服。

她有点好奇声音的主人长什么样儿，奈何困倦战胜了好奇心，坐起来看看的念头只维持了两秒。

"哎，说实话，你是不是因为你爸是物理系教授所以才不爱上物理课的？"

两人走进医务室，汪越将胳膊搭在时忱的肩膀上，故意说道。

"犯得着嘛，你这反抗角度太刁钻了。"

时忱闻言瞥了汪越一眼，表情有些漫不经心，他甩掉胳膊上的重物，勾唇轻哂："跟他有什么关系，都说了我过敏。"

"谁信啊。"

汪越没跟时忱继续掰扯，扯着嗓子叫校医出来："张老师！有人肚子疼！"

张校医听到动静赶忙从里屋出来，手指竖在嘴前，比了个噤声的动作，压低嗓音斥道："声音小点儿，有人在休息呢！"

汪越闻言闭上嘴，无所谓地笑了笑，指着身后的时忧，掏出口袋里的请假条递过去："老毛病，您让他在这儿睡会儿就成。"

时忧没接话，散漫的视线落到了最里面的病床上，床边摆着一双淡蓝色的运动鞋，看款式和尺码，主人应该是个女孩子。

视线上移，被子微微耸起，白色床帘正好将女生的脸遮住了。

时忧淡淡看了一会儿就移开了目光，他注意到女生的手腕上套着一根黑色的发圈，上面有皮卡丘的装饰。

看来她也喜欢《神奇宝贝》。

有品位。

时忧是医务室的常客，张校医记得他，接过汪越递过来的请假条瞅了眼，请假原因还是那万年不变的理由——肚子疼。

"你这毛病还有得治吗？"张校医打趣道，熟练地在请假条上签上名字。

"这属于绝症，放弃吧。"汪越碰了下时忧的胳膊，果不其然得到对方的一个白眼，他也没在意，笑着朝张校医摆摆手，"那我先回去了老师。"

张校医点点头，等人出去了才看向时忧。少年虽然才初三，但身姿挺拔高挑，长相出众，家世还好。说起他和时忧的姑姑还是医大的同学。

他看着少年沉静的面容，没有多管闲事："去那儿躺着吧。"

时忧道了声谢，熟稔地走向戚生生隔壁的那张床，脱鞋躺下。

他枕着手臂侧躺在床上，脸对着戚生生的位置。

阳光把女生朦胧的影子投射在白色的床帘上，四周除了风声再无其他动静，隔壁床上的女生像是睡着了。

时忧觉得周围太过安静，从口袋里摸出白色MP3，戴上耳机，歌声在耳边回荡，他调整了一个舒服的姿势，百无聊赖地看着那道身影，渐渐出了神。

在时忧躺下之前戚生生就进入了梦乡，这一觉睡得很不踏实，不知是不是因为生病的缘故，她似是梦魇了，嘴里开始说起胡话，都是些不成调的断音，猫叫一样，听得心都揪在一起了。

梦里，她站在一片杂草丛深的草地上，四周很黑很暗，她想要求救，可嗓子里却发不出一点声音。

她开始尝试着逃跑，可只要她挪动一步，草丛里就会伸出一双苍白的手扯住她往下拽，力气之大，仿佛要将她拖进深渊。

在她就要被那些手淹没的时候，忽然一道耀眼的光划破黑暗，照到了她的身上，那些手被刺伤，不甘心地退回地底。她伸出手想要触碰那道光，可就在她要碰到的时候，她醒了。

睁开眼睛，枕头边湿了一大块，戚生生下意识地想要擦下眼角，可刚一抬手，就注意到了手心的异物，她摊开一看，是《神奇宝贝》里小火龙模样的钥匙挂件。

戚生生坐起来看了看周围，除了她没有别人。

这是谁给的？

她提起挂件放到眼前，小火龙呈坐姿，小小的一个，嘴角紧抿，尾巴上燃起一团火焰，看起来倔强又可爱。

好像是从那种扭蛋里开出来的。

戚生生把挂件捏在手心里，输液的针已经被拔掉了，她穿好鞋下了床，走到校医办公室门口往里扫了眼，张校医并不在。

她低头看着小火龙，想了想把它放到失物招领的角落，拿起床边的外套，就要走出医务室的时候，脚步却又停了下来。

戚生生回过头看向蹲在桌上的小火龙，想起梦里的那道光，那么温暖，帮她从梦魇里醒过来，总觉得那道光和它有关。

她眨了下眼，还是走过去拿起它，小心翼翼地放进口袋里。

"谢谢你啦。"戚生生用指腹摸了摸小火龙的脑袋，软声笑道。

烧退了之后的戚生生没有休息太久，当天晚上就回去上晚自习了。

施映很不赞同她这个做法，在下课的时候把她赶回了宿舍休息。

戚生生恢复训练的时候，军训已经进行到了第五天，但十八班的进度比别的班慢很多，特别是踢正步，所有人都走得很差，年轻的教练到这时才有了些紧迫感，眼见着大家的休息次数逐渐减少。

梧城的夏季果真名不虚传，就算是在背阴处，也足以让人汗流浃背，在第十次正步来回的时候，戚生生就觉得自己快撑不住了，她本就因为突如其来的发烧感冒，整个人的元气还没恢复，现在突兀地加入训练，导致身子开始吃不消。

她舔了舔干涩的唇角，再坚持五分钟就能结束了。

好不容易挨到教练结束的哨声响起，戚生生只觉得头晕眼花，胃里冒出翻涌的恶心感。施映小心地扶着她往食堂走，可还没走多远，就听到前面程于高亮的声音传来："同学们等等！"

众人不明所以，但都很给班长的面子停住了脚。

"我们班走得实在太差了，后天就要比赛，就这么上场绝对倒数第一，到时候不仅丢班主任的脸，也有损我们班形象。"程于见大家都在认真听他讲话，眉眼一扬，表情有些自得，"离高三下课还有半小时，我们趁这段时间再加练一会儿，大家觉得怎么样？"

众人闻言面面相觑，程于这话说得没错，他们班走得确实很差，跟隔壁班一比连整齐都算不上，加练的要求不过分。

况且班主任对他们很好，这些天水和零食就没断过，要是在后天他们以这样的状态上场，绝对是倒数第一，班主任面上也不好看。

"好！我觉得可以！"不知是谁在人群里喊了这么一句。

一石激起千层浪，接着又冒出此起彼伏的同意声，大家都在响应班长的号召。

施映扶着戚生生，眉头紧皱，对程于这个提议有点不爽，扬起声音说道："那可以选择不练吗？我们身体不太舒服！"

程于正沉浸在被服从的得意里，猛地听到其中反对的声音，歪头看向施映，视线也注意到了搭在她肩膀上的戚生生，不由得嗤笑一声，走到两人面前："想偷懒就直说，我们班是个整体，大家都很累，但还是选择了继续坚持，你们也要有点集体荣誉感吧？"

"况且……"他偏头看向施映身侧的戚生生，唇角勾起，"连邵鹏都留下来加练，小同类也可以的吧。"

戚生生有点耳鸣，"小同类"三个字飘进她的耳朵里刺得她抬起眼皮看向程于。

施映那时在睡觉，所以并不知道"同类"这个词在这儿表达什么意思，但她也隐约察觉到程于说的不是什么好话，不由得高声反驳："你这话是什么意思？谁想偷懒了，我们是真的身体不舒服。"

程于闻言轻嗤道："我看你们刚刚往食堂奔的时候可不像难受的样子。"

"程于你有毛病吧！找什么碴儿呢……"

"好了。"手腕处传来一道小小的力度，戚生生叫住她，看向程于，"我们加练。"

她不想被这个男生瞧不起。

程于注视她，挑眉点点头："好，现在既然全班都没有异议了，那我们开始加练。"

时值正午，温度达到一天最高的数值，操练场上只剩下十八班同学的身影。

起步、正步、立定、没有人喊停。

戚生生只觉得脚底快要擦出了火，每次落地，整个脚掌都是麻的，眼前也越来越模糊，耳鸣的症状加重，身上的军训外套像一张密不透风的网，将她罩在里面，呼吸逐渐没了节奏。

她觉得自己应该是中暑了。

就在程于吹响第四次来回的立定哨声中，戚生生终于支撑不住，晕了过去。在即将与地面接触的时候，她听见施映慌乱的惊呼，然后思绪便陷入了黑暗。

戚生生又一次睡在了校医务室的病床上，这次醒过来依然看见吴云青站在她的床头。

"你中暑了。"他说，"事情的原委我听施映说了，这事是程于做得不对，我已经说过他了。"

戚生生听到他这么说，眼前浮现出程于似笑非笑的脸，缓慢地垂下眼睫。

他那种人那么要强，肯定会因为这事在心里又给她记上一笔。

想到这儿，戚生生暗自叹了口气，抬眼看向吴云青："老师，我也有责任，我应该在感觉不舒服的时候第一时间说出来。"

吴云青瞧着乖顺的小姑娘，心里本就倾斜的天平彻底倒向戚生生这边："好了别说了，这事你没错。"

"接下来的训练你就不用参加了，我给你开证明，还有两天结束，你是要回家，还是留在学校？"

戚生生垂眸咬了下唇，摇摇头："我留在学校就好。"

"好，那你休息吧，晚自习就不用去了。"

"谢谢老师。"

转眼间，为期七天的军训在校长的演讲声中结束，十八班走方阵的成绩一般，倒数第三，比当初的预期好点。吴云青看起来对这个名次并不在乎，一番鼓励的话说完就宣布接下来放两天假，周一正式开始上课模式。

傍晚的霞光染了半边天，戚生生拖着行李箱站在公交站牌那儿等车，书包上挂着一个与她长相不搭的小火龙挂饰。

离她要乘坐的 608 路车到站还有一段时间，她无聊地低头盯着自己的鞋尖发呆，忽然这时一双白色男士球鞋出现在了视线里，球鞋上的 logo 她认识，鞋口往上是精致漂亮的脚腕，线条凌厉骨感。

一个极具存在感的气息出现在身边，戚生生露出的皮肤能清晰感受到来自身旁之人散发出的热度。

戚生生背脊一僵，不太习惯有人这么近地站在自己旁边，她抬起头手抓箱杆，状似不经意地往后一退，就这么和那人错开了距离。

她的余光扫到那人背着黑色的羽毛球包，白皙的手臂上能看见凸起的青色血管，手指纤长，手肘泛着粉色……

粉色，戚生生一怔，猛地抬起头看过去。

一头短发被染成金色，侧脸线条鲜明，脖后还有未擦干的汗珠，男生穿着一身蓝白相间的运动装，在傍晚余晖的映衬下，漂亮耀眼到让人心颤。

戚生生呆愣地看着虞宋，心跳得很快，握在箱杆上的手不自觉收紧，在她眼中，周遭的一切都消失了，时间也在这一刻停滞。

彼时晚风吹拂，霞光似火，照在戚生生的脸上，红了一大片。

看到来人是谁，戚生生没了主意，四肢变得僵硬无比，她垂眸稳了稳心神，让自己不至于太过紧张。

对方目不斜视，身姿挺拔，好似没有注意到身旁还站着一个人。他应该是刚打完球准备离开，这附近有个体育馆，戚生生在公交车上看到过。

他家也住在这条路线上吗？

戚生生因为这个信息心口动了一下，酥麻由胸口延伸到四肢百骸，仿佛自己和他有了某个隐秘的联系。

公交车也在这时行驶过来，气门在二人面前打开，虞宋先一步走上去投了两个硬币，从容地走到中间靠窗的位置坐下，目光随之放在了窗外。

　　戚生生迟疑了两秒，随即在司机充满疑问的眼神里匆忙拎起行李箱上了车。因为行李太过沉重，她抬得有些许吃力，轮子磕到了台阶上，顿时发出一道不大不小的声音，不少乘客都被吸引，看了过来。

　　戚生生低下头，脸"唰"地红了，她能感受到有目光落在她的身上，不知道其中有没有那个人的。

　　她飞快地投完硬币，拖着行李箱习惯性地往最后走，在路过虞宋时整个后背都是僵的，眼神落在地面上，不敢抬头。

　　她从没有过这种感受，一个人会因为另一个人而心乱如麻、身不由己。她很庆幸自己没有因为车辆的启动而摔倒。

　　直到坐了下来，戚生生的手心里冒出一层薄汗，她长长地舒了一口气，直到窗外的景物开始倒退，她才敢抬眸看向正前方的位置。

　　少年开了窗，夏末傍晚的微风吹拂而过，他短俏的金发在风中浮动，时不时有晚霞透过高楼的间隙落进车内，把他的金发染成了红色。

　　戚生生从没有见过比他还白的男生，白到连关节都是粉色的。

　　他应该已经把她忘了，毕竟那是个连打劫都算不上的初遇。

　　车里很安静，结束了一天繁忙的工作和学业，大家都在享受这片刻的宁静，而戚生生则贪婪这肆意看向少年的机会。

　　到家不过十分钟的路程，她之前总想能再快一点，可现在，她不想下车了。

　　不知过了多久，车在景雅苑站点停下，前方的男生终于有了动作，他站起来走到后门边，修长的手扶在杆子上，骨节分明，青筋若隐若现，因为身高的原因他被迫微微低下头，露出后颈漂亮的弧度。

　　戚生生的目光随他而动，从球包滑落到少年的手肘处，能看到包上印着"羽毛球"的字样。

　　直到车停稳，气门打开，少年的身影消失在门口，戚生生都没从怅然的状态里回过神来，她连忙掉头从窗户往外看，但只能看到少年单薄的背影。他单手插兜，背着球包，金发飞扬，远处的地平线上夕阳半沉，交相辉映之间，戚生生感觉自己的眼睛被狠狠刺了一下。

她淡淡地收回视线，眼前恢复昏暗，车内与车外仿若两个世界。

就像景雅苑是梧城最好的高档小区，而西巷只是连阳光都照不进来的逼仄住宅区一样。

回到家的时候，陈隽还没回来，她买的店面很老旧，要整个重新翻新，她必须留在现场监工，每天都会很晚回来。

戚生生把米洗净倒进电饭煲里，按下煮粥模式，静静地回到房间。

她的房间在楼的背阴处，阳光被隔壁六层的住宅楼挡得严严实实，唯一的优点就是夏天很凉快。

戚生生收好行李，把脏衣服丢进洗衣机，又洗了个澡，等到一切做完她才坐到书桌前。

窗户被她打开，能清楚听见夏虫的鸣叫，甚至还能在其中分辨出从小洋楼里传来的琴声。

戚生生湿着头发坐在窗前，浑身力气像被抽光了一样，没有任何想要说话的冲动。她透过窗子看向离她最近的那栋小洋楼，二楼的那个房间正亮着，一道高瘦的身影站在窗前，他的动作像是在拉琴。

戚生生抿了抿被浴室雾气打湿的嘴唇，鼻子忽然有些酸涩。

她看了一会儿，低头缓慢地拉开抽屉，从里面掏出一个铁质的盒子，轻轻打开，看着盒子里的东西。

那是几张来自西藏的明信片。

戚生生拿起最上面的一张，右下角写着寄来的时间是 2010 年 3 月 15 日。

一年前，她生日那天。

亲爱的生生：

我的女儿，生日快乐！

爸爸此时正在林芝的索松村给你写下这封信，这里是观赏南迦巴瓦峰最佳的视角。南迦巴瓦峰被誉为最害羞的山峰，据说一年里只有六十多天能看见它，更别说日照金山。

许是心里惦念着你，这绝美的景象被爸爸看到了，白色的山峰被金光笼罩，雅鲁藏布江倒映着南迦巴瓦峰，美得像是神迹。

爸爸在神峰前许下愿望,希望我的生生平安健康,一辈子幸福快乐,不受苦痛侵扰。

等你收到这封信时,你就已经是十五岁的大孩子了。今年的你即将迈入初三,中考也随之而至,一定要放平心态,不要妄自菲薄,爸爸知道你得失心重,不必为此太过执着,能做到拼尽全力,不留遗憾已是人生最大的幸事。

最后,你一定要照顾好妈妈,不要惹她生气。

父亲:戚望

2010 年 3 月 1 日留

戚望的字迹很工整,像他这个人一样,严谨、一丝不苟。

可就是这么一个在所有人眼里老实可靠的男人,却在戚生生十二岁那年突然离开,没有留下一句话,把陈隽和戚生生留在了白安,自己消失得无影无踪。

最多就是在戚生生生日那天寄来一张明信片,别的再无其他。

可这唯一的联系也在今年断了,今年的生日戚望没有寄来明信片。

戚生生记得生日那天她独自坐在街角的邮局门口,不放过任何一个邮递员叔叔的眼神,但直到夜灯亮起,邮局关门,也没有一封信是属于她的。

戚望最初离开的那一年,陈隽每天都活在痛苦之中,她报过警、贴过寻人启事,直到明信片出现她才活了过来。

陈隽亲自去了趟西藏,可回来的还是她一个人。

从西藏回来之后,陈隽消沉了一段时间,她不管甜品店的生意,性子由温润如水变成焦躁敏感,从早到晚混迹于麻将馆,每天深夜带着一身的疲惫回到家,戚生生总会听见她闷在被子里压抑的哭声。

没有人知道戚望为什么离开。无数的闲言碎语在陈隽的身上做文章,好像非要在其中找到一个合理的解释才肯罢休。

这两年,她们母女过得一点也不好。

戚生生想到这儿,重新把盒子盖上,把它藏在了抽屉最深处,她不想让陈隽看见。

两天假期过得很快，但是正式上学的第一天，戚生生迟到了。

她在手机上定的闹钟不知道为什么没有响，等陈隽敲门叫醒她时，她只剩二十分钟收拾时间。

洗漱完，陈隽给她装了几个包子带着，戚生生抓上书包就往楼下跑，陈隽在身后嘱咐她："慢点，别摔了！"

"知道了！"

戚生生跑到公交站牌前车辆正好赶到，她连忙跑上车，气都没喘匀就被人群挤到了最里面。

她的呼吸猛然一滞，连忙抓紧杆子往门边缩，像只鹌鹑一样，尽量躲避着人群。

可车辆时停时走，乘客随着惯性会聚拢在一起，在又一次和前面的大叔相碰时，戚生生闭上眼急促地呼吸起来，她的脖后冒出一层细密的汗，抓着杆子的手也在微微颤抖，一些凌乱的画面在脑海里像过电影一样闪现，她觉得自己快要忍不住尖叫出声了。

在戚生生崩溃的前一秒，一个高瘦的身影走到她旁边，抬手抓住顶上的拉环，把她和大叔隔开。

大脑混沌之间，一阵清凉的薄荷香气包裹住她，像海风一样包容，赶走了她的不安和害怕。

戚生生眼睫轻颤，有类似布料的东西轻轻擦过她的鼻尖，有点痒。

她深吸一口气，眼珠微动，缓慢地睁开了眼。那人比她高很多，入眼便是蓝白相间的校服外套，男生没有把拉链拉上，外套的衣摆时不时扫过她的眉眼和鼻子。他抬起手臂抓住拉环，嘴里叼着一根棒棒糖。

戚生生愣了愣，从仰视的角度看过去，只能看见男生高挺的鼻子和漫不经心的眉眼，睫毛密长，逆着阳光在眼下投出一片阴影。

男生头微仰，脖子纤长，喉结无意识地上下滚动，眼下那颗小痣尤为明显。

像是感受到了戚生生的视线，男生懒散地偏过头，居高临下地对上她的视线，内双的眼睛垂着，腮边被棒棒糖撑得鼓起，表情散漫又倨傲。

像是在问：你瞅啥？

戚生生极快地眨了下眼，记忆回到她出门买西瓜的那天，他就是那个在车上瞪她的篮球小子。

　　想到这儿，戚生生瞬间就移开了目光，掩饰般地轻咳一声，没什么焦点地看向窗外。

　　这男生第一次留给她的印象就十分深刻。

　　简而言之就是——面相有点凶。

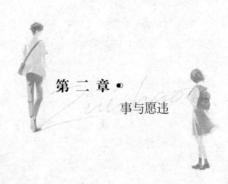

第二章

事与愿违

男生只看了她一眼便收回了目光，戚生生攥紧背带，刚刚的那股子窒息感因为男生的出现而得到缓解。

她靠着杆子站直了身子，偏过头躲开男生校服外套的摩擦。

周围的空气被淡淡的薄荷味浸染，戚生生忍不住多闻了两下，但随即感觉自己这个样子特像个变态，便立刻收敛了表情。

戚生生扫了车厢一眼，学生模样的人只有她和身边这个男生，看来他也迟到了。

车辆即将到站，下车又成了个难题，她正巧被挤在了上车的位置，如果要下车就要穿过拥挤的人群。她抿了下唇，做着心理建设，手心里都是汗。

一旁的时忱看样子是被戚生生的磨叽给搞烦了，他用舌尖将嘴里的棒棒糖换到另一边，垂眸看了她一眼，然后松开拉环，仿佛是嫌她碍事，抬起双臂穿过戚生生的耳侧，轻轻拨开人群，嘴里模糊不清道："不好意思，让一下。"

这个声音有点熟悉，好像在哪儿听过。

公交车紧接着在一中站点停稳，气门打开，戚生生被对方突如其来的类似环抱的动作吓了一跳，偏过头抬眼对上他的下巴，她看见上面有个颜色极淡的疤痕。

时忱没有看她，见眼前有了可以出入的空隙，他收回手，侧身越过戚生生走了出去。

戚生生只出神了一秒，没有错过这个下车的好机会，连忙跟在时忱身后，一前一后下了车。

少年手长脚长，还没等戚生生的眼睛适应车外明媚的阳光，对方就已经快步走到了校门口。

戚生生眨了眨眼，渐渐适应了亮光，看见从校门左侧跑过来另一个身着蓝白校服的男生，勾住少年的脖子，笑容明媚。

戚生生收回视线，听到门口保安的催促声，这才想起自己快要迟到的这件事，赶忙在校门关闭前跑了进去。

"我怎么看你从公交车上下来啊？阿姨今天没送你？"汪越问。

时忱比汪越高了半个头，被迫歪着的脑袋被对方往下扯，语气没有波澜："她睡过头了，不想起床。"

"噗，我说呢，时小爷怎么可能主动挤公交车。"

时忱闻言眼神瞟向后面，甩开汪越这张狗皮膏药，抽出只剩根棍儿的棒棒糖，精准地扔进路边的垃圾桶里："公交车也挺好。"

"嗯？你说什么？"汪越没有听清。

时忱斜睨了他一眼，走上台阶："治治耳朵吧。"

高一（18）班在四楼，戚生生气喘吁吁地跑到楼上。耳边顿时充斥着早读的声音，走廊上没有一个人，她在楼梯口歇了几秒，这才提步从后门走进班级。

一中给每个班级都安装了自动饮水机，就在后门口的墙壁上，她一进去，余光就注意到有人正在饮水机前接水，她本想绕过对方走向最里面靠窗的座位，可是一抬眼，便看清了接水之人的脸。

是那个金发的男生。

不过……好像哪里不太一样。

脸是一样的脸，可是头发却变成了黑色。

戚生生诧异地瞪圆了眼，愣在后门口，直勾勾地盯着虞宋看。

虞宋感应到视线，没什么表情地转过头，二人四目相对。

戚生生咽了口唾沫，迟疑地扭过头看了眼前门的班牌，是十八班没错，那为什么她之前没看见对方来报到和军训？

"同学，你迟到了。"虞宋戴上一副黑框眼镜，桃花眼自带的勾人意味被削减了几分，配上乖顺的黑色短发和白皙的皮肤，整个人都透着矜贵自持的气质。

和那个张扬的金发少年仿佛是两个人。

但声音却和戚生生记忆里的一模一样，慵懒低沉。

这句话把戚生生从愣怔里拉了出来，她眼瞳微闪，错开了与之对视的目光，垂在裤缝边的手不自觉地握紧："对，对不起。"

戚生生说完才自觉懊悔尴尬，她迟到跟他说对不起干吗？

虞宋闻言微微勾唇，抬手拧紧水杯，极淡地说了一句："没关系。"

因为是正式开学的第一天，老师还没进班，学生们都在说话聊天，有的还在吃早餐，所以没人注意到后门两人的对话。

戚生生越过他看向施映，对方似有所感，从自带的补眠靠枕里抬起头，眼带迷茫地看过来，扬起微笑招手道："生生！"

虞宋没有在意二人的互动，转过身径直往施映的方向走过去，戚生生注视着他的背影，直到对方坐在她身后的位置才移动。

戚生生直到坐下来，后背都是僵的。

这个男生是她后桌。

"你早上睡过头了吧？我也是，刚刚才到。"施映收起靠枕，用手掌撑着头和她说话。

戚生生"嗯"了声，把书包挂在桌侧，拿出文具盒和语文书摆好后，端正坐好。

身上仿佛被人施了定身诀，一动也不敢动，她背挺直，离后桌有标准的一拳距离，却如坐针毡。

书包里有陈隽塞进去的包子，还能隐约闻到飘散出来的肉香，可不知为什么，她就是不敢拿出来。

不敢在男生眼前做任何举动，就算对方并不在意。

施映没有察觉到戚生生的不对劲，转过身手肘搭在后桌上，自来熟地主动和虞宋打招呼："哎，帅哥，之前怎么没见过你啊？转校生？"

虞宋喝了口水，因为施映的落落大方而挑下眉："复读生。"

"你就是那个高一复读的啊？我说呢，像你这种级别的帅哥我在初中部不可能不知道，原来是高中部的。"施映笑道，"那你算我们的学长了。"

虞宋淡淡点点头："算是吧。"

戚生生翻到语文书的第一课，注意力却不在书上，她仔细听着二人的对话。

她一直以为他是职高的学生。

"那你叫什么啊？我叫施映，施舍的'施'，映日荷花别样红的'映'。"施映说完，手搭在戚生生的肩膀上，"她叫戚生生，戚继光的'戚'，生生，生生之谓——什么来着？"

施映本想装一把，可临到嘴边翻了车，她看向戚生生，等着对方接过话茬。

戚生生心里重重地叹了口气，微微侧过头，垂眼轻声说："生生之谓易也。"

"日新之谓盛德，生生之谓易。"虞宋唇瓣开合，抬睫看她，"好名字。"

心脏犹如被人猛然攥在手里，悸动难耐，戚生生指尖揉搓着书页的边角，声音发紧："谢谢。"

虞宋显然是不记得她了，戚生生也不想他记住。

那天的清晨她太过普通，而他太过耀眼。那张二十块钱，戚生生没有用，而是被她小心地放进了新买的日记本里，变成难以言说的隐秘心事。

"你叫什么呀？"施映继续问。

"虞宋，虞姬的'虞'，宋朝的'宋'。"虞宋垂眼，手上熟练地转着自动笔，声音波澜不惊。

虞宋……

戚生生回过头，用笔在书的扉页，在她名字的上方，慢慢地、工工整整地写下这两个字。

虞宋，戚生生，毫无关系，却出现在了同一张纸上。

写完最后一笔，戚生生抬手托起下巴，遮住施映可能会投射过来的目光，用橡皮擦极重地把那两个字擦拭掉。

只有纸上留有的橡皮屑证明它曾经出现过。

直到语文老师走进来，众人才从聊天转为读书，微风穿堂而过，将书页吹起，沙沙声不绝于耳。

戚生生嘴角含笑，思绪在不为人知的角落小小地欢喜着。

她不知道为什么男生会和职高的那帮人混在一起，也不知道他为什么要染成金发。

她只知道，2011年的夏末，有道金色的光照进了她有些灰暗的生命里，让她第一次想要试着去改变。

这就够了。

之前吴云青说过他们班应该有两个复读生，可现在只来了虞宋一个，另一个据说突然生病了，估计要等国庆之后才能来。

第一节课是化学课，吴云青简单开了个小会，就让刚来的虞宋做了个自我介绍。

帅哥的魅力是强大的，班上的女生都在小声讨论这位高一复读生，甚至在课后有的还围在虞宋的桌前要QQ号。

戚生生把化学书放进桌肚里，动作下意识地放轻。

"不好意思，我不太登QQ，如果你们有事的话，可以直接来找我。"

虞宋很有礼貌，同人说话都是带笑的，冷静自持落落大方，让人舒服又不会感到尴尬，也不会让对方过于熟稔而放肆，犹如一个游离的局外人。

戚生生怎么也无法将这样温柔知礼的他和敲诈的小混混联系在一起。

听到帅哥不玩QQ，围过来的几个女生表情有那么一瞬落寞，但很快就随着虞宋后面的话开心了起来。

几个女生中还有杨昕，她是跟着副班长陈思怡来凑热闹的，觉得没意思正要离开时，瞥见程于从门外进来，她眼神一乱，当即深吸一口气走过去："班长，陈思怡说想建个班级群，要不你起个头？"

程于没理由拒绝："好啊，我晚上回去建。"

杨昕甜甜一笑："那我们同为班干部可以先加个好友吗？"

程于正喝着可乐，闻言看了她一眼："没问题。"

施映听着身后的女生们叽叽喳喳，撇嘴摇摇头，拉着戚生生出去上厕所。

一中为了节省学生的时间，在每层楼都建了一间独立厕所，所以下课时拥堵在厕所门口的情况鲜有发生。

"小女生就是花痴。"施映从厕所出来边洗手边说。

戚生生垂眼："不过虞宋确实挺帅的。"

"嗯，是不错，但没我的青梅竹马帅。"

"青梅竹马？"戚生生好奇道。

施映一脸笑意地指了指前面高二所在的教学楼："他叫陈砚达，高二文科班的。"

"有机会我带你去找他玩。"施映笑得眼睛都弯了起来，趴在栏杆上，注视着对面三层的某个教室，"生生，我想和他考进一个大学。"

戚生生学着施映的动作，趴在旁边，看到这个一向风风火火的女生，此时脸上露出可爱的笑容，她好像意识到了什么，不由得也跟着勾起唇角："一定会的。"

她的目光落到教室的方向，虞宋坐在窗前的位置，被光影勾勒出的线条形状无与伦比的美好。

考上同一所大学，她也想。

一天的课上下来，戚生生有点不习惯，高中的知识相较于初中来说难了不止一点。特别是数学和英语，她的两个硬伤，更是雪上加霜。

她暑假没有提前去补习班学习，而施映和邵鹏都报了暑假班，语文书已经学完一半了。看着施映眼睛半睁昏昏欲睡的模样，戚生生不禁垂下眼，握笔的力度加重。

最后一节课的时候，学校临时在广播通知召开全体教师大会，所以今天的晚自习决定不上了。通知一出，全班沸腾，大家在下课铃响的一瞬间就窜出了教室。

施映带了要写的作业回去，飞快地收拾好书包转头对戚生生说："生生，我不能和你去吃饭了，不好意思啊亲爱的。"

戚生生摇摇头："没事，你去吧。"

"明早带饼干给你吃，我先走啦！"施映俏皮地眨了下眼，很快便消失在教室后门口。

戚生生并不着急回去，在座位上慢吞吞地收拾书包。

夕阳将教室染红，戚生生偏过头作势看天空，然后极快地瞥了眼后桌，虞宋正慢条斯理地收笔，她只看见了对方修长纤细的手指，跟玉葱一般，十分好看。

没等戚生生回过神，正好这时一个人走到她桌前。

程于轻易地坐上邵鹏的桌子，鞋踩在板凳上，从上而下扫了她一眼，扯笑道："那天你晕倒了，没事吧？"语气没有一点抱歉，甚至带着丝嘲讽。

戚生生不傻，知道这是对方终于逮着机会来"报仇"了。

现在班上只剩下几个打扫卫生的同学，他们见状都聚在教室前面，其中的女生在窃窃私语。

戚生生把拉链合上，抬起头迎上他的目光，说："没事了，谢谢班长关心。"

程于沉下脸，显然是没想到她会这么回答，沉默了两秒，随即低低地嗤笑一声："你脸皮还挺厚的。"

说一个女生脸皮厚，不管在任何一个场景下都是件很过分的事，何况虞宋还在。

戚生生皱了皱眉，手指捏紧，她坐在凳子上，背挺得很直，四肢冰凉。

她不明白为什么程于对她有这么强的敌意和厌恶。

难道就是因为她胖吗？

"中暑晕倒？"程于没有收敛，继续说，"我看你就是故意的，故意整我。"

戚生生抿紧唇，霎时有股浓烈的酸意窜上鼻尖，发出的声音带着不易察觉的颤抖："我没有……"

"你就是班长啊？"

有个温润薄凉的声音打断了她的辩解。

程于挑眉看过去，发现说话的人是今天刚来的复读生。

能被学校强制复读高一的，都是成绩垫底的那些人，长得再好看又有什么用，中看不中用的绣花枕头而已。

"是我。"虞宋闻言笑着点点头，手上熟练地转着一支做工精细的自动铅笔，目光落在笔上，慢条斯理道，"我还以为我听错了，看你的样子，像是隔壁某高来的。"

一中的人在贴吧论坛上，一律称职高为"隔壁某高"。

程于一听这话瞬间来了火，身为一中的学子，他们最瞧不上的就是职高的那帮人，虞宋这话就是间接在说他像个混混。

"你什么意思？！"程于腾地从桌上站起来，脸上表情有些可怕。

他的长相平淡，嘴唇很薄，生气起来显得有些刻薄。

"字面意思，班长听不懂吗？"虞宋收起笔放进包里，站起来单手插兜，散漫地走到程于面前。

他比程于高了半个头，气质又好，两人站在一起，程于的气势瞬间弱了下去。

虞宋垂下眼看着程于，懒声道："我可以再说一遍，如果你脸皮够厚的话。"

"你给我闭嘴！"

程于彻底被激怒，他在学校霸道惯了，从没被人这么刺过，话音刚落就要挥拳过去，却被虞宋轻而易举地侧身躲过。

虞宋的身手很快，程于脚下一滑，为了不摔倒下意识扶住邵鹏的桌子，桌腿和地面摩擦发出巨大的声响，教室里顿时陷入诡异的沉默。

戚生生完全没想到事情会往这个方向发展，脸上是藏不住的讶异。她看向虞宋，从这个角度看过去，对方逆着光，只能看见长卷的睫毛和好看的轮廓。

"打人这事要是传到班主任的耳朵里，估计明天你的班长职位就不保了。"虞宋把书包搭在左肩上，没有再看程于一眼，接着便径直走出了教室。

戚生生回过神眨了眨眼，连忙抓起书包跟了上去。

虞宋的腿很长，就算是穿着最简单的宽松蓝白校服也遮不住他的身姿。

他走得很快，戚生生追不上，想跑上去，可刚跑了两步就猛地停住了脚。

她在瞎想什么？

虞宋他只是人好而已。

又不是特意为她出头，只是因为看不惯程于行事恶劣罢了。

今天换作任何一个人，他都会帮忙出头。

戚生生嗓子发紧，微凉的风吹在她的脸上，像盆冰水，没有预兆地扑灭了她的幻想。

难受得她连叫住他说一句谢谢都不敢。

她不是施映。

她不活泼，不大方，敏感自卑，像只鹌鹑一样，只会被推着走，别人稍微对她表露友好，她就没了主意。

这样的姑娘，别扭到让人生厌。

回到巷子的时候，戚生生看见陈隽正和一个高挑的男人站在巷子口，有说有笑的，看起来是熟识。

二人不知说到了什么，陈隽低头一笑，余光扫到了街对面的戚生生，随即招手叫她："生生，过来！"

戚生生乖顺地走到陈隽旁边，看了眼对面的男人。

对方四十多岁，戴着无框眼镜，穿着衬衫西裤，拿着肩包，头发梳得一丝不苟，五官俊朗，给人儒雅又学识渊博的印象。

"叫时叔叔。"陈隽主动介绍。

"时叔叔好。"

"生生你好。"时伍弯下腰来和戚生生平视，笑容温暖，"你应该没见过我，但我喝过你的满月酒。"

陈隽摸了摸戚生生的短发，笑道："这么一说，时间过得好快，还以为以后再也见不到了。"

时伍语气颇为感慨："是啊，谁能想到你们现在租的这个房子就在我家后面呢，就隔了一条走道。"

隔了一条走道……戚生生心里嘀咕，那只能是前面的那片小洋楼区域了。

"你们刚到梧城不久，往后遇到什么事就来找我，别跟我客气。"时伍看向陈隽，眼前女人的面容和记忆里相比一点没变，他的语气不自觉柔缓道，"老同学一场，我又跟戚望是一个院儿长大的。对了，戚望人呢？一直没提他，这个点还没下班吗？"

听到"戚望"这两个字，戚生生神情微紧，不着痕迹地看了眼身侧的陈隽，没有说话。

陈隽舔了下唇角，淡淡一笑："他……死了。"

"……什么？"时伍万万没想到会听到这个答案，他一时没反应过来，"死，死了？什么时候的事？"

"前两年，在外地出差的时候出意外死的。"陈隽面无表情地阐述情况，"事发突然，就没通知你们。"

戚生生的心脏漏跳了一拍，她看向此时说话波澜不惊的陈隽，喉间不由得一涩。

她们其实并不知道戚望是生是死，但在母女二人的生活里，他的确是消失了。

戚生生很清楚现在能平静说出这件事的陈隽经历了怎样的埋怨和歇斯底里。

那段日子，母亲很辛苦。

时伍见陈隽不想多提的样子，便不再细问。他叹了口气，突然想起什么，从包里掏出一本黑色封皮的书递到戚生生面前，柔声说："我听你妈说，你的物理很好，我正好是教物理的，也没准备什么像样的礼物，这本书就当叔叔的见面礼，送给你看。"

戚生生看清这书的名字——《时间简史》。

她听说过这本书，霍金写的，她一直很想读读。

她看向陈隽，得到对方的点头才伸手接过："谢谢时叔叔。"

"生生现在是在今阳念书吧？"

"嗯，高一了。"

"我家那臭小子也在今阳，不过才上初三。"他笑道，"你有空就去叔叔家玩，帮我教育教育那小子，一天天不学习尽玩些不务正业的东西。"

戚生生知道他只是在客气，所以没有放在心上，乖巧地点点头。

三人说完便一起进了巷子，分开回家时，戚生生扭过头看见时伍走进洋楼区，最后消失在拐角里。

他刚刚提过他家的位置，戚生生默默用眼睛数了一下，好像就是她家对面的那栋。

也就是她每晚"偷窥"的那家。

所以那个拉小提琴的男生就是时叔叔的儿子吗？

拉小提琴如果算是不务正业，那世上还有什么能叫正业啊？

戚生生想到这儿，垂睫一笑。

"那个叔叔是高中老师吗？"

陈隽低头开门，摇头："不是，他是梧城大学的物理系教授。'教物理的'只是他自谦的说辞，人家是正经搞科研的。"

"教授？"戚生生有些讶异。

在她的印象里能自称教授的人她只在电视里见过，她摩挲着怀里的书，顿时觉得这书的"气质"瞬间不一样了。

"梧大可是平江最好的大学。"陈隽随口一说，"你要是能考进去就好了。"

戚生生默念这四个字，觉得自己有点想太多了。

晚上，戚生生洗完澡打开手机想听听歌，一直没什么动静的QQ这时突然响了起来。她点进去一看，原来是程于建了一个班级群，施映把她也拉了进去。

班里相识的同学已经开始聊起来了。

戚生生点进群成员列表，在最后发现一个没有备注的账号——"YU"。

头像是动漫人物佐助。这应该就是虞宋的QQ号。

戚生生点开他的主页，只有一个生日，其余空白一片，连个性签名都没有。

1月5日，摩羯座。

戚生生抿了抿唇，她是双鱼座，好像和摩羯不是很配。

她的手指悬在添加好友的按键上，迟迟不敢按下去。

心里纠结了一会儿，戚生生泄了口气，退出QQ，把手机合上，翻出之前随手买的一本漫画，又从头看了起来。

这次她着重看了佐助出场的部分。

看完整本漫画，戚生生走到窗前，小洋楼二楼的房间灯火通明，窗户上倒映出的人影清瘦高挑。

这就是时叔叔的儿子吧，戚生生想。

原来才上初三啊，个子真高。

戚生生淡淡笑了一下，收回视线。

那天之后，程于就没再来骚扰过戚生生，只是偶尔找邵鹏麻烦时连带着用言语讽她两句。但这点语言暴力对戚生生来说并没产生什么实质性的伤害，她纯当对方是空气。

从上次程于害得戚生生晕倒之后，施映就开始明面上烦他，每次要不是戚生生拉着，她准会跟他掐起来。

"什么毛病。"施映盯着程于离去的背影，暗骂道，随后推了把邵鹏宽厚的肩膀，"还有你这个没出息的，一点用也没有。"

邵鹏从鼻子里哼了一声："我这是不想跟他计较。"

"得了吧，拿出你跟老师告状的胆子啊，还不想计较，怂包。"施映一副恨铁不成钢的表情。

戚生生有些好奇，看向邵鹏："你怎么得罪他了？"

邵鹏听到这个问题，眼神有些躲闪："……我什么时候得罪他了。"

"还嘴硬。"施映嗤笑，"那会儿初中部有谁不知道四班有个叫邵鹏的去跟班主任告状，说程于跟踪骚扰隔壁班女同学。"

"结果人家女生主动过来澄清说和程于是堂兄妹关系。"施映说到这儿自己都忍不住笑了，"某人自食恶果，被罚写了两千字的检讨，还被程于彻底盯上了。"

施映："哎，我真的好奇，你是脑袋被驴踢了吗？没事惹他干吗？"

邵鹏被说得有些害臊，看了眼一旁的戚生生，恼羞成怒道："谁能想到他们是堂兄妹啊，我那天晚上看见程于一直把她往巷子里带，她那个时候的表情明明是抗拒的。"

此时正是下课时间，教室里人声嘈杂，没人注意到他们在讨论什么，戚生生听到邵鹏的话下意识地看向程于所在的方向，不知为何，对方竟然也在看她，两人就这么对视了一瞬，直到程于率先移开视线。

那个眼神没有波澜，但就是看得戚生生背后一凉。

开学已经一个多月，下周就是国庆长假，班上的氛围逐渐有些躁动。

自从上次放学时虞宋出手帮了戚生生一把之后，两人就没再说过一句话。

就像两条平行线，戚生生自觉地遵守平行规律，不敢偏移一步。

上课时吴云青宣布，学校决定在国庆前组织一次月考，为了查验大家这个月的学习情况。

听到要考试，戚生生不由得开始紧张。

吴云青说完考试的相关事宜之后就让大家把之前发下去的社团报名表交上来，体育委员负责整理同学们的报名情况。

今阳的一个特色就是社团文化昌盛，学校鼓励学生全面发展，还为此在校内建造了一栋体育馆，方便学生进行社团活动。基本上高一选择了某个社团，接下来三年都不会更改，到了高三就进行汇报考核。

"生生，你报的哪个社团？"施映凑过来问道。

戚生生把报名表推过去，小声说："羽毛球。"

施映点点头，说："我报了舞蹈社，听学姐说，舞蹈社的老师是个大美女。"

"你就为了这个？"

"当然了，我爱美女。"

施映刚说完，戚生生低头失笑，两颗可爱的兔牙露了出来，施映微微愣怔，盯着她看了一会儿，惹得戚生生后知后觉地合上嘴。

"生生。"施映靠近她，语气认真，"你知道你笑起来很好看吗？"

"……"

"我没瞎说，你真的长得好可爱啊，我第一眼见到你就这么觉得，眼睛好大，皮肤还白。"施映伸出胳膊和她比了比，"跟你这么一比我跟只黑猴似的。"

戚生生转过头，没有说话，她好像很抗拒这个话题，把头放得很低，手指捏着报名表的边角，肩膀有些畏缩。

一些同样的话语在耳边响起，让她有些反胃。

戚生生掐了把自己的虎口，勉强勾唇道："是吗？"

看对方心不在焉的样子，施映抬手摸了摸戚生生的发梢，表情柔和："所以啊小兔子同学，你要多笑笑。"

戚生生闻言抬眼看施映，施映笑得很真诚、很温暖，她不由得也发自内心地弯下眉眼："好。"

不出戚生生所料，虞宋报名了羽毛球社。

报名表递上去的第二天，社团活动正式启动，高中部一周有两次，统一安排在周二和周四下午的最后一节课。

羽毛球社的活动场地在体育馆一层，篮球场的旁边。

戚生生跟着班上同样报名社团的人一起来到体育馆，羽毛球老师早早便等在了那儿。

　　虞宋的装备很齐全，他刚到就熟稔地和老师打了声招呼，随后便去更衣室换衣服。

　　戚生生的视线一直落在虞宋身上，男生背影挺拔，连后脑勺都很好看。

　　新来的高一学生因为是第一次上课，什么都没准备，所以老师在开始前把需要的东西一一列举出来。

　　球拍、球，还有统一的运动服。

　　这些东西可以自己买，也可以直接交钱给学校统一发放。

　　同学们面面相觑，都觉得自己买太过麻烦，最后决定还是交钱给老师统一购买。

　　虞宋这时也从更衣室里走出来。他换上了一身白色的运动装，短袖短裤，露出修长的小腿和胳膊，肩宽腰窄，头上戴着蓝色的运动发带，他摘掉了眼镜，刘海被随意撩了上去，眉眼精致如画，像从漫画里走出来的一样。

　　戚生生看了一眼，便收回了目光。

　　老师没有管虞宋，虞宋径直走进球场，开始热身准备，接着便和一个高二的男生打了起来。

　　其余的同学好奇地上前观战，老师没有阻拦。戚生生被其他人挤到了场边的角落，她不高，只能踮起脚越过前面的同学往里看。

　　两人打得很随意，期间还在说笑没有进入状态，老师咳了一声，场上的二人才发觉学弟学妹们在观望，不由得收敛了笑意。

　　戚生生的注意力一直放在虞宋的身上，只见他忽然起跳，整个人像蓄势待发的弓箭，跃起用力一挥，完成了一个漂亮的扣杀，球打在学长的脚边，落地的瞬间衣摆被风鼓起，能看见平坦精瘦的小腹，戚生生眨了下眼，这好像就是传说中的腹肌。

　　"虞宋，要不要这么突然啊。"学长笑着扬声说道。

　　虞宋勾了下唇，挥拍示意再来。

　　戚生生的目光一直在追着虞宋，她第一次见到这么鲜活的他，眼睛里都是笑意。

　　跟平时疏离的微笑一点也不一样。

对决激烈，戚生生看得很认真，在她随着虞宋又一次得分而小声惊叹时，后背突然被撞了一下。

很轻，不疼。

她下意识回头察看，没有人。

脚跟好像碰到了什么东西，她低头一看，是一只有点旧的篮球。

她盯着看了一会儿，反手摸了摸自己被碰到的地方，表情茫然。

戚生生想踢开它，刚要动作就听见不远处有个声音在叫她。

"喂，把球踢过来。"

声音平淡，甚至有些懒散，不过很好听。

戚生生看过去，只见一个穿着红色球衣的男生站在球场边，视线落在她的身上，脸上没什么表情。

他身后的篮球场上，几名身着同样颜色球衣的男生都停下了动作看向羽毛球场，像在等待球被踢回来。

男生身材高挑，手臂线条精瘦结实，五官却还很稚嫩，他正盯着戚生生，压迫感十足。

戚生生看清男生的脸，后背一僵。

这不是那位面相很凶的小同学嘛。

见戚生生没反应，时忱往前走了几步，又重复刚刚的话："同学，把球踢过来。"

虽然语气没变，表情也没变，但戚生生就是察觉到这位小爷不耐烦了。

话音刚落，戚生生立即弯腰把球捡起来，没有踢过去，而是小跑了两步，送到了时忱的面前。

看着送到眼前的球和球上两只白净细嫩的手，时忱默然，有点整不会了。

"不好意思。"戚生生垂着眼，没敢看他，细声说道。

时忱盯着那双手，没反应过来，倒是汪越贱兮兮地走过来，胳膊搭在时忱的肩上，笑道："谢谢学姐。"

说完就要伸手接球，但还没等他碰到，就被某人抢先截了和。

时忱从下面拖着球，掀起眼皮扫了眼戚生生的脸，然后甩掉肩膀上的力度，头也不回地返回场内。

戚生生的手还停在半空，脸颊开始发热。

很尴尬。

这男生好拽。

说到底两人也见过三次了，但每次相遇都不太……友好。

汪越回头看了眼时忧的背影，表情莫名。

"谢谢学姐啦，没打疼你吧？"

戚生生摇摇头："没有。"

她微微笑了一下，随后回到自己刚才的位置，没把这个小插曲放在心上。

"哎，你怎么回事？"汪越走到时忧旁边，"打球心不在焉，传球飞了，还这么没礼貌。"

时忧低头运球，眉尾下压："话那么多，待会儿你去防徐子豪。"

"你个小心眼，想我被撞死？"汪越瞬间忘了自己刚刚的问题，对着徐子豪吼道，"小耗子，你爷爷来啦！"

时忧轻嗤一声，他听见隔壁羽毛球场上传来的欢呼声，突然把球一收，目光越过人墙看向场地里戴着蓝色发带的男生。

直到汪越叫他，他才淡淡地收回视线。

今阳一年一度的运动会将在国庆后开始，吴云青年纪尚轻，相较于其他老教师无所谓的态度，他对这次的运动会十分看重，希望班级里的同学能踊跃参加，赛出水平赛出风采，所以早早就把运动会的报名表给了体育委员，让有意向的同学去找体育委员报名。

戚生生不擅长运动，所以没打算参加。她扭头见施映跟体育委员要了张报名表，大刺刺地钩了 800 米和跳远两项，不由得笑道："运动会那天我给你打气。"

"那我一定拿个冠军给你。"施映学着电视剧里的登徒子，掐了下她的脸颊，调戏道。

课后，吴云青把月考的考场表贴在了后面，这次共考九门，语数外每科满分是 120，其余副科每门满分 70，合起来总分就有 780。只有高一采用这样的形式，到了高二分完文理，就会按照高考的分制来计算。

由于暂时没有成绩参考，所以这次的考场是按学号来分的，戚生生被分到了 23 号考场，就在十八班楼下，施映在 10 号考场，要到实验楼去。

虞宋是复读生，被分到了最后一个考场。

戚生生看完考场回到座位的时候，看了眼后排的虞宋，对方正在和体育委员说话，拿了张报名表，看样子是要参加运动会。

她收回视线，默默坐好，低头看书复习，心里开始期待国庆后的运动会。

利用白天上课和晚自习的时间，高一举行的第一次大规模考试在周五下午最后一节课落下了帷幕。戚生生考完最后一门数学时，心也渐渐沉到了谷底。

这次的难度不低，她的数学应该连及格都达不到。

随着交卷铃声响起，众人回到教室自觉地开始打扫卫生，吴云青交代了几句假期的注意事项后，各科的课代表也趁此将学校打印的作业试卷发了下去，教室里顿时响起一片哀号。

施映这次没有先走，而是在一旁等戚生生一起去吃饭。

"待会儿我们去吃什么呀？"一提到吃，施映恢复了活力，"我听陈思怡她们说南门附近新开了家甜品店，里面的双皮奶巨好吃，我们去尝尝吧。"

南门甜品店……

戚生生背上书包看着她："不会是叫'陈记'的吧。"

"你也知道？"

"那是我妈开的。"戚生生笑。

施映瞪圆了眼睛："真的假的？那也太爽了吧！天天都有蛋糕吃了。"

"一直忘了告诉你。"戚生生无奈一笑，环住施映的胳膊往校外走，"走吧，我请你吃蛋糕。"

施映立刻笑逐颜开，抱住她蹭了蹭："谢谢宝贝。"

相较于北门，南门显得更为热闹，街上都是卖文具和小吃的店铺，烟火气息浓郁，特别是这个时候的学生们开始放假，在街上走几步就能看见结伴逛街吃喝的一中学生。

二人站在斑马线前等着绿灯，施映滔滔不绝地讲着趣事，戚生生乖顺地听着没有打岔，余光却无意扫到站在校门对面梧桐树下的一个人影上。

是虞宋。

此时的他没有穿校服外套，神情漠然，看样子像在等什么人。

很快，便有了答案，只见一辆黑色的高档轿车停在他的面前，他透过车窗瞟了眼后座里的人，接着面无表情地开门坐了进去。

他貌似不太开心。

戚生生的眼眸一动不动，目光跟随着在拥挤的车道上缓慢行驶的轿车，连施映叫她都没反应。

"看什么呢？"

施映顺着她的视线看过去，没发现什么特别的地方。

"啊，没有……"戚生生回过神，极浅地笑了一下，抬眼注意到绿灯亮起，牵起施映的手，"可以走了。"

"陈记"这周正式开业，生意很不错，顾客大多是附近学校的学生。

陈隽一个人暂时忙得过来。

两人好不容易才等到一个位置，刚坐下来陈隽就从里面端了两碗双皮奶出来："刚做好的，你们先吃着，待会儿阿姨拿千层蛋糕给你吃。"

"谢谢阿姨！"施映甜甜笑道。

陈隽拍了拍戚生生的肩膀："今天妈妈要晚点才能回去，你乖乖待在家，别乱跑。"

"嗯，我知道。"

等陈隽回到柜台里，施映才小声说道："生生，你妈妈好漂亮啊，你跟她长得好像。"

戚生生笑了笑，没有回话。

她从小就经常被人说长得像父亲多一点，要是施映看到戚望，估计就不会这么说了。

两人很快便吃完了双皮奶，陈隽又端来一大块抹茶奶油千层蛋糕，施映看见后，眼睛一亮。

"我最喜欢抹茶味的东西了，阿姨你真是太赞了！"

陈隽被她夸得眼睛都弯了起来："喜欢就好。"

两人吃完蛋糕走到公交站前等车回家，施映和戚生生坐的不是一辆车，施映扯着她的手撒娇："我国庆要和爸妈去老家看奶奶，5号才回来，到时候找你玩。"

"嗯，我等你。"

闲聊间车也到了，戚生生目送施映远去，自己在原地又等了会儿才坐上车回去。

梧桐树让白日的暑气消散得更快，夜晚路灯的光把整座城市笼罩在斑斓迷蒙之中，戚生生注视着窗外，蓦地，一滴水珠落到车窗上，不一会儿，成群的水珠噼里啪啦地砸了下来，声音清脆。

这雨下得突然。

戚生生有些苦恼，她没有带伞，这雨下得很急很大，一时半会儿肯定停不了。

几分钟后，车到站，戚生生硬着头皮下了车，凉风夹杂着雨滴吹到人身上，裤脚很快就被打湿了。

抬眼看向混沌的天空，雨水像断了线的珠子落在地上，泛起淡淡的雾气，街道上汽车的尾灯在雨中折射出朦胧的霓虹光晕。

她尽量往遮蔽处缩，可肩膀还是被殃及。

戚生生把书包拿下来抱在胸前，害怕里面的书本也遭殃。

不知过了多久，亭子前的车辆停了几波，可雨依旧没有要停的意思。

从车上下来的人大多冒雨小跑着四散而去，亭子里还是只有她一个人。

这时一个高挑的身影走了进来，戚生生垂着脑袋没有兴致，她的嘴唇被风吹得有点发白。

那人停在了离戚生生三步远的地方，他脱下身上的黑色外套，把额前打湿的刘海揉开，漆黑的眼眸注视着雨幕，亭子里陷入了沉默。

戚生生见那人没有动，悄悄往右边挪了几步，她刚站定，鼻子忽然一痒，她忍不住低头打了一个喷嚏。

"阿嚏——"

声音很小，跟小猫似的。

时忧拿着外套的手一顿，唇瓣抿紧，喉结上下滑动，他低头轻咳一声，把书包背好。

戚生生揉了揉鼻子，她听见旁边传来窸窸窣窣的声音，没等她侧头看过去，下一秒一件黑色的外套兜头罩在她身上。

她被这个突发状况惹得叫了一声，连忙把外套扯掉，抬头看向左侧，原本站在那儿的人已经不见了。

戚生生透过亭子缝隙往外看，只能模糊瞧见一个身着白色 T 恤，背着藏蓝色背包的男生，在大雨里奔跑的背影。

　　"喂……"

　　戚生生眨眨眼，手里抓着留有余温的外套，还能闻到上面飘散出的洗衣液味道。

　　这是……什么意思？

　　戚生生不明白，男生给她外套是准备让她用来挡雨还是用来保暖。她再次抬头看向男生消失的地方，那是她回家必经的巷子。

　　对方也是住在这里吗？

　　戚生生对这突如其来的来自陌生人的善意有些许惶恐。

　　她抱紧外套，没有穿，也没有拿来挡雨。

　　这件外套摸起来就知道价格不菲，她不想弄脏。

　　不知是不是因为男生的举动太过温暖，戚生生不自觉勾起唇角，连带着看雨的眼神都染上了欣赏。

　　她又站了一会儿，雨势渐渐小了，化为毛毛细雨。

　　戚生生伸出手，感受到细微的湿润，她走出亭子朝巷子口走去，外套还抱在怀里，和书包一起。

　　不知道还能不能再遇到这个男生，这件外套，她想当面还给他。

　　回到家，戚生生把外套挂在自己房间的衣柜前，伸手抚平了上面的细小褶皱。外套很大，她要是穿起来，袖子能轻易盖住双手。

　　戚生生挂好衣服便去浴室洗了个热水澡，出来后喝了一袋感冒灵。她回到房间打算写会儿作业，拉包链的时候看到包上挂着的小火龙，唇角淡淡上扬。

　　这段日子好像总能遇到好人呢。

　　她点了点小火龙的脑袋，喃声说道："是你在守护我吗？"

　　有雨滴落在了上面，戚生生轻轻用指腹擦干净，小火龙尾巴上的火焰此时看起来比任何时候都耀眼，仿佛真的能感受到它的温暖。

　　"谢谢你。"

　　戚生生柔和温软的眉眼弯起，小巧可爱的兔牙若隐若现。

　　假期第一天，戚生生起了个大早去甜品店帮忙。她从小就是跟着陈隽在烘焙坊里长大的，耳濡目染之下，大大小小的甜品蛋糕她基本会做。

上午客人不多，临近中午橱窗里的甜品还剩下不少，戚生生看冰箱里还剩下一点奶酪，打算烤一个简单的巴斯克蛋糕。

陈隽走进厨房见她正在软化奶油奶酪，好奇地问了句："要做什么？"

"巴斯克。"戚生生说完打了个鸡蛋进去，"突然想吃了。"

陈隽走过去看她动作熟练，不禁笑道："今天有客人夸你烤的曲奇好吃，跟我要了两包带走。"

戚生生今早烤了些巧克力曲奇当作开业赠品，没想到反响这么好。

"那我明天再烤一些。"

陈隽笑着点点头，这时口袋里的手机响起，她拿出来接通。

"喂，请问哪位？"

"是我，时伍。"

陈隽没想到时伍会给她打电话，不由得站直身子，走出厨房："时伍哥，是有什么事吗？"

戚生生听到"时伍"这两个字，眼前浮现出一张俊朗斯文的脸。

那本《时间简史》她还没有看完。

过了一会儿，陈隽打完电话进来，表情有些犹豫："生生，待会儿能帮妈妈一个忙吗？"

戚生生刚把面糊放进预热好的烤箱里，她擦干净手点点头，问："什么忙？"

"中午的时候送点吃的去时叔叔家，他儿子一个人在家，没人做饭。"

这种事本来应该陈隽去的，可她不放心让戚生生一个人看店。

"好，我知道了。"

举手之劳的小事，戚生生没有迟疑就答应了下来。

时间到了中午十二点多，戚生生带上陈隽打包好的午饭准备出发，临出门时想起对方是比她小的弟弟，而且时伍还送了本书给她，于是转头又走进厨房。

"怎么了？"陈隽问道。

"空手去不好，我把刚烤好的蛋糕带上。"戚生生从冰箱里拿出冷藏的巴斯克，笑道。

临走前还顺手拿了两包曲奇塞到袋子里。

昨夜下的雨到今早才停，地面上水迹还未干透，吹过来的风已经染上了秋天的味道。

戚生生从公交车上下来，熟练地窜进巷子里。

刚开学那阵晚自习结束回来，她都不敢走进这条巷子，都是打电话让陈隽出来接她，现在久了之后倒也习惯了，包里备上一把手电筒，怕黑就拿出来照明。

巷子里的路面由于年代久远，下过雨后就会形成大大小小的水洼，戚生生低头仔细地走着，生怕踩到水里。

她按照之前时伍给的地址，结合她房间的方位，顺利找到了时伍家的小洋楼。

洋楼的外墙是用红砖修葺的，欧式建筑风格，看起来精致又大气。

果然有一个大院子，不过没有看见狗。

戚生生打量着院子里的绿植盆栽，它们被修整得十分漂亮，可以看出主人的细心和品位。

她收回视线，走到朱红色的大门前，深吸一口气，按响了墙上的门铃。

"叮咚——"

几声沉闷的铃声过后，门没有打开的迹象。

戚生生眨眨眼，想到自己每晚"偷窥"的男生待会儿就会从这扇门里出来，她就有种微妙的期待从心底冒出来。

她抿了抿唇，又抬手按了下门铃。

这次大门在铃声结束前有了动静。

戚生生听到门把手转动的声音，不觉升腾起一股紧张的情绪。她挺直背脊，垂眼盯着地面，乖巧地往后退了一步。

余光注意到大门被人从里面打开，一双蓝色的拖鞋进入视线之内。

戚生生抬起胳膊，将手里的东西递过去，声音轻软："时叔叔让我来给你送饭。"

"……"

有风吹过，扬起戚生生耳边的发丝。

气氛陷入诡异的寂静，对面的男生迟迟没有接过东西，戚生生微不可察地皱了下眉，她放下微微酸胀的手臂，迟疑地抬起头。

时忧身着深色长款睡衣，黑色短发略微凌乱，脸上泛起莫名的潮红。他紧抓着门把手，脑袋沉重，半撩起薄薄的眼皮，睫毛低垂，茫然地盯着眼前的女生。

他抬手探了下自己的额温，觉得自己是烧糊涂了在做梦。

安静之中，戚生生温润的黑眸对上了时忧的视线，四目相对，她听见了对方没有节奏的沉重呼吸声。

"是你……"

两个字在唇齿间细细研磨，轻到她自己都没有听见。

戚生生不高，她看他必须微微仰头。

时忧很好看，她在公交车上见到他的第一眼就这么觉得。

是和虞宋不一样的好看。

虞宋就像月亮一般矜贵清冷，让人不敢靠近，不忍染指。而对面的男生，有种由内而外散发出的生命力，一双眼尾细挑的眼里藏着孤傲和不羁，让人忍不住地想靠近他。

他人缘一定很好。戚生生心想。

两人沉默地对视了几秒，直到时忧的喉间发出抑制不住的轻咳，这才让凝滞的场面回暖。

时忧伸手握拳抵在唇上，脸上的潮红越发不正常。

"先进来。"他松开门把，转身走进屋内，压抑的咳嗽止不住地从嘴边泄出来。

戚生生迟疑地往前走了两步，但没有进去。

时忧走到餐桌边，没有听到身后传来关门声，不由得扭头看过去，见戚生生还站在门口，眉尾微动。

"不用换鞋，直接进来。"

他以为她是在纠结这个。

戚生生连忙摇摇头："不用了，我把东西放下就走。"

说罢，她把饭和蛋糕放在了门口的置物柜上，还贴心地指了指带碎花的纸袋子："这个里面是芝士蛋糕，要放进冰箱冷藏，最好在两天内吃完。"

她说完，朝时忧微微扯了下嘴角，脸上的表情要多僵硬有多僵硬，接着便伸手帮他把门关上。

时忧站在不远处，注视着女生的动作，舌尖在嘴里轻轻顶了下左腮，似有若无地轻笑一声。

"喂。"他叫住她。

戚生生动作一顿,这个语气跟那天社团活动上要她捡球时一模一样,她"嗯"了声,抬头瞧他。

"帮我个忙。"时忧错开看她的视线,声音沙哑。

"什么忙?"戚生生乖顺道。

"帮我买盒退烧药。"时忧扶住桌角,"家里的正好没了。"

戚生生这才察觉出男生原来在发烧,她蹙起眉头,没有犹豫:"好,你等着,我马上就回来。"

话音刚落,大门随之被关上,力道很轻,几乎没有声音。

窗外阳光明媚,客厅的地板上光影流动,可以清晰看见其中的浮尘,周围悄无声息,能听见他杂乱呼吸下抑制不住的紧张心跳。

女生的出现,宛若一场梦境。

戚生生几乎是跑着去的药店,根据经验,她买了一盒退烧药一盒感冒药还有一瓶止咳糖浆,迅速结完账,又飞奔回到巷子里。

这次她气喘吁吁地按响了门铃,才响起一声,门就被打开了。

时忧身上的薄荷香味飘进鼻子里,戚生生把袋子递过去:"你现在就吃,隔半小时再吃饭,吃完睡一觉,出汗就好了。"

女生鼻尖冒出细细的汗珠,白嫩的脸颊染上红晕,时忧只看了一眼便收回了目光,他用手托住袋子的底部接过来,道了声谢。

"多少钱?"他问,鼻音浓重。

戚生生摆摆手:"没有多少钱,不用了。"

时忧这才掀起眼皮瞧她,没有表情,忽地道:"等着。"说罢,转身上了楼。

戚生生不敢离开,只能在原地等他。

不一会儿,时忧从楼上下来,手里捏着一张红色的钞票。

他走到门口,递到她面前,语气散漫慵懒:"我不喜欢欠别人的,拿着,多的就当跑腿费。"

戚生生盯着红钞票,眨了眨眼,她忽然想起那天虞宋偷偷塞给她二十元钱的场景。

对比之下,时忧的做法才是正常的,而虞宋那样的,只会让人心动。

想到这儿,戚生生淡淡笑了一下。她摇摇头往后退了一步:"真的不用,我先走了。"

说完没有给对方反应的时间，戚生生带上门，阻隔了时忱呆愣的视线，顺利完成陈隽交代的任务。

门内，正发着低烧的某位小爷，捏着一张红钞，手举在半空，迟迟没有放下来，活像尊雕像，要是汪越看见准会调侃一句——去广场上一站，都能以假乱真。

怎么说呢，有点傻。

戚生生回到店里的时候，看了眼墙上的时钟，已经快两点了。

陈隽好奇："怎么这么慢？"

"时叔叔的儿子发烧了，让我帮他去买药。"戚生生老实回答。

陈隽闻言不由得皱眉："发烧了？严重吗？"

"应该不太严重，我看他上下楼挺利索的。"戚生生喝了口水，想到了什么，话锋一转，"时叔叔的儿子叫什么啊？"

戚生生不相信什么缘分，但她和那个男生说起来都见过四次面了，现在又得知他是时伍的儿子，再不知道名字就有点说不过去了。

"我听时伍提过，好像叫什么……时，时忱？"陈隽不确定，"是读 chen 吧。"

陈隽用笔在纸上写了写："竖心旁的这个字。"

"时忱……"戚生生细声读着这个名字，赞道，"这个字很少被用在名字里呢。"

"看名字就觉得是个很酷的孩子。"陈隽笑了笑，"你看见了觉得怎么样？是不是和时叔叔一样帅？"

戚生生回想起少年的脸，诚实地点点头："嗯，比时叔叔还帅。"

6 号那天，施映如约打电话叫戚生生出去玩，等她到了约定的商场，发现施映旁边还站着一个男生。

那个就是她经常提起的青梅竹马。

陈砚达长得不错，高高瘦瘦的，皮肤是健康的麦色，是很阳光的那种长相。

施映向戚生生介绍他的时候，脸上都是笑意。

施映今天穿了一条鹅黄色的连衣裙，衬得艳丽的五官越发好看，原本大大咧咧的女生，此时看起来温顺又可爱。

戚生生想，施映真的很在意这个男生。

她收回视线，拘谨地和对方打了个招呼，由于没有过这样类似的经历，所以她并不知道该如何说话才是最得体的，只是乖巧地笑了笑，没有再多说什么。

　　陈砚达脸上没什么表情，眼神一直飘忽不定，手插兜跟在施映身后，有些心不在焉。

　　"我们去吃点儿东西吧。"施映看起来心情很好，她看向陈砚达，"四楼的那家港式甜品店，我想吃很久了，我们去吧？"语气带着不易察觉的商量。

　　陈砚达"嗯"了声，再没了其他反应。

　　得到肯定的回复，施映悄悄地松了口气，笑着拉起戚生生的手："走吧，我请你。"

　　戚生生被她扯着转过身，眉间微不可察地皱了下。

　　三人点完东西刚坐下，陈砚达一直拿在手上的手机突然响起，他直接站了起来，没和二人打招呼便出去接了电话。

　　施映看在眼里，立刻给他找补："他这人有点腼腆。"

　　戚生生点点头，没有在意："小施。"

　　过了一会儿，点的东西都上齐了，陈砚达才回来，施映随口问了句："谁打的？"

　　陈砚达头也没抬："你又不认识，问这个干吗？"

　　气氛有一瞬间的凝滞。

　　戚生生挖着冰激凌的动作一顿，她下意识地看了眼施映，见对方愣了一下，随即掩饰性地笑道："好奇嘛，我们都好几天没见面了……"

　　"快吃吧，我还有作业没写好，今天耽误了好多时间。"陈砚达不耐烦地皱起眉，放下勺子抬眼看向施映，带着很强的压迫感。

　　施映的嗓子眼仿佛被人堵住了，她能感受到来自对方的不耐烦，怔了一会儿，才扯了下嘴角："知道了，对不起。"

　　戚生生抿了下唇，听见施映的回答，她把即将脱口而出的话咽了回去。

　　这两人的氛围，真的是从小玩到大的青梅竹马吗？

　　氛围又一次陷入了沉默，陈砚达三下五除二就解决了碗里的芋圆："走了。"然后随手拿起椅把上的外套，头也不回地走出店门。

　　施映的目光追随着他的背影，直到戚生生握住她的手，她才回过神。

"他人很好的。"施映笑了笑，"今天可能有什么心事吧。"

戚生生"嗯"了声，宽慰她："吃完我们去逛街好不好？或者你想去哪里玩，我陪你。"

施映咽下最后一口面包，情绪低落，她指着不远处成排的娃娃机。

"我想去抓娃娃，我很厉害的，每次都能钓出来，陈砚达还说我是抓娃娃大师。"

"好，那你教教我。"

施映强撑着笑容，她不想当着戚生生的面露出怅然若失的表情，只能借着喝奶茶低下头，笑道："那我可要收学费。"

"陈记甜品永久试吃权。"

施映破涕为笑："那我就不客气啦。"

施映抓娃娃的功力果然不是吹的，一个下午过去，戚生生的怀里抱着一堆各式各样的娃娃，一旁的商场工作人员都忍不住过来凑热闹。

临走时施映让戚生生拿一些回家去，她床头都是这些抓来的娃娃，已经快摆不下了。

"我就要两个。"

戚生生早就相中了其中的皮卡丘和小火龙，没有跟她客气。

"你这么喜欢《神奇宝贝》啊，我见你的发圈也是皮卡丘。"施映不爱看动漫，不能理解这些奇形怪状的小动物有什么可爱的。

戚生生微笑不语，抱着两个娃娃跟着施映走出了商场。

路过星巴克门口时，戚生生随意往里一瞥，却看见了意料之外的人。

虞宋正和一个长发女生面对面坐着。

戚生生顿时停在了原地，视线黏在二人身上。

男生还是那副知礼有度的模样，斜阳透过落地窗打在他身上，将他的影子拉得很长，黑色的卫衣穿在他身上有种说不出的气质。

那个女生背对着她们，戚生生看不清对方的样貌，但从纤细的背影就能看出，她是所有男生看到都会有好感的类型。

"怎么了？"

施映见戚生生迟迟没有跟上来，不由得好奇地转过头。

戚生生收回视线摇摇头："没事，打车吧。"

等两人走到街边，趁着施映拦车的空当，戚生生没忍住又回头看了一眼。

里面的二人不知道聊到了什么，只见女生笑得微微弯腰，白色的裙摆随行而动。

戚生生回过头，垂眼看了看自己的牛仔裤，收紧了抱住娃娃的胳膊。

这一刻，她想要减肥的念头无比强烈。

假期结束，童慧珊起了个大早把时忱送到校门口，车刚停稳，她朝后座上的少年嘱咐道："别忘了晚自习跟班主任请假，人家周老师好不容易从京州赶来帮你上课，别给我丢脸。"

时忱淡淡"嗯"了一声，推开车门就要下去。

"对了，我昨晚看见冰箱里有块蛋糕，闻着好像坏了，我就给扔了，那是谁买的呀？"

少年推门的手猛然一顿，一只脚踏在地面上，他回过头，眉头紧皱，声音冷硬："你扔了？"

"都坏了，不扔了还留着吃吗？"

童慧珊不明所以地回头瞧他："你买的？下次记得早点吃掉，冰箱都臭了。"又嘀咕道，"哎，我记得你不爱吃甜食啊，怎么想起来买这个……"

没等她说完，只听"砰"的一声，车门被用力带上，童慧珊抖了一下，望向时忱的背影，茫然地眨眨眼。

臭小子，叛逆期还没过去啊。

走进教室刚坐下，汪越这厮就飘了过来，一屁股坐到时忱的桌子上，笑容谄媚："时哥。"

时忱现下心情不佳，掀起眼皮瞥了他一眼："黑了，海南的太阳看来确实很毒，能让人退化成猴。"

汪越扫兴，一腔思念化成灰："为何才七日不见，时小爷对我竟变得如此冷酷。"

时忱轻嗤一声，把卸下来的书包塞进桌肚里，却受到了某种阻碍，他略一挑眉，伸手往桌肚里掏出一把花里胡哨的东西。

都是些被精心包装的礼物。

汪越眼睛一亮，拣出其中几样，嘚瑟道："这是我从海南带给你的特产，这包是芒果干，这包是椰子糖，其余的都不是我的。"他转念一想，不禁揶揄，"又是那些女生送的。"

时忱何许人也，德智体美劳全面发展的学霸，篮球队队长、小提琴王子，在校庆晚会上的一曲惊艳四座，又帅成绩又好，是老师心目中的好学生，同学们心目中的偶像。

时忱把东西都挪到桌上，对这些礼物没什么反应，早已司空见惯。

他正要让汪越拿去分了时，目光却被其中的一样所吸引。

那是一个很常见的卡通透明包装袋，里面装着巧克力曲奇。

他伸手拿起来，上面还粘着一张卡片。

署名是一个叫"郑碧言"的女生。

"这个曲奇饼干，你知道是在哪儿买的吗？"时忱没有看那张卡片上写了什么，手指捏着封口，眼睛盯着曲奇，一动不动。

汪越看了眼曲奇，"哦"了声："这个我知道，这几天班上的女生人手一个，好像是南门附近一家甜品店的开业礼。"

"我尝过一块，挺好吃的。"

时忱背靠在后桌边，抬手把曲奇上的卡片拿下来，看到上面的卡通图案，表情一松。

假期前一天时伍便去了外地出差，童慧珊在上海演出，阿姨也放了假，只留突然发烧的他一个人在家，本以为难得的假期会在无聊的氛围里度过，没想到那个女生却突然按响了他家的门铃。

她还叫时伍"叔叔"。

想到这儿，时忱慢条斯理地拆开包装，拿起一块曲奇塞进嘴里，巧克力浓郁的味道充斥着口腔，很好吃，一点也不腻，让一直不喜欢甜食的他都上了瘾。

"汪越。"

"嗯？"汪越闻言抬起头看过去。

少年眼睫如鸦羽，双眸漆黑如墨，淡薄的眼皮上一道浅浅的折痕，眼下有颗不明显的黑痣。他不爱笑，却偏生了一副笑唇，且唇瓣温润。

这时的少年不知想到了什么，迎着阳光，眼睫下垂，嘴角扯着个不咸不淡的弧度，但汪越就是感觉时忱此刻心情又变好了。

"你晒得挺有男人味的。"

这诡异的夸奖让汪越背脊一颤，他盯着时忱莫名其妙的微笑，不懂这位大哥如同过山车般的心情变化是怎么回事。

电光石火间，汪越的脑瓜灵机一动，他看向桌上被时忱扯掉的卡片，了然一笑。

时忱别的礼物都没碰，唯独拆了这个。

这个叫郑碧言的他知道，是隔壁班的语文课代表，长得确实不错。

月考成绩下来了，吴云青拿着成绩单走进班级，先是扫了眼充斥着紧张气息的教室，接着目光定在了最后一排的虞宋身上。

"这次月考我们班考得不错，在年级组里排第三。特别是化学，我们班的平均分是年级第一。谢谢大家给我争面，希望接下来大家可以再接再厉，戒骄戒躁，继续保持。"

听到班主任教的化学是年级第一，程于带头鼓起掌来，谄媚的样子让邵鹏忍不住嗤笑，宽厚的肩膀都故意抖了一下。

"我们班这次的第一名——"吴云青看向虞宋，"是虞宋同学，而且他不仅是班级第一，也是年级第一，各科分和总分遥遥领先，名副其实。"

这话一出，班级里像被投入了一颗手雷，瞬间炸开了。

程于是最吃惊的一个，他本来考完后估了下分，认为考第一是十拿九稳的事，哪想到半路杀出来一个程咬金。

程于猛地回头死盯着虞宋，见对方气定神闲，再联想起之前被他讽刺的事，内心仿若烧起了一团火。

戚生生也小小地震惊了一下，虞宋作为高一被强制复读的学生，可以想象原来的底子有多差，就算学过一年，那也不可能一下子就跃到第一的位置。

她小幅度地扭过头看向他，没想到对方也看了过来。四目相对，戚生生扯了下嘴角："恭喜。"

虞宋隔着眼镜片，眼尾上扬："谢谢。"

吴云青下课前让程于把成绩表贴到后黑板上，铃声一响，施映便拉着戚生生去看成绩。

表上各科成绩都有，戚生生的数学是她九门里分数最低的，只考了 70 分，连及格线都没有达到。

她总分 618，班上 48 个人，她排第 41 名，倒数第七。

施映总分比她高了 22 分，排 30 名。

虽然考完后她就给自己打过预防针，但真看见实实在在的分数，戚生生的心情还是瞬间掉到了谷底。

虞宋总分734，比第二名的程于还高了十几分。他的历史和地理甚至考了满分。

戚生生抿了抿唇，喉间有些难言的苦涩。

116分的差距，对现在的她来说，是一道怎么也跨不过的鸿沟。

大课间的时候，教数学的林远平把戚生生叫到了办公室。

林远平翻了翻她的卷子，越看眉头皱得越紧，他"嘶"了一声，有些为难地看着她："你初中的时候在哪儿念的？"

"白安中学。"戚生生垂眼站在办公桌前，后背僵硬。

林远平年近五十，是今阳最有资历和实力的数学能手，他带过的学生无数，知道在高中学习数学这事还得靠学生自己开窍，不然再怎么讲题填鸭，分数也提不上去。

"能从白安考到今阳，说明你的学习能力是没有问题的，我看了你的卷子，失分的都是在一些需要公式的题目上。"林远平见对面的女生肩膀紧缩，很紧张的样子，抬手把眼镜拿了下来，"不用紧张，我就是了解一下你的情况，中考数学考了多少分？"

"128分。"

中考数学满分140，但总体难度不高，"128"这个分数只能说她基础不错，但后劲不足。

林远平点点头。

他记得戚生生的同桌是施映，那姑娘的数学也一般。想到这儿，他回头看向坐在后面的吴云青，问："小吴，你说过这两天十八班要调座位的吧？"

吴云青正在写备课笔记，闻言"嗯"了一声："是，我打算按照成绩排。"

学生按照成绩自己挑座位，这样很容易产生成绩好的扎堆，成绩差的被挤到四角的情况。

林远平本想说两句，可一想到自己不是这个班的班主任，吴云青又是个刚毕业的热血青年，自己说多了也遭人烦。于是他思索了几秒，指了指戚生生："那像这样成绩靠后的，尽量还是你自己安排，给她找个数学好的同桌。"

吴云青看了眼戚生生，明白了林远平的意思，点点头道："这个我有数。"

"你回去把数学书再从头过一遍，就不要钻那些提升题了，把基础打扎实再说。"

林远平看这小姑娘长得可爱，自己近期也添了个孙女，所以语气很和蔼："去吧。"

"谢谢老师。"

戚生生走出办公室时，外套里的夏季校服已被汗水打湿，黏在了后背上。她长长地呼出口气，目光不自觉地定在走廊地面上，直到施映过来叫她，她才从思绪里回过神。

"老林没骂你吧？"施映看她脸色不太好，问道。

戚生生摇摇头："没有，走吧。"

换座位这事吴云青早就在班级里提过，他的行动力很快，晚自习的时候就叫所有人站到走廊上，按照成绩顺序进去自己挑位置。

虞宋是第一名，众人眼巴巴地看着他走进去，都想跟他成为同桌。本以为他会选择最热门的三四排，没想到他径直走向自己原来的位置。

吴云青也没想到虞宋会这么选，有些讶异地挑了下眉，但也没说什么。

戚生生看在眼里，心跳得有点快。

她的排名很靠后，前面的同学不可能会选择后排的位置，林远平让班主任给她安排个数学好的同学，那她是不是有可能……和虞宋成为同桌。

下一个是程于，不出所料，他选了视野最好的第三组第四排。

施映跟虞宋一样，选择了原来的位置。

流程走完，戚生生还是没有勇气，她选择坐在了施映旁边，此时吴云青的暗箱操作也正式开始。

程于的同桌是杨昕，她的成绩其实是倒数，但不知是不是程于的人缘问题，到了最后都没人选择坐在他身边，这才让杨昕捡了漏。

杨昕内心欣喜。

吴云青走到讲台前，看了看大家自己选的座位，随即叫了几个人的名字，其中就有戚生生。

"陈思怡和宋洋换一下，你和许嘉坐在一起只会讲话。"

"卢思思坐到这儿，白书熙的英语你帮他一下。"

"戚生生和杨昕换一下，程于你帮帮她的数学。"

"天啊……"施映低骂一句，"他疯了吧？"

戚生生听到结果，眸光闪了闪。她抬头看向前面的程于，对方没什么特别的反应，只是撑头斜睨了杨昕一眼。

戚生生收回视线，手上的笔被她捏在指尖，骨节略微泛白，用了很大的力气。

下课后，众人开始收拾书包去到新的位置。

施映叹了口气，拍了拍戚生生的肩膀："别怕，他要是敢对你怎么样，我撕了他。"

经过这一月，戚生生清楚程于只会逞口头之快，她从来没放在心上过，也没有什么怕不怕的，毕竟比这更过分的她都见识过。

虞宋还是一人霸占着两张桌子，他安静地坐在那儿，周围嘈杂喧闹，他却像个局外人，没有任何过多的情绪，仿佛什么人或事都无法让这个人有一丝波动。

那天晚上，温度很低，窗外秋风萧瑟，戚生生安静地坐在位置上订正数学卷子，程于自始至终没有和她说过一句话，仿佛她是一个透明人，这样也好，她也乐得清静。

只是心口像被一块大石压着，闷得她有些喘不过气，有点想哭。书本翻页声不绝于耳，戚生生明白了一个道理，很多事情是不能如愿的。

调过座位后的第二天，那位请了一个月假的复读生终于来了学校。

长发及腰的女生俏生生地站在吴云青的身边，她没有穿校服，上身是一件修身针织衫，下身一条短裤，露出笔直修长的双腿。

她长得很漂亮，比施映还要靓丽。

"你给大家介绍一下自己吧。"吴云青不太满意女生的穿着，声音透着严肃。

女生笑了笑，涂着口红的嘴唇开合道："我叫颜桐，颜色的'颜'，梧桐树的'桐'。"

吴云青等了一会儿，没等到下文。

"行了，你找个位置坐下吧。"吴云青道，"中午回去把校服穿上，以后在学校不准这么打扮。"

颜桐跟坐在底下的同学仿若是两个世界的人，她神情慵懒，身材高挑，眼神里透着无所谓，只是在触到虞宋的时候，有了波澜。

只见她越过众人，径直走到最后一排，把书包甩在虞宋旁边的桌上，大刺刺地坐了下来。

虞宋偏头瞧了她一眼。

"真巧啊，我们竟然是同班。"颜桐手托腮，笑意盈盈地盯着虞宋。

前排的施映竖起耳朵听起了八卦。

虞宋手上转着笔，微微笑了笑："是挺巧的。"

戚生生扭过头见到的就是这么一幅画面：女生长发如墨，眼眸似黑夜里的一抹星辰，笑容娇俏可爱，男生芝兰玉树，身姿挺拔，正歪头对着她笑。

阳光照进来，仿佛给二人披上了一层薄纱，朦胧又梦幻。

般配。

戚生生回过头，目光落在指尖，脑海里冒出这两个字。

这样的男生，怎么会只有她一个人注意到呢。

"呵，颜桐，我知道她。"程于正和后面的男生说话，语气有些轻佻，"贴吧上很出名。"

程于挑眉："听说她爸是学校领导。"

戚生生听了进去，她只在开学前的暑假刷过校园贴吧，并没有注意过什么八卦。

程于聊完坐直身子，余光注意到一旁的戚生生，他微微侧过头看了她一眼，忽然低声叫她："小同类。"

见女生不理他，他并不在意，继续说："你就不能减减肥吗？看到美女就不自卑？"

说完见对方还是没有动静，程于也自觉没意思，不再开口。

戚生生垂眸，耳侧的头发有些长了，随风轻扫着她的脸颊，很痒，但她不想拨开。

运动会为期两天，吴云青特地租了一顶雨棚给班级当休息点，没有比赛的同学全部成了后勤部，负责递水加油。

开幕仪式一结束广播里就响起了振奋人心的音乐，众人回到班级所在地做赛前准备。

戚生生把事先发下来的号码牌亲手给施映戴上，嘴上嘱咐道："名次不重要，千万别受伤，也别逞能，重在参与就好。"

听到这软糯的声音，施映的心都化了一块，转身捏了捏她的脸，笑道："小戚同学，知道我初中时的外号吗？"

邵鹏插嘴："怪力女战士？"

"去死。"施映瞪了他一眼，转而表情嘚瑟，"是'跑道杀手'。"

她弯下腰做起拉伸："看着吧，说了给你捧个冠军回来，一定说到做到。"

戚生生无奈地笑了笑，微微扭头看向身后虞宋所在的方向。

他今天没穿校服，上身是一件裁剪精细的运动短衫，紧实富有蓬勃生机的背部线条展露无遗。

他只报了 1500 米跑步。

同样没穿校服的颜桐站在他的旁边，两人正自如地说着话，看起来已经很熟了。

今天的天气阴沉沉的，浓厚的云层把阳光隔绝，操场上的一切都像失了生机一般。

戚生生脸上的笑意落了下去，回过头垂眼盯着手里的矿泉水。

突然一双手夺过她手里的水，戚生生被吓了一跳，抬起头瞧见程于已经拧开瓶盖仰头喝了起来。

她这才记起，程于好像报了不少项目。

施映看到这个讨厌鬼过来抢水，挡在戚生生面前，语气有些不快："不能自己再拿一瓶吗？非要抢？"

程于没有理她，歪头看向戚生生，脸上没有表情："某些没参赛的人都能喝，我喝班主任为运动员买的水没问题吧？"

"一天不找碴儿你能憋死？"施映不想再跟这种人争论，拉起戚生生坐到棚子的另一边，"别搭理他，就一智障。"

戚生生习惯了程于的莫名其妙，本就没往心里去，但听到施映的怒怼，还是忍不住笑了一下。

很快广播里传来了让参加女子 800 米跑步的选手去检录的声音，施映临走前飞了个吻，戚生生点点头，走到了跑道边为她加油。

今天操场上的人很多，因为这是全校性的活动，初中部跟着放了假，不少人也到了操场凑热闹。

广播声一停，跑道边瞬间涌过来一帮加油的人群，把终点处挤得水泄不通，体育老师只能吹口哨驱散。戚生生还没挨到跑道的边，就被前面突然后退的人群撞到，脚下猛然失去重心，为了稳住身子只能趔趄地往后退。

在她以为自己必倒无疑的时候，后背碰到了一个结实的物体，撑了她一把。

戚生生立刻借力站稳，她回头想要看看碰到的是什么，慌乱的视线却撞进一双散漫的眼眸里。

那人眸色很黑，睫毛如同鸦羽，又密又长，和在公交车上看到的一模一样。

时忱站直身子，低头盯着戚生生，双手环在胸前，像在护着什么。原来她撞到的是时忱的后背。

戚生生看清男生的脸，心跳漏了一拍，她往后退了两步，立即垂眸道歉："对不起。"

虽然见过很多次了，但从客观上来讲，两人还是陌生人。

她每次面对这个男生，心里都会涌起紧张的情绪。

对面的时忱松下胳膊，从鼻尖呼出口气。戚生生这才看见他手里拿着一台单反相机，看着就很贵。

戚生生顿时一阵后怕，要是她刚刚没站稳，相机是不是就……

"没事。"时忱垂睫检查了下相机，语气淡漠。

戚生生松了口气，小心抬眼观察了一下对方的脸色，然后迟缓地转过身继续往跑道那儿走。

她想起时伍说过他儿子爱玩些不务正业的东西，原来是摄影啊。

见时忱一副很爱惜的样子，看来他应该很喜欢。

"喂。"身后的少年忽然轻轻淡淡地叫了她一声。

戚生生正沉浸在思绪里，下意识地"嗯"了一声，回过头。

"咔嚓！"

只听见相机的快门声响起，虽然闪光灯没开，但戚生生还是愣了一下。

"你……拍我干吗？"

时忱低头检查了下照片，唇角微微上扬，看起来很满意。他抬头见女生在看他，挑眉道："广播站的任务，记录运动会实况。"

"谢谢。"

说完就转过身走向了另一边，风把他的校服外套吹得鼓起。少年背影挺拔，步履不停，比任何一部青春电影都要来得美好。

戚生生立在原地，眨了眨眼，直到跑道上响起枪声才从愣怔中回过神。

施映果真在预赛和决赛上都拿到了第一，跑完后的她表情轻松，呼吸也没有混乱。

她接过老师递过来的奖状摆到戚生生和邵鹏的眼前："看吧，这就是实力。"

邵鹏举起拇指："服了服了。"

男子1500米跑步比赛也在这时开始了，施映拉着戚生生提前挤到前排的位置凑热闹。

虞宋此时站在起点处热身，他白得自带柔光，在一众选手里尤为显眼。

戚生生盯着他，心里小声地为他加油。

这时鼻子忽然捕捉到一股若隐若现的香味，是花调的香水味，一个高挑的身影站到了戚生生的旁边。

戚生生好奇地看过去，是颜桐。

这好闻的味道是她身上散发出来的。

两人此时的距离很近，戚生生能清楚地看到对方细腻白净的皮肤，还有秀挺的鼻子。

颜桐是标准的五官大气型美女，笑起来美艳，不笑的时候自带高冷气场。

戚生生只看了一眼便移开目光。

这样的美，不管男女都会心生好感，她也不例外，颜桐美得让人自惭形秽。

准备的哨声被吹响，虞宋弯腰起步，戚生生看着他，就是觉得他会得第一，这样的人无论做什么都会成功。

"加油啊！"

一旁的颜桐兴奋得跳了起来，施映诧异地看了她一眼，随后凑到戚生生耳边，小声八卦："这两人关系不一般。"

戚生生眼皮一跳："谁？"

"虞宋和颜桐啊。"施映"啧"了一声，"他们好像之前就认识，我坐在前面听得清清楚楚。"

她悄悄指了指颜桐的方向："我觉得这位对虞宋有意思。"

戚生生心口一滞，扯着嘴角："是吗？"

"嗯嗯。"施映继续道，"他俩的父亲好像是旧识，我昨天听到两家今晚要一起吃饭……我们今晚也出去吃吧，反正不上晚自习，我想吃麻辣烫了……"

施映接下来说的话戚生生一个字也没听进去，胸口闷得难受，她盯着跑道，一直没有说话。

直到施映轻轻推了推她："怎么样？去吃吗？"

戚生生回过神，笑着摇摇头："不了，我妈让我今天早点回去。"

"啊——"施映瘪起嘴，有些失望。

戚生生笑得更开朗了："我们可以待会儿结束就去吃。"

"好耶！"

枪声把二人的注意力拉回到赛场，虞宋宛如弓上离弦的箭，速度飞快，不一会儿就把其他人甩在了后面。

阳光这时渐渐从云幕后挣脱出来，照在少年奔跑的身影上，杂乱的时光仿佛也被镀上了一层金光。

戚生生看着看着，极轻地笑了一下。

上午场结束，虞宋获得了1500米跑步的冠军，程于是季军。

众人围在虞宋身边表达恭喜，程于则看起来心情不爽，大家看他的眼色都不敢太放肆。

戚生生拿着一瓶水站在不远处，不知在期望些什么。直到看见虞宋接过颜桐递过去的水，她才收回目光，拧开瓶盖喝了一口。

中午的麻辣烫店里有很多学生，施映拿了很多肉，准备结账的时候注意到戚生生的筐子里只有几样蔬菜，不由得问了句："你就吃这么点儿啊？"

戚生生点点头："我不是很饿。"

下午的跳远比赛施映拿了个第二，她有点不开心，戚生生宽慰了几句，但效果甚微，便说放学后带她去吃冰激凌。

南门新开的奶茶店前大排长龙，两人只能等在最末的位置，好不容易下一个轮到她俩，却被店员告知只剩最后一个冰激凌了。

施映轻轻"啊"了一声，心里祈祷前面的女生千万别点冰激凌。

"一个抹茶味的冰激凌。"

点单的女生扎着低马尾，身穿今阳的校服，身高在女生里算比较高的，声音很特别，清润又温柔。

最后一个抹茶冰激凌被点走了，施映瞬间像只泄了气的皮球，丧气地哀号了一嗓子，吸引了女生的注意。

女生回过头注意到施映，下台阶的脚步一顿，表情有些不自然。

施映没工夫观察女生的表情，目光黏在对方手里的冰激凌上，像只馋嘴的猫咪。

戚生生见她这副样子心内好笑，扯了她一把给人家让道："算了，点奶茶喝吧。"

施映拖腔："好吧。"

"你，想要这个？"女生忽然开口打断二人的对话。

施映抬头看过去，指了指自己，不太确定："你在跟我说话？"

女生轻轻"嗯"了一声，将绿色的冰激凌递过去，眼里有不易察觉的笑意："给你。"

施映清润的眼眸一亮，脸上漾起一抹明艳的笑容："谢谢！我给你钱……"

"不用。"女生阻止她，狭长的凤眼微微弯起，十分漂亮，"我才想起我例假快来了，买都买了，扔了也浪费，既然你喜欢，就给你吃吧。"

被突如其来的好运砸中，施映愣怔了一秒，随后极快地点点头："喜欢，我很喜欢，谢谢你！"

说罢，她接过冰激凌，拉着戚生生从队伍里退出来走到一边，以免挡着后面排队的人。

戚生生看着面前的女生，心想还是好人多啊。

"蒋显允，我的名字。"

三个人自我介绍完，直到蒋显允走远，戚生生和施映还拿着手机，面面相觑。

买个冰激凌还附带交朋友，甚至加了QQ好友，这是什么神奇操作。

运动会期间不上晚自习，戚生生陪着施映吃完冰激凌，两人便各自回了家。

今天早上出门前陈隽特意叮嘱让她一放学就回家，说是要出去吃晚饭。

等到公交车靠站，戚生生下车便看见站在巷子口等候她许久的陈隽。陈隽换了件白色的毛衣，站在夕阳的光晕里，看起来温婉又柔和。

戚生生眨了下眼，时光仿佛回到了小时候，陈隽和戚望一起等在小学门口接她回家，那时候陈隽的脸上比现在多了份笑容。

"妈妈。"戚生生走过去，轻轻叫她。

陈隽回过神，眨了眨失焦的眼睛，看着她扬起嘴角："走吧，你时伍叔叔要请我们一家吃饭，说是要感谢你给他儿子送饭的事，我推不了。"

"就他一个人？"戚生生脑海里浮现出时忧略带不耐烦的脸，忽然生出一丝退意。

陈隽笑："还有他夫人。你到了之后别忘了叫人，喊她'童阿姨'就好。"

戚生生点点头，被陈隽牵着往街边走，那里正好停了一辆出租车。

"粤菜馆，包厢已经订好了，他让我们先去。"

陈隽打开后车门，让戚生生坐进去。

直到两人坐稳，汽车启动，戚生生才犹豫地开口："那他儿子……也在吗？"

听到戚生生的话，陈隽摇摇头："听他说时忧好像要上什么小提琴私课，可能赶不过来。"

小提琴私课？那时间应该很长，估计等他结束他们也吃完回家了。

戚生生轻轻呼了口气，略微紧绷的心情也逐渐放松下来。

天气转凉，昼短夜长，还不到六点，天色就暗了下来。

等到达餐厅，天已经黑了。

这是一家很出名的粤菜馆，这个点一楼已经坐满了客人，陈隽报了时伍留下的电话，服务员确认无误后，将二人引到二楼包厢。

包厢内的装潢很雅致，里面没有人，戚生生紧靠陈隽坐下，手捧着热茶喝了一小口。她中午吃得少，挨到现在有点饿过头了，反倒没那么想吃东西了。

其实从小到大她的饭量都很小，用戚望的话说就像小鸟啄食，吃几口就饱了。

能从小小的一个吃成如今的模样，戚生生费了一番工夫。

可现在，她有点后悔了。

等了一会儿，包厢门被推开，时伍和一个鬈发女人出现在门口，陈隽拉着她起身问好。

"时叔叔好，童阿姨好。"戚生生拘谨道。

童慧珊长得很漂亮，是和陈隽完全不一样的类型，她明媚爽朗，一笑起来嘴角浮现出两个浅浅的梨涡。

听陈隽说她还是个大提琴家，在国家乐团里任职，现在是教授级别。

她上下打量了眼戚生生，嘴角含笑："这就是生生吧，都长这么大了，快坐快坐！想吃什么就点，别跟叔叔阿姨客气。"

她把菜单递给戚生生，语气熟络。

性格也很好，戚生生心想。

时伍自然地走过去想坐在陈隽身边，却被童慧珊抢先一步："好久不见啊陈隽，得有十几年了吧。"

时伍被她挤到一旁，尴尬地笑了笑，没说话。

陈隽正给二人倒热水，没在意这夫妻俩的互动，闻言点点头："是啊，从生生满月之后，你们就搬到梧城了。"

童慧珊闻言低眉一笑，向来能说会道的她此刻也没了多余的寒暄。

两个人之间似乎发生过什么。

场面陷入片刻尴尬的沉默，戚生生从菜单里抬起头，目光在两个女人身上扫视了一圈，随即撞上了时伍求救的视线，戚生生了然，放下菜单说道："我不太会点，就随便点了几样，时叔叔您再看看？"

时伍立刻接话："好好好，我看看。"

他接过菜单一看，戚生生一道没点，伸手接起笔，笑道："算了，还是我来吧。"

童慧珊把注意力放到了戚生生身上，提了些学业和生活上的问题，谈话间，她的脸上一直带笑，但戚生生总觉得拘谨。

孩子是敏感的，这个童阿姨给她的感觉，并不像展现出来的那样友好。

席间，陈隽一直很安静，时不时给戚生生夹菜，两人沉默地吃着，包厢又一次陷入了安静。

时伍想要打破这个局面，他看向童慧珊，挑起一个话题："时忧呢？怎么还不来？"

"今天周老师的课，要上到晚上十点，他不能请假。"童慧珊语气没什么波澜。

时伍有些不乐意："你又给他加课了？他已经初三了，明年就中考了，你让他好好学习行不行？"

童慧珊眉头一皱，碍于陈隽在场，她压制住想要争辩的欲望，语气克制："乐器这东西一天不练就前功尽弃，你懂什么。"

"是，我不懂。我看他对小提琴也没多大兴趣，倒是更乐意摆弄那相机。"时伍轻哼，"我说别买别买，你非给他买。"

童慧珊筷子一放，嘴唇紧抿，强忍着没说话，要不是此时有外人在场，两人指定就吵起来了。

戚生生咬着筷子，呼吸放缓了下来。

桌下，陈隽握住她的手，无声地安抚。

在夫妻俩因为教育问题剑拔弩张的时候，包厢的门被人从外面推开，戚生生抬头看过去，正是话题的中心。

时忱穿着黑色的连帽卫衣和宽松的做旧牛仔裤，头戴一顶白色鸭舌帽，眉眼隐在帽檐下，只能看见他精致流畅的下颚线条。

少年背着琴包，身高腿长，站在那儿眼神淡淡，一副桀骜不驯的样子。

童慧珊猛地站起来："你怎么来了？"

时忱把琴放下，自然地坐到戚生生旁边的位置，手指抬了下帽檐，理所应当地说道："饿啊，来吃饭。"

戚生生看着他突然靠近，又闻到了熟悉的薄荷香，背部下意识僵住。

她捏着筷子，眼见时忱夹走了最后一块咕咾肉。

"周老师呢？你的课结束了？"童慧珊点开手机，并没有收到下课的通知。

时忱"嗯"了一声，嘴里塞着肉，语气散漫："他突然有事先走了。"

话音刚落，童慧珊的手机就收到了周磊的消息："家里有急事，我今晚赶火车回去，课程下个月再补。"

见时忱没撒谎，她也没了指责的话，只能坐下让服务员再加些时忱爱吃的菜。

没等时伍提醒，时忱便主动朝着陈隽叫了声"阿姨好"，戚生生悄悄抬眼看过去，好像看到了男生嘴角浮现出一个小小的梨涡，但只是稍纵即逝，很快便没了踪影。

和童阿姨的一模一样。

"这是你陈阿姨的女儿'生生'，她比你大一岁，在今阳念高一，你们俩见过的，当时给你送饭的人就是这个姐姐。"时伍看向时忧，目光带着引导，"叫姐姐。"

戚生生清晰感受到身边的男生动作一顿，气氛凝滞了片刻。

等了半天没听到臭小子的回答，低头回信息的童慧珊好奇抬头，一时间，桌上三位家长的目光都聚集在时忧的身上。

仿若在无声地催促。

叫姐姐。

快呀。

戚生生低头抿了下唇，没忍住，不动声色地翘了下唇角，随后很快平复。

时忧仿佛有所感应似的，偏头垂眼瞧她。

不知是不是因为有家长在场的缘故，戚生生觉得时忧应该不会说出什么损人的话来，不由得也抬眼迎上他的目光。

少年皮肤冷白，眼形狭长，眼尾微微上挑，泪痣的颜色很淡，鼻梁高挺，形状很好看，唇是标准的微笑唇，脸上不做任何表情的时候，总带着股倨傲的压迫感。

只对视了两秒，戚生生便错开了视线。

时忧微不可察地弯了下唇，手肘撑在桌面上，一瞬不瞬地盯着戚生生的侧脸，声音很轻，带着漫不经心的调笑。

"生生姐姐，你好。"

这声姐姐里，没多少真心。

"……你好。"她没敢叫弟弟。

戚生生笑了一下，只是这个笑，怎么看怎么僵硬。

时伍还以为是两个孩子脸皮薄，不好意思了，就主动问起戚生生："生生早上都怎么去的学校啊？"

"坐公交车，很快的，十分钟就到了。"

时伍笑："时忧早上都是你童阿姨开车送，既麻烦又浪费时间，既然两家住得这么近，以后早上就让小忧跟着姐姐一块儿坐公交车去学校得了。"

"这样你还能多睡十分钟。"这句话是对时忧说的。

戚生生迟疑道："可我每天都会提前二十……"

"我无所谓。"时忧难得没有反驳时伍的意思，插嘴道，"可以。"

童慧珊皱了皱眉，她本想替儿子拒绝，可没想到时忧竟然抢先答应了。

戚生生皱了下眉，但看着时伍笑意盈盈的眼睛便把话咽了回去。

时伍是开车来的，吃完饭见陈隽拉着戚生生就要走，连忙让她们上车，表示要送二人回去。

童慧珊也在一旁帮腔："是啊，上车吧，天这么冷，生生就穿了一件，别冻感冒了。"

陈隽见推托不了，只能道声谢后，让戚生生先坐进去。

时忧已经开门坐在了后排正中间，见戚生生进来，他不动声色地往旁边挪了一个位置。

戚生生没有看他，坐好后把自己缩成一团，尽量保持不动，以免碰到时忧。

琴包被男生横在腿上，精致的皮质外壳在时不时照进车内的霓虹灯的映衬下，散发出低调的高贵。

戚生生只瞟了一眼，就知道这琴价格不菲。

时伍的车开得很稳，时忧侧头静静地盯着窗外的城市街景。

没人说话，戚生生有些尴尬，也偏过头看向窗外，看着看着，目光却不由自主地落到时忧的身上。

她想起陈隽之前说的话——看名字就觉得是个很酷的孩子。

他们因为开车的缘故，只能从别墅区的正门进，时伍绕到巷子那儿，把母女俩放下。

直到二人的身影彻底从视线里消失，童慧珊才嗤道："什么死了，我听我妈说，戚望就是跑了，不要她了。"

"慧珊，够了，不关我们的事。"时伍的声音紧绷严肃。

童慧珊冷哼，没在儿子面前戳破他的心思。

高中那会儿，谁不知道白安的理科状元时伍喜欢校花陈隽多年呢，但人家就是看不上他，跟了当兵的戚望，他的好兄弟。

要不是因为这个，时伍和戚望能这么多年不联系吗？连戚望失踪了都不知道。

童慧珊见时伍不想聊，就扭头对时忧道："你可给我记住了，以后找媳妇千万别找这种父母有问题的单亲女孩。"

时忧抬手把帽子戴起来，撩起半眯的眼皮，稍稍扬眉："你不也是吗？"

"喂！"童慧珊瞪他，"臭小子说什么呢。你外公外婆是和平离婚，跟她能一样吗？"

时忧轻嗤一声，眼睛隐在帽檐下，声音低哑："妈，不是人人都像你那么幸运。"

"你说什么？"

"没事。"

第三章

怯生生

　　月光洒在巷子里，陈隽牵着戚生生软绵绵的小手，两人一前一后地走着，像小时候一样。

　　不知不觉间，戚生生已经可以和陈隽平视了。

　　四周很安静，能听见从人家里传出来的电视声，良久，陈隽才轻声开口："吃饱了吗？"

　　"嗯。"

　　陈隽回头看她，脸上带笑："时忱这孩子果然很酷呢。"

　　戚生生点点头，表示认同这个结论。

　　"生生。"陈隽的声音响起，很轻。

　　"嗯。"

　　"时叔叔很喜欢你，帮他多照顾着点儿时忱。"

　　"……好。"

　　戚生生不知道陈隽为什么对时忱这么上心，想了想，只当她是因为时叔叔请吃饭的缘故。

　　第二天，戚生生早早地便到了公交站前等着，她平常为了错开拥挤的乘车人群，都会提前半小时左右去学校。

现在因为要和时忧一起，只能迁就那位小少爷的时间了。

如今已经到了十月中旬，天气渐冷，晨雾弥漫，凉风吹在人身上，自带清醒效果。戚生生抱臂站在阳光底下，眼睁睁看着公交车在自己的面前停下，她却不能上去。

就在司机即将要把气门关上的时候，一道不轻不重的力度拉住了她的手臂。

"等等。"

少年的声音带喘，雾气打湿了他的刘海，眉眼都沾染上了一层凉，几缕阳光照在他身上，却让人感觉很温暖。

时忧一个箭步跨上台阶，见戚生生站在原地没动，低头扯了下她的手臂："快啊。"

"……哦。"

戚生生借着他的力上了车，身后的气门适时关闭。

时忧松开她，投完币，径直往最后一排走去。

整个动作流畅自然，没有一丝停顿。

戚生生呆愣在门口，没反应过来。

他……怎么这么早？

这个点，车上没多少人，只有三三两两的学生困顿地坐在那儿打瞌睡，时忧也不例外，刚坐好就用手撑着头闭眼休息。

就像那天下午初次相遇时一样。

戚生生慢吞吞地走过去，隔了一个位置坐到他旁边，没发出一点声音。

车速缓慢，阳光此时彻底冲破雾气的桎梏，尽数洒进车厢内，戚生生眯起眼睛看过去，只见时忧眉头紧锁，白净的脸在阳光的照耀下呈现出淡淡的血色，长而密的睫毛微微颤抖，看起来睡得很不舒服。

戚生生看了一会儿，淡淡地笑了一声，不知是被他这副倔强的样子逗的，还是无奈。她轻轻坐过去，左手五指并拢轻轻伸到时忧的脸前，帮他遮住照在他眼上的阳光。

眼前忽然落下一片阴影，那道刺眼的强光瞬间消失，时忧顿时眉目舒展，睁开眼想看看是什么情况。

入眼便是莹白细腻的掌心，粉粉的、小小的。

时忧顺着这只手看过去，目光定在了主人的脸上。

戚生生正低头看手机，没注意到此时的情况。

　　时忧舔了舔唇角，挑眉道："你的掌纹很杂乱，平常少想点心事，还有，你的生命线有点短。"

　　戚生生被他的突然开口吓了一跳，猛地缩回手，攥紧手心。

　　四目相对。

　　生命线短是什么意思？是指她活不长吗？想到这儿，她不由得小声嘀咕了句："伪科学。"

　　"我听得见。"时忧侧过身子，背对阳光，蓬松的头发在光影里晃动。

　　他忽然举起右手，炫耀似的伸到戚生生面前摆了摆，没等对方看清就收了回去。

　　"我的生命线就很长。"

　　语气里颇有一番自豪的意味。

　　戚生生嘴角僵硬，她刚刚竟然真的有想看一看的冲动，并且还下意识眯起了眼睛。

　　她觉得自己今天无语的次数比一整年加起来的都多。

　　或许是达成了自己炫耀的目的，时忧勾了勾唇，困意全无，注意力不再放在戚生生身上，自顾自欣赏起窗外的风景。

　　车厢里安安静静，戚生生收起手机，心情莫名变好，她抬起左手认真观察起自己的掌纹。

　　生命线好像确实有点短，但她也没见过别人的生命线是什么样的，做不了比较，也不好意思再让时忧给她看一遍。

　　思及此，戚生生无声一笑，发现自己也挺幼稚的。

　　时间一晃到了年底，今天是圣诞夜，虽然学校里没有活动，但学生们对此却很重视。

　　大家都想趁机借用圣诞的噱头来表达自己的心意。

　　学校周围的商店门口早早便搭起了摊位，上面摆满了各式包装精致的平安果和礼物。

　　晚自习前，戚生生刚走进教室坐好，施映便把一个红彤彤的平安果放到她的眼前："圣诞快乐。"

　　"圣诞快乐。"戚生生从包里掏出陈隽事先帮她准备好的，专门送人的苹果，递给施映。

上面还印着"圣诞快乐"四个字。

一旁的程于看见，手自然地伸到她面前，语气颇为理所应当："同桌，我的呢？"

戚生生嘴角的笑容一僵。

她没准备他的。

期中考试结束后，戚生生的数学成绩大幅度提高，吴云青认为是程于的帮扶工作做得到位，所以就没把两人分开，现在还是同桌。

施映开口解围："要不要脸，还有伸手要的，别给他。"

她拉起戚生生的胳膊，把人从座位上拽起来："走，陪我去高二找陈砚达。"

戚生生其实还准备了一只苹果，是想送给虞宋的。

出门前她回头看向教室的最后一排。

虞宋不在教室，但他的桌面上却摆满了苹果和礼物，颜桐挑出里面的巧克力，兀自拆开吃了起来，动作十分自然。

戚生生收回视线，突然觉得，还是不送了。

高二这时也不安静，大家趁着打铃之前在各个楼层间流窜，寻找自己想要送苹果的对象。

施映拉着戚生生来到高二（3）班门口，趴在栏杆上的一排男生见到两人过来，都笑着起哄道："美女来找谁啊？"

因为这几月的刻意控制，戚生生瘦了快二十斤，基本回到了之前瘦瘦小小的模样，标致的五官再也藏不住，和施映站在一起，一个明艳一个可爱，十分夺人眼球。

施映没有理会对方的调笑，不停地从后门往里瞧，寻找着陈砚达的身影。

"是又换位置了吗？我怎么没看见他？"她嘀咕道。

戚生生也帮着她找，很快便在前门角落的位置找到了他，她刚想指给施映看，但举起来的手却猛地一顿。

陈砚达背对着二人，正俯身跟面前的女生说话，说着说着甚至抬手帮女生顺了下刘海。

戚生生皱眉，抓住施映的胳膊，收回目光，勉强笑了下："他应该去厕所了，我们到回廊那儿等他吧。"

施映闻言又往里看了眼，点点头："嗯。"

回廊上，寒风扑面，时不时有人从厕所里出来，但却没有陈砚达。

戚生生握紧施映冰凉的手，什么也没说。

直到拐角出现一个高高的身影，施映表情一亮，挣脱掉戚生生的手，笑着迎了上去："你刚刚去哪儿了？我在教室没找到你。"

陈砚达眼眸微闪，生硬道："找我什么事？"

施映笑容微僵，但很快又扬起一个更明媚的笑容。她从背后把包装精美的苹果递给他："今天是圣诞夜啊，我给你送苹果。"

陈砚达盯着苹果，半晌才"哦"了一声，单手接过："没别的事了吧？"

施映咬了咬嘴唇，小声道："那天去你家吃饭的时候，你说圣诞会有礼物……"

"那个啊。"陈砚达抬手摸了把后颈，表情散漫，"我忘了。"

"哦……"施映的表情暗淡了下来，随即又无所谓地笑了笑，"那我先回去了，你好好学习。"

"嗯。"

直到陈砚达的身影消失，都没有回头看过一眼，戚生生上前牵住施映往班级走去。

"生生，我眼睛有点难受。"施映垂眼盯着地面，低声道，"好像是进沙子了，我想揉揉。"

戚生生没有说话，停下脚步松开她的手。

施映立即抬手捂住眼睛，站在那儿一动不动。

"我爸妈一直很忙，他们都不爱管我。"她忽然低声说，声音里鼻音浓重，"从小陈砚达就很关照我，也只有他关心我。"

"小施。"戚生生的声音哑涩，"别再来找他了。"

施映抿唇摇摇头，松开手，红着眼笑了笑："不说了，我们回去吧，要上课了。"

"好。"

那天晚上的自习课，大家都很躁动，虞宋一整个晚自习都没有来，颜桐无聊地趴在桌上睡觉。

戚生生低头打开书包，注视着里面那个漂亮的包装盒。

其实里面不止有苹果，还有一张她写给虞宋的卡片。

她扭头看了眼虞宋的座位，经过一个晚上，那上面的礼物已经形成了一个小山堆。

就算她现在放上去，也只是其中微不足道的一颗小石子。

回去的公交车上，戚生生手捧着那个没有送出去的礼盒。窗外霓虹灯闪烁，就像陈旧的滤镜照在她白皙的脸上，时间都慢了下来。

这几个月里，戚生生眼见着虞宋和颜桐的关系越来越好，男生淡漠疏远的眼神慢慢因为身边的女生而染上光彩，笑容也带上了真诚。

在所有描写青春的作品里，他们都是无可争议的主角。

戚生生忽然想起之前程于说她会不会自卑。

怎么不会呢？就算是瘦了下来，外貌发生了改变，她也不敢走到虞宋面前，只敢做那个躲在角落里的暗恋者，借着那点隐痛，提醒自己和对方是两个世界的人。

她打开盒子，里面的苹果很红很大，却不见贴在上面的明信片。

"！"

戚生生心一惊，她立即把苹果拿出来，将盒子整个翻了过来，里面空空如也，那张写给虞宋的卡片不见了。

在她慌神的时候，一只白净的手拿过她手上的苹果。

"愣着干吗？"时忱低头挑眉看她，语气调笑，"要送就快点，等半天了。"

"不是，这……"戚生生想夺过来，可被时忱挡住了手臂。

"不是什么，想送给我就干脆点。"时忱盯着她哼笑了一下，模样散漫，但上挑的眉眼能看出他心情不错，他垂眸靠近她，"别不好意思。"

戚生生闭了闭眼，不再解释，反正现在苹果已经不重要了，就给他吧。

她又把书包翻了个遍，还是没有找到那张卡片。

戚生生皱眉回忆了一下，她晚自习时间都没有打开过盒子，一直放在包里，不可能会凭空消失吧？

那张卡片最后有她的署名，不管是掉到了哪里，被谁看见，对她来说，都是一次灾难。

时忱把玩着手里的苹果，注意到身边人没了声音，他侧过头看了一眼，见戚生生垂着脑袋，一副无精打采的样子。他不由得挠了挠后脖颈，低声道："戚生生。"

"……嗯。"

"我的苹果被汪越他们抢了，所以……"时忧用手指着手里的苹果，轻咳了一声，"下次补给你。"

戚生生这会儿心绪不宁，听到这话，随口道："不用了，我不需要。"

时忧的指尖一顿，抓着苹果的手悄然落下，忽然极快地嗤了一声："爱要不要。"

公交车里安静了下来。

戚生生攥紧包带，心脏仿佛被人抛在空中，没有着落，让她惶恐不安。

那张卡片上，有她晦涩的少女心思。

就像她的日记本上，写满了词不达意的心事，渴望虞宋看见，又害怕他真的看见。

自从时伍让二人一起上学之后，不知不觉日子一长，二人连放学也一起了。

车刚停稳，时忧便先一步下了车，头也不回地走进小巷，脚步没有停顿，边走边狠狠啃了口苹果，仿佛在跟谁置气一般。

走了一会儿，身后一点声音也没有，他烦躁地停下，没好气地回过头。

戚生生没有跟上来。

时忧轻嗤，觉得自己这样跟个傻子一样，抬手把苹果叼在嘴里，单手插兜，抬步继续往前走。

这破苹果一点也不甜。

戚生生立在站牌前，盯着路灯下自己瘦长的影子，原本齐肩的短发已经长到了背部，被她用皮筋绑了起来，露出的脖颈修长纤弱。

脑子里都是那张消失的卡片，她想着想着，眼眶略微酸涩，她重重眨了一下眼睛，叹了口气，看向巷子的入口，已经看不见时忧的背影了。

这小子从没等过她。

戚生生刚要走过去，却听见左边街巷里传来一阵杂乱的脚步声，伴随着喧闹的嬉笑。不一会儿，就看见三个男人互相搀扶着从那里面出来，看样子是喝醉了。

时间将近夜里十点，在四下无人的空荡街道，三个男人撒泼的嬉笑声非常清晰，戚生生只看了一眼便立刻收回视线，她下意识地握紧拳头，低头朝着巷子走去，只不过脚步十分急躁。

那三人也注意到了空荡路口上站着的戚生生。原本一直胡话连天的醉汉瞬间息了声，他们对视一眼，醉红的脸上露出玩味的表情。

这边戚生生闷头朝前走，在进入巷口的时候却听见了身后窸窸窣窣的动静，那声音仿若蜿蜒盘曲的毒蛇，缠在她的心头，让她的血液凝滞。

那些被她刻意压在心底的可怕回忆霎时从黑暗里跳出来，将她的理智一点一点地剥夺。

戚生生尽量平息自己的呼吸，她没有回头，但那杂乱的脚步声越来越近，她甚至能闻到空气里飘来若有若无的酒气。

直到身后的脚步声近在咫尺，戚生生终是忍不住哭出了声，抬步跑了起来。

"哎！小妹妹别跑啊。"那三个醉汉调笑道。

"跑什么，等等我们啊。"

寒风吹在面上，碰到眼泪，冷得她呜咽出声："时忧！"

"干吗？"

时忧听到戚生生叫他，得意地翘起嘴角，从拐角里走出来，还没站稳就被从巷子里冲出来的戚生生扑了个跟跄，双手下意识地环住怀里的女生。

戚生生听到时忧的声音，紧绷的神经霎时松了下来，她紧紧抱住时忧的腰，攥着对方腰间的衣服。

时忧自从初二后就开始蹿个子，不知是不是打篮球的缘故，他的身高在同龄人中算得上佼佼者，一米六的戚生生才到他的肩膀。

两人此时站在巷子出口处唯一的那盏路灯下，光线暖黄，气温很低，能清楚看见彼此呼出的白色雾气。

戚生生紧紧缩在时忧怀里，小小的一团，闭眼抽噎着，眼泪仿佛断了线，落在时忧的卫衣领口，随后消失不见。

时忧身体僵硬，低头看着戚生生，从这个角度看过去，能看到对方轻颤的睫毛和微红的鼻头，她像只受惊的小动物。

霎时，所有感官都仿若消失了一般，只能听见自己胸口过速的心跳。

就这么静止了两秒，那三个醉汉从巷子里出来，时忱抬眼便看见了他们。

这下还有什么不明白的。

时忱冷眼盯着三人，脸上没什么表情，抬起右手按在戚生生的背上，把自己戴着的鸭舌帽拿下来一把扣在女生的头上，盖住她的眉眼。

三人满脸横肉、形容粗俗，看到抱着的两个学生，吹了几声轻佻的口哨。

"哟，大半夜不回家，在这儿搂搂抱抱的，哈哈哈哈哈哈哈哈！"

时忱闻言眼尾上扬，眸色漆黑，他的视线落在中间说话的那个男人身上，轻笑一声，声音冷然道："是啊，大叔要留下来看看吗？"

男人喉头一哽，没想到这毛头小子脸皮这么厚。

"走走走，没意思，再转场地接着喝。"

另一个男人嚷嚷道，三人便掉头原路返回，中间那人临走时还想再打量眼戚生生的长相，但小姑娘被帽子遮得严严实实，只能瞧见个尖俏的下巴。

时忱眉眼锋利，死死注视着巷口，直到动静彻底消失，才收回视线。

怀中的戚生生还闭着眼，不停地低低抽噎着，就像入了梦魇，怎么也醒不过来。时忱瞧着她这副模样，想起开学不久，他在医务室遇到她的时候。

当时的她也像现在这样，闭着眼细声哭泣，怯生生的，像只小兔子。

"喂。"时忱松开手，任由戚生生抱着他，目光落到她的发顶，低声道，"他们走了，别哭了。"

四下寂静无声，他的声音在这夜里尤为清晰，但戚生生听不见，她双肩颤抖，眼前不停冒出那些可怕的画面，她不想看，可耳边有个黏腻的声音不断在逼迫她。

"我的生生，睁开眼，看看我，看我有多喜欢你。"

"不要，不要，啊！"

戚生生猛地捂住耳朵，蹲在地上，身体蜷缩成一团，浑身都在颤抖，她不停地摇头，试图把那个声音赶出自己的脑子。

时忱看着忽然失控的女生，心头一紧。他跟着一起蹲了下来，凑到戚生生面前，语气担心："你怎么了？"

戚生生闭眼哭喊道："好吵！闭嘴！别说了！你滚开！"

一阵风吹过，头顶老旧的路灯发出"嘎吱嘎吱"的声响，戚生生的指尖被冻得泛红，眼泪停不下来，像是在承受着巨大的痛苦。

时忧看在眼里，急得挠了挠后脑。他不知道戚生生是怎么了，但心脏就是跟着她一起叫嚣烦躁。

他看着哭成泪人的戚生生，忽然单膝跪地，俯身靠近女生，双手伸到她的耳侧，温暖宽大的手轻轻覆在女生的手上，掌心顿时感受到来自对方的冰冷和颤抖。

气氛霎时停滞了下来。

那股恼人的声音在时忧帮她捂耳朵的那一刻瞬间消失不见，戚生生动作一顿，慢慢睁开眼看向前方。

她缓慢地眨了眨眼睛，时忧稍显稚嫩的脸在眼前逐渐清晰，少年目光赤忱，见她终于安静下来，不禁嘴角上扬，比太阳还要明媚。

戚生生第一次觉得这个男生并没有她印象里的难相处。

时忧松了口气，手还捂着她的双手，也不管戚生生能不能听见，一个字一个字地说道："别怕，他们走了。"

戚生生没听清，她的心跳很快，只能呆愣地盯着时忧，残存在眼角的眼泪无声地往下落。

"别怕，我在呢。"

这次戚生生听见了。

那天戚生生上了楼，回到房间从窗户往下看，时忧正站在路灯下，直到她房间的灯亮起，才转身回去。

戚生生低下头看着指尖，上面还残留着时忧的温度。

这副样子被那小子看见，他不会觉得她是个神经病吧。

想到这儿，她的耳尖开始发烫，转身倒在床上，把自己用被子裹紧，只留出一双眼睛在外面。

视线落在挂在衣柜前的黑色外套上，她已经洗干净，晒干后她还是把它挂在了房间里。

眼前浮现出那天雨夜少年奔跑的背影。

渐渐地，那背影和另一个人重合。

时忧？

不可能吧，依那小子的性格，会做好事不留名吗？

戚生生立马否决了这个猜想，如果是时忧，他绝对会以一副救世主的姿态走到她面前，把外套往她怀里一塞，然后说一句："不用谢，看你可怜才给你的。"

嗯，这才是他。

第二天早上，戚生生在棉服里特意套上了那件黑色连帽外套，还有意无意地把领子露了出来。

虽然在她心里，那晚那个十佳少年百分之一百不会是臭屁的时忧，但临走时看见那件衣服，她还是鬼使神差地穿上了。

冬日的早餐，寒风凛冽，露气浓重，戚生生用戴着手套的手捂住被冻红的脸颊，直到时忧黑色的身影走到她身边。

一中规定，到了冬天学生就可以不用穿校服。少年今天又是一身黑，鸭舌帽变成了毛线帽，看起来日系感十足。

戚生生看见来人，脑海里霎时跳出自己昨晚蹲地崩溃大哭的丢脸场面，不由得尴尬地抿紧嘴唇。

她别过脸把手放下，冷风呼呼地吹进她光洁的脖子里，冻得她往后缩了缩脖子。

忽然一个不轻的力道在后面揪住了她的领子，把她穿在里面的那件黑色外套的帽子罩在了她的头上。

戚生生心跳顿了下，看向一旁的时忧。

少年面无表情地收回手，淡定地插兜，低头目光迎上她的。

仿佛在说：是我干的，快谢谢我。

"谢谢……"

戚生生说完喉头猛地一顿，不知道是不是她的错觉，好像在时忧面前，她一直很被动，感觉自己才是小一点要被照顾的那个。

"不客气。"时忧扯了下嘴角，不动声色地瞥了眼被戚生生穿在里面的外套。

两人之间又陷入了沉默，而这样的沉默已是常态。戚生生犹豫了片刻，扭过头看他，迟疑道："这件衣服，你有印象吗？"说罢，她指了指自己的脑袋。

时忧闻言认真地打量了一番，耷拉着眼皮，懒散地摇摇头："没有。"

"哦……"

"不过——"时忧接着话茬，拖腔道，"你好像买大了。"

"冬天穿领口这么大的衣服，也不怕风灌进去。"他拿出手，对着她竖起拇指，"佩服，给你点个赞。"

戚生生仰天叹气，觉得自己当真是没事找事，对这没心没肺的小子抱有期待。

果然昨晚那个温暖的笑容，只是她哭傻时出现的幻觉。

想到昨晚自己的失控，戚生生收敛表情，低下头盯着自己的鞋尖，小声道："昨晚——我是被吓到了，你别多想。"

"我能多想什么？"时忱嗤笑。

戚生生抿唇回想了一下，自己好像并没有说些什么奇怪的话。

"没什么。"

正巧这时车也停在了二人面前，气门开启，戚生生先一步走了上去，坐到最后一排的老位置。时忱插兜自然地坐到了她身边，中间照例空了个位置。

公交车行驶得很缓慢，冬日暖阳洒进车厢，戚生生戴上耳机，打开手机里下载好的音乐，温柔的歌声流淌进耳朵里，在冬日的氛围下，尤为暖心。

还是《她说》这首歌。

戚生生闭上眼睛静静地听歌，暂时忘了卡片丢失和昨晚失控这两件糟心事，偷得半晌的宁静。

忽然，她感觉右耳一空，耳机被人拿走。

她睁开眼看向罪魁祸首，时忱自然地将耳机塞进自己的右耳里，表情淡淡，理所当然。

戚生生无奈地看着他，但并没有拿回来。

因为就算她拿回来，时忱还是会抢走，相识以来，他从没有跟她客气过。

她对时忱这个小少爷实在没有办法。

应该说她从小到大都没怎么和年龄相仿的男生相处过，不明白什么样的相处才是正确合适的。

戚生生垂下眸，眼睫轻颤，但是面对时忱的霸道和幼稚，她并不讨厌。

"戚生生。"

在副歌部分响起的时候，时忱忽然开口叫她。

"嗯？"戚生生扭头看他。

时忱也在这时侧过头，四目相对，没有人移开目光。

一个漆黑浓烈，一个单纯没有设防。

"这周三晚在大礼堂会举行初中部的元旦晚会，你要去看吗？"

戚生生眼睛很亮："你有表演吗？"

时忱垂睫"嗯"了声："最后一个节目，去吗？"

"高中部的元旦晚会是在周四，周三的话我们班估计要在教室排练。"戚生生抱歉道。

时忱"哦"了声，语气没有波澜："那算了。"

"不过最后一个节目的话，我可以偷偷跑过去看。"戚生生笑了一下，"反正我也不用表演。"

时忱闻言又抬眸看她。

女生背对着阳光，笑容清浅，眉眼像两道弯弯的月牙，绒发轻柔，整个人柔软又温和。

很多年之后，时忱想起那个冬日的早晨，他眼里的戚生生在闪闪发光。

元旦将至，学校要求每个班都要出一个节目，不管最后能不能上舞台，都要报一个，台下有老师打分，节目得分最高的班级不仅会加分，还会获得一张荣誉奖状。

吴云青特意留了节课为晚会节目的准备开了个班会，他提议大家踊跃报名参加，最后由班级投票选出上台表演的最终节目。

他刚说完，施映就举手表示要报一个芭蕾独舞的节目。

杨昕也不甘示弱，表示自己要古筝独奏。

被这两人的斗志感染，班上陆续出现各种独唱独演的节目，最后经过层层筛选和大众投票，最后吴云青敲定了上台节目——群舞。

由施映作为队长，带领几个会跳舞的女生一起排出一个舞蹈，颜桐也在其中。

下课时施映得意地看了眼表情不太好看的杨昕，对戚生生笑道："初步战役成功。"

"恭喜恭喜。"戚生生无奈哂笑。

"你想上吗？现在我是队长，可以允许你走个后门哟。"

施映点点戚生生的胳膊，被戚生生捏住指头："算了吧大队长，我四肢不协调，就不上台丢人现眼了。"

施映耸了下肩："好吧。"

戚生生悄悄回头看了眼坐在最后排的颜桐，自从这周开始，虞宋就没来上晚自习了，她一直一个人坐在那儿，也不和谁聊天，一下课就低头偷偷玩手机，没人敢上去搭话。

"颜桐也在，不知道到时候排练配不配合。听说她跳民族舞很厉害，高考估计走艺术没差了。"

戚生生闻言抿了下唇："是吗？"

施映"嗯"了一声，随后叹气道："我也想走艺术，考表演学院，当大明星。"

"可以啊，你跳舞那么厉害，长得还好看，文化分也不低。"戚生生点点头，语气真诚，"我真觉得你可以去试试。"

施映倒在桌面上，偏头笑道："你呢？你以后想当什么？"

戚生生喝水的动作一顿，这个问题她没想过。

"不知道。"

她的成绩在班级里算中下游，年级排名更没眼看，她也不知道以后会如何。

"你也走艺术怎么样？"施映起身凑近她，语气兴奋，"生生，自从你瘦下来之后，你知道你颜值有多高吗？不少其他班的男生跑过来问我要你的 QQ。"

"……"

原来我的 QQ 号是你给透露出去的。

戚生生失笑。

"你也走艺术吧？"

戚生生想了想，摇摇头："我没才艺，唱歌不行，跳舞四肢不协调，我不行的。"

施映"啧"了一声："除了这个还有别的呀，美术、传媒，陈砚达他们班就有三个美术生、两个传媒生，只要拿到证，分数也没有纯文化高，你可以去了解一下。"

美术、传媒……戚生生有听说过，只不过从来没有起过当艺术生的念头，现在被施映提起，心头不由得一动。

她下意识地看向虞宋的位置。

虞宋成绩那么好，往后肯定是要拼"985""211"这类名校的。

戚生生清楚自己的极限在哪儿，她不管再怎么努力也够不到虞宋的高度。

既然纯靠学习不可以，那……走艺术呢？

想着想着，戚生生有些出神，目光定在那个方向。颜桐似有所感，下意识地抬起头，两人的视线就这么撞上，戚生生猛地扭过头，背部僵硬。

她眨了眨眼，忽然有个念头划过。

颜桐她是不是，也是这么打算的？

想到这儿，戚生生垂眸思索了一下。

传媒主要是编导播音这些，她对电影没什么感觉，影评她写不了。

倒是美术……她小学时候学过几年，有点基础。

施映见她有些动摇，继续添砖加瓦："我记得你上次给我的明信片上有我的卡通小人，那个是你自己画的吧？"

"嗯。"

"你看，你明明很有天赋的。"施映盯着她的眼睛，"美术生基本上高一下学期学校就会统计人数，你要是有兴趣，回去和阿姨商量商量。"

"……嗯。"戚生生笑了笑。

两人说完话第二节晚自习的铃声也响了，程于这时从后门进来，施映对着戚生生使了个眼色，便回到了自己的座位。

程于刚坐好便把手里的东西放到了戚生生的面前。

是一瓶草莓酸奶。

戚生生疑惑地看向他。

程于挑了下眉，语气调笑："别误会，是别人让我给你的。你最近很火啊，不少人找我打听你。"

他说完等了一会儿，见戚生生没有碰那瓶酸奶，便伸手把瓶身推向她，嗤笑道："心里很开心吧，别装了，给你就拿着。"

"程于。"戚生生的眼睛里没什么情绪，"我不知道你为什么对我有这么大的敌意。"

她顿了一下组织措辞，程于没有吭声，但表情冷了下来。

"我想告诉你，虽然我对此从没说过什么，但这并不代表你能一直这么肆无忌惮地伤害别人。"

"不管是语言还是行为。"戚生生抿了抿唇，她很紧张，但还是坚持目视程于的眼睛，"请你以后不要再这样了。"

教室里大家都在小声说话，戚生生盯着男生，四目相对之下，程于先移开了目光。

"你的意思是我一直在欺负你，对吧？"程于扭过头，轻笑一声，语气里听不出情绪。

戚生生没有应答，算是默认。

"呵。"

她听见程于冷笑一声，下意识手指一僵。

"你算什么东西，我犯得着欺负你？"程于垂眸冷声道。

"我不算什么东西，你不用阴阳怪气，既然你这么讨厌我，那以后就井水不犯河水吧。"戚生生翻开数学作业，不想再和他纠缠。

她算是明白了，施映说得一点没错，程于这人纯属脑子有问题。

"觉得我故意欺负你，那虞宋就是有意帮助你了？"沉默片刻，程于忽然冷笑开口，提到了虞宋。

戚生生写字的手猛地停了下来。

这话没头没尾，但戚生生知道，他指的是那天放学虞宋在教室呛他那回。

"你什么意思？"戚生生的视线落在书本上，声音很轻。

"你觉得你瘦下来就能离他更近？"程于放低语调，凑近紧盯着她，一字一句道，"别痴心妄想了，自取其辱。"

戚生生眼睛瞪圆，不可置信地盯着他，声音低哑道："卡片被你拿走了。"

这句是肯定的语气。

程于轻笑，把指尖的水笔转了一圈，完全没觉得自己这么做有问题："没错。"

戚生生眉头紧皱，怒火从她的心底迸发而出，她压制着自己的音调，道："你想干什么？凭什么随便翻我的东西？快还给我！"

程于面无表情地看着她，缓慢地摇了摇头："没想到你竟然喜欢虞宋，藏得挺好啊。"

说这话的时候，戚生生忽然觉得程于在忍着气，非常莫名其妙。

"你这是偷窃，侵犯他人隐私，快还给我！"戚生生气得鼻子都皱了起来。

程于第一次见到情绪起伏这么大的她，他眼神一暗，胸口发堵，下一秒猛地站起来，凳腿发出刺耳的摩擦音。

班里霎时寂静无声，视线全都集中到他的身上。

这堂课是数学自习，老师不在，班长组织纪律，现下班长本人站了起来。

"我扔了，要找去垃圾桶找吧。"

程于撂下这句话，接着面色不豫地走了出去。

杨昕皱眉看着他的背影，直到后门被大力关上，她又看向戚生生，手指搅在一起。

戚生生愣在座位上，脸"唰"地白了。她不知道程于说的是不是真的，但那封信已经被其他人看见了，那个人却不是虞宋。

羞愤、害怕、难过，各种负面情绪压着她。戚生生眼眶酸涩，低下头继续写作业，但眼泪还是不断地砸在试卷上，印出痕迹。

放学铃响，戚生生有些精神恍惚地下了楼。

程于回来后就一句话也不跟她说了，她想问那封信是不是真给扔了，可只要她开口，程于站起来就走，一点机会都不给她。

戚生生慢慢悠悠走到校门对面的公交站牌那儿，时忧已经等在那儿了，他背着琴包，嘴上叼着根棒棒糖。

见她过来，正要调侃她怎么那么慢，却在看见她微红的眼眶时憋了回去。

戚生生站好，无声地叹了口气。

时忧垂眸打量她，叼着棒棒糖，嘴里黏糊道："怎么了？一副要哭的样子，被老师骂了？"

戚生生摇摇头，抬手揉了揉眼睛，笑道："没有，进沙子了。"

时忧挑眉，忽然弯腰把脸凑到她面前。

戚生生被他这个举动吓了一跳，愣在原地没有动。

时忧半奢拉着眼皮，左腮被棒棒糖撑得鼓起，理直气壮地直视她的眼睛，说出的话都有股草莓的甜香："怯生生，你说话一点也不可信。"

此时两人之间的距离很近，戚生生垂眸盯着时忧下巴上的那道小疤，向后缩了缩脖子，疑惑道："你叫我什么？"

"戚生生啊。"时忧直起腰，居高临下，"耳朵也进沙子了？"

骗鬼呢？戚生生无奈地抬头瞧他。

接收到她的眼神，时忱得意勾唇，眼尾带笑："怎么，想听我叫'姐姐'？"

戚生生闻言没忍住笑了下，想到那天在餐厅时忱被逼叫姐姐的场景，一晚上的坏心情都得到了疏解。

她佯装思考地眯起眼睛，勾唇道："想听你就会叫吗？"

时忱散漫地"喊"了声，把脑袋上的帽子扶正："想得美。"

公交车停好，戚生生跟在时忱后面上了车，刚落座她就颇为遗憾地说了句："哎，小忱弟弟的那一声'生生姐姐'，真的让我很想念呢。"

戚生生扭过头笑着对他说："乖，过年给你发红包。"

时忱气笑了，直勾勾地盯着她，伸手把头上的帽子拿下来一把扣在她的头上："你胆子越来越肥了。"

力道不重，戚生生扶稳帽子，听到时忱的话，不禁一愣。

好像自从那晚崩溃大哭之后，他们两人的关系变好了许多。

起码，她敢跟他开玩笑了。

明明今天心情不好来着。

想到这儿，戚生生眼睫下垂，轻声叫他："时忱。"

"干吗？"时忱没好气。

戚生生想说谢谢，可话到嘴边又找不到感谢的由头。

时忱等了一会儿没听到她开口，懒洋洋地扭过头瞧她。

却见自己的线帽把戚生生的半张小脸都遮住了，只露出娇俏可爱的鼻子和嘴巴。

鼻头还因为难受轻轻耸了耸。

时忱喉头发痒，淡淡收回视线，目视前方，氛围安静了下来。

直到戚生生再次叫他的名字："时忱。"

"嗯。"他声音略微发紧。

"你头围还真不小。"

"……"

周三晚上的初中部元旦晚会正在礼堂如火如荼地举行，时忱早早便换好了演出服，坐在后台化妆室里玩手机，汪越沾他的光也混到了后台和跳舞的女同学说话。

时忱点开和戚生生的聊天界面，最后一句是让戚生生不要忘了今晚的约定。

两人是昨晚在公交车上才加的好友。

时忱点开她的主页，网名就叫"生生"，头像是《神奇宝贝》里的皮皮。点进空间，里面基本都是宣传自家甜品店的广告，最新一条是她穿着围裙低头做蛋糕的背影。

"第一次尝试磅蛋糕，希望能成功。"

照片里少女穿着米色的毛衣，扎了个低丸子头，背影娇小瘦削，露出的手腕洁白纤细，很好看。

时忱点开图片，漫不经心地扫了眼四周，接着默不作声地点击保存图片。

在刚保存完的那一刻，汪越从他身后跳出来，一巴掌拍在他的肩膀上，笑道："被我吓到了吧？"

时忱眉尾下压，眼神严厉。

汪越秒认怂："我错了。"

汪越指着那边跳舞的女生笑道："看什么呢？一直盯着手机，隔壁班的女生们都想跟你合影，让我来问问你。"

时忱瞥了一眼，收起手机，百无聊赖道："不去。"

汪越皱眉瞅着时忱穿上西服后装相的模样，总觉得他心里有事，立刻搬了张凳子坐到他身边，清了清嗓子："有什么心事？说来听听。"

汪越长得不错，可在时忱旁边就显得存在感没那么强了。

时忱闻言斜睨了他一眼，语气好笑："你这是从越哥晋升为小越姐姐了吗？哄小孩呢？"

"这不是看你一天都魂不守舍，好奇呗。"汪越没在意他的揶揄，继续追问，"到底咋了，又跟叔叔吵架了？"

听到这话，时忱脸色沉了下来，他没有接话，站起来打开琴盒，说起另一件事："快到我表演的时候帮我接个人。"

汪越挑眉："谁啊？"

时忱拿起琴抬眼看他，笑得不明显："一个看起来怯生生的女生。"

高中部除了高三，其他两个年级今晚都在为明天的元旦晚会做着准备，最后一节课吴云青直接让施映她们在班级里彩排练习，其他同学当观众。

施映组织得很好，每个人的部分都有亮点，特别是颜桐，她的独舞是整支舞的亮点，在最后高潮部分亮相。

颜桐很高，即便现在穿着宽大的校服，也难掩她的惊艳。

教室里只留了讲台的灯光亮着，像舞台上的追光，打在颜桐的身上，她仿若一只高傲的天鹅，尽情展现自己的美好。

连一向对颜桐没什么好印象的吴云青都忍不住带头鼓掌。

戚生生看着眼前的女孩，她忽然开始庆幸，虞宋这时候不在。

可是明晚他还是会来晚会，那时候的颜桐会比今晚更加美好。

想到这儿，戚生生觉得自己有点可笑。

她低头轻笑，注意到腕上的手表，这才记起和时忱的约定。

她抿了抿唇，看了眼站在前门的吴云青，他正和施映说着话，没有注意教室后面处在黑暗里的其他同学。

戚生生坐在中间的位置，她猫着腰站起来，小声地跟一旁快睡着的邵鹏说："我去上个厕所，让施映别找我。"

邵鹏难得逮着个机会打盹，迷糊地点点头："哦，好。"

戚生生尽量放轻自己的动作穿过板凳群，从后门溜了出去。

今阳的礼堂离体育馆不远，戚生生怕自己错过时忱的节目，几乎是全程跑到了那里。

不能大剌剌从正门进去，前排都是领导和老师，只能绕到上面从观众离场的小门进去。

戚生生顺着阶梯爬到上面，正要推开门观察一下情况，门就被人从里面打开了。

汪越垂眸眨了下眼，看清了来人，戚生生被他这猝不及防的动作弄得往后退了一步，肩膀下意识地瑟缩了一下。

大眼对小眼，谁都没开口先说话。戚生生觉得男生有些眼熟，但不记得自己是在哪儿见过了。

从礼堂里传来的音乐和主持人的声音在此刻无比清晰。

"接下来最后一个节目是由初三（1）班时忱同学带来的小提琴独奏——《查尔达什舞曲》。"

掌声雷动，尖叫起哄声不绝于耳，甚至能听见其中掺杂着时忱的名字。

时忱确实很有人气。戚生生心想。

"我等你好久了，学姐，进来吧，轻点声。"汪越也听到了主持人的报幕，撂下这句话后，便让出通道，让戚生生进来。

戚生生微不可察地皱了下眉，心中疑惑。

这个男生是怎么认识她的？

　

"谢谢……"戚生生道谢道。

汪越带着她坐到了最后一排靠近走道的位置，刚坐好，旁边的男生徐子豪就凑了过来和汪越咬耳朵："这女生是谁啊？"

汪越用手挡住嘴，歪头对徐子豪说道："据说是时哥的表姐。"

"表姐？"

汪越心虚地点点头。

其实是他一直追问，时忱被缠得没办法，只撂了句："一个姐姐。"

姐姐……这不就是表姐嘛。

徐子豪悄悄俯身看了眼戚生生的长相，下意识地感叹："哇，不愧是一家人，颜值都那么高。"

徐子豪越过汪越，伸手点了点戚生生的胳膊："哎，姐姐。"

"嗯？"戚生生睁大眼睛偏头看他。

徐子豪开朗一笑，清秀的长相，笑起来很可爱："姐姐你也是我们学校的吗？"

戚生生拘谨地点点头："嗯，我是高一的。"

"啊，这样啊。"

汪越看着徐子豪的笑容，心里直犯嘀咕，伸手推开他的胳膊，小声警告："这是时哥的人。"

徐子豪耸了下肩。

全场的灯光霎时熄灭，只余舞台上一道顶光。随着一道颀长高挑的身影慢慢走进光圈，台下的观众全都安静了下来，目光集中到舞台上。

戚生生的视力不错，虽然坐在最后，但也能看清台上的少年。

时忱今天穿了件合身的黑色西装，没有打领带，皮肤在灯光的照耀下更显得白皙，刘海梳了上去，露出精致锋利的眉眼。他的目光落在台下，嘴角含笑，却不令人亲近，只觉得锋芒太盛。

少年气质很好，矜贵又骄傲，像只即将成年的雄狮，藏着利爪，盯着远处的猎物，仿佛势在必得。

戚生生看着他，总觉得他的视线落得有点远，好像在看他们这边。

她不由得眨眨眼，下意识地挺直了脊背。

场内安静片刻，只见时忧指骨分明的手举起琴身搁在颈窝，下一秒流畅优美的乐音便倾泻而出，小提琴独有的音色在场馆内回荡。

　　《查尔达什舞曲》的旋律婉转优美，戚生生第一次听小提琴现场，顿时入了迷，周遭的一切仿佛都消失了，只剩不远处灯光下的少年和他的音乐。

　　戚生生听陈隽说过，时忧在十岁时便获得了国家级比赛的冠军，不出意外的话将来必定这条路，出国也是有可能的。

　　戚生生静静地看着他，难以想象时忧长大之后会是什么样子，应该会比现在还要优秀吧，也不知道他喜欢什么样的女孩，童阿姨看着就是很挑剔的人，估计往后的儿媳妇也不会太差。

　　起码要和时忧一样，是个同样在某个领域闪闪发光的人。

　　想到这儿，戚生生笑了一下，她发觉自己越来越适应姐姐的角色了。

　　一曲终了，时忧弯腰鞠躬。台下掌声绵延不绝，都在感叹这位小提琴天才的演奏。

　　时忧正要下台，这时从左边后台忽然窜出来一个身影，跑到时忧面前，把手里的捧花送了过去。

　　原本昏昏欲睡的汪越见此场面猛地坐直身子，"啧啧"了两声。

　　徐子豪皱眉瞧他："大惊小怪，迷妹送花不是很正常吗？"

　　"你知道那女生是谁吗？"汪越指着台上道。

　　"谁啊？"

　　"郑碧言！二班的语文课代表。"

　　戚生生闻言忙把耳朵凑过去。

　　汪越继续道："时哥上次就只吃了她送的曲奇。"

　　台上的郑碧言还穿着上一场的演出服，长腿细腰，非常好看。她红着脸怀抱着捧花，伸手递给时忧："时忧，这是给你的。"

　　台下已经响起了不小的起哄声。

　　时忧看了眼台下，又把目光落在眼前的女生身上，面无表情地接过捧花："谢谢。"

　　郑碧言只觉得脸颊越烧越红，她没再说话，低着头跑了下去。

　　时忧垂眸看着手上的捧花，表情有些淡漠，接着也跟着下了台。

　　因为演出的圆满成功，后台很热闹，各班的师生都在开心庆祝。

时忱穿过满是人群的走廊，来到化妆间，郑碧言刚进去。

他刚一推开门，里面正聊得热火朝天的女生们霎时没了声响，无数道目光在他和郑碧言身上打量。

时忱看向她，语气没有波澜："你出来一下。"

见郑碧言愣在那儿，一旁的女生连忙推了她一把："去啊。"

门关上，两人来到了走廊，郑碧言心跳如雷，不好意思地抬眼看他："时忱，你找我有什么事吗？"

时忱没说废话，把捧花递过去："这个还你，我不需要。"

他的声音很平静，没有任何情绪，仿佛在说一件很平常的事情。

郑碧言却听得呼吸一滞，不可置信地看着他。

送捧花不稀奇，去年也有人给同学送过，从没听说过有人来退捧花的。没想到她第一次送花，就遇到了。

郑碧言年纪还小，脸皮又薄，僵硬地接过捧花，眼里已经有了泪花："你不喜欢吗？"

"不喜欢。"

干脆又不留情面。

郑碧言只觉得鼻尖涌上一阵酸涩，她低下头，没有吭声。

时忱看着她，对自己的过分举动一点也没察觉到有什么不对的地方："我先走了。"

说完，他便头也不回地离开了走廊，只留下郑碧言一人红着眼眶站在原地。

晚会在小主持人的声音里落下帷幕，戚生生站起来跟着人群走出礼堂，恰巧这时晚自习下课的铃声也响了起来。

她扭头朝汪越摆了摆手："我先走了，再见。"

汪越笑了笑："再见姐姐。"

徐子豪也跟着笑道："姐姐，我叫徐子豪，要记得我哟。"

戚生生勾唇点点头，随后便朝着高中部的方向跑去，虽然放学了，但她的书包还在教室。

不一会儿，只在西装外面套了件羽绒服的时忱走了出来，汪越瞧见他赶紧招了招手。时忱拎着琴盒走过来，没看见戚生生，问道："她人呢？"

汪越挑眉指着高中部："回教室了。"

时忱看了眼逐渐暗淡的教学楼，"嗯"了声："那我先走了，明儿见。"

"哎，等会儿。"汪越和徐子豪扯住他，笑道，"先交代一下，你和郑碧言……"

时忱瞅着他俩看热闹的样子，举起手里的琴盒，不显情绪地无声威胁。

"哎哎哎，时哥，时爷，小的错了。"汪越立刻求饶，让时忱把琴盒放下。

他还记得上次不小心被这琴盒砸到脚，脚趾整整肿了两天。

时忱扯了下唇角："别瞎说，我和她一点关系都没有，走了。"说罢，拎着琴盒走向校门。

"啧啧。"汪越摸了摸下巴，手肘捅了下徐子豪，"耗子，你信吗？"

徐子豪叉腰冷笑："比我期末考第一还假。"

等戚生生赶到校门口，最后一班公交车已经走了，她站在门口眼睁睁地看着公交车的尾灯消失在十字路口。

她还没从茫然里回过神，一阵急促的鸣笛声在她耳边响起，只见一辆黑色的轿车停在了她面前。

"生生，上车。"童慧珊降下车窗，朝她道，"快点，这边不能停车。"

戚生生眨了眨眼，还以为自己看错了，立马回神应了一声："啊，好。"说完便立刻绕到后面，打开门正要坐进去，却对上了时忱的视线。

车里很温暖，时忱便把外套脱了，高档面料的西装衬得少年越发精致疏离。

两人对视了一秒，在童慧珊的催促下，戚生生连忙坐进去关上车门。

戚生生默默坐好，在童慧珊面前，她总是有些紧张。

车里有股低调的木质香味，很好闻，戚生生偏头看了眼身旁的时忱，他看着好像累了，半睁着眼睛，戚生生想跟他说一句"你拉琴很好听"，但就是开不了口。

"今天的表演怎么样？"这话是问时忱的。

时忱从鼻子里"嗯"了一声。

童慧珊等了一会儿，没等到他的下文，无奈地摇摇头，抬眼从后视镜看到乖顺的戚生生，倒是有些诧异。

才两个月没见，这孩子怎么瘦了这么多？

"高中部的元旦晚会是在明晚吧？"童慧珊笑问。

戚生生乖巧地点点头："是的，明晚。"

童慧珊："生生有表演节目吗？"

戚生生摇摇头，笑了笑，有些不好意思："没有，我什么也不会。"

"这样啊。"童慧珊笑，"我以为你妈会让你去学些才艺呢。别在意，阿姨只是好奇，随口问问。"

戚生生闻言顿了一秒，随即扯笑"嗯"了声。

童慧珊继续说："我从时忧四岁的时候就让他学小提琴，这孩子天赋高，十岁就拿奖了，其实孩子学个东西挺好的，往后还有个才……"

"我今天拉错了几个音。"一直沉默的时忧忽然开口打断她，"下台才反应过来。"

时忧挑了下眉，声音懒散，转头看着戚生生："这叫天赋高？"

童慧珊闻言眉头紧皱，从后视镜里瞪了时忧一眼："那是你最近没练习。"

戚生生老实地点点头："我觉得很好听。"

时忧没想到她会这么说，沉默下来，盯着她看了一会儿，随后收回视线。

"那是你少见多怪。"

童慧珊又是一阵皱眉：臭小子，给我闭嘴！

高中部的元旦晚会办得很火热，为了班级节目，程于甚至召集大家在网上定制了粉丝应援的物件，戚生生和邵鹏主动认领了印有施映字样的横幅和发箍灯。

邵鹏戴上闪到晃瞎眼的发箍对着戚生生指了指自己的脑袋："看起来是不是很傻？"

戚生生也没好到哪儿去，她的头围太小，发箍根本戴不牢，只能拿在手里。

"还好。"戚生生笑了笑，没有说出心里话——其实你这样特像去抢女子偶像拍手会入场券的宅男。

台下的座位是按照班级顺序排的，十八班在最后面的位置，离舞台很远。

戚生生和邵鹏把印着施映名字的横幅贴在前一排同学的椅背上，

等施映出来再把灯牌点亮。

班里其他的女生掉头看到他们二人的模样，不由得"扑哧"一笑："你俩现在特别像施映后援会的会长。"

戚生生表示认同，他们就差尖叫嘶吼了。

所有人坐好之后，晚会正式开始，台下灯光变暗，虞宋坐在戚生生的前排，从她的角度看过去，正好能看到男生的侧脸。

他今天下午放学后并没有走，为了看晚会特意留了下来。

戚生生盯着他的轮廓，抿了抿唇。

他俩说过的话加起来十根手指就能数过来，比普通同学的交情还要浅。

虽然在一个社团，但以虞宋的水平，基本上不会和他们这些才入门的新手一起训练，老师已经帮他报名下个月的全国青少年羽毛球大赛，要是他拿了名次，估计往后就很少来训练了吧。

戚生生眨了眨眼，鼻子有点发酸。

她和虞宋，不是谁主动就能有故事的。

晚会进行得如火如荼，很快便到了十八班的节目，全班按照之前说好的那样，全体起立为她们加油。

喊完之前定好的口号之后，大家全都尴尬得不行，周围的哄笑声不绝于耳，戚生生坐下看向虞宋的方向，却发现不知什么时候他已经走了。

一曲完美结束，她们表现得很好，谁都没有出错，甚至比彩排的时候还要好。

戚生生和邵鹏隔着人群举起灯牌、横幅为施映加油，台上的女生听到声音，朝着他们的方向不住挥手。

正当她们要下台的时候，一个戚生生再熟悉不过的高挑身影从后台走了上去。

虞宋手捧花束，走到一袭白裙的颜桐面前，面带温润笑意，把捧花送给了她。

颜桐化着精致的妆容，高级的五官不落俗套，她得体地接过，二人在舞台的灯光下是那么美好。

美好到让戚生生红了眼眶。

邵鹏"哇"了一声，凑到戚生生耳边道："这是什么情况？"

等了许久没听到戚生生的回答，他扭头看向她："你，你怎么了？"

戚生生忍着一瞬间涌上来的酸涩，扯唇摇摇头，道："我饿了。"

"还有人会饿哭啊……"邵鹏傻眼，没听过还有这样的。

台下掌声不断，戚生生看着台上二人离开的背影，重重眨了眨眼，觉得胸口像被人压了块大石，呼吸都凝滞了。

晚会结束后，施映找戚生生到后台合了张影，之前因为冰激凌事件认识的蒋显允也在，她是八班的班长，戚生生和她在 QQ 上没怎么聊过，倒是施映和她已经很熟稔的样子。

蒋显允笑道："你今晚跳得很好。"

施映挑眉："当然啦，我可是施映欸，无人能敌。"

蒋显允点点头："确实，很漂亮。"

这副嚣张又自信的表情，只有施映做得出来，戚生生无奈地笑了笑，目光却不自觉落到了坐在化妆间角落里的颜桐身上。

她面前摆放着那个粉色的捧花，是粉色的满天星，很好看。颜桐面容平静，并没有什么大的情绪起伏，仿佛已经习以为常。

戚生生看了一眼那个捧花，收回目光，看向施映："我忘了买花送你。"

施映皱了下眉："算了吧，土死了，我才不要。"

蒋显允不解道："那你喜欢什么，女生一般不是都喜欢花这类的东西吗？"

"才不是，又笨重又没用，几天就枯萎了，还不如送吃的来得实在。"

蒋显允被这一番言论逗得笑出了声，眼尾熠熠生辉，对着施映比了个大大的拇指。

戚生生悄悄打量了眼这位只见过一面的八班班长，明明是很高冷的长相，行为却十分洒脱，长发随意绑起，碎发刘海为她增添了少年气，身材高挑纤瘦，从背影看倒像个留长发的男生，说话做事很坦率，但并不会让人觉得不懂分寸，只会觉得和她交流很舒服。

注意到戚生生的目光，蒋显允勾唇迎上她的目光，微微歪头道："我好看吗？小兔子同学。"

被那双眼锁住，戚生生莫名耳尖一热，她瞪圆眼睛，有些慌乱地摆摆手："不，不好意思，我不是故意的。"

"哈哈哈哈哈！"蒋显允弯腰大笑，指着戚生生对施映道，"她果然很像只怯生生的小兔子呢。"

施映勾住戚生生的脖子，也忍不住笑道："我们生生本体就是只兔子。"

戚生生看着笑意盈盈的两个女生，不好意思地悄悄用舌尖舔了舔自己的门牙，内心小小地抗议了一下：我不爱吃胡萝卜。

谈笑完，施映换下演出服，戚生生牵住她的手："我们走吧。"

蒋显允伸手拍了拍她的肩膀："施映同学，我请你吃抹茶冰激凌。"

一听有吃的，施映一手一个牵住她们二人朝外冲去："走走走！"

戚生生和蒋显允相视一笑，任由自己被施映拉走。

那天晚上，戚生生和蒋显允陪着施映在奶茶店里坐了很久，嬉笑闲扯、谈天说地，那时的她们是她这辈子都不曾忘却的美好。

日子在平静中过去，期末考如期而至。这次考场按照期中的成绩划分，戚生生排到了 10 号考场，虞宋则是雷打不动的 1 号考场。

虞宋的成绩很平稳，每次都是第一，特别是文科的科目，历史、政治、地理，每次都是满分，不出意外他高二会选文科。

戚生生瞅着自己惨不忍睹的文科分数，尤其历史，满分 70，她最多考四十多，还是在简单的情况下。

她好像在背诵和理解上没什么天分，倒是对物理和化学兴趣多些。想到高二文理分班，她揉了揉自己的太阳穴。

她想和虞宋高二高三还在一个班，就算毫无交际，也比见不到的好。

期末结束的那天，梧城下了场小雨，飘落的雨丝里夹杂着微不可见的雪花。

"这破天气，好想去北方城市啊，好想玩雪啊。"施映从考场回到教室，边收伞边吐槽道。

戚生生笑："那你大学考去北方不就好了。"

施映认同："反正我是不会留在梧城的，夏天又热又闷，冬天又湿又冷，还没暖气，我穿了三条裤子，腿还是冷。"

戚生生没有吭声，她不知道自己想去哪儿，她好像从小到大都没什么目标，得过且过，尽量缩在自己舒适的范围内，连个像样的梦想都说不出来。

她有时候真的很羡慕施映。

将教室恢复原状之后，课代表们把各科的寒假作业发了下去，整整几十张卷子，施映哀号一嗓子，表达自己的愤怒。吴云青交代了几句，并让大家在过年那天上线，他会发红包。

同学们欢呼雀跃，直到下课铃打响，寒假正式开启。

"生生，你过年留在梧城吗？"施映道。

戚生生摇摇头："我回白安，估计得初三才能回来，我回来了就在 QQ 上找你。"

"好嘞，那后天我叫上显允，我们一起先出去玩一趟。"

"嗯。"

两人下楼和蒋显允在南门碰面，去奶茶店喝完一杯奶茶，又逛了会儿街后才各自回家。

初中部放得早，估计时忱早就回了。戚生生慢悠悠地朝公交站那儿走，却在路过一个巷口时停住了脚步。

这是当初虞宋拦住她的巷口。

里面堆满了废旧的垃圾，是任谁都不想踏足的地方。

虞宋就像是道她怎么也解不开的数学题，神秘且不自觉地让人沉迷其中。

他为什么要染一头金发，为什么成绩那么好却选择复读，戚生生很想了解他的一切，可是却怎么也触碰不到。

"喂。"

在她出神的时候，一个傲慢不逊的声音在她前面响起。

戚生生抬眸看过去，时忱正背着包，站在南门边的梧桐树下，手里拿着一杯奶茶，看样子已经站了许久了。

"不是早就放学了吗？怎么这么慢？"他皱着眉，头顶翘起的碎发都能让人察觉到他的烦躁，"愣着干吗？还不过来。"

戚生生心口一窒。

时忱不会在这儿等了她两个多小时吧？

见她还站在那儿盯着他看，模样跟见到鬼一样，时忱不耐地顶了顶腮，摸着后颈，大步流星地走向她，把还温热的奶茶塞到她冻红的手里，语气冷硬："说话啊，看见我傻了？"

手心里感受到来自奶茶的暖意，戚生生下意识地握紧，语气迟疑："你在等我？"

时忱气笑了，耷拉着眼瞧她："我吃饱了撑的，在这儿赏雨？"

此时雨已经停了，戚生生这才注意到时忱的棉服上大半截已经被雨水打湿，刘海被他草草撩了上去，还在滴着水。

她咽了口唾沫，心里升腾起浓浓的愧疚，连忙拿出纸巾帮他擦拭额上的雨水："我以为你已经走了，你怎么不带伞啊？"

时忱没有躲开，直勾勾地盯着她，眸光深邃，透着戚生生看不懂的浓暗。

"你去哪儿了？"

"我和同学逛了会儿。"戚生生没有在意他忽然岔开话题，嘱咐道，"回到家记得吃药，不然又要发烧了。"

戚生生的手指很细，动作间会不小心碰到他的额头，带着凉意，袖口飘出一阵淡淡的护手霜的味道。

时忱长睫轻颤，微微后仰躲开了她的手，眼神瞟向一边，喉结滑动："走吧，雨停了。"

"……嗯。"戚生生还是很愧疚，把纸巾捏在手里，跟在他身后走到公交站。

一路上，时忱慢悠悠走着，戚生生亦步亦趋地跟在他身后，脚步声小心急促，谁都没看见前面的少年淡淡勾起的唇角。

假期里，戚生生白天在甜品店帮忙，晚上就在家写作业，偶尔和施映、蒋显允出去聚一聚，日子过得倒也平静。

期末成绩由学校统一让班主任发给家长，包括班级和年级排名。

这次戚生生考得还是不尽如人意，理科还能看看，但文科简直惨不忍睹。班级排名36，年级五百名开外。陈隽看到分数和排名沉默了片刻，敲响了戚生生的房门。

母女俩看着成绩谁都没先开口，戚生生心内忐忑。这几次大考下来她就发现自己的成绩太稳了，几乎钉在了中下游的位置，她现在才上高一，离高考尚早，但三年转瞬即逝，她没把握自己能逆袭。

想到这儿，她注意着陈隽的脸色，小声道："妈妈，我……"

陈隽笑着拍了拍她的肩膀，安慰道："没事，下次再加把劲就好，妈妈相信你。"

"妈妈。"戚生生抿了抿唇，说出这段时间在她内心不断膨胀的想法，"我想学美术，我想走艺考。"

陈隽闻言微微一愣，没想到戚生生会忽然说想走艺考，不由得皱了下眉，觉得她有点异想天开："走美术艺考的都是从小就开始学的，你现在去学不觉得迟了吗？"

戚生生："这段时间我了解了一下，其实很多人都是高一才开始学的，但最后也都取得了很好的成绩。"她握住陈隽的手，语气坚定，"妈，我的成绩要是走文化，最多考二本、三本，要是艺考的话，我还能冲冲一本和艺术院校。我想试一试，哪怕前途渺茫。"

陈隽看着和戚望酷似的戚生生，眼眸微动，不知道在想些什么。

四周安静下来，戚生生忐忑地等待陈隽最后的决定，她没有底气，所以一直憋到了现在才说。

片刻沉默之后，陈隽叹了口气，摸了摸戚生生柔软的头发："你想去就去吧，妈妈支持你。"

"真的？"戚生生惊喜。

陈隽"嗯"了声："只要你能平安快乐，我什么都答应。"

戚生生鼻子一酸，她看着陈隽的脸，心里说不出的难过。

自从戚望走了之后，陈隽变了很多，从明朗活泼到温柔疲惫。

戚生生想起她初三在学校的那天，陈隽歇斯底里的样子，胸口就一阵刺痛。

她眨了眨眼，扯唇笑道："谢谢妈妈。"

除夕将至，戚生生明天就会跟陈隽出发回白安的奶奶家。晚上她在房间简单收拾了一下，收拾完下意识抬眼看向窗外时忧家的方向。

前两天开始，晚上时忧家的灯就没亮过，看来他们也回老家过年了。

想到这儿，戚生生坐到床边打开手机 QQ。

她和时忧的聊天内容十分无聊，要么是催她快点下楼乘车，要么就是让她带饼干给他吃。

这小子貌似非常喜欢她做的曲奇饼干，隔两天就跟她要。

时忧的头像是他穿着球服的背影，名字奇奇怪怪，叫"三窟"。

戚生生不明白这和狡兔三窟的三窟是不是一个意思，她也没在意，垂眸编辑了一句话发过去："你在白安吗？"

她记得陈隽说过，时叔叔和童阿姨都是白安人。

那边很快便回了消息："在。"

没等戚生生回答，对方又"唰唰"发了三条过来。

"干吗？"

"想我了？"

"要不要这么主动？"

戚生生看笑了，无奈回道："不是，我明天也回去。"

时忱打字很快，几乎没有停顿地回复几条信息过来：

"哦。"

"你什么意思？"

"想见我？"

"行吧，也不是不可以，毕竟我很帅。"

"几点，在哪儿，说清楚，别支支吾吾的，我时间很宝贵。"

……

这真是一点气口都不留给她，直接约见面。她一开始就是好奇，只想问问他是不是真回了白安老家而已。

但见一面也不是不可以。戚生生还惦记着放假那天让时忱等了那么久，总想补偿他，正好可以趁着这次请他喝东西。

"人呢？"

"戚生生。"

"害羞了？"

"呵。"

"有趣。"

戚生生不太会操作九键，每次都要低头找字母，刚打了一个字，对方已经齐刷刷地发了满屏。

"……"她以后再也不会主动找他聊天了。

戚生生费了半天劲打完要说的话，时忱像是等急了，又发了一句："别生气，我开玩笑的。"

这句话刚发过来，戚生生同一时间点了发送键，她刚把编辑好的消息发过去，抬眼就看见开玩笑三个字。

场面有点尴尬。

因为她刚发的就是时忱要的时间和地点……

"我上午才到白安，见面的话，那就明天下午两点好吗？海鸣路78号星猫咖啡屋，要是你没时间我们可以再定。"

那边好像也察觉到了这会儿焦灼诡异的气氛，刚刚飞速回消息的男生像被按了暂停键。

戚生生抿了抿唇，刚想说那算了，时忱的消息就来了："我那会儿正好没事，既然你都定好了，那我就给你个面子。"

戚生生发了一个微笑的表情后，无奈地笑了笑。

戚生生的外公外婆在她小的时候就过世了，所以回白安主要就是去奶奶家过年。

在戚生生的记忆里，她没见过爷爷，唯一的奶奶并不喜欢她和妈妈，就连对爸爸也是不冷不热的，他们这一家在奶奶眼里仿佛是可有可无的存在。

戚生生其实并不想在奶奶家住，但在去梧城前陈隽就把他们在白安的房子卖了，这才有钱在梧城买下一间门面开店，现下回来无处可去，总不能住酒店，只能去奶奶家了。

早晨十点左右两人到了老屋门口，老太太叶凤琴正坐在门口摘菜，听到陈隽叫"妈"，她恍然抬起头，看清来人之后，眼神冷了下来："回来啦。"

"回来了。"陈隽说，眼里并无波澜。

戚生生小声叫了声"奶奶"，叶凤琴没看她，只"嗯"了声。陈隽说罢牵着戚生生的手走进老屋。

"楼上最左边那间书房，你们就住那儿吧。"

叶凤琴冷冰冰的声音在身后响起，戚生生只觉得陈隽的手一紧，不由得有些担忧地看着她。

陈隽笑了下，道了句："好"。

说是书房其实就是一个杂物间，里面放着不用的家具和旧衣服。打开门还能闻到淡淡的霉味。陈隽打开窗通风，二人着手拾了一下，把床上的杂物搬下去，铺上事先带来的床单被罩，将就对付几晚。

在两人忙活的时候，戚生生听见庭院里传来热闹的谈笑，她好奇地从窗户往下看，原来是姑姑和大伯他们来了。

叶凤琴此时像是变成了另一个人，抱着大伯家的表弟左一个"心肝"右一个"宝贝"地叫，不同于刚才的冰冷。

戚生生只看了一眼便收回了目光。

她已经习惯了，每年过年都是这样，戚望在的时候也是。

她以前还想是不是因为自己不是孙子所以才被差别对待，但当她看到叶凤琴偷偷给姑姑家的表姐塞零花钱的时候就意识到，并不是什么重男轻女。

只是不喜欢他们一家罢了。

晚上的年夜饭需要人帮忙，陈隽收拾完房间便主动下去干活了，临走前让戚生生自己待会儿，别乱跑。

戚生生点点头，写了会儿寒假作业，起来活动肩颈的时候看到门被人打开了一道小缝，一个半大的男孩站在门口，眼巴巴地看着她。

"小涵。"戚生生推开门，"你来找姐姐玩吗？"

"嗯！"戚梓涵听到戚生生叫他，乐呵呵地点头进来，从口袋里掏出一把奶糖塞到戚生生手里，"奶奶给的，姐姐吃。"

戚生生弯腰摸了摸戚梓涵的脑袋："谢谢小涵。"

戚梓涵是大伯家的孩子，六岁多。大伯中年得子，他算戚家独苗，一家子都很宝贝。他很喜欢戚生生，每次见面都会黏着她。

"那你乖乖的，姐姐在写作业，待会儿吃完饭再陪你好不好？"

"好！"戚梓涵甜甜回道，随后老实地坐在床边安静等她。

说来也奇怪，戚梓涵这孩子被宠得无法无天，任性起来谁哄都不好使，但只要戚生生一哄，他准会安静下来。

午饭随便弄了点，晚上的年夜饭才是大头。

大伯戚强见戚生生领着戚梓涵下来，眼里闪过不悦，但是也没多说什么。

吃完午饭，戚生生陪着戚梓涵在院子里玩了会儿，直到大伯母叫儿子回去睡午觉，她才看了眼手表。

已经快到一点半了。

戚生生到厨房对陈隽道："妈，我出去一下。"

陈隽顿时停下手上的动作，抬头皱眉看她，神情紧张："你一个人要去哪儿？"

戚生生心口猛地跳了一下，忙道："你放心，我去找小忱，我们约好的。"

听到她不是一个人，陈隽松了口气，疲惫地点点头："去吧，天黑之前就要回来，别带着小忱乱跑。"

"嗯，我知道。"戚生生扯唇道，"那我走了。"

说罢便走出了厨房。

见戚生生走了，一旁的叶凤琴才冷哼一声，没抬头："出了事才知道紧张，早干吗去了？"

陈隽垂着眼没吭声。

叶凤琴继续道："我听说那人渣前不久回来了。也是，当事人都离开这儿了，他还怕什么。"

"妈。"陈隽打断她，声音哑然，"别说了。"

叶凤琴扭头看了她一眼，又轻哼了一声。

在这儿生活了十几年，白安的每条街巷戚生生都烂熟于心，只要从巷子里穿过去很快就能走到鸣海路，可是她犹豫了一下，还是选择绕远走大路。

当路过一条阴暗繁杂的街巷时，戚生生心头一顿，她停在原地，目光直直看向里面。

幽深的巷子像只匍匐在暗处的巨蟒，仿佛只要被它锁定，就会陷入万劫不复。

戚生生不自觉地握紧双手，明明此刻阳光温暖，但她还是感到了从身体里迸发出的、由内而外的寒冷。

她收回视线，不再看那个地方，继续朝着咖啡馆的方向走去。

本来想自己早点到不让时忧等，可没想到她刚到，就发现时忧已经站在门口了。

他今天没有再穿黑色，反而套了件白色的短款棉服，脖子上的深蓝色围巾衬得他越发白皙俊朗，底下是宽松的灰色牛仔裤，他抬手把线帽扯到眉下，半耷拉着眼皮，百无聊赖地把玩着手机，看来已经在那儿等了许久。

戚生生连忙跑过去："时忧。"

时忧闻言抬眼瞧她，漫不经心地"嗯"了声："我刚到。"

戚生生眉眼一松："走吧，我请你喝东西。"

星猫咖啡馆是白安的学生最爱来的地方，不仅价格便宜东西还好喝。戚生生记得她上初中的时候这家店就开在这儿了，她没来过几次，但每次来里面都坐满了人。

这次也不例外，两人等了一会儿才有桌子空下来。时忧让她先坐着，他去点单。

戚生生拉住他："是我要请你，你坐这儿，我去点单。你想喝什么？"

时忧听到这话也不客气，看了眼墙上的菜单，最后随意指了指门口的牌子："就那款新品吧。"

戚生生："那你别乱跑，这里人多。"说罢便走到前面点单去了。

时忧低头哼笑，这是在哄三岁小孩吗？

正值寒假，店里学生群体众多，且多为女生，时忧刚往那儿一坐，就听见隔壁桌传来小声讨论，接着他便感受到不少来自周围的眼光。

时忧微不可察地皱了下眉，这就是他不爱来这种装饰可爱的店的原因。

但那些女生大多偷看几眼也就没下文了，时忧拿下围巾，注视着正在排队的戚生生，随后便感觉自己左边坐了个人。

他面无表情地扫了眼，对上一张娇俏的脸。

黎真见时忧瞧她，抿唇笑问："请问我可以坐这里吗？"

她刚刚一进来就注意到坐在角落里的时忧，一颗心瞬间萌动。她自诩长得还算不错，在白安中学也是排得上名号的班花，和周围只敢偷看的女生不同，她有自信敢上前搭话。

时忧闻言又睨了她一眼。

黎真被这双眼睛看得紧张，不知为何，她有一刹那看到了这个男生眼里浓浓的倨傲和嘲讽，这个认知让她后背一僵。

"你都坐下了，还问什么？"时忧眉梢低垂，懒散道。

黎真被怼得嗓子一紧，准备的一肚子话没了施展的机会，这个男生把她堵死了。

气氛凝滞了几秒，但时忧没觉得尴尬，自顾自地看起了手机。

在黎真快坐不住的时候戚生生正好点完单回来，自然地坐到了他们对面。

时忧听见动静抬头看她："好了？"

戚生生"嗯"了声，注意到对面有一道强烈的视线，等她看清女生的脸时，目光微顿。

黎真先笑了，声音尖厉："真的是你啊，我还以为我看错了。"

"快一年没见了吧，戚生生，你还是这么……"她看了眼时忧，笑意不明，"玩得开。"

戚生生听到女生的恶意话语，手指下意识地握紧号牌，指尖因为用力而微微泛白，她低头盯着桌上的摆设，脸色逐渐变得苍白。

黎真见戚生生不说话，一种胜利者的感觉涌上心头，她跷起腿，找了个舒服的姿势，接着说道："说话呀，好久不见了，初中同学都不认识了吗？考到今阳就是不一样啊。"

戚生生没吭声，看见黎真她就会想起她们对她做过的事，身上就止不住地发冷。

见戚生生低头不说话，还是从前那副文弱装可怜的样子，黎真轻嗤一声，继续着她所谓的叙旧，但眼神却落在了时忱的身上："你以为逃到梧城就能脱胎换骨了？别妄想了，白安谁不知道你戚生生是个什么样的人。"

时忱一直看着戚生生，听到黎真的话下意识地皱起眉头。他看这个女生第一眼就觉得烦，现在看来果然很烦，烦到让人生厌。

他不耐烦掏了下左边的耳朵，想站起来拉走戚生生，离这个烦人的女生远点，没想到刚刚一直默不作声的戚生生却在这时抬起头，用那双黑眸直直地盯着黎真。

"我是个什么样的人不用你说，也跟你没关系。"戚生生站起来走到时忱旁边，垂眸看他，"还想留在这儿吗？"

时忱眉梢上挑，勾唇道："不想，这里太吵了，特别是我旁边这位。"

"好。"戚生生握住他的手腕，没费什么力气便拉起了他，"我们走吧。"

两人在黎真青一阵白一阵红的脸色中离开了咖啡馆。

屋外寒风呼啸，夹杂着海水的咸味。戚生生牵着时忱，默默走在前面。

时忱也没有说话，垂眸盯着手腕上的那只手，不知道在想些什么。

漫无目地走了许久，等戚生生回过神来，两人已经走到了学校附近。

"白安中学。"时忱停下，念出校门上的字，"你之前在这儿念的？"

戚生生看着熟悉的校门，"嗯"了声。她沉默几秒，随后指着一旁的小卖店："我买饮料给你喝吧，想喝什么？"

"可乐。"时忱想也没想，脱口而出。

戚生生回头朝他笑了一下："你这会儿倒是干脆。"

"我记住了，你不爱喝咖啡和奶茶，喜欢碳酸饮料。"她松开时忱，

"等着。"

手上的温度霎时消失，时忧摸了摸自己的手腕，看着女生的背影，被那一句"我记住了"，惹得心跳没了节奏。

两人一人一罐拿着可乐坐在小卖部门口，时忧没有问黎真说的话，戚生生也没有主动提起。

两人默契十足，宛如刚刚在咖啡馆的一切没有发生过。

"小忧。"戚生生看着他，声音低哑。

"嗯。"时忧皱了皱眉，不太喜欢这个称呼，但也没说什么。

等了半天没有下文，时忧偏头看她，对方的脸色很难看，那双平日里总是带笑的眼睛此时暗淡无光。

时忧心头莫名烦躁，将手中空空如也的可乐罐扔进不远处的垃圾桶里，站起来走到戚生生面前，把自己的帽子摘下来又一次盖在了戚生生的头上。

戚生生眼前一暗，抬手扒开帽子露出眼睛。

阳光的照射下，时忧被染上一身金色，乱糟糟的头发在风中飞扬，眉眼恣意锋利。他手插兜，吊儿郎当地站在她面前，居高临下地看着她，笑容懒散傲气："戚生生，我觉得你这人还可以，反正我不讨厌。"

戚生生听到这句话，鼻子一酸，放下帽檐遮住渐渐泛红的眼睛，声音沙哑："谢谢。"

戚生生记着陈隽的话，在天黑前回到了老屋，一踏进屋子就闻到了饭菜的香味。

桌上摆满了丰富的菜肴，戚梓涵看见门口的她，便跑过来拉着她坐到桌上。

姑姑戚萱看了眼戚生生，随口道："生生去把碗筷拿出来。"

戚生生"嗯"了声，走进厨房注意到陈隽满眼疲惫，不由得咬了下嘴唇。她接过陈隽递过来的碗筷，小声道："妈，累不累？"

陈隽摇摇头："不累，待会儿等奶奶动筷你再吃。"

"嗯。"

像往年一样，大伯父说完吉利的贺词，年夜饭就开始了，不过今年少了个人——戚望。

电视机里春晚序曲响起，戚梓涵跟着音乐手舞足蹈，其他人仍在吃饭看电视，只有陈隽还在厨房忙活着。戚生生看着忙里忙外的妈妈，眼眶一热，她低下头盯着碗里的丸子，心疼从胸口处开始蔓延。

往年爸爸在的时候，妈妈是坐着的那个。

新春佳节，万家灯火通明，她能听见屋外嘈杂的鞭炮声，所有人都在为了团聚而欢呼庆祝，而戚生生却觉得难过。

对戚望的思念在此刻达到了顶峰，她不知道戚望现在有没有在吃年夜饭，有没有思念她们。

桌上的一家人因为戚梓涵而发出嬉笑声，他们心安理得地享受着陈隽的服务，仿佛这是她们母女俩能留下来的唯一作用。

戚生生逼自己把眼泪咽回去，没有扫众人的兴。

有时候长大是一瞬间的事。

吃完饭又看了一会儿春晚，时间到了夜里十点多，姑姑和大伯一家才离开。戚生生摸着口袋里的红包，那是他们临走前给她的，那模样像是刚记起来。

戚梓涵把口袋里的奶糖都给了戚生生，用甜甜的奶音说着："姐姐再见"。

陈隽还在收拾桌子，戚生生想过去帮忙却被她拦了下来："你上去休息吧，我来就好。"

叶凤琴把剩菜放进冰箱，听到这话也附和道："上去吧，我和你妈说会儿话。"

戚生生上楼前看了眼陈隽，陈隽朝她笑了笑。

走进房间关上门，戚生生没有开灯，她坐在床边的地板上，看向窗外的月亮，手机在口袋里振动了起来。

她打开手机，是班级群的信息。

吴云青信守承诺，在班级群发了一个很大的红包，每个人都能抢到。

戚生生抢了两块多，班里最高有人抢到了五块。她跟着在大家后面发了个"谢谢"的表情包，接着群里不知道为什么开始了红包接力。

只要是抢到最多的人就要发一个红包出来。

戚生生没有兴趣参加，刚要关上手机的时候，一个顶着佐助头像，名字叫"YU"的人忽然发了一个红包出来。

不到一秒钟，虞宋发的那个红包就被抢空。

"哇，大佬的红包就是大。"

"我十一块，该我发了。"

"谢谢帅哥！"

"不客气。"

戚生生指尖一顿，抿了抿唇，她翻到上面点开虞宋的主页，他从没在班级群里说过话，今天是第一次。

窗外月光如画，老屋年代感十足的屋檐在月光下有种别样的美。戚生生吸了下鼻子，心里给自己打着气。

加吧，没事的，就是加个好友，又不是干吗，怕什么。

在这些洗脑性的话语下，戚生生点开添加好友的页面。

请求发送完，戚生生猛地把手机合上，攥在手心里。

周围寂静无声，不一会儿，手机的振动声响起，振得戚生生手指发麻。

她打开 QQ，清楚地看见聊天界面里出现了虞宋的对话框。

"我通过了你的好友请求，现在可以开始聊天了。"

她没有主动开口，对方也没有，仿佛就像她先前洗脑自己的那番说辞一样。

就只是加了个好友。

第四章●

喜欢是藏不住的

戚生生本想自然地发一个新年快乐的表情包过去，可却怎么也做不到。

不知过了多久，直到虞宋的头像变成灰色，她才被迫放弃了所有开启话题的念头。

群里又闹了一会儿，戚生生关上手机蜷缩在床上，听着窗外连绵不绝的烟火声，睡意逐渐席卷，直到楼下传来断断续续的争吵声将她吵醒。

戚生生猛地睁开眼睛，脑子还处在混沌当中，直到那声音再次响起。

"那你又有什么资格管他的事儿呢？嗯？"陈隽的声音里有浓浓的哭腔，"你对他好过吗？招之即来挥之即去，像对待一条狗一样，不对，连狗都比他在你的心里有分量……妈，就算他不是你亲生的，做人也得有良心吧，他叫了你快四十年的妈，面对你的冷漠残忍，他从没有说过一句你的坏话，甚至还在期待你能看到他的好，可是你呢……事到如今，还在想着怎么榨干这个便宜儿子的最后一点价值！"

"别装了，你嫁给他难道真是因为看上他这个人吗？谁信啊？"叶凤琴冷哼道，完全没有因为陈隽的话有一丝愧疚。

陈隽仿佛听到了天大的笑话，沉默两秒后："不然呢？我跟他只是因为他是戚望，我想跟着他，我愿意跟着他，我不想再看见他被你折磨，你不疼他我疼他！"

陈隽压抑着嗓音，害怕楼上的戚生生听见，她顶着泪眼婆娑的眼死盯着叶凤琴那张无所谓的脸，冷笑一声："现在你如愿了，往后都看不到那根刺了。"

叶凤琴闻言皱了下眉，心口浮现出一丝隐痛，但随即消失不见。

陈隽把抹布整理好，低头吸了吸鼻子，再抬头时已经恢复如常："那件事就别再提了，生生还在呢，那笔钱不管怎么样都轮不到你们。"

"你！"叶凤琴怒目圆睁，颤着手指向门外，"滚滚滚，带着你的女儿给我滚！"

陈隽把袖口和围裙放下，抬手整理好碎发，看向叶凤琴："不用你提醒，我明天就带生生走。"

说罢，她不再看叶凤琴一眼，走到二楼书房，轻轻推开门，里面没有开灯，只有从敞开的窗户透进来的几许月光。

"妈妈，你和奶奶吵架了？"戚生生喃声道。她没有听清二人具体的争执内容，但陈隽的声音听起来很生气。

陈隽："没有，妈妈不小心把碗打碎了。"

她走到床边，和衣躺进被窝，从背后抱住戚生生，声音闷闷的，带着鼻音："我们明天回梧城，好吗？"

戚生生："好。"

空气里有炮仗燃烧后的烟味，在这个热闹的夜晚里十分应景。

不知过了多久，在戚生生快要睡着的时候，陈隽带着哭腔的声音在身后响起："生生，别怪爸爸好不好？"

戚生生心口一室，没有说话。

陈隽叹了口气，以为她睡着了，没再出声。

大年初一的清晨，戚生生是被楼下"噼啪"作响的炮仗声吵醒的，身边没有人，陈隽已经起床了。

她盯着天花板发了会儿呆，然后打开手机处理消息。

施映和蒋显允都给她发来了新年祝福，戚生生笑了笑，一条一条地回复过去。

直到翻到下面，她才看到时忧的聊天框旁边有个大大的红色未读信息显示。

她心头一跳，连忙点开聊天框。

"睡了吗？"

"睡了也给我起来。"

"我买了烟花，没人帮我点。"

"给你十分钟的时间打字，不然就自动失去这个资格。"

"十分钟到了。"

"……"

"再给你加五分钟，别谢我。"

"真睡了？"

"那我等你明天放。"

"晚安。"

"……"

您是没手是吗？戚生生失笑。

本想给他回个"好"，可是看到"明天"两个字，她才想起昨晚陈隽说的话。

她们今天要回梧城。

想到这儿，她给时忧发了句："我今天就回梧城，别等我了，你自己放吧。"

那边又是秒回："几点？"

戚生生："不知道，但晚上肯定到。"

这句发完，便再没了回音。

戚生生没放在心上，把手机放好，换上厚棉服，洗漱了一番，开始收拾行李。

下楼的时候，她看见叶凤琴正坐在院子里晒太阳，脚边有一条大黄狗。

叶凤琴听到了身后的动静，扭过头看了戚生生一眼。

视线落到戚生生手里的行李箱上，又慢慢移到戚生生的脸上，那眼神很陌生，像在看另一个人。

戚生生被她看得有点不自在，叫了句"奶奶"后便去厨房找陈隽会合。

陈隽给她下了碗面，说道："吃完我们就走吧。"

"嗯。"

大年初一车站也在正常运行，两人搭了最早的一班汽车回到了梧城，陈隽闲不下来，刚到家没一会儿就去店里忙活了，只剩下戚生生一个人在家。

经历了一整晚鞭炮声的侵扰，戚生生此时困倦异常，只想躺下来再补会儿眠。

再醒来的时候外面已经天光暗淡，时间也到了傍晚六点多。

她刚要起床，手机在这时振动起来。

戚生生皱眉，除了陈隽没人会给她打电话，难道是陈隽打来的？

她拿起来一看，是个未知号码。

出于谨慎，她不太想接，等着电话自然挂断。没想到刚消停没两分钟，那个号码又打了进来。

戚生生想当看不见却也抵不过好奇心的干扰，她更担心是不是陈隽出了什么事，拿别的手机打的。

想到这儿，她立刻按了接通键。

"喂？"

时忱压着怒火的声音从手机里传出来："戚生生，你是故意不接我电话的吗？"

"小忱？"戚生生不敢相信，"你怎么知道我的号码？"

时忱叹了口气，没有回答，只道："下楼，我在巷子这里。"

"？"戚生生闻言走到窗边往下看，果然看见时忱正站在楼下打电话，"你……怎么也回来了？"

时忱轻描淡写地"嗯"了声，语气轻佻："别多想，我明天有约，今天提前回来而已。"

她能多想什么？戚生生无奈勾唇。

"好，我现在就下去。"

她套上羽绒服，临走时把桌上剩下的奶糖塞进口袋里。

到了楼下，她才注意到时忱脚边有个黑色的大袋子，满满当当的，露出的红色烟花让她明白了时忱的目的。

她无奈地指着满袋子的烟花："都是你买的？"

时忱看了她一眼，拎起袋子朝外走："跟上。"

戚生生听话地"哦"了一声，时忧腿长，也没有特意放慢步子等她，所以她几乎是小跑着跟在他身后。

"我们去哪儿放啊？"

直到时忧在路边停下，戚生生才想起来这个问题。

时忧偏头垂眼瞧她，像是被她问烦了，眉梢微扬："戚生生，你问题怎么那么多，老实点。"

"……"戚生生闻言抿唇，眨了眨眼，自动闭上了嘴。

两人一前一后走在大年初一夜晚的街道上，直到时忧在一栋陈旧的矮楼前停下。

他指了指楼顶的天台，慢条斯理道："在那里放。"

戚生生看过去，这栋矮楼看样子已经荒废了许久，没人住在里面，天台是开放式的，连栏杆都生锈变形了。

她看着摇摇欲坠的护栏，皱了皱眉："你确定安全吗？"

时忧若有所思地盯着她，忽然俯下身凑到她眼前，锋利的眉眼近在咫尺，少年语气懒散，声音宛如低沉的提琴，带着诱惑："放个烟花你怕什么？怯生生。"

"怯生生"三个字很轻，戚生生听得眼睫轻颤。

四目相对。

此刻两人的头顶适时炸起一朵绚丽的烟花，夜空被点亮，戚生生本想跟他掰扯掰扯"怯生生"这个绰号是什么意思，但注意力却被那烟火夺了去，目光移到空中，嘴角不自觉翘起。

时忧直起身，看着戚生生被烟花点亮的眼眸，唇角也泛起微微笑意，梨涡清浅，让他整个人如沐在春日暖阳当中。

在两人被烟火吸引了注意力的时候，天台边忽然冒出一个浑圆的脑袋。

"时哥！姐姐！"汪越朝他们不停挥舞双臂，"快上来！"

戚生生听到汪越的声音，有些惊讶，她看向时忧："他……"

"上去吧。"时忧没解释，率先走进楼道。

戚生生连忙跟上去。

天台上不仅有汪越，还有那天在礼堂坐在他旁边的徐子豪。

徐子豪看见戚生生顿时窜到她面前，甜甜地笑道："姐姐，好久不见啊。"

戚生生笑了下，轻轻握上对方伸过来的手："好久不见。"

徐子豪刚要握紧，就被人按住了肩膀，他回头撞上时忱毫无波澜的眼睛，撇了撇嘴，松开了戚生生的手。

时忱把袋子塞到他的怀里，面无表情道："拿出来。"

"耗子别磨叽了，快点的。"汪越拿出两个打火机，给了戚生生一个，"戚姐姐，这个给你点。"

"好的。"

戚生生点点头，谨记时忱在聊天里说的那句。

帮他点烟花。

"时忱你怎么回事，买这么多仙女棒，幸亏我带了大家伙过来。"汪越翻了翻袋子，有些无语。

戚生生闻言看向汪越身后，果然是个大家伙，看来刚刚的烟花就是他放的。

时忱蹲下拿出一把仙女棒递到戚生生面前，耷拉着眼，慢悠悠道："帮我点。"

戚生生接过，说不出话来。

那种大的烟花不敢点就算了，这种仙女棒杀伤力几乎为零吧。

她没敢吐槽出声，乖顺地帮他一根一根点燃。

仙女棒接触火焰，没一会儿就燃起漂亮的火花，慢慢在空气中划出一道道痕迹，像是在作画，戚生生盯着火焰不禁入了迷，笑意也逐渐爬上眉梢。

火光照在戚生生的脸上，把她圆圆的眼睛照得很好看。

时忱垂眸，盯着眼前的女生，无声地笑了一下。

汪越没空管这边幼稚地玩仙女棒的两人，注意力全放在了地上的大家伙上，他叫上徐子豪，两人一人点一个。

点完怕被声音震到，两人默契地捂住耳朵退到入口那儿。

四周安静了几秒，霎时，两道火光冲上夜空，巨大的声响把戚生生吓了一跳。

她"啊"了一声，手里还捏着快要熄灭的仙女棒。

在她还没反应过来的时候，熟悉的薄荷清香出现，耳朵陷入了混沌之中。

时忱垂眼默默抬手帮她捂住了双耳。

仙女棒也在此时彻底熄灭，周围陷入深蓝，头顶绚烂的烟花，把时忧的侧脸照得半明半暗。

戚生生愣怔地盯着眼前的少年，那双桀骜漆黑的眼眸，还有眼下那颗颜色很淡的泪痣，在这个绚丽的黑夜里比烟花还要夺目。

"新年快乐。"

时忧眉眼带着柔软的光晕，唇瓣开合，轻声说道。

这是他第二次帮她捂耳朵了，戚生生迟钝地眨眨眼，烟花还在"砰砰"作响，她鬼使神差地学着他的动作抬起手举到他的耳边，但因为身高的差距过大，她这样倒显得有些滑稽。

时忧唇角稍扬，在她就要碰到他的耳朵的时候，松开了手，直起身手插兜，抬头看向绚烂的夜空。

耳朵上的触感消失，戚生生的心漏跳了一拍。

她已经能够习惯烟火的声音，空气中烟硝味浓重，但并不刺鼻，她仰头观赏烟火，耳尖上还残留时忧掌心的温度，心底是从未有过的安稳。

时忧这个人，出乎意料的细心，刨除掉初见时的印象，在这些日子的相处中，戚生生渐渐感受到他身上自然而然流露出的修养。

虽然偶尔会说些过于自信的话，却不会让人不适。

不管从任何方面来看，他都很优秀。

这样的人，走到哪儿都是焦点。

临走时，戚生生拿出口袋里戚梓涵给的奶糖，想让他们三个分了。

"新年快乐。"

徐子豪乐呵呵地一把接过："他俩不爱吃甜的，都给我吧。"

汪越笑："姐姐的心意我们领了。"

徐子豪正要拆开一个塞进嘴里就被时忧阻止了，他不客气地掰开"小耗子"的"爪子"，拿走了一大半，似笑非笑道："我说不要了吗？"

徐子豪："……"

时忧把奶糖扔进嘴里，浓郁的奶香味顿时充斥舌尖，他下意识皱起眉，但很快便恢复如常。

汪越和徐子豪对视一眼，像见了鬼一样。

回去的路上，时忧面无表情地嚼着奶糖，最后竟像吞药一样咽了下去，戚生生不由自主地跟着难受，不禁好笑道："你不爱吃就别吃了。"

时忧没说话，又拆了一颗。这无声的动作仿佛在说：要你管。

到了她家楼下，戚生生朝时忧摆了摆手，正要上楼，时忧却叫住了她。

"你生日想要什么礼物吗？"

"嗯？"戚生生不解，距离她阳历生日还很久，他怎么突然问这个？

时忧别开视线，抿了抿唇，举起一颗奶糖："回礼。"

戚生生失笑，无奈道："不用了……"

"快点。"时忧直视她，刘海在眼下投出一片阴影，让人看不清他的神色，"我不喜欢欠别人的。"

就是一把奶糖，上升到欠不欠的，至于吗？

戚生生忍不住想笑，但为了保护这个年纪的男生那些奇奇怪怪的自尊心，她并没有再拒绝他。

"那就——你的中考分数好了。"戚生生笑道，"中考加油。"

日子在平静中流淌，直到空气中有了温暖的味道，身上厚厚的棉服被夏季校服替代。算起来，戚生生来到梧城快一年的时间了。

她将长发梳起，拿了瓶牛奶去站牌前等车。时忧每天来得比她还早，她慢步走到少年旁边，抬头看他。

注意到她的目光，时忧垂眸瞥了她一眼，看样子像是还没睡醒，语气懒散："好看吗？"

"你是不是又长高了？"戚生生把牛奶盖拧好，比画了下两人的身高，"说真的，男孩子到这个年纪还蹿个儿吗？"

时忧碎发散落额前，神色松散，他懒懒抬手按在戚生生的脑袋上，像把玩着什么玩具，语带嘲讽："是你太矮了。"

戚生生喉头一哽，对他这句实话没有反驳的理由。她挣脱掉时忧的手，没再跟他纠结身高这个事情。

608路公交车最后一排靠窗的两个位置仿佛已经成了两人的固定座位，时忧坐在窗户边，戚生生坐在他旁边，时间一长，连司机师傅都记得他们了。

戚生生刚要把耳机拿出来戴上，忽然想起一件事，看向闭眼补眠的时忧："下下周你就要中考了，打算考哪儿？"

时忱闻言眼睫稍动，没有睁眼。他漫不经心地"哦"了一声，像是才想起来还有这事："不知道。"

"……"行吧。

戚生生戴上耳机，低头打开手机准备播放音乐，却又听见时忱道："你有什么推荐吗？"

戚生生动作一顿，拿下耳机，思考了一下："以你的成绩报哪里都绰绰有余吧，不然去师大附中？"

师大附中是梧城最好的公立学校，比今阳师资力量好，童阿姨肯定希望时忱能去那里。

时忱稍稍撩起眼皮，目不转睛地看着戚生生，良久才移开目光："嗯。"

戚生生见他反应平平，估计是对附中没什么兴趣，接着说："其实今阳也不错。"

"你刚刚不是还推荐附中的吗，怎么今阳又不错了？"时忱轻嗤。

戚生生老实说："虽然今阳比不上附中，但好歹你在这儿待了三年，周围都是熟悉的老师和同学，你肯定舍不得他们，对不对？"

她又笑了笑："不过你要是去附中的话，以后就不能和我一起上下学了，想想还挺不习惯的。"

听到这话，时忱动了动指尖，拍掉袖口上并不存在的灰尘，目光落在窗外一闪而过的景色上，声音低哑："真麻烦。"

"嗯？"戚生生抬眸。

时忱眉梢上扬，扭头看她，语气十分理直气壮："既然你舍不得我，好吧，我会考虑的。"

戚生生失笑："考虑什么？"

"考虑留下来。"这次时忱没有再拐弯抹角，盯着对面的女生，"陪你上下学。"

戚生生表情稍敛，随后憋不住勾起唇角，笑出声。

时忱拧眉："笑什么？"

戚生生摆摆手："看你做出这么严肃的表情，有点意外。"她收起笑意，"考虑好了，这不是小事，但我相信你。我们小忧不管在哪儿都会很优秀的。"

微尘在阳光中浮动，有种难以言喻的情感在少年心中横冲直撞，让人想一直留在这一刻。

时忧听到这句话，心尖一颤，酸麻的感觉从胸口蔓延至四肢百骸。他凝视着女生弯起的眉眼，不自觉也放松了唇线，淡淡浮出一个笑意。

时间临近高考，高三的学生连下课都不出来走动了，校园里弥漫着一种紧张的氛围。

施映趴在栏杆上，视线落在高二教室的位置，长长地叹出口气。

戚生生看了她一眼，清楚她在为谁叹气。

"生生，我昨晚去找陈砚达吃饭。"施映低声道，"他说我很烦，让我别再找他。"

戚生生皱了皱眉："他也太过分了吧。"

"他问我是不是没有别的事情可干。"施映揉了把眼睛，声音带上了哭腔，"说我像跟屁虫，看着烦。"

戚生生看她这副样子，难得生出一丝火气："那就别再找他了。"

施映听出戚生生在指责她，惶恐地抱住戚生生的脖子，低声道："我清楚，可我就是……忍不住。我从小就爱跟在他身后，已经习惯了。"

戚生生无奈叹了口气："……我知道了，不哭了。"

施映吸了吸鼻子，自嘲道："我也很瞧不起这样的自己，一点也不像我。"

戚生生叹了口气，收紧胳膊，直到上课铃响，二人才分开。

回座位前她下意识地看了眼虞宋的位置。

阳光下的少年宛如被镀上一层金光，他此时脸上没什么表情，手上转着那支自动笔，整个人透着"生人勿近"的气质。

直到颜桐坐下来，他才侧头勾起唇角，手上的动作也停了下来。

动作虽小，但落在戚生生的眼里，却在无限放大。

颜桐在他心里果然是不一样的。

戚生生收回视线，同桌于萌萌见她发呆，点了她一下："我听说你报了美术，你跟老吴说了吗？"

这学期开学进行了一次模拟测试，戚生生考得还行，终于没再和程于继续捆绑下去。

戚生生摇摇头："还没呢，你也有这个想法吗？"

于萌萌表情有些犹豫："对啊，可是我妈觉得不靠谱，想让我先去上两堂课试试。"

"那也挺好，先试试看再决定。"

"不过我听说学校的这个画室，老师很严厉，画不好会打手心的那种，我同学的姐姐因为天赋差就被骂哭过好几次。"于萌萌聊起她听来的八卦。

戚生生笑了笑，没在意。

两人聊完没多久，吴云青下午上课时就提起了美术生上报的事。

"学校要求统计一下想走美术艺考的同学有哪些，有想法的下课到办公室找我报名，这个暑假就开始集训。"

于萌萌闻言看向戚生生，小声说："咱们下课一起去吧？"

"好。"

一下课，就有三个人来到办公室，吴云青没想到戚生生也在其中，他拿出上次月考的成绩单，戚生生的成绩相较于上学期进步很大，已经跃进了班级前二十的位置。

"你和家里人商量过了？"吴云青问道。

戚生生点点头："商量过了，我妈同意了，我对美术也挺感兴趣的。"

吴云青并没有阻止的理由："美术艺考这条路很辛苦，你自己有数就行，但也不要忘了文化学习，从近几年的艺考录取分不难看出，文化分还是最重要的。"

"知道了，谢谢老师。"

吴云青拿出报名表递给她："填好之后交给我，去吧。"

"老师再见。"

戚生生忙不迭地走出办公室，施映在门口等她着一起去小卖部。

施映接过报名表看了看："暑假集训要多久啊，显允前天还说暑假我们一起出去旅游呢。"

戚生生："听说是一个月，等我回来第一时间告诉你们。"

施映嘬了嘬嘴："好吧，走，陪我去小卖部买饮料喝。"

高考三天全校放假，每个班级都要在放假前把考场布置好，吴云青交代完高考期间学生的居家事宜之后就让值日生留下来布置考场。

戚生生正好是这周负责扫地的值日生。

几个男生把桌子按照标准反过来，桌肚的方向朝前，多余的桌子搬到楼下会议室。

布置好后，戚生生和另外两个值日生开始扫地。

当她扫到最后一排时，一个在夕阳下反射光亮的东西吸引了她的注意力。

她弯腰捡起来，看清了那个物体的样子。

是虞宋一直把玩的自动笔，她一直有注意。

这笔通体银色，做工精细，笔身没有品牌的字样，有几处微不可见的划痕，看起来像是特殊定制的。

戚生生拿着这支笔，像是拿着什么发烫的东西，从指尖一直烫到心里。

她看着笔，心跳一顿。

她是不是可以当面还给他了。

这个想法出现得突然，却牢牢扎了根。

戚生生看了一眼四周，没人注意她。

她用手指摩挲着笔身，随后将它放进了口袋。

高考期间，戚生生待在店里帮忙，有不少身着今阳校服的考生从门口路过，行色匆匆。

陈隽看到他们，嘴上感慨："时间过得真快，再过两年，你也要高考了。"

戚生生没什么概念，她现在才高一，只觉得时间还长。

陈隽忽然想到什么，扭头问她："你们暑假前就要分文理了吧，想好选什么了吗？"

"文科。"戚生生正擦着杯子，闻言动作顿了顿，"史政生。"

"史政？"陈隽皱眉，"我记得史政是你的弱科。"

戚生生垂下眼，没有吭声。

她为什么会这么选呢？

很简单，因为虞宋会选文科。

她想和虞宋一个班，哪怕不是一个班，也还在一个楼层。

那这段隐秘的心事就还有两年的时光。

陈隽见她不说话，轻声问："你决定了？"

"嗯。"她回答得干脆，"放心吧，我有数。"

陈隽沉沉地看着她，良久之后叹了口气："生生，如果有什么心事，就告诉妈妈，我不想离你越来越远。"

戚生生呼吸一顿，目光低垂："我知道的，你放心吧。"

高考结束之后，高三教学楼空无一人，其他两个年级的学生并没有被这一年一度的盛事影响到，只是觉得多出了三天的假期。

课间，整个走廊乱糟糟的，戚生生独自一人安静地坐在位置上。

她看着文具袋里的自动笔，想要亲手归还，可是始终迈不出那一步。

她扭头看向虞宋的位置。

少年端坐，写题的样子认真又清冷。

戚生生目光下移，看到少年手里握着的笔。

是一支崭新的自动笔。

粉色的，上面有只小兔子的装饰。一看就不是他的风格。

戚生生回过头，视线又落回到文具袋里，觉得自己真别扭。

一支笔丢了，还会有无数支新的来代替，不是无可替代的，并没她想象的那么重要。

她用指尖蹭了蹭自动笔的笔尖，把它藏在笔袋的最深处。

中考很快也随之而至。

戚生生洗完澡坐在床上，本想发条鼓励性的消息给时忱，让他明天别紧张，可刚开手机，对方的消息就跳了出来。

三窟："睡了吗？"

生生："没有。"

三窟："怎么还没睡？"

三窟："在替我担心？"

生生："……"

三窟："想说什么就说吧，我不会嘲笑你的。"

虽然早已习惯了对方在网络上猖狂的样子，但戚生生仍会感到无奈。

生生："明天加油，别紧张，你可以的。"

三窟："我知道我可以。"

戚生生："……"她就不该多嘴来这一句。

生生："那你早点睡，养足精神。"

这句话发完，沉默许久后，久到戚生生以为他已经睡了，于是顺手拿起吹风机，边吹头发边发了个晚安的表情过去，然后熄掉手机。

表情发过去没到一分钟，时忧那边有了动静："能下来一趟吗？"

吹风机的声音很大，戚生生没听见消息提示音，直到头发半干，她下意识地瞥了眼屏幕，才看见这条十分钟前的消息。

她立马走到窗边往下看，时忧已经站在路灯下了。

少年顶着暖色的灯光，低头踢着路边的碎石子，落在旁人眼里有种难言的落寞。

戚生生几乎没有思考，脚上还穿着拖鞋，连外套都没来得及穿上就急忙跑了下去。

梧城六月的夜晚带着冷意，晚风吹过来，让人忍不住瑟缩肩膀。

时忧抿了抿冰凉的嘴唇，垂眸盯着自己的影子。直到楼道里传来由远及近的脚步声，一个小小的人影站在了自己面前，他才恍然抬起头。

戚生生细声喘着气，长发披散，隐隐能闻到洗发露的香味，黑眸明亮，脸颊泛红，像只奔向他的小兔子。

她脚上还穿着拖鞋，上身只穿了件白色短袖，下身着短裤，两条细长的腿露在凉风中。戚生生忙道："抱歉，才看见消息。"

时忧眼睫颤动，眼中有一瞬间的闪烁，眸色如夜色般浓重。他直直盯着眼前微微发抖的女生，把口袋里准备好的手套拿了出来，喉结滚动，声音低沉："补给你的生日礼物。"

戚生生冷得反应有些迟缓，她讷讷地接过粉色的手套，摸了摸上面白色针织的小兔子图案。

她看着明显过了季的礼物，笑道："不是说好了，送你的中考成绩给我吗？"

"那个不算。"时忧自己穿得很多，一点没发觉戚生生很冷，"让你拿着就拿着。"

戚生生喉头一哽，说不出吐槽的话来，只能把这种幼稚的行为归结为青春期男生的小神经犯二行为。

她握紧手套，下意识地抱住胳膊取暖，抬眸瞧着一动不动的时忧："没事了就快回家吧，你明天还要考试呢。"

说罢她朝时忧摆摆手就要转上楼，却被时忧叫住："戚生生。"

"嗯？"她好脾气地停住脚步应了声。

少年站在路灯下，眼睫长而密，他局促地挠了挠后脑，耳尖开始发热。

沉默片刻，他才憋出一句："我紧张。"

"……"

戚生生彻底没了脾气，她走到时忧面前，想要像对待戚梓涵那样摸摸少年的头顶，可刚伸手就发现两人身高差距过大，只能退而求其次，拍了拍他的肩膀，语气温和："你可以的，别紧张。"

原来学霸也会紧张，戚生生忽然觉得此刻的时忧才有了符合他这个年龄该有的样子。她收回手，眉眼带笑："加油，我相信你。"

时忧垂在裤缝边的手不自觉收紧，良久才垂睫漫不经心地"嗯"了一声。

那天晚上的月亮很圆很亮，昏暗的角落也被照得很温柔。

喜欢一个人是忍不住的，忍不住想找她，忍不住想见她，告诉她自己有多喜欢她。

藏不住的喜欢，哪怕伪装再好，也会从眼睛里跑出来。

时忧抬头盯着窗户，脖颈笔直，喉结极缓地上下滑动，额发在脸上投出阴翳，眼眶渐渐被雾气打湿。

少年的背影本应热烈蓬勃，可那天的他背脊微弯，在风中站了许久，直到属于戚生生的那盏灯熄灭才离开。

中考最后一天下起了小雨，整个城市被雨雾笼罩，枯黄的梧桐叶黏在柏油马路上，空气里掺杂着泥土的味道。

戚生生打着伞从店里出来，踩着点走到今阳门口，时忧昨晚发信息说最后一门考完后有事找她。

没等多久，她就看见时忧高挑的身影从教学楼里走出来。少年一眼便在门口等待的人群里看到了打着红伞的戚生生，于是冒着雨径直走了过去。

雨势不大，但雨丝密集，只是从教学楼到校门口的这一小段距离，时忧的刘海已经湿了，他不在意地揉了一把，挤进戚生生的伞下。

伞不大，但时忧高，躲进来的瞬间，伞下的空间被压缩，两人被迫靠近，戚生生费力把伞柄举高，才能尽量让两个人不被淋到。

校门口此时人头攒动，学生如浪般从门口出来，家长们笑脸相迎，各式各样的避雨工具在这灰蒙蒙的天地间漾出点点色彩。

"你的伞呢？"戚生生怕他听不见，特意放大音量道。

时忱抿唇，面无表情道："忘带了。"

话音刚落，后面传来几道急促的汽车鸣笛声，时忱沉着脸抓住戚生生的胳膊往街边带，顺势接过她手里的伞柄。

戚生生没反应过来，被时忱带着走的时候脚步一乱，鞋尖磕到凸起的石板上，身体瞬间失去重心，她下意识"啊"了一声，在她以为自己要摔倒的时候，手臂上出现一个力道将她往后用力一扯。

下一秒，她的侧脸撞到了时忱的胸口上，少年身上淡淡的皂香混合着薄荷口香糖的甜味一股脑地窜进鼻尖。

戚生生连忙从他怀里出来，抬头检查他："没撞到你吧？"

时忱收回手，垂眸看了她一眼，随即移开视线，声音有些哑："没有。"

这雨没有停的意思，时忱半个肩膀已经被打湿，他随意瞥了眼，将雨伞往戚生生这边偏了偏，散漫道："汪越他们在金乐订了个包厢，说要庆祝一下，让我把你也叫上。"

说完，仿佛是怕戚生生胡思乱想，他又补充了一句："还有其他人。"

戚生生眼前浮现出汪越那嬉皮笑脸的模样，笑了笑："我就不去了吧，都是你们的朋友，我又不认识。"

"很多我也不认识，都是汪越的朋友。"时忱打断她，侧头看向街对面，喉结微动，"你在的话，我会自在点。"

这话充满了对她的信任感，戚生生眨眨眼，倒觉得有些惊讶。

这小子现在怎么这么会说话了？

想到这儿，戚生生笑道："好，那走吧。"

时忱呼吸一松，眉眼舒展，淡淡"嗯"了声。

汪越订了个大包厢，刚走到门口就听见里面的"鬼哭狼嚎"，戚生生眼里闪过慌张，她并不适应KTV的环境和氛围。

一想到待会儿还要面对那么多陌生人，她心里更加紧张，下意识握紧了伞柄。

时忱这时忽然拿过她的伞，低眉道："想走就告诉我。"

戚生生闻言愣了下："好。"

　　包厢里有不少人，除了汪越和徐子豪，其他的戚生生一个也没见过。

　　屋内彩灯闪烁，一个男生正声嘶力竭地唱着《死了都要爱》，戚生生听着下意识地皱起眉头。

　　时忧带着她刚进去，场面就安静了，唱歌的男生也停了下来，汪越带头起哄："时哥来了！"

　　他刚吼完就瞧见了被时忧挡住的戚生生，笑道："姐姐来啦，快过来坐！"

　　徐子豪连忙顺杆爬，拍了拍自己旁边的沙发，甜声道："姐姐坐我这里！"

　　戚生生笑笑，正要走过去，手腕就被人拽住了。她回头对上时忧懒散的视线，少年没有说话，只是拉着她坐到了沙发的另一边，他也顺势坐到了她身边。

　　徐子豪扫兴地"嗷"了一嗓子："时忧你也太没意思了，老独占可爱姐姐！"

　　戚生生尴尬地拿起果汁，时忧大刺刺地仰靠在沙发上，对着徐子豪勾唇一笑："不爽忍着。"

　　徐子豪暗自翻白眼。

　　有人见一向对女生爱答不理的时忧破天荒地带了个女生过来都好奇不已，凑到汪越旁边问戚生生是谁。

　　汪越正低头点歌，闻言道："那是时哥的表姐。都给我注意点啊，别瞎说。"

　　郑碧言从时忧一进来开始，视线就黏在了男生的身上，她离得远没有听见汪越的解释，只觉得时忧对待戚生生的模样让她心口憋闷。

　　她特意让汪越带她来这儿，就是为了见时忧的。

　　自从上次他把捧花还给她之后，两人再没说过一句话，连在走廊里碰见，时忧都不瞧她一眼。

　　她除了有些失落外其实也能接受，因为时忧对每个女生都这样。

　　以前还发生过比退捧花还过分的事，在春季校内举办的篮球赛上，有个女生不知天高地厚地跑上去送水给时忧，被他当场给了对面那支球队的男生，结果全场哄笑。

　　这么一对比，时忧对她还算温柔的，至少没在台上拒绝她。

可是，为什么时忧对这个女生的态度不一样呢？徐子豪还说了那种话，说明两人认识已经很久了。

郑碧言越想越心慌，她咬了咬嘴唇，趁着时忧去前面点歌的时候，轻轻走到戚生生旁边坐下。

戚生生感觉到身边有人坐下，下意识地看过去，见是一个长相清秀的女孩子，笑了笑："你好。"

郑碧言呼吸一滞，瞬间紧张起来，她捏着自己的裙角，声音紧绷："你，你好。"

戚生生见她有些眼熟，但记不清在哪儿见过，只能保持微笑等待下文。

看着这张脸，郑碧言就紧张到不行，戚生生是那种温软可爱的长相，给人的感觉十分舒服，笑起来如沐春风，让人不自觉想接近她。

"我，我……"郑碧言避开对方的视线，结巴道，"你，你和时忧同学是什么关系啊？"

"嗯？"戚生生没想到女生迟疑半天是为了问这个，失笑道，"我和他是邻居，父母之间认识，我比他大一岁，算是姐姐。"

"姐姐……"郑碧言咀嚼着这两个字，心头一松，终于笑了，"这样啊，原来是邻居家的姐姐。"

戚生生见女生的表情由阴转晴，茫然地眨眨眼。

郑碧言得到答案，心情瞬间舒畅，她指着点歌台问道："姐姐你想唱什么，我帮你点。"

戚生生摆摆手："不用了，你们唱就好了，考完试你们放松一下。"

时忧这时点完歌坐回来，戚生生被夹在两人中间，她清楚感受到女生身体一僵，笑容都拘谨了下来。

她看了眼时忧，又看了眼郑碧言，心里恍然大悟。

戚生生手捧果汁，嘴里咬着吸管，她不想当电灯泡，于是站了起来："我还是去点歌吧，突然想唱了。"

时忧抬头瞧她，不明白为什么自己刚回来她就要走，不由得扯住她的袖口，声音不紧不慢："结束后一起去吃饭。"说完松开手，又补充了句，"我妈叫的。"

"好。"戚生生点点头，不再留在两个人中间，她走到点歌台前本想随便点首歌意思一下。

点开歌手那个选项，她喜欢的那个歌手的名字出现在首页，她想也没想地点进去，第一首就是《她说》。戚生生刚要添加到列表，就看见此歌曲已经在等待列表了。

她挑了下眉，没想到有人与她喜欢同一个歌手。点开歌单，《她说》是最后一个，也就是刚刚离开点歌台的人点的。

是时忧。

戚生生极轻地眨了下眼，扭头看向时忧的方向。

少年坐的位置很昏暗，辨不清神色，他抱臂仰躺在沙发上，锋利精致的眉眼被额前碎发遮挡，精瘦的脚踝十分好看，浑身都散发着磅礴的生命力和压迫感，明明才十六岁，就已经能看到未来卓绝的模样。

郑碧言面对时忧一直很紧张，她借着昏暗的灯光大胆地打量着时忧，悄悄挪到时忧旁边，鼓足勇气小声叫他："时忧。"

时忧听到这比蚊子还小的声音，收回视线，面无表情地看向郑碧言，没有吭声，等着下文。

郑碧言握了握拳，给自己加油打气，心快从嗓子眼里跳了出来："时忧，你跟我出去一下。"

包厢里的音乐吵闹震天，郑碧言的声音却清晰地传进了时忧的耳朵里，他侧头瞧见女生紧张的表情。场面沉默片刻，就在郑碧言以为时忧没听见想再次开口时，对方站起身："走吧。"

郑碧言愣怔片刻，但很快反应过来，跟着走了出去。

戚生生注意到出去的两人，不知道为什么心头一动。她抿了抿唇，淡淡收回视线。

随着门被关上，里面嘈杂的声音被隔绝。

时忧面色稍沉，开门见山道："有话就说吧，我待会儿还有事。"

"我……"郑碧言闻言慌乱起来，她攥紧裙角，嘴巴开合，却什么声音都发不出来。

见她这副样子，时忧哪还有不懂的，他垂眸叹了口气，陷入自己的情绪当中，不知道在想些什么。

气氛一时凝滞下来，郑碧言抿了抿唇，瞧着男生的反应，虽然已经有了心理准备，可还是难过地吸了吸鼻子。

时忧忽地嘴角一松，淡淡地勾出一道弧度，他抬眸看着郑碧言，声音温润："谢谢。"

"嗯？"

她睁大了眼，不明白时忱的意思。

时忱手插兜里，往后退了一步，笑容比夏日的阳光还要明媚：
"没事。"

郑碧言茫然抬眸，对上时忱的眼睛，她明白了谢谢的含义。

她苦笑了一下，转身不再看他。

时忱淡淡注视着走廊昏暗的灯光，视线在下一刻移到包厢的方向。

他心里已经悄悄被一个人占领了。

很喜欢，喜欢到就算知道一辈子很长，也只想跟那个人在一起。

门被再次推开，但只有时忱一个人进来，郑碧言说她还有点事先
走一步，众人没有被这个小插曲影响到，依旧像撒了欢似的，放声歌
唱、吃吃喝喝。

戚生生依然抱着那瓶果汁，耳边虽然很吵，但还是有股怎么也挡
不住的困倦袭来，她悄悄打了个哈欠，时忱这时突然递给她一块口香
糖，薄荷味的。

"谢谢。"戚生生接过，慢悠悠地拆开包装将口香糖塞进嘴里。

薄荷香味和时忱身上的味道一模一样，戚生生借此提了点精神，
打算等时忱点的歌唱完就跟他说她想走了。

下一瞬《她说》的前奏响起，戚生生心头一怔。

"这谁点的？"汪越唱累了，扬了扬手里的话筒，瘫在沙发上
问道。

时忱默不作声地接过。

"哟，时小爷怎么突然喜欢这种歌啊？"徐子豪打趣道。

时忱没搭话，漫不经心地坐在转椅上，正对着戚生生的方向，眉
眼如墨般深邃，直到歌词的第一句开始，他的声音才倾泻而出。

"她静悄悄地来过，她慢慢带走沉默，只是最后的承诺，还是没
有带走了寂寞，我们爱的没有错，只是美丽的独秀太折磨，她说无所谓，
只要能在夜里翻来覆去的时候有寄托，等不到天黑，烟火不会太完美，
回忆烧成灰，还是等不到结尾……"

这首歌很衬时忱的声音，清润明朗，像雨后的青草，给人舒适清
新的感觉。

戚生生听得入了迷，她用手腕撑着脑袋，认真注视着时忱的侧脸。

闪烁不定的暧昧灯光下，少年轮廓线条若隐若现，高挑的身姿摆出懒散的姿态，让人赏心悦目。所有人都沉浸在这首歌里，直到结束都久久不能回神。

还是汪越带头鼓起掌："时哥牛！"

戚生生慢半拍地鼓了几下，却见时忧放下话筒径直走到她面前，朝她伸出手，眉尾下压："走了。"

汪越听见有些扫兴："你们要走啦？待会儿哥儿几个说要去烧烤，你们不去吗？"

时忧觑了他一眼，懒声道："不去。"

戚生生看着面前的那只手，不明白这是不是要她握住的意思。她怕自己会错意，以时忧这小子的性子，如果不是这个意思，她贸然握上铁定会被甩掉，但他都伸过来了，应该是让她牵住的意思吧。

不不不，这小子怎么会让她牵手呢，一定是另一层意思。

时忧这边像是等急了，完全没想到他的这个举动会让戚生生胡思乱想到这个地步，不由得上下动了动手，催道："快点。"

戚生生看了看他的表情，又看了看面前的手，心里还是有点犹豫，最后在她的灵光乍现之下，时忧感觉自己的食指被一个温暖的触感包住了。

"……"

四目相对，戚生生乖巧地翘起唇角："走吧。"

时忧垂眸瞧着戚生生握住了他的食指，对方还颇为得意地扬起眉梢，不禁心跳一滞，喉结滚了滚，甩开她的手，兀自走出包厢。

果然猜错了。

看着时忧的背影，戚生生唇线紧抿，男孩的心思你别猜，你猜来猜去还是猜不明白。

晚上，童慧珊在市里的五星级酒店订了包间庆祝时忧中考结束，只请了一些他们夫妻熟识的朋友来参加。时伍也邀请了陈隽，但陈隽清楚童慧珊不喜欢她，就找个借口推辞了，只让戚生生一个人去。

时忧领着戚生生走进包厢，看见周磊也在，不由得眸色冷了下来。

"哎哟，我们的大帅哥来了啊！"童慧珊今天穿了一身红色的旗袍，看起来年轻又妩媚，她拉过时忧按在座位上，没有在意门口的戚生生。

这一嗓子吸引了众人的目光，大家都围聚在时忱身边，说着些喜气的话语。戚生生盯着人群中的少年，少年面无表情，并不开心。

"生生来啦。"时伍走到她身边说道。

戚生生笑："时叔叔。"

时伍几个月没怎么见戚生生，没想到小姑娘瘦了这么多。瞧着戚生生的脸，他的眼神有些恍惚，仿佛瞧见了年轻时的陈隽，片刻回过神，他眨眨眼笑道："别拘束，你待会儿坐我旁边，结束我送你回家。"

"嗯，谢谢叔叔。"

时伍拍了拍她的肩膀，两人坐了下来，他忽然问道："快高二了，准备选理科？"

戚生生眸色微闪，摇摇头："不是，选文。"

"选文？"时伍显然没想到，"我记得你物理很好，选理科不是更好吗？"

戚生生垂眸道："我已经报了美术艺考生，中间要花很长的时间去准备艺术考试，选物化的话我怕后期回学校跟不上。"

"你也要走艺考啊。"时伍闻言叹了口气，看向时忱的方向，"小忱他妈也是这个念头，想让小忱走纯艺，将来出国。"

戚生生感觉时伍并不是很赞成的样子，迟疑道："您，不希望小忱走艺考吗？"

时伍无奈摇摇头，笑道："当然不想，我是物理系的，自然想让小忱走我的路，考上梧大，将来能继续在学业上深造。"

夫妻二人都希望儿子走自己走过的那一条路，可是，他们有没有替时忱想过呢？

戚生生偏过头，看向泰然自若的时忱，心脏仿佛被人刺了一下，有点酸麻。她收回视线，斟酌着开口道："时叔叔。"

"嗯？"

"您有问过小忱他自己是怎么想的吗？"

时伍闻言面色一怔，显然他从没想过这个问题。他盯着面前的瓷盘，陷入短暂的沉默，然后低声说，"这小子在想些什么还不好猜吗？一定是和我反着来。"

戚生生没有吭声，她想起以前戚望曾经问过她以后想做什么。

那个时候她还小，不明白梦想和理想有什么区别，觉得只要爸爸妈妈一直在身边，有吃不完的蛋糕，穿不完的漂亮裙子，就是以后最想实现的事情。

可是现在慢慢长大了，欲望越来越多，却忽然惊觉，那些最单纯最简单的梦想也是最难完成的。

良久，戚生生才再次开口："叔叔，找个机会问一问他吧，就算不是您想听的，也请您认真地听完。小忧他是个很好的孩子。"

戚生生抬头笑道："您只要跟他好好说，他会听的。"

这顿饭的来客都是时伍的朋友和童慧珊认识的名流，他们的夸耀是有前缀的，时教授的公子或童老师的儿子，时忧在他们的眼里无论多么优秀，都是应该的。

时忧面对这些客套表现得很得体，戚生生悄悄打量了少年一眼，他虽然唇角含着笑，但黑眸平静，甚至很少动筷，像个精致的人偶。

戚生生收回视线，注意到那份一直没人动过的咕咾肉被转到了她的面前，她记得时忧好像很爱吃这个。

几乎没有犹豫的夹起一块裹着酱汁的肉，放到了时忧的碗里。

时忧怔然，侧头盯着戚生生的眼睛，没反应过来。

戚生生被他这副样子逗笑了，用筷尖指了指肉："吃啊，你不是喜欢吗？"

时忧闻言看向碗里的肉，指尖微动，默不作声地夹起塞进嘴里。

接下来的时间，戚生生夹一块他吃一块，不然就不动筷子。时伍偶然间看见，心下觉得稀奇，时忧从小就不是那种家长喂到嘴边才吃饭的孩子，他吃饭很规矩，从没让人操过心。

现下两人这幅场景，一个乐意喂，一个乐意吃，十分和谐，和谐得诡异。

时伍看着看着，忽然有个念头从脑海里冒出来。

回去的路上，车内没人主动说话，直到车停在了巷子口，戚生生正要开门下车，时伍却在这时开口："小忧送下姐姐吧，巷子里那么黑，不安全。"

童慧珊闻言眉头轻皱，不满地看向时伍，不明白这是什么意思。

戚生生正要拒绝，时忧却打断她："嗯。"

等两个孩子下了车，童慧珊才冷声道："你在想什么呢？"

时伍笑："我能想什么？"

"哼，先是让小忧天天跟生生一起上下学，现在又让两个孩子走这么近。"童慧珊冷哼一声，"我可告诉你啊，我是不会跟陈隽结亲家的。"

时伍不反驳也不解释："胡说什么呢，孩子还小。"

这边两人目送轿车离去，时忧没有说话，先戚生生一步走进巷子里。

这个点巷子里很黑很静，伸手不见五指，戚生生每踩下一步都十分小心，害怕自己被绊倒。

时忧在前面走得很慢，耳朵听着身后磕磕绊绊的脚步声，嘴上"啧"了一声，停下了脚步。

跟在后面的戚生生蒙头往前走，额头轻轻撞在一堵温热的墙上，这才发觉时忧已站定在那儿。

"怎么了？"她小声问，声音在这幽深的巷子里十分缥缈，透着股诡异。

巷子里夜风呼啸，时忧忽然默不作声地停下，戚生生不想自己吓自己，她下意识地扯了下时忧的衣袖，声音细小："前面有什么东西吗？"

时忧闻言勾起唇角，故意压低声音道："前面——好像站着个人。"

少年的声音顺着风钻进戚生生的耳朵里，透着凉意。

戚生生心一抖，咽了口唾沫，想看看前面的情况，但刚伸出半个头就被时忧按了回去："别看。"

时忧压着嗓子，煞有介事地说："抓着我，慢慢走出去。"

戚生生连忙点点头，双手听话地攥住时忧腰两侧的衣服，跟着他慢慢往前走，几乎是贴在少年的身后。

时忧的腰很细，后背却很宽阔，能闻到从他身上散发的味道，有皂香、薄荷香，每一种都能代表美好少年青春的模样。

戚生生莫名觉得耳尖一热，连晚风都无法缓解。

两人就像连体婴一样，一步一步挪到了巷子出口，直到昏黄的灯光落到他们身上，戚生生都没有看到时忧口中那个一动不动的人。

她越过时忧，大胆地看向前面，目之所及只有枯败的老树和老树下生锈的秋千，别说人影了，连个活物都没有。

"那个人呢？"她不放心地问道。

时忧耸了下肩："走了。"

戚生生闻言抬眸审视他，思考对方话里的真实性，连手都忘了放下。

直到时忧懒懒抬起双臂示意，戚生生才反应过来，连忙松开手。

"那我上去了，你也快回家吧。"戚生生抿唇笑了笑，冲他摆摆手，"暑假快乐，小忧。"

"戚生生。"时忧的视线落在她的背影上，轻声叫住她。

"嗯？"女生转过身，站在台阶上，几乎与他平视。

时忧垂下长睫，避开她的视线，白皙的皮肤在灯光下透出温暖的颜色，他仿佛是很随意地开口道："我下个月生日，汪越他们说要替我庆祝。"

他抬眸与她直视："你来吗？"

初夏的夜晚，风很和煦，吹在人身上像无声的轻抚。时忧站在风里，黑眸明亮，唇角弧度轻浅，碎发随风而扬，灰色的连帽衫让他整个人与这个夏日极为相配，他就这么淡淡看着她，就算是面无表情，也能让人感受到其中的温柔。

戚生生长睫轻颤，心跳在不知不觉中提了速。

她眨了下眼，带着歉意："我暑假要去画室集训，为期一个月，我去不了。"

气氛安静了两秒。

这话说完后戚生生垂下长睫，不知道为什么，她不太想看见对方脸上出现任何负面情绪的表情。

时忧听到这话眉眼上挑，轻笑一声，还是那副懒懒散散的模样："好吧，我就随口一问，不能去的话就算了。"

"走了。"

他手插兜，转身摆了摆手，缓步走进另一条小道里，身影在下个拐角消失不见。

戚生生目送他离开，心里有些莫名的不舒服。

高一期末考结束，也意味着高一正式结束，但离放暑假还有一周的时间，大家每天仍要来学校，一边等成绩，一边选文理。

吴云青拿着一沓表格走进班级递给程于："这是分文理的表，发下去大家填一下。填完的同学亲手交给我。"

于萌萌戳了戳戚生生："我要选文，你呢？"

"我也选文。"戚生生接过前排传过来的表格，替于萌萌拿了一张后，递给后排，"我选史政。"

"啊，我选史地，政治我实在不行。"

戚生生"嗯"了声，看向手里的表格。

表格上只有四个选项，文科里分"史政"和"史地"，理科里分"物化"和"物生"，到了高二，学校还会根据这次期末考的成绩分出文理的强化班和普通班。

戚生生在高一下学期进步很大，吴云青找她谈过，觉得她高二进文科强化班的可能性很大，只要这次期末考不掉链子。

施映和蒋显允也说了选择史政，这两人的成绩自不用多说，看来高二三人终于可以同班了。

想到这儿，戚生生勾唇浅笑，在史政的方框里打了个钩。

填完表，她起身走到讲台交给吴云青。正巧虞宋也从另一边走过来把手里的表递给吴云青。

戚生生抿唇，想看一眼虞宋的选择，她稍稍倾着身子，快要看见的时候，程于却把自己的表盖在了上面，切断了她的目光。

戚生生抬眸看向程于，他也在看她，眼神讥笑，仿佛看穿了她的想法。

戚生生回到位置上，没有再看程于一眼。

这段时间两人几乎是零交流，她心里一直对程于偷拿自己的卡片还擅自扔掉的事耿耿于怀。程于这个人在她的心里已经没有任何好印象，她懒得去跟他周旋。

但程于好像很乐于看她因为他而憋闷的样子。

莫名其妙。

几天后期末成绩公布，戚生生这次考了班级第五名，较之于高一第一次月考时的倒数，一年的时间，她进步了很多，吴云青特意在班级里表扬了她。

虞宋还是稳稳的第一，不管是班级还是年级。

那天傍晚，戚生生独自站在教室里，看着贴在后黑板上的成绩单，两人的名字第一次靠得这么近，有种难言的情绪自心头蔓延。她悄悄拿手机把表格前十名的部分拍了下来。

讲完最后一门试卷，下课铃打响，高中时期第一个暑假将在明天开始，吴云青心里不舍，这是他执教以来带的第一个班，他倾注了无数的心血和期盼。

"同学们，高一结束了，你们三年的旅程已经走了三分之一，谢谢大家这一年来的照顾，每一次考试我们班都是化学第一，让我很骄傲也很欣慰。往后你们就是高二的学长学姐了，祝大家学业有成，青春万岁。"

说完他对着同学们深深地鞠了一躬。

全班都沉默下来，有人甚至红了眼眶。

戚生生有些难过，吴云青对她很好，第一次有一个像他这样的老师把学生当成朋友来对待。

察觉到气氛太过凝重，吴云青笑了笑："我也会跟着到高二的，到时候有的同学可能还会分到我的班级。"

这时不知是谁带头说道："老师！我们一起照张相吧！"

这个提议引起了热烈的反响，大家纷纷表示要和吴云青合照。

吴云青也觉得不错，于是请隔壁班的老师过来帮大家拍一张班级合影。

众人挤到讲台前，吴云青站在中间，有的同学甚至夸张地做出搞怪表情，惹得一阵哄笑。

戚生生本想走过去和施映站在一起，可不知是谁在后面推了她一把，她下意识回过头，却对上了虞宋的眼睛。

"不好意思。"他说。

声音很轻、很淡，但就是惹得戚生生心跳一乱。

她眨眨眼，僵硬道："没事。"

这时拍照的老师喊道："别再乱动了，就这么站吧。"

"哎，那个高个子的男生，你就站那个女生的后面，把头露出来。"

他指的是虞宋和戚生生。

虞宋喊了声"好"，听话地走到戚生生的身后，带来一阵淡淡的香味。

戚生生后背僵硬，只觉得虞宋的存在感十足，她甚至感觉后脖颈都在微微发热。

"来！准备！茄子！"

"茄子！"

戚生生比着剪刀手，扯出一个僵硬的笑容，整个人都在表达着两个字——僵硬。

随着"咔嚓"声落下，青春被定格。

她和虞宋，有了第一张合照。

那天晚上，吴云青把那张合照发到了群里，戚生生保存了下来。

照片上，她和虞宋一前一后，站在最边角，都在比着剪刀手，西沉的阳光落到他俩的肩头，虞宋的笑容很温柔，好像自带了一层滤镜。

戚生生眼眶一热，看着自己僵硬的笑脸，显得有些呆头呆脑，但她就是很喜欢这样的自己，因为一个人而做出这样的表情，这辈子都经历不了几次。

这次画室的集训地点不是在梧城市内，而是在距离梧城上百公里的榆宿。

榆宿是个山清水秀的古镇，很适合写生，是梧城附近很著名的一个旅游景点。

早在暑假前画室老师就把所有学生都安排组织好了，暑假的第三天早上准时在学校门口乘坐大巴前往榆宿的集训地点。

早上五点半，戚生生拖着巨大的行李箱站在校门口，于萌萌手里还抱着热豆浆，眼神呆滞，一副没睡醒的样子。

于萌萌打了个哈欠，声音懒散："咱们什么时候出发啊？困死我了，我要继续在车上睡会儿。"

戚生生顺了顺于萌萌的后背，抬腕看了眼时间："六点准时出发，再坚持一下。"

她看向于萌萌，好奇地问："你不是还没决定好吗？怎么这次也来了？"

"我期末成绩太差了，我妈是不指望我能在文化上有啥进步了，就直接帮我报名了。"于萌萌笑，冲戚生生抛了个媚眼，"我昨晚做了好多攻略，榆宿古城里好吃的可多了，到时候我们可以去尝尝。"

戚生生朝她比了个大拇指。

"人差不多都到了吧，那就先上车。我点个名，等人齐了我们就出发！"画室的李鑫老师在车门边扯着嗓子喊道，"行李箱尽量都放下面，别往车上带！"

　　众人闻言都把手里的东西放进大巴的行李仓，戚生生费力地拎起箱子想搬进去，但箱子又大又重，她手劲小，差点脱手摔在地上，这时，一个排她后面的男生走过来稳稳拖住了她的箱底。

　　"小心，我帮你吧。"声音温润，让人一听就很有好感。

　　戚生生连忙道谢，男生顺势把箱子放进里面，再把自己的小箱子也塞了进去，最后把盖子合上。

　　他转过身拍了拍手，对戚生生笑道："好了，上去吧。"

　　男生的个子很高，目测和时忧差不多，皮肤是健康的麦色，样貌清俊，五官柔和，笑起来给人如沐春风的感觉。

　　"谢谢。"戚生生再次表达了自己的谢意，和男生一前一后上了车。

　　因为他们是最后上来的，前面的位置已经被坐满，于萌萌只抢到了倒数第二排的两个位置，她坐在窗户旁边，朝着戚生生招招手："生生，这里！"

　　戚生生坐到靠近过道的一侧，男生只能坐在最后一排，正好在戚生生的后面。

　　于萌萌咬着豆浆吸管看向后排："你叫什么呀，哪个班的啊？"

　　男生笑："学姐，我叫孟楠，初三的，开学才上高一。"

　　于萌萌"哇"了一声："你这么早就来画室学画了啊？"

　　"我初一就开始在机构学画画了，准备往后高考走美术，现在提前来适应适应集训的氛围。"孟楠腼腆道。

　　于萌萌给他点赞："可以可以。"

　　戚生生听到他是初三的，不由得想到了时忧，不知道为什么就是忍不住想问问。

　　"那你认识一个叫时忧的男生吗？"

　　孟楠听到这个名字表情微愣，随即笑着点点头："当然，我们篮球队的队长，也是我们年级第一。"

　　提到时忧的时候，孟楠眼睛都亮了起来，表情是溢出来的开心，语气越说越兴奋："他是我们初中部的学霸，长得帅，家世好，成绩优秀，会打篮球会拉小提琴，性格还很酷，这个人简直是完美！"

场面安静下来。

于萌萌表情夸张地松开吸管和戚生生对视一眼，不太懂这位小同学崇拜的样子。

孟楠怕两人不信，补充道："真的真的，他是我偶像。"

于萌萌被逗笑了："被你说得我都好奇了。"

戚生生眨眨眼，孟楠嘴里的时忱和她印象里的有点不对版，但有一点是肯定的，时忱真的很优秀。

"哎，学姐你怎么知道时忱的？"

戚生生不知道该怎么解释二人的关系，迟疑道："嗯，就家长之间认识。"

"哦，这样啊。"孟楠笑，"那学姐一定也很优秀吧，这一个月里请多多指教啦。"

他真的很会说话。

戚生生笑了下，转过头坐直身子。

她并不优秀，起码和时忱比根本算不上什么。

点完名，大巴启动，车上众人都陷入了沉沉的困倦中，戚生生戴上耳机听着歌，昏昏欲睡的两个小时路程很快便过去了，再次睁开眼，大巴已经停在了集训地点。

李老师按照提前排好的宿舍分发了房卡，让大家先回房间休息，中午十二点在食堂集中交代具体事宜，明天再正式开始上课。

戚生生和于萌萌还有另一个女生分在一个房间，里面有两张床，她俩睡一张，那个女生单独睡。

房间不大，但有书桌也有独立卫浴，采光也不错，窗户打开，和煦的风吹进来，十分舒服。

戚生生拿出手机，拨了通电话给陈隽报平安，打完点开 QQ 便看见施映刚刚给她发的信息。

小狮子："生生！我和小允打算这个月抽时间去榆宿找你玩！"

戚生生顿时翘起了唇角："我等你们过来。"

小狮子："好耶。"

戚生生合上手机，跟着于萌萌一起把房间收拾了一下。铺好床后，两人实在困得不行，一觉睡到了中午集合。

简单吃完饭，李鑫交代了上课的注意事项，需要准备的东西，还发了制作好的作息表。

"今天可以自由活动，大家去把画材备齐，但出去必须要跟我说，别乱跑，听到了吗？"李鑫看起来三十多岁，身材微胖，面相很和蔼。

"这个李老师也没有传说中的那么坏嘛。"于萌萌用手挡嘴，小声道。

戚生生点点头："我也觉得。"

她看着手里的作息表，上午七点到十二点，下午两点到六点，还有两小时晚课。周五那天晚上没课，周末两天休息。

除去这两天假期，作息跟平时上课也差不多。

"估计是新生第一次集训，所以不是很严，我听学姐说，她们高三前的那次集训每天晚上都到十二点以后。"于萌萌说，"酒店后面那整条街上都是画材店，我们下午一起去吧。"

"好。"

这次集训一共有四十五个人，除了孟楠，其余都是准高二的。下午可以自由活动，大家都选择出门逛逛。

一行人闹哄哄地往后街走，一路走一路看，脸上都是兴奋的神色。这次出来集训，大多是抱着好玩的心态来的，毕竟在这帮孩子的心里，画画总比学习、刷题要来得有意思。

李鑫跟在后面，见大家往一家画材店里走，连忙拦住，他指了指前面："这几家都很贵，前面那家可以。"

戚生生根据李鑫中午的话列了张清单出来，不一会儿就买好付了账，站在于萌萌旁边等她。

于萌萌一脸纠结地看着满墙的文具："你说是这个笔袋好看，还是那个好看？"

戚生生左右看了看，两个笔袋就只有颜色不同而已："粉色吧，可爱点，适合你。"

"你很有眼光。"于萌萌点点头，把粉色的笔袋扔进购物筐。

榆宿古镇里的建筑是江南水乡的风格，小桥流水，柳云缥缈。两人买完东西一直逛到了傍晚，于萌萌走不动了，在小卖部买了雪糕坐在桥边歇息。

"那边的山上有个寺庙，据说很灵，很多人去玩。"于萌萌逆着光，指向不远处的一个山头，"我是不太信这些。"

戚生生看过去，只能看到夕阳下层峦叠嶂的山峰。

"学姐说那个寺庙最灵的是姻缘，她的朋友拜完就恋爱了。"于萌萌嗤笑，"我看是凑巧撞上了而已。"

戚生生咬了口雪糕，没吭声。

她从没去过寺庙，对这些东西没有概念。

只是记下了这个景点，想着施映和蒋显允来的时候，可以带她们去玩，施映应该会很喜欢。

日子一天天过去，大家的情绪也从兴奋到麻木，逐渐习惯了画室的生活节奏，李鑫也慢慢暴露了"严厉"的本性，于萌萌表示收回"他没有传说中那么坏"这句话。

戚生生小时候学过两个月的素描，还没有完全忘记，外加她本来在画画上就挺有天赋的，这些日子里虽然辛苦，但她过得很开心很充实。

施映和蒋显允本来说好来榆宿玩，却因为蒋显允要参加补课的缘故推到了七月末才实现。

两人来的那天正好是周六，戚生生起了个大早在酒店等她们，不一会儿，一辆出租车停在门口，两个女生从车上下来。

将近一个月没见，施映还是那副没心没肺的乐呵样儿，倒是蒋显允，看着明显憔悴许多，眼下的黑眼圈快要掉到下巴了。

戚生生看着她，担心道："你没事吧？怎么看着比上学的时候还要累？"

蒋显允淡淡笑了下，摇摇头："我没事，咱们走吧。"

她的笑容勉强，并不像没事的样子。

蒋显允之前跟她们提过，她是单亲家庭的孩子，母亲是私企里的经理，典型的女强人，对蒋显允的要求很高，暑假给她报了三个补习班，比上学时候还要累。

施映勾住蒋显允的胳膊："小可怜，别难受，姐姐请你们吃饭。"

蒋显允垂眸"嗯"了声。

"前面有一家馄饨特别好吃，我经常去。"这段时间戚生生被于萌萌拉着，已经把周围的美食都探完了，"这个点人也不多，我们吃完可以去逛逛。"

"行！想吃什么都可以，小允，馄饨可以吗？"施映看起来很开心的样子，"出来玩就别想那些烦心事了，笑一笑。"

说罢，她轻轻扯住蒋显允的嘴角往两边拉，蒋显允"高冷"的气质瞬间被打破，看起来十分可爱滑稽。

榆宿古城并不算大，但商业化程度很高，店铺同质化严重。三人吃完早饭随意逛了逛，施映买了几样特产小吃，很快便没了新鲜劲儿。

"果然旅游景点都是一个样子，好无聊。"施映嘴里嚼着桂花糕，看向戚生生，"生生，这里还有其他地方可以玩吗？"

戚生生没怎么出过古城，她抬眼看了看四周，突然想起之前于萌萌说过的寺庙："离这儿不远有座宿山，上面有个寺庙，据说求姻缘很灵，想去吗？"

一听说可以祈福拜佛，施映来了兴致，连忙点头："想想想！我想去！"

戚生生笑，看向蒋显允，对方从不会反驳施映，点点头表示没意见。得到一致同意，施映立即叫了一辆车，驶向宿山的方向。

宿山景区距离古城只有十分钟的路程，司机把三人放在景区门口，戚生生没想到这个地方还是个小型的景区，此时正值暑假，有不少游客，山门前的路边林立着许多特色小店，以及糕点小吃。

这里草木繁荣，绿意盎然，抬头看去重峦叠嶂，比她们在古城里见到的更高更大。

宿山景区是免费的，自然也就没有缆车送游客上山，只能沿着蜿蜒的石阶一步步往上爬。

"好高啊，爬上去估计我这条腿也废了。"施映苦笑，但来都来了，而且她也十分好奇山顶寺庙究竟有多灵，"同志们，准备好了吗？"

戚生生被她这副苦兮兮的样子逗笑："当然，下来以后我们就去吃火锅安慰一下你的腿。"

这话激励了施映，她立刻元气满满，带头冲向了石阶，不一会儿便爬到了第一个供人休息的凉亭，回头朝她们招招手。

蒋显允看着施映开心的样子，也染上了笑意。她目不转睛地盯着施映的方向，低声对戚生生道："这样真好。"

戚生生扬了扬眉，赞同地"嗯"了声："对啊，真好。"

好不容易爬到山顶，寺庙砖红色的屋顶出现在眼前，戚生生没觉得多累，三人跟着前面的游客，虔诚地跪在蒲团上，双手合十，抬头看着面容安详的佛像，心都静了下来。

戚生生之前对于神佛并没有所谓的信或者不信，只道是求个心理安慰罢了。可现在真的跪在了殿前，看着那佛像，周围烟火缭绕，她的鼻子猛然酸涩。

原来世人所拜皆是心中的佛。

她闭上眼，长睫轻颤，眼泪夺眶而出。

"佛祖在上，请您保佑家父平安健康，万事无虞。"

跪在佛前，她心里最真实的祈愿，就是希望父亲平安。

拜完佛出来，三人各自点了根香插进香炉里。蒋显允看着燃烧的长香，表情淡漠，不知道在想些什么。

施映注意到门口有卖祈福香包的，忙转移话题："我们去求一个香包吧，好漂亮啊。"

摊主是个老爷爷，说这些香包都是开过光的，可以直接求回去。

香包的味道很好闻，不是劣质的香精味，质量也不错，一个要三十块钱，戚生生觉得在景区这个价格是可以接受的范围，便买了一个当纪念品。

老爷爷看三人都是年轻小姑娘，便极力推荐求姻缘的香包："这个姻缘香包，可以把喜欢之人的名字塞在里面，那样的话他也会喜欢你哦。"

这种营销手段还蛮吸引人的，施映立刻掏钱付了款。

听到喜欢之人也会喜欢自己，戚生生心头一动，她摸了摸香包，明知道是假的，但就是忍不住想买来试一试。

喜欢一个人是控制不了的，想用一切可能来拉近两人之间的距离。

她挑了个淡紫色的香包，付完款走到一边写名字。

施映见她过来，好奇道："生生，你有喜欢的人了？"

戚生生连忙摆摆手："不是，我替别人求的。"

"谁啊？"蒋显允轻笑。

"真不是，我——"戚生生灵机一动，"我邻居家的弟弟要过生日了，我帮他求的。"

施映将信将疑："真的？"

"真的。"

戚生生想起之前在 KTV 见到的郑碧言，那个女生就是上台给时忱送捧花的人，虽然时忱没说什么，但她能看出来两人之间的气氛不一般。

　　"我还是不信，你把那个姑娘的名字写下来。"施映眯了眯眼，瞬间柯南附身。

　　她忘了。

　　"我带回去给他自己写，可以了吧。"戚生生见施映这副样子，好笑道，把香包放进挎包里，没再拿出来。

　　"暂且信你一次。"施映笑。

　　三人一直玩到傍晚才下山去吃火锅。

　　吃完饭时间已经到了夜里，古城里的彩灯被点亮，三人散了会儿步，回到了戚生生集训的酒店。

　　施映在这家酒店里订了间房，戚生生告诉于萌萌她今晚不回宿舍，留在施映这边睡。

　　夜凉如水，洗漱完的三人换上睡衣躺在落地窗前的地毯上，面前摆着切好的水果，电视里传来综艺节目的声音，空调"呼呼"地吹着冷风，舒服得让人想一直这么下去。

　　蒋显允翻看着戚生生这一个月里的作业，语气赞赏："画得真不错，生生，你很有天赋啊。"

　　施映附和道："那是，我们生生画画可好了，我还把她给我画的卡通小人用作头像了。"

　　戚生生有些不好意思："比我画得好的同学很多。"

　　"你想好以后一直走这条路了吗？"蒋显允问。

　　"我也不知道，但是我挺喜欢画画的，感觉画一辈子也是件不错的事情。"

　　施映枕着胳膊躺倒在沙发上，语气轻快："纠结这个干吗？喜欢就干呗，我看偶像剧里那些学服装设计的就不错，你可以考虑一下。这样的话，往后我结婚就不愁了。"

　　蒋显允好笑："你结婚和生生学设计有什么关系？"

　　施映坐起来："当然有关系，我就不用买婚纱了，直接穿生生设计的，想想就开心。"

　　施映问："生生，这个要求可以吗？"

戚生生笑："没问题，那你俩以后的婚纱设计我都包了。"

窗外古城笼罩在五彩的光晕里，屋内三个正值青春的少女嬉笑打闹着，一切烦恼都在此时被抛诸脑后，时光将这些回忆封存，直到很久很久。

第 五 章 •

"我从没想过输。"

第二天上午两人便乘车离开了榆宿，距离集训结束还有不到十天的时间，三人约定好等戚生生回去再出去玩一次。

又过了一周，上完课刚回到宿舍的戚生生突然收到了时忱的信息。

这一个月里两人一直保持联系，但大多都以戚生生被他的各种莫名言论堵到无语结束。

三窟："回宿舍了吗？"

生生："刚回来。"

戚生生微微一笑，躺倒在床上，找了个舒服的姿势，等着小少爷的消息。

三窟："哦，那你早点休息吧。"

三窟："拜拜。"

戚生生眨了眨眼，被对方今天如此简洁的消息怔了一下，她等了会儿，时忱果真没再发过来。

说了拜拜，就是拜拜。

"这小子转性了？"

戚生生皱眉，盯着聊天界面发了会儿呆，有点不适应对方这么简短的对话风格。

但也只是疑惑了片刻，戚生生轻笑，并没有放在心上，放下手机，拿起换洗衣服走进浴室。

第二天是周末，寝室的闹铃被心照不宣地关上，房间里静悄悄的，阳光透过窗户照在床上，戚生生眼睫稍动，困顿地翻了个身。

于萌萌在睡梦中咂巴了几下嘴，屋里的三人都没有要醒的迹象。

"丁零丁零！"

忽然房间里响起一个刺耳的铃声，不知道是谁的手机发出来的。

"大早上的谁啊！"于萌萌踢了下被子，语气里满是被吵醒的怨气。

戚生生眉头紧皱，那铃声还在坚持不懈地作响，她还没完全醒过来，只觉得这铃声耳熟，闭眼反应了几秒，才想起这是她的手机在响。

她连忙拿起柜子上的手机，按了接通键。

"喂？"女生声音黏糊甜腻，尾音微微上扬，一听就是刚睡醒。

时忧听到戚生生的声音，心口一顿，他沉默两秒才淡声道："我在车站，过来接我。"

戚生生还没回过神，下意识地问："什么车站？"

时忧扯了下嘴角，把鸭舌帽扣在头上，懒散地翘起唇角："榆宿火车站。"

"……"

电话那头的人沉默了下来，时忧也不着急，把手机贴在耳朵旁，静静听着那边的动静。

戚生生讷讷地把手机拿到眼前，视线迷蒙，看清了来电人的名字，困意瞬间消失。

"小忧！"她小声惊呼，"你刚刚说什么？"

时忧此时难得的有耐心，重复了一遍："榆宿火车站，现在过来接我。"

戚生生愣了两秒，随即尴尬笑道："大清早的，别开玩笑。"

"谁跟你开玩笑了。"时忧轻嗤，一个字一个字地说，"我来榆宿了，快来接我。"

于萌萌半眯着眼，缠上来抱住戚生生的胳膊，嘟囔道："谁啊，大清早的打电话过来，起得比狗还早。"

戚生生连忙捂住话筒，露出苦笑，可不是吗！

"喂，戚生生，听到没？"时忧懒声说，"我不想再重复了。"

"知道了，知道了！"戚生生被他催得无奈，也来不及详细问他为什么突然来榆宿，她轻轻下床，走进洗手间，小声道，"你等我一下，我待会儿就到。"

挂上电话，时忧低眉浅笑。他只背了一个包过来，其他什么也没带，在这个接待从各地带着大包小包游客的火车站里显得尤为奇特。

他连掩饰都不屑，去见一个人，不需要任何多余的借口，只是因为想见罢了。

戚生生简单洗漱了一番，立刻跑到街边打了辆车赶到火车站，时忧正站在出站口那儿，一眼便能从一众行色匆匆的人群里瞧见他。

戚生生小跑着到他面前，气都没喘匀："你怎么突然来啦？"

少年套了件黑色的衬衫外套，内搭白色短袖，此时阳光刺眼，他站在阴影里，半耷拉着眼皮盯着她看，过了一会儿才抿唇道："我来——"

看看你。

"？"戚生生睁大圆润的黑眸，"来干吗？"

时忧移开目光，嗓音暗哑："……来玩。"

戚生生心中无奈，看向少年的身后，注意到他只带了一个包过来，不由问道："你打算待多久啊？"

"今晚就走。"时忧把包搭在左肩上，越过她走向出租车，"走吧。"

戚生生盯着少年的背影，心里莫名，谁来旅游就待一天啊！

去古城的路上，车里气氛诡异，戚生生想活跃下气氛，但时忧全程毫无表情，说什么都一副不感兴趣的样子，眼睛一直盯着窗外，就是不看她，导致氛围越来越尴尬。

"小忧。"戚生生不死心地又开口打破宁静，"叔叔阿姨知道你来玩吗？"

"不知道。"

戚生生皱眉："你没跟他们说一声就一个人跑来这么远的地方？"

听到这话，时忧偏过头看她，眼睛半睁，漫不经心："不可以吗？"

"当然不可以。"戚生生正色道，"你还小，一个人跑到陌生的城市旅行，要是遇到危险怎么办？幸亏我在这儿，不然该多危险啊，你能不能别这么任性。"

这话说完，车里刚刚稍缓的氛围又凝滞了几分。

时忱直勾勾地盯着她，不知是"你还小"，还是"幸亏我在这儿"，这两句话里的哪句让他心跳微顿，胸口慢慢弥散出一阵酸涩。

他收回视线，唇线紧抿，手背上青筋浮现，像是在隐忍什么。车里沉默良久，正当戚生生觉得自己说得有些过分而自责的时候，黑发少年低哑的声音响起："那你一直陪着我就好啦。"

车在这时驶进隧道，光亮瞬间消失，昏黄的灯光照在时忱的侧脸上，半明半暗，他的表情和平时没什么区别，眼眸漆黑明亮。少年稚嫩的面庞轮廓鲜明，他就这么认真地瞧着她，时间仿佛在此刻凝滞。

戚生生心口微动，忽然间说不出任何话来，只呆愣地与之对视。

车辆驶出隧道，明亮的阳光再次笼罩，戚生生眨了眨眼，听见时忱如往常一样懒散的声音响起。

"不过看起来你的战斗力基本为零，也不知道遇到危险是谁保护谁。"少年轻嗤一声，继续百无聊赖地看向窗外，仿佛刚刚在隧道里的画面只是她的臆想。

"……"

戚生生反应过来，悄悄松了口气。

两人在古城里逛了一会儿，戚生生全程宛如一个专业的导游，只要时忱目光所及，她就能介绍几句。

时忱看着兴趣恹恹，随意买了几样戚生生大力推荐的特产，不让自己游客的人设崩得太明显。

中午的气温越来越高，两人找了间特色餐厅吃饭。

戚生生把菜单递到时忱面前："想吃什么就点，我请客。"

"不用了。"时忱把菜单拿开，"就点两碗牛肉面。"

戚生生笑："牛肉面就满足啦，还挺懂事。"

说罢，她伸出手想摸摸时忱的脑袋，手到半空才回过神来，只能停住。

不知道为什么，随着相处时间一长，戚生生对待时忱总会像对待戚梓涵那样，可真到行动的时候，又会忍不住地半途刹车。

好像心里下意识地排斥，有个声音在告诉她，时忱不是那种可以大方地亲近、疼爱的弟弟。

时忱莫名看着她停顿的手，抬手顺了顺刘海，状似不经意道："我今天生日。"

"嗯……啊?"戚生生猛然回神,以为自己听错了,"今天是你生日?"

时忧没看她,玩着手机,漫不经心地"啊"了声,算是回应。

戚生生沉默下来,她实在不懂这小子脑子里在想些什么。

生日当天居然背着父母一个人到外地旅游,没见过胆子比他还大的小孩。

"时忧。"戚生生叫他,心里叹了口气,有些无语,良久才道,"我出去一下。"说罢她站起身,就要离开。

一直盯着手机的少年忽地抬起头,飞快地扯住她的衣袖,皱眉道:"你要去干吗?"

那眼神和表情,像是濒临发怒的小狮子。

戚生生无奈,弯腰直视他,一字一句道:"给你去买蛋糕。"

她看了眼扯住她衣袖的手,笑了笑:"别害怕,我不会打电话告状的。"

时忧盯着她,像是在确认什么,良久才抿唇松开手,目送她离开餐厅,直到那道身影彻底消失不见,他才淡淡勾唇浅笑。

戚生生怕两个人吃不完浪费,就买了个四寸的小蛋糕,简单给时忧过了个生日。

"生日要好好许愿,一年就这一次。"戚生生隔着蜡烛的火光看着少年明亮漆黑的眼眸,嘱咐道。

时忧看了眼戚生生,又看了眼蜡烛,表情有些嫌弃,但还是照着她的话闭上了眼睛,在心里默默许下一个愿望。

眼前瞬间陷入一片黑暗,但却能清楚地感到那道温暖的火光近在咫尺,正照耀着他。

往年的生日都是童慧珊擅自做主帮他弄些无聊的仪式,这是第一次,时忧觉得过生日还蛮好的。

能许愿。

通常面对那些自己很难实现的事情,人类才会借助一些无聊的形式来获取安慰和力量。

时忧眼睫轻颤,感受着跳跃的火光,在心中默默说道:

"我希望,往后的岁岁年年,都能和眼前的这个人一起过。"

他睁开眼，视线与戚生生的相遇，他没有移开，轻轻吹灭了蜡烛。

"生日快乐。"

"嗯。"

戚生生陪时忧从饭馆里吃完牛肉面出来，阳光毒辣，温度达到了一天里的最高峰值，时忧被晒得神情恹恹，靠在街边的阴影里低头查看相机。

"拍了什么啊？"

女生温软的声音陡然在耳边响起，时忧眼皮微动，用手挡住相机屏幕："没什么。"

见对方不想让她看，戚生生也没在意，她指了指对面的甜品店："我们去那里面待会儿吧。"

"嗯。"

时忧合上相机，挂在胸前，跟在女生后面，在踏进甜品店的一刹那，余光扫到一个熟悉的人影。

"时哥！"那人先他一步，热情地迎了上来。

"真的是你，我还以为我看错了。"孟楠语气惊喜，目不转睛地盯着时忧，尽显崇拜本色，"好巧啊，你是特意来这儿玩的吗？"

时忧看了眼戚生生，散漫地"啊"了声："特意来玩的。"

孟楠这才注意到时忧前面的戚生生，看样子两人是一块儿的，不由得了然一笑："学姐也在啊，怪不得。"

"怪不得？"时忧抢先疑惑道，"什么意思？"

孟楠摸了摸后脖颈，乐呵道："戚学姐跟我说过她和你认识啊，所以你俩在一起我一点儿也不意外。"

没想到会得到这样的答案，时忧眉尾上扬，垂眸看向前面的戚生生，唇角噙着若有若无的微笑，不知道在想些什么。

氛围变得有些奇怪，戚生生莫名地回望过去，不知道为什么，总觉得时忧看她的眼神，有一丝得意。

她眨了眨眼，对孟楠说："就你一个人出来吗？"

"嗯，他们嫌热都不愿意出来。"孟楠指了指桌上的冰沙，眼角带笑，"这家冰沙很好吃，你们可以试试。"

外面又闷又热，戚生生后背早就出了一层细汗，她点点头，刚要去到柜台点餐，时忧就拦住了她。

少年神情懒散，但给人感觉心情不错。

"我去点，你坐这儿，草莓味的行吗？"

面对眼前这小子破天荒的善解人意，戚生生愣怔地"啊"了一声："行。"

得到肯定回答，时忱把包甩给她，到柜台点餐去了。

孟楠拉着戚生生坐在空调的出风口处，语气兴奋："学姐，你和时哥看起来关系很好啊。"

"是吗？"戚生生勉强笑了一下，不知道该如何回答。

少年，你对关系好的界定有些片面。

两人在集训期间交流很少，孟楠有基础，每次模拟测试都是班里雷打不动的第一名，就连向来不善表扬的李鑫都经常拿他在班里做示范，加上他本人十分开朗，日积月累，戚生生对这个学弟有了层天然好感。

"不是吗？"孟楠不相信，"他来榆宿只找你欸，我都不知道他来了，放假前在篮球场我还特意跟他说，让他来找我玩。"

说到这儿孟楠的声音逐渐低沉，表情也暗淡了下来。

听到这话，戚生生下意识地看向点完单往这边走来的时忱，少年仿佛碰到了一些困难，他眉眼紧蹙，表情桀骜，不耐烦地把号单拍到戚生生面前："店员说草莓味的没了，只有芒果的，你凑合着吃吧。"

戚生生闻言抿唇一笑，攥紧号牌："好。"

孟楠看在眼里，目光微闪，最后定在时忱的身上："时哥，你们下午准备去哪儿玩？"

时忱没有回答他的问题，反而看着戚生生，问道："下午去哪儿？"

今天温度太高，宿山是去不了了，爬一趟估计会中暑，其他也没什么好玩的景点了，最多就是在古城里再转转。

"要么再逛逛古城？"戚生生小声试探道。

时忱没什么兴趣，榆宿古城太过商业化，再逛也就这些了。

一旁的孟楠提议道："我们去看电影吧，最近新出了一部恐怖片，我超级期待，你们觉得怎么样？"

古城的最西边有家电影院，戚生生之前和班上的几个女生去过一次，环境很不错，而且她也是个恐怖片爱好者，一听孟楠这话兴致就被提了上来。

她点点头，眼睛极亮："是那个新出的'笔仙系列'吗？我也看到海报了，据说还不错。"

"没错！学姐你也知道啊，我以为只有我会关注这些。"孟楠姿态放松，下意识地靠近戚生生，坐得更自然了些。

"我很喜欢看恐怖片，《闪灵》我看了好几遍。"

聊到感兴趣的话题，戚生生也来了兴致，两人就电影史上的经典影片展开了讨论，完全忘了一旁还坐着个存在感十足的人。

只见时忧的脸越来越难看，长腿岔开，横亘在桌子底下，十分不爽地盯着聊得火热的两人："喂，走不走？"

无法忍受被冷落的滋味，时忧猛地站了起来，优越的身高使对面的两人只能扬起脖子看他。

戚生生没回过神，满脸茫然："去哪儿？"

"看电影。"时忧吸了口气，脸上越发平静。

"……"

直到三人站在售票口前，时忧的表情也没怎么变化过，虽然他平时也是这副样子，但今天尤为奇怪，只要孟楠和戚生生说话，他准会立刻叫住她，让她拿包和相机，到最后戚生生手上满满当当，他倒像个没事人一样，脸上没出一滴汗。

"姐姐，三张票，谢谢。"孟楠承担起了买票的任务。

售票员把三张连座票递过去，接着指了指柜台上的爆米花机，推销道："爆米花和可乐要吗？"

他刚吃完冰沙，对这些没有兴趣，转身看向戚生生，问："学姐，你吃吗？"

戚生生肚子里也没了空位，刚要开口拒绝，但忽然想到了什么，对售票员说："我要一个小份的爆米花和一杯可乐。"

时忧默不作声地接过孟楠递过来的电影票，看到上面的座位号，眉尾一扬。

买好东西，三人踩着点走进放映厅，龙标刚过。孟楠的座位在最里面，等他走进去，戚生生正要跟上，却被时忧抢先一步。

孟楠本以为是戚生生坐他旁边，扭过头想说些什么，没想到视线却撞上时忧的侧脸。

他这才发现，时忧不知何时和戚生生换了位置，本应该坐在中间的女生坐到了最外面。

注意到这个细节，孟楠收回了视线，唇角微据，没再吭声。

时忱淡淡瞥了眼沉默的孟楠，将视线移回荧幕上。恐怖诡异的音效响起，他微不可察地皱了皱眉，正要移开视线，下一秒，一只白皙的手把冒着冷气的可乐递到他眼前。

见时忱不接，戚生生凑近他，小声说："买给你的。"

四周很安静，时忱盯着那杯可乐，呼吸不自觉放低。他愣愣地接过可乐，凉爽的触感在手心漾开，胸口难言的烦躁一瞬间被抚平。

影厅光线昏暗，戚生生手捧着爆米花放在两人之间，模样乖巧，温软的轮廓若隐若现，明亮的黑眸，一瞬不瞬地看着幕布，她身上甜而不腻的洗发水味道萦绕在呼吸间。

耳边那些鬼哭狼嚎般的恐怖音响顿时没了杀伤力，时忱长睫轻颤，心跳加快，他偏头瞧着女生，心湖漾起一层层涟漪。

她在看电影，而他在看她。

如果有人看到少年此刻的眼神，那是如海般深邃的极致温柔。

看完电影出来，时间已至傍晚，暑气被风吹散，戚生生伸了个懒腰，浑身的筋骨得到了舒展。

距离时忱的火车发车时间还有一个多小时，三人沿着街口散了会儿步，孟楠提到了篮球队的事："月底的篮球赛，八班的那几个说要推迟时间。"

时忱喝了口可乐，闻言轻嗤："随便他们，反正逃不过去。"

听到时忱的这句话，孟楠淡淡一笑："没错，这次准把他们打服。"

说罢，他歪头看向戚生生："学姐，月底要不要来看我们比赛？"

"咳咳——"走在前面的时忱不知道是不是喝急了，手指抵唇轻咳了两声，脖子都红了。

戚生生好奇："什么比赛？"

"之前校级比赛八班的球队输给了我们，他们不服，嚷着暑假再比一场。"孟楠解释完又邀请道，"来嘛，很热闹的，在街心公园西边的旧篮球场。"

戚生生看了眼时忱，她只见过对方身着球服的模样，还没真正见过他在赛场上打球的样子，不由得问他："你也会上场吗？"

"当然了，时哥可是队长兼前锋，队里的主力。"孟楠语气颇为骄傲。

时忱看向别处，耳尖在夕阳下呈现出血色，他漫不经心地"啊"

了声，没再多说什么。

"好，那我一定要去看看。"

戚生生笑眼弯弯，可爱的兔牙十分明显，时忧极快地扫了她一眼，下意识地加快脚步。

到了进站时间，戚生生把时忧送到车站，嘱咐了两句，并让他注意安全。

夕阳西沉，很快消失在地平线，时忧站在进站口，听着从里面传来的火车轰鸣声，他身姿挺拔，漆黑的眼眸没有波澜。

戚生生朝他摆了摆手，转身离开时被他叫住。

"我的礼物呢？"少年的声音理直气壮。

戚生生脚步一顿，失笑出声。这小子招呼都不打就跑来榆宿，她一点准备都没有，哪儿来的礼物。

时忧像是完全没有在意到这些，走近她并伸出手："礼物。"

戚生生瞧着那只手，心里无奈："知道了。"

她低头打开挎包，拿出那个淡紫色的香包，放在时忧的掌心。

那天从山上下来后她就把这个小玩意给忘了，一直放在包里，正好可以拿出来应急。

"这是什么？"时忧捏着香包的一角，语气有些嫌弃。

"这是宿山寺里的姻缘香包，只要把喜欢之人的名字塞在里面，那个人也会喜欢你。"戚生生把老爷爷唬人的一番话照抄了一遍，还故作玄虚道，"很灵的。"

时忧闻言皱了皱眉，切入重点："你买这个干什么？"

"……重点不是这个。"戚生生眨眨眼，"好了好了，车快来了，你赶紧进去吧。"

"怵生生，你在敷衍我。"时忧被她推着走，也不反抗，"这个礼物不算数。"

"那你还给我。"

戚生生作势要去抢，但被时忧躲开："不要，给我就是我的了。"

他又说："虽然封建迷信要不得，但我就不跟你计较了，以后不准买了，这是最后一次。"

戚生生气笑了，不知道是谁，还信生命线这套呢。

转眼间，为期一个月的集训结束，众人乘坐来时的大巴回到梧城。戚生生刚回来的那几天几乎是在睡梦中度过的，企图把欠的觉给补回来。

　　这些天蒋显允不知发生了什么事，不回消息也不接电话，出于关心，施映和戚生生决定去她家看看。

　　二人根据记忆找到了蒋显允家的位置，敲了好久的门都没人回应，在她俩以为家里没人时，门锁有了动静。

　　只见蒋显允一脸疲惫，黑眼圈较之上次见面更加明显，眼里的红血丝清晰可见，像是许久没有睡过觉一样。

　　"你们怎么来了？"她显然是没想到她们会来，眼睛微微扩张，声音哑涩。

　　施映一见到她就急忙道："你怎么回事？我们还以为你怎么了。"

　　戚生生眉心一皱，担忧道："你——"

　　"小允，谁啊？"

　　戚生生还没说完就被屋内的女人打断，听到这个声音的一瞬间蒋显允瞳孔微张，透着微不可闻的慌乱。

　　"我同学，她们来找我玩的。"

　　"同学？哪个同学？"女人的声音越来越近，直到出现在蒋显允身后，藏在镜片后的眼睛看着门外的二人，脸上没什么特别的表情，但戚生生还是捕捉到了她眼里一闪而过的不悦。

　　她就是蒋显允口中那位可见一斑的严厉母亲。

　　戚生生和施映不着痕迹地对视一眼，主动打招呼道："阿姨好。"

　　林若岚"嗯"了声，转身走进厨房，漠然说："进来吧，小允把门关上。"

　　"嗯。"

　　蒋显允低眉应答，侧身让二人进屋，微躬的后背透着难言的疲惫。

　　不到一年的时间，蒋显允仿佛变了一个人，初见时恣意爽朗的样子似乎还在眼前，但现在的她却有种由内而外散发出的腐朽与疲惫。

　　想到这儿，戚生生心头一顿。

　　施映没想那么多，她扯住蒋显允的手，凑近小声道："你没事吧？"

　　蒋显允笑着摇摇头："没事，我手机坏了，看不见消息就没回。"

　　"这样啊，吓死我了，我还以为你出事了。"施映松了口气，小心看了眼厨房的方向，"你妈妈看起来好像不太高兴。"

"没有，她就这个样子，习惯就好。"蒋显允淡淡勾唇，垂下眼眸。

不一会儿，林若岚就从厨房里端出两杯果汁放在二人面前，脸上露出一个疏离的微笑："还是第一次有同学来我们家，小允你照顾着点。"

"谢谢阿姨。"施映甜声道。不知道为什么，面对林若岚的笑容，她心里有些发毛，这个阿姨的长相可比英语老师还有威慑力。

"去我房间吧。"蒋显允没有看她，转身走向楼梯。

不用再面对这个阿姨，二人自然乐意，连忙跟上去，一起进了蒋显允的房间。

房门刚关上，施映就松懈下来，躺倒在蒋显允的床上，嘴里哀号道："你妈妈好有气势啊，我在她面前完全不敢多说话。"

蒋显允没有接话，只是无奈地勾唇，并不想展开这个话题。

房间的布置很简单，白墙落地窗，一整面的书柜上没有一本花里胡哨的杂书，都是中外名著和学习资料。

戚生生走到书柜前细细打量，发现每本书上面都有翻看过的痕迹，绝不是用来做装饰的。书桌上散落着试卷和试题册，地上还有些没见过的辅导用书。

整个房间看上去更像个书房。

"哎！那是什么啊？"施映像是发现了什么好玩的东西，猛地从床上蹦起来，走到床头那儿，指着柜子，语气兴奋，"看起来好帅啊！"

戚生生看过去，只见橱柜里摆放着一台半米长的飞机模型，细节精致，看起来很贵重。

"空客 A380，是欧洲空中客车公司制造的全球最大的宽体客机，2005 年在法国首次公开。"蒋显允走到施映旁边，看着橱窗里的模型，眼里的光彩遮挡不住。

戚生生好奇："你喜欢飞机？"

"嗯，小时候坐过一次，然后就一直忘不掉那种在蓝天中飞翔的感觉。"蒋显允耸了下肩，"很幼稚吧，哪有女生喜欢这些的。"

"不啊，我觉得超级酷。"施映不赞同，"男生玩这些我会觉得幼稚，但换成是小允，我就觉得超级帅。"

蒋显允的目光落在橱窗里的模型上，淡声道："自从那次之后，我就对自己说，长大之后一定要再飞上蓝天。我想再看看云上的风景，不是在客舱，而是在驾驶室。"

话音落下，气氛沉默下来。

女生的声音冷清，仿佛随时能消散。

戚生生站在蒋显允的身后，明明是非常普通的，关于梦想的对话，不知为何，她就是听得有些难过，心都揪在了一块儿，好像对方在诉说一些难以实现的愿望。

"会实现的。"

施映笑着打破了安静，声音如银铃般，将恍然中的蒋显允唤醒。

"会吗？"

"会的，如果是小允的话，就一定可以做到。"

施映勾住蒋显允的脖子，两人的身体轻触，蒋显允愣怔地看她。

"为什么？"

"因为你是蒋显允啊，高一年级的学霸，我相信你做什么都会成功的。以后等你当上飞行员，我和生生必须是第一批乘客。"

戚生生闻言笑着附和："没错。"

蒋显允眉梢微扬，无奈地摇摇头，那股莫名的疲惫逐渐消散在笑容里："好，一言为定。"

时间到了篮球赛当天，戚生生根据孟楠发给她的消息来到旧篮球场，看台席上已经坐了不少人，男生女生都有，但还是以女生的人数较多。

戚生生看到有这么多人不禁有些惊讶，她本以为是简单的小比赛，没想到竟然有这么多观众。

篮球场位于公园最西边，看台其实是水泥砌成的阶梯，球场设施老旧，昨晚的一场雨，导致场地里有积水。

因为下过雨的缘故，今天的温度并不高，凉风习习，头顶阴云密布，戚生生担心再下雨，还带了把伞过来。

她今天打扮得很简单，淡蓝色短款长袖，搭配一条黑色的短裤，长发披散，看起来清纯又可爱，刚走近看台就吸引了不少男生的目光。

场地里球员们已经换上了球衣，看台席上欢呼起哄的声音不绝于耳。

"哇！时忱好帅啊！他今天还绑了发带！"

"上次八班的那群男生输得挺难看的，估计这次还是一样的结果。"

"肯定的啊，有时忱和徐子豪两人，谁能防得住。"

戚生生在一片议论声中悄声走到最边角的位置坐下，没一会儿，站在时忱旁边的徐子豪就注意到了她。

"姐姐！"他夸张地跳起来打招呼，动作之幼稚，声音之洪亮，把全场的目光都吸引了过来。

戚生生尴尬得连脖子都红了，她勉强笑了笑，只求这位大哥赶快消停下来。

"啧啧啧，这把绝对不能输了，不能让姐姐白来一趟啊。"汪越抱臂挑眉，用肩膀顶了下一旁默不作声的时忱，"你说是吧？"

时忱今天穿了件黑色短T，白色球衣套在外面，下身短裤，露出纤直有力的小腿和骨突明显的脚腕。

额发被白色的发带撩了上去，他的皮肤很白，五官张扬精致，眉眼锋利，藏不住的桀骜，在人群里尤为显眼。

他没有接话，面无表情地抬眉盯着戚生生的方向，随后极快地收回视线，垂眸运了两下球，懒声道："我从没想过输。"

"哦吼。"汪越笑了，揽住时忱的脖子，"是你会说的话。"

时忱一点也不留情地甩开他，懒得再跟他废话："要开始了。"

戚生生攥着红色雨伞，寻找着时忱的身影，目光却和孟楠的对上，对方立刻扬起一个温和的微笑，她同样回应了一个微笑，算是打过招呼了。

她刚移开视线，下一秒就撞上了时忱略显生气的眼神。

戚生生茫然地眨了眨眼，不懂这小少爷是什么意思，她又哪儿招他了。

这莫名的对视只持续了几秒，时忱先一步移开了目光。

"……"

他那个眼神，是在不爽吗？

另一支球队身着蓝色的球衣，队员身高在时忱他们队的衬托下显得有些矮，对方是带着情绪来的，见到时忱一脸的不服和挑衅。

时忱显然没把手下败将放在眼里，但他身后的汪越却注意到一向在球场上天不怕地不怕的小霸王今天有点奇怪，背好像挺得过于笔直，耳尖泛出诡异的红色，一点也不似往常的放松。

戚生生之前没关注过篮球，只在羽毛球社团活动时偶尔瞄到隔壁篮球场上的情形，连规则都一知半解。

随着裁判的哨声响起，比赛正式开始。

戚生生专注在球场上，没注意到有人坐到了她的旁边。

"姐姐，你也来啦。"郑碧言嗓音纤细，有些拘谨地说道。

"嗯？"戚生生回过神，看清楚来人，不禁笑道，"是你呀。"

郑碧言心头没来由地有些紧张，她扯着嘴角笑笑，不让自己显得太过奇怪："姐姐，你也是来看时忧的吗？"

女生的意思很明显，戚生生打趣道："也？难不成你是专门来看时忧的？"

郑碧言脸皮薄，一听这话立刻红了脸，连忙否认道："不，不是……"

她的声音越来越小，显得没有底气。

微风拂过，空气中有湿润的味道，大雨将至。戚生生吸了下鼻子，没再继续逗她，看向她手里的冰水："这是待会儿要给他的？"

"嗯。"郑碧言耳朵发红，目光不由自主地落在场地内的少年身上。

此时比赛已经正式开始，时忧所在的队伍虽进攻很猛，却不失章法，后排的汪越守得很好，给足了主力得分的空间。

只见比赛开始还不到三分钟，时忧如身姿漂亮的豹子，越过对方的防守，来到栏下投出漂亮的三分球。霎时掌声雷动，郑碧言激动地站了起来，白净的脸上泛出红色。

戚生生第一次见到在球场上的时忧，虽然她不太懂规则，但也被大家的情绪所感染，心跳开始加速。

她看向被汪越搂住的时忧，少年被迫低下头，脸上没什么特别的表情，仿佛这是件极平常的小事。

他好似是感应到了什么，越过众人看向观众席，正好撞上了戚生生带笑的眼睛。时忧眼睫微颤，甩开汪越的桎梏，别过头移开了目光，把球在手里转了两圈，随后扔进徐子豪的手里："继续！"

这个细微的动作很容易被忽略，但关注他的人不会错过。

郑碧言的视线从没离开过时忧，在他看过来的一瞬间，她甚至忘记了呼吸，直到分辨出那道目光的所及之处时，眼神不禁暗淡下来。

她扭头静静看着侧颜恬淡的戚生生。

都说男生在投篮后第一眼看向的方位，一定有一个他在意的人。

仿佛一直萦绕着她的困惑和借口，终于有了答案。

直到第一场结束的哨声吹响，场上比分35比18，时忱他们队获得了压倒性的胜利。看台上欢呼声不停，女生的尖叫声更是不绝于耳。

中场休息，男生们都来到了看台这儿，替八班助阵的都是男生，他们聚在一起商量战术，偶尔回头对被女生包围的对手抛来一个不屑的眼神。

汪越满头大汗，他仰起脖子喝了一大口水，畅快道："还是在这儿打得更爽，比在学校放得开。"

徐子豪晒笑，骚包地把衣角掀起，露出腰线："我说你在哪儿放不开，小越姐姐？"

"死耗子，下半场我绝对不传球给你，就知道耍帅，篮板球都不抢，要不是时哥帮你兜着，你早被对面那傻大个儿盖了。"汪越想起刚刚的场面就气得牙痒痒，忍不住踢了徐子豪一脚，却被对方轻松躲过。

徐子豪欠揍地挑眉，跑到戚生生的面前，邀功道："姐姐，我们赢了！"

戚生生扬起一个十分捧场的笑容："真厉害！"

徐子豪得到赞赏立刻跟开了屏的孔雀一样，蹲在戚生生面前滔滔不绝地讲着自己刚刚的酷炫操作，奈何戚生生并不是很懂，只能以笑回应。

两人说话间，时忱不知何时站在了徐子豪身后，他半睨着眼，发带被他拿在手里，刘海已经被汗水打湿，他撩起衣角不在意地擦了擦，见二人有说有笑，他轻轻"啧"了声，抬脚不轻不重地踹了下徐子豪的屁股。

"谁啊？"徐子豪回头撞上时忱垂下的眼眸，眉梢微扬，"懂了。"

说完这句，他站起来冲戚生生摆了摆手，朝球场上跑去。

人一走，时忱冷着脸凑到戚生生面前。少年身姿高挑，修长的脖颈上还有未擦拭的汗珠，他俯视而下，盯着戚生生，十分有压迫感。

戚生生抬头瞧他，二人相对无言，她茫然地眨了眨眼，不知道这小子要干吗。

郑碧言也不知道，她红着眼，目光在这二人之间移动。

诡异地沉默片刻，少年才淡淡地看向别处，喉结上下滚动，唇角轻启："我赢了。"

憋了大半天就为了说这个？

戚生生一口气堵在嗓子眼，片刻才弯起嘴角笑道："厉害。"

时忧闻言眉眼上扬，嘴角散漫地勾起一个弧度，他朝戚生生伸出手："我要喝水。"

戚生生下意识地看向手心，只有一把红色的折叠伞，无奈道："我没买水。"

说完，她对郑碧言眨了下眼："同学，你不是有水吗？"

郑碧言这才恍然回神，她抬眸看了眼时忧，心口微顿，用力握了握手里的矿泉水瓶，轻轻递了过去。

"时忧，给你喝。"

时忧盯着女生递过来的水，没有吭声。他极快地瞥了眼戚生生的表情，忽然觉得空气有点闷。

他没有接过去，而是轻轻朝郑碧言摇了摇头，无声地拒绝。

郑碧言立刻红了眼眶，把水收了回去。戚生生不由得皱眉看着时忧，眼里带着不满。

时忧挠了挠头，不明白她这是什么意思，他也不想去猜，直接蹲下来与她直视。

瞩目的少年第一次对一个女生做出如此亲密的举动，自然引起了很多人的关注，场内的目光大多聚集了过来，其中不乏嫉妒和好奇的。

"怎么了？"时忧手搭在膝盖上，声音低沉，慢慢靠近戚生生，能闻到他身上飘来的薄荷香气，夹杂着淡淡的汗味。

戚生生抿了抿唇，手不自觉地握成拳，有点不适应这样的距离。她摇摇头："没事，下一场加油。"

"你是在鼓励我吗？"时忧轻笑，像往常一样抬手按在戚生生的脑袋上，嗓音低哑，"知道了，我会赢的。"

少年的手修长温暖，只是轻轻按在头顶，都能感受到掌心传来的温暖。戚生生眼眸闪动，目光落在时忧下巴那道浅浅的疤痕上。

她极淡地移开目光，"嗯"了一声。

和时忧相处得越久，戚生生对他的包容就越大，这已经超出了正常朋友的界限，但也不像姐弟。

戚生生垂眸思索片刻，直到第二场的哨声响起，她都没想出个所以然来。

"姐姐。"郑碧言叫她，"你喜欢时忱吗？"

"嗯？"戚生生听到这话，心头一跳，"什么？"

郑碧言咽了口唾沫，轻声重复道："你喜欢时忱吗？"

"……"

两人间的气氛凝滞下来。

戚生生几乎想也没想："不喜欢。"

郑碧言盯着她，仿佛想从那双眼睛里找出一丝撒谎的痕迹。

"真的？"

戚生生笑了笑，疑惑郑碧言为什么会问出这个问题，她心里早已有了别人。

"真的，我骗你干什么。"她道。

郑碧言闻言，心里说不出是什么感觉，既庆幸又觉得失落。她凝视着场内恣意奔跑的少年，叹了口气。

第二场对方调整了应对方案，时忱他们队一开始打得有些吃力，比分咬得很紧，但作为主力时忱发挥了他的个人优势，在最后的赛点带球到篮板下，突破了对方的防线，他像只飞腾的猎豹，在三分线外投出一个漂亮的三分球，彻底终结了比赛。

最后在他轻松落地的时候，裁判吹响了比赛终止的哨声，这场球赛在众人的意料之中拉下帷幕。

戚生生头一次感受到竞技体育运动的魅力，她站起来为时忱他们鼓掌。正值青葱的少年浑身散发出朝气蓬勃的气息，他们笑着相拥，为赢得胜利欢呼。

时忱脸上露出开怀的笑容，他扭过头穿过人群望向看台最边缘的女生，戚生生笑容温软，长发随风飘散，在阳光下闪闪发光。

二人隔空相望，戚生生用口型对他说了句"恭喜"。女生眉眼弯弯，像只温顺可爱的小兔子，烙印在时忱的眼里，他挣脱开队员的桎梏走到戚生生的面前。

不知道是谁起哄似的怪叫一声，场上众人的目光都聚焦到两人身上，汪越奇怪地顶了顶徐子豪，问道："他们在喊什么？"

徐子豪双手叉腰，"嘶"了一声："估计误会了两人的关系吧。"

"这不乱套了吗？"

时忱没有在意周围那些议论，走到戚生生面前，眉眼带笑，语气依旧散漫自大："我们赢了。"

少年下颌已经有了利落的轮廓线条，眼神炽热浓烈，比这夏日的阳光还要灼人，他眉骨高挺，眼角上挑，邀功的意味明显。戚生生看着这张脸，脑海里忽然想起郑碧言的那句话。

——"姐姐，你喜欢时忧吗？"

喜欢吗？

她的回答是"不喜欢"，但心跳却和答案恰恰相反。

戚生生眼睫轻颤，目光不自然地落到手里的红伞上，夸赞道："我们小忧真厉害。"

是的，时忧很优秀，是这个年纪的女生喜欢的对象，他比阳光炽热，比冬雪难忘。戚生生垂眸眨了下眼，忽略了自己有些失衡的心跳，她把自己的不对劲解读为看了一场酣畅淋漓比赛后的后遗症。

时忧对"小忧"这个称呼明显不满意，但只轻轻皱了下眉，很快便压下了心中的不悦，他擦了擦额角的汗珠，弯腰把戚生生手里的伞夺过来。

恰巧此时天公不作美，雨水滴落在水泥地上，先是零散的几滴，随后密集起来。

场地上很快就被雨水铺满，众人尖叫着往外跑，时忧打开那把红伞，罩在两人的头顶。

雨水落到戚生生的肩头，她不得不往伞下躲，两人的距离陡然拉近，呼吸间都是时忧身上的味道。

薄荷香气夹杂着汗味。

少年浓重的呼吸声尚未平复。

戚生生猛然抬起头，四目相对。

周围人群已经散去，偌大荒芜的篮球场里只剩他俩，戚生生视线微顿，心跳加速。

"下雨了。"

雨滴的声音越来越急，砸在地面上，空气中弥漫着尘土的味道，时忧抬手摸了下鼻子，汗珠被他抹去，他盯着眼前的女生，耳尖泛红。

"我们走吧。"他道。

"嗯。"戚生生讷讷地点点头，想要接过伞柄，却不小心碰到对方带着温度的手指，烫得她立刻缩回了手。

时忱将伞柄往上举了举，脸上没什么表情，淡声道："走吧，回家。"

两人挤在伞底，朝着公交站的方向走去。

伞不算大，时忱的左肩被淋湿大半，他却不在意。

"小忱。"和他并肩的女生突然开口，声音低浅，在雨声的衬托下犹如猫叫。

"嗯。"少年滑动喉结，手心不自觉握紧。

气氛沉默下来，时忱等了片刻都没等到对方接下来的话，不禁没好气地催促："干吗？"

戚生生看向他的左肩："你肩膀湿了。"

闻言，时忱下意识地看了眼自己的肩膀，默了两秒才勾唇道："怎么办呢，伞太小了。"

说完他看向戚生生，眼里闪耀着她看不懂的光亮："我背你吧。"

"……啊？"戚生生愣怔，没反应过来，"背我？"

"对，这样我们都不会被淋到。"话音刚落，时忱就把伞塞进她的手里，走到前面蹲下，侧过头瞧她，勾唇道，"上来吧，大发慈悲背你，别磨叽。"

总是这样，说话过于自信，仿佛任何事情都动摇不了他，任何人都入不了他的眼，除非他乐意。

少年虽然稚嫩，但肩膀足够宽厚，后背线条纹理清晰，仿佛藏有无穷的力量。

戚生生心头一紧，不知道该如何动作。

"怯生生。"对峙良久，时忱没了耐心，轻嗤道，"你不会不敢吧？"

"我才没有。"

戚生生举着伞迟疑道，她慢悠悠地弯下腰，趴在时忱的背上。戚生生只觉得心跳漏了一拍，平日里与他相处的随意被打破，她不自觉地拘谨，手脚都不知道该往哪儿放了。

时忱没有察觉到她的不对劲，感受到背上的重量，他缓缓地站起身，手托着女生的膝窝，轻松地把她背在身后。

"你也太轻了吧。"他的声音低哑带笑。

戚生生深吸一口气，忽略自己所有的反常，稳了稳心神："走吧。"

鼻尖充斥着少年身上的味道，汗味为他平添了一份成熟的气质，戚生生虚虚环着他的脖颈，老实地注视着前方的地面。

时忱慢慢地往前走，身上的温度逐渐升高，他微微勾唇，心跳比打球时还要激烈。

雨越下越大，没有要停的意思，两人共撑着一把红色的伞，走在这迷蒙的天地间，时间都慢了下来。

"戚生生。"

"嗯？"

"开学我就是高中生了。"

"嗯，恭喜。"

时忱轻笑，声音低哑，嘴角上扬，脚步很稳："还有六年我就二十二岁了。"

"嗯？"

戚生生偏头看着少年的侧脸，不明白他这是什么意思，二十二岁有什么特别的意义吗？

"为什么是二十二岁？"她问。

时忱挑了下眉："没什么。"

"……"

不想说就算了。

气氛沉默下来，公交站就在街对面，他们等待着红绿灯的变化。

"小忱。"戚生生鼓足了勇气开口问他，"你喜欢的人是谁啊？"

郑碧言说他有喜欢的人了，戚生生虽说不在意，其实还是蛮好奇的，能被这样一个发光少年喜欢的姑娘会是什么样的。

"她是什么样的人啊？"

时忱闻言唇角紧抿，良久才轻晒："喜欢的人？"

"她啊……是个做什么都很笨拙。"时忱轻笑一声，盯着街对面的红灯，手上加重了托举的力度，语气带笑，"但在我眼里却闪闪发光的人。"

戚生生愣怔片刻，接着垂眸笑了下："那她很幸运，能被你喜欢。"

绿灯闪烁，时忱抬起脚步，声音很淡，飘散在风里："我才幸运。"

能遇到她。

很快便到了开学的日子，戚生生按照通知里的内容踏进了文科强化十六班的教室，施映和蒋显允也在，三个人不出意外地分到了一个班级。

戚生生坐到施映留给她的座位上，暗自打量了一下四周。

此时班级里的人已经来齐了，但是虞宋并不在。

这届高二文科只分了两个文科强化班，十五班和十六班，邵鹏在十五班，据他在 QQ 上说虞宋并不在他们班级名单里，可十六班也没有他的身影。以虞宋的成绩，只要他选了文科肯定就是这两个班的其中之一，绝不可能在普通班。

"哎，我听邵鹏说虞宋和程于都选了物化，现在被分到了一班，这下冤家聚一起了。"

"我去，真的假的？虞宋文科那么好竟然选了理科，你没瞎说吧？"

"真的，我有同学在一班，亲眼看见虞宋报到的，一班班主任老薛那眼睛都快笑没了，不过确实蛮意外的，以虞宋的文科成绩谁能想到他会选物化呢。"

"颜桐都选了文科，他竟然进了理科班，他的世界我果然不懂。"

周遭的讨论声像无数根刺一般扎进戚生生的心头，她眼眶猛地酸涩起来，轻轻低头深吸了口气，让自己不至于哭出声。

虞宋竟然选了理科……

戚生生瞧着语文书上的文言文，雾气凝结在眼前，视线逐渐模糊。书上的小字仿佛变了形，在无声地嘲笑她。

看吧，你多可笑，他和你并没有可能，你的一腔热忱都是无用功。

高二（16）班的班主任是历史老师，姓姬，叫姬明。班里的同学戏称他为"小明"。

小明个子不高，戴着细框眼镜，是学校的历史组组长，整天笑嘻嘻的，对待班上的同学很和善，大家都蛮喜欢他的。

他在讲台上说了些新学期的注意事项，正式宣布高二的开始。

戚生生茫然地扫视着整个教室，选文科的女生居多，班级四十多个人只有八个男生，其中并没有那个熟悉的身影。她淡淡收回视线，能听见施映和蒋显允的谈笑声，忽然觉得周遭的声音像是隔着一层水雾传进她的耳朵里，没有实质。

"生生？"

有人拍了拍她的肩膀，她回过神，对上施映担忧的视线。

"想什么呢？叫你好几遍了。"

戚生生轻轻地摇摇头，眨了下酸涩的眼睛，忽然问道："物化班在一楼吧？"

施映"嗯"了声，好奇她为什么问这个，随即转念一想便猜到了答案，宽慰道："程于终于走了，以后你再也不用看见他了。"

是啊，再也看不见了。

戚生生眼睛发红，眼睫发颤，勉强地笑了笑："嗯。"

三年很短，很快就过去了，有的人只会在特定的某个时刻出现、存在，却又在不知不觉中烙下了难以磨灭的痕迹。

有些人的暗恋炽热如阳，就像郑碧言，她从不介意把喜欢公之于众，虽然失败了，但也足够在时忱青春里留下一笔。

可戚生生不是那种女生，她履行了暗恋里的一切义务和礼貌，瞒着所有人。

人不能太贪心，这个道理从戚望离开的时候她就明白了。这个世界是守恒的，得到一样东西就会随之失去一样。

关于虞宋，她的日记本、速写本上都有他的存在，这样就够了。

不同于高一，高二的节奏显然已经进入了紧张的备考状态，数学新授要在高二阶段全部完成，高三再从头复习刷题。所以在数学上的压力可想而知，戚生生的数学本就薄弱，总分160的卷子只能考到100分出头，为了提高成绩她下了不少工夫，再加上美术的课程也不能落下，忙碌的学习填满了她的生活，让她很少再去想其他事情。

只是在偶尔路过一楼时，她总会下意识放缓脚步，状似不经意地扫向里面。

物化班的学习自主性很强，就算是下课时间大家也很安静，默默上完厕所，回来继续学习刷题。

戚生生在最后一排的位置找到了垂眸转笔的虞宋。

戴着黑框眼镜的少年面庞沉静，眼里没有情绪，他沐浴在夕阳的余晖里，五官柔软，光是坐在那儿就像幅温柔的画作。

戚生生心头一动，自然地收回目光。

他已经很久没有去羽毛球社团活动了，戚生生上一次见到他还是在开学典礼上，虞宋作为优秀学生代表上台发言。

那天阳光很烈，所有人顶着烈日站在操场上，虽然时不时有微风吹过，但也吹不散那份燥热。

戚生生个子不高，站在班级队伍的前列，她注视着台上的虞宋，目光一动不动。

他逆着光，皮肤在阳光下白得晃眼，宽大的校服被风吹起衣摆，勾勒出少年高挑的身形，他没有戴眼镜，和戚生生记忆里的金发少年重合。

阳光偶尔从指缝间闪烁，戚生生看得眼睛酸胀都没有移开视线。

自己和这个人，好像再也不会有交集了。

那抹金发，那个礼貌又温和的笑容，她再也看不到了。

想到这儿，戚生生低下头，抬起手揉了揉眼睛，唇角渐渐上扬。

阳光真刺眼啊。

十二月的梧城进入了最冷的时节，仿佛有下不完的雨，让人心头烦闷。

元旦晚会结束，学校放了三天假，蒋显允的生日就在假期的最后一天，三人本想在外面一起庆祝，可是林若岚在家做了一桌子的菜，蒋显允只能无奈地带着她俩回家。

林若岚是典型的职场女强人，她和丈夫在蒋显允三岁的时候就协议离婚了，这些年在孩子的教育问题上采用的都是严厉手段。

蒋显允从小学起就是班级里的学习骨干，每学期都必须拿到三好学生，到了高中之后更加苛刻，不准掉出年级前五名，必须是班级第一，只要达不到便会施以责罚。

知道这些还是高二期中考的时候，那次班级第一名是另一个女生，蒋显允发挥失常掉到了班级第三，不在年级前十的行列。成绩出来的第二天，蒋显允刚到班里，戚生生就注意到了她身上的不对劲。

蒋显允戴回了之前的那副旧眼镜，下嘴唇中间有道撕裂的口子，手心还有红痕，一看就知道有问题。

施映直接问了出来："小允，谁打你了？"

蒋显允舔了下伤口，苦涩一笑："不是，是我没考好，长长记性罢了。"

戚生生眉头皱在一起，难以想象蒋显允以前都是怎么熬过来的，她本以为林若岚只是严厉了些，没想到还会动手。

"我们要不要和老师说说？"戚生生试探道。

蒋显允连忙摇头："不要，是我的错，是我没考好，我下一次考好就行了，真的。"

女生原本充满光亮的眼睛逐渐变得暗淡，戚生生看在眼里，胸口却像被一块大石压着，透不过气。

这件事之后，戚生生对林若岚有了一种天然的害怕和抵触，她迟疑地站在门口，直到蒋显允叫她才脱鞋进门。

林若岚早已坐在餐桌边等着，桌上都是蒋显允喜欢吃的菜，中间还摆着一个粉色的蛋糕，甜腻的味道被菜香味掩盖，造型和颜色怎么看怎么幼稚。

蒋显允脸上没什么表情，今天除了戚生生和施映之外再没有其他客人。三人沉默地坐在桌边，气氛有些尴尬，不像过生日，倒像是在完成任务。

"今天是小允十七岁的生日，明年你们就要高考了，往后玩的时间越来越少，还是要多花些精力在学习上，毕竟学习才是你们这个年纪的主要任务，以后别动不动就出去玩，多看会儿书比什么都重要……"

林若岚见大家都不说话，便主动说出了一套自己的看法，完全没有意识到她的这番话让气氛越来越低迷。

蒋显允低下头，眼里有着明显的倦意，她"嗯"了一声："知道了。"

施映闻言看了眼蒋显允，心像被针扎了一下似的。

她是家里的独生子，小时候父母忙于工作，便把她扔给了奶奶带，长大了之后每个月给点钱，却很少关心她。

她没感受过那种来自父母无微不至的关怀，但看到蒋显允这副被爱裹挟的样子，自己也十分难受。

两人坐得很近，施映悄悄伸出手，在桌下握住了蒋显允的手。那双冰凉的手在触碰到施映的体温时骤然一僵，蒋显允偏过头盯着施映，对方微微一笑，用极低的声音说道："十七岁生日快乐。"

蒋显允注视着施映的眼睛，漆黑的瞳仁倒映出她的样子，鼻尖霎时酸涩难耐，她极快抿了下唇。

沉默地吃完了饭，三人逃进了房间，施映首先夸张地呼了一大口气，拍着胸口道："憋着不说话真的太难受了！"

戚生生笑："我看你吹蜡烛的时候挺使劲的。"

蒋显允满脸心事重重，勾了勾唇："不好意思啊，我妈就是这样，习惯就好。"

这句习惯就好，她上次也说过。

习惯就好，是强迫自己妥协，强迫自己面对这种压抑的状态。

蒋显允已经妥协，她挣脱不开这种畸形的家庭氛围，无法让脆弱的母亲再次受到伤害。

"可是她逼你，就是不对的。"施映表情严肃。

"自从我爸再婚之后，她就变了许多，以前她不是这样的。"蒋显允淡淡道，"是我的问题，是我发挥失常，这不怪她，她也很辛苦。"

"不是，你没有错……"

施映想反驳，却被蒋显允岔开了话题："不说这个了，你们的礼物呢？快拿出来让我瞧瞧。"

施映无奈叹了口气，从包里拿出一个包装精致的礼盒递给她："我用零用钱买的MP3，很贵的，你不准弄丢了。"

蒋显允扬眉一笑："谢谢。"

她打开礼盒，里面躺着一个红色的MP3，十分漂亮，很符合施映的审美。

戚生生从包里掏出一个崭新的速写本，翻开第一页展示在二人面前，笑容明媚："答应你们的婚纱，我画好了。"

只见素白的纸上画着两套精美的婚纱，戚生生特意上了色，让纯白的婚纱多了几分鲜活。

左边的那套是直筒平肩长裙，右边的则是蕾丝长摆，十分华丽。

施映瞬间就知道了右边那套是属于自己的，她高兴地冲过去揽着戚生生："我太爱你了亲爱的，你也太知道我想要什么了！"

蒋显允则仔细端详着婚纱，下意识地看了眼眉眼弯弯的施映，嘴角漾起一抹笑意："确实很适合小施。"

"那你喜欢吗？"戚生生指着左边那套笑问。

蒋显允点点头："喜欢，不过我觉得穿在施映身上会更好看。"她抬眸看着施映，声音轻浅，"相较于婚纱，我更想试试西装。"

"确实哎，感觉小允的气质穿西装会很帅呢。"施映想象着那个画面，点头道，"不过结婚的时候哪有新娘穿西装的道理。"

"怎么不行。"戚生生忽然开口，"只要自己喜欢，怎样都可以，女生当然也可以穿西装。"

蒋显允闻言赞同："没错。"

到了晚上，三人还是决定再出来聚聚，施映买了个现成的蛋糕，来到她们初遇的奶茶店给蒋显允再补了个仪式。

因为学校放假，奶茶店里没有往日热闹，这个时间点只有她们这一桌客人。

"许愿吧。"施映点燃蜡烛，笑道。

蒋显允的目光落到蜡烛燃起的火苗上，眼里有火光跳跃，她嘴角含笑，闭上眼许了个愿。

许完愿，吹灭蜡烛，蒋显允眼里的火光消失，她没有说话，周围沉默了下来。

戚生生和施映对视一眼，都在心底叹了口气。每天朝夕相处，蒋显允的变化二人都看在眼里，她逐渐消沉，脸上的笑容越来越少，初识时的洒脱和爽朗逐渐被疲惫替代。

这一切的改变，二人也能猜到是因为什么。

"我妈她，很可怜。"沉默良久，蒋显允低声道，"高考失利，相亲遇到我爸，潦草结婚，生下了我，结果丈夫出轨，又和别人生了个儿子。"

女生的声音低哑，垂着眼睛，面容沉静。施映看她这副样子心头一紧，总觉得她会随时消失一样，下意识地握住了她的手。

"她最希望的就是我出人头地，考上医科大，完成她没有实现的梦想。"蒋显允轻笑了声，手被施映攥在手心。

"可是我不想当医生。"她吸了吸鼻子，眼眶微红，"我想报考航天大学，我想离开她。"

女生的声音越说越哽咽，像是积压了好久的情绪找到了一个释放的出口。

"我不喜欢看书刷题，也不喜欢长发裙子，我喜欢漫画，想要剪短发，可是……可是我喜欢的一切在她眼里都是错的，太另类，是坏孩子才会做的事情。"眼泪再也止不住地从她的眼角涌出，她的声音颤抖，"我好想逃啊，逃到她找不到我的地方……"

戚生生闻言鼻头发酸，握住了她另一只手："不是，这些都不是错的，你当然可以喜欢。"

"我好累啊，真的好累……我每天晚上都要到凌晨才能睡，可我睡不着，我已经失眠好久了，大把大把地掉头发，吃不下东西，看见试题就想吐，只要考不好我就会不由自主地害怕，我真的好累，好累……"

蒋显允再也忍不住，咬着下嘴唇，呜咽出声。

"小允……"

施映听着这些话，心里难受，她抱住蒋显允哭到颤抖的身体，也跟着大哭起来。戚生生哽咽着抱住她俩，三人瞬间哭成一团。

窗外寒风萧瑟，店内暖气充足，三人毫不掩饰的哭声在屋里回荡，引得店员都跑过来查看。暖色的灯光罩在三个崩溃大哭的少女身上，这个场面怎么看怎么奇怪，可又显得格外珍贵。

这个年纪的友谊最是纯粹，会因为朋友的难过而难过，多年后回想起来，戚生生仍会眼眶温热，如果时间能停在那一刻该有多好。

自从时忱上了高一之后，除了一起上学，戚生生就很少在其他时间看见他了。

他好像总是很忙，假期也不见人影，只是在每天晚上都会给她发信息，时间不固定，大部分都在戚生生睡着之后才发过来，早上起床她才看见。

戚生生眼见着时忱的黑眼圈越来越明显，自己高一的时候都没他这么累。

冬日的早晨太阳还没出来，公交车上光线昏暗，时忱照例一坐下就开始睡觉，戚生生看着他，不由得皱了皱眉。

"你每天晚上怎么都睡那么晚啊？"戚生生歪头，"高一的作业很多吗？"

时忱撑着头没有睁眼，用鼻音漫不经心地"嗯"了声。

"是吗？我高一的时候在晚自习上就能把作业做完。"戚生生嘟囔道，"每天晚上我都能很早睡。"

听到这句话，时忱闭着眼轻嗤一声，声音低哑道："谁跟你似的，上辈子是头小猪吧。"

戚生生瞬间没了话，坐直身子不再管他。

良久没等到对方的回答，时忱撩开眼皮，斜睨了她一眼，眉骨在昏暗的晨光里格外明显，他语带笑意道："你是在关心我吗？"

这话问得奇怪，不关心他，那她问他干吗？戚生生没有迟疑地点点头："当然，你这个样子很让人担心。"

时忱放下手，慢悠悠地坐直身子，手臂自然地贴近戚生生，显出几分亲昵。他眼里的疲惫明显，但嘴角却含着懒散的笑："我没事，不用担心我。"

少年气音浓重，呼吸轻轻地喷洒在耳边，有些痒。戚生生微微往后缩了缩脖子，抬眸撞进时忧晦涩不明的眼睛里。

她下意识垂下长睫掩盖情绪，声音很轻："你以后能早点发信息吗？每次都是早上睡醒了才看见。"

这话说得正常，但不知是现在气氛和谐，还是因为困倦导致的脑袋不清醒，落到某人耳朵里总觉得有几丝撒娇的意味。

时忧喉头一紧，心跳瞬间失了节奏，良久才哑声道："知道了。"

三个字说得很生硬，时忧在心底暗骂一句，又补充道："寒假期间有个小提琴比赛，等过了这阵就好了。"

"比赛？"戚生生扬眉，"所以你这阵子不光要复习期末考，还在忙着准备比赛吗？"

时忧懒散地"啊"了声，跟没骨头似的靠在椅背上，他的眸色漆黑，声音平直低哑："习惯了。"

戚生生皱眉，忽然想起蒋显允，她也这么说过。

"小忧。"戚生生叫他，眼睛里划过一瞬间的担忧，"你累不累？"

"嗯？"时忧挑了下眉，没想到她会问这个，倒是想笑，"怯生生，你今天怎么回事？这么关心我？"

他双手撑在前排的椅背上，身子往右倾，两人间的距离霎时拉近。

熟悉的薄荷味萦绕在呼吸间，戚生生下意识放慢呼吸的节奏，没有逃避他的眼神。

明明才过了一年，也只是从初三升到高一而已，怎么感觉这小子好像长大了不少。

身高长了点，五官硬朗了些，声音越发低沉，连气质都沉稳了点。

好像哪里都有改变，可是又好像什么都没变。

戚生生不自觉地摩挲着包上的小火龙挂件，眨眨眼，往后坐了坐："没什么，就好奇问问……"

时忧闻言轻笑一声，目光落在她手里的小火龙上，伸手抢了过来。

"哎，你干吗？"

戚生生没反应过来，眼见着小小的挂饰被时忧捏在手里，她想要拿回来，却被时忧用手臂挡了回去。

他盯着这个小东西，瞳色很亮："我看你一直挂着这个，很喜欢？"

戚生生没有反驳："喜欢啊，不然我挂着它干吗？好了，快还给我。"

她伸手刚碰到小火龙，就被时忱握住了手腕，有些烫人的温度从手腕处传到四肢百骸，她一愣，一时忘了抽回手。

气氛安静下来，只能听见街道上的声响。

时忱凝神注视着她，抿了抿唇，手心里的触感让他有片刻失神，但很快便反应了过来："着什么急。"

他松开戚生生的手腕，把小火龙塞进她的手里，喉结滑动："既然喜欢就收好，不准弄丢了。"

戚生生低头看向手心里的小火龙，怎么看怎么觉得有点眼熟。

她又抬头看了看时忱，越看越觉得像，不由得勾起唇角，把挂件摆到时忱的脸旁："说起来，你和它还有点像。"

他扯了扯围巾，语气不善："什么意思？"

见他这副不爽的样子，戚生生收敛了表情，把手放下，轻咳一声："没什么意思，我开玩笑呢。"

时忱挑眉一笑，嘴角酒窝浮现："说清楚了，我跟它哪里像？"

"就……挺像的。"这么一问，戚生生倒也回答不出具体哪里像，只按照心里的感觉，"脾气，性格，气质……小火龙，这名字一听就很符合你啊。"

戚生生越说越觉得准确，不禁笑着看向时忱："多可爱啊。"

可爱？！

时忱目光一顿，觉得自己脖子以上开始发热，要不是车里昏暗，准能看见少年红透的脸和耳尖。

他立刻看向窗外，躲开女生笑意盈盈的目光，手下意识地握成拳，抵在唇边轻咳一声。

"谁跟它像了，眼神不好就别乱说。"少年声音略低，能听见其中的慌乱。

"不喜欢啊？"戚生生耸了耸肩膀，"那我不说了。"

"咳——"少年又轻咳了一下，目光游移在窗外的路灯上，眼睛很亮，"没有不喜欢。"

"啊？"戚生生没有听清。

时忱深吸口气，转过头盯着她，"眼神不好耳朵也不好吗？我说没有不喜欢。"他扫了眼小火龙，表情恢复了往日的懒散，"看你这么幼稚，我就不计较了，免得被你说小气。"

"……"

喜欢就喜欢嘛，凶什么凶。

戚生生心里好笑，没再管这小子别扭的情绪。

高二上学期的最后一门考试在紧张中如火如荼地进行，那天戚生生不巧来了例假，小腹处的酸胀和隐痛让她整场数学考试都坐立难安。

直到交卷的铃声响起，戚生生才完成了最后一道大题的第一个小问，把该拿的分尽量拿到。她放下笔，脸色发白，手捂住肚子，等收完试卷才慢悠悠地走出考场。

强化班的考场都在实验楼，距离教学楼还有一段距离，戚生生不想辗转，打算直接去实验楼的厕所。

一楼的女厕所门口已经排起了长队，她微微蹙眉，排在队伍的最后。

正巧这时杨昕从里面出来，一下子便瞧见了队伍末尾的戚生生，她不自觉地停下脚步。

杨昕和戚生生除了在高一军训时有过交集之外，便没了其他联系，两人甚至没说过几句话，杨昕也一直没把这个内向不爱说话的同学放在眼里。

直到戚生生和程于成了同桌，不仅瘦了下来，还越来越出彩，甚至程于也……

想到这儿，杨昕抿了抿唇，走到戚生生的旁边，主动打招呼道："戚生生，好久不见。"

听到自己的名字，一直半闭着眼睛忍着难受的戚生生抬眼看向来人，竟然是杨昕，不禁迟疑地笑了笑："嗯。"

两人本就不熟，彼此也没什么共同语言，回了个"嗯"字之后就没了话茬，氛围有些尴尬。

"你在十六班对吧，我在十五班，我经常在走廊上看见你和施映。"杨昕主动挑起话题。

戚生生勾唇点头，嘴唇泛白："嗯，我也经常看到你。"

杨昕笑："对啊，说起来颜桐也在我们班，我俩现在关系还不错。高一那会儿我一直以为她是个很难接近的女生，所以不敢跟她说话，没想到相处之后发现她性格还蛮好的。"

提到颜桐，戚生生眼皮莫名跳了一下，脑海里浮现出高一元旦晚会那天，在后台见到的颜桐，她眼前摆着虞宋送的捧花，美丽高傲，仿佛没人入得了她的眼。

排队的队伍往前进了一步，戚生生机械性地跟上。

"是吗……"戚生生不知道该说些什么，她的声音低哑，听着有气无力，"那还挺好的……"

杨昕没有察觉到她的异样，凑到她耳边："对了，你应该还记得虞宋吧，高一我们班的那位风云人物。"

听到这个名字戚生生心头跳了跳，她深吸口气，脸上没什么表情，轻轻"嗯"了声："记得。"

杨昕看了眼四周，接着说："高一的时候不是有关于颜桐和虞宋的传闻嘛，其实他俩什么事都没有。"

说完，杨昕对着她做了个噤声的动作，压低声音："我也是偶然间发现的，颜桐单方面地缠着虞宋，显出一副两人很熟的模样，其实根本就没那回事。"

女生之间一般想彼此交好，消息互通是最直接有效的方法，不管话题的主角是谁。

杨昕说完期待地看着戚生生，想从她的脸上看到吃惊或是意想不到的表情，可却没有。

只见戚生生愣在原地，看起来魂不守舍，连队伍前进了都没发现。

"戚生生？"

杨昕轻轻叫了她一声，对方才回过神。

"嗯？"

"你听到我说什么了吗？"

戚生生眨了眨眼，扯着唇角："嗯，听到了。"

"那你怎么没什么反应啊？"杨昕接着道，"当时因为颜桐，很多女生都不敢和虞宋说话。"

戚生生垂下长睫，心里泛起难言的情绪。

折磨了她这么久的事情，没想到竟然是这样的。

戚生生没有吭声，小腹处传来的疼痛让她瞬间清醒。

"因为太在意了吧。"沉默了两秒，戚生生才垂眸道，没有顺着她的话去嚼舌根。

杨昕闻言倒是一怔，目光落在戚生生的脸上，不知道在想些什么。

她已经上过厕所了，打完招呼说完是非，本不用陪着戚生生排队，可注意到对方脸色难看，不由得问道："你身体不舒服？"

戚生生捂着肚子，勉强扯唇："例假来了。"

杨昕了然地点头，本想跟她说先走了，余光却注意到隔壁男厕门口，程于这时正巧从里面出来。

杨昕离开的脚步猛地顿住，视线黏在男生身上。

戚生生没有管杨昕，她现在的注意力全集中在小腹上，酸胀难耐的下坠感让她忍不住皱起眉头，瘦削的背微躬起来。

程于甩掉手上的水珠，表情如常，却在路过女厕门口时目光微顿。

垂着脑袋的戚生生忽然看见视线里多出一双球鞋，她顺着这双鞋抬起眼眸，对上了程于盯着她的视线。

只见对方挑了下眉，笑容不算友好："戚生生，没想到你竟然也在实验楼考试。"

实验楼只有文理科的强化班才能在这儿考，他这话是在暗讽她竟然也能考进强化班。

戚生生平静地看了他一眼便移开了视线，不想跟他多说什么，只淡淡"嗯"了一声。

杨昕就站在二人旁边，可程于宛如没看见她一样，注意力全在戚生生身上。

自小就被家长及老师众星捧月般对待的她自然受不了这种差别对待，忽地搂住戚生生的胳膊，往自己的方向扯了扯，对程于笑道："班长，你们物化班的考场在一楼吗？"

听到女生娇俏的声音，程于把目光从戚生生身上移开，看向杨昕，回忆着这人是谁，片刻才道："对，物化班的人都在。"

"都在"这两个字被他刻意加重，果不其然，他看到戚生生的眼神微动。

霎时，他的胸口像被人打了一拳似的，有口气堵在那里，他不由得握紧了拳头。

戚生生被杨昕揽着，心里下意识地抗拒，她轻轻挣脱了几下，可对方力气很大，她无法抽出手。腹部的不适感加重，她想不通杨昕为何突然对她这么亲密。

程于这句话指向性明显，戚生生了然于心，虽然不愿意程于莫名其妙的心思得逞，但她的眼神还是不自觉地瞟向了男厕的方向。

程于注意到了她的小动作，忍不住冷笑一声："自作多情。"

这四个字说得小声，只有他们三人才听得见。

杨昕闻言后背一僵，以为程于是对她说的，不由得眼眶泛红。她慢慢松开抱住戚生生的手，对着程于僵硬地扯着唇角："班长，我还有事，先走了。"

程于"嗯"了声，没有在意。

他向来对杨昕都是敷衍应对。

来自杨昕的束缚消失，戚生生只觉得身上越发难受，原本只是酸胀的小腹渐渐开始疼了起来，而且愈演愈烈。

她皱起眉头，小脸拧成一团，脸色惨白，慢慢蹲下身子。

程于见她突然这样，呼吸一乱，连忙跟着蹲下，问她怎么了。

戚生生察觉到自己开始耳鸣，眼前的男生想要伸手触碰她，但身体却下意识往后一躲，整个人顿时失去重心，跌坐在地上。

这个场面，倒像是程于推倒了她。

戚生生额角冒出冷汗，一只手撑在地上，一只手捂住腹部，感觉四周有人围了过来，新鲜的空气逐渐稀少，密不透风的窒息感将她包裹，记忆里那股熟悉的恐惧感袭上心头。

"戚生生？你怎么了？"程于叫她。

"戚生生！你看看我……"

"生生……看看……"

那个声音渐渐扭曲变形，像是来自地狱的低鸣。

戚生生蜷缩在地上，想要捂住耳朵，身体却不受控制地开始发抖，她忽然想起那天在巷子里的街灯下，时忧帮她捂住耳朵，笑意盈盈的模样。

"小……"

忧字还没说出口，一双有力的手落到了她的膝窝和腰上，下一秒，她被人打横抱起。

夕阳的余晖照进回廊上，洒在那人身上，仿若给他镀了层金光。

戚生生意识已模糊，眼前并不清晰，但她还是看见了那个熟悉的黑框眼镜。

虞宋唇角紧抿，他注意到戚生生迷蒙的视线，忙垂下长睫看她，语气不悦："别说话，我带你去医务室。"

戚生生的耳朵贴在男生的肩头，逆着光，她想要努力看清虞宋的模样。

有股酸意窜上鼻子，戚生生捂着小腹，闭上了微红的眼睛，意识也在下一秒陷入无边的黑暗。

见怀里的女生彻底晕了过去，虞宋皱紧眉头，加快了脚步，几乎一路小跑。

"戚生生，别睡，马上就到了。"他尽量稳住双臂，不让她受到颠簸。

女生已经没了意识，自然也听不到虞宋唤她的名字。

戚生生一直以为虞宋根本没有记住她。

程于眼见着虞宋推开围观的众人蹲到戚生生的面前，没有一丝犹豫地抱起她转身走远。

他的目光钉在那人的背影上，手握成拳。

算起来这已经是戚生生第三次光顾校医室了，等她醒过来的时候，窗外的天色已经完全陷入黑暗。校医室里灯火通明，她躺在病床上，白色的床帘隔绝了刺眼的光亮，只能看见雪白的天花板。

四周很安静，戚生生动了动冰凉的手指，手背上针头的触感很清晰，她抬眸看了眼头顶的点滴，还剩一点就完了。

戚生生想要坐起来，可是脑袋昏沉，痛感并未消失，她的思绪逐渐清醒。

她舔了舔干涩的嘴唇想要叫人，却在这时听到了床帘外的说话声。

"老师，她什么时候能醒？"

声音被刻意压低，像是怕惊扰到床上的人。

戚生生听到第一个字时心口就顿了一下，这个声音她太熟悉了，想忘都忘不了。

张校医捧着玻璃隔热杯小心地喝了口热茶，眼镜被上有两团雾气，他看向坐在那儿等了许久的少年，笑道："我怎么知道。"

他又看了眼时钟，继续道："你去看看，我估摸着应该要醒了。"

虞宋没有犹豫，从椅子上站起来，走向戚生生的病床。因为坐得久了，他抬手捏了捏后脖颈。

戚生生听到由远及近的脚步声，她不太想让对方看到自己现在这副憔悴的样子，连忙把被子拉到脸上，只露出一双圆润的黑眸。

随着越来越近的脚步声，戚生生的心跳加速，她甚至能听到来自心口震耳的跳动声。

下一秒，男生骨节分明的手撩开床帘的一角，轻轻向旁边推开，虞宋的身影彻底暴露在她的眼底。

被床帘隔绝的光瞬间挤了进来，晃得戚生生垂下眼睫，不适地眨了眨眼。男生似乎察觉到了，歪了下身子，帮她挡下刺眼的光线。

虞宋面色微冷，眼里没有情绪，戚生生不敢看他，也不知道该说些什么，两人之间顿时沉默下来。

这个诡异的沉默只持续了几秒，虞宋扭过头朝着校医道："她醒了。"

"来了。"张校医搓了搓微凉的手，走到病床前，将床帘全部拉开，笑意盈盈地看着戚生生，"小姑娘醒啦。"

"嗯。"戚生生隔着被子笑了下，视线落在张校医的身上，一点也不敢偏离。

戚生生上次来医务室还是在一年以前，而且她瘦了不少，张校医就算记性再好也难以把这个瘦巴巴的小姑娘和军训中暑的那个女生联系在一起。

"你别担心，就是低血糖，例假期间没有好好吃饭，又因为考试导致精神过度紧张，所以才晕倒的，打完这瓶点滴就能回去了。"张校医面容和蔼，嘱咐道，"再爱美也不能不吃东西啊，你看你瘦得，回去记得多吃点，不然还会晕。"

她之前为了减肥确实节过食，但瘦下来后就恢复正常饮食了，这几天忙着复习，饭吃得不规律，晚上又没睡好，这才导致低血糖。

"知道了，谢谢老师。"戚生生细声道。

"嗯，我已经通知你的班主任了，等输完液就走吧。"张校医说完就要回办公室，临走时指了指吊瓶，对着虞宋道，"你照顾一下，没了叫我来拔针。"

虞宋神色沉静，抿唇"嗯"了声。

偌大的校医室只剩下他们两人。

这是戚生生第一次和虞宋单独相处。

虞宋搬了把椅子坐到病床边，还倒了杯热水放在床头柜上，她伸手就能拿到。

"水放这儿了。"

高二的学生考完试就可以回家了，因为戚生生的缘故，虞宋一直没走。

想到这儿，她心底漾起一丝涟漪，鼓足勇气道："谢谢。"

在记忆断片的最后一刻，她知道是虞宋一路抱着她过来的。

男生闻言侧过头瞧她，嘴角扬起一抹好看的微笑，克制又礼貌："没关系，举手之劳。"

举手之劳……

戚生生抿了抿唇，胸口一滞，盯着头顶的天花板，手指在被子里捏紧。

她垂下眼，嗓音温软道："你先走吧，输完我自己叫医生。"

虞宋没有回答，而是站起身走到吊瓶前，整个人跟着凑近床头。戚生生看着垂在自己眼前的手，指节修长，手背青筋明显，腕骨上有颗小痣，十分好看。

他调了下输液管的速度："快没了。"说完低头，眼尾不经意上挑，薄唇扯出一个极淡的弧度，声音带着隐隐的笑意，"你现在的嗓子能把他喊出来吗？"

从这个角度看过去，虞宋的五官背着光，漆黑的碎发在他的眉眼上投出一片阴影。

戚生生没吭声，往被子里躲了躲，脸颊开始发热。

虞宋坐下来拿出手机，不知道看到了什么，眉头微微一蹙，靠在椅背上，低头打字回复消息。

四周陷入沉静，墙上时钟发出"滴答滴答"的转动声，以及虞宋指尖传来的按键音，一切细微的声响在这静谧的夜里都显得尤为清晰，窗外寒风凛冽，戚生生不自觉地放慢呼吸。

她悄悄偏过头注视着男生，灯光把他侧脸的轮廓勾勒出来。这张脸上每一个细微之处，都在戚生生的画纸上出现过。

微笑的，沉思的，灵动的，每一个表情她都烂熟于心。

她一直随身带着的速写本上都是他的痕迹。

想到这儿，她勾起脖子看了下四周，书包果然不在，应该是落在实验楼里了。

不知是庆幸还是失落，她在心底叹口气了。

"生生！"

就在这时，门口传来施映焦急的叫喊，戚生生眼皮稍动，下意识地想坐起身来。

施映手里拎着戚生生的书包，气喘吁吁地出现在校医室门口。考完试之后，她回到教室一直没等到戚生生回来，去实验楼找了一圈，却在保洁阿姨那儿拿到了戚生生的书包，心想不妙，跑到姬明办公室后才知道这丫头晕倒了。

她刚踏进去就瞧见了仰躺在那儿的戚生生，重重地松了口气："吓死我了！我还以为你出事了！"

戚生生手撑着床侧，想要坐起来，可是浑身使不上力气，稍微一动肚子就一阵绞痛。

在她快要放弃的时候，一个轻柔的力道落到她的背上，把她扶了起来。

戚生生眨了下眼，恍然抬起头，对上虞宋低垂的眼眸。

两人离得很近，虞宋不知何时把眼镜拿掉了，桃花眼低垂，他没有看她，挺翘的鼻子很秀气，皮肤在白炽灯的映照下显得更白了。

虞宋扶她坐起来之后就收回了手。

"谢谢……"戚生生喏喏道。

"哎，虞宋，你怎么在这儿啊？"施映身上还带着寒气，她没有立刻靠近戚生生，抬手把书包放到桌上，好奇道。

戚生生看了他一眼，主动开口："我晕倒的时候是虞宋同学送我到医务室的。"

"这样啊。"施映感激地对虞宋道了声谢，"太谢谢你了，你简直就是活雷锋。"

虞宋把手机揣进口袋，听到这话温和地笑了笑："既然你有朋友陪护，那我就先走了。"

"嗯，你走吧，我在这儿陪着她就好。"施映朝他摆了摆手。

男生不给戚生生反应的时间，拿起书包就走了出去。

夜里升起了浓重的雾气，路灯散发的光被染成一团柔影，虞宋背着包走进浓雾里，很快便消失在了视线里。

来时突然，去时无声，就像一阵恼人的风，吹进心里，搅得人心烦意乱，又不带一丝留恋地抽离。

戚生生收回视线，低头盯着还扎着针的手背，不知是不是因为身体不舒服的原因，心里忽然升腾起一股委屈的情绪。

　　她总觉得今天发生的一切都是一场梦。

　　施映没有察觉到她的不对劲，一屁股坐在虞宋搬来的椅子上，余光注意到床头柜上的东西，"咦"了一声："这是你的吗？"

　　"？"

　　戚生生回过神，扭头看过去，等她看清柜子上的东西时目光一顿。

　　水杯旁边放着一块巧克力。

　　她记得刚醒来的时候那里是没有东西的。

　　这是虞宋给她的。

　　那天打完点滴，姬明打电话给陈隽，让她过来接孩子回家。

　　戚生生被陈隽扶到出租车里，因为身体虚弱，一路上她都没说什么话。

　　陈隽在昏暗的车里，借着街道上的霓虹灯光看清了女儿的神色，不由得轻声道："在想什么呢？"

　　"嗯？"戚生生回过神，下意识地攥紧手里的巧克力，看向陈隽，扯唇笑了笑，"没什么。"

　　陈隽揉着她的脑袋："一副有心事的样子，还说没什么，没考好？"

　　戚生生摇摇头，喉头苦涩，沉默半晌才开口："妈妈，你当年喜欢上爸爸的时候，心里是什么感觉啊？"

　　提到戚望，陈隽明显愣了下，良久没说话。

　　她注视着窗外飞驰而过的景色，眼底划过一丝哀伤："看到他就会很想哭，觉得这个人好可怜。"

　　"可怜？"戚生生不明白。

　　"嗯。"陈隽深吸口气，目光像穿过了厚重的时光，声音暗哑，"他很瘦很瘦，明明是冬天却穿着单薄的衣服，去食堂打饭连个热菜都不敢要，他学习很用功，每天都很晚才睡，过得苦兮兮的，可脸上时常带着笑，傻小子一个。"

　　说到这儿，陈隽的声音已经带上了隐忍的哭腔。

　　她凝视窗外，思绪好像回到了多年以前。

　　戚望站在地面前，戴着她熬夜给他织的围巾，从城南的梧大跑到城北她念书的学校，笑意腼腆，怀里揣着她最爱吃的烤红薯，手都冻红了，可红薯还是热的。

"怎么会有一个人这么可怜呢，傻得让人心疼。"

她当时这么想着，胸口都疼得喘不上气。

这个可怜的人，到头来还是没有得到幸福。

第 六 章

暗恋是条单行道

第二天，戚生生请了一天假在家休息，陈隽也在傍晚早早关了店回来陪她。

戚生生躺在床上，接过陈隽递来的热水袋，小心放在小腹处，噘嘴撒娇道："好烫。"

陈隽坐到她的书桌旁，帮她整理洗好的衣物，嘴上笑道："让你不好好吃饭，现在受罪了吧。"

戚生生的衣服不多，衣橱里大多都是以前的旧衣服，已经很久没有换新了。平常两套校服轮着穿，小丫头在打扮上也没什么追求，所以陈隽也没想起要帮她买衣服这件事。

陈隽见她好不容易在家休息，想着和她一起把衣橱收拾收拾，把不能穿的旧衣扔掉，放假去买点新的回来。

"妈妈帮你收拾下衣柜，你把不穿的衣服指给我，我拿下去扔了。"

戚生生闻言"嗯"了一声，坐起来靠在床头。

之前买的裤子基本上不能穿了，陈隽把它们装进袋子里，挑完裤子准备挑上衣的时候，她注意到挂在最里面的一件黑色外套。

"这是什么时候买的啊，我怎么不记得给你买过这件？"陈隽把黑色外套拿出来，展开放在戚生生眼前，满脸疑惑，"还这么大，像男生穿的。"

说完这句话，陈隽抬眼看向戚生生，探究地笑了笑："这是谁的啊？"

戚生生看着外套，失笑道："想什么呢。"

"我能想什么啊，快点交代，这是哪位小帅哥的？"陈隽坐到床边，眉眼带着揶揄的笑意。

她心态比较开明，这个年纪的孩子对异性产生好感是青春期的正常现象，只要和他们好好交流，也没什么好草木皆兵的。

"真的不是你想的那样。"戚生生接过外套，跟陈隽讲了在高一的时候雨天遇到的那个好心男生。

"这样啊，这么好的一件衣服给你避雨。"陈隽听完，一边整理衣角一边忍不住低喃，"还真是纯情。"

"嗯？"戚生生不明白她所指的纯情是什么意思，好奇地眨眨眼。

陈隽摇摇头："没事，那我帮你收起来。"

"好。"

"哎，对了，你今天没去上课，告诉小忱了吧，别让人白等。"陈隽问道。

戚生生："这我哪能想不到嘛，昨晚就跟他说了。"

"这么久一起上下学，你俩现在关系不错呀。"陈隽忽然想起了什么，"我听你时叔叔说，小忱最近一直为下个月在京州举行的小提琴比赛做准备，他让我问你想不想去看看。"

"我吗？"戚生生指了指自己，"去比赛现场？"

"嗯，他说有多余的票，你要是想去他可以带你一起。"陈隽看她，"你时叔叔真的很喜欢你，一直劝我让你去给小忱加油打气。"

"可是……童阿姨也在。"戚生生眨了下眼，轻声说。

童慧珊不喜欢她们家，话语间都是有意无意地打压和嘲讽，这不由得让戚生生在她面前紧张和害怕。

听到这话，陈隽温和一笑，顺了顺戚生生的长发，安慰道："别怕，跟你没关系，你想去就去，有你时叔叔在呢。"

"……好，我知道了。"

陈隽目光柔和，眼里满是疼爱："生生，你要记住，人不用那么在意他人的看法，自己活得开心最重要。"

词不达意 *

《最好》随书赠品

戚生生看着母亲疲惫的眼角，弯起唇角："嗯。"

休息了一天，已经好得差不多的戚生生按时去上学，时忱看到她的时候，她脸色依然苍白。

时忱注意到她戴上了他送的兔子手套，眼里微动，挑了下眉梢："好了？"

戚生生半张脸藏在围巾底下，只露出两只湿湿的眼睛。

听到时忱关心她，戚生生眼角弯弯："好了。"

时忱淡淡勾起唇角，轻嗤了句："娇气。"

"……"

讨厌的小子。

公交车停在校门口，时忱先一步走下来立在站牌前，戚生生在他后面跟着下了车，见他站着没动，轻声叫他："小忱？"

时忱背对着她，手插进口袋里，不知道在摩挲着什么，顿了两秒才转过身，低眉瞧她："拿着。"

只见他伸出一只手抓住戚生生的右手腕，迫使她掌心向上，炽热的体温瞬间从腕间传达到戚生生的四肢百骸，他的另一只手从口袋里拿出一包东西放在她的手上。

戚生生低头一看，是一包薄荷糖。

"这是……"她不解地抬头，撞进时忱漆黑的眼里。

时忱神色如常，可触碰她手腕的温度却很高，他漫不经心道："下次头再晕就吃这个。"

沁心的薄荷味钻进鼻子里，和时忱身上的味道一模一样。

戚生生低眉浅笑，小巧的兔牙若隐若现。她重重地点了点头："谢谢。"随后收紧掌心，把薄荷糖攥在手里。

戚生生走进温暖的教室，蒋显允和施映已经到了，见她进来，急忙各种关怀问候，戚生生一一笑着应答。

期末考之后，大家的状态有些散漫，老师都去改试卷了，早自习大家都没读书，班级里闹哄哄的。

施映拉着戚生生给她讲她不在时发生的事情。

"这个事情你听了绝对会惊掉下巴。"施映提前让她有个心理准备。

戚生生失笑，想不出学校里能发生什么大事。

　　见她一脸不相信，施映凑到她面前，压低嗓音，气氛营造得可圈可点："程于和——虞宋打起来了！"

　　"……"

　　"啊？"

　　场面陷入诡异的沉默，戚生生愣在那儿，觉得自己听错了。

　　"是的，少女你没有听错。"施映手搭在她的肩头，又重复了一遍，"程于和虞宋打架了，还是虞宋先动的手，就在离学校不远的巷子里，被年级主任逮个正着。"

　　"楼下公告栏上贴了通报，要不是白纸黑字写着，打死我都不信竟然是虞宋先动的手。"

　　"唉，没想到连向来好脾气的虞宋都忍不了程于了，真是活该，只是可怜帅哥要受罚了。"

　　戚生生闻言眉头紧皱，难以相信虞宋会主动打人。她不由得深吸口气，稳了稳心神："是因为什么事啊？"

　　施映摇摇头："不知道，通报上没写，就说是口角纷争。哎，不过也能想象得出来，程于这个人狗嘴里吐不出象牙，估计是骂人家了吧，他不是一向不服虞宋吗？"

　　"……是吗？"戚生生垂下眼，手在桌上交叉紧握，心里升腾起一股不安。

　　她可没忘程于偷了她卡片的那件事。

　　他……不会跑到虞宋面前乱说吧？

　　想到这儿，戚生生心头一紧，嘴里有些没滋没味，她魂不守舍地拿出一颗薄荷糖放进嘴里，这才通畅了些。

　　早自习一下课戚生生就跑了下去。公告栏前，那张通报单被贴在了最显眼的位置。

　　上面果真如施映所说，只是发生了口角纷争。

　　戚生生担心虞宋受到责罚，一整天都不在状态。

　　晚自习结束的时候，她故意放慢了收拾的动作，避开拥挤的人群，绕到西边的楼梯下到一楼，在一班门口停下。

　　里面还亮着灯，住宿生还没走，戚生生看着最后一排虞宋的位置，那里此刻空空如也。

心头涌上一股难言的失落，戚生生泄了口气，自嘲一笑，也不知道自己在期待些什么。

　　又过了几天，这周结束就是寒假，期末成绩也公布了。戚生生考得不算太差，班级中游的位置，排在年级前一百名，只要她文化分保持在这个水平，美术联考发挥如常，考个好学校不成问题。

　　这周一照常升国旗，众人顶着寒风站在国旗台前，个个脸上都带着困倦。

　　年级主任照常先总结上周工作，然后再安排这周工作，末了来个寒假注意事项。

　　他特意提到了竞赛班的事情，戚生生不由得看向后面的蒋显允，对方注意到她的眼神微微一笑。

　　蒋显允是奥赛班的成员，这个寒假她要去参加梧大的冬令营，不能陪戚生生和施映过年了。

　　主任好不容易讲完他那枯燥的发言稿，就在众人以为终于结束可以回去的时候，只见他又拿起了话筒，语气严肃："上周高二年级一班有两名同学在校外发生了口角，最后演变成打架斗殴，要不是被我看到并上前阻拦，还不知道会发展成什么样子。"

　　戚生生听到这话，混沌的脑袋瞬间清醒，她悄悄踮起脚，看向国旗台侧，那个熟悉的身影，他果然在那里。

　　"下面让打架的人上来面对全校师生宣读他的检讨，让他长长记性！"

　　主任话音刚落，虞宋便面无表情地顺着台阶走到众人面前。

　　看到是虞宋，台下的学生发出不小的议论声。虽然大家都听说了这件事，心里却不大相信向来温文尔雅，对人和善的虞宋会干出这种事。

　　"老孙也太狠了吧，让年级第一当众读检讨，也不怕他留下心理阴影，让学校损失一个状元苗子。"

　　"我还是觉得应该是程于先招惹人家的，他那德行谁还不知道啊。"

　　"就是，程于那小子初中的时候就很狂，早就该被揍了。"

　　……

　　诸如此类为虞宋抱不平的声音不绝于耳，戚生生担忧地看着台上的男生，她不清楚虞宋会不会因为这样的惩罚而留下什么阴影，但心里总是害怕的。

众人议论了一阵后便渐渐安静了下来，台上的虞宋撩起眼皮淡淡扫了眼密密麻麻的人群，脸上没什么表情。

十六班的位置离国旗台不远，戚生生戴着眼镜，她拧眉盯着虞宋，注意到男生的嘴角有块显眼的淤青。

虞宋抓着话筒，身姿卓越地迎风站立，他缓缓打开折起来的检讨，嘴角似有若无地含着一丝嘲讽。

他清透的声音透过音响传到广场的四面八方。

"尊敬的老师、亲爱的同学，我怀着深深的后悔和愧疚写下这份检讨，我对自己这次犯下的错误感到惭愧。"他顿了一下，鼻子里轻哼一声，"我实在不应该因为程于同学没过脑子的话而失了分寸，更不应该只打了他的鼻子让他狂喷鼻血不止，我对自己拳头的威力没有一个清醒客观的认知，这是我的不对。我保证下次一定进行深刻的思考后再动手，把鼻子换成眼眶，这样还能留下一个炫酷的熊猫眼。最后感谢校领导和老师，感谢你们引导我认识错误，改正错误，让我找到了正确的方向。"

……

一番阴阳怪气的检讨结束，连风都有了片刻的停滞，戚生生吃惊地瞪大眼睛，不敢相信这是一份检讨。

"哈哈哈哈哈哈哈——"

"太有才了吧！"

人群里顿时爆发出如雷的笑声，有的男生甚至在拍手叫好。

施映哭笑不得："不愧是学霸，阴阳怪气还这么一本正经，狂喷鼻血不止，哈哈哈哈哈，救命，我都有画面了！"

戚生生盯着台上的虞宋，忍不住弯起眉眼，被他的大胆给逗笑了。

虞宋慢悠悠地折起检讨放进裤兜，一旁的年级主任气得连稀疏的头发都飞了起来，他一把扯过虞宋后走下台，这场欢笑声不断的升旗仪式才算到此结束。

戚生生目光一直追随着那人直到消失，心里才大大地松了口气。

在学校的最后一天，戚生生作为值日生留下来打扫卫生。等她走出校园天色已经暗了下来。

她回头看了眼高一的方向，整栋教学楼空荡荡的，学生都走光了。

她走到公交站牌前，那里也没有时忧的身影。

　　戚生生点开手机，时忧并没有发消息给她。

　　往常只要二人在同一时间放学，时忧都会等她，就算是有事也会发信息提前通知一声。

　　戚生生心里担忧，发消息道："你回家了吗？"

　　等了一会儿，对方并没有回复。

　　戚生生皱了皱眉，想来时忧应该是突然有什么急事先走了，她把手机放进口袋没再继续纠结。

　　她戴上手套，乖巧地等着公交车，没有注意到不远处有个鬼鬼祟祟的人影已经看了她许久。

　　不一会儿公交车停在眼前，戚生生像往常一样刷卡上车，走到最后一排坐下。

　　街道上的路灯已经亮了起来，照进公交车里，所以司机并没有开灯。

　　在她刚落座的时候，一直盯着她的那个人也随之上了车。

　　程于穿了件黑色的外套，戴着帽子，遮住了大半张脸，他抓住把手，看了眼角落里的戚生生，眼里划过一丝捉摸不透的情绪。

　　等到快要到目的地的时候，戚生生先一步站起来走到后门，程于借着昏暗的环境，悄声跟在她身后下了车。

　　因为是老街区，这个点巷子口附近很冷清，除了零星的商家之外基本看不到什么行人。

　　下车的时候戚生生注意到，除了她还有人也在这个站点下车，她微微侧过头扫了眼身后，只看到一个身着黑衣的男人。

　　她心里顿生戒备，攥紧书包带，目不斜视地走出站牌，想着两人应该不会走同一个方向。

　　可就在她抬脚的一瞬间，那个人也朝着与她相同的方向移动了脚步。

　　刻意放轻的脚步声在冷清的街道上听得很清楚，亦步亦趋，那人跟着她走到了巷子前。

　　戚生生的心顿时沉了下去。

　　她注视着漆黑的巷子，不受控制地放慢脚步，她浑身发冷，后背冒出了一层细密的冷汗，寒风吹过来，她忍不住打了个寒战。

　　那个人垂着头，月光照下来，影子被拉长，落到戚生生的脚边。

戚生生极快地垂眸扫了一眼，心跳猛地开始急速跳动，她感到自己的双腿逐渐失去了知觉，只是在僵硬地前进。

　　她重重地喘着气，指尖陷进掌心，脑海里涌现出一些杂乱的画面。

　　那个时候，在白安，也是在巷子里，男人跟在她后面，悄然伸出手，威胁她不要叫……

　　程于见前面的女生慢慢停下了脚步，暗自深吸口气，抬手按在戚生生的肩膀上。

　　还没等他说话，面前的女生忽然用带着哭腔的嗓音喊了一声，随后在他还没反应过来的时候飞一般掉过头朝宽敞的街道跑去。

　　"哎！"程于被这突然的转变弄得怔了一下，随即很快反应过来追了上去，嘴上喊着，"你跑什么！"

　　戚生生此刻什么也听不见，耳边是"呼呼"的风声，掠过耳尖，很凉。她不敢回头看，也不敢停下来，只能不停地哭着往前跑，不让那个人抓住她。

　　人在遇到危险的时候脑子里冒出的第一个念头就是求救，而她脑海里蹦出来的求救对象，在不知不觉中都变成了时忧。

　　"小忧！"

　　破碎的声音消散在风里，连她自己都不知道自己在哭喊着什么。

　　一个扎着马尾的少女疯了一般地在清冷的街道上奔跑，脸上挂满泪水，嘴里是支离破碎的叫喊声。她身后跟着一个穿着黑衣的人，并且很快就要追上她了。

　　时忧从周磊车上下来的时候，看到的就是这样一幅场景。

　　"！"

　　等他看清女生的模样，时忧锋利的眉眼霎时拧紧，眸中染上阴郁，他没有迟疑，几乎是条件反射般把包甩到地上，朝着戚生生跑去。

　　少年腿长，没一会儿就跑到了街对面，一把揽住跑得快要虚脱，哭得上气不接下气的戚生生。

　　宛如惊弓之鸟的女生被他揽住的瞬间有片刻的反抗，但在闻到对方身上熟悉的味道时，她猛地愣怔下来，抬起泪眼婆娑的黑眸看着眼前的人："时忧……"

　　戚生生这副样子很可怜，眼梢泛红泪光闪烁，连鼻头都哭红了，时忧的心霎时揪了起来。他眉头紧皱，把她扶稳站好，随后松开她，目光直勾勾地锁在程于的身上，漆黑的眼睛里压着浓重的狠戾。时忧三步并作两步走到程于面前，没给他站稳的机会，直接一拳把他抡到地上。

程于被打蒙了，瘫倒在地，难以置信地盯着眼前的少年。

时忧居高临下地看着程于，伸手扯掉脖子上的围巾随意扔在一边，没有给程于站起来的机会，直接跨在他身上，按住他疯了一般地狠揍。

原本就被虞宋揍得满脸是伤，在时忧用全力的几拳之下伤口又一次崩开。

程于疼得立刻回神，用手臂护住头部，企图阻止更重的伤害。

周磊下车看到这个场面吓得心都跳到了嗓子眼，他连忙跑过来扯住时忧的胳膊："你手不想要了？快给我住手！"

这句话没有让时忧冷静，他站起来用尽全力又踹了程于几脚。被吓到的戚生生倒是清醒了过来，急忙上前抱住时忧的胳膊："别打了！"

时忧喘着粗气，嘴边白雾弥漫，眼里血气翻滚，他想抽出手，可戚生生用力抱着他。

时忧停了下来，可眼睛还是死死地盯着程于。

周磊连忙捧起他的右手仔细查看，见骨节处已经泛红破皮，恨铁不成钢地道："都破了！你是不是有毛病！快跟我去医院，看看骨头有没有错位！"

时忧没有搭理周磊，抽出手随意甩了甩，弯腰抓住程于的衣领把他拉到眼前，二人的距离被拉近，少年暴戾冰冷的眼神让程于一怔，时忧嘶哑道："你想死是吗？追着她想干什么？嗯？"这个"嗯"很轻，但却透着狠劲。

程于喘着粗气，抬手把帽子拿掉，嗤笑一声，看向戚生生，语气嘲讽："这又是你新招的护花使者吗？呵！"

戚生生听到程于的声音，眼睛不禁瞪大，皱眉看他："程于？怎么是你？"

程于扯回自己的衣领，对上时忧毫无表情的脸，缓缓地站了起来，舌尖顶了顶被打的左腮，垂眸自嘲："真有病。"

周磊不明白眼前的场景是什么情况，对着程于道："看你像个学生，大晚上追着人家小姑娘想干吗？"

程于用指腹蹭了蹭嘴角，抬头直视戚生生，眸光微闪，眼神很复杂，不甘、气愤、嘲弄，仿佛有很多话想跟她说，但最后到了嘴边只有一句："真行。"

戚生生此时像是忍到了极点，她松开时忱走到程于的面前，眼眶很红，脸色惨白，脸颊上还有未干的泪痕，她强忍着哭腔，质问道："程于，我不知道我到底哪里得罪你了，让你这么讨厌我。从我来到这个学校开始，你就莫名其妙地针对我，恶语相向，对我的身材和样貌评头论足，还不经过我的同意擅自翻我的书包。"

她深吸一口气，眼泪滑落："这些我都忍了，可你现在竟然跟踪我，你到底要干什么？到底要我怎么样啊？"

女生最后一句话几乎是低吼出来的。

程于愣在那儿，面对哭着质问他的戚生生，整个人像被抽空了一样。

四周安静下来，只听见戚生生压抑的抽噎声。

时忱目光晦暗，听到戚生生的话，后牙下意识磨了一下，双手又握成了拳。

沉默良久，程于低头轻笑，再抬头时脸上又恢复了往常的神情。

他瞧着戚生生，嘴角嘲讽似的上扬："对，我就是看你不爽。"

撂下这句话，他转过身朝街边跟跄走去，没有纠缠时忱打他这件事，只是在转过身的一瞬间，他不屑的眼角，慢慢地红了。

程于一走，戚生生立刻泄了气，她小腿一软，整个人像是被掏空了一样，冷汗直冒。

她转过身看向面色如霜的少年，急忙过去查看他有没有受伤："没伤着吧？"

刚才的情景几乎是时忱单方面狠揍程于，他自然没什么事，可是周磊很担心，抓着他的右手不肯放下。

时忱垂下还未平复的黑眸，定在戚生生的身上，干涩的喉头微动，刚要出声就被周磊抢了先："过几天就比赛了，你还这么鲁莽，不知道保护双手，要是真受伤了怎么办？不行，以防万一还是要去医院看看，走。"

说罢他就要拉着时忱上车，但被少年阻止，语气淡漠："不去，我没事。"

周磊还要继续劝时忱，但时忱没有给他机会，朝戚生生招了招手，声音温和："走吧，回家。"

戚生生心跳微顿，街灯下的少年轮廓柔和，声音与往常不同，带着微不可闻的颤抖。

　　她盯着少年骨节发红的手，抿了抿唇："要不然还是去看看吧……"

　　"说了没事。"时忱走到车前捡起自己的书包，挎在背上，没有再看周磊一眼，走到戚生生旁边轻轻抓住她的胳膊，带着她往巷子口走，"走吧，我没事。"

　　"我没事"这三个字说得很轻，像是安抚。

　　"时忱！"周磊见二人走进巷子里，完全没有要去医院的意思，心里着急，他拿出手机打了个电话给童慧珊。

　　时忱目不斜视，戚生生还没彻底从刚刚的恐惧里缓过劲来，身上还在轻微地颤抖，她抬眸瞧着少年半明半暗的侧脸，不知是不是时忱给她带来的安全感太过强烈，她放松下来后猛地生出一股后知后觉的害怕。

　　她低下头吸了吸鼻子，还是没忍住，眼泪又"啪嗒啪嗒"地掉下来。

　　女生的抽泣声在寂静的巷子里尤为清晰。

　　两人一前一后地走着，戚生生被时忱拉着，朦胧的月光落进巷子里，杂乱的电线投下一片阴影，时忱听到女生压抑的哭声，下意识地握紧她的胳膊。

　　"戚生生。"少年的声音沙且哑，缓缓加大抓在她胳膊上的力道，轻叹道，"你真是……快吓死我了。"

　　穿过巷子的寒风将尾音吹散，时忱的这句话很轻很轻，飘散在风里，零星地传进戚生生的耳朵里。

　　戚生生微微一愣，抱歉地低下头，目光落在自己的脚尖，眼前雾气浓重："对不起。"

　　她觉得自己在给时忱添麻烦。

　　上次遇到三个醉汉的时候也是这样，她像个疯子，反应激烈，一点也不像个正常人，今天又是这样，没有一点镇定和理智，时忱一定是烦了。

　　气氛沉默了下来。

　　时忱听到这话皱了皱眉。

　　他松开扯着她的手，转身面对她，无声地叹了口气："哭什么？"

　　"对不起。"戚生生抬起哭红的眼睛，借着月光直视他，"我又给你添麻烦了。在你准备比赛的当口，还让你用拉琴的手来打人。"

她抿了下唇，心里难受。戚望从小就教育她不要给别人添麻烦——自己的事情尽量自己解决，别人帮了你就要懂得感恩，这才是正确的。

想到这儿，戚生生嘴唇轻动，用极低的声音说道："以后你就别管我了。"

冬夜里的风掠过耳侧，女生眼睛湿润，一动不动地盯着他。时忧长睫颤动，只觉得呼吸一滞，胸口像压了块大石，又麻又酸。

他良久没有出声，眉眼隐在昏暗里，手里的围巾被他猛地攥紧，上好的布料出现扭曲的褶皱。

戚生生见他不说话，心口莫名滞涩，她抬起脚步，打算越过他继续往前走。

可时忧却在下一秒攥住了她冰凉的手。

"让我不管你可以。"少年喉结滑动，整个背部都是僵硬的，声音带着急切，"那你能不能管管我？"

戚生生回过头，手被他裹紧，温度慢慢延伸到四肢百骸。

时忧举起指骨发红的右手，声音里没什么情绪："都破了。"

戚生生听到这话嘴一瘪，眼泪再次涌了上来，瞬间忘了刚才的念头，语带哭腔："疼吗？"

"你说呢。"黑暗里时忧的嘴角弯了起来，"碰到他的牙了。戚生生，幸亏我人好，不然换成别人准讹得你倾家荡产。"

这话说得实在不符合现在的气氛，戚生生还在自我检讨，没忍住红着眼笑了下："那真是谢谢你了。"

时忧眉梢上扬，没有松开握着她的手，歪着脑袋俯视她，满脸理所应当："当然。"

这自信的言论从他的嘴里说出来一点也不会令人不适。戚生生眉眼柔和，在时忧走神的时候抬起胳膊捉住了他举起的右手。

她的手小小的，指腹很软，温度相较于他的低了很多，贴在手腕的皮肤上并不会觉得难受，反而令时忧神思一怔。

月亮此时从云层里露出了脑袋，银华散在狭窄的巷子里，戚生生捉住他的手腕拉到自己的面前。

这双手和虞宋的很不一样。

因为常年打球和拉琴的缘故，时忧的指腹有层薄薄的茧，指节纤细修长，骨节明显，手背的青筋也更为突出。

看着就充满了力量。

戚生生盯着上面的红痕，心里越发愧疚，她微微低头凑过去，对着红肿的地方轻轻吹了吹。

时忱没想到她会这么做，整个人被定在原地，浑身僵硬。

戚生生吹得很轻，时忱却感觉像有一把火燎在手上一样，灼热的温度从指节传递到全身，身上的每一寸肌肤都像在被炙烤，烫得厉害。

他能猜到自己的脸现在红到了什么程度。

吹了一阵后，戚生生仔细看了看，问道："好点了吗？"

她小时候摔倒了，膝盖磕在地上，陈隽也是这么做的，温热的风吹在疼痛的地方会缓解很多。她并没有觉得对时忱做这种事情很奇怪。

应该说在她眼里，时忱就是个关系还不错的弟弟，不是与她年纪相仿，可能会产生情感的异性。

"嗯……好多了。"

时忱的目光定在她的脸上好一阵才移开，掩饰性地轻咳一声，连忙把自己的手抽回来。

戚生生闻言松了口气，嘱咐道："回去拿冰块敷一会儿，要是还疼就抹点药膏，别忍着。"

女生温软的嗓音混杂在呼啸的风声里，时忱深吸口气，把手插进兜里，指尖重重捻了捻，抬起步子往前走，语气漫不经心："知道了，戚大夫。"

戚生生扯唇抬步跟上去，因为程于而引起的后怕在不知不觉间已消散。

那天夜里，戚生生担心时忱，半夜穿上衣服走到窗边，看向对面小洋楼二楼的位置。

屋子里的灯还亮着，时忱早在十点左右就发了信息过来，但他并没有睡。

他好像一直不知道戚生生能从这里看见他。

只见少年背对着窗户练琴，虽然看不见神情，听不到乐音，但戚生生就是能想象出他拉琴时的场面。

她眼前浮现出元旦晚会上的时忱。

从容优秀，游刃有余，手指翻飞，不经意间就能创造出美妙的音乐。

戚生生看着那道若隐若现的背影，她也没了睡意，慢慢坐到书桌前，打开被她上了锁的抽屉，拿出青色封皮的日记本。

这个本子是刚上高中那会儿买的，本想着每天都拿出来写写，可实施起来才知道，能坚持写日记的都不是普通人。

她只写了几天就放弃了，这个日记本渐渐变成了她的心情垃圾桶，有什么矫情的想法都会写上去。

但大多是关于虞宋的。

打开第一页，那张被她小心收藏的二十元纸钞映入眼帘。

戚生生眨了眨眼，指尖轻抚。

心脏像被人小心捏了一把，不疼，但很酸。

本子翻到其中一页，那上面写着一段话，是戚生生在高一圣诞夜为了写那张卡片而写下的草稿。

她写了很多，但都不满意，最后只留了这么一小段，被她小心誊写在惊心准备的卡片上，最后却被程于拿走扔了。

戚生生默念着那一小段，鼻子酸涩，她抿了抿唇，觉得自己这辈子都无法再把这段话给他看了。

有的勇气只有一次。

戚生生红着眼把本子收了起来，她拿起手机打开QQ，翻到虞宋的头像，是灰色的。

加了他到现在，戚生生都不敢点进他的空间，怕被他看见浏览记录。

可今晚她好想点进去，想看看虞宋这样的男生会发些什么。

这么想着她便这么做了，手指点进他的空间，意料中的界面没有出现，而是出现了一行字：

"主人对您设置了权限，请申请访问。"

那一刻，戚生生呼吸一滞，巨大的伤感将她包裹其中。

暗恋是成本最低的情感，兜兜转转之后，消耗的只有自己的内心。

时忧这次参加的是全国性的青少年赛事，要是拿到一等奖能为他报考国外的音乐学院增添一份过硬的成绩单。

童慧珊很重视这次比赛，赛前一周便带着时忧先一步去了京州做准备。

机场候机室里，时忧戴着线帽低头看手机，童慧珊小心地将琴盒放到脚下，偏头瞧向漫不经心的时忧，表情微凛："到了京州之后要和周老师一起吃饭，你别垮着张脸，知道吗？"

时忱没有将视线从手机上移开，闲散地"嗯"了声。

童慧珊被他敷衍的态度弄得皱起眉头："跟谁聊天呢？"

"没谁。"时忱顺势收起手机。

"是不是戚生生。"

这是个肯定句。

时忱神色未动，眼皮耷拉着，没有吭声。

童慧珊压着不满，深吸口气："那天晚上我怎么说的？是不是让你少跟她家来往？"

时忱长睫动了动，盯着候机室反光的地板，一副听之任之的模样。

"你看看你被她害成什么样子了，我都不知道你还会打人？！"

童慧珊想起那晚周磊给她打的那通电话就来气，时忱从小就懂事知礼，虽然性子冷，但知道分寸，从没有发生过和人争执的情况，更何况是主动出手打人。

还是因为陈隽的女儿。

想到这儿，童慧珊心里就堵得慌。

她是时伍的高中校友，自然听说过当年时伍疯狂追求陈隽的事情，甚至到了大学都在继续，要不是陈隽后来嫁给了戚望，估计时伍也不会放弃。

一个时伍也就算了，时间过去了这么久，再提也没意思。可是现在她的儿子竟然也被陈隽的女儿拿捏，这她可不能忍。

"时忱，我再警告你一次，离戚生生这姑娘远点。你要是再被我知道你因为她做出什么越界的事情，我一定不会放过你。"

这还是她第一次跟儿子说这么重的话，说完自己也有些发虚，她看着儿子没什么表情的脸，心里直打鼓。

时忱这孩子从小就有主见，外人看来他好似一直按着童慧珊规划的路走，可是夫妻俩都知道，这孩子只是还没找到自己的目标，就像颗"定时炸弹"，哪天要是踩到了他的底线，准炸得两败俱伤。

所以一直以来童慧珊也没有把他逼得太紧。

这次因为陈隽和戚生生的缘故，她第一次说出这么笃定严厉的话。

当然她也不认为时忱能把戚生生看得有多重。

听到这番话，时忱一口咬碎嘴里的薄荷糖，浓烈的味道在口腔爆开，恰好这时通知京州航班即将登机的广播响起，他缓缓站起身，帽檐下的一双黑眸淡淡落在童慧珊的身上。少年肩颈宽阔，脸上挂着笑，但眼里却没有一丝笑意，周身的压迫感只增不减。

熟悉他的童慧珊知道，这小子生气了。

"那您最好别放过我。"他轻扯了下唇，拎起地上的琴盒，动作随意，仿佛这把琴和他没什么关系，"我乐意和她走得近，谁也管不了。"说完他掉头走向登机处。

"你！"童慧珊气得站起来，被他堵得说不出任何反驳的话来，最后赌气似的小声念叨，"和他爸一个臭德行。"

比赛的前一天，时伍才带着戚生生来到京州，两人从机场直接到了时忧他们下榻的酒店，时伍把她安顿在时忧隔壁。

这是戚生生第一次京州，从下飞机开始她就感受到了空气中的干燥和寒冷，地上还有未融化的积雪，到处都是白茫茫的一片。

她盯着窗外的景色，北方果真像施映说的那样，下雪是件很平常的事。

时忧并不在酒店，周磊带着他到比赛的音乐厅熟悉场地去了。童慧珊淡漠地看着戚生生，戚生生在她面前也很拘谨，吃完晚饭就一个人回房间待着。

她看向窗外繁华的街景，有点想出去逛逛，但时伍临走时嘱咐她不要到处乱跑，她不想给他添麻烦。

本打算早点洗洗睡了，放在床头的手机此时却响了起来。

看到来电人的名字，她微微一愣。

时忧的声音像是裹在风里，有点发闷："你现在在哪儿？"

"酒店。"她老实道。

对方顿了顿："出来，我在酒店门口。"

戚生生不解："你要干吗？"

"我还没吃饭，陪我吃点。"时忧耐心道。

戚生生刚吃过没多久，肚子甚至有点撑，下意识地拒绝："我刚吃过，我不饿。"

"……"

少年深吸了口气，语气烦躁道："那你看着我吃行不行，我没人看着就吃不下去。"

戚生生舔了下唇角，好奇怎么会有人有这种怪癖。她看了眼窗外又开始飘雪的城市，对外出这件事也很心动。沉默两秒，她"嗯"了声："知道了，我现在就下去。"

这是个位于市中心的五星级酒店，附近就是商圈，有很多好吃的好玩的。戚生生在时伍房间前犹豫了会儿，还是没有打扰他，径直乘电梯下到一楼。

出来便瞧见了坐在大厅里等她的时忧。他今天穿了件长款的黑色毛呢大衣，里面搭配白色的毛衣，下身还是他钟爱的宽松款的裤子，短发柔顺，刘海长长了些，整个人看起来清爽又干净。

他正低头玩手机，戚生生小跑着过去叫了他一声。

少年抬头看向她，眉眼稍扬："你好慢。"

戚生生扫了眼手表，也才过了五分钟而已："你要吃什么？"

"你晚上吃的什么？"他突然问道。

"酒店餐厅里的自助餐。"她老实回答，"但现在好像已经没了。"

时忧"嗯"了声，率先走出去："那算了，这附近有家拉面还不错，走吧。"

戚生生跟上去。从旋转门里出来的时候，感受到了有别于南方冬天的寒风，她下意识打了个寒战，忘记戴手套的她赶忙把手插进兜里，这才觉得暖和。

街道两旁高楼林立，电子大屏播放着时下最新的广告，四周亮如白昼，车水马龙。细密的小雪在风中洒落，戚生生眼眸明亮，盯着空中的雪花，忍不住伸出手去接。

时忧这会儿忽然顿住脚，转身看到这么一个可爱又傻气的场景，不由得勾唇浅笑，立在原地，眼见着不看路的女生径直撞到自己身上。

"啊……"戚生生回过神，摸了摸被撞到的额头，嘟囔道，"你怎么不走了？"

时忧垂眼看她，语气嫌弃："跟紧点，别走丢了。"

"哦。"

戚生生心跳一顿，这话像是把她当成了小孩子一样，谁比谁大啊。

拉面店在商城一楼很显眼的位置，一进去就看到亮眼的红色招牌，现在这个点正是晚餐的时间，门口已经排起了长队，时忧领了号，两人坐在外面等着。

商城里暖气很足，戚生生坐了会儿，还带着些婴儿肥的脸颊就变得红扑扑的。时忧瞧着她，漆黑眼眸似星辰闪烁，他忽地开口："你希望我拿第一吗？"

戚生生想也没想地点头："当然啊，来比赛不就是为了拿第一吗？"她觉得时忧的这个问题有点奇怪，笑道，"不仅是我希望吧，童阿姨和时叔叔他们都希望啊，你自己不也是吗。"

时忧没有吭声。

场面安静了几秒。

戚生生收敛了笑意，似有所感，少年眼里没有波澜，两人距离很近，能清楚看到对方眼下那颗颜色极淡的小痣。

"你不想吗？"

戚生生皱了皱眉。

谁来比赛不想拿第一呢。

时忧没有直接回答，垂睫沉默了几秒，哑声道："大概四五岁吧，手还没有琴头大的时候，我就被送去学琴了，每天就是练习和比赛，夜以继日。"

他脸上没有表情，极为淡漠，像是在说别人的事情："有人问我是不是因为喜欢才坚持到现在的，我都一律点头。"

戚生生明白他的意思。

在不知道什么是喜欢的年纪被强迫着学琴，随着年岁渐长，有了些成就，拉琴已经成了他必须去做的事情，没有选择。

戚生生心头微滞，深吸口气："所以你明天想怎么做？"

时忧闻言抬眼看她。

"故意制造失误来进行反抗？"戚生生迎上他的目光，"还是直接临阵脱逃？"

"……"时忧眼底一动。

他听到对方软声说："小忧，这并不是解决问题最好的方法。喜不喜欢是一回事，但你投入在上面的努力是真的，不要给自己留遗憾。"

戚生生说着说着，自己的眼眶倒先热了起来："虽然这么说有点自私，但我这次过来可不是看你输的，我是来给你加油打气的，所以起码这次，别让我输吧。"

时忧心口一窒，手指蜷缩，微扬的眼尾轻颤。

良久，他轻笑出声，肩膀和胸膛都在震动，他又恢复到那副熟悉的懒散样子，声音带笑："谁说我要输了。"

戚生生睨了他一眼，嘟囔道："最好是。"

商场里人头攒动，正值青葱的他们坐在一起笑着，美好的画面引得周围人纷纷侧目。

时忱吃得很斯文，戚生生倒了杯水，坐在他前面，真的在认真地盯着他吃。

吹了吹有些烫的拉面，时忱唇瓣轻启："你还真听话。"

"嗯？"戚生生眨眨眼，"什么？"

时忱喝了口汤："看着我吃饭啊。"

"不是你自己说的吗？没人看着就吃不下。"戚生生手托腮，笑了笑，"跟个小孩子一样。"

时忱呼吸微顿，撩起眼皮看她："我不是小孩子。"

戚生生给他倒了杯热茶，像哄戚梓涵那样点点头："嗯，你不是。"

"戚生生。"时忱放下筷子，用纸巾擦了擦嘴，眼眸漆黑，"我说认真的。"

"别把我当小孩子看待。"他的声音有些冷，眼里没有一丝笑意，"还有两年我就十八岁了，可以谈恋爱了。"

戚生生听到这话，心里好笑："跟你喜欢的那个女生吗？"

场面忽地沉默下来。

时忱注视着眼前的女生，面色紧绷，良久才哑声道："如果她愿意的话，我这辈子都可以是她的。"

"……"戚生生没想到时忱会这么说。

她愣怔地抬眸，时忱的表情说不上多严肃，但眼神却足够认真，完全不屑于隐藏自己的喜欢。

这个如烈阳般的男生，原来他喜欢一个人是这样的，毫不避讳自己的喜欢和占有，连宣示主权都这么张扬。

那个被他喜欢上的女生，肯定很美好吧。

戚生生心生好奇："那个女生长什么样啊？"

时忱拿起杯子喝了口水，沉思片刻，声音带着笑意："你觉得我会喜欢什么样的？"

问题又被推了回来，戚生生挑眉。

时忱是个很有想法的人，他会喜欢什么样的女生，戚生生还真没想过。

不过施映说过，男生无非喜欢两种类型：一是长得好看的，二是既长得好看身材又好的。

戚生生斟酌了一下，小心道："长得很漂亮，性格还好，成绩应该也不错吧？"她说得笼统，但总有一样占得上吧。

这话说完，时忱眼尾稍扬，盯着她极快地扯唇轻笑了一声。

"……"

戚生生皱眉，难道猜错了？

只见少年忽地向前，在离她咫尺的位置停下。

安全距离被打破。

时忱细长的睫毛落在戚生生的眼前，优越的鼻梁和完美的唇形毫不掩饰地暴露在灯光下，如猫一样的眼睛戏谑地盯着她。

"戚生生，你还真……不客气。"时忱声音喑哑，手臂横亘在二人之间，戚生生下意识往后缩了缩肩膀，放缓呼吸。

戚生生移开视线："难道不是吗？"

时忱赞同地点点头："算是吧。"

"……"

臭小子。

晚上的比赛，场地在京州大剧院，戚生生特意换了身比较正式的裙装，披散着柔顺的长发，跟着时伍直接来到后台。

时伍一直希望时忱能好好学习，将来考博继续走他的科研路，所以他心里对童慧珊的教育方向一直不满，在时忱比赛这事上没多大的反应和关注，把戚生生送到后台，他就径直来到观众席上等待比赛开始。

这次比赛的评委阵容强大，不仅有国内知名院校的老师，还有国外的音乐大师，童慧珊和周磊为此做了很多准备，所以可以想象，要是时忱在这次比赛中出现任何的差错和失误，她该有多失望。

戚生生在休息室门口踌躇了片刻，直到童慧珊从里面出来，她才走进去。

休息室里很安静，戚生生没有看见时忱的身影，桌上的琴盒被打开，那把价值不菲的古董琴摆放在里面。

戚生生走过去，好奇地碰了碰琴身，身后突然响起时忱淡定的声音。

"帮我拿下外套。"

时忱正在帘子后面换衣服，戚生生反应过来后，将椅把上的西服外套递了进去，对方立刻接过。

　　不一会儿，时忱穿戴整齐地从帘子后面走出来，边低头打领结边说道："这个领结怎么戴……"

　　他抬起头看向屋子里的人，本以为是童慧珊又回来了，没想到竟然是戚生生，不禁愣在原地。

　　"你怎么来了？"时忱别过眼，手里还抓着那个不听话的领结。

　　戚生生没有察觉到他的紧张，接过他手里的领结研究了一阵，接着笑了笑："这个不难，你别动。"

　　说罢不给他反应的时间，抬起手将领结穿过时忱的脖子，但少年太高了，她无奈笑道："头低下来。"

　　时忱喉结缓慢地滚动了一下，盯着戚生生近在咫尺的脸，下意识屏住呼吸，微微低下脖颈。

　　藏青色的领结跟时忱今天的装束很配，为纯黑色的西服带上了一抹亮色。少年肩宽腰细，比例非常好看，额前碎发被梳了上去，露出锋利深邃的眉骨，呈现出和平时完全不一样的肃冷气质。

　　戚生生帮他戴完领结，上下打量了他几眼，由衷称赞："不错。"

　　时忱的脸形轮廓分明，眼睛微垂，听到她的称赞，不由得抬手摸了摸后脖颈，走到桌前把琴拿出来："你待会儿坐在哪个位置？"

　　戚生生回想了一下刚刚她记住的位置，道："中间偏右，在过道旁边。"

　　"你问这个做什么？"她好奇。

　　时忱没有抬头，擦着琴随意道："没什么。"

　　场面安静下来。

　　戚生生看着穿着西服，浑身散发生人勿近气质的时忱，心里掠过一丝奇异的感觉。

　　她扬起嘴角，开口道："加油。"

　　时忱懒散地"啊"了声，把琴放下，转过身戏谑地瞧她，嘴角边的梨涡浅淡，说话傲气自信："知道了，我心里有数。"

　　观众席上座无虚席，戚生生在比赛开始前回到了时伍旁边，童慧珊也在下一秒落座在戚生生左手边，戚生生挺直了背坐正，拿出口袋里的手机。

陈隽给她发了条短信："注意安全，别给时叔叔他们惹麻烦，妈妈等你回来。"

戚生生回复后，便合上手机。

随着主持人宣布比赛正式开始，第一名选手走到了舞台中央，带来了他的曲目。

时忧抽到了倒数第二的出场顺序。

前面的选手都演奏得不错，戚生生是个外行，听不出其中的差别，只是从童慧珊时不时发出的感叹和点评里了解了一点细枝末节。

终于到了时忧上场。

童慧珊立刻坐直身子，浑身都透着紧张的情绪。戚生生也下意识地集中了精神，从前面冗长的古典乐里清醒过来。

时忧这次带来的是帕格尼尼的《第24号随想曲》，整首曲子技法难度极高，是小提琴中顶级的炫技曲子。

身着黑色修身西服的少年沉稳地走到舞台中央，对着台下鞠了一躬，戚生生注视着聚光灯下面色沉静的时忧，不禁握紧了双手。

只见他抬起右手，琴弓在琴弦上翻飞舞蹈，激昂动听的乐曲随之倾泻而出，他半闭着眼，视线落在左手上，他演奏高难度的乐曲，坐在台下的评委露出了会心一笑。

童慧珊嘴角上扬，长长地松了口气，靠向椅背，彻底放心下来。

这段时间她总感觉心里不安，时忧这孩子的状态让人不放心，像是在应付一样，连周磊都说他的心不安定。

本来以为这次可能会出现状况，可当听到第一个音符的时候，她就知道了结果。

时忧赢定了。

戚生生紧张地注视着台上的少年，害怕他仍想放弃。

随着最后一个音节结束，时忧以超出预料的表演完成了整首曲子，没有半分失误和瑕疵。

台下沉默了两秒，随后想起如雷的掌声。

时忧鞠躬道谢，直起腰后，视线越过前排直直落在台下右侧过道的位置。

戚生生注意到他的目光，不由得心头一跳，连鼓掌都忘了。

只见少年眉眼如画，身姿绰约，目光定在戚生生所在的方向，用口型无声道："你没输。"

随后掌声结束，他嘴角噙着一抹微笑，淡淡转过身走下台。

那句无声的话落在戚生生眼底，她的长睫轻颤，盯着他消失的地方。

时忱没有放弃，没有让她输。

这个认知让戚生生心口微顿，耳尖染上了绯红。她莫名摸了摸耳朵，心跳有点失衡。

意料之中，时忱拿到了一等奖，童慧珊和周磊笑开了花，时伍象征性地点了点头表示赞赏。

比完赛，一行人来到事先预订好的餐厅举办了一场小型的庆功宴。

戚生生坐在时忱旁边乖巧地吃饭，这场晚宴的主角是时忱。

周磊酒酣耳热地走到时忱面前，虚揽着他的肩膀，很是满意："时忱是好苗子，我果然没有看错，以后属于他的第一还有更多！"

时忱轻笑，不动声色地挣脱开周磊的桎梏，懒散地坐在那儿，撩起眼皮瞧他："没有以后了。"

这话一出，童慧珊和周磊皆是一愣。

"你什么意思？"童慧珊眉头紧锁。

时忱语气散漫："我说我不准备再走这条路了。"

时伍闻言有些惊讶："不拉小提琴了？"

时忱没有理他，而是扭头看向戚生生，嘴角含笑："吃饱了吗？"

戚生生不明白他要干什么，但还是下意识地"嗯"了声。

"那我们走吧。"

说罢，时忱拉着戚生生的手腕，越过呆愣的童慧珊走出包厢。

童慧珊回过神，一股怒气窜出来，对着时忱的背影低吼："你给我站住！"

回应她的却是被关上的大门。

戚生生被时忱拉着走出包厢，酒店的大厅人来人往，时忱还穿着演奏时的那套西服，背影单薄，他没有回头，大步地向前走。

戚生生被迫小跑跟着他，目光落到少年笔直的肩颈，她眼神微闪，在即将走出酒店大门时，她反手握住了他的手腕，停在原地。

时忱回过头，眉尾上挑，无声地询问。

两人的身高悬殊，戚生生仰头看他，安抚似的勾起唇角："外面太冷了。"

趁着对方愣神之际，戚生生把出来时慌乱戴上的围巾轻轻绕到时忧的脖子上，少年目光微顿，低眉盯着她，哑声道："你是不是也觉得我这样很任性？"

戚生生闻言摇了摇头，说："你自己选的，以后别后悔就行。"

时忧眉头轻皱，想说自己不可能后悔，却又听见戚生生道："其实……我也不知道。我不敢说你这样做是正确的，但人生不是非黑即白的，一辈子太长，多尝试是好事。"戚生生垂睫轻笑，沉默了两秒又抬头，"这是你的人生，做你觉得正确的事就好，不用太在意别人的眼光。"

戚生生想起自己小学四年级的时候，她画画很好，周围的人都觉得她将来会在这行做出点成绩，老师甚至帮她报了市里的比赛，可最后结果却差强人意，她只拿了个优秀奖，连名次都没有。

那天晚上她回到家号啕大哭，挫败感和无穷的失落将她淹没。

她当时只觉得结果不应该是这样的，她明明画得很好，得到了周围所有的同学和老师的肯定，未来她一定会成为一个画家。

但当你在自己一直引以为傲的事情上尝试到失败时，那种痛苦是当时那个年纪的她无法承受的。

当天下班回家的戚望看见宝贝女儿哭得这么伤心，听她断断续续地说完了事情的经过，戚生生记得戚望只是无奈地失笑，扶住她的肩膀对她说："生生，你要知道人外有人天外有天，我们是画得很棒，但总有人画得比你还好。"

戚生生听完并没有觉得被安慰，甚至哭得更伤心了。

戚望笑着帮她擦眼泪："我们不用活在别人的期待里。妈妈把你带到这个世上不是只为了让你成为一个大画家的，而是希望你能健康幸福，开开心心地做自己喜欢的事情，喜欢画画我们就一直画，不用太在意别人的看法。在爸爸妈妈的眼里，我们生生不管做什么都是我们最爱的女儿。"

富丽堂皇的酒店大堂里灯火明亮，女生眉眼低顺，吸了吸鼻子："我相信童阿姨会支持你的，你好好跟她谈谈。"

时忧默不作声地盯着眼前的女生，看到她微红的眼眶，妥协说："知道了。"

他叹了口气，低声道："跟上。"然后推开酒店的大门。

戚生生恍然回过神，连忙跟上去："去哪儿？"

"我心情不好。"时忱耷拉着眼，声音懒散，完全听不出来有半分心情不好，"陪我去玩。"

"玩什么……"

"怯生生。"时忱调转了步子，对上她，弯腰与之平视，"你知道的，我没有耐心。"

"……"她当然知道。

这位小少爷最是以自我为中心，就没看过他对谁有过耐心。

戚生生撇了撇嘴，不再发问，乖顺地跟在他身后。

此时华灯初上，街道两旁已经挂上了节日的彩灯，到处都是迎接新年的喜气氛围。

雪已经停了，地上还有未被扫除的积雪，戚生生低头专心地走在雪地上，脚下发出细微的"嘎吱"声，这种感觉很新奇，她第一次经历。

时忱慢吞吞地走在前面，寒风吹在他身上，明明身着单薄的衣服，但他却跟个没事人似的。他将脸藏进戚生生的围巾里，鼻尖能闻到上面隐隐的清香。

是戚生生头发上的味道。

时忱目光微沉，扭头看向他身后的戚生生。

女生小心地往前走着，整个人裹成软绵绵的一团。

一颗心就这么逐渐加速，像是要跳出胸口。

时忱咬了咬后槽牙，努力压制住情绪。

他从没有像这样喜欢过一个人。

比小时候喜欢一件玩具的感觉还要绵长深邃。

这种心情很奇怪，像绵延不息的河流，时而翻滚时而平静，但永不会枯竭。

两人的初次相遇，时忱没有忘。

戚生生像只胆小的小白兔，就这么跳进了他的世界。

她的 MP3 里的每一首歌他都听了无数遍。

可是，那个向来对任何事都勇往直前，不管不顾的他这次难得生了怯意，不敢将心事说出来。

连汪越他们都不知道。

他看过关于暗恋的电影，当时只觉得矫情，可真的发生在自己身上的时候，他才懂什么叫想触碰却又不敢伸手。

暗恋是条单行道，像青涩的柠檬，闻着清香扑鼻，可一旦剥开那层外壳，苦涩和酸味会让人望而却步。

戚生生不喜欢他。

时忱很聪明，他明白，所以不敢放肆。

他怕说出来，他会彻底失去她。

"戚生生。"时忱张了张嘴，声音很闷，透过围巾传到女生的耳朵里。

"嗯？"戚生生抬起头，明媚的眼睛里带着笑意。

时忱咽下苦涩，深长的眼睛直勾勾地看着她，仿佛藏着千言万语，却只道了句："小心点，笨手笨脚的，别滑倒了。"

戚生生习惯了他的说话方式，没有在意："知道了。"

两人来到电玩城，时忱在柜台那儿换了游戏币，给了戚生生一些，自己径直走向投篮机那里。

戚生生环顾四周，实在没找到想玩的，只好走到娃娃机面前，正好这里有《神奇宝贝》的玩偶。

投篮机那儿围了不少男生，时忱把围巾拿下来，面上没什么表情，漫不经心地看着被人群围住霸占着投篮机的男生，当对方再一次失误的时候，他挑衅地轻笑一声，引得周围人都看了过来。

这群人显然是一起的，投篮的男生面色一热，盯着时忱好看的脸，梗着脖子不服道："你笑什么？"

时忱挑眉："笑你。"

男生把球一扔："你是故意来砸场子的？想挨揍是吗？"

对方和时忱差不多高，但年龄明显比他大，话音刚落周围瞬间投过来几道不善的目光。

"小子，陈哥可是这里纪录的保持者，别没事找事，上一边玩儿去。"

正巧这时时忱心情不好，逮着个机会想发泄一下，他瞥了眼立在粉色娃娃机前的戚生生，舌尖顶了顶左腮，轻蔑一笑："比赛吗？"

叫陈哥的男生一愣，上下打量了眼时忱："就你？"他指了指篮筐，"你行吗？"

时忱活动了下脖子，嗤笑道："行不行比比不就知道了。还是说，你不敢？"

少年耷拉着眼皮，锋利的眉尾轻轻上扬，一股桀骜不驯的感觉。

陈哥可忍不了："比就比，要是输了你得喊我一声'爷爷'，我输了你今天在这儿的花销我给报。"

时忧淡淡勾唇，将袖子卷到手肘上方，走到旁边的那台投篮机前。

看热闹的人开始跟着起哄，不少人围了过来。

陈强和他的弟兄们是这个电玩城有名的"恶霸"，每次来都霸占着投篮机不放，其他人想来玩都会被他们赶走，什么纪录保持者，说到底不过是除了他再没其他人能碰到投篮机打破罢了。

这下突然来了个不怕惹事的毛头小子，大家都乐意来看热闹。

为了公平起见，一个看热闹的大学生提议让他来做评委。众目睽睽之下，陈强忍了忍，没有反驳。

只要在规定时间里谁得分多，谁就赢。

比赛正式开始，时忧眉眼清俊，脸上没什么表情，眼睛盯着篮筐，指骨分明的手抓住篮球，像一个投篮机器，每次都准确无误地投进左右移动的篮筐，没有一次失败。

周围的不少女生都被这个相貌优越的男生吸引住了目光，在对方一次次的帅气操作下发出由衷的惊呼。

陈强显然不是时忧的对手，一开始就因为紧张而错失了几个球，又因为注意到隔壁时忧的分数而手下动作一乱，比分瞬间被拉开了不小的距离。

输赢显而易见。

最后时间一到，时忧得了五百多分，而陈强只有三百分。

陈强低骂了一声，想冲过去揍这个不知道从哪儿冒出来砸他场子的臭小子，却被他的弟兄拦了下来。

时忧单手插兜，把围巾搭在肩膀上，抬起下巴睨着他，语气欠揍："哟，保持的纪录被我破了呢，我还以为分有多高。"

陈强气得要死，第一次见这样的："你想死是不是！"

时忧歪头挑了下眉："愿赌服输。"

刚才当裁判的大学生适时出来打圆场："好了好了，不就是一场比赛嘛，别弄得跟什么似的，打起来大家都得不偿失。"他看向陈强，"就一小屁孩，你跟他计较什么。"

"……"

见有人给台阶下，陈强冷哼一声，把自己盒子里的游戏币都给了时忱，随后脸色铁青地带着他的弟兄们走出了电玩城。

时忱颠了颠满满的游戏币，眼里不屑。

他看向不远处沉迷在娃娃机上的戚生生，勾了勾唇。

刚要抬脚走过去找她，肩膀就被人拍了下。

是那个戴着眼镜的大学生。

"还有事吗？"时忱蹙眉。

大学生没有介意时忱高傲的态度，笑着自我介绍："我叫游闻，京州大的学生，认识一下呗。"

时忱看着游闻的大白牙，警惕地挑了下眉。

时忱上下打量了游闻一番，颠了颠手里的游戏币，面无表情地看着游闻伸过来的手。

游闻预料到了这个自大的小孩会给出的反应，他收回手笑了笑："别紧张，就觉得你打球挺厉害的，我也很喜欢打球，就想认识一下。"

"你还在上高中吗？"游闻见他虽然很高，但五官稍显稚嫩，不像是大学生。

时忱漫不经心地"啊"了声，眼睛看向戚生生的方向，一副没兴趣的样子。

游闻顺着他的视线看过去，瞧见正聚精会神钓娃娃的戚生生，调笑道："那是你朋友？"

"……"

时忱闻言怔了怔，低眉轻咳一声，改变了原先吊儿郎当的站姿，他皱眉瞧着游闻，声音没什么耐心："你到底要干吗？"

游闻见他这副害羞的样子，忍不住笑出声："没什么，就是想认识一下，看放假以后能不能出来一起打球。"

时忱语调懒散，揶揄道："不好意思啊这位大哥哥，我不在本地读书。"说完他转身摆了摆手，"走了。"

"哎，那留个联系方式啊。"游闻不想放弃，但时忱态度明确，他也不好追上去。

"小游，你一直缠着他干吗？这小子看着就很拽。"一旁和游闻同社团的学长好奇问道。

游闻瞧着时忱的背影，抬手摸了摸下巴："学长，你不觉得他很有流川枫的味道吗？"

"啊？"学长听笑了，"得了吧，他除了脸之外，没有一点像流川枫！"

学长说完担忧地试了试游闻的额温："小游啊，社长虽然严格，但你实在交不了稿也没什么大不了的，咱漫画社不是那种不近人情的地方，画不出来也别太着急。"

游闻好笑地躲开他的手，摇摇头："想什么呢，我就单纯觉得这个孩子很符合我主角的人设，想认识一下积累素材罢了。"

"行了行了，走吧，电影快开场了。"游闻推着学长就要离开，临走回头看了眼两人。

男生背对着他，女生在这时转过了脸，很可爱清纯的长相，辨识度极高。

看到这幅两小无猜的场景，游闻无声地笑了笑。

虽然身边有施映和蒋显允这两位娃娃机高手，但戚生生仿佛天生跟这个游戏不合，手里原先满满一把的游戏币，不到半小时就只剩下一个，而成果为零。

她摩挲着掌心里最后一枚游戏币，重重地叹了口气。

还是不浪费了。戚生生正要转身离开，就撞到了不知道在她身后站了多久的时忧。

戚生生微微一愣，时忧下意识虚扶了她一把。

"你什么时候来的？"

时忧收回手，目光落到娃娃机上，轻嗤道："在你最后一次夹伊布失败的时候。"

戚生生抿了抿唇，她皱眉盯着只离掉落口一厘米的娃娃："这个娃娃机肯定被动过手脚了，这个爪子一点抓力都没有。"

才不是因为她菜。

时忧闻言扯起唇角，斜睨她："还剩多少币？"

戚生生移开对视的目光，将手背在身后，攥紧了那枚币，梗着脖子道："还剩几个……"

"拿出来我看看。"时忧挑眉，看到她两手空空，故意逗她，"我给了你不少，不可能一个也没钓到吧？"

戚生生装傻似的对他眨了眨眼。

时忱瞧着对方睁大眼睛的样子，忍不住先一步移开了视线，嘴角梨涡浮现："伸手。"

"干吗？"戚生生不解，但还是听话地伸出了另一只手。

时忱把刚刚赢来的一盒游戏币轻轻放到了女生的手掌心，耷拉着眼，散漫道："赢多了，给你玩吧。这一盒给你要是还钓不到，往后就别玩娃娃机了。"

看着这么沉甸甸的一盒游戏币，戚生生下意识用两只手托住，嘴上"哇"了声，听到是时忱赢来的，好奇地问："你怎么赢的？"

时忱指了指身后不远处的投篮机，意思不言而喻。

戚生生轻轻蹙起眉头，不太赞同他这个做法。这里鱼龙混杂，她进来的时候就注意到投篮机那儿围了一圈混混模样的人，时忱跟这些人打赌，幸亏是赢了，那如果输了呢？

"以后别这么冲动了。"她细声劝道，"要是你输了怎么办，被打了找谁说理去。"

时忱注视着眼前担心他的女生，他忽地往前走了一步，缩短了二人之间的距离。

戚生生正低头数着游戏币，发现头顶的光亮莫名暗了下来，她下意识抬起头，撞进了一双漆黑深邃的眸子里。

"你担心我。"

这是个肯定句。

少年嘴角噙着笑，低垂的眼眸微微上扬，颇有点得意。

戚生生茫然地盯着时忱唇边的梨涡，没有吭声。

担心他，这是自然的吧。

可是为什么被他这么大刺刺地说出口的时候，心跳会突然一顿呢。

戚生生抿了抿唇，把脑子里莫名其妙的情绪赶跑，镇定地走到娃娃机前，低头投币："当然担心啊，要是你出了事，时叔叔和童阿姨也一样担心。"

时忱手插兜，心里不爽："你跟他们又不一样。"

"哪里不一样？"戚生生笑问。

时忱这次没有接话，目光微沉，看着戚生生的操作，也不知道在想些什么。

又接连失败了几次，戚生生彻底没了耐心，不想再浪费游戏币，正要拉着时忱离开，对方就自然地走到她奋战许久的娃娃机前，朝她勾了勾手："给我两个。"

"两个够吗？"戚生生玩怕了，不相信她身边的都是娃娃机高手。

时忧没有回答，接过游戏币，塞进投币口，启动机器，眼睛注视着出口处，移动方向杆，自信地落下爪子。

说来奇怪，一直在戚生生操作下仿佛没有一丝抓力的爪子，在时忧按下按钮的瞬间就牢牢地抓住了娃娃，接着稳稳地送到了出口。

"哗"的一声，传来了娃娃掉落的声音。

"……"

气氛陷入了诡异的沉默。

戚生生愣在原地捂住胸口，感觉有一口恶气堵在里面，憋得她想骂脏话。

时忧闲适地弯下腰拿出娃娃，故意在戚生生面前晃了晃，懒声道："一个就够了。"

看来她真的天生和娃娃机不合。

戚生生在回去的路上一直摆弄着这个花了很多游戏币才得来的娃娃，时忧侧头看了她一眼，声音带笑："别看了，再看也是我抓的。"

"那给你。"她丢给他，表示不受这份气。

"气什么。"时忧被她这副气鼓鼓的样子逗笑，大手一抓，把娃娃扣住，指节修长的手伸到她面前，"拿着。"

戚生生嘴硬道："你抓的。"

就这么僵持了两秒，时忧难得见到戚生生在他面前任性鲜活的样子，不由得低笑出声，肩膀和胸膛都在轻微颤动。

戚生生不爽地看过去，街道上行人来来往往，少年逆着光亮低声浅笑，像镀了层金光，嘴角梨涡明显，整个人都透着温暖和开心。

片刻之后，他止住了笑意，弯弯的眉眼注视着她："别气了，以后我抓的娃娃都算你的。"

时忧把娃娃拿到戚生生的耳边，轻笑道："拿着吧，伊布跟你长得还挺像的。"

戚生生瘪了瘪嘴，夺过娃娃，下意识地和伊布大眼对小眼，不提还好，一提起来，还真有那么点像。

两人在路灯下踩着积雪，顺着来时的路回到了酒店，童慧珊正坐在大厅里等着他俩。

看见二人从外面回来，童慧珊立刻站起身走到时忱面前："还知道回来？"

时忱没有说话，回过头淡淡看向戚生生。

"你……"戚生生看了眼童慧珊，担心时忱会被责罚，下意识想劝劝他。

时忱没有给她说话的机会，按了电梯的按钮，门一开，他就用眼神示意她进去。

戚生生迟疑地走进去，时忱没有跟进来，而是帮她按亮了他们所住的楼层。

电梯门随之渐渐闭合，透过越来越窄的缝隙，时忱注视着里面的戚生生，用口型说了声："晚安。"

也不管对方有没有看见。

电梯门彻底关上，时忱垂下眼。

童慧珊在他身后皱眉看着两人的互动，心里不知道在想什么。

时忱转过身面向童慧珊，不羁的脸上此刻没有任何情绪，心里甚至平静得出奇。

他终于知道自己想要什么了。

这个认知让他可以面对未来遇到的所有困难。

戚生生不知道那天晚上时忱和童慧珊说了什么，只是第二天返程的时候，母子二人全程零交流。

时伍脸色也不太好看，夫妻俩没有再提关于时忱未来的话题。

周磊一直对时忱抱有厚望，甚至已经开始为时忱着手准备高三报考"柯蒂斯音乐学院"的事宜了，却没想到突然在比赛之后闹了这么一出，他不想时忱就这么放弃小提琴，临走时他还拉着时忱说了好一阵的话，但效果甚微。

时忱好像铁了心似的，不准备再在这方面继续前进。

从京州飞往梧城的航班将在一个小时后起飞，候机厅里冷冷清清的，童慧珊正在和时忱冷战，夫妻俩单独坐在前面，时忱背着琴盒坐在后面，戚生生接了杯热水坐到他身边。

"喝点吧。"戚生生把冒着热气的保温杯递到时忱面前。

时忱看了一眼，淡声道："烫。"

戚生生吹了吹瓶口，视线却落到了放在他脚边的琴盒上，状似不经意道："真的想好了？"

时忧知道她在说什么，伸手拿起琴盒放到眼前，轻轻抚摸着盒身，侧脸线条柔和："嗯。"

他忽地扭过头注视她，薄薄的眼皮半睁着，唇瓣温润："你说的，一辈子太长了，我不想浪费时间在我不喜欢的事情上。"

戚生生动作微顿，透过缥缈的雾气看向他。少年挺翘的鼻尖被冻得有些红，额前刘海柔顺，显得整个人很乖巧。

戚生生好奇笑道："那你喜欢什么？"

时忧放下琴盒，大刺刺地仰靠在椅背上，眼眉上扬，看向停机坪里的飞机，眼睛光芒熠熠："秘密。"

他侧过脸瞧她，嘴角含笑："你以后会知道的。"

"……"

戚生生淡淡"喊"了声，随后把手里已经温热的水塞进他的手里。

时忧垂眸盯着杯口，慢慢收紧了握着杯子的力道。

回到梧城的日子平淡又安宁，戚生生整天泡在甜品店研究新式蛋糕，施映时不时来蹭吃蹭喝，跟戚生生讲她在艺考机构的趣事。

施映已经决定报考艺术学院的表演专业了，她有舞蹈功底，长得又漂亮，戚生生也觉得她应该走向大众，尽情地展现属于她的魅力。

"你最爱的抹茶拿铁。"戚生生系着粉色的围裙，端着热咖啡放在发呆的施映面前，见她魂不守舍的，抬手在她眼前晃了晃，"想什么呢？"

"嗯？"施映回过神，笑着"啊"了一声，"没事……"

她手指抚着杯沿，一副心事重重的表情。

陈砚达的生日，晚上施映特意邀请了两人共同的朋友来帮他庆祝。大家约在大学城美食街上的一家烤鱼店吃饭。

直到众人都到齐了，陈砚达才姗姗来迟。

施映抬眸注视着眼前的男生，笑意盎然，可却捕捉到了男生眼里的闪躲。

"我点了你最喜欢的西瓜汁。"施映把塑封的餐具拆开递给他。

朋友们闹哄着点完菜，陈砚达身为主角却兴致缺缺，别人抛来话茬他就应付两句，渐渐地，桌上的氛围也淡了下去。

施映瞧着自己帮他张罗的生日会，主角却一点也不赏脸，甚至一副想走的模样，心头涌上无限的委屈。

记忆里那个一直照顾她，比父母都在乎她的哥哥好似在这一刻消失了，面对她，陈砚达只剩厌烦。

煎熬地吃完饭，施映端来蛋糕，众人为他唱生日歌，陈砚达硬着头皮在大家的期待下吹灭蜡烛，随后一口蛋糕也没吃，抓起外套就走。

施映咬着牙追了出去。

"陈砚达！"她红着眼吼道。

陈砚达被迫停下，没有转身。

施映握着拳，挪到他身旁，声音沙哑："你到底怎么了？为什么你变得不关心我了，明明你以前不是这样……"

"够了！"陈砚达出声打断她，拧眉道，"施映，你知不知道你很烦？"

施映心口一窒。

"我们都长大了，不是小孩子了，我们都有各自的人生，你只是我邻居家的妹妹，又不是亲妹妹，用得着一直缠着我到现在吗？"陈砚达仿佛积攒了许久的怨气，"我走到哪儿你都要跟着，干什么你都要问，我真的烦了，以后别再找我了。"

施映眼眶霎时红了，攥紧他的衣角："对不起，我不知道给你造成了困扰……"

"行了！"陈砚达今晚本有另外的打算，却被施映叫到烧烤店，心情郁结难耐，脾气上来了，一把甩开施映的手，女生身子不稳，摔倒在地。

空气登时凝滞。

施映微垂着头，没了言语。

陈砚达哑声道歉，没再管她，径直离开。

蒋显允正好跟着竞赛班的同学在外面吃饭，一出来就看见摔倒在街对面的施映，立刻跑了过去。

"没事吧？"蒋显允扶起施映，"你怎么在这儿摔倒了？"

"没事。"施映摇摇头，扯唇嗤道："小允，陪我走走吧。"

两人走到了人工湖的桥上，这里没什么光亮，行人稀少。

"小允。"施映哑声叫她。

蒋显允心情好像不太好。

闷头走在前面的女生闻声停住了脚步，转过身面对她，扬起一个淡淡的笑容："发生什么事了？"

听到这话，原本被压制下去的伤心又一次翻滚了上来，施映呜咽了一声。

沉默良久，蒋显允吸了吸鼻子："你知不知道你每次一哭我就很烦。"

"嗯？"施映一愣，没想到蒋显允会说这话，不解地眨眨眼。

蒋显允轻声笑了下："哭得丑死了。"

施映瞬间破涕为笑。

她吸了下鼻子，拉着蒋显允坐到桥边，目光盯着水面上月亮的倒影，低声跟蒋显允讲了今天发生的事。

直到她最后一个字讲完，蒋显允都没有说一句话。施映下意识看过去，却撞进了一双没有情绪的黑眸里。

施映撇了撇嘴："我真的那么令人讨厌吗？"

蒋显允在心里叹了口气："小施，以后别这样了。"

"怎样？"施映不解，鼻音浓重。

"为了一个不在乎你的人消耗自己。"她道，"我们这个年纪应该追求一些有结果的事情。"

"例如知识和健康。"蒋显允的目光落在水中月亮的倒影上，声音带了点虚幻，"鲁迅说过，人必生活着，爱才有所附丽。不然都是水中望月罢了。"

她的目光哀伤，像是在说给自己听："知识和健康，这才是一辈子的事。"

施映瞧着她这副随时会消失的样子，心头一紧，连忙捉住她的手："我们这个年纪当然有——知识和健康。"

蒋显允黑漆漆的眼睫垂下，极轻地摇了摇头，她从背包里面掏出一本封面上都是英文的书，迟疑了两秒，还是递到了施映面前。

"这个送给你。"

施映接过好奇地翻了翻，但奈何这是本英文原版书，她所掌握的英文只适合用来应试，看了几行也只是明白其中的大概意思。

"你这也太难为我了，给我一年都看不完。"施映好笑道，"不过这书的中文叫什么名字啊？"

　　"《百年孤独》。"

第 七 章

吃点甜的，就不疼了。

大年三十那天上午，陈隽带着戚生生回到了白安，叶凤琴依旧如往常般冷漠，戚生生也从没指望从奶奶那里得到什么亲情的温暖。

戚生生一年没看见戚梓涵，这孩子长得快，明明才刚上大班，整个人已经有了小大人的模样，戴着个治疗远视的小眼镜，拉着戚生生在巷子里到处乱窜。

陈隽不放心他俩，特意把马扎搬到院子门口，边择菜边注意着二人的动静。

"姐姐，姐姐！我们玩捉迷藏好不好？"戚梓涵拉着她的手躲在巷子里一间老屋的檐下，把手里攥了很久的棒棒糖分享了一根给她。

戚生生牵着他，不赞同道："不可以哦，天要黑了，会很危险的。"

戚梓涵小嘴一瘪，不妥协，摇着她的手："玩嘛玩嘛，那你躲起来，我来找你。"

面对这双乌溜溜的大眼睛，戚生生不忍心说出拒绝的话，无奈道："那只能在这片区域，听到了吗？"

"嗯！"戚梓涵赶忙点头，转身面向灰色的墙壁蒙住眼睛，开始倒数："十，九，八，七，六，五……"

戚生生轻着步子往后退，打算躲到一个他能很快找到的地方。

她看了看四周，走到左边拐角旁更窄的小巷里，用堆在那里的纸箱遮住自己。

"三，二，一！"

戚梓涵稚嫩轻灵的嗓音在空荡幽深的巷子里回荡，戚生生下意识地往后躲了躲，将自己的身体彻底隐藏在纸箱的后面。

天色逐渐暗了下来，不远处人家屋檐下的灯笼已经点亮，为这混沌的冬日黑夜增添一抹暖色。她藏身的这条小巷附近没有人家，自然也没有灯火。戚生生看了眼黑不溜秋的尽头，便极快地收回了视线。

戚梓涵杂乱的脚步声在身后响起，还伴随着他叫"姐姐"的声音。

戚生生等了一会儿，可是那道脚步声却在下一秒朝着相反的方向跑去，周围只余下了越来越远的鞋子与地面的摩擦音。

这孩子找错方向了。

戚生生蹲在原地无奈一笑，巷子里有贯穿而过的寒风，因为戚梓涵的离去，这片显得更加寂静，只听见风呼啸的声音。

周围陡然安静下来，戚生生眨了眨眼，心头陡然一跳，呼吸声在耳边尤为清晰，她攥紧被冻得僵硬的手指，想从地上起来，赶紧离开这个黑得可怕的巷子。

可就在她想站起来的一瞬间，"哗"的一声，旁边垒得很高的纸箱突然朝她这边倒了下来。戚生生立刻抬起胳膊挡住头部，但额头还是被上面堆积的杂物碰了一下，额头顿时传来热辣辣的刺痛感，她低头微不可闻地"啊"了一声。

"谁在那儿？"

左侧的巷子口忽然响起一道粗粝的嗓音，沙哑又低沉，听起来像是个中年男人。

听到这个声音的瞬间，戚生生的后背猛然一僵，心跳与呼吸几乎条件反射地急促起来，一股浓浓的害怕从心底翻涌而出，胃里也起了反应。

戚生生睁大了眼睛，下意识地往后退，可是身后倒了一地的纸箱阻挡了她的路线，脚跟碰到了纸箱，在这个安静到窒息的夜里发出沉闷的声响，她连忙捂住嘴巴不让自己哭喊出声。

男人的脚步声和呼吸声愈来愈近，他手里拿着一把灯光微弱的手电筒。见等了许久没得到回应，他抬起手电筒照向戚生生的方向，但奈何电筒光线不强，只能看出站在那儿的是个清瘦的女生。

林鸣眼睛微眯，手里的烟已经燃尽，他扔到脚边用鞋尖碾灭星火，晃了晃电筒，用沙哑的声音道："天黑了不回家，在那儿干吗呢？"

在那道微弱的光照过来的刹那，戚生生觉得自己的呼吸都停了下来，她借着阴影挡住自己的脸，身子都在颤抖。

这些年，不管在记忆里还是梦里，折磨了她那么久的人又再一次出现在她的眼前，她想要逃走，可是小腿却不受控制地发麻。

她没有回答林鸣的话，逼着自己走到拐角的地方，可是每移动一步都会踢到撒了一地的纸箱和杂物，在这黑夜里尤为怪异，戚生生被接连绊到，原本就绷到极限的弦在此刻彻底断了，她蹲下来捂住耳朵，祈祷对方赶紧走开。

林鸣皱了皱眉，这姑娘的行为举动，是有什么毛病吧？

他这么想着，朝着戚生生的方向走去，想看看她到底怎么了。

就在电筒即将照到戚生生脸上的时候，巷子口忽然响起一个熟悉的女人的声音，那声音逐渐靠近，不一会儿就到了跟前。

林鸣动作一顿，收回电筒，裹紧身上的大衣，往后看了眼，随后若无其事地转过身，没再关注蹲在那儿的戚生生。

"好了好了，我正送饺子给邻居呢。嗯，你开车注意点，开饭前赶回来就成。"

童慧珊一手端着还冒着热气的饺子，一手挂掉手机揣进包里，抬头就看到了站在前面正要离开的男人。她微微蹙起眉头，眯起眼睛盯着男人的脸，等她看清的时候，手里的盘子抖了一下。

童慧珊放慢了脚步，警惕地注视着男人，直到对方离开，她才松了口气。

她的视线在这时注意到了蹲在前面微微发抖的戚生生，童慧珊呼吸一滞，连忙小跑着过去，将饺子放在地上，关切道："姑娘你没事吧？"

听到熟悉的声音，戚生生回过神来，抬起头惶然地看着眼前的女人，眼泪瞬间滚了下来，嗓音低哑："童阿姨……"

"生生？"童慧珊的声音带着不可置信和后怕，"你，你没事吧？"

本想说出口的问题被她咽了回去。

戚生生迟钝地摇了摇头，手抱着脑袋颤抖着。

童慧珊心里一酸，连忙扶起她，地上的饺子也不管了："走，阿姨带你回去。"

戚生生的手冰得吓人，童慧珊用力握紧才止住了女生的颤抖，她嘴里小声安抚："不怕不怕，他走了……"

直到走出巷子，那温暖的灯火照在身上，戚生生才觉得自己仿佛活了过来。

童慧珊半抱着神经紧张的戚生生，朝着老屋的方向走去。原本坐在门口的陈隽已经没了踪影，院子里传来说话的声音，童慧珊皱了皱眉，心里来气。

陈隽怎么想的，居然放心让戚生生一个人在这附近逗留。

她用力推开半敞的木门，发出了不小的动静，院子里的人都下意识地噤了声。

戚梓涵眼睛发红，看见出现在门口的戚生生，立马迎了上去，嘴里哭道："姐姐，你去哪儿了？我怎么找也找不到你！"接着又惊讶道，"姐姐！你额头怎么流血了？"

戚生生的耳鸣还没缓过来，她看着朝她伸出手指的戚梓涵，眼前渐渐模糊起来。她摇了摇头，抬手摸向自己被砸到的地方，下一秒，整个人失去了意识，在童慧珊的怀里晕了过去。

陈隽没找到戚生生，本想回来看看，刚走到门口便听到戚梓涵的声音，她急忙进来，看见的就是戚生生晕倒的场景。

楼上戚生生躺在房间里，楼下陈隽脸色难看，童慧珊也好不到哪儿去，原本应该喜庆的时刻，屋里的人却怎么也高兴不起来。

瞧见陈隽痛苦的表情，童慧珊抿了抿唇，说不出更多苛责的话语，她也是母亲，自然懂陈隽的痛苦。

童慧珊道："你明天就带着生生回梧城吧。"

陈隽盯着眼前的茶杯，良久才"嗯"了声。

童慧珊临走时看了眼这个让自己的丈夫惦记了一整个青春的女人，心头有些难言的苦涩。

陈隽年轻那会儿是学校里出了名的美女，就算是比她低了一年级的童慧珊也听过她的名字。很多优秀的人追求陈隽，可陈隽却挑了其中最不起眼的戚望。

戚望是个没人疼的傻小子，明明戚家家境不错，但他却食不果腹过得很苦。不过戚望自己有出息，考上梧大之后进入了部队，毕业后还考上了军队里的职位。陈隽当年出嫁的时候，童慧珊和时伍才通过相亲认识，她记得很清楚，那时伍站在围观的人群里，眼睛很红，整个人散发出浓烈的悲伤，那模样刺痛了她，成了她心头一直解不开的疙瘩。

　　可惜命运捉弄，戚望抛弃了陈隽母女，失去了踪迹，女儿也受了无妄之灾，这个在童慧珊心里留下疙瘩的女人，如今过得并不好。

　　童慧珊收回视线，心里没来由地感到烦闷，她走到门口时忽然道："陈隽。"

　　陈隽眼睫轻颤，抬眸看向她。

　　"要是明天不好走，我可以让时伍开车送你们回去。"童慧珊语气有丝僵硬，但还是尽量让自己显得不那么刻意，"他正好明天就要回梧城办个事，顺便把你们捎上。"

　　说完，没等陈隽的回应，童慧珊就迈开步子走了出去，身影彻底消失在老屋。

　　听到这话，陈隽温润的眼睛微微睁大，看着空无一人的门口，那句"谢谢"消散在唇齿间。

　　她眨了眨泛酸的眼眶，手指慢慢伸进口袋拿出翻盖手机。

　　缓缓打开手机，陈隽眼前顿时雾气升腾。屏保上陈隽抱着刚满月的戚生生笑意盈盈地看着镜头，而戚望则在她背后搂着她们母女，脸上都是幸福的笑容。

　　她指尖摩挲着戚望的脸，声音喃喃："阿望，我好想你啊……"

　　老屋里空调"呼呼"作响，电视被按下了静音键，陈隽像个雕塑一样坐在那儿，面对着寂寥的庭院，眼泪无声地砸在手上。

　　童慧珊回去的时候表情凝重，童母见她两手空空，便随口问了句："装饺子的盘子呢？"

　　童慧珊回过神来"啊"了一声，她把饺子给忘了，但此刻的她也没工夫管饺子的事："妈，您还记得林鸣这个人吗？"

　　童母正包着剩下的饺子，听到这个名字眉头一皱："记得啊，以前这一带出了名的败家子，游手好闲地到处晃悠。"她抬手指了下门外，嗓音压低，"就住在前面。"

童慧珊慢慢坐到桌前，一副忧心忡忡的样子："我今晚看见他在戚家附近乱晃。"

童母闻言停下了手里的动作："哟，那戚家的小姑娘是不是……"

"嗯，回来了。"童慧珊叹了口气，"还差点撞见了。那孩子吓得浑身发抖，要不是我碰巧撞见，还不知道会发生什么呢。"

"造孽啊。"童母摇了摇头。

"唉，陈隽啊命不好，戚望刚走，女儿就碰上这种事，叶凤琴又是那副死相，一个撑腰的人都没有。"童母继续开始包饺子，嘴里叹道，"你说人怎么能坏成这样呢。"

童慧珊点头："唉，生生这孩子确实可怜……"

"你们在说什么？"

在两人谈话的时候，时忧冷冷的声音在门口响起，童慧珊心头一跳，连忙噤声回头看过去。

只见时忧手里抓着围巾，漆黑的刘海凌乱，眉眼冷峻清冽，看样子刚从外面回来，他目光沉沉，像蒙了层浓稠的黑云。

童慧珊喉头一顿，随即扯了个笑容："回来啦，你爸呢？路上不堵吧？"

时忧没有回答她的问题，他刚刚完完整整听到了童慧珊的那句话。

生生这孩子确实可怜……

这是什么意思？

时忧心里忽然开始莫名慌乱，他走到童慧珊面前，喉结滑动，长睫不受控地轻颤："戚生生她……怎么了？"

"什么怎么了？这不关你的事，回屋把衣服换了，马上开饭了。"童慧珊收回视线，站起来收拾桌子，不想再提起这件事。

童母也感受到了现在的气氛不对，她擦了擦手上的面粉，上前想揽着孙子去看电视，却被时忧轻轻躲开。

少年脸上没什么表情，他伸手一把按住童慧珊正要收走的杯子，用了十成的力气，手背青筋浮现，眉头拧在一起，无声地坚持。

童慧珊没好气地看着他，想起上次在机场时忧对她说的话。

"我乐意和她走得近，谁也管不了。"

时忧这孩子的气性比她和时伍都要强，认定了一件事就不会给自己留回头路，固执倔强得很。

她无奈地叹了口气："你和你爸真是一个比一个让人生气。"

"松开。"童慧珊拍了下他的手。

时忱却不放，唇线紧抿，声音透着几不可闻的祈求："妈……"

"行了行了，瞧你这副紧张的样子。"童慧珊没好气，"这事你听了以后就别再提了，特别是在生生的面前。"

戚生生直到半夜才醒过来，她眨了眨眼睛，额头上还是火辣辣地疼，她抬手摸了一下，上面已经被包上了一片纱布。

房间里漆黑一片，窗帘也被人拉了起来，她听见楼下传来电视的声音，打开手机看了眼，时间已经到了夜里十一点多，再过半个多小时就是新的一年了。

戚生生侧过身蜷缩起身子，回想起昏倒前的一切，眼泪慢慢落到枕头上。

她咬着下唇，强忍着让自己不要哭出声。

在戚生生有记忆的时候，林鸣就住在这片老宅区了，她还记得自己每次来奶奶家，碰到林鸣都会给她糖吃。

她一开始很喜欢这个叔叔。

直到初三那年，她晚上放学回家。

刚走到巷子口，就有双手扯住了她。

那时的她被吓蒙了，扯着嗓子开始求救，林鸣捂住了她的嘴巴，开始不断诉说着他的肮脏心事，幸亏当时有个大爷经过听到动静吼了一嗓子把他吓跑，不然还不知道会发生什么更可怕的事情。

陈隽知道了这件事，她领着戚生生到林鸣家找那个畜生。戚生生一直记得，那天向来温婉和气的陈隽像头发了疯的母狮子，眼睛赤红，对林鸣的父母和妻子讨要说法，甚至调来了路口的监控，看到了戚生生被林鸣拉进胡同里的场景。

陈隽哭成泪人，捶打着站在那儿装模作样的林鸣，左邻右舍都上来劝架，场面一时陷入混乱。

戚生生那时候站在纷乱的人群之外，身后是不断从窗户里探出的脑袋，身前是歇斯底里的陈隽，她就这么默默地看着，她当时就在想，要是爸爸在，一定会帮她教训林鸣的。

除夕夜的白安沉浸在喜悦和欢聚的氛围里，时不时远处就会响起点燃炮仗的声音，时忱站在戚家老屋的门口，抬头看着二楼被窗帘挡住的位置。

夜里凉风拂面，时忱没有戴围巾，风灌进脖子里，他丝毫没有感觉，只觉得胸口酸胀得厉害，仿佛有双手不停地抓挠着他的心脏，疼得他连呼吸都是急促的。

少年长睫微动，低头看着和戚生生的聊天界面。

两个小时前他发了一条信息给她："明天老地方放烟花？"

对方没有回复，时忱也不愿打扰。

他收起手机，手插进兜，沉默地抬头注视着那扇窗户。

宽阔的巷子里除了他没有其他人，少年的嘴唇被风吹得发白，深长的眼眸却很清亮，唇瓣紧抿，像在隐忍着什么。

原来他的小兔子不是天生的怯生生。

她只是害怕而已。

想到这里，时忱放在裤兜里的手猛地握紧，青筋骤然暴起，藏了无尽的愤怒。

在他即将控制不住自己的时候，口袋里的手机适时地振动了一下。

他猛然清醒，掏出手机看到了戚生生的回复："好，晚安。"

时忱深吸口气，握成拳的手慢慢松开，嘴角微动："晚安。"

第二天，天刚蒙蒙亮，时伍的轿车就停在了巷子口。清晨的空气里都是炮仗点燃过后的烟硝气味，童慧珊把年货装进后备箱，嘱咐了时伍几句。

在二人说话的时候，一身黑衣的时忱走了过来，他面色略微苍白，眼下乌青明显，默不作声地走到车边开门坐了进去。

童慧珊和时伍对视一眼，没有多说什么。

不一会儿就见陈隽牵着戚生生从巷子里走了出来，陈隽手里拎着行李箱，在凹凸不平的青石路上发出滚轮的声音。

戚生生眼眶微红发肿，额角上贴着一块白色纱布，清瘦的脸庞没有血色，整个人蔫了一般，看起来可怜又羸弱。

时忱的视线隔着车窗落在女生的身上，呼吸都停了几秒。

直到戚生生坐上车，他才感觉浑身的血液开始流动。

车里很安静，没有人主动开口说话，大家都默契地保持着沉默，没人愿意去扯那块伤疤。

时伍透过后视镜看了眼坐在正中央的戚生生，心底叹了口气，他还是昨晚才听丈母娘提起这件事。他的心里除了气愤，更多的是心疼。

想到这儿，他又看了眼陈隽。

镜子里，陈隽的面容还是如记忆里的一样温婉，可是眼睛里的疲惫怎么也挡不住。

他想起当年他知道戚望和陈隽在一起之后，戚望对他说的话。

"时伍哥，我的命不好，这辈子也就这样了，我不求万事顺心顺意。但在陈隽这事上我不想认命，我想跟她在一起，一辈子对她好。"

那个说要一辈子对她好的男人最终却丢下了她。

时伍握住方向盘的手渐渐收紧，他极轻地叹了口气，将注意力放在道路上。

戚生生面容虚弱，神色安静，不太想多说话。

昨晚醒来有那么一瞬间，她甚至觉得那段最黑暗的时光又回来了，将她裹挟在无尽的黑暗里，怎么也逃不出来。

睡着之后她又做了那个很久没做过的梦，从地下伸出无数双手把她往地底扯，周围一片黑暗，她想叫可却发不出声音，这次没有倏然而至的光芒来拯救她，只能任由她慢慢被吞噬。

那道呢喃的低语在告诉她：你逃不掉的，你这辈子都逃不了，只要你还活着，就要一辈子承受那段痛苦。

林鸣这个人就像她怎么也擦不掉的污渍，黏在她的人生里，在她感到幸福和快乐的时刻会猛地跳出来，让她上扬的嘴角立刻凝滞，没了纯粹的开心。

戚生生陷入了自己的情绪当中，盯着脚尖的视线渐渐模糊，她的眼眶发热，在眼泪又要掉下来的时候，一只比她的脚大很多的脚忽然踩了她一下。

不疼，但有感觉。

"？"

戚生生恍然抬起头看向一旁的时忧，一滴眼泪顺着脸颊落下来，眼睛带着湿意，连鼻头都是红的。

时忧撞上她的视线，漫不经心地挑了下眉，眼神里透着点挑衅的意味，似乎在说：我就是故意的。

少年今天的脸色看起来不是很好，但一点也不影响他的俊朗，好看的眉骨，睫毛又长又密，眼下那颗淡淡的小痣减弱了这张略显凌厉的脸，嘴唇颜色浅淡……他好像没有休息好。

两人之间的距离很近，戚生生看着他，莫名升起一股子委屈的情绪，她瘪了瘪嘴，擦掉了眼泪，报复似的，轻轻回踩了他一脚。

"……"

时忱耷拉下眼皮，看了眼留下一小块印记的黑色球鞋，舌尖顶了下左腮，轻笑一声。

他抬手撑头，斜睨着她，用口型极轻地说了句："幼稚。"

是谁先开始的？到底是谁幼稚？戚生生拧眉。

不过被时忱这么一闹，她的情绪得到了缓解。戚生生眨了眨眼，又看向已经闭上眼补眠的少年，淡淡扯了下唇。

不知道他是不是感受到了对面射过来的目光，他忽地睁开了眼，两人的视线再一次对上，少年神色淡淡，但半睁的眼里是怎么也化不开的漆黑。

天边微熹，车已经上了高速，微光透过窗户照进来，少年的脸半陷在阴影里，额发凌乱，黑长的睫毛垂下来，眼神晦暗，整个人都柔软了下来。

戚生生眸光微闪，后背莫名僵硬。

时忱没有移开目光，他松了松掌心，伸出另一只手握成拳，缓慢地抬到戚生生的眼前，只伸出了食指。

戚生生的目光跟着他的动作，最后落在他的指尖上，她在不知不觉变成了对眼，这个画面怎么看怎么滑稽。

时忱看着她，勾了勾嘴角，趁她还在愣神的时候，轻轻点了下她额头受伤的地方。

"啊——"

戚生生立刻疼得回过神来，抬手护住额头，瞪圆了眼睛看着他。

"怎么了？"陈隽听到她的声音，担心道。

戚生生扯出一个笑："没事，不小心碰到伤口了。"

"疼吗？"陈隽问。

戚生生摇了摇头："还好，不疼。"

"小心点，回去妈妈帮你换药。"

"嗯。"

时忱眼角带笑，还是那副懒懒散散的样子，完全对自己刚刚的行为没有一丝后悔。

戚生生不满地瞪着他，比早上那副可怜兮兮的样子好看多了。

时忱随意把手里的东西扔到戚生生的怀里，女生下意识接住，低头一看，是他经常吃的薄荷糖。

"吃点甜的就不疼了。"时忱撇过脸盯着窗外连绵不绝的风景，侧脸轮廓线条分明，声音低沉。

戚生生心头一顿，她慢慢地剥开糖纸，把透白的硬糖塞进嘴里。清凉的感觉瞬间充斥口腔，让她混沌的大脑清醒过来。

她以前并不喜欢薄荷糖的味道，又苦又涩，像牙膏一样。

可是她遇见了一个很喜欢这种味道的人。

她不讨厌这个人，所以现在连带薄荷糖的味道都是甜的了。

车子很快便驶进了市区，不一会儿就到了熟悉的巷子前，陈隽扶着戚生生下了车，时忱也自然地跟了下来，时伍叫住了他："我中午不回来，午饭你自己解决一下。"

时忱还没来得及应答，陈隽听见赶忙道："让小忱到我这儿吃吧。"

时伍没意见，看向时忱："那你去阿姨家吃？"

时忱抬起眼皮看了眼不远处站在阳光里的戚生生，抿唇"嗯"了声，抬手将车门关上，目送着时伍离开。

陈隽朝时忱笑了笑："待会儿阿姨去趟超市，想吃什么告诉阿姨。"

"我不挑食，您做什么都行。"时忱礼貌回道，说完下意识看向戚生生。

阳光强烈，戚生生闭了闭眼，忽然觉得脑袋有些昏沉，她抬手探了探额温，有些烫，忍不住打了个寒战。

时忱顿时眉头皱起，走到戚生生身边，嗓音有点哑："不舒服？"

戚生生摇摇头想否认，但陈隽先一步伸手摸了摸她的额头，无奈道："看来是发烧了。"

她扶着戚生生的胳膊往家走："先回去躺下，吃颗退烧药。"

戚生生极小声地"嗯"了一声，抬眼看着母亲的侧脸，心里涌上一阵内疚。

她小时候身体就不大好，戚望说过她在八岁之前经常生病，不是发烧就是过敏，每次她去医院的时候，陈隽就会哭，害怕她撑不过去。

渐渐大了之后她就很少再生病了，这次发烧来得突然，应该是因为昨晚没睡好受凉的缘故。

她想起明信片里戚望交代的事情：听妈妈的话，别惹她担心生气。

戚生生垂下长睫，小声道："妈妈。"

"嗯？"

"对不起。"戚生生哽咽，"让你担心了。"

陈隽听到这话瞬间眼睛泛热，心疼得厉害，这个孩子自从戚望走后就变得小心翼翼，性格变了很多，其实很大的原因在于她的失职。

戚望消失的那段时间，她的情绪很不好，每天都沉浸在悲伤里，戚生生只能看着她的脸色过日子，后来她又把女儿送到叶凤琴那儿，这孩子估计每天也过得心惊胆战的，接着又被林鸣那个流氓骚扰，同学听到风声也开始对她另眼相待，然后她便对自己的身体产生厌恶，从而导致心理性暴食增肥。

陈隽难以想象，那段日子戚生生是怎么熬过来的。

她这个母亲不称职。戚望突然离开，生生肯定也难过，要是那会儿她多注意点生生的状况，不把生生送到叶凤琴那儿，可能后来也不会发生那么多事。

想到这儿，陈隽咽下喉间的苦涩自责，用力揽住女儿瘦弱的肩膀，笑道："没有，妈妈永远也不会怪你。"

时忧沉默地跟在后面，视线一直落在戚生生的身上，插在口袋里的手渐渐收紧。

戚生生吃完药，一觉睡到了中午，她的烧已经退了，可是脑袋还是昏昏沉沉的，身上也没什么力气。从房间外传来了浓郁的饭菜香味，她下床走到客厅，抬眼便看见了坐在餐桌前的时忧。

少年脱下了外套，里面只穿了件灰色的卫衣，听到动静回头撞上了她的视线。

时忧脸上没什么表情，仿佛只是极平淡的一眼："醒了？"边说边自然地拉开了身边的椅子。

戚生生"嗯"了声，鼻音浓重，慢慢走到他身边坐下。看着桌上的菜，陈隽做了咕咾肉，她下意识伸手把这道菜端到时忧的面前，嘟囔说："你爱吃的，多吃点。"

时忧盯着菜，心跳乱了一下。他没有说话，拿起筷子夹起一块肉塞进嘴里，酸酸甜甜的味道瞬间在口腔里蔓延。

三个人安静地吃完了饭，陈隽没有让时忧帮忙收拾，让他别拘着，去戚生生房间找姐姐玩。

听到"姐姐"这两个字，时忧眉眼一压，看向戚生生的房间方向，犹豫了几秒，走过去敲了下门。

在他垂下手的同时，房门被打开了，戚生生苍白着小脸，弯起嘴角，侧身让他进去："我房间还挺乱的。"

房间一点也不乱，对于一个女生的房间来说，甚至有些单调冷清。

一张床，一个书柜，一个衣柜，这些便是所有。

时忧扫了眼屋子，闻到淡淡的清香，不由得耳尖发热。他低下眉走到书桌前坐下，目光僵直地落在窗外。

戚生生见他不说话也不强求，屋子里有些闷，她走到窗边打开了窗户，顿时寒冷的风便吹了进来。时忧皱了皱眉，站起来走到她身后，手搭在窗户上，语气严肃："生着病呢，开什么窗户。"

他和窗户之间顿时形成了一个小小的封闭空间，把戚生生锁在了里面。

女生恍然抬头，撞上了少年垂下来的视线。

四目相对，空气凝滞下来。

戚生生脑袋晕晕乎乎的，只觉得凉风吹在脸上很舒服，她微微扯了下唇，眼睛半睁，觉得时忧这个样子像老父亲一样："知道了。"

怀里的女生笑盈盈的，娇俏可爱，时忧喉结滑动，只看了一眼便移开了目光，后颈紧绷起来，整个人开始发热。

他吹了吹寒风，试图降低热度，但效果甚微，他想关上窗户，余光却不经意间瞥到一处，视线微微一滞。

前面可以很清楚地看见他家的小洋楼。

并且二楼他房间的窗户就正对着这里，看得很清楚。

"戚生生。"时忧突然开口，轻笑了一下，手指着那里，"你知道那是谁家吗？"

这话问得莫名其妙，戚生生顺着他手指的方向看过去，顿时笑道："那是你家啊，你不认得吗？"

得到这个答案，时忧脑袋里像炸了一道惊雷，他额角的青筋猛地跳了一下，红色从耳尖过渡到了脖子："你知道？"

戚生生眨了眨眼："知道啊，怎么了？"

"……"

时忱僵硬地收回手，默默地坐回椅子里，脸色不太好看。

这么说，从认识到现在，他在窗前的一举一动，戚生生都能看见？！

这个认知让他有点想死。

一股后知后觉的强烈羞耻感袭来，他仔细回想着自己有没有在窗前做过什么出格的事情，但思来想去还是压不下心头的烦躁。

少年内心翻涌，但脸上除了越来越红之外也没什么特别的表情。

戚生生看着他，担忧地凑过去，低头叫他："小忱，你没事吧？"

她担心自己把感冒传染给时忱，便想伸手去探探他的额温，手刚要碰到他，时忱仿佛像触电了一般，倏然抬起头，额头正好撞上了她的掌心。

滚烫的温度瞬间从掌心蔓延开，戚生生愣了一下，随后皱起眉："你也发烧了？"

时忱的额头上贴着戚生生柔软的掌心，这只手的温度很低，但时忱就是感觉自己被烫了一下，他颤动的视线撞进戚生生温润的黑眸里，呼吸都停滞了下来，但很快他就回过神，轻轻往后退了一步，拉开了与那只手的距离。

时忱极缓地眨了下眼，表情没了往日的散漫和骄矜，显得极其认真。

"戚生生。"

"嗯？"

他喉结滚动，问出了那句他藏了很久的话："你……有喜欢的人吗？"

十几岁的少年人最是无所畏惧，时忱更是如此。

他不是那种会藏着掖着的人。

可是面对戚生生，他不敢放肆。

你有喜欢的人吗？

是试探也是期待。

戚生生闻言一愣，抬眸看进时忱墨色的眼眸里，心头一动。

盯着表情认真的时忱，原本深刻在脑海里的那个人却没有在第一时间出现，脑子像是蒙了，注意力全部集中在眼前的少年身上。

戚生生眼睫茫然微颤，在这忽然安静下来的氛围里下意识低下了头，躲开时忱的目光，哑声道："没有……"

她站直身子，笑着又重复了一遍："我哪有什么喜欢的人。"

但这时脑海里蹦出来的虞宋和她明显开始慌乱的心跳却让这句话没了说服力。

听到她的回答，时忱原本失衡的心跳瞬间平复，像被人从头泼了盆凉水，说不上是难过还是庆幸。

没有喜欢的人，代表着她也不喜欢他。

时忱倏然间不知道该如何应对，此时不管说什么都像在给自己找台阶，既可怜又滑稽。

还不如沉默。

戚生生坐回床边，拿起床头柜上的橘子想剥给他吃，好奇道："你问这个干吗？"

刚剥开一小瓣橘皮，那股独特的清香顿时飘散在这小小的空间里，无孔不入地钻进人体的各个感官。

时忱咬了咬后牙，恢复了往日里的散漫，抱臂后靠在椅背上，耷拉着眼皮："没什么，只是有点好奇。"

"好奇什么？"戚生生失笑。

时忱挑起眉尾看向她，语气懒散："好奇你会喜欢什么样的男生。"

戚生生剥皮的动作一顿，眼前浮现出初次遇见虞宋的画面，嘴角扬起一个淡淡的弧度："温柔知礼，有自己的态度，就算身处黑暗也能照亮自己的人。"

时忱目光微怔，瞧着戚生生的表情，胸口止不住地烦闷，他挑眉轻嗤："你说的那是手电筒吧。"

"……"

她不再跟他纠缠在这个问题上，把剥好的橘子递给他："吃吧。"

时忱眼里聚着一团浓雾，他看着躺在白净掌心里的橘子，合着她是给他剥的。

他正要去接，却忽然想到陈隽那句"找姐姐玩"，他便停下了手。

一直以来，戚生生对他就像是一个普通的弟弟一样。

这个认知让他极度不爽。

"不吃。"时忱猛地站起身，双手插兜，转身走了出去，"走了。"顺带关上门。

戚生生拿着橘子呆在原地，茫然地眨了眨眼，随后听见时忱和陈隽道别的声音。

"爱吃不吃。"

戚生生无奈一笑，走到窗边往下看，这小子酷酷的背影没有停留地消失在视线里。

晚上，戚生生跟着时忧去了放烟花的废旧天台上，一路上这位少年一句话都没跟她说，只偶尔用"嗯""啊"这类单字回应她。

戚生生早已将他偶尔莫名其妙的行为定性为青春期小男生的反叛属性，所以也没生气。

天台上风很大，戚生生才刚退烧，身上还很乏力，本来不想来的，可是她昨晚在手机上已经答应了时忧，她不想让他失望。

寒风丝毫没有减弱的倾向，她只好用帽子和围巾把自己裹得紧紧的，缩在角落里玩着仙女棒。

汪越剪了个寸头，看起来很精神，他把在路上买的冰可乐递给时忧，自己蹦到烟火前等着到点就放。

徐子豪临时被父母拉去和亲戚吃饭了，所以没来。

少了他，气氛不由得有点冷清，时忧看上去心情不太好，汪越没去打扰他，只招呼道："时哥过来，我们一起点！"

时忧闻言弯腰把可乐放在脚边，顺势看了眼角落，戚生生脸颊泛红，但状态不错。

他走到另一个烟火前，接过汪越扔过来的打火机，沉默地看着远处灯火明亮的高楼大厦。

汪越点开手机看了看时间，好奇地挪到时忧旁边，小声道："你和戚姐姐吵架了？"

时忧斜睨他："你哪只眼睛看出来的？"

"两只眼睛都看出来了。"汪越轻笑，嘴前呼出一口白雾，"平时只要有戚姐姐在，你那眼睛恨不得黏在人家身上，今天一眼也没看人家。"

时忧皱了皱眉，扭头看他："有吗？"

汪越点点头："有，很明显啊，不然耗子也不会说你跟狗护食一样。戚姐姐到底跟你什么亲戚啊，你这么重视？"

听到"狗护食"这三个字，时忧牙一痒："她不是我姐姐。"

汪越做拧眉状，以为自己听错了："哈？"

"谁跟你说她是我姐姐的。"时忧垂睫挡住眼里的情绪,声音低哑,"我才不要当她弟弟。"

汪越有点蒙:"嘶——时哥你说的这是气话啊,她到底是不是你姐姐?"

少年长而密的睫毛在风中微动,他双手插进裤兜,走到天台边,晚风吹到脸上,唇色泛白,低沉隐晦的声音也飘散在了风中。

远处,忽然一束烟火蹿上了无边的夜空,停留了两秒之后骤然绽放,照亮了这片荒凉的天台。

也照亮了少年无畏又哀伤的眼眸。

那天之后,汪越知晓了时忧的心思,对这位从不解风情的小爷竟然会暗恋别人而感到震惊,连带着看戚生生的眼神都带上了几分佩服。

高二下学期仿佛弹指一挥间,时间到了七月份,美术生就要开始漫长的集训生活了。这次集训还是画室统一组织,地点在京州。画室特意请了各高校的老师和学生来给她们上课,这也意味着联考和校考提上了日程。

因为要提前离校,戚生生去找姬明签长期请假条,正走到办公室门口的时候,听到了里面的谈话声。

姬明语重心长地对蒋显允道:"你妈妈今早给我打电话让我劝劝你,她还是想让你专攻竞赛,争取拿到京州大的保送资格,以你的成绩是没有问题的。"

蒋显允抿了抿唇:"可是我……不想去京州大。"

京州大是国内数一数二的名校,成绩好的孩子挤破头都想进去,姬明没想到她会说不想去,他抚了抚眼镜:"那你想去哪儿?出国?"

蒋显允摇摇头,像是坚定信念一般:"我想去京州航空航天大学。"

姬明愣怔:"你是认真的?"

"老师我很认真,我将来想当飞行员。"蒋显允语气坚定,"所以高三的竞赛我不想参加了。"

姬明皱起眉头,沉默了下来。

学生有志向他没意见,但蒋显允的母亲……他虽然只见过几次,但林女士给他的感觉很强势很武断,对女儿必须保送这件事很坚持,她应该不会同意蒋显允的想法。

想到这儿,姬明有些头疼。他斟酌了片刻才道:"这样吧,你回去再和你妈妈好好聊聊，时间还早，先别把自己的路堵死，竞赛你可以去试试嘛，也不冲突。"

听到要去和林若岚商量，蒋显允整个人就冷了下来。

林若岚不会同意，她不用想都知道。

"好，谢谢老师。"

蒋显允的脸上没有血色，平静地跟姬明结束了谈话，走出办公室看见了等在门口的戚生生，她的眼眶瞬间红了："生生。"

戚生生心疼地微微笑了笑，握住她冰冷的手，小声鼓励："我和施映永远支持你。"

蒋显允哽咽。

有这句话就够了。

心里涌上一股暖流和勇气，她呼出口气，决定再和林若岚谈谈。

蒋显允离开的时候，戚生生看着她的背影，心里没来由地发慌。

时隔半年，戚生生又一次来到了京州。

这里的夏季和梧城一样，燥热且雨水少，风把繁密的树叶吹卷了边，联考之前，她将在这个城市里一直待到冬天，将近五个多月的时间。

这还是她第一次离家这么长时间，陈隽在她临走前嘱咐了许多，还让她带了不少东西过来。

时忱这些日子变了很多，原先的信息轰炸没了，戚生生看着聊天界面上的单字回复，不知是该笑还是无奈。

生生："我去集训了，11月才回来。"

三窟："嗯。"

生生："想吃曲奇就去店里拿。"

三窟："哦。"

……

随后就是长久的沉默，在戚生生以为对话就此结束的时候，对面忽然蹦出一句："注意安全，认真画画，少跟陌生人说话。"

"……"

她又不是三岁小孩。

宿舍是四人间，戚生生还是和于萌萌一起，这姑娘最近不知道怎么了，勤奋过头，为了抢占第一排的位置，每天天不亮就拉着她去教室画画。

"我听上一届的学姐说，每到这个集训的时间段，画室就会请之前从画室考出去的学生回来当助教，听说里面很多帅哥，坐第一排看得清楚点。"于萌萌咬了口面包，眨眼道。

戚生生了然一笑："怪不得你这么积极。"

"看帅哥不积极，思想有问题。"

第一节速写课即将开始，教室里坐满了人，李鑫顶着鸡窝头走了进来，他又胖了不少。

上课前大家陆续交了昨晚布置的作业，李鑫看一张给一个分数，班里的同学们大气都不敢出，大家都清楚这位老师在专业上有多严格。

于萌萌哭丧着脸返回位置："他又瞪我了。"

戚生生微笑着摸了摸她的背，以示安抚。

正式上课之后，李鑫朝门口使了个眼色，下一秒，一个面容清俊的高个男生从外面走了进来，一时吸引了所有人的目光。

于萌萌立刻抓住了戚生生的手："看吧看吧，坐第一排就是好，连帅哥的毛孔都能看见。"

"……"

"这是你们的助教。"李鑫眼角含笑，对游闻道，"自我介绍一下吧。"

游闻笑得温暖，一双清润的眼睛隔着镜框扫视众人，最后在戚生生的身上顿了两秒："大家好，我是你们的助教游闻，游泳的'游'，新闻的'闻'，你们叫我什么都行，以后请多多指教。"

"哇，标准的清爽型帅哥，笑起来还挺可爱的。"于萌萌小声点评道。

戚生生挑眉："有想法？"

于萌萌"啧"了声："我听学姐说十个助教八个坏，这个八成也好不到哪儿去。我还是远远观赏就好。"

戚生生眨眨眼，她十分好奇于萌萌经常挂在嘴上的学姐到底是何人。

游闻作为助教很尽责，他自己也是学生，所以只有休息的时候才能来，但只要有同学找他，他都会倾囊相授。

戚生生也请教过他，游闻对她的态度很奇怪，每次结束指导之后都会用带着探究和迟疑的眼光看着她，搞得她心头发毛，忍不住问："游老师，你是有什么事情想说吗？"

游闻摆摆手，露出大白牙笑道："我就是觉得你有点面熟，好像在哪儿见过。"

戚生生轻轻皱了皱眉，细看了游闻一眼，确定自己从来没见过他。

游闻继续问："你之前有来过京州吗？"

戚生生点点头："来过，冬天的时候。"

"那就对了。"游闻低声道。

"啊？"

游闻笑，转移了话题："戚同学你画得不错，正常发挥的话，联考不会有问题，有想好考哪个学校吗？"

"没有。"戚生生低眉，笑容淡了下来。

其实她从没想过这个问题。

去哪个学校等于去哪个城市，她——想知道虞宋要去哪儿。

这个理由听起来很可笑，为了一个人决定自己的志愿，可是戚生生就想这么做。

她倔强地，还是想要离那个人再近一点。

游闻理解地点点头："要不要考虑一下我的学校？京州大美术学院，文化分要求有点高，但我觉得你可以试试。"

"京州大……感觉好难啊。"戚生生笑笑，并没有多说什么。

集训的生活每天都很枯燥，除了画画还是画画，晚上熬夜赶作业，经常忘了吃饭，到了后期，戚生生的身体就有些扛不住了。

一天晚上十一点多放学之后，她跟着于萌萌走向小超市，超市旁边有个废弃的篮球场，晚上总会有男生在这里打篮球。

戚生生的眼下乌青明显，无神地看着在大冷天还穿着短袖打球的男生们，奔跑的男生逐渐和时忱重合起来，她眨了眨眼，然后打了一个喷嚏。

她发烧了，39.8℃，高烧。

整个人烧得迷迷糊糊，医生说因为过度劳累导致免疫力下降，要休息几天。

她就这么被迫放了个小假。

从医院打完点滴，时间已经到了夜里三点多，是游闻过来接戚生生回宿舍的。

　　一路上两人都没说什么话，只听见戚生生吸溜鼻子的声音。

　　游闻宛如老父亲一般叹了口气："唉，你看看你，穿这么少，能不生病嘛。"

　　"老师，医生说我是免疫力下降，跟衣服没关系。"戚生生嘟囔。

　　她看了眼自己的穿着，秋衣秋裤一件没少，包得严严实实。

　　游闻看了眼手机，接着说："你明天去医院就打我电话，周日我也没活动。"

　　"嗯，知道了。"

　　回到宿舍，她倒床就睡，早上于萌萌也没叫她，起来的时候已经是中午了。

　　戚生生摸出手机想打给游闻，却看见了时忧的未接来电。

　　十几个，从早上开始。

　　戚生生心一惊，以为他有什么重要的事情，连忙拨回去。

　　才响了一声，那边就接通了，时忧略带寒意的声音传过来："怎么不接电话？"

　　戚生生张了张嘴，可是喉咙干涩得厉害，她咽了咽唾沫，才勉强开口："才睡醒，有什么事吗？"

　　听到戚生生的声音，时忧眉头皱起来："你怎么了？声音不对。"

　　果然他能听出来。

　　戚生生没想隐瞒："感冒了，吃点药就好。"

　　时忧心里松了口气，沉默了片刻，随后哑声道："你……"

　　"嗯。"戚生生耐心地等着下文。

　　少年深吸口气，像鼓足了勇气："我们有多久没见了？"

　　戚生生眨了下眼，不明白他忽然说起这个干吗，但还是老实道："四个多月了吧。"

　　"四个月零十三天。"时忧哑声道，手指捏紧手机，骨节泛白，看着有些紧张，"你，你想……想家吗？"

　　"……"

　　合着你支支吾吾半天就为了问这个？

　　戚生生失笑，许是因为生病了心理脆弱，她被时忧这话弄得眼眶一热，对家的思念在这时达到顶峰。

女生鼻音浓重，带着细细的哽咽："想啊，超级想，想念妈妈、施映和小允，还有也很想你。"

戚生生软糯的声音透过手机传进时忧的耳朵里，烦躁的心瞬间急速跳动起来。他起身走到床边，从二楼的窗户看向戚生生房间的位置，虽然很隐蔽，但那道淡色的窗帘也足够让他觉得安稳。

"我也想你。"少年声音被他刻意压低，仿佛不想让人听见这其中隐晦的思念。

戚生生没听清，也没去深究，吸了吸鼻子笑道："打这么多电话就为了问这个啊？"

时忧漫不经心地"啊"了一声，语气欠揍："无聊打发时间，不可以吗？"

"……可以。"戚生生眼皮挑了挑，无奈道。

随后两人聊了会儿，大多是戚生生在讲话，时忧回应，他的声音听着冷淡，但淡淡勾起的唇角却透露出他此时心情不错。

直到游闻的电话打进来，二人才结束了通话。

戚生生在医院打了两天的点滴，整个人还是很虚弱，但为了跟上大家的进度，她还是在第三天就回了教室上课。

只不过戚生生悄悄带了手机，每天晚自习的时候都要给时忧打通电话。

这位小爷说他最近压力太大，晚上睡不着，必须要听到戚生生那边的白噪音才能入睡，戚生生也没细想，每次都老实把接通中的手机放进口袋里，接着默默做自己的事，导致那一个月她的电话费直线上升。

联考的那天是 12 月 6 日，梧城难得下了场雪，细小的雪花落到地上便消失不见。

梧大考点离家有些远，陈隽本来想提前叫辆出租送戚生生去考场，但时伍却抢先打了电话来，表示他可以顺道送戚生生过去，考完再一起回来。

陈隽本来想一起跟过来，可戚生生不同意，她本来就紧张，一想到陈隽还在门口等着自己，心里就更加无法安定了，还不如让妈妈在家等着自己回来。

这天是周六，校门口却堵满了等候的家长和画室老师。发觉副驾驶上一直没有动静，时伍看了眼戚生生，小姑娘紧张地绞着手指，目不转睛地注视前方。

时伍想缓解氛围，轻笑道："不用紧张，正常发挥就好，加油。"

戚生生"嗯"了声，扯起唇角："我会的。"

车进不去，时伍便停在了街对面，他和戚生生一起下车走到校门口，打算去办公室等着她结束。

"生生，考完给叔叔打电话，在教学楼下等我，今天学校里人多，别乱跑。"时伍嘱咐道。

戚生生乖巧地点点头，等时伍走进去后，她在校门口找到了李鑫和于萌萌。

李鑫见到她赶紧招了招手，等她走到面前，给了她一个暖手宝，嘴里重复道："别紧张，就把这次当成一次普通的检测，别有太大的心理压力……"

戚生生收紧暖手宝，耳边是李鑫暖心的鼓励，眼前的于萌萌咬着肉包子，一副没睡醒的样子，戚生生加速跳动的心脏逐渐安定下来，静静地等待时间到来。

不一会儿，保安将门打开。入场时间到，只能考生进去，李鑫给画室的学生们加油，然后便目送着他们走进了考场。

戚生生和于萌萌的不在一个考场，两人在岔路口分开，各自走进自己的考场。

等待是煎熬的。

上午要考两场，等到最后一场素描结束的时候，时间已经将近中午十二点了。

结束的铃声响起，戚生生交了画，收拾好自己的东西随着人流走出教学楼。看着周围如潮水般的人群，她的心情是前所未有的平静。

一切已成定局，她在自己有限的范围内做到了最好。

戚生生走到楼前的花坛边给时伍打了电话，不一会儿就见到男人的身影从左边走过来，脸上带着笑意，虚揽着戚生生的肩膀，带着她往校门口走，没有提考试的事："走吧，叔叔带你去梧大周边最出名的餐厅吃饭。"

"谢谢叔叔。"戚生生眉眼低垂，笑着看向时伍，真诚地道了声谢，"麻烦您了。"

时伍看着这双眼，目光微顿，随即笑着摇了摇头："没事，应该的。"

两人来得有些迟了，餐厅里已经排起了长队，都是考生和家长。时伍看到了里面的场景，皱皱眉："这也不知道会排到什么时候，我们要不换一家？"

"我吃什么都行。"

这条街基本是小吃店和餐馆，两人从街头走到街尾，才看到一家面馆里人少，时伍忙让戚生生占个座，自己去前面点了两碗牛肉面。

戚生生给他倒了一杯热水，自己也连忙喝了杯下肚，这才感觉活了过来。

她捧着水杯暖水，两人之间一时有些安静。

时伍微微一笑，主动道："第一次进梧大吧？"

"嗯，比我想象中还要大，我差点迷路。"戚生生老实道。

"那想考进来吗？梧大的美术学院很不错，雕塑系在全国也是排得上名号的。"时伍喝了口热水，推荐道。

"雕塑系？"戚生生还是第一次听到关于美术学院里的专业划分。

"对啊，梧大雕塑系的任教老师可是国内外知名的雕塑大家，你有时间可以去了解一下。"时伍说完叹了口气，语气感慨，"唉，要是你和时忱都能考到梧大就好了，可是这臭小子不听话啊……"

戚生生听到时伍提起时忱，不禁好奇："那小忱想考哪儿啊？"

"谁知道呢，臭小子对这事闭口不谈，你童阿姨都问不出来。"

正巧这时面端了过来，扑鼻的香味钻进戚生生的鼻子里，让她本就空荡荡的肚子更加饥饿起来，两人终止了对话，开始专心地吃面。

吃完饭，两人在校门口分别，时伍让戚生生下午考完到车子边等他。戚生生走到画室学生集合的地方，于萌萌也在吃完饭后走过来。

等人到齐，李鑫简单了解了一下试题和大家的情况，没有追问和苛责，鼓励了几句让大家下午再接再厉。

这个平日里严格正经的老师在这个时刻展现出了他温柔的一面。

于萌萌怅然若失，速写一直是她的弱项，这次考的也很难，但她是个没心没肺的人，绝不会让已经过去的事情干扰到自己现在的情绪，和戚生生牢骚了几句之后就恢复了元气。

下午的色彩考试在两点开始，众人走到上午的考场里继续战斗，三个小时的时间，戚生生的心态很平稳，她已经不再紧张，彻底地放松下来，拿出了自己最好的状态。

在临结束还有十分钟的时候，戚生生就完成了作品。她静静地收拾好东西，整个人长长地呼出一口气，目光落在窗外萧瑟的景观上，缓慢地眨了眨眼。

考场里很安静，只能听见画笔在纸上舞动的"唰唰"声，窗外又飘起了细密的雪花，但戚生生知道，这样的雪是积不起来的，除非是像京州鹅毛一样的雪，踩在上面会发出"咯吱咯吱"的声响，厚度能堆出一人高的雪人，还可以打雪仗。

她从没有堆过雪人和打过雪仗。

戚生生不禁想起游闻那天说的话。

"要不要考虑一下京州？"

京州，那是施映常挂在嘴边的城市，也是她理想学校所在的城市。

戚生生其实是想去的。

她垂下眼睑，收回了视线，周围陆陆续续有考生提前交卷，可她还是想等到最后一刻，这样才算圆满。

不一会儿，铃声响起，戚生生跟着人流走出教学楼。走出梧大的校门口，她跟李鑫道了别，联考成绩出来后还有校考，她还不能懈怠。

时伍把戚生生送到巷子口的时候，天色已经彻底暗了下来，街边的灯光亮起，把地上的潮湿照得明亮。

戚生生下了车，独自走进巷子里。

巷子里一如既往的黑，戚生生集中在脚下，担心自己踩到水坑。等走出巷子的时候她才抬起头，这才看见站在路灯下的时忱。

少年戴着白色针织帽，露出的头发俏皮地翘起，他破天荒地戴上了一副黑框眼镜，半眯着深长的眼眸，听到动静懒散地看过来，嘴角噙着一抹笑。

"考完了？"

说起来这是戚生生回来后二人第一次见面，只是说长不长的几个月没有看见他，时忱仿佛又变了样。

个子更高了，肩膀比记忆里的愈加宽阔，脸上棱角分明，五官也深刻了起来，微微一笑就很好看。

戚生生这才恍然惊觉，时忧已经高二了，不是那个记忆里初三的孩子了。

因为这个认知，戚生生面对时忧忽然有些紧张。她眨了眨眼，忽视心口的不适，走到时忧面前，仰头轻笑："嗯，考完了，你怎么在这儿？"

时忧为了照顾她的身高，微微低下头看她，眸色温润，眼角微微上挑："等你。"

戚生生从没见过少年戴眼镜，给人的感觉和虞宋完全不一样。

虞宋气质优越，戴上眼镜更显得温和谦逊，但时忧五官深邃俊逸，性格骄傲不羁，戴上眼镜倒显出一丝斯文的气质。

这样直勾勾地盯着人看，有种难言的压迫感。

戚生生目光微闪，有点结巴道："等，等我干吗？"

"想问你件事。"时忧轻咳一声，唇线抿直。

"什么事？"

"你决定好要考到哪儿了吗？"

少年迟疑片刻，哑声问道，眼神定在戚生生的脸上，表情难得的认真。

怎么最近大家都在问她这个问题。

戚生生低眉失笑，把之前的答案重复了一遍。

"我还没想好，校考的时候再看吧。"

时忧原本微拧的眉头放松下来，眼尾松散地上扬："那你决定好了告诉我一声。"

"干吗？"戚生生不解。

时忧单手插进兜，转过身走进回去的小径，声音飘散在寒风中，慢悠悠传进戚生生的耳朵里："好奇问问，你别多想。"

"……"

戚生生盯着他的背影，笑得无奈。

2013 年 12 月，艺考在热闹中落下帷幕，接下来等待联考成绩和准备校考成了艺考生们的最后一道关卡。

戚生生时隔半年的时间才又重新踏进高三（16）班的教室，施映比她早到几分钟，此刻正倒在桌上补眠。二人昨晚出去吃了顿烧烤，回去后又在手机上聊到后半宿才睡，导致早上起来都没精神。

她俩都是出去集训的艺考生，施映为了一月份电影学院的考试做了很多努力，每天都泡在舞蹈房里，睡眠严重不足，眼下的乌青比戚生生的还明显。

戚生生扫了眼嘈杂的教室，没有看见蒋显允的身影，估计是还在路上。她坐下来的时候，施映猛地清醒，双眼迷蒙："上课了？"

"没有，你接着睡吧，上课了我会叫你的。"戚生生笑了笑，掏出崭新的语文书，心里叹了口气。

落下的进度太多，只能熬夜补回来了。

从来都没有一条所谓的捷径是不需要付出努力的。

艺考更是如此，以前的戚生生觉得艺考可以让她以另一种更快捷的方式跟上虞宋的步伐，但当自己真的踏上这条路，尝尽其中心酸后才知道，艺考从来都不是一条捷径。

专业和文化，两样都得抓。深夜因为画得不好而痛哭，怀疑自己到底是不是学这块的料，到底值不值得父母砸进去这么多的金钱，最后从考场出来心里还要质问一句，能不能从几万人里脱颖而出，考砸了拼高考也比不过文化生。

各种滋味，都是一场修炼，但也在多年之后，成了戚生生难以忘怀的青春回忆。起码在这趟苦旅中，遇到的人和事是真的，看见的不同世界也是真的。

戚生生的复习方式也很简单，不停地背诵和刷题，遇到不懂的就去问，虽然枯燥，但效果不错。

十二月下旬就是竞赛考试，蒋显允最后还是没有拧过林若岚，参加了数学竞赛，争取名校的保送名额。

蒋显允更憔悴了几分，整个人毫无朝气，每天在竞赛班学到很晚才回家，戚生生和施映每次去找她吃饭都不出来，像是魔怔了一样，看着就让人担心。

问起也只是笑着摇摇头，眼里只余下疲惫。明明是寒冬，但她穿得很单薄，从背影看，消瘦到让人心疼，初见时恣意的马尾也没了形状，随时会消散在风中。

时间一晃就来到了联考出成绩的那天，戚生生和于萌萌一起到画室里查成绩，因为瞬间涌进来很多考生，所以网页一直在加载。

就在戚生生无数次重新输入准考证和密码后，页面上忽地跳出了画面。

于萌萌凑过去眯起眼睛看清了成绩，嘴巴都不由得张大了。

"270分！全省第195名！生生你太厉害了！"

这声吼叫把画室里的人都吸引了过来，李鑫更是笑得合不拢嘴。他的班这次大家都考得不错，尤其是戚生生，班级第一，省两百名之内，只要文化分不拖后腿，考上名校不是问题。

戚生生目不转睛地看着电脑上的成绩，心跳得很快。她咬了咬下唇，直到疼痛感袭来，她才恍然这都是真的。

她掏出手机对着成绩单拍了张照，打算发给陈隽，可指尖轻微的颤抖阻碍了她的操作，她握了握拳，这才彻底冷静下来。

震惊之后便是欣喜，戚生生低头看着成绩，眼前却渐渐泛起雾气。

这是份交代，是对她自己和陈隽的交代，这证明了她是可以的，努力和汗水没有付诸东流。

发过去的片刻，陈隽的消息便回了过来，只有三个字："辛苦了。"

戚生生鼻尖霎时涌上一股酸意，她吸了吸鼻子，慢慢走出教室来到走廊。

此时是傍晚时分，天边霞光溢彩，风像刀子一样吹到脸上，背后的教室里人声嘈杂，屋内和屋外宛若两个世界。

戚生生揉了揉眼角，趴在栏杆上注视着逐渐西沉的落日，眼眸再一次有了湿意。

她的视线落在没有尽头的天边，唇瓣艰涩地开合："爸爸，我……"

我做到了。

我以后可以靠画画养活自己了。

你听到了吗……

那天晚上，戚生生难得发了次空间说说，附图是联考的成绩单，她发完就合上了手机，回到教室继续自习。

联考过了之后就是校考，京州大不承认联考的成绩，想考进去的话必须得参加他们学校的校考。

晚自习姬明在教室里，他得知了戚生生的联考成绩，还特意把她叫到走廊嘱咐了一番："考得不错，只要高考文化分能跟上，就没什么好担心的了。"

戚生生点头："我知道，我会努力的。"

姬明捧着隔热杯，笑容宽慰："也别给自己太大的压力，以你的基础，赶上大家只是时间的问题。"

"谢谢老师。"

施映因为要准备艺术学院的校考，所以晚自习干脆就不来了，蒋显允在竞赛班冲刺，过两天她就要考试了，没人敢去打扰她。偌大的班级里，戚生生看了眼身旁无人的座位，觉得心里空落落的。

自升入高三之后，她们三人相聚的机会几乎没有。

她不禁想，升入大学之后呢？她们会不会因为距离和环境而逐渐疏远？

戚生生抿了抿唇，收回了视线。

最后一节课开始，铃声刚落下，姬明就从后面走到了讲台前，把手里拿着的表格给了班长，对着全班说道："学校让每个班级统计同学们的目标学校，制成激励性质的海报贴在班级门口，大家利用一下这节课把它填好交给班长。"

目标学校……

戚生生握着笔的手指微顿，她看着手里属于虞宋的自动笔，心口热了起来。

不一会儿表格就从前面传到了她手里，她找到了自己的名字，握着笔，笔尖停在空格的上方。

目标学校……

她的长睫轻轻颤动，良久，笔尖才落到纸上，迟疑地写下了那四个字：京州大学。

放学铃声响起，戚生生放慢了收拾的速度。直到楼梯里空荡下来，她才顺着西侧的楼梯下到一楼，路过理科一班的时候，她不抱希望地透过窗户看向里面。

没想到却撞进了虞宋不经意瞥过来的视线里。

"！"

戚生生心一跳，连忙收回视线，目不转睛地路过门口，却能听见身后逐渐靠近的脚步声。

高三的晚自习放学时间比高一高二晚十分钟，戚生生走得很慢，此时的校园里只剩下稀稀拉拉的几个人，刚才热闹的校园瞬间没了声响。月光洒下来，将偌大的校园照在一片银辉之下，通向校门的路边点缀着几盏装饰用的地灯，光芒几不可见。

戚生生僵直地走在前面，第一次觉得这条路好长，学校好安静。

虞宋手长腿长，走路的节奏很稳，因为经常打羽毛球的缘故，脚步声很轻，落在戚生生的耳朵里，那一步步像踩在她的耳膜上，比她的心跳声还要大。

走了一会儿，在戚生生认为以虞宋的速度很快就会超过她的时候，却迟迟不见他走过来，脚步声还在身后，不过节奏放缓了下来，亦步亦趋。

戚生生不敢回头看，心头有些失落。

本来还以为可以看他一眼来着。

直到出了校门口，戚生生朝着公交站的位置走去，到了街对面，她才敢回头看一眼。

虞宋背着单肩包，肩颈笔直，背影比上次见他更加宽阔，他沉默地走向一辆私家车，开门坐了进去。

这是戚生生自上次晕倒之后第一次看到他。

心里说不上来是什么滋味，有点酸，有点涩，像隔着一道无形的遮罩，把她阻挡在外面。

戚生生扭过头却看见了站在公交站前冷着脸的时忱，她心下一惊，连忙跑过去："你怎么在这儿？"

自从戚生生去集训之后，时忱就不乘公交车上下学了，还是由童慧珊开车接送，高二晚自习早放十分钟，按理说他应该早走了。

时忱没有吭声，面无表情地注视着虞宋所在的方向，眉尾下压，一股浓烈的压迫感散发出来。直到那辆私家车消失在拐角，他才淡淡收回视线。

他的唇线抿直，垂眼看向戚生生，狭长眼眸漆黑如墨。

场面安静了下来，戚生生觉得他好像生气了，可下一秒，少年嘴角一松，移开目光："不是说要我陪你上下学的，忘了吗？"

时忱的声音没有波澜，却有些哑。

戚生生眸光微闪，想起时忱要中考的时候，他说他会留在今阳，陪她上下学。

戚生生抿了抿唇，抬眸瞧着眼前的少年，他的鼻头被风吹得有点红，眸色温润，透着几分可怜。

刚刚因为虞宋而沉闷的心情，在见到时忧的那一刻被缓解，戚生生眉眼一弯，把口袋里的暖手宝拿出来塞到他的手里，声音温软："不敢忘。"

末班公交车上，只有他们两个人，还是最后一排的位置，时忧懒散地托着下巴盯着窗外暗淡的街景，霓虹灯光掠进昏暗的车厢，光影在静谧的空间里浮动，谁都没有开口打破这份宁静。

戚生生觉着气氛有些尴尬，她悄悄侧过头看了时忧一眼。只见他将整个注意力都放了窗外，没有任何杂念，但周身散发出感觉并不闲适。

"你困了？"

女生独特的温软嗓音在车厢里响起，时忧淡淡地"嗯"了一声，没有回头，侧脸轮廓硬朗分明，眼睫低垂，看着没有一丝朝气。

气氛又沉默了下来。

戚生生见他这副样子不由得抿了抿微凉的嘴唇，想起了什么，接着便拿出手机把拍下来的成绩单翻出来放到时忧的眼前。

时忧眼尾微扬，将身子坐正，夺过戚生生的手机看清了上面的分数，轻笑一声："不错嘛。"

戚生生唇角上扬，嘚瑟的小表情落在时忧的眼底。

他看着她，忽然道："所以决定好去哪里了吗？"

戚生生听他语气认真，想起自己在晚自习写下来的那四个字，抬眸迎上了他的目光："京州大学，我想去京州大学。"

这回是戚生生自己想去，不是因为虞宋，不是因为任何人。

四目相对，时忧目光渐渐落到她的唇上，不知不觉间失了神，陷入了自己的情绪里，直到戚生生叫他才回过神。

"怎么了？"她问。

时忧撇过脸，目视着前方，车辆依旧在前进。车厢里安安静静，耳边只有戚生生的声音，他好想一直这么坐下去，和身边的这个人。

"戚生生。"

"嗯？"

时忧喉结滑动，手在黑暗里握紧又松开，声音低哑："如果，假设，我有一天要去很远很远的地方，不知道什么时候才会回来，你会……"

他顿了顿："你会想我吗？"

戚生生一愣，眉头皱起来："你要去哪儿？"

时忧扯着唇笑了笑，没心没肺的模样："没有，好奇问问。"

你的好奇怎么这么多？

戚生生心跳顿了顿，认真回答："当然会想你啊，还会担心你能不能好好照顾自己。"

"以什么角色？"时忧偏头盯着她，眉眼带笑，仿佛只是随口一问。

戚生生似是被问住了，良久都说不出个所以然来。

什么角色？

姐姐？还是朋友？

好像哪个都不是她想说出口的答案。

时忧没有催她，嘴角的弧度松了下去。恰好这时车辆到站，他眨了下眼站起身："到了，走吧。"

话题被打断，应该说是被刻意忽略了。

两人像往常一样一前一后地走在巷子里，时忧背影宽阔，戚生生借着月光打量他，不知为何总觉得他今晚没有了往日的蓬勃生机。

"小忧。"戚生生轻声叫他，"你想好未来要做什么了吗？"

时忧声音闷闷道："没有。"

话题没有开始便结束，那天晚上戚生生看着少年远去的背影，忽然觉得他们两个人其实离得很远。

如果虞宋对她来说是另一个世界的人，那时忧就是看似很近，但却始终无法真正靠近的人。

戚生生读不懂他，他也不愿意让她读懂。

他的一切行为都在戚生生的意料之外，说的话、做的事都让她无法预设，就像朝阳没有道理地照进黑暗里。

回到家的时候桌上摆着一个草莓蛋糕，是陈隽买的，戚生生简单吃了点便洗漱回了房间。

她躺在床上打开手机，点进空间看见了大家的点赞，正要退出去的时候，余光瞥见其中一个点赞的网名。

YU。

是虞宋。

虞宋给她点赞了。

这个认知让戚生生愣了愣，难言的情绪在胸口升腾，她仔细确认了很多遍，才接受这个事实。

她慢慢把手机合上，眼睛在黑暗里眨了眨。

应该只是出于礼貌吧。

毕竟虞宋是个很好的人。

学校的办事效率很高，才过了一天就把海报做好了，姬明把它贴在门口，一下课全班都围拢过来互相调侃着对方的志愿。

"京州大学，生生你有把握吗？"施映嘴里叼着牛奶吸管问道。

戚生生摇摇头："没有。"

施映揽着她的脖子，鼓励道："没事，我相信你可以的。"

戚生生笑了笑，指着施映的志愿问她："那施映同学你有把握吗？"

施映还是如往常一样，自信又骄傲，她昂头道："必须的，我可是未来最厉害的女演员。"

她畅想着："等我赚了大钱，我就在京州买套大房子，把你和小允都接过来，我养你们一辈子。"

施映的目光落到蒋显允填报的学校名字上，叹了口气，自言自语道："京州大学有飞行专业吗？"

戚生生听到这话，心情跟着低落了下来。

蒋显允竞赛的那天梧城的天空很阴沉，天上压着厚厚的云层，偶尔能听见几道沉闷的雷声。

林若岚特意开车送蒋显允到考场，戚生生和施映也来到了考场门口想给蒋显允一个惊喜，但还没等蒋显允说话，林若岚没有起伏的声音就盖了过来：

"小允，时间要到了，进去吧。"

蒋显允脸色瞬间泛白，她朝着二人笑了笑，跟着人流走进学校，直到背影消失。

施映不满地看了眼林若岚，懒得喊她。

将近三个小时的考试，等待的时间很无聊，林若岚忽然开口打破沉默："听小允说，你们两个都是艺考生？"

戚生生"嗯"了声，不清楚她问这个要干吗。

林若岚听到回答，嘴角忽地扯出了个不咸不淡的微笑，眼里闪过一丝轻蔑。

戚生生看在眼里，心里顿时不太舒服。

"这样啊，这也是一条捷径，蛮好的。"

"蛮好的"这三个字落在耳朵里让人没有一丝舒适。

二人都听懂了弦外之音。

她是在说艺考是差生考上大学的捷径。

林若岚没有丝毫收敛的意思，也不觉得自己一个大人在孩子面前说这些有什么不对："我们小允文化好，倒给我省了笔钱呢。"她轻笑一声，"联考结束了该校考了吧，那更没时间学习了，我们小允不一样，是要靠成绩考进京州大的，时间很宝贵，这段日子你们仨就少来往吧，等高考结束再说，你们不学习小允还要学呢。"

这话说得很清楚。

你们来找小允会影响到她的学习。

施映气笑了，林若岚也不看看蒋显允现在的状态，哪里有个健康的样子，学得都快要晕倒了，这还不被影响？

她正要出口呛回去的时候，戚生生拉住了她。施映喉头一顿，愤愤地闭上了嘴。

戚生生胸口憋闷，也想驳斥，但这里人多口杂，跟长辈争论起来也不太好。她深吸口气，表情严肃，直视着林若岚，冷声道："阿姨，就算是机器也是需要休息的，何况小允还不是机器，她是个人，需要睡觉需要喘气，我们可以不来找她，但请您让她喘口气。"

林若岚闻言瞬间不乐意了："哎！你这孩子说的什么话啊？你什么意思，谁不把她当人了？谁不让她喘气了？"

施映翻了个白眼，在一旁小声道："谁反驳说的就是谁呗。"

"你！"林若岚指着她俩，满脸怒意，声调拔高，吸引了周围人的视线，"你们爸妈怎么教你们的？跟长辈这么说话，我的孩子你管我怎么教！"

林若岚一副不辩个高低不罢休的气势。

戚生生注意到周围有越来越多探究的视线聚拢过来，她不想在蒋显允的考场外引起骚乱，也不想蒋显允在她们和林若岚之间为难，于是便拉着施映的手朝外走。

施映临走时还淡淡看了眼发疯的林若岚，那个眼神极为淡漠，像在看跳梁小丑一般。

　　林若岚被刺激到，胸口气得起伏不断，碍着脸面才没有追上去。

　　蒋显允考完出来没有在门口看到戚生生和施映的身影，林若岚面如冰霜，她原本放松下来的心情瞬间落了下去。

　　"妈，我同学呢？"

　　听到蒋显允出来第一件事就是找那两个人，林若岚冷哼一声："走了，人家不想等你。"

　　她又严厉道："我警告你，以后都不准和那两人来往，一点礼貌都没有，也不知道家里人怎么教的，就那么和长辈说话，什么东西——"

　　蒋显允明显不信，皱了皱眉，没有力气和她吵："妈……"

　　蒋显允心累地叹了口气，知道林若岚是个什么样子，她肯定和施映她们说了什么。

　　"我们回去吧。"

　　一路上，林若岚都在问她考得怎么样、难不难、有没有题目空着、拿一等奖是否有把握等等，却没有问一句她是不是饿了、想吃什么、冷不冷……

　　蒋显允盯着车窗外飞驰的绿化带，觉得胸口越来越闷。车内的氧气越来越稀薄，她快要喘不过气了，胃里开始剧烈翻滚，她觉得自己像只翻着肚皮的金鱼，雪白的肚子暴露在空气里，生命力在一点一点地消散。

　　"啊！"

　　当林若岚又在问她怎么不说话时，蒋显允再也忍不住，抱着脑袋用尽全身力气大叫了一声。

　　林若岚被吓得表情一怔，在红绿灯前猛地刹住车。

　　"你发什么疯？"

　　蒋显允低下头大口大口地喘着气，享受着这片刻的宁静，眼泪无声地砸在裤子上。

　　"蒋显允，你发什么疯？"

　　女人冷漠的声音在车里响起，似威胁又似警告。

　　发什么疯？

蒋显允面无表情地放下手，眼眶很红，眼底血丝遍布，像个破败的玩偶。她空洞地盯着红灯，直到它变成绿色。

　　她可能真的疯了吧。

最好

禾刀 著

下

贵州出版集团
贵州人民出版社

第八章

"可是我不好。"

联考之后各个艺术院校都陆续公布了校考时间，京州大直到一月中旬才正式进行网上报名，考试要等到二月底开始，三月核算成绩，公布成绩在四月上旬。

京州大美院校考的具体时间日期还没有公布，戚生生担心要是报了其他学校，到时候考试时间都撞在一起。为了以防万一，所以她只报了京州大一个学校。

李鑫看了之后不太赞同："不给自己多留几条路吗？要是到时候没拿到证怎么办？"

戚生生无所谓地耸耸肩："不是还有联考成绩嘛。"

李鑫闻言摇摇头："你呀，就是心太大了。"

戚生生笑笑，没有再继续这个话题。

她不太想给自己留太多退路，那样的话她就无法拼尽全力了。

日子在平淡中流淌，戚生生把所有的注意力都放在了学习上，把因为集训而落下的课程慢慢补上。数学依旧是她的弱项，经常晚自习回去还要再学两个小时，一般都要到凌晨一点才能睡，每天都仿佛在吊着一口"仙气"活着。

时忧这段时间不知道在忙些什么，戚生生每晚刷完题准备睡觉的时候会下意识地看眼时忧的窗户，灯都是亮着的，他睡得比她还晚。

戚生生看着QQ上时忧发来的晚安，担忧地皱皱眉，时间将近凌晨一点，他一个高二的学生为什么也这么晚睡啊？

想到这儿，她试探性地发了个消息过去："怎么还不睡？"

过了好一会儿，戚生生从厨房倒了杯热水回来，那边反问："你怎么还不睡？"

生生："学习。"

三窟："我也学习。"

……

戚生生握着手机把窗户打开。初春的夜里还是很冷，她瑟缩了一下，看着时忱坐在窗前的倒影，有些失神。

时忱好像在瞒着她做些什么。

这个想法让戚生生心里莫名不舒服。

有什么事需要这么神神秘秘的。

戚生生托着腮，看着那道人影，下一瞬，那人影似有所感地站了起来，慢悠悠地靠近窗边，伸手推开玻璃窗。

戚生生目光一怔，站直了身子。

时忱清晰的身影出现在窗边，虽然看不清脸，但少年形容懒散，单手插兜，能感觉到他的目光直直看向她的方向。

手机在这时振动起来，戚生生心头一动。

三窟："别看了，快睡吧。"

像被人戳破了心事一般，戚生生下意识地立马关上了窗户，耳尖在黑暗里红了起来。

生生："我看什么了？我没看啊。"

看到这条消息，时忱嘴角上扬，懒洋洋地抬眸看了眼已经紧闭的窗户，像哄小孩一样："我说别看书了，你在瞎想什么呢？"

对面沉默良久，才嘴硬回道："知道了，晚安。"

时忱收起手机，慢慢收起笑意，视线凝在那扇紧闭的窗户上，有风吹进房间，将书桌上的复习资料吹得"哗哗"作响，天边撒着几颗微弱的星辰，四周静谧无声，这个城市陷入了休眠阶段。

少年长身玉立，只着单薄长袖的背影显得无比落寞。

二月初，蒋显允的竞赛成绩出来了。

她没有考好，只拿了二等奖，达不到保送名校的资格。

这个结果跌破了所有人的眼镜，那个每次都在全校前十的学霸蒋显允竟然在竞赛中失利了，甚至没考过平时成绩不如她的人。

那天戚生生记得很清楚，林若岚风风火火地来到学校，一脸不可置信，眼里有压制的怒火。蒋显允听到她的声音，身子微微颤抖，脸色比纸还白。

姬明把蒋显允叫到了办公室，那天上午她都没有回教室。

下课的时候，戚生生和施映悄悄走到办公室门口偷听里面的声响，可是只能听见林若岚和老师们的对话，蒋显允没有说一句话。

"蒋显允那段时间状态是不怎么好，平时的模拟小考也不稳定，应该是压力太大了，没休息好吧。"竞赛班的周老师解围道。

"这怎么可能没休息好呢？我特意给她排了一个时间表，什么时候学习、吃饭、睡觉，我们都严格执行，每天睡够七个小时，这是必须的。再说了有压力不是应该的吗？压力就是动力。周老师你就跟我说实话吧，她是不是在学校偷懒了？"林若岚咄咄逼人的语气让在场的所有人都沉默了下来，看向蒋显允的眼神带上同情。

周老师表情尴尬，咳嗽了一声，笑了笑："蒋同学很刻苦，其他同学下课休息的时候她都在学习，考试嘛，八分靠实力，还有两分也是靠运气的，可能考试那天她没发挥出自己真正的水平。还有高考呢，路多着呢。"

林若岚闻言看向低头不知道在想些什么的蒋显允，冷哼一声："保送都做不到，还能指望她高考考得好吗？"

这话说得严重，办公室里的气氛瞬间陷入冰点，没人敢接话。

门口的施映听到这句话眼眶霎时红了，她想起那天晚上，蒋显允和她坐在湖边说的那番话。

——"我们这个年纪应该追求一些有结果的事情。"

追求有结果的事，就是听从林若岚的话上个好大学，一辈子被她摆布，有个漂亮的人生。这样的话，和行尸走肉有什么区别。

两人站在办公室门口，明媚的阳光照进走廊，可她们两个人却觉得通体冰凉。

那天蒋显允被林若岚带回了家，连请了三天的假，直到放寒假前一天才到学校拿作业。

她瘦得脱了相，下巴尖细，脸还没有巴掌大，眼窝深邃，眼里失去光芒。

等姬明说完寒假的注意事项，班级响起热闹的喧哗，戚生生作为值日生去打扫卫生区，施映立即扯住了蒋显允的手。

"小允，我们三个一起去吃抹茶冰激凌好不好？"她小心地注意着蒋显允的表情。

蒋显允的手很凉，被施映温暖的手握住的瞬间变得僵硬。

她微微笑了笑，把手抽出来，把包收拾好，语气平静："不行，我妈在门口等我，她帮我找了假期补习的老师。"

施映的心揪在一起："那我买给你，你带到车上吃？"

蒋显允动作一顿，沉默地把包背好，声音低哑："施映，我不喜欢抹茶味。"

"那巧克力的？或者你想吃什么我都买给你。"施映不放弃。

教室里渐渐没了其他同学的身影，夕阳的余晖落进教室里，施映眼眸闪烁，心疼地瞧着眼前的女生。

蒋显允背挺得很直，沉重的书包把她瘦弱的肩膀压出痕迹，她背对着施映站在原地，声音里充满被刻意隐藏的疲惫。

"我不想吃，什么也不想吃。"

她抬头直视着夕阳，低喃道："施映，你以后就别管我了。"

"你在说什么？我听不懂。"施映眼眶泛红，不明白她这是什么意思，"你是不想理我了吗？"

蒋显允眨了眨眼，将雾气驱散："不是。"

她说完自嘲一笑，扭过头朝着施映笑，很好看。

"我送你的那本书你扔了吧，不用为难自己读下去了。"

说完这句话，她一步一步消失在施映的视线里，背影融进落日余晖中，像根针一样扎在施映的心里。

高三的寒假很短，春节陈隽和戚生生没有回白安老家，在店里简单吃了顿年夜饭，倒比在白安舒服开心得多。叶凤琴没有对此发表不满，只是因为少了个免费劳力有些棘手。

初三那天，时伍和时忱不知为何爆发了激烈的争执。

那天晚上，戚生生拿着烤好的曲奇饼干走到时家门口，就听到了二楼传来父子俩的争执声。具体吵的什么她听不清，但下一瞬，就见时伍愤怒地打开二楼的窗户，将一个黑色的东西扔了下去。

正巧落在戚生生的不远处。

她接着门口的灯光，看清了被时伍扔掉的东西。

是那台时忱很宝贵的单反相机。

他时不时会抱着它拍照拍视频。

相机的镜头和机身已经摔得分了家，镜片碎了一地，但机身勉强存活了下来。

戚生生正要去把相机捡起来，时忱就从屋里跑了过来。

两人在这个有些尴尬的场景下四目相对。

时忱先一步回过神，走过去捡起相机低头查看，眉眼间藏着隐忍的戾气。

戚生生抿了抿唇，没有问他俩为什么吵架，凑过去看着破碎的镜头，低声道："还有救吗？"

时忧表情紧绷，查看了眼镜头，眉尾下压："没用了。"说罢走到垃圾桶前把镜头扔了进去。

"……"

戚生生目光落在垃圾桶上，不知道在想什么，有些出神，直到时忧叫她才反应过来。

"你来干吗？"

戚生生扬了扬手里的包装袋，眼尾弯弯："给你送好吃的。"

时忧看着袋子，眸色沉沉，他轻哂一声，默默走出自家的院子，来到不远处的花坛边坐下，摆弄起相机。

戚生生乖巧地坐到他旁边，慢慢打开袋子，扑鼻的曲奇香味瞬间飘了出来，她拿出一块递到时忧面前，示意他吃。

时忧压着黑睫，盯着莹白指尖捻着的黑棕色饼干，沉静的脸上没有多余的表情，声音喑哑："戚生生，我是不是……很糟糕？"

夜晚的风很温柔，时忧只穿了一件毛衣出来，他像是随口说了这么一句。见戚生生迟迟不回答，他接过曲奇咬了一口："说话啊。"

戚生生回神，思绪有点跟不上他的节奏，下意识地把心里话说了出来："当然不是。"

语气凿凿，非常肯定。

时忧挑眉，舔掉唇边的饼干屑，无声地盯着她。

戚生生掰着手指头罗列着他的优点："你成绩好，会打篮球，还会拉小提琴，虽然嘴上不饶人，但其实很温柔。"

话音落下，指头掰到第四根，为了凑个整，她继续道："长得也好。"

戚生生举起收紧的拳头，对他微微一笑："你这么优秀，怎么会是个糟糕的人呢。"

时忧目光微怔，他咽下最后一口饼干，很甜，但他还是吃不惯。

门口的灯光远远照过来，少年的脸半明半暗，他的视线落在戚生生带笑的面容上，眼眶在不知不觉中悄悄泛红。

时忧淡淡别开视线，嘴角勾起的弧度有些涩。他没再继续这个话题，哑声问："你不好奇我和他为什么吵架吗？"

"你想告诉我吗？"戚生生抬头看着夜空，轻轻呼出一口气，"想说我就听着。"

时忱轻嗤一声，像是赌气似的："戚生生，别总说着这种看似善解人意的话，不好奇就直说，我才不会失落呢。"

"……"

戚生生听不懂他是什么意思，无奈失笑道："我发觉你自从升上高二之后经常说一些让人听不懂的话，你们最近都流行这样吗？"

"听不懂那是你没用心听。"

时忱站起来，拿过她手里的袋子，语调懒散，透着漫不经心。

"走了。"

他结束了这场对话，没有再看她一眼，转过身走进院子，只留一个背影给她。

戚生生眨眨眼，等时忱关上门，她走到那个垃圾桶旁边，把刚刚扔进去的镜头捡了出来。

第二天上午，戚生生早早便起了床，背着包坐上去商场的公交车，在周边找了许久才看到一家专门卖相机的店面。

"这是 50mm 的定焦镜头，摔成这样已经没法修了，只能换新的。"老板看了看戚生生带过来的镜头，笑道。

戚生生也想到了这个结果，她抿了抿唇："新的多少钱？"

老板扶了下眼镜："一口价，一千块。"

戚生生皱了皱眉："这么贵啊？"

"你出去看看，这个牌子的定焦都这个价。"老板说，"看你还是个学生，我诓你干吗？"

戚生生拿起那个碎掉的镜头，手指抚摸着上面的裂痕，默了几秒才道："我买，您帮我包起来。"

"好嘞，等着啊。"

一千块……戚生生摸着口袋里正好的钱，心里松了口气。

她还担心自己钱不够来着。

这钱是她为了将来去看喜欢的那个歌手的演唱会和去西藏攒的，现在为了一个小小的镜头就全没了。

拎着崭新的镜头，戚生生坐上回去的公交车。她出神地看着窗外，脑海里渐渐浮现出昨晚时忱的样子。

有点委屈，也有点可怜。

就算吵得再厉害，时叔叔也犯不着把儿子心爱的相机砸了吧。

想到这儿，戚生生叹了口气，抱紧怀里的镜头，打算找个机会送给他。

这个机会直到很久都没找到，每当戚生生想把东西拿出来，但对上时忱的眼神，她就莫名其妙地心头慌乱，整个人都开始紧张。

　　这个礼物明明很普通很平常，但她就是无法自然地送给他。

　　不，一点也不普通，价值一千，对于一个高中生来说算是笔巨款，她为什么要花这么多钱去给他买一个坏掉的镜头呢？这个理由是什么？

　　看他可怜，怕他难过？

　　这个理由好像一点也站不住脚。

　　就这么磨磨蹭蹭、别别扭扭，这个贵重的礼物就迟迟没有送出去。

　　二月中旬，京州各大高校的校考开始了，戚生生和施映两个人乘着飞机去到京州，住到了提前预订好的酒店里。

　　每年校考期间，大学城附近的酒店都人满为患，基本都是来考试的艺考生。

　　两人要在这儿待半个多月，直到复试结束。

　　因为报考的学校和专业不同，时间也不一样，两人白天很少有同时待在酒店的情况。

　　在施映去电影学院面试的那天，戚生生正好有空，她陪着施映一起去学校。

　　施映准备的芭蕾舞需要换上专门的服装，早晨很冷，为了不受凉施映把服装带到学校，打算在厕所里换上。

　　戚生生抱着她的长款羽绒服等在隔间外面。这是个在考场点的厕所，此时不少考生都在里面换衣服和练朗诵，时不时有女生擦肩而过，都是样貌极好，身高腿长的美人。

　　不愧是学表演的，外表就是优越。戚生生心里小小地感叹了一下，在她收回视线的瞬间，有个熟悉的身影从门外走了进来。

　　是颜桐。

　　她也报考了电影学院。

　　戚生生下意识地别过脸，不让她注意到自己。

　　自从听到杨昕说的话后，戚生生对她的感情变得很复杂。

　　少了羡慕，多了几分感同身受。

　　毕竟那个人是虞宋，在十六七岁的少女眼里极其具有吸引力但又无法触碰的人。

　　颜桐没有要上厕所的意思，她走到镜子前洗了个手，抬头认真地端详着自己的脸，看有没有不完美的地方。

戚生生透过来往的人群瞧着那个容貌绮丽的女生，一时失了神。

这样的女生没有人会不喜欢吧。

那边颜桐收回视线，靠在洗手台前拿出手机，拨了个电话出去。

不一会儿，电话就接通了。

"我已经在考场了，还要一会儿才能到我。"

"嗯，我肯定没问题的，谢谢关心。"

"虞宋，你说了我回去你要请吃饭的，别忘了。"

"嗯，拜拜。"

通话结束，女生疏离的脸上出现和她平日里完全不一样的笑容。

是发自内心的开心和羞涩。

厕所不大，周围人都在小声练习，颜桐没有刻意克制自己的声音，那个名字清晰地传进戚生生的耳朵里，让她心口一窒。

直到颜桐走出去，施映换好衣服出来，她还在恍惚中。

"怎么了，脸色这么差？"施映盘好头发，见她脸色不对，关心道。

戚生生回过神眨了下眼，笑笑："没事，我饿了。"

施映失笑，接过羽绒服穿上，揽着她边往外走边说："结束了一起去吃涮羊肉，学校附近有一家超级赞。"

"嗯。"

等到施映考完，两人先回了酒店换了个衣服，施映非要帮戚生生化妆，说："哎呀，好不容易一起出去玩，化个妆美美地和我拍照。"

戚生生拿她没办法，干脆闭上眼睛随她摆布。

化完之后，施映盯着戚生生，眼里放光："生生我觉得你比级花颜桐都好看。"

戚生生看着镜子里的自己，鹅蛋脸，偏圆的眼睛，娇俏的鼻子，属于可爱清丽的长相，和颜桐那张艳丽的脸一点关系都没有。

她放下镜子，穿上外套："别贫了。快走吧，我好饿。"

"等会儿，化完妆当然要自拍啦。"施映揽住她，两人头靠着头，打开前置相机，"笑一笑，兔牙那么可爱必须得露出来。"

戚生生乖巧地对着手机展颜一笑，两张风格完全不同的笑脸被定格在手机里，一个明艳一个甜美，是最美好的年纪。

直到坐在火锅店里点完菜，施映都在看那张照片："唉，要是小允也在就好了。"

戚生生倒茶的动作微微一顿，几不可闻地叹了口气。

"我还是发在空间里吧，她刷空间的时候还能看见我们。"施映提议。

戚生生点头："好。"

施映点开说说，选中这张自拍，编辑了一句"在京州，祝校考顺利"，随后发了出去。

"发完了。"

戚生生跟着点开空间，给施映点了一个赞。

点完她自然地刷起了空间，期间服务员把锅底端了上来。涮羊肉独有的铜锅冒着灼人的热气，白汤在里面翻滚，香味瞬间勾起了食欲。

她的 QQ 没有加多少人，空间也不热闹，不一会儿就翻完了。

戚生生看了眼桌上已经齐了的菜，便习惯性地刷新了下空间，打算把手机合上。

刷新完成的那一瞬，她看见了施映发的那条说说下已经出现了不少的点赞和评论。

她莫名地顿了一下，看清了点赞里那个熟悉的名字：YU。

虞宋给这张照片点赞了。

给这张她化了妆的自拍。

戚生生不相信地又刷新了一次，那个名字明晃晃地挂在上面，点进去就是他的空间。

对面施映咬着筷子乐出了声，叽叽喳喳：

"邵鹏评论的这是什么玩意儿，笑死我了，还姐姐好美，爱了爱了，哈哈哈哈哈——"

"哇，这个 YU 不是虞宋吗？他还是第一次给我点赞。"

"程于怎么也点了，晦气晦气。"

……

之后施映说了什么戚生生没有听清，她合上手机，思绪混乱。

她不愿意胡思乱想自作多情，这两次点赞可能真的只是礼貌罢了。

京州大美院的招生专业分三大类，设计学类、美术学类和艺术史论，戚生生报了设计学类和美术学类，具体的专业等拿到合格证，高考后填志愿才能确定。

考试那天，戚生生一个人打车到了京州大，庄严古朴的校门口不出所料地很热闹，大多都是结伴来考试的，和她一样形影单只的也不少。

借着门口指示牌和学生志愿者的帮助，戚生生顺利来到考场楼下排队，等着考试开始。

站在队伍最前面一个穿着红色志愿者服装，正在维持纪律的男生吸引了她的注意力。

戚生生眨眨眼，有点哭笑不得。

游闻也看见了她，瞬间眸子一亮，扬起招牌的大白牙笑容。

他和身旁的同学低声打了个招呼，随后走到戚生生身边。

"哼哼，小生生，被我猜到了，你还是报名了。"

游闻一脸得意，完全不注意何为"避嫌"二字。

戚生生轻轻咳了声，眼睛往周围看了看，示意他将音量降低，自己小声道："游老师你注意一点。"

闻言，游闻才惊觉这里是考场，周围都是各地而来的考生，他一个本校的学生和考生打招呼确实不太好。

男生挠了挠头，压低嗓音："这里是设计学的考场，你想学设计？"

戚生生："我设计学和美术学都报了，但服装设计确实是我心里第一选择。"

游闻听到她这个回答，表情肯定："不管怎么样，加油吧，说不定你会成为我的直系学妹呢。"

戚生生记得他说过自己的专业。

雕塑系。

两人简单说了几句，前面的学长便把他叫了过去，游闻走时让她结束等他的消息，中午一起去吃饭。

上午考了两门，考场里开了空调，戚生生倒也没觉得多累，交了卷子出来在约定的地方等游闻找她。

戚生生没有等多久，就见那抹鲜亮的颜色从另一栋楼里走了出来，游闻寒暄了几句，然后便领着他这个得意门生去了学校食堂。

为了尽地主之谊，游闻特意给饭卡冲了钱，让戚生生拿去随便刷。

"……"

戚生生拿着这张崭新又沉甸甸的饭卡，茫然地眨了眨眼，最后在角落里一个最不起眼的窗口前点了份小馄饨。

"不愧是我徒弟，还知道给师父省钱。"游闻端着餐盘走到位置上，看到戚生生面前的迷你小馄饨，不禁感动道。

"我不怎么饿。"戚生生拿起勺子舀了一个馄饨送进嘴里。

虽然不知道怎么自己莫名其妙在游闻嘴里成了他的小徒弟，但在异地他乡遇到一个认识的人，还被请客吃了碗热气腾腾的小馄饨，戚生生心头一暖。

游闻看样子是饿了，三下五除二便吃得精光，抬头看过去，小姑娘吃东西的样子很斯文，慢条斯理，不紧不慢，看着就很可爱。

游闻轻轻笑了出来，引得专心吃饭的戚生生抬眸瞧他。

"就你一个人来京州啊？"他问。

"还有我一个朋友，她考表演。"戚生生老实道。

游闻了然点头，忽然想到了什么，打了个响指，从包里拿出速写本："给你看个东西。"

说完不等戚生生反应，他翻到标记的那一页，放在女生的眼前："我设计的漫画主人公，你看着觉得怎么样？"

"你还画漫画啊？"

戚生生放下勺子，边接过边用纸巾擦了擦嘴。

他应该是用墨水钢笔画的，线条有印染的痕迹。

纯白的纸上站着一位身着校服的黑发少年，校服没有好好穿，外套被随意地搭在肩头，少年五官稚嫩，嘴角有伤，眉眼稍扬，目光不屑地直视前方，整个人显得孤傲不羁。

戚生生看着画纸上的漫画人物，像是被人物吸引了全部的注意力，但眉心却慢慢拧在了一起。

游闻捕捉到她的表情，嘴角上扬："怎么样？是不是很有热血高校的感觉？"

"这个形象——是你自己想出来的？"戚生生回过神，突然问道。

游闻微微一笑，意有所指："也不全是，看到了一个和我心中主人公形象很符合的男生，就不由自主地把他代入了一下。"

他看着她："是不是觉得有点眼熟？"

岂止是眼熟，这即视感太强了。

戚生生抿唇，迟疑道："你在哪儿看见的那个人？"

游闻一副你再装的表情，他放下速写本，和她讲了一年前在电玩城发生的事情。

"你那位朋友太拽了，我印象深刻，我想忘都忘不掉。"

"等一下。"戚生生打断他，"我和我朋友？"

戚生生眨了眨眼，脑海中浮现出时忱的样子。

"对啊，你和那个酷酷的小男生。"

游闻见女生的脸色，不知道她想起来了没有，好奇道："怎么了？他和你不是一起的？"

戚生生抿唇，低声道："哦，他是我邻居家的弟弟。"

"就只是弟弟啊？"游闻揶揄，"我记得他看向你的表情很害羞，怎么可能只是邻居的关系。"

游闻表示他不信。

"……"

听到游闻的话，戚生生眼睫轻颤，心脏忽地漏了一拍，她恍然地拿起速写本，纸面上桀骜的少年和时忧的身影慢慢重叠，她指节蜷缩在一起。

和时忧相处时那些意有所指的话语和幼稚的行为动作，好像在这时有了一点不太成立的解释。

那些一直被戚生生忽略的，有关于时忧的纷乱心绪，在这时有了一个念头。

可是时忧说过他有喜欢的人了。

那个人会是她吗？

戚生生深吸口气，回过神来，她不敢去想这件事。

她吸了吸鼻子，对游闻道："画得不错，挺像他的。"

游闻挑了下眉，不置可否，他把速写本收好："对了，他叫什么名字啊？"

戚生生拿起勺子的手微顿，过了两秒才低声道："时忧，时间的'时'，热忱的'忱'。"

当天晚上，戚生生做了个梦。

还是在那个没有阳光，黑云密布的旷野，她想跑出去，可是地底下伸出无数双惨白的手把她拉了回去。

在她无助绝望的时候，一道熟悉的光穿破黑暗，笼罩在她的身上，灼热的温度把那些手逼退。她努力想看清来救她的人是谁。

可等她适应了光明，入眼的却是一只尾巴燃着火苗的小火龙。

这还不是最离谱的，最离谱的是小火龙的脸和时忧一模一样。

"啊！"

戚生生在睡梦中短促地叫了一声，随后猛地惊醒睁开眼在黑暗里大口喘着气。

施映被她吵醒，下意识打开了床头灯，语气担心："怎么了？"

直到呼吸渐渐平稳，她才道："没事，做了个噩梦。"

闻言，施映淡淡一笑，扯掉左耳里的耳机，翻了个身面朝她："什么噩梦啊，吓成这样？"

戚生生长长地呼出口气，也跟着翻身，心脏还在急速跳动，声音低喃："我梦到一只脸很臭的小火龙。"

施映闭眼轻笑，顺着她的话说："它对你喷火了？"

"没有。"戚生生垂眸，床头灯暖黄色的光把寒夜衬出一份和暖，"它救了我。"

"那你怕什么？它不是很好嘛。"施映像哄孩子一样。

戚生生声音一顿，良久才"嗯"了一声："他很好。"低声喃喃，"可是我不好。"

"你哪里不好，我觉得你超好，宇宙第一好。"

"……谢谢。"戚生生眼眶温热，扯了扯唇角，"睡吧。"

房间再次归于平静。

戚生生伸手按灭了灯，眼眸在黑暗里格外明亮。

她一点也不好。

敏感，胆小，懦弱。

现在她还觉得自己有点花心。

明明是喜欢虞宋的，怎么会在不知不觉间对身为她应该照顾的弟弟时忧有了不该有的情绪呢？

她甚至不知道是从什么时候开始的。

游闻的话只是个让她正视的导火索罢了。

可能是在无数个相处的时光里，在时忧某些捉摸不透的话语里，也可能是在他奋不顾身保护她的行动里。

戚生生不知道，也不敢再想。

以时忧的性格，他喜欢上一个人是不会藏着掖着的，一定会很热烈地让那个人知道。

他不介意告诉她自己有了喜欢的人。

那……应该是她多想了吧。

二月最后一个周日，戚生生和施映结束了校考，回到学校参加一模考试，虽然落下了很多进度，但她俩还是想参加试试水。

蒋显允的位置被调到了第二排，离戚生生和施映越来越远，她在有意无意地回避她们，两人主动找她说话，她的态度也不热络。

但显而易见的是，蒋显允的脸色很难看，精神也越来越萎靡，不止一次在课堂上打瞌睡，魔怔了一样地学习，可是周考和月考的成绩越来越落后，一模前最后一次的检测，她已经掉出了班级前十。

戚生生肉眼可见地看着她越来越沉默，可她们却什么也帮不了她。

从京州回来之后，戚生生面对时忱的时候，总会莫名失神，心里被纠结和烦闷塞满。不过时忱最近好像也有点心不在焉，没有注意到女生的不对劲。

一模结束的那天，梧城下起小雨，独属于初春的味道在空气中蔓延。

每逢重要的考试，天公总是不作美。

戚生生做好了这次考不好的心理准备，最后一门结束从考场里走出来，心情意外地放松。

施映拉着她去了趟小卖店，出来的时候撞见好久没见的程于。

他的身边站着满脸笑意的杨昕。

程于在看见戚生生的瞬间，眼神倏然变得复杂，唇抿成一条直线。

戚生生只扫了他一眼，眉头轻微地皱了皱，随后便拉着施映默默与他擦肩而过。

在看到戚生生走过来的时候，杨昕脸上的笑容倏地一僵，下意识抬头确认程于的表情。

直到二人的身影走远，程于轻轻地、几不可闻地嗤笑一声，像是自嘲似的。

"我先走了，你自己去吧。"程于手插进兜里，看也没看她一眼，转身朝班级的方向走去。

杨昕盯着他的背影，手在袖口慢慢收紧。

一模成绩在三月初就下来了，学校特意制作了一张年级排名表贴在高三楼下的公告栏上。

下课期间，公告栏前围满了人，成绩分文理，理科的第一名，毫不意外是物化班的虞宋。文科的第一名则是十五班的一个女生。

戚生生站在后面，透过缝隙在成绩表中下游的位置找到了自己的名字，施映比她还低点。

语数外三门她考了 285 分，以京州大的录取线，她高考的成绩起码要在 310 分以上才有可能被录取。

将近 30 分的差距，戚生生在心里给自己打了个气。

这次一模考试成绩里最让人意想不到的就是蒋显允，往常从没有掉出过年级前二十的她这次竟然排在了百名开外。

跌破了所有人的眼镜。

蒋显允没有下楼看成绩，她像是早已有了预兆，脸上没有悲喜，拒绝了所有人善意的宽慰。

戚生生看着女生漠然坐在座位上的背影，胸口透不过气。她走过去慢慢蹲在蒋显允的身边，眸光注视在蒋显允脸上。

"小允。"她轻声唤道。

蒋显允没有血色的嘴唇动了动，视线淡淡移到戚生生的脸上，没有吭声。

戚生生鼻子一酸，不知道该如何安慰。两人相视默默无言，直到蒋显允眼眶渐渐泛红，她才敢出声："没关系的。"

蒋显允嘴唇颤抖，压抑了许久的情绪在此时倾泻而出，她猛地抱住戚生生的脖子，泪珠接连不断地砸在戚生生的衣服上。

蒋显允小声啜泣着，像受了无尽的委屈，终于找到了宣泄的出口。

那天蒋显允哭了很久，直到上课铃响她还在哭。姬明叹了口气，没有因为她的成绩下滑而苛责她，还给她开了请假条回家休息。

蒋显允顶着红肿的眼睛站在家门口，却不敢开门进去。

林若岚一定已经知道她的成绩了。

她想到开门后的场景，整个人就止不住地发抖，那是一种从心里冒出来的，宛如条件反射一般的害怕和厌烦。

一回忆起那个感觉，她的胃里就开始翻腾。

她就这么在外面站了许久，直到林若岚从里面出来找她。

林若岚开门就看见了站在门口的蒋显允，没有惊讶和惊喜，眼里毫无波澜，甚至带着一丝嘲讽。她轻哼一声，本就古板严肃的脸染上点刻薄。

"进来吧。"她松开门把手，示意蒋显允进来。

蒋显允抬起没有光彩的眼睛看向屋里，对着门的地方是餐桌，墙上有面巨大的开窗，此时晚霞惹眼，落在木色的桌面上。

这套房子是他们离婚时父亲不要的，像是在甩脱什么烦人的东西，没有丝毫犹豫和不舍。

这么多年过去了，他似乎已经忘了还有她这么一个女儿。

见面的次数一只手都数得过来。

家里没有父亲的照片，林若岚也不准她提起，她都快忘记父亲的长相了。

但她一直记得自己十岁生日那天，父亲给她买了店里最大的草莓蛋糕，提前在她的枕头底下藏了礼物，母亲做了满满一桌他们爱吃的菜，就摆在这张桌子上。

蒋显允盯着桌子，眼前渐渐浮现出当时的画面。

色调明媚温暖，父亲和母亲脸上带笑，宠溺地看着吃得满脸都是奶油的她，阳光落在三人的身上，像是镀了层金光，画面定格，宛如梦中的场景。

"给我过来。"

女人冷漠的声音打破了蒋显允的幻想。

那张餐桌瞬间变成破败的灰色，回忆里的三人也消失不见。

蒋显允长长的眼睫颤抖不止，她面无表情地走到客厅，脸上没有一丝血色。

"你这次是什么意思？故意的？"林若岚冷哼，没有生气，只有嘲讽，"在反抗？"

她拿起茶几上的杯子，没有预兆，猛地把杯子摔在地上。

四分五裂的玻璃碎片瞬间散落在瓷白的地板上，有几片飞到了蒋显允的脚边。

林若岚露出了真实的嘴脸。

她气势汹汹地走到蒋显允面前，用手指着蒋显允的鼻子："我警告你蒋显允，这不是和你开玩笑的事情。你知不知道很多时候高考的分数就和一模差不了多少！你考的这个分数连京州大的边你都碰不到！"

她急促地喘着气，额角青筋浮现，看起来气得确实不轻，面容狰狞，比疯子还要不堪。

"你到底要我怎么样啊！为了你的高考，我把能休的假都休了，留在家陪你，拉下脸求邻居不要发出大动静，为了你的健康我每一餐都绞尽脑汁，做到荤素搭配，跟你一起按着作息表生活，比鸡起得早，睡得比狗还晚，我这当牛做马的到底是为了什么？不是陪你玩的！"

蒋显允面无表情地瞧着她，红肿的眼睛宛如一潭死水。

像是被蒋显允这副油盐不进的样子给刺激到了，林若岚又是冷笑一声："你以为你这样我就会答应你考京航吗？别想了，只要我还有一口气，你都别想。"

蒋显允还是不说话，只是在"京航"这两个字时眼皮颤动。

林若岚强硬完接着开始软了下来，她抓着蒋显允的肩膀，语气渴求："小允，我们都坚持了这么久了，不能半途而废啊。还有不到三个月就要高考了，你保送失败，高考不能再失败了，咱们不闹了好不好？京州大的医学院只要进去将来前途一片光明，妈妈求求你，就当是为了我，你也要考进去，我们一起证明给那个男人看看！"

她越说越激动，手上的力气不自觉加大。

　　"够了！"

　　蒋显允突然抱头嘶吼道，甩开林若岚的桎梏，抬起头瞪她，眼泪已经布满脸颊。

　　"够了，我真的够了……"蒋显允哽咽道，整个身子都在颤抖，"你知道吗？你所谓的睡满七个小时就是个笑话，现实是，我每天都在失眠，头发大把大把地掉，脑袋每天像炸了一样地疼，我满脑子都是学习、成绩，害怕自己考不好，害怕你的脸上出现嘲讽和失望！我像个神经病一样，每天过得胆战心惊，连最好的朋友我都不敢再来往。"

　　"这些都是拜你所赐，你把你的意志强加在我身上的时候，你有没有考虑过我的感受？"

　　"你不想输给那个男人，那是你的事，别扯到我，我不是你的工具！我有我自己想要的未来，凭什么让你随意更改，凭什么？"

　　她几乎是怒吼着说完了这几句话，眼泪决堤，怎么也止不住，她终于说出了自己心里一直想说的话："你的人生被毁了，就要再毁了我的人生吗？"

　　"……"

　　林若岚表情一滞，完全没有想到会从蒋显允的嘴里听到这些戳她心窝子的话，她丝毫没有被蒋显允的话给影响，甚至更加生气，觉得蒋显允是在找借口。

　　"我告诉你凭什么，凭我生你养你，是你妈，你这辈子都别想摆脱我！"

　　她看着蒋显允这副谴责她的样子，仿佛看到了当年那个男人离开她时的场景。

　　也像蒋显允这样，做出一副被她逼到无可奈何的模样。

　　林若岚想不通，她明明对他们奉献了所有、掏心掏肺，没有半句后悔，为什么最后换来的是这些？

　　愣怔片刻，她像是想到了什么，推开蒋显允快步走上二楼，边走边说："我看就是我对你太宽容了，让你没有意识到问题的严重性。"

　　蒋显允见她朝着自己的房间走去，心头一跳，连忙跟上去："你要干吗？"

　　林若岚置若罔闻，气势汹汹地打开房门，一眼便锁定了摆在柜子里的飞机模型。蒋显允也看出了她的意图，哭着跑过去制止她："妈我求你，别这样，我求你，你别碰它，我求求你！我求你……"

女生瘦弱的身体想要保护那架承载了她所有希望和期盼的飞机模型，可是不管她如何哭喊恳求，那人就是不放过她。

"我一直没扔它就是个错误，还给你留了念想，妄想考什么京航！你爸和那个贱人生了个儿子你知不知道，你一定要给我赢过他，比他有出息，才算对得起我！"

拉扯争执间，还是力气比较大的林若岚抢到了飞机模型，她握着机翼，眼神狰狞恐怖，嘴角翘起一个讥讽的笑，仿佛拿捏住了蒋显允的命脉，只要她松开手，就能让蒋显允粉身碎骨。

蒋显允盯着模型，脸上彻底没了血色。

"砰"的一声，模型应声掉落在地上。

脆弱的外壳在触地的瞬间便四分五裂，蒋显允亲手组装起来的零件四散开来，变成了碎片，连同着蒋显允的希望一起，宛若垃圾一样。

时空仿佛在此刻凝滞，蒋显允什么也听不到，混沌和绝望将她裹挟。她愣在原地，没有了任何动作。

林若岚表情畅快，终于解了气。她抬脚避开碎片，走到门口打开灯，语气如常，仿佛刚刚的一切都是幻觉："那些垃圾你别动，等一会儿我来扫，别伤着手，吃完饭把试卷拿出来订正，看看自己都错在哪儿了。"

话音落下，周围终于陷入寂静。

屋外的最后一点夕阳也被黑暗吞噬，房间里亮如白昼，蒋显允站在灯下，脸上没有半分血色，白得像纸，想哭但是嗓子发不出声，胸口憋闷得仿佛下一秒便能炸开。

她的目光落在一地残骸之上，一颗心慢慢凉了下去。

2014年3月1日，春天，距离那届高考还有三个多月，戚生生永远也忘不了那天。

凌晨三点，这个城市里的大部分人还处在睡梦中，在今阳前的十字路口，却躺着一名年轻人。

是个小姑娘，她浑身冰冷，头上的血已经凝固，身上穿着今阳高中的校服。

发现的路人立刻报了警，警察第一时间将现场围住，调取了路口的监控，发现女生是在过马路时，被急速驶来的车辆撞倒的。

肇事车辆疾驰而过，视频里女生倒地之后挣扎了几分钟，随后便静止不动了。

警方立刻根据女生校服上的名牌确认了身份。

不久，林若岚的电话响了，警方用不忍的声音跟她讲述了蒋显允的死亡。

紧接着，林若岚尖声大叫，嘴里发出哀号，无意识地嚷着"不可能"抑或是"不对"这些自我麻痹的声音。

她惨白着脸冲到楼上打开蒋显允的房间，自我欺骗一般喊叫着女儿的名字，可里面空如一人。

林若岚不知道自己是怎么到达的停尸间，尸体被白布掩盖，看不见模样。她耳边是警官的低语："我们会在最短时间内找出肇事车辆，给您一个交代。"警官叹了口气，似是在惋惜这条鲜活的生命就此逝去，"很遗憾，请您节哀。"

"骗人！你们在骗我！"林若岚怒吼道，不相信地扑到尸体边，想掀开确认，但怎么也不敢伸出手，她声音颤抖，"这个人才不是小允呢，你们都在骗我！"

可是暴露在外面苍白的手和熟悉的袖口都在刺激着林若岚的眼眸，证明她在自欺欺人。她逼着自己掀开白布，只掀开一角，那双闭着的眼刚露出来，她就发出痛苦凄厉的哀鸣，比电视上演的还要令人震撼。

她是被警察搀出的停尸间。

不久之后，蒋显允的父亲蒋政也风尘仆仆地从外地赶到了警局，他眼睛红肿，泪水不止，伤心不比林若岚少。

林若岚呆坐在走廊里，只淡淡地看了他一眼，没有说一句话，仿佛已经失去了和他争吵的力气。

蒋政见完和蒋显允的最后一面，几乎瘫软在地。记忆里那个小小的漂亮女儿此刻变成了无法再说话的尸体，他赤红双眼颤抖地指着林若岚，吼："肯定是你！肯定是你逼的！要不然她大晚上不睡觉出去干吗！你这个女人，逼走我还要再把小允逼走，我跟你拼了！"

男人说完就要冲过去，但被一旁的警官立刻制止。

林若岚仿若失去了灵魂，她冷眼看着哭倒的男人，轻嗤一声："现在知道她是你女儿了，死了才知道来看她。"

蒋政喉咙一哽，痛苦地闭上眼睛，不再说话。

一个学生半夜独自出门，在路口发生意外，世人总是要探寻原因的。

警察照例询问了和死者亲近的人，想要从这些只言片语里拼凑出一个理由。

"最近您女儿是否有什么困扰和心事，抑或是不寻常的地方？她出门前有跟您说一声吗？"

"她一个孩子能有什么心事？"林若岚神色苍白，极力否认，"她这个年纪不就是学习那点事儿吗？"

林若岚捂住脸，语气哀恸道："她是偷偷出去的，我根本不知道她出门了，都怪我，肯定是因为我摔了她的模型，她生气了，才赌气出去的。"

蒋显允身上带着钱，确实像是要出去买模型的样子。

警官叹了口气。

戚生生和施映知道这件事还是在当天下午，姬明沉着脸走到讲台前向大家告知了这个沉重的消息。

这个消息像道惊雷，砸在所有人的心上，班级里鸦雀无声，大家说不出话来，只觉得没有实感。

一个昨天还活生生的人没了，这是他们这个年纪无法想象的事情。

戚生生心头一震，一瞬间喘不上气，腹部倏然感到紧缩反胃，眼泪却流不出来。

她只觉得自己仿佛被人抽离了所有的感官，呆立在座位上，耳边混沌一片，姬明接下来让自习的话她也听不进去。

蒋显允没了。

怎么可能呢，这不可能啊……

她紧皱着眉，茫然地看向施映，施映也在看她，两人都从彼此的眼睛里看到了自己，没有半分表情，只有苍白、麻木、愣怔。

那天晚上，戚生生面无表情地坐在回去的公交车上，魔怔了一般盯着手机拨打着蒋显允的电话，可不管她打了多少遍，对面都没有人接听。

时忧皱眉看着从放学开始就脸色苍白默不作声的女生，不知道她发生了什么事。

直到第十遍"嘟嘟"声传来的时候，戚生生嘴唇蓦地开始颤抖，眼泪再也忍不住地掉了下来，像断了线的珠串，砸在手机屏幕上，怎么也止不住。

意识到往后再也打不通的号码和再也见不到的笑容，戚生生心口抽痛着。

对哦，蒋显允没了，再也不会接电话了。

她低声呜咽哭泣，像只伤心的小兽，公交车里的乘客全都看了过来。

时忧看女生哭得这么伤心，他也顾不上追问她怎么了，连忙用脱下来的校服外套捂住她的眼睛，遮挡住大家好奇的视线。

他紧皱着眉，被戚生生的哭声弄得心头慌乱。他拍了拍女生颤抖的肩膀，像哄小孩似的："怎么了，遇到什么事了？"

车窗外霓虹灯闪烁，地面潮湿，水洼折射出的光影像是无尽的幻影。

戚生生的鼻间是少年衣服上的薄荷香气，她听到时忱的声音，抬起湿漉漉的泪眼，无神地瞧着他，可怜又无助。

她说出了她一直不愿意承认的事实。

"小允，她没了。"

"我甚至都没有好好和她告别。"

她抽搭着，断断续续说出这句令人心碎的话。

昨天蒋显允抱着她哭，临走时看她的那一眼，没想到就是最后一面了。

戚生生想到这个，心里就更加悲伤。时忱看着她这副样子，心脏像被人攥在手里。他眼睫颤动，抬手轻轻拍打着女生的后背，没有吭声，静静地陪着她哭。

蒋显允去世的第三天是星期日，林若岚和蒋政在市内殡仪馆为她举行了吊唁仪式，蒋显允的同学和老师都出席了。

肇事者在事发的第二天便被警方找到，司机是醉驾，被逮捕的时候都没意识到自己撞到了人。

一个本该面临高考，前程似锦的孩子以这样的方式陨落，众人心中都不是滋味。

一个本不该发生的意外，大家心照不宣地缄默于口，只是看向林若岚的眼神带上点可怜和无奈。

蒋显允的遗体被放置在透明的棺椁里，出殡前，有一段"道别时间"。

戚生生和施映还没看过她的遗体，直到现在她们才看见蒋显允。

她脸上没有一丝痛苦的表情，像是睡着了一样，被鲜花簇拥，还是那么漂亮，就只看了一眼，却令两人悲痛难忍。

施映哭得难以自己，像是有一个无比重要的东西被活生生夺走了。

照片里蒋显允笑得明媚，在那些去世者的照片里，她是唯一的年轻人，那么惹眼，却令人心痛。

蒋显允的葬礼过后，生活又归于平静，大家被高三繁重的学业和升学的压力困扰，渐渐地，没有人再去提起这件事。

一个生命的陨落并没有在众人的心中停留太久，随着时间的流逝，记忆逐渐模糊，许多年之后，这件事也只会成为大家口中的一个谈资。

自从蒋显允走后，施映变了许多。

从前叽叽喳喳，天不怕地不怕的女孩变得寡言稳重，每天都用学习来麻痹自己不去想那个已经消失的人，那双总是带着笑没有杂质的眼睛现在心事重重。

她仿佛变成了另一个人。

戚生生看着一瞬间长大的施映，心里说不出有多难受。

成长从来不是什么值得开心的事情，它是有代价的。

而代价就是失去一些重要的东西。

时间一晃来到四月，离高考只有不到两个月的时间。

校考成绩陆续公布。

施映没有意外地拿到了电影学院的资格证，而且专业成绩排在全国第十位，以她的文化成绩，相当于已经算踏进了大学的校门。

戚生生也没有让李鑫失望，她拿到了京州大美院设计学和美术学的两张资格证，只要分数跟得上，基本也不用担心。

所有人都在往好的方向前进，可是她俩明白，有根刺扎在心里，这辈子也拔不出来。

戚生生在美术教室查的校考成绩，李鑫看到结果，心里彻底松了口气，他由衷夸赞："做得很好，上大学之后别忘了老师啊，记得回画室看看我。"

戚生生笑笑，语气里带着感激："我知道的，这两年多亏了您的照顾。"

听到这么煽情的话，向来严厉不苟言笑的李鑫有些不好意思，他拍了拍戚生生的肩膀，真心替她高兴。

于萌萌考了个不错的艺术学院，也在京州，不过她的文化分是个老大难，为了能顺利上大学，向来懒散的她也开始了恶补之路。

从美术教室里出来的时候，下午最后一节课结束的铃声在校园里回荡，安静的校园在下一秒嘈杂起来，天色彻底暗下来，路灯同一时间被点亮，昏暗冷清的操场也变得温馨。

戚生生慢吞吞地走上西边的楼梯，她没什么胃口就不准备去食堂了。

她逆着人群走到四楼，教室里基本已经空了，施映从上个月开始就不上晚自习了，她报了校外的补习班，现在每到晚饭的时间戚生生都是自己一个人。

她收回踏进去的脚步，转身走向洗手间。

有风吹过，柔柔地拂到人的脸上，空气中还有不知名的花香，戚生生吸了吸鼻子，在走到拐角的时候，整个人霎时顿在原地。

只见不远处的回廊上，有两个人并排站在角落栏杆处，洗手间门口的白炽灯光洒在二人身上，虽然微弱，但足以让戚生生看清他们。

是颜桐和虞宋。

他们正并排站在一起，小声轻笑着聊天打趣。

女生凑近男生的耳朵，笑容娇俏。

虞宋没有抗拒，手插兜，眼皮微睁，淡淡斜睨着的女生，嘴角含笑。

两人的样貌都极好，站在一起就像一幅赏心悦目的画作，那么美好和适配。

戚生生下意识往后退了一步，将身影隐藏在墙角，不想让他们注意到自己。

她只看了一眼便仓皇收回视线，快速转过身，脚步僵硬地向教室走去。

一瞬间各种复杂的情绪在心头交织翻滚，酸涩从胸腔上涌，窜到鼻尖和眼眶，她皱了皱眉，想要止住没有出息的眼泪，可是并没有什么作用。

她坐到空无一人的教室里，手指有些凉，翻开试卷想要接着往下写，可眼前一片模糊，怎么擦也无济于事。

明明她很清楚那个人和她没有关系，可心里就是委屈和难过。

就像她看中了橱窗里的一个玩偶，攒了好久的钱想要把它带回家，可是某一天，它却在橱窗里消失了，有了比她好的人没有任何阻碍地带走了它。

你连生气都没有资格。

因为那个玩偶从一开始就不是你的所有物。

三模前学校组织了一场社团结业考核，学校要求各个社团必须在一周内完成这个任务，不耽误学生们的学习时间。

羽毛球社团的考核很简单，两人一对一进行比赛，老师在一旁打分，只要两个人的动作符合平时的教学内容，不管输赢，都能过。

说到底，就是看你平时有没有认真听讲训练。

戚生生换上运动服来到体育馆，抬眼便瞧见虞宋坐在场地边，正仰头喝水。

他像是已经打了一场，白皙的脸庞泛着热意，有发丝黏在了额前，胸腔上下起伏，呼吸略微紊乱。

戚生生垂下眼，脑海里浮现那天走廊上虞宋和颜桐站在一起的样子。

老师按照名字首字母的顺序叫号分组，戚生生排在后面，所以不着急，她走到场地边的椅子上坐下，等着老师叫她的名字。

她坐下没一会儿，一个高瘦的身影就从后方走过来，下一秒直接坐到了她的旁边。

戚生生裸露在空气中的皮肤感受到那人身上传来的源源不断的热气。

她微微皱了皱眉，下意识地转过眼看向旁边，视线却撞进一双桃花眼里。

虞宋手里把玩着水瓶，正偏头看着戚生生。

四目相对，戚生生眼睫轻颤，没有移开视线。

她微不可察地轻蹙眉心，心跳微顿，却没有了往日面对这个人的慌乱。

虞宋轻挑眉尾，嘴角含着一抹笑，声音一如既往地好听："怎么了？"

戚生生垂下眼，淡淡收回目光，轻声道："没事。"

随后便没了声响。

礼貌又陌生。

虞宋心头一顿，表情收敛，本来把玩着水瓶的手停了下来，黑眸里没有半分笑意。

比赛进行得很快，不一会儿前面的同学就比完了，正好剩下了戚生生和虞宋两个人，这两人实力悬殊，老师便让他俩随便打一场，做做样子结束。

听到要和虞宋打，戚生生抿了抿唇，走到场地上，握紧了球拍。

虞宋盯着对面沉默不语的女生，虽然瘦弱，但背却挺得很直，她直白地看着他，没有丝毫躲闪。

这个视线和之前的很不一样。

虞宋心头涌上一阵烦躁。

比赛开始的哨声响起，虞宋是发球方，他抓着羽毛球，看了眼戚生生，打出一个没有任何技巧、极其简单的发球。

可没想到的是，下一瞬，那颗球就打回了虞宋的脚边，力道很重。

场面停滞了下来。

围观的人群瞬间安静，不可思议地看着场地里的两人。

虞宋竟然没有接住球，向来不怎么出彩的戚生生竟然在这里拿到了分。

这个球不仅他们想不到，虞宋也没有想到。

他眼梢上挑，看了眼脚边的球，随后抬眸看向对面的女生。

戚生生的脸上没什么特别的表情，她轻呼了口气，活动了下手腕，抬起球拍示意他继续。

虞宋目光微闪，弯腰捡起球，抬起头时嘴角扯起一个弧度，看起来心情不错。

接下来的时间里，不管虞宋发出什么样的球戚生生都能接到，动作准确、预判精准，其他同学全都围了过来，感叹原来社团里还有个隐形高手。

本来只是随便走走过场的比赛，硬是让戚生生撑到了第三局结束，虽然最后还是虞宋赢了，但老师对她予以了高度的表扬，并给她打了高分。

戚生生平复着呼吸，走到场边坐下休息。她抬手用护腕擦了擦额角的汗，手放下时一瓶水出现在眼前。

她顺着看上去，对上虞宋的视线。

"打得不错。"他道。

戚生生迟疑地接过，但没有喝："谢谢。"

进入羽毛球社这两年多，她没有混日子。

因为她一直记得虞宋在赛场里的模样，她也想跟上他的脚步。

可是现在得到了他的肯定，心里却没有想象中的高兴。自从那天之后，面对虞宋，她似乎已经心无杂念了。

时至五月中旬，三模在热闹中落下帷幕，戚生生的这次成绩相较于一模有了质的飞跃，语数外三门不加附加题，分数稳定在"320"左右，只要高考不出意外，她肯定能上京州大。

高三拍毕业照的那天，姬明特意买了统一的班服让大家换上，所有人都成了脱缰的野马，止不住地激动。

原本四十二人的班级合照，现在少了一个人。

十六班是文科里第二个拍的，轮到他们的时候，施映和戚生生默契地排到人群最后，她俩站在最边上，旁边空出大约一个人的位置出来。

两人心照不宣地为蒋显允腾出一个空位。

那天是个阴天，拍出的成片很完美，十七八岁的青涩少年站在一起嘴角含笑，一起被相机定格在最美好的时光。

高考放假前的最后一天，今阳为高三的同学们举行了一场十八岁成人仪式，每个人都换上了黑色的正式制服，在绿茵草地上宣誓，告别过去迎接未来。

家长也被邀请到了现场观礼，陈隽特意穿上套装，看着一身正装，长发披肩，出落得亭亭玉立的戚生生，不由得柔柔一笑。

她眨眨眼，拿出手机，垂眸注视着屏保上的男人，眼角渐渐湿润，被她刻意压下去的悲伤涌了出来，直到戚生生在前面叫了她一声。

"妈，帮我和施映拍张照片。"

小姑娘脆生生的嗓音让陈隽霎时回过神来，她笑着抬头，接过戚生生递来的手机，对准了笑靥如花的二人："笑得再开心点。"

闻言，施映故意龇起牙，做了个搞怪的表情，逗得陈隽笑弯了眼睛。

陈隽拍完把手机还给她，好奇地环顾四周，忽道："小忱怎么没来啊？"

戚生生顿了下："高二还在上课呢。"

"可惜了，你今天穿得这么好看，还想着帮你俩拍一张呢。"陈隽笑道。

戚生生眼睫动了动，抬眸看向高二教学楼的位置，弯了下嘴角："以后会有机会的。"

她垂下眼，看到照片里笑容灿烂、模样清丽的自己，莫名也生出了点遗憾。

施映也在翻看着手机的照片，翻着翻着，就看到了之前三人在榆宿的合照，蒋显允的笑容明晃晃地落在她的眼底，扎得她眼眶一热。

她吸了吸鼻子，扯出一个勉强的笑容，拉过戚生生走向邵鹏所在的位置，笑道："走走走，找邵鹏他们合照去。"

邵鹏因为高考压力太大的缘故，整个人比原先瘦了不少，立体的五官也显现了出来。他这时正拉着虞宋合照，脸上洋溢着崇拜。

男生统一的黑色制服在虞宋的身上穿出了不一样的贵气，少年身姿颀长，虽然清瘦，但不单薄，皮肤白到晃眼，桃花眼微微上挑，面无表情盯着人看的时候都自带三分笑意。他乖巧地站在原地，对合照邀请来者不拒。

邵鹏拍完余光瞥见施映拉着戚生生往这边过来，连忙招呼她们："来得正好，一起拍一张。"

戚生生远远就瞧见了站在邵鹏旁边的虞宋，她迟疑了瞬间，还是跟着施映走了过去。

听到邵鹏的声音，虞宋看过来，脸上表情未变，只是不自觉地把手从裤兜里拿了出来，脊背瞬间挺直。

施映注意到虞宋也在，微愣了一下，随即笑道："虞宋，好久不见啊，要一起拍一张吗？"

虞宋闻言扯唇一笑："好啊。"

得到答复，施映把手机递给邵鹏，嘴上吩咐道："你去帮我们拍。"

所以你一开始到底是来找谁拍照的？

邵鹏撇了撇嘴，接过手机老实地走到前面。

戚生生一直没吭声，听到施映和虞宋的对话，她下意识想让开，可是刚要走，她的胳膊就被施映扯住了："一起一起。"

话音刚落，戚生生就被施映拉到了两人中间，三人并排站着，戚生生个子最矮，这样站拍出来确实好看点。

动作间戚生生的胳膊不小心碰到了虞宋，她恍然抬起头看过去，撞上了虞宋的视线。

男生正垂眸看她，侧脸轮廓清晰俊朗，眸色很暗，他嘴角勾起一个浅淡的笑意："小心。"

语调很轻，只有戚生生能听见。

戚生生微愣，抿唇点点头，然后站稳身子，看向前面的摄像头。

她深吸口气，不禁想起高一结束时的那张合照，虞宋站在她身后。

那个时候的她，整个人仿佛变成了木头，只有心跳在加快运转。

现在虞宋站在她的左侧，距离近了，还是同样的人，可她的心好像已经没了那个时候无限悸动的感觉，虽然还是有一丝手足无措，但整个人变得从容不少。

她不知道自己这是怎么了。

是因为成长了吗？

还是因为……她没那么喜欢他了。

"站好了，保持这个姿势不动，哎对，就这样，三、二、一！"

接过手机，施映大致看了看，对成片很满意："照片我回去在 QQ 上发给你们。"

拍完合照，成年礼也到了尾声，校长最后做完总结，便让家长带着学生回家。

戚生生和陈隽快要走出校门口的时候，她下意识扭过头看向高二的位置，走廊上空无一人，没有那个熟悉的身影。

坐上公交车，陈隽笑道："你和小忱每天这么上下学，等高考结束，你不来学校了，他自己一个人估计会不适应吧。"

戚生生默了两秒，低声道："……会吗？"

"会吧，我上学那会儿有一阵一直和一个同路的女生上下学，后来她搬家了，我就自己一个人走了。"陈隽道，"一开始没什么感觉，可第二天的时候我心里就不好受了，习惯身边有个人陪着，突然那个人消失之后心里就空落落的，觉得放学都没盼头了。"

她说完笑了下："不过小忧是个男孩子，应该不会想那么多。"

听到这话，戚生生在脑海里想象了一下。

时忧懒洋洋地靠在窗边补眠，因为车辆晃动而微微皱起眉头，头发在阳光下俏皮地舞动，时不时撩起眼皮注意着到站信息，听到周围人的动静会下意识挑下眉尾，显得眼下颜色浅淡的小痣都十分可爱。

戚生生极缓地眨了下眼。

原来在不知不觉中，时忧的一举一动，每个小细节，都深深地印在了她的脑海里。

以后不能一起上下学了，他会觉得不适应、会感到心里空落落的吗？

晚上戚生生复习完，习惯性地走到窗边，看向对面的那扇窗。

房间漆黑，时忧还没回来。

施映这时把今天拍的照片传了过来，戚生生一张张点开，把照片保存好。

看到和虞宋的那张时，她指尖一顿。

照片里，她的表情很淡，没有她预料中的羞涩和欣喜。

虞宋笑容温和，这个笑和戚生生印象里的一点也不一样。

没有疏远和公式化，好似真的发自内心一般。

戚生生心里无声地叹了口气。

她一直以来都想得太多了，直到最近她才意识到一个道理。

别人并没有你想的那样关注你，也并没有你认为的那样形象片面。

可能是因为高一开学的那场初遇太过特别，太过印象深刻，金发少年宛如一个谜，走进她的世界。

她眼里的虞宋就应当是个一头金发和混混厮混的叛逆少年，平日里的礼貌和谦逊都是伪装的假面。

就像她一开始认为时忧面相很凶，看着就不好相处一样，熟悉之后才知道时忧幼稚的温柔。

但她现在忽然发觉，可能虞宋就是个家教极好、矜持礼貌的人。

是她的喜欢为他镀上了一层滤镜，引诱着自己不断探究并深陷其中。

想通这些，戚生生心头一松。

那场无意撞见的场面让虞宋在她心里慢慢变得立体，也让她能逐渐看清自己的内心。

年少时总爱一些虚无缥缈的事物，喜欢那种一层层揭开面纱的快感。

她对虞宋就是如此吧。

那天晚上戚生生随意挑了几张照片发到空间，随后便关上灯躺床上睡了。

时忱独自坐在冷清的公交上，背脊挺直，没有往日的懒散。

他目光落到窗外，耳边没有戚生生的声音，整个世界都沉静了下来。

静到他觉得心都渐渐不再跳动。

少年轻嗤一声，嘴角扯出一个自嘲的弧度。

真没出息。

时家，童慧珊坐在客厅沙发上昏昏欲睡，直到门口传来关门的动静才让她瞬间清醒："回来啦。"

时忱"嗯"了声，拎着包走上楼梯。

童慧珊拿起茶几上的热牛奶，追上去递给他："这么晚就别学了，喝完牛奶早点睡吧。"

时忱眼带疲惫，伸手接过，没有应答。

童慧珊皱了皱眉，说："离雅思考试的时间还久着呢，现在不用那么拼命。"

见少年不说话，她接着道："我知道你决定了的事情就会努力去完成，可是也要注意身体啊。既然考虑出国留学，那就一步一步慢慢来，妈妈会帮你的。"

"知道了。"少年声音低哑，楼梯上灯光昏暗，看不清他的神色，"我先上去了。"

童慧珊叹了口气，不再吭声，很快二楼就响起了房门上锁的声响。

时忱没有开灯，他在黑暗里默默走到窗边放下牛奶，目光沉沉地看向戚生生的房间。

那里如料想一般，漆黑一片。

他长睫轻颤，收回视线，慢吞吞地坐到床边，整个人泄了气。

想起今天是高三的成人礼，时忱下意识点开空间，想看看小兔子今天什么样子。

刚点开空间，戚生生的最新说说就跳了出来。

她发了六张，除了一张单人的，其他都是和同学的合照。

时忱看着照片里长发披散、模样娇俏可爱的女生，眼里慢慢染上温度，低落的情绪得到了缓解。

可直到他翻到了最后一张，看清了照片的人，他的心猛然一顿，像被人大力地捏在手心揉搓，呼吸都带着疼。

照片里戚生生笑容温暖，站在那个男生的身边。

记忆里几次模糊画面都是遥遥的一个侧脸和背影，第一次见到虞宋的正脸，时忱的手倏地握成拳，眼眶在黑暗里渐渐发红。

只一眼，时忱就读懂了戚生生每次落在这人身上的视线。

她每次看向这个男生的眼神，是她从没有在他面前展露过的眼神。

"温柔知礼，有自己的态度，就算身处黑暗也能照亮自己的人。"

周围静谧无声，时忱收起手机，茫然地盯着黑暗里的某处，心里升腾起数种说不清道不明的情绪。

难过的，委屈的，无可诉说的，每一种都能把他吞噬。

他低头嗤笑，笑自己一直以来的骄傲是如此不堪一击。

就这么被戚生生轻飘飘地击碎了。

高考前放假的那几天，戚生生白天在家里做最后的冲刺，晚上会去学校附近的奶茶店和施映一起复习。

这家奶茶店是她们三人相遇的地方，也是她们短暂逃避生活的秘密基地。

高考前的最后一天晚上，戚生生照例去了奶茶店，施映因为临时有事，只待了一会儿就走了。

她去柜台点了杯热可可，打算再独自看会儿书。

店里装饰得十分温馨，冷气很足，也没什么客人，戚生生窝在沙发里盯着单词本，不一会儿就开始眼皮打架，困意袭来。

她顺势放下本子，枕在胳膊上打算眯一会儿。

初夏的夜晚还不是很热，晚风吹在人身上，带走了白日残留的暑气。

时忱抱着篮球和汪越从学校里出来，他把校服外套半搭在肩上，露出的小臂上有道显眼的擦伤。

汪越单手插兜，喝了口手里的可乐说道："确定不去处理一下？"

时忱闻言看了眼小臂上的伤，随意甩了甩，脸上没有过多的情绪："矫情。"

汪越轻笑："你最近怎么回事？心不在焉的，打球都能被撞倒。"他看着时忱的脸色，揶揄道，"怎么，戚姐姐不理你了？"

听到戚生生的名字，时忱眼底一暗。他低头运了下球，没有回答，难得地在汪越这吃了个瘪。

见到他这副模样，汪越觉得新奇，他凑过去认真盯着他："你不说话是什么意思？"

时忱继续沉默，场面冷了下来。

短暂的沉默过后，时忱忽地低声开口："汪越，我决定要留学了。"

"……啊？"

听到这话，汪越顿时停在原地，满脸错愕："你不准备考京州大了？"

时忱背对着汪越，灯光洒在少年宽阔的背上，给他染上了一层淡淡的落寞。

"嗯，不考了。"少年目光沉沉，声音哑涩，背影看起来有些悲伤，"我的心没那么大。"

三年时间对他来说已经够了。

他做不到往后的日子里站在远处看着戚生生和别人在一起。

他从来都是个占有欲极强的人，但也是个胆小鬼……尤其在面对戚生生的时候。

汪越皱了皱眉："我不懂，喜欢她就跟她说啊，被拒绝了也没什么大不了吧，没必要为了躲着一个人就逃到国外吧？时哥，在我心里你可不是这种什么都憋在心里的人。"

时忱闻言转身轻嗤，语气不善："谁说要逃了？"

"不是？"汪越笑了，"那你留什么学？知道戚姐姐要去京州，谁跟我说要考京州大摄影系的，不是你吗？"

时忱喉头一紧，手不自觉握成拳。气氛凝滞了几秒，随即他缓慢地松开手，低眉自嘲轻笑："当我自作多情吧。"

他仰头呼了口气，把球扔给汪越，手插进兜，脸上已经恢复了往日的懒散："先走了。"

汪越接过球，可乐空罐落在脚边，他弯腰捡起来，担忧的目光落在时忱的身上，随即摇了摇头。

学校到公交站的这条路，时忱走了许多遍，他站在红绿灯前，周围是成双成对散步的路人。夏夜晚风清凉，他盯着对面的公交站亭，胸口是无法纾解的烦闷。

他收回视线，转身重新回到校门附近，打算再买罐可乐。

路过奶茶店的时候，视线无意扫过玻璃橱窗，停在了趴在桌上的女生身上。

脚步霎时顿在原地。

女生睡颜恬淡，面朝着马路，街灯暖色的光落在她白皙的脸上，眉眼如画,长睫轻颤,比任何一件艺术品都要来得赏心悦目。

这个画面就这么直直地映在了时忧的眼底。

少年眨了眨眼,才确定了眼前的一切不是个梦。

时忧盯着睡着的戚生生,目光愣怔,心里汹涌澎湃,可面上却不置一词。

他甚至自嘲地想,他从小无法无天目中无人,戚生生一定是上天派来治他的。

不然,怎么会一看见她,他就心软了呢。

明明想远离她的,却只看了她一眼,就舍不得了。

时忧轻轻推开奶茶店门,清冷的店里播放着轻柔的音乐,柜台前店员低头玩着手机,没有注意到他。

他轻轻走到戚生生的旁边坐下,没有吵醒还在梦乡里的女生。

感受到身旁的细微动静,戚生生轻轻皱了皱眉,在睡梦里换了个趴伏的方向,面朝着时忧的位置,鬓发凌乱地黏在脸颊边,看起来娇憨可爱。

时忧直勾勾地注视着她,连呼吸都下意识刻意放缓,怕惊扰到她。

此时喇叭里正好放到了陈洁仪的《心动》:

"有多久没见你,以为你在哪里,原来就住在我心底,陪伴着我呼吸,有多远的距离,以为闻不到你气息,谁知道你背影这么长,回头就看到你……"

悠长缓慢的节奏伴随着演唱者的声音在只有他们俩的空间里回荡,时忧喉结滑动,他抬起手,小心翼翼地把戚生生脸颊上的头发拨到耳后,动作轻柔,点到即止。

这一刻是他独有的回忆,往后的很多年里,他靠着这一点点甜独自熬过了在国外的每一个日夜。

"生生。"他开口低喃,几乎听不到声音,"我喜……"

老式的空调发出"呼呼"的声响,女生睫毛轻颤,似乎将要从睡梦中醒来,时忧呼吸一紧,急忙收回手,别开视线。

但等了一会儿,身边并没有起来的迹象。

他无奈地笑了笑,把戚生生放在一边的外套展开,轻轻盖在女生的身上,伸手想把她手里银色的自动笔拿出来的时候,却注意到了她手下压着的速写本。

他目光微顿,手不自觉伸过去把本子轻轻抽了出来。

他记得这个速写本,戚生生之前经常拿出来写写画画,他有次想偷看,她却像只惊弓之鸟,立刻把本子合了起来。

时忱摩挲着有些陈旧的封皮，内心犹豫，但还是好奇心占了上风，他挑了下眉，想看看小兔子每天都在画些什么。

少年翻开第一页，看清纸上的内容，整个人宛如被雷击中一般，愣在那里，微躬的脊背瞬间僵硬。

他感受到一股从胸腔深处涌上来的酸涩。

速写本上，一页页，一幅幅，映入眼帘的都是那个和戚生生合照的男生。

动起来的，静坐着的，面无表情的，低眉浅笑的，一举一动，一颦一笑，在戚生生的笔下，那么生动，每个笔触都像把刀子，剜在时忱的心上，扯着皮肉，疼得他呼吸都带着颤。

如果说那张合照时忱还能欺骗自己那只是偶然，那戚生生的这个速写本就是最无声的铁证。

她很喜欢这个男生，喜欢到每一笔都精准到位，仿佛在心里上演了千万遍。

时忱缓慢地合上本子，甚至没有注意到自己的嘴唇苍白无色。

店里冷气充足，明明应该舒服的凉风吹在时忱身上，他却犹如置身冰窖，他看着戚生生，眼眶渐渐泛红。

心里有什么东西好像在这一刻碎了。

不知睡了多久，戚生生迷迷糊糊地醒过来，她揉了揉惺忪的眼睛，身上的外套滑落到手边，她茫然地看着外套。

她什么时候给自己披上的？

戚生生没有过多纠结在这个问题上，她伸了个懒腰，开始收拾桌上的书本，准备回去。

在碰到速写本的时候她微微一顿，接着她拿起本子熟练地翻到了最后一页。

看着纸上的画，她勾起了唇角。

只见纸上画着的，是穿着篮球服起身跳跃投篮的时忱。

少年轮廓硬朗，一脸桀骜，甚至透过纸张都能感受到他的傲气和势在必得。

戚生生拿起自动笔，眉眼弯起，恶趣味地为时忱加了条潦草的小尾巴，尾尖还燃着小小的火焰。

画完尾巴，她最后在右上角写上了时间：2014 年 6 月 6 日。

高考那天，梧城从早上就开始下雨，时伍依旧主动担任起接送戚生生的职责，戚生生和施映被分在了本校考场，紧张的心情冲淡了不少。

下楼等时伍的时候，戚生生看了眼时家二楼的窗户，那里被窗帘遮挡得严严实实，她第一次见时忧拉窗帘，看来他还没有起床。

自从成人礼之后，他俩就没怎么见过面，QQ上的对话也渐渐少了。

戚生生不知道他是怎么了。

两个人仿佛在心照不宣地远离对方。

这个认知让戚生生心里生出些莫名的惶恐。

她回想了一下和时忧相识的三年，好像所有的主动都在时忧，自己永远是被动的一方。

就连现在，她想去找他问清楚为什么不理她的这个勇气都没有，她怕时忧脸上出现无所谓或者是讥笑的表情，毕竟这小子从来都是按照自己的心意做事。

那她在他心里到底是什么样的呢？

戚生生抿了抿唇，反正不会是像游闻说的那样。

那太离谱了。

戚生生收回视线，打着红色雨伞走出巷子。时伍的车停在街边，她赶忙收伞坐进去，奔赴高中阶段的最后一场考试。

在女生离开的瞬间，紧闭的窗帘被一只修长的手撩开，时忧墨色的眼眸看着戚生生离开的方向。雨滴拍打着窗户，雨幕将视线隔绝，透进来的光线将屋里的黑暗撕开一道裂口。

时忧唇色苍白，眼圈干涩，他淡淡地眨了下眼睛，用口型极轻地说道："考试顺利。"

低哑的嗓音被雨滴拍打声掩盖，消散在无人知晓的角落。

考场门口都是等待的家长，陈隽天没亮就去了店里，现下也撑伞站在门口等着，见到两人过来连忙招招手。

戚生生和他俩道了别就跟着其他考生一起走进学校。

她的考场在高一教学楼一层最东边，等她进到走廊收伞的时候，一个熟悉的身影出现在视线里。

虞宋正从不远处走过来，他穿着深灰色的长袖卫衣，没有打伞，帽子罩在头上，刘海已经湿了大半，肩头也落了雨。

皮肤在阴云下看起来更显白皙，浓烈的眉眼被雨水沾湿，但一点也不显得狼狈。

他进到走廊，拿掉帽子，随意揉了揉额发，余光也注意到了正看着他的女生。

虞宋眸光微动，浅笑道："小同学。"

听到这三个字，戚生生立刻收回了视线，垂下眼睫。

这是她第一次见到虞宋时，他叫她的代称。

"小同学，能帮个忙吗？"

她眨了眨眼，鼻子一酸。

那已经是很久之前的事了。

三年原来这么短啊。

惊艳了她一整个高中时代的金发少年就站在她面前，又一次这样叫了她。

虽然不知道他是不是还记得她就是那个被他拦住的女生，但心里还是涌出了一丝别样的情绪。

不是高兴，也不是难过，而是可惜。

可惜——为什么偏偏在她不再那么喜欢他的时候呢。

见女生没有应答，虞宋又叫了她一声。

戚生生回过神抬头看他，下意识扯出个笑，却不太自然："怎么了？"

虞宋嘴角含笑，勾人的桃花眼直直地注视她，没有说话。

戚生生也大方回望过去，疑惑地眨了眨眼。

两人就这么对视几秒，一直注意着女生温润双眼的虞宋渐渐敛了脸上的笑意，眉间几不可见地蹙起，有种莫名的情绪在心底蔓延。

裤兜里的手下意识地握紧，胸口闷得慌。

不对，不应该是这样的。

他别开视线，淡淡说道："考试加油。"

听到他说的是这件事，戚生生莞尔一笑，"嗯"了声："你也是。"

宣布进场的广播随后响起，戚生生走到教室门口排队接受检查。虞宋看着她的背影，目光沉沉，然后转身朝反方向走去。

接连着三天的考试结束，高中三年正式画上句号，戚生生走出考场和施映在门口会合，两人相视一笑，没有着急回家，而是一起去了奶茶店。

奶茶店里有一面墙上贴满了写着美好寄语的便利贴和照片，施映把提前打印好的三人合照贴在了最显眼的地方。

"老板说只要他开下去，这面墙就不会换。"施映贴完照片低声道。

照片里，蒋显允笑得明媚，戚生生看着照片，仿佛她真的就在眼前。

今天是小允离开的第三个月，也是她们曾经幻想过的未来的开始。

不知道她在另一个世界有没有实现自己的梦想。

施映忽地眼眶湿润，转身抱住戚生生的脖子，什么话也没说。

高考之后等待成绩的日子放肆又煎熬，那一年平江高考，文科的一本分数线竟然高过了理科，这让很多文科生大跌眼镜，文科的艺考生也纷纷叫苦。

文科状元出在今阳，是十五班的一个女生，电视台立马就对她进行了报道，十五班的班主任笑得牙花都露了出来。

戚生生正常发挥，三门主科不加附加分考了327分，超了美术公布的本科分数线九十多分，按照往年的录取线，这个分数上京州大没有问题。

去学校拿填报指南的那天，戚生生看见了焕然一新的施映。

明艳的女生剪掉了从小留到大的长发，整个人像变成了另外一个人。

两人只对视了一眼，戚生生便明白了。

施映把自己变成了蒋显允向往的样子。

戚生生望进施映那双泛着光的眼睛里，喉间苦涩。

她还没有从世上再没有蒋显允这个事实里走出来。

陈隽知道戚生生有自己的主意，所以并没有插手她填报志愿的事情。

第一批次的四个志愿戚生生都填了京州大的专业，第一个就是服装设计，接下来的她本想随便填几个专业，但脑海里想到游闻的专业是雕塑系，她勾唇笑了笑，随后把雕塑系填在了第二个。

下面的平行志愿她就按照学校的好坏依次填报，但大多都是京州的学校。

出录取信息的那天，戚生生在店里的电脑上查询结果，陈隽陪在一旁，紧张得手都搅在了一起。

页面刷新了好几次才蹦出信息。

她与第一志愿失之交臂，被京州大学美术学院雕塑系录取了。

虽然不是理想结局，但好歹总算考进了京州大，这个她高一时根本不敢想的学校。

陈隽眼眶一热，两人被喜悦所包围。

施映也在同一时刻打了电话过来，她被电影学院表演系录取了，两人九月开学可以一起去京州。

戚生生晚上回到家翻出了戚望给她的明信片，眼泪无声地滚落。

"爸爸，我考到京州大学了。"

　　等待大学开学的日子戚生生是在店里帮忙中度过的。时至八月初，今阳已经开学，门口时不时就会有学生路过，没有客人的时候她就坐在柜台前盯着门外看。

　　陈隽见她这副魂不守舍的样子，不禁好笑："你看什么呢？"

　　戚生生回神，"啊"了声："没看什么。"

　　"对了，怎么最近都没见你和小忱来往啊？"陈隽给她倒了杯热茶，"连曲奇都不去送了，吵架啦？"

　　没吵架，只是不说话了。

　　戚生生咬唇，犹豫地看向陈隽："妈妈，我以后去京州上学，你会不会想我啊？"

　　陈隽失笑，轻轻拍了拍她的脑袋："我不想你我想谁啊，说的什么傻话。"

　　戚生生也觉得自己这个问题很蠢，她抬手摸了摸额头，目光盯着门外，喃喃道："估计也就只有你想我了。"

　　陈隽拉了把椅子坐到戚生生面前，语气柔和："所以你和小忱到底怎么了？"

　　戚生生不知道该怎么说，沉默片刻才道："高三学习那么忙，他成绩又好，不想被人打扰吧。"

　　陈隽点点头，没再纠结这件事，提起了另一件她藏了很久的惊喜："妈妈在城北看中了一套房子，虽然不大，但我们两人住绰绰有余，明天我带你去看看，要是你觉得没问题，我就把首付交了，以后我们就不用再租房住了。"

　　她又说："就是离时叔叔家就远了，以后你找小忱玩得在路上花些时间。"

　　听到陈隽说的话，戚生生脑子一蒙，她心跳一顿，良久才道："我们要搬家了？"

　　陈隽笑了笑："嗯，最迟明年开春，我们就能住进去了，高兴吗？"

　　这明明是个好消息，但戚生生心里却莫名高兴不起来。

　　她想起房间里的那扇窗，想起那条小巷，想起每次回家都走在她前面的少年。

　　戚生生皱起眉，手上捧着热茶，暖意温热了掌心。她摊开掌心看了眼，迟疑地点点头："高兴。"

在八月的最后两个星期，戚生生和施映决定在开学前进行一趟毕业旅行。施映一开始想去三亚，连旅游笔记都做好了，可却在看到戚生生的手机屏保时改变了计划。

就这样，两个女孩临时买了从梧城驶向西藏的火车硬座票。

梧城到西宁段没什么好看的风景，在西宁换到有氧火车之后，窗外的风景才是绝色。

青海湖、昆仑山脉、可可西里、唐古拉山，入眼都是牦牛雪山草原。

施映特意带上了家里闲置已久的相机，一路上拍了好多照片，直到火车到达终点拉萨，从车上下来，两人才后知后觉地感受到腰背的酸痛。

来到事先预订好的酒店办完入住，高原缺氧的症状让两人没了游玩的兴致，索性先在酒店休整一晚，明天再出去玩。

西藏的白天很长，戚生生躺在床上，盯着窗外过于澄净的蓝天白云，耳边是施映沉沉的呼吸声。她下了床，轻手轻脚地从包里掏出那张戚望寄来的明信片。

去林芝的索松村看南迦巴瓦峰。

这是她此行的目的。

她想去看看父亲看过的风景。

施映是个很值得让人依赖的同伴，为了这次的西藏行，她做了整整五页的攻略，最后三天便是去林芝。

但想象很美好，现实很残酷，两个小姑娘还是小瞧了高反的威力，第二天她们便进了医院，计划被迫搁置一天，只能缩短在林芝的时间。

去索松村唯一的方式便是从雅鲁藏布江大峡谷景区进入，两人包了辆车从拉萨赶到景区再乘坐观光车直达索松村，顺利地住进村里的民宿。

遗憾的是那几天林芝都是阴云密布，当天晚上还下了小雨，连民宿老板都说她们走之前看到南迦巴瓦峰的概率很小，更别说日照金山了。

戚生生听到这个消息情绪瞬间低落，凌晨天还没亮的时候，她独自走到村里的观景台，想着碰碰运气，好不容易来一趟她不想就这么走了。

手里的明信片上印着的就是日照金山的场景，一想到戚望可能曾经就站在她这个位置看到同样的景色，她就忍不住地鼻酸。

不知道等了多久，天边逐渐泛起一丝光亮，但随之而起的就是连绵的乌云，阳光被厚重的云层遮挡，压在山顶上，没有日照金山。

戚生生一动不动地坐在观景台上，盯着那片山，眼眶发热。她吸了吸鼻子，脑海里戚望的样子随着时间的流逝逐渐变得片面，不再立体。

就像眼前的云雾，抓不到，摸不着，但却重重地压在人的心头。

戚生生回到民宿的时候施映才起来，见戚生生从外面进来不由得好奇道："一大早去哪儿了？"

戚生生笑容无奈："想看日照金山来着，结果什么也没有。"

民宿老板听见安慰道："没事，以后有机会再来，肯定会看到的。"他边说边把手里的早点摆到桌上，招呼她们一起过来吃，"吃点东西，上午才有力气去玩。"

这段时间正是旺季，民宿里客人不少，但她俩是起得最早的，所以才蹭到早饭。

戚生生这才有精力好好打量起这间民宿，装修古朴雅致，看样子有些年头了，登记柜台旁边的墙上有个类似于邮筒的箱子，装饰得十分可爱，筒箱上有"时光胶囊"这四个字样。

戚生生指着邮筒好奇道："老板，那个是做什么的呀？"

"哦，那是我老婆想出来的，只要客人在本店买一张明信片，写上寄件人和想要邮寄的时间投进箱子里，我们就会根据明信片上的时间投递出去。"

施映闻言觉得有趣："听起来蛮有意思的。生生，待会儿我们也去写一个吧。"

听到老板的话，戚生生心头一动，她拿出口袋里的明信片，连忙道："您看看这张明信片是您家的吗？"

老板狐疑接过看了看，接着笑道："是的，我们家的明信片背面右下角都有一个小小的水印。"他指给戚生看，"就是这个。"

"哎，这张就是从我们这寄出去的啊。"老板笑，"看来小姑娘你是被人惦记在心里的。"

戚生生听到这话忽地眼眶一热，看来戚望曾经住过这里，给她寄了这封信。

她的眼睛里瞬间燃起光亮，语气急促起来："那您还记得寄这张明信片的人吗？"她指着戚望的落款，"就是这个人，叫戚望，四十岁上下，跟我长得很像。"

老板"嘶"了一声，脑内搜索一番，然后抱歉道："这个你真难为我了，时间过了太久，而且店里客人来来往往，每天都有新面孔过来，信筒里每天都有信，我只是根据上面的时间送到邮局，哪里能关注到寄信人呢。"

这确实是为难人了。

戚生生眼里瞬间暗淡了下来，她心里叹了口气，把明信片收起来，低下眉，不再追问。

施映在听到戚望这个名字的时候就明白了怎么回事，她知道戚生生的父亲失踪的事情，所以没有再吭声，只轻轻拍了拍戚生生的后背，无声地安慰。

吃完早餐，戚生生没再提这件事，两人背上包准备去景点，路过那个邮筒时施映扯住了她："我们也写一张吧。"

戚生生看着她，淡淡笑了笑："好。"

老板从柜台里拿出一沓崭新的明信片让她们选。上面印着的都是林芝各处的景点照片，施映选了张雪山的，戚生生还是选了张日照金山。

戚生生拿着笔，笔尖悬停在半空，久久没有落下。

写给谁呢？

想到这个问题时，脑海里瞬间蹦出的第一个人让她目光微怔。

戚生生长睫轻颤，低眉轻笑一声，笔尖有了运动的方向，在洁白的纸上认认真真地写下三个字：时忱收。

寄出时间：2015 年 6 月 1 日。

2014 年 9 月 1 日，是京州大开学的日子。

因为路途遥远，戚生生怕陈隽来回跑吃不消，所以就没让她跟着一起去。电影学院的开学日期要晚两天，但施映还是决定和她一起去，顺便先熟悉一下学校环境。

临别前的最后一晚，戚生生在家收拾好所有的东西，等待着离别的时刻。

她订的是早晨第一班火车，所以晚上不到八点她便上了床，屋里漆黑一片，只有窗户那还有一丝朦胧的光亮。

戚生生失眠了，盯着天花板，怎么也静不下心来。

一闭上眼就是些混乱的画面，有在白安的，有在今阳的，有虞宋，有蒋显允，但最多的，就是时忱。

少年的一颦一笑，一举一动，在这个时间点，出奇地清晰。

算起来，他俩已经两个多月没有说过话了。

戚生生蓦地睁开眼，拿起手机点开 QQ 聊天界面，她和三窟的对话定格在六月。

她犹豫着，想要发些什么过去，但每打下一个字，紧接着就会被她删掉，磨叽了十多分钟，对话框那里还是空白一片。

放弃似的，她合上手机，眼睛在黑暗里尤其亮。

这不是她第一次遇到这种被对方冷处理的情况，之前在白安她经历过不少。

她被邻居骚扰这事在众人的口中被扭曲传播，学校里的人也听到了传言，一夜之间，印象里友善的同学都变了样。

他们也从没有听说和经历过这种事，所以在面对戚生生的时候，那种有意无意散发出的不自然和躲避十分明显。

明明是受害者，却成了众人排挤的对象。

那个时候，她先是在班级里渐渐成了透明人，曾经亲近的好友刻意回避她，和她说话时的尴尬怎么也挡不住。

渐渐地，戚生生成了一个哑巴，一个可以肆意嘲讽捉弄的讨厌鬼。

黎真就是那段时间欺负她最多的人。

在白安的最后一年，是她人生里最黑暗的时光，就算已经过去了许久，但只要想起，她还是会浑身发抖。

那段经历让戚生生变得自卑敏感以及懦弱，遇到事情她下意识就会觉得是自己的错，所以面对程于一开始的恶意她也无法做到像施映那样勇敢怼回去。

她已经习惯了，习惯避免争辩，习惯被人忽视，习惯被冷处理。

她也很懂事，只要对方稍稍展露出要离开的迹象，她就会懂事地停在原地，再也不去打扰。

这也没什么难的。

可是，当她看到再没有最新消息弹出来的聊天界面时，心里还是有那么点儿难过的。

那些被她认为已经习惯了的情绪，在这个临别前的夜晚，在这个静谧的夜里，无限扩散蔓延。

强烈的酸涩涌上鼻腔，她几乎忍不住，把头蒙进被子里，压抑着哭出了声。

"戚生生，我觉得你这人还可以。"

"反正我不讨厌。"

原来时忱也跟他们一样，一样在看见完整的她之后选择远离。

不知过了多久，在戚生生朦朦胧胧即将睡着的时候，枕边的手机突然振动一声。

戚生生被惊醒，她揉了揉眼角，那里有尚未干涸的眼泪。

手机在下一刻又振动了一下。

她伸手拿过来，打开手机，是来自 QQ 的最新消息。

她心口猛地一窒，连忙点进去。

三窟："我在楼下等你。"

三窟："现在下来。"

　　戚生生看到消息的一瞬间睡意全无。她走到窗边往下看，时忧身着黑色短袖，手插兜站在楼下，抬起头目光直直地射向她的方向。

　　戚生生呼吸稍顿，往后退了几步，下意识想要避开他的视线。空气里仿佛弥漫着一种扰人心绪的氛围，她深吸口气，抓起外套随意披在身上就开门下了楼。

　　她人生第一次觉得五楼这么短，越靠近出口心就越乱。

　　时忧面无表情地站在路灯的光晕里，硬朗的轮廓被勾勒出柔和的形状，听到楼梯口的动静，他不动声色地握紧了拳。

　　时隔两个多月未见，两人再次对视都有些难免的尴尬，戚生生咬着唇迟疑地走到他面前，视线聚焦在他的嘴唇上，扯着嘴角露出一个僵硬的微笑："小忧，你怎么来了？"

　　少年的成长仿佛就在一夕之间，特别是一言不发的时候，压迫感十足。

　　时忧居高临下地睨着她，没有吭声。

　　风声在这一刻都凝滞了下来，戚生生握紧双手，她的眼眶还在泛红，本就微弱的气场在时忧面前越发不值一提。

　　沉默了几秒钟，戚生生再次主动开口："我明早就要去京州了，以后可能只有放假才会回来了，你……"

　　"我知道。"

　　时忧打断了她，声音低沉沙哑。

　　戚生生低眉，但也能感受到他的视线。

　　他的心情好像不太好。

　　戚生生终于抬起头看他，但下一秒时忧便从口袋里掏出一包东西扔到她的怀里，她下意识接住，看清了那个东西。

　　是一包薄荷糖。

　　她忽地心跳一顿。

　　时忧漫不经心地侧过身子对着她，语气恢复了往日的懒散："临别礼物，最后一包了，吃完了以后自己买。"

　　戚生生失笑，顶着红眼眶注视着他，声音有点哑："我吃完估计要很久。"

少年轻轻拧眉，斜睨她，无声地询问。

戚生生拆开包装，把白色的固体糖塞进嘴里，说："因为我不爱吃薄荷糖。"

时忱喉结滑动，轻笑一声："我也不爱吃曲奇。"

但因为是你给的，就算不爱吃，我也会吃。

四目相对，两人都听懂了彼此的意思。

夏夜虫鸣声在此时变得不值一提，耳边只能听见自己逐渐加快的心跳，戚生生嘴里含着薄荷糖，辛辣的味道直冲进鼻腔，她不禁出神浅笑。

之前失落的情绪在时忱来找她的瞬间被抚平消散。

原来时忱并没有推开她。

想到这个，戚生生心头一热，忽地叫住正要转身离开的时忱："小忱，你等一下。"

时忱停下脚步，转身看她，只见女生话音刚落就跑进了楼梯间，不一会儿窗户被点亮，她好像在翻找着什么，找到之后又跑了下来，走到他面前。

戚生生胸膛起伏，把手里的东西递给他，笑道："补你的生日礼物。"

时忱垂眸接过女生手里的盒子，打开看清里面的东西时，他的心跳猛地一顿，表情瞬间收敛，拿着镜头的手指因为用力而泛白。

他抬起眉眼直勾勾地注视着戚生生，声音沙哑："你什么时候买的？"

"早就买好了，一直没给你。"戚生生眉眼温柔，唇角弯弯，眼睛在灯下尤为明亮，"希望你能用它拍出更多好看的照片。"

"十七岁快乐。"

时忱攥着镜头，眼前是戚生生温柔的笑容，他整个人如遭电击，心脏都在酸麻，那些被他刻意压制下来的绮念在这一刻有了冲破的迹象。

目光一瞬不瞬地凝在戚生生的脸上，他咬了咬后槽牙，在心里叹了口气，最终还是没有忍住，抬起脚，一步一步地走到戚生生的跟前，在还剩不到半米的位置停下来。

两个人第一次以面对面的方式离这么近。

鼻息间都是对方的味道。

戚生生神色愣怔，抬头看着比她高一个头的男生，忽地紧张起来。

时忱心里波涛汹涌，但面色沉静，他微微张开手臂，朝她勾了勾唇，眉眼柔和："既然要走了，那抱一下……好吗？"

语调很轻，语气带着商量。

戚生生眸色闪动，看着时忧抬起的手臂，想起好久之前在巷子里，时忧也这样过，不过那时，她在他的背后。

"好。"

戚生生没有让时忧等太久，几乎是立刻回答道。

这个拥抱不知道是谁先主动靠上去的，只记得那天晚上风很轻，空气里飘散着青草的味道，戚生生的手垂在身侧，嘴唇隔着衣服贴在时忧的锁骨上，少年炽热的温度包裹着她，耳边能清楚地听到他的心跳，时忧轻轻环着她的肩膀，力道聊胜于无。

这个拥抱小心翼翼，没人敢放肆。

去往京州的火车上，因为早起的缘故，施映一上车就靠着戚生生睡了过去，蓝黑色的短发蹭在戚生生的脸上，有点痒。

戚生生笑了笑，把外套盖在施映身上，接着垂下眼，目光落在包上的小火龙挂件。想起昨晚的拥抱，她的耳尖开始发烫。

她忽然意识到一个事实，对时忧，她已经无法做到心无波澜了。

和之前她对虞宋的感觉完全不一样。

面对虞宋，她只敢远远望着，她清楚他们是两个世界的人，所以从不敢幻想靠近。

可是现在面对时忧，她忍不住想靠近。

第九章

一辈子太长了

游闻在得知戚生生考进雕塑系之后，便主动申请担当新大一的班助，开学那天新生报到，戚生生几乎就没自己动手。

报名、入住、办校园卡，买宿舍用品，都被游闻一手包办了，甚至在食堂的第一顿饭都是他请的。

也因为他的缘故，戚生生刚来第一天就在大三出了名，大家都在传美院学生会主席游闻看上了新来的学妹，殷勤得不得了，比老父亲还要体贴。

两人一开始都没当回事，不过戚生生为了避嫌，还是刻意减少了和游闻同框的概率。但这个行为的后果就是谣言越传越离谱，甚至都有了主席为学妹甘当跑腿的离谱言论。

因为这个谣言，害得游闻正在追求的学姐删了他的好友，气得游闻在学校论坛上写了篇小作文，澄清说戚生生是他的远房表妹。

自此一闹，戚生生彻底在整个美术学院出了名。为了坐实表妹的身份，她还被游闻硬拉进漫画社，成了社里的漫画编剧。

除了漫画社，戚生生为了锻炼自己的胆量，还报名了院里的辩论队，面试那天，她在上楼的时候遇到了一个意想不到的人。

虞宋和一个男生一起从楼梯上下来，他一身休闲的装扮，头发染成了亚麻色，桃花眼微微上挑，与他擦肩而过的女生都会被他的外貌吸引，然后忍不住回头看他。

不管在何时何地，他永远是人群里的焦点。

两人正低语交流着什么，是那个男生先注意到了愣在前面台阶上的戚生生。

戚生生样貌清丽可爱，男生交谈的话语下意识停了下来。

虞宋也察觉到了同伴的异样，顺着他的目光看到了女生。

四目相对，戚生生茫然地眨了眨眼："虞宋？"

虞宋眉尾上挑，勾起唇角，没有太多诧异，仿佛在京州大看见戚生生是件很平常的事。

"戚生生。"

那天面试结束之后，戚生生是和虞宋一起离开的。

夜晚的校园很热闹，灯光透过层层叠叠的树冠在马路投下嶙峋的阴影，风吹动树叶，发出"沙沙"的声响，头顶星光闪烁，男生身姿挺拔，女生娇俏可人，两人并排走在林荫道上，气氛在环境的加持下有些暧昧。

戚生生认真看着脚下的路，渐渐走神。

这个场景是她从没有想过的。

虞宋侧过头看着沉默不语的女生，轻声道："你住几号楼？"

"嗯？"戚生生抬头，对上虞宋深沉的眼睛，她反应过来，"二号。"

二号宿舍楼在校区的最南边，离男生宿舍很远，虞宋闻言没有要分开的意思，他"嗯"了声，继续陪着戚生生朝宿舍那走。

场面又一次沉默。

戚生生咬了咬下唇，鼓起勇气主动道："你是哪个专业啊？"

虞宋眼皮稍动，语气淡了下来："考古学。"

"……"

戚生生皱了皱眉头，他不是学理的吗？怎么报了偏文科的专业？

像是预料到了她的疑惑，虞宋轻扯唇角，目光沉沉地看着她："你知道的，我历史一直很好。"

戚生生表情愣怔，这句话让她心头一动。

什么叫她知道……

戚生生唇线抿紧，手指在背后交缠在一起。

她飞快地眨了眨眼："啊？"

虞宋见女生呆愣紧张的模样，看到对方眼里又出现了他熟悉的慌乱，忍不住闷声笑了出来。

他的这个笑容让戚生生眸光微闪。

这是个和礼貌疏离没有关系的笑容，开心真诚得连眼角都在上扬，漂亮又耀眼。

戚生生淡淡收回视线。

刚刚的对话让她心底惶然。

给她的感觉就好像，虞宋已经知道了她对他之前的心思。

可他应该不可能知道的。

辩论队面试后的第二天，戚生生便收到了面试美院辩论队成功的短信。去队里报到的时候，队长周恺让新人之间自由组合进行小组赛，四人一组，辩位自行讨论决定。

周恺会在过程中根据每个人的风格特点决定最适合他们的辩位。

一二辩是热门位置，开始就被主动的同学选走了，只剩下三和四，戚生生清楚自己是个不适合质询的人，于是最后成了小组里的四辩。

四辩是结辩位，在最后总结赛程和升华我方观点，虽然看起来出场的比例比二三辩少，但却是必须全程在线的辩位，这就要求四辩手有强大的语言组织能力和统筹大局观。

很多辩论新人一开始都会觉得二三辩是最能体现能力的位置，但其实往往打到焦灼时，一个好的结辩能力挽狂澜锁定胜局。

往年学校的辩论赛，美院从未得过冠军，成绩最好的一次还是在去年，由周恺担任三辩的一队夺得了季军，冠亚军常年被法学院和新传院包揽，也由于这个原因，每年美院辩论队招新都基本招不到什么新人。

今年莫名多了不少报名的新生，所以周恺他们一口气招了八个，和大二的老成员组成新一队和二队，余下两个做候补选手。

戚生生他们这队抽到的是反方，而且从辩题来看，正方具有天然优势，但是反方只要找准切入点，会打得很出彩。

捏着辩题，戚生生不由得开始紧张。她之前只在电视上看过辩论，但从没有自己上场打过，这是真正的第一次。

只有半小时的时间给他们讨论，队里只有三辩许朝在高中参与过，所以自然成了团队的领导人，他熟练地带着大家根据辩题立标准找论点，帮一四辩改稿子，还自己想好了质询的问题，上场坐好后他注意到身旁戚生生的紧张情绪，小声地安抚鼓励她。

最后比赛的具体过程戚生生已经记不太清了，只记得正反方都很慌乱，自由辩论的时候正方二辩女生还被许朝问得愣在了原地，闹了个红脸。最后结辩环节，戚生生站起来握着稿子的手还在轻微颤抖，不是因为紧张，而是因为太激动。

辩论实在太刺激了，每个人都保持高度的精神集中，会因为捉住对方漏洞而雀跃，会因为对辩时神思飞扬而畅快，队员之间互相信任帮助，每个人都在为了己方努力。

这是戚生生第一次觉得自己竟然也能这么厉害，能在对辩的时候迅速做出反击，并且输出自己的观点。

一开始只是想锻炼自己才选的辩论，这下子算是彻底喜欢上了。

戚生生站起来深吸一口气，她看着稿子空白处自己用蓝笔新添的观点，桌上还有许朝传来的小纸条，混乱的脑子在这一刻无比清晰。她抬起头看向对面，慢慢把手里的稿子放下，接着全程脱稿，流畅自然地将内容复述出来，最后还加了自己的看法做升华。

比赛结束，周恺带笑的目光落在反方的位置，将比赛结果递给主席。

毫不意外，胜出的是反方。

许朝和戚生生因为在比赛里的亮眼表现，被周恺分到一队，还是三四辩的位置，一辩由大二的学姐担任，二辩则是刚刚在正方里被许朝问住的二辩陈璐瑶。

分好队之后基本就不会更改了，根据四人的课表，每周五下午都要来队里集中训练。

陈璐瑶自从这一战之后就对许朝生出了好感，每次训练的时候都会黏在许朝的身边，时间一长，整个辩论队都知道了她的小心思。

身高一米八八，但看起来像个傻大个儿的许朝每次都会被她惹成大红脸，躲在戚生生身后避免交谈，路上遇见陈璐瑶也会绕道走，气得小姑娘故意冷战。之后许朝倒开始主动了。

毕业之后戚生生回想起来，在辩论队的日子是她大学时光里最开心的回忆。

雕塑系的课程和想象中完全不一样，上课的地方摆放的不是课桌椅，而是大刀阔斧的工作台，每天都是和泥土还有各种工具打交道，一整天下来浑身都是泥土和沙石。

班级里的女生们从一开始的精致逐渐变成不拘小节，不在乎形象，每天穿个耐脏的旧衣服上学，臂力显著提升。

戚生生从一开始的不适应到后来独自面无表情地提着装满泥土的铁桶穿过半个校园，时间只用了一周。

日子在忙忙碌碌中度过，转眼就到了年末。大一那年冬天，校级辩论大赛也正式拉开了帷幕，周恺决定今年让新人参赛，为了提高实力，现在他们周六也自发来到队里训练。

听周恺说，历史学院今年势不可当，原因是他们得了个实力超群的三辩，戚生生闻言垂睫，她知道那个三辩。

是虞宋。

自从开学和虞宋遇见之后，戚生生以为他俩不会再有交集，可不知是不是她的错觉，她总能在校园里碰巧撞见他。

食堂、晚自习结束后的走廊、校级的美术讲座还有辩论赛的观众席上。

只要是碰见了，最后都会变成两个人一起离开。

虞宋的名字早就在整个京州大传遍了，优秀又帅气，他的一举一动自然受人关注，包括他和哪个女生走得近。

时间一长，论坛上就出现了不少虞宋和戚生生走在一起的照片。

照片里，男生背影挺拔颀长，女生长发披散，侧脸柔和精致，肩并肩走在路灯下，落在旁人眼里仿佛是从偶像剧里走出来的主角。

戚生生第一次知道他俩的传闻还是舍友告诉她的。当晚，她躺在床上，打开没怎么看过的论坛，那条关于他俩的帖子已经被置顶了，点进去，她和虞宋的照片映入眼帘。看着照片，戚生生抿紧唇，眉头下意识皱起。

终于她成了可以和虞宋站在一起的人，可是心里却没有想象中的那么开心。

戚生生再迟钝也能感受到那些无数的巧合是男生故意为之。

记忆里"高岭之花"一般无法触及的人就站在她的身边，目光灼灼，可是她却不再是从前那个一门心思暗恋着他的戚生生。

她没有忘记虞宋和颜桐的过往。

他俩是不是现在还在纠缠，戚生生不愿细想。

戚生生叹了口气，关掉论坛，微信却在这时收到一条消息，是虞宋发来的。

两人在辩论招新那天就加了微信好友，虞宋的名字还是"YU"。戚生生看着这个网名就想起高中的时候被他屏蔽空间的事，她淡淡一笑，给他备注了全名。

虞宋："睡了吗？"

戚生生回："没有。"

虞宋："帖子你看到了？"

戚生生顿了顿，回了个"嗯"字。

那边过了几秒才又道："跨年那天你有约吗？"

看到这句话，戚生生眼睫一颤："没有。"

本来是有的，可是施映学校会开展跨年晚会，她要上台表演节目，戚生生本来想去给她捧场的，可是非本校的学生就算有票也进不去。

虞宋："那我去找你。"

关上手机，戚生生盯着漆黑的天花板，心里乱成一团。

她闭上眼睛怎么也睡不着，手伸到枕头底下摸到小火龙挂件，她捏着小火龙的尾巴，想起时忧懒散的模样。

这小子自从分别之后就没找过她聊天，她也不敢贸然打扰他，毕竟高三学业繁重。

也不知道他高考想去哪儿，要是考到京州就好了。

戚生生勾了勾唇，重又闭上眼睛，心里开始期待寒假。

期末将至，戚生生忙着辩论比赛的同时还要准备期末考，借着忙碌暂时让自己忘了和虞宋之间混乱的事情。

游闻来找她的时候，她正在工作室里拿着电锯锯木头，脸上沾着泥，像只花猫一样，他笑得大白牙直晃眼。

"不错不错，以后找不到工作去当个电焊工也能养活自己。"他欠登地说道。

戚生生没跟他计较，将电锯关掉，笑道："来找我有什么事？"

游闻拉了把凳子坐下，从口袋里掏出一张宣传单："院里的跨年晚会，我们学生会办的，你想不想去？我这儿有票。"

听到这话，戚生生想起了跨年晚上虞宋要来找她。

她没有接宣传单，遗憾地摇摇头："不去了，有人约。"

"谁啊？"游闻八卦一笑，用手指点了她一下，"是不是历史学院那个？帖子我可看了，到底是不是真的？你真谈恋爱啦？"

这么多问题砸过来，戚生生脑袋都疼了。她皱起眉，有气无力道："没有，别瞎说，我和他是高中同学。"

游闻轻嗤，明显不信："你没有那个意思，可不代表他没有。"

戚生生解围裙的动作一顿，她叹了口气，没有吭声，坐到游闻旁边，满脸愁容。

游闻见她这副样子，心里好笑："你这是什么表情？大帅哥追你，你还不乐意了？"

"不是乐不乐意的问题，是……"戚生生话头一顿，发现自己也说不出个所以然来。

是每次面对他，她都会想起另一个人。

想起时忧漫不经心的眼神。

游闻摸着下巴，状似不经意道："你心里是不是已经有人了？"

见戚生生木着脸没有反应，他继续揶揄："那个篮球小子？"

他又说："不说话，默认了？啧啧，我就说嘛，我可是慧眼如炬啊，那小子的眼神一看就是……"

提到时忧，戚生生蓦地站起来把手套扔到游闻怀里，打断他："少看点少女漫画吧。"她走到门边抬手就要关灯，"出来，我要关门。"

说罢她按掉开关，在游闻走出来之后锁上工作室的门，随后默不作声地顺着楼梯走下去。

游闻看着她倔驴一样的背影，摇了摇头。他吊儿郎当地跟在戚生生后面："天气预报说跨年那天京州会有初雪。"

戚生生闻言笑道："初雪怎么了？"

游闻加快下了两阶台阶走到戚生生旁边："初雪那天约喜欢的人出来一起看，爱情就会实现。所以我打算晚会结束之后约陈乐儿出来。"

陈乐儿是游闻追了许久的服设系学姐。

听到这么浪漫的传说，戚生生停下脚步，上下打量他："你还信这个啊？"

游闻挑眉："为什么不信？"他朝她眨了下眼，"万一实现了呢。"

"游老师，少女漫画和韩剧还是少看点吧，那样乐儿学姐可能就跟你在一起了。"戚生生无奈地拍了拍他的肩膀，先他一步走下楼梯，头也不回道，"我还有事，先走了。"

游闻不乐意了："这两个有什么必然联系吗？"说罢，他想起了什么，忽然高声对着她的背影喊道，"哎！我那剧本你想没想好啊？别忘了这事儿！"

戚生生摆了摆手："知道啦！"

跨年那天校园里很热闹，天刚暗下来，宿舍楼下就能看见很多成双成对的小情侣。

戚生生的宿舍里只有她还单着，舍友们早早就打扮好出去和对象跨年了，只留了她一人坐在书桌前盯着屏幕漆黑的手机，等着虞宋。

坦白说心里不紧张是假的，毕竟那个人是虞宋。

但好像也就止于紧张了。

戚生生叹了口气，趴在桌面上。手机在这时响了一下，她拿起来点亮，目光微顿。

本以为是虞宋的微信，没想到收到的却是 QQ 消息。

看到时忱的网名，戚生生愣怔片刻，随即才意识到，她没有时忱的微信。

对方非常简短地发了一句话："今晚跨年。"

戚生生眨眨眼，不明白他这是什么意思，回道："嗯。"

三窟："你打算怎么过？"

戚生生打字的手顿了顿，她下意识地不想让时忱知道她要和另一个男生出去的事。

生生："打算在宿舍睡到新的一年。"

播报动车即将到达京州站的女声在车厢里响起，时忱看着这条回复，眼前忽地出现戚生生像只小动物一样软绵绵地缩在被窝里，只露出一张白净小巧的睡颜。

他扯唇轻笑："还记得那个电玩城吗？"

怎么不记得呢，时忱给她抓的娃娃还在她的床头："记得，怎么了？"

三窟："今晚去那儿抓个娃娃给我。"

生生："……"

生生："梧城是没有娃娃机了吗？"

三窟："我就喜欢那个电玩城里的娃娃。"

这个要赖一般的要求也就时忱说得出来，戚生生面上无奈，但心里的烦闷却因为他而一扫而光。她弯起唇瓣，笑意直达眼底："你知道我的水平的，要是抓不到别怪我。"

时忱眉眼上挑："我当然知道，但是你今晚一定能抓到。"

戚生生失笑："为什么？"

这条发过去之后过了好几秒对面才回道："不告诉你。"

幼稚。

结束对话，戚生生合上手机，嘴角是她自己都没意识到的弧度。她穿上毛呢外套，正准备出去的时候手机来电铃声响起。

虞宋低沉的嗓音透过听筒传进耳朵里，带着一丝不易察觉的笑意："我在你宿舍楼底下，下来吧。"

戚生生握着手机的指尖倏地收紧，她抿了抿唇，有些犹豫道："虞宋，我……"

"我在明江餐厅预订了位置，你不去的话就浪费了。"虞宋仿佛猜到了她的意思，没有给她拒绝的机会，"戚生生，我就在下面等你，别让我等太久。"

虞宋的声音低沉暗哑，像窖藏多年的红酒，让人沉陷其中。

戚生生咬着下唇，第一次察觉到向来温和的男生竟然有这么强势的一面。她深吸口气，说道："那我想先去一个地方。"

虞宋清楚不能逼得人太紧，他勾唇"嗯"了声："我陪你。"

虞宋今天穿了件黑色的大衣，肩宽腿长，桃花眼微微上挑，长相过于耀眼，只是静静地站在那就吸引了无数的目光。女生宿舍楼下人来人往，很多人都认出了他是谁，纷纷放慢进去的脚步，想看看他在等谁。

不一会儿就见一个长发女生从楼里出来，径直走到虞宋身边。

有看过帖子的人瞬间就认出了女生是谁，这不就是那位虞宋传闻里的女朋友嘛。

这么一看，帖子果然是真的。

戚生生很少化妆，今天因为情况特殊所以让舍友帮忙化了个淡妆，原本娇俏的五官显得越发精致。妆容让她看起来摆脱了稚气，整个人透着成熟淡雅的气质。

只一眼，虞宋就心头一动，目光一瞬不瞬地跟随着女生，眼底深邃："想去哪儿？"

戚生生注意到周围落在他们身上的视线，她局促地笑了笑，想赶快离开这里："绵江广场那儿的电玩城。"

"正好预订的餐厅也在那片。"虞宋比她高很多，看她得微微低头，亚麻色的额发散落，衬得一双黑眸越发深邃浓烈，"走吧。"说罢他朝她张开臂弯，想让戚生生挽着他。

戚生生神情微愣，她看着虞宋伸过来的手臂，眼底闪烁。思索片刻，她没有搭上去，而是用指尖轻轻扯住虞宋的袖口，拘谨地垂下了眉眼，模样乖顺。

她不太想拂了虞宋的好意。但殊不知这个举动比直接挽上来更磨得人心痒。

虞宋盯着袖口上莹白的手指，目光晦涩，他收敛了笑意，挑起好看的桃花眼："那抓好了。"

"嗯……"

戚生生躲避着男生的视线，跟在他一旁慢慢走出校园。

在高中的时候戚生生就能感受到虞宋的家境很好，住在梧城最贵的小区，上下学都有司机接送，所以在看到虞宋停在路边的车时她没太多的惊讶。

虞宋解开车锁，抬起手晃了晃，戚生生回神立刻松开了手。

他绕到另一边绅士地拉开副驾驶的车门，等戚生生坐好他才上车。

车里没有开灯，昏暗被车外的霓虹分割成不同的光影，照在虞宋认真的侧脸上，线条精致完美，像尊难得的人体雕塑。

借着昏暗，戚生生悄悄偏过头打量他，心里涌起一股说不清道不明的情绪。

这个让她的学生时代充斥酸涩，可望而不可即的人，如今就坐在咫尺的地方。

他还是那么耀眼，直勾勾看着她的时候，她依旧会下意识屏住呼吸。

她不知道为什么现在的虞宋会对她做出那么多暧昧的行为，她没有底气把他的这些行为定性为喜欢。

戚生生思来想去都想不出个所以然来，潜意识里她总是认为自己和他是不可能的。

各个方面的不搭。

窗外风景往后疾驰掠过，戚生生忽然觉得车里开始变得闷热，她将窗户开了个缝，寒冷的风从外面挤进来，扑在她的面上，让她瞬间清醒。

"热了？"温和沉郁的嗓音在耳边响起。

戚生生抬眸"嗯"了声："有点。"

虞宋闻言瞄了她一眼，眼尾不笑亦带着情："怎么突然想去电玩城？"

戚生生笑："想去抓个娃娃。"

"原来你喜欢抓娃娃。"正好这时路口亮起红灯，虞宋停下车，偏头注视她。

她摇摇头："算不上喜欢，我水平很差，十次机会一次都中不了。"

虞宋勾起唇，面容潋滟生辉："没关系，我帮你。"

戚生生看着他，想起时忧说她今晚一定会抓到娃娃，不由得呼吸一顿。

看来还真是被他说中了。

跨年夜的商场很热闹，电玩城里也聚集了不少放假的学生。

虞宋在前台换好游戏币，然后全部都给了戚生生，含笑说道："去玩吧。"

戚生生拿着满满一盒子的游戏币，神情有些恍然。她抬头看向不远处的投篮机，那里正围着一群十七八岁的少年，为投中一个球而欢呼雀跃，热烈的青春气息扑面而来。

她想起时忱当时在这里赢了打赌的画面。

虞宋见她愣神，顺着她的目光看向投篮机，轻笑："你想玩那个？"

戚生生眼底温柔，摇了摇头："不是，想到一个人。"

虞宋挑眉，手插兜，长身玉立，温润高贵的气质和这个电玩城一点也不适配："谁？"

"一个自信到骄傲的人。"她低声喃喃道。

"什么？"男生没有听清。

戚生生抬头看他，笑了笑："没什么。"

成排的娃娃机前只有几对情侣在那儿，其中女生试了好几次都抓不到，于是便和男朋友撒娇，甜腻幸福的声音传到二人这边，气氛渐渐变得尴尬暧昧起来。

戚生生不敢看虞宋的表情，她低头把游戏币塞进机器里，然后操纵着方向杆按下确认键。

果不其然，抓夹落空。

身后的虞宋闷声一笑，胸膛都在轻微颤抖。

戚生生耳尖发热，整个人窘迫地僵在原地，她小声嗫嚅道："说了我水平差。"

虞宋低沉磁性的笑声在注意到女生的耳朵时渐渐收敛，他低眉凝望着戚生生的侧脸，眼底是他自己都察觉不到的温柔。

他走上前靠近她，挑眉看着那个掉落的小火龙玩偶："想要这个？"

因为身后突然靠近的体温，戚生生身子定住，有些慌乱地"嗯"了声。

得到肯定的回答，虞宋没有再说话。他微微倾身，伸出手臂从戚生生手边拿过一个游戏币捏在指尖，随后弯腰把币投进机器。

动作间，虞宋的侧脸猛然接近，在戚生生鼻尖前不到十厘米的位置停下，鼻息间全都是他身上木质香水的味道，成熟稳重，和时忱身上的味道不一样。

虞宋的桃花眼很漂亮，不经意看过来都带着淡淡的情愫，这个距离戚生生能清晰地瞧见他长而密的睫毛和高挺的鼻梁。

戚生生垂下眼睫，往后退了一小步，后背却无意碰到虞宋的胸膛，她心一紧，猛地抬起头，却和虞宋低下来的视线撞在一起。

他的眸色很暗，额前亚麻色的发丝投下浅淡阴影，将他精致的眉眼衬出几分温柔。

虞宋抬手稳住她的肩膀，一瞬不瞬地看着她，气息温柔缠绕："小心。"

两人现在的姿势，从背后看仿佛在接吻。

只一眼，戚生生就移开了视线，她站稳身子轻扯了下嘴角，礼貌一笑："谢谢。"

虞宋垂眼，目光扫过戚生生柔软的唇瓣，喉结滑动："我帮你抓。"

戚生生呼吸放缓，往旁边迈了一步，给他腾出位置。

男生骨节分明的手轻握住操作杆，肤色很白，指节都是粉色的。

戚生看着虞宋的右手，一时陷入回忆里。

她记得那只手的背面的腕骨上有颗小痣。

在医务室的那晚，每每想起来都像是在梦中。

眼前的人，像笼罩着一团迷雾，让人猜不透也不敢放肆。

娃娃从出口掉落的声音将戚生生从愣神中拉回来，虞宋把娃娃拿出来递给她，轻笑："给你。"

"谢谢。"

娃娃的做工很精细，小火龙尾巴处的火焰栩栩如生，戚生生抱着娃娃，思绪却飘到了梧城。

也不知道时忧会不会喜欢。

在两人走出电玩城的时候，一个高挑的身影从篮球机旁边缓慢地走出来，茫然地站在人来人往的门口。他背脊微弯，像被人抽去了底气，脚步定在原地。

时忧脸上没什么表情，无神地望着远去的二人，心里说不上是什么感觉，既悲伤又轻松，像有把钝刀悬在心脏上，不停地磨搓着他，让人疼得说不出话来。

悲伤的是他再也没了自我麻痹的借口去纠缠她，轻松的是他终于不必再为她看不见自己而心生痛苦。

他低头盯着为戚生生抓的伊布玩偶，眼前升腾起一股陌生的雾气，眼眶在不知不觉中发热变红。

他皱着眉头，抬起手指重重地擦了下眼角，可那雾气却越积越多，没出息地往外冒。

从小到大，童慧珊都说他是个心硬的孩子，倔得跟什么似的，从没有因为什么事情而哭过，就算是上幼儿园那天，再舍不得妈妈也不哭，硬挺着站在老师身边目送童慧珊走开。

因为他知道放学了童慧珊就会来接他，并不是不要他了。

可是此时此刻，周围跨年人群纷杂，从他身边走过，他站在那里，背影孤寂，手里抓着娃娃，眼眶泛红，但还是倔强地没让眼泪流出来，像个被人遗弃的孩子，无助又悲伤。

直到戚生生的背影彻底消失在视线里，时忱的手蓦地松开，娃娃无声坠落在地，他转身朝着反方向走去，一个人走进欢乐的人群里，少年高瘦的身躯萧条如风，孤寂又哀伤。

戚生生跟着虞宋走进餐厅，欧式装潢温馨典雅，优美的古典音乐萦绕，餐厅的最东边是一整面落地窗，能将绵江的夜景尽收眼底。

点完餐，侍者为二人醒了瓶红酒。戚生生从没喝过酒，本来想拒绝，但在虞宋起身给她倒酒时，拒绝的话就说不出来了。

像是看出了她的迟疑，虞宋只倒了一点给她。戚生生心里松了口气，但也没动那杯酒。

等餐期间，气氛沉默下来。尴尬和局促在二人之间弥漫，戚生生放在腿上的手下意识握在一起，想说些什么打破沉默，但只要她一抬眸就会撞进虞宋不加闪躲的视线里。

虞宋的眼神让人看不懂。

这种被压制的感觉让她心头慌乱，小心翼翼。

"戚生生。"

对面率先打破了局面，语气带笑："你还记得那三罐可乐吗？"

戚生生倏地抬起头，她长睫轻颤，微微张了张嘴，但说不出一句话来。

怎么说？

当然记得，一直没忘，那张二十元她还保存着舍不得花掉，甚至心心念念了三年。

她一直以为他从没有放在心上过，原来他一直记得。

虞宋凝视着戚生生的表情，敛了笑意，他接着说道："小同学，还记得我吗？"

戚生生胸口一窒，她深吸口气，心里涌上来一股莫名的委屈和遗憾。

"记得。"她哑涩道，"你给了我二十块，还多了不少。"

虞宋低头失笑，亚麻色的短发在灯光下泛着淡淡金光。戚生生红着眼瞧他，目光酸涩，宛若穿过时光，又重见了当年那个耀眼的金发少年。

那个时候的虞宋真的让人很难忘。

她沉沉地看着他，眼前却浮现出三年前的自己。

自卑软弱，不敢和人眼神接触，留着一头短发，畏畏缩缩的，一点也不起眼。那时的她是个在旁人眼中没有半分印象的女生。

她那个时候一点也不好。

这样的戚生生却喜欢上了那样耀眼的虞宋，她自己都知道不能说出去，因为只会显得她更加可笑和自不量力。

所以没人知道她喜欢他，除了那张被程于扔掉的卡片，稍微沾染着她晦涩的心事。

可是，那个连她自己都瞧不上的十六岁的戚生生，她现在却好想要**抱抱她**。

想告诉十六岁的戚生生，你能挺过来就已经很棒了。

戚生生垂下长睫，咬着唇，将眼泪逼了回去，不让虞宋察觉她此时异样的情绪。

恰好这会儿侍者推着餐车过来，动作轻巧地将餐点摆好，随后无声走开。

虞宋拿起刀叉优雅地切着牛排，在戚生生愣神的时候将切好的那盘换到女生面前，眼角含笑："吃吧。"

戚生生看了眼切好的牛排，又抬头看了眼虞宋，开始吃饭没有再吭声。

对于眼前这个明显在追求她的男人，戚生生还是忍住了心里的疑惑，没有戳破那层窗户纸。

虞宋看向乖巧的戚生生，撑着下巴微微一笑，也没再开口。

她果然没有变，还是那个只喜欢他的人。

光是意识到这一点，就足够让他有恃无恐，不急于一时。

虞宋端起杯子喝了一大口红酒，唇角抿紧，心中暗流翻涌，脑海里回忆起高一时候的自己。

十岁那年，那个说着只爱他的母亲因为钱把他丢给了虞承中，他知道了自己只是个见不得光的私生子，从此他就活在那个男人的控制里，像个完美的提线木偶，只能按照虞承中给他设定的轨迹前进，稍有差池就是万劫不复。

在虞承中的阴影下，他渐渐筑起一道自我保护的围墙，把所有人挡在外面，用假面阻挡所有的亲密和伤害。

他试图去反抗过。

故意留级、染金发、与混混来往，还有和虞承中最看不上的颜桐来往，可到头来却发现毫无意义。

因为他知道没有人会真正地爱他。

除了……

虞宋眨了下眼，回过神来。他盯着对面乖巧的女生，唇角又一次扬起，露出发自内心的浅笑。

除了戚生生。

跨年那晚并没有下雪，游闻也没有表白成功，渴望与喜欢之人相爱的愿望落空。

回宿舍以后，戚生生给时忱打了电话，不知道为什么对方的语气十分冷淡，声音仿佛刻意压着，说娃娃他不想要了，随便她处置。

他这么说了，可戚生生舍不得，把娃娃摆在床头。

虽然已经习惯了时忱偶尔的莫名其妙，但戚生生还是觉得心头惶恐不安，找不到缘由，像是有件很重要的事情被她忘记了一样忐忑不安。

连"新年快乐"都没来得及和他说。

也是从那天之后，她和虞宋之间的关系就只差说破而已。

他会在她下课时到门口接她，会在假期约她出去玩，晚上睡前还会打电话给她，就算没有话说也不挂电话，惹得半个学院都知道了他在追她的事。

面对他明目张胆的追求，戚生生没有办法，也不知道该如何应对，只能被他一步一步推到无法逃脱的断崖边。

虞宋也不着急，慢条斯理地侵入她的生活圈子。

戚生生想过拒绝他，可是每当她点开和时忱的聊天记录，心就慢慢冷了下来。

你在胡思乱想些什么呢？

时忱有喜欢的人，他只是你邻居家的弟弟。

现在你暗恋了多年的男生在追你，你还有什么不知足的。

考试周的前一天，校辩论赛到了尾声，美术学院的一队今年又一次冲进了决赛，但因为半决赛时不敌法学院，这次还是只能争夺季军。

最后一场的对手是历史学院，虞宋的队伍。

之前在初赛的时候戚生生他们就和历史学院的二队交过手，虽然赢了，但是一队才是实力强劲的主力，他们撞上一队，赢的概率不是很大。

周恺已经做好了今年再次陪跑的觉悟。

决赛的辩题提前一周在学校论坛上以投票的形式产生，投票的都是学生，正值看热闹不嫌事大的时候，导致最后选出来的辩题都是些没有太多可辩意义的选题。

戚生生他们的那场被高票选出来的辩题就是：大学期间应不应该谈恋爱。

游闻作为美术学院的主席上去帮他们抽签，结果抽到的是反方，不应该谈恋爱。

"啊啊啊啊！学长！你这双晦气的手啊！"

周恺看到辩题就祈祷着能抽个正方，没想到游闻运气这么差，气得挂在他身上勒他脖子。

游闻被勒得脸都红了，讪笑道："恺子没事嗷，输了我也不会怪你的，辩论赛本来就不是我们学院的强项。"

周恺松开他，对着戚生生他们叹了口气，鼓励道："没关系，尽力就好，我相信你们。"

队里正在谈恋爱的许朝和陈璐瑶对视一眼，没敢说话。

这辩题也太应景了。

是不是正反方对戚生生来说无所谓，真正让她心烦意乱的是，她要在辩论场上和虞宋对上。

准备比赛的时间里她一直心神不定，她总觉得正式比赛那天会发生点什么。

事实证明，她的预感是正确的。在双方自由辩论阶段，戚生生刚驳斥了对方一辩的言论之后，下一秒，就见对面处在三辩位置上的虞宋站了起来。

因为比赛的缘故，他们都换上了正装，虞宋一袭黑色西装，更显得身材高挑挺拔，面色如玉。那双漂亮的桃花眼直勾勾地看向对面神色稍敛的戚生生。

"刚刚对方四辩说恋爱并不是生活的全部，恋人也不是你唯一可以去爱的人，父母亲友都可以爱。"男生眼尾上扬，神态自信张扬，仿佛势在必得。

戚生生看着这个模样的他，忽地想起那年他在国旗台下的检讨，那个时候他也是这般神情。

"那我想先问一下对方四辩。"他继续道，嘴角上扬。

戚生生心一跳，闻言慢慢站起来。她今天梳了个利索的丸子头，娇俏素净的脸整个露了出来，苍白的脸色也尤为显眼。

决赛是在学校最大的音乐厅举办的，因为虞宋的加入，台下座无虚席。在两队刚入场的时候，就有不少看过论坛的人已经认出了其中恋情传闻的当事者。

现在被虞宋点名的戚生生站起来，台下响起了一阵起哄声，还有不嫌事大的男生吹口哨怪叫。

坐在评委席上的老师听到身后的动静全都好奇地回头张望，不明白这有什么好激动的。

戚生生最怕这种阵仗，她长睫轻颤，面无表情地注视着对面的虞宋，指尖冰凉，呼吸开始紊乱。

明明现在两人之间隔了段距离，但她就是能感受到虞宋炽热的视线，像是能把她看穿。

身旁的许朝仿佛感受到了她的不对劲，在桌下悄悄扯了扯她的衣袖，低声道："别怕，答不上来我接。"

戚生生回神扯了下唇角，"嗯"了声。

直到台下平复下来，虞宋才继续，好听的声音不疾不徐地在音乐厅里回响："请问对方辩友，你谈过恋爱吗？"

台下前来观战的游闻眉头瞬间皱起，视线在两人之间移动，最后定格在戚生生的身上。

听到这个问题，许朝本来严阵以待的动作猛地垮下来。

这是什么问题？

戚生生心跳一顿："没有。"

听到"没有"这两个字，虞宋嘴角一翘，紧接着问："那你愿意和我谈恋爱吗？"

"……"

此话一出，全场气氛凝滞一瞬，接着便开始沸腾，大家的目光聚集在戚生生的身上，似乎都忘了这是个正在进行的比赛。

戚生生猛地握紧双手，冰凉的指尖在掌心留下印记。

她望进虞宋那双漆黑带笑的眼里，她知道他不是在驳论也不是在开玩笑。

他是认真的。

计时还在继续，现在是比赛。戚生生听着台下的躁动，拿起话筒放到嘴边，她不能在这个时候被他带得不理智。

"对方辩友的这个问题与本辩题无关，请不要离题，谢谢。"

说完，戚生生就坐了下来。

看戏的众人一时愣住，目光又放在虞宋身上。

虞宋低眉淡淡轻笑，显然提前设想到了对方的回答："对方辩友既然没谈过恋爱，那你的观点似乎没什么说服力。爱的形式是很多，但恋人之间的爱，性质是不一样的，希望对方辩友在尝试过之后，再来反驳我方观点。"

"……"

戚生生咬着下唇，纤细的脖颈僵住。许朝对虞宋面不改色拉回话题的本领感到佩服。

许朝气不过戚生生被虞宋这种类似于戏耍一般的提问，他站起来开始和虞宋的对论，自由辩论也在戚生生的恍惚里结束。

反方先结辩，戚生生把稿子放下站起来，目光在扫到虞宋时稍顿，随后恢复如常。

"……最后我方想说，大学生应当把恋爱放在毕业后，那时大家有了更好的经济基础，对于爱情的理解也更加理智成熟，这样感情才能走得更长远，更现实。"

戚生生说完最后一句话，台下惯例响起掌声，随后对方四辩总结。

这个辩题反方有天然的劣势，过程中又被虞宋那么一搅和，众人的吸引力全被正方拉去，再加上虞宋的表现确实亮眼，这场辩论的输赢大家心里都有了预感。

在公布成绩前，评委老师对虞宋点头称赞，法学院的女老师还揶揄地提到了他和戚生生刚才的对话，惹得台下又哄笑起来。

点评完，主席宣布输赢，如众人所料，赢的是历史学院。

美院今年止步四强。

比赛结束，正反方辩友握手，虞宋走到戚生生面前，看着女生伸出来的莹白纤细的右手，他倏地握住牵在手心，紧紧的，一动不动，没有要松开的意思。

戚生生眼睛圆瞪，没有预料到虞宋的这个行为，她挣脱了一下，但并无丝毫的效果。

"别动。"虞宋自然地拉过她站在自己身边，微微俯下身凑到女生的耳边，气息轻浅带着热，"你还没有回答我。"

"什么？"戚生生眨了下眼，随后反应过来，"你认真的？"

"我很认真。"虞宋将手指插进戚生生的指缝，由握改成了十指相扣，占有欲十足，让人逃不了。

他盯着她的眼睛，不厌其烦地重复道："你愿意做我女朋友吗？"

此刻二人还站在台上，双方握完手就应该下台的，但他俩没走，舞台的灯光已经被关掉，许朝没注意到戚生生没跟上。

戚生生的视线里全是眼前的男生。

桃花眼，秀气挺翘的鼻子，白皙的皮肤，每一处戚生生都曾在梦里梦到过。

可是现在梦想成真了，她却没有想象中的开心。

"生生，不要拒绝我。"

男生垂下眼睫，站直身子立在戚生生面前，彼此的手还紧紧相连着，手心温度炽热，他的眼里都是她，眼底的偏执沉郁在此刻毫不掩饰地迸发出来。

不要拒绝我，也不能拒绝我。

戚生生被迫抬起头看他，脖子像被人遏制住一样，发音艰涩："虞宋，我……"

"生生，你说过的。"

像是被女生的犹豫给刺激到了，虞宋扯过她拥进怀里，手掌搂住她的后脑，用力地抱住她，仿佛她下一秒就会消失一样。

说过？她有对虞宋说过什么吗？

虞宋好似也意识到了什么，他喉结滑动，咽下了刚刚差点就要说出口的话。

"生生，别拒绝我，就只这一个请求，往后什么我都答应你。"

听到这话，戚生生的眼眶在无意识间开始发热，她不明白为什么虞宋会对她这么执着，过往的一幕幕在她的眼前重现，全都是她单箭头的暗恋，没有从虞宋那得到一丝反馈。

男生埋在她的颈窝，嘴里一直说着："别拒绝我，别丢下我，我只有你了……"

宛如梦魇。

这些话像刀子一样戳进戚生生的心里。

在她眼里心里天之骄子一般的人物，竟然也会说出这种卑微到尘埃里的话。

"……好。"

沉默良久，戚生生声音很轻，带着微微颤抖。

虞宋心头一动，捧着她的脸，眼底闪动着欣喜，连语气都急促了起来："你答应了？"

戚生生不知道是怎么了，刚回答了个"好"字，眼泪就止不住地往下掉，她抬手揉着眼睛，没有吭声。

虞宋以为她是紧张害羞了，把人抱在怀里，整个人都洋溢着由衷的欣喜。

戚生生还在哭，眼泪落在虞宋的衣服上，很快便打湿了一大块，她只觉得胸口又憋又闷，很伤心，没由来的伤心。

恍惚间，她脑海里浮现出那天在路灯下和时忱的拥抱，少年的手轻轻贴在她的肩头，身上是好闻的薄荷味。

可是转眼间，少年就推开了她，看她的眼神像是在看一个无关紧要的路人，那个令她充满安全感的味道也随之消散，取而代之的是沉稳陌生的木质香味。

虞宋是个很合格的男友。

不会吝啬任何能让另一半感受到喜欢的行为举动，他做到了他说的，不管戚生生说什么他都答应。

但他最怕的就是戚生生什么都不要。

那一年寒假，戚生生是和虞宋一起回的梧城。

陈隽去年买的新房也装修完毕，在除夕前母女俩就能住进去，因为一直是租的房子，所以需要带走的东西不多。

戚生生没有告诉陈隽自己谈恋爱这件事，两人一起收拾衣物的时候陈隽也没问她在学校的感情经历，既然陈隽不问，她也不太想说。

她其实心里下意识地觉得自己和虞宋不会长久。

陈隽打开戚生生房里的衣柜，往外拿旧衣物的时候目光注意到了角落里那件黑外套，她拿起来抖了抖，笑问："这件你要带进新家吗？"

戚生生看了眼，想也没想："嗯。"

陈隽瞧着外套，忽然想起了什么，收敛了笑意："你知道小忱准备出国了吗？"

戚生生叠着衣服的动作猛地一顿，她抬头愣怔地看向陈隽，还以为自己听错了："什么？"

"你不知道吗？"陈隽坐下来，"去年就决定了，准备大半年了，你时叔叔说怎么劝都不听。"

戚生生眼睫颤动，她舔了下唇。

去年就决定了，已经准备大半年了。

那就是说在她快高考那会儿，时忱就决定出国了。

他从没跟她提过这事。

戚生生呼吸凝滞，难受得整个人都有些恍惚。

她眨了眨眼，声音滞涩："他……打算申请哪个学校啊？"

陈隽摇摇头："你时叔叔只说了是 M 国的学校，艺术专业。"她抬头，"你要是好奇就去找小忱问问呀。"

戚生生心里叹了口气，不想让陈隽担心她，只淡淡地"嗯"了声。

当天晚上，戚生生和施映约好一起去大学城附近的那家吃烤鱼，吃完出来两人沿着街道开始散步，路过湖边，两人停下了脚步。

寒夜微风吹拂，就算是穿了厚厚的棉衣都冷得刺骨，施映笑着道："你和虞宋怎么样啊？有个帅哥男朋友应该很不错吧。"

提到虞宋，戚生生眼神一暗，没有正在热恋中的女生该有的羞涩缠绵。她学着施映的动作坐到湖边的石凳上，目光落在湖面，声音清浅："小施，其实我从高一就暗恋虞宋了。"

施映本来见她这副不开心的表情还在纳闷，现在听到她的这句话，眼睛都瞪圆了："啊？"

此刻周遭环境氛围很适合诉说心事，戚生生长长地呼出一口气，将这些年自己的少女心事全都诉给了施映听。

从初见到暗恋，也包括撞见虞宋和颜桐在一起的场景，和自己心境的变化。

三年时间很长，戚生生本以为要说很久，但现在开口，发觉和虞宋的过往寥寥几笔便可总结。

好像没什么好说的。

话音落下，施映神色愣怔，戚生生朝她苦涩一笑："很奇怪吧，明明梦想成真了，却一点也不开心。"

施映目光微闪，她轻轻摇了摇头，声音柔和："没什么奇怪的，你只是不喜欢他了而已。"

戚生生心头一动，蒙尘了许久的思绪像是被人打开了一扇窗。

施映望着戚生生，眼神一动不动："和自己真正喜欢的人在一起是放松的、愉悦的，和不喜欢的人在一起，对彼此都是折磨。"

"生生，我希望你开心。"

"毕竟一辈子太长了，要和喜欢的人在一起。"

那天晚上和施映分别之后，戚生生穿过小巷，抬头看向不远处的小洋楼，准备上楼的脚步莫名改变了方向，朝着时忱家走去。

夜里十点左右，正是晚自习放学的时间，戚生生前脚刚从小路里出来，迎面就撞上了从小区正门进来的时忱。

说起来，她已经快半年没有见过他了。

时忱还是一身黑色，头发长了点，满脸疲惫，眼下乌青明显，自带锋芒的眉眼在看见戚生生那一刻微微敛起，整个人愣在原地，鼻头和耳尖都被寒风吹出了红色，看起来可怜巴巴的。

戚生生心跳加快，慌乱的目光落在他光秃秃的手上，连忙将口袋里的暖宝宝拿出来，正要过去塞给他，却见他猛然往后退了一步，戚生生那只拿着暖宝宝的手顿时僵在半空中。

"我不冷。"少年声音暗哑，目光落在别处，就是不看她。

戚生生低眉眨了眨眼，心口一窒，她讪讪地收回手，扯起嘴角笑容苦涩："听说你要出国了，学校确定好了吗？"

时忱紧咬着后槽牙，沉默片刻才漫不经心地"嗯"了声。

面对时忱莫名转变的态度，戚生生第一次觉得有些窒息，她轻轻点点头，还想要再说些什么，但喉头发紧，一时两人间的氛围沉默下来。

时忱偏头看向别处，脸侧轮廓紧绷，垂在裤缝两旁的手下意识握成拳，手背青筋浮现，胸口像被压了块大石。

良久，他才听到她低哑开口："一个人出国，注意安全。"

随后戚生生离开的脚步声在耳边响起，越来越远，随后消失不见。

时忱立在原地，死死盯着不远处的那棵枯败的银杏树，眼眶渐渐红了，他长长地呼出一口浊气，口雾在风中消散，他拧着眉，鼻尖猛地一酸，他恶狠狠地看向戚生生离开的地方，那里只有伸手不见五指的黑暗。

除夕那天中午，虞宋打电话过来，想约戚生生一起吃个饭。

戚生生没有拒绝。

自从和施映聊过之后，这些天里，戚生生想了很多。

她对虞宋，就像施映说的，确实没有喜欢了，只是舍不得和不甘心而已。

找个时间和他说清楚也好。

及时止损，免得往后受伤更深。

到了约定的时间，戚生生坐进虞宋的车。车里开了暖气，刚坐好还没开口，虞宋就朝她倾了过来，她倏地往后一退，后背抵在了座位上。

虞宋的脸近在咫尺，长而密的眼睫低垂，沉沉地扫过戚生生的唇瓣。

戚生生眼神躲闪，往后缩了缩脖子："怎么了？"

看见戚生生这副不好意思的模样，他低眉轻笑一声，伸手扯过安全带帮她扣上，随后退开："帮你系安全带。"

戚生生心里松了口气，坐直身子注意到虞宋今天穿得很正式，不由得好奇道："我们去哪儿吃？"

"秘密。"虞宋掉转车头，笑道。

一路上，两人都没有说话。自从在一起之后，戚生生很少主动提起她自己的事情，虞宋没有多想，毕竟她就是这么一个绵软安静的性子，所以也配合着她。

到了地方，戚生生才注意到这家是梧城最出名的意式餐厅，一进去侍者看见虞宋什么也没问，直接带着二人到了楼上包间。

正要开门进去，就听见里面传来一个中年男人的声音。

"到了就进来。"

在听到这个声音的瞬间，戚生生察觉到身旁的男生身子一僵，握着她手的力道也渐渐加重。

戚生生皱了皱眉，还没等她发问，包厢的门就被人从里面打开，一个黑色西服的男人朝着虞宋点了点头："少爷来了。"

虞宋脸色顿时沉了下来，眼底浓黑，盯着坐在里面的男人。

虞承中年近五十，但看起来精神奕奕，长相和虞宋有七分相似，可以看出年轻时的俊美。

他不怒自威的视线落在虞宋身后娇小的女生身上，顿了两秒，最后才看向虞宋："过来坐吧，菜我点好了。"

虞宋没有理他，转而牵着戚生生就要走，但被那个开门的男人拦下来："少爷，别任性。"

简单的一句话，就表明了虞承中的态度，今天这顿饭他非吃不可。

戚生生注意着虞宋的神色，心里也猜出了七七八八。

她之前就听虞宋提过，他和他父亲关系不是很好。

戚生生轻轻扯了下虞宋的手，将虞宋的注意力拉回来，小声说道："进去吧。"

虞宋迟疑了片刻，还是留了下来。

这是场意外的饭局，这家餐厅是虞家的，虞宋本来以为虞承中不会这么无聊到随时查他的动向。

看来他谈恋爱这事还是没瞒住。

这场饭局来得突然，因为虞承中的到来，桌上氛围压抑，男人面若寒冰，不笑的时候有种无形的压迫感，压得人不敢出声。

虞宋机械地吃着饭，戚生生低眉乖顺地坐在他身边。

最后还是虞承中率先开口，只不过是对虞宋说的："昨天你金叔叔和我打球的时候说他女儿小暖从国外回来了，嘴里念叨着你，说想你了，你主动点，明天找个时间约人家出去吃个饭。"

这话一出，整间包房都诡异地安静了下来，虞宋握着酒杯的手猛地一顿，他几不可见地皱了下眉，下意识看向身旁的戚生生，一时间没有回答。

虞承中也不恼，面无表情地扫了眼儿子带来的女生，这才像刚注意到戚生生一样，轻声笑道："戚小姐是吧，京州大学美术学院雕塑系大一学生。"他漫不经心地说出戚生生的具体背景，"高中也是和虞宋一个学校的，对吧小陈？"

他似是没有记清楚，看向开门的那个男人。

小陈点点头："是，今阳中学。"

虞承中转而双手交织在一起，用审视的目光看向戚生生，语气不重，但字字戳心："第一次见虞宋带女同学来这里，看来你们关系不错，不过虞宋，这件事最好不要让小暖知道，她这人你清楚，醋劲大得很。"

在虞承中说出她的学院和专业时，一股子寒意爬上后背，戚生生不傻，听得懂虞承中话里话外的意思。

他这是在变相告诫她，让她不要缠着虞宋。

虞宋猛地放下酒杯，他的眼神倏然冰冷，另一只手在桌下握住了戚生生。

"她什么样关我什么事，没工夫陪她。"虞宋站起身，连带着戚生生一起，"我们还有事，先走了。"

"虞宋！"

虞承中压抑着怒气的吼声让即将出去的男生停在了原地。

虞宋抓着门把的手用足了劲，指节都在泛白。他胸口像被狠狠踹了一脚，连呼吸都是震颤的。

从小到大都是这样，他人生的所有决定都得按照虞承中的意思去执行，包括跟谁在一起。

　　之前因为颜桐已经让虞承中狠狠发了一次火。可这次的对象是戚生生，他不能放手。

　　虞宋眼睛赤红，他回过头将戚生生推到门口，把门打开，示意她出去："你出去等我一会儿，我很快就出来。"

　　戚生生担心地看着他，点点头。

　　小陈也识趣地跟出去关上门，顿时，包房里只剩下了他们父子。

　　虞宋沉着脸看向那个威严的男人，冷笑一声："之前不是还觉得金家粗鄙吗？怎么现在又看上人家了？"

　　虞承中没有搭理虞宋的嘲讽，看着那张和他有七分像的脸，无声地叹了口气，眼角岁月留下的痕迹让他看起来仿佛老了十岁。

　　"所以放弃出国，去京州念什么考古学，都是因为这个女生？"

　　虞宋眸光微闪，下意识地否认："不是，纯粹因为我想去。"

　　他不能让虞承中感受到自己对戚生生浓烈的在乎，不然这个男人肯定不会放过她。

　　从小到大，只要他在意的东西，虞承中都会扔掉和摧毁。

　　虞承中显然不信："不是什么不是？那你从一入学就开始追人家，还在辩论赛上当众表白。"

　　"虞宋，你的小心思我一眼就能看穿。"

　　"你从小就是这样，喜欢一样东西从不会刻意隐藏，你看着那姑娘的眼神，直白又主动，你当我瞎吗？"

　　虞承中哂笑，坐在主位上，语气没有一丝商量："我警告你虞宋，你将来是要继承集团的人，我可以原谅你擅自报考考古学这件事，但是你的婚姻由不得你做主。"他拿起餐巾擦了擦手指，然后随意丢弃，慢步走到虞宋面前，亲昵地拍了拍虞宋的肩膀，"随便玩玩就行了，别得寸进尺，那姑娘的家世我都查过了。"

　　他轻笑了声，眼里带着嘲讽，落在虞宋耳朵里像根刺："和你很不搭，比颜家那个还要不搭。"

　　"如果我非要她呢？"虞宋没有躲闪，撩起眼锋冷冷地盯着虞承中，没有半分退让。

　　"那等我死了。"

　　虞承中撂下这么一句轻飘飘的话，随后推开门，冷冷地看了一眼站在门外的戚生生，什么话都没说，带着小陈离开餐厅。

虞宋是他唯一的孩子，是唯一流着他血液的人，他把虞氏做到这么大，把虞宋培养成一个完美继承者，不是让虞宋和他对着干的，虞宋娶的不是妻子，而是合作伙伴。

爱情什么的，只是小孩子过家家罢了。

虞宋站在原地，手和脚都是冷的。他清楚虞承中的脾性，虞承中说过不会让戚生生进虞家，就一定做得到。

忽然间，他感觉心脏像被人狠狠攥在手里，疼得他轻咳了几声。

"没事吧？"

直到戚生生的声音传过来，他才恍然回过神。

戚生生满脸担心，圆润的眼里能清晰地照出他的模样。

虞宋看着她，那双桃花眼第一次显出哀伤的色彩，但只是转瞬，他就抬手抱住她，紧紧的，仿佛她下一秒就会消失。

"生生，好像除了你，就没人爱我了。"

男生说出这句话的瞬间，戚生生眼睫一颤，想推开他的手开始变得僵硬。

沉默良久，没有听到女生的回应，虞宋蹙起眉头："吓着了？"

戚生生抿了抿唇，望着虞宋微红的眼眶，咽下本来酝酿了许久的话，她垂下眼，摇了摇头："没有。"

没了吃饭的兴致，两人于是离开餐厅开车来到今阳附近，虞宋牵着她走到两人初遇的巷子前。

学校正在放寒假，中午时分街道上没什么人，戚生生看着堆满杂物的巷子，思绪飘到高一开学那天，虞宋一头金发，出现在她面前。

戚生生："那个时候你为什么染金发啊？"

虞宋挑起眉尾："为了反抗我爸。"

这么一句话仿佛打通了什么，戚生生抬头看他："所以你是故意留级的。"

虞宋极轻地"嗯"了声，他犹豫片刻，但还是将一直遮挡住的左手腕举到戚生生面前，只见手腕处一道浅浅的疤痕横亘在白皙的皮肤上，可以想象当时伤口有多深，即使是到了现在都没消除。

戚生生心头一动，她抬起手指，轻轻触碰了一下那道疤，猜到了它的由来，但还是问道："这是？"

虞宋在戚生生碰到疤痕的瞬间便收回了手，插进兜里。

这是他最黑暗的回忆和往事，他不太想让戚生生触碰。

"是我自己割的。"虞宋盯着巷子，眼前浮现出十六岁的自己，"其实我是个私生子。"

这个事实在他十岁虞承中来找他的那一天他就知道了，他的母亲只要了五百万就把他甩给虞承中，没有一丝留恋地和她的情人去了国外，自此再也没有回来过。

印象里母亲的样子已经模糊不清，唯一记得的就是她爱穿一身红色的连衣裙。

自从回到虞家，他的噩梦也随之而来。

虞承中是个没有感情的人，是能独自一人把小小的公司做到上市集团的天才，感情是他最不屑的东西，包括父子亲情。

在虞宋的记忆里，父亲从没对自己笑过，只有严厉和责罚，被逼着学习所有上流社会应该具备的技能，每天晚上虞承中都会亲自检查他的学习成果，稍不满意就会遭到责罚，小到不给饭吃，大到动手，没人给他撑腰，也没人挡在他面前，这样的日子过了六年。

可说到底，他也就是个十几岁的孩子，成长过程中只有压抑，再强的人也受不了。

所以在升入高中的那年，他生病了，心理上的疾病。

他开始厌恶反抗，不去上学，故意搞砸考试，和混混为伍。在无数次被老师约谈之后，虞承中忍不了了，那天他把他锁在房间里，决定饿他两天，可是虞宋却砸破了窗户，本来想翻出去的，可是看见玻璃碎片的那一刻，一股自我毁灭的报复情绪从心底爆发。

他用玻璃割了手腕。

手上的伤好了之后，他就彻底变了。

变得用疏离的假面示人，对谁都带着笑，欺骗别人，也欺骗自己。

他活得拧巴又痛苦。

"你是不是觉得那个时候的我很幼稚？"虞宋自嘲地低眉一笑。

戚生生苦涩地摇了摇头："不会。"她眸光闪动，"你辛苦了。"

"以后一定会好的。"她红着眼眶，轻声说，像是自言自语，"一定会和自己和解的。"

虞宋眼睫颤动，盯着她，良久才哑声说："嗯。"

今年过年陈隽还是没有带着戚生生回白安，白安那边的人什么也没说，只是戚梓涵初一那天打了电话过来，说想姐姐了。

安慰了戚梓涵几句，戚生生挂掉电话。窗外适时传来烟花点燃绽放的声响，耀眼的光芒划破夜空，戚生生看向窗外，慢慢穿上衣服走出家门。

再过两天她们就要搬进新家了，从此南巷这里就成了回忆，包括和少年之间的过往。

想到这个，戚生生就眼眶发热。她吸了吸鼻子，慢吞吞地沿着马路走到放烟花的废弃天台。

她站在楼下，恍然看向自己左侧。

眼前渐渐浮现出时忧抬头看着烟火的模样，眼眸似点墨，嘴角边梨涡清浅，整个人像自带着光芒，在夜里比烟花还要夺目。

戚生生想着想着，眼前就腾起薄雾，她连忙低头揉了揉眼睛，再次睁眼的时候，一双男生的运动鞋进入视线。

她心脏猛地跳了跳，猛地抬起头，时忧在此时突然出现在她的面前，宛如梦里的场景。

头顶的天空瞬间炸起一朵绚丽的烟花，可戚生生这次没有被吓到，她只出神地望着眼前的时忧。

时忧似乎也对戚生生会出现在这里而感到惊诧，他喉结滑动，心头一紧，但随之归于平静。天边绚丽的烟火将他锋利的眉眼照得时明时暗，那双漆瞳一瞬不瞬地盯着眼前的人，即使是如此嘈杂的环境下，都能感受到自己强烈的心跳。

在意识到只有见到眼前之人，那颗心才会如此的时候，少年的眼角渐渐红了。

但却因为烟火太过绚烂，替他掩盖了这细微的变化。

戚生生抿了抿唇，不知为何她不敢与时忧的目光对上，她垂下眸，迟疑道："我……先走了。"

她低声说完，正要离开，手腕就被人从后面攥住。

紧紧的，力道很大。

戚生生被那道带得转过身，发丝在空中划出一道弧度，眸光慌乱地撞上时忧的视线。

"帮我放烟花。"时忧的声音依旧懒洋洋的，掌心贴在手腕上的温度炽热到有些烫人，漆黑深邃的目光锁在她身上。

戚生生唇瓣微动，低下头瞧着他握着她的手，眼睛像被风吹进了沙子一般，有点酸胀。

她眨了眨眼，低声道："好。"

熟悉的废弃天台上这次只有他们两人。

时忧走到天台破损的栏杆边坐下，将口袋里的仙女棒拿出来。

戚生生看见仙女棒的瞬间就忍不住弯起眉眼，调侃的话语在抬头与时忧对视的那一刻被她咽了回去。

自从那晚被他拒绝了暖宝宝之后，有种无形的距离横亘在两人之间，让本就敏感的她更不敢放肆。

敏感的人只要察觉到对方有一丝疏远，就会瞬间筑起堡垒。

尤其这个对方还是时忧。

点仙女棒的过程两个人谁都没有说话，戚生生捏着一根刚点燃的仙女棒，眼见着它从闪烁归于黑暗，这个过程仿佛转瞬即逝。

"戚生生。"

良久，身旁的少年才说话，声音很轻，但戚生生却听得很清楚，甚至连心跳都顿了一下。

时忧像是酝酿了许久，他没有看她，目光盯着远处的高塔，神色淡漠，语调也降了下来："我申请了国外大学电影艺术学院，不出意外的话七月份就会去 M 国。"

戚生生眼皮一颤，想起那年在京州机场，她问过他到底喜欢什么，那个时候他没有回答。

"挺好的，拍电影，确实像是你会喜欢的事情。"

不知是不是谈到了别离，戚生生的这句话虽然是笑着说的，但笑容透着勉强。

手上的火花熄灭，四周陷入黑暗，时忧随意扔掉手里燃尽的仙女棒，有几丝不听话的碎发搭在额前，后背微微躬着，整个人映在昏暗的光线下，黑沉沉的，像是背负了无尽的哀伤。

他薄唇轻微地颤抖，良久才转过头勾唇看她："戚生生，你会画小兔子吗？"

"嗯？"戚生生没跟上他急转的脑回路，下意识"嗯"了声，"会。"

"帮我画个兔子吧。"他接着说，嘴角漾起梨涡。

戚生生摸了摸口袋，没有笔，只有一支口红，她迟疑地拿出来："用这个可以吗？"

"好。"

时忱看着她细白的手，指节纤细柔软，那是画画的手。

"画在哪儿？"

她瞧着周围并没有任何可以画画的东西，下意识问道。

时忱沉默着，在下一秒将袖子撸上去，露出结实的小臂，伸到戚生生面前，挑眉道："画在这儿。"

戚生生眨了眨眼，看着忽然伸到面前的胳膊，勾唇好奇道："怎么突然想到要画这个？"

她边说边把口红打开，手指轻轻搭在男生温暖的肌肤上，在离手腕十几厘米的地方，轻轻画了起来。

冰凉的指尖在触碰到小臂的刹那，时忱喉结上下滚动，他的心跳失了节奏，声音变得暗哑："因为我喜欢的那个女生。"

话音刚落，戚生生握着口红的手就倏地一顿，膏体在肌肤上画出一个浓重的印记。

"抱歉。"戚生生回过神，心口抽痛，默默用指腹擦掉，但怎么也不能彻底擦干净，红痕在白皙的皮肤上尤为明显。

时忱不动声色地瞧着她，见她还在擦，魔怔了一般，不由得抬手握住她的手腕，阻止她的动作："没关系。"

在他握住她的时候，她抬起头看向他，眼睛湿润，在天边若明若暗的火光映照下显得楚楚动人。

她承认，在听到时忱提起他那个喜欢的女生时，她是难过的。

胸口发闷，喘不过来气的那种难过。

是之前从没有过的难过。

手下已经完成一半的卡通小兔子瞬间变得面目可憎起来，就像她一样，令人讨厌。

"这样啊。"

戚生生勉强地扯唇笑道，低下头接着画，只不过每画一笔都不太在状态。

时忱凝望着她的发顶，舔了下唇角，声音淡淡："还有四年我就二十二岁了。"

戚生生画完最后一笔，因为他的话有些情绪低落，但还是附和："为什么是二十二岁？"

这个问题两年前她就问过，那个时候时忱没有回答。

"二十二岁，是法定结婚年龄。"他盯着她的眼睛，声音很轻，飘散在寒风中，"我原本想到二十二岁和她结婚……只是这个愿望应该不能实现了。"

少年笑得很好看，是戚生生从未在这张恣意傲慢的脸上见过的笑容。

释然、可惜、哀伤。

"为什么？"戚生生回视着的他，被他极为温柔的神情吸引，下意识轻声问。

时忧偏头，眉眼的锋芒被刘海遮挡，视线移到手臂上的小兔子上。

这个一直以来骄傲自持的人像是被人踩在脚底，颓然地坐在戚生生面前。

他声音里带着自嘲的破碎感："因为她不喜欢我。"

"就这么简单。"

夜里天台上风很大，吹散了地上烟火燃尽后的残屑，也吹灭了一些妄想。

大一下学期的日子依旧过得平静。

自从上次被虞承中在餐厅警告之后，虞宋变了许多。

从一开始的频繁见面，到了一星期都不来找她。

面对这样的情形，戚生生心里没有多大的感觉，倒是她周围的人开始抱怨。

"你那个男朋友呢？"游闻躺在漫画社唯一一张沙发上，跷起二郎腿边看漫画边问，"往常不是没到饭点就会来找你吗，现在都过十二点了，怎么还不见他？"

戚生生正在整理桌上游闻随便乱扔的画稿，闻言看了眼手表，随意道："他有事吧。"

说完，她把整理好的画稿整整齐齐摆在桌面上，无奈地走到他面前，抽出游闻手里的漫画："你不是说要考研吗？怎么还整天泡在社里？"

游闻手枕头，无所谓道："这不是时间还早着嘛，等我把手上这本连载画完。"

提到漫画，戚生生坐到电脑前打开漫画网站，点开游闻正在更新的那本《怪异》。注意到点击的人数已经超过了一万人，她不由得笑道："成绩竟然这么好，没想到还真有人'吃'你的画风。"

游闻闻言从沙发里起来，伸了个懒腰，走到饮水机前接了杯水，眯眼道："还不是因为兔牙老师写得太好了，读者都是被剧情吸引的。"

"兔牙"是戚生生的笔名，这本《怪异》就是她帮游闻创作的剧本。

戚生生对这波恭维很受用，她挑了挑眉，朝游闻伸出手，说："那游闻大大，我的稿费该怎么算呀？"

"啧，俗气。"游闻怕掉她的手，"以我们俩的关系，提钱就太伤感情了。"

戚生生轻轻地"喊"了声，随后无奈地笑了笑。

游闻现在待的网站是他学长做的，还在发展的初期，流量很少，收入形式单一。《怪异》能到一万点击就已经是全网站最好的成绩了，每个月到手收益很少，基本等于"为爱发电"。

戚生生提钱也只是在调侃他。

和游闻聊完，戚生生的目光再次落在漫画上，她拿起一张废掉的手稿，上面画的是男主角浑身浴血，手拿武器和邪灵作战的全景。

视线在落到男主角的脸上时微微一顿。

游闻画的男主角和时忧有七分相似。

这也是戚生生答应游闻帮他创作剧本的原因之一。

从漫画社出来和游闻告别之后，戚生生独自一人前往南食堂，她拿出手机刚要打给虞宋，却在走到南大门附近时猛地停下了脚步。

只见虞宋正从一辆白色的车里下来，他走到副驾驶的位置，护着一个穿着白色连衣裙的女生下车。

白色连衣裙……

戚生生皱了皱眉，想起记忆里蒙尘的画面。

那年偶然在星巴克外的匆匆一瞥，虞宋就是在和一个白色连衣裙的女生在谈笑，像一幅泛着银光的画卷，让人向往。

戚生生记了很久。

女生一头乌黑的长发，明眸皓齿，落落大方，笑意盈盈地和虞宋撒娇。

虞宋脸上也带着笑，温柔精致的眉眼在此刻鲜活起来。

二人站在一起，无比养眼。

戚生生看着这个场景，感觉自己回到了高中的时候，她从来都是从这个角度看他的。

看他和别的女生在一起。

只是现在的她，心已经不会为他痛了。

戚生生无声地叹了口气。

短短三个月的交往，她和虞宋虽然是情侣，但很少亲近，连牵手拥抱都是对方主动的，她从没跟他要过什么，更不用说提什么要求了。

她对他几乎没有要求。

因为没有期待，所以没有要求。

虞宋不可能感受不到。

金暖因为身体原因休学了一年，正好闲在家也没什么事做，就经常来找虞宋。

他俩是青梅竹马，她从小就喜欢他。

她也一直把虞宋默认为自己的未婚夫，所以当她亲耳听到虞宋说他已经有了女朋友之后，她整个人都是蒙的。

"阿宋哥哥，你女朋友要是知道你和我单独出去吃饭，她不会生气吧？"金暖甜甜笑道，像是在开玩笑，但目光直勾勾地落在虞宋的脸上，没有半点隐晦。

虞宋闻言神色微敛，有片刻的失神。

戚生生她要是知道了，会生气吗？

这段时间的相处，两个人的相处模式半点不像情侣。

一开始他以为戚生生只是性子慢热，安静不爱说话而已，但时间一长，他再自我麻痹也能感受得出来，她对他，没有恋爱的感觉。

像两个熟悉的陌生人。

那份虞宋想要的来自于她的喜欢，已经在不知不觉中消失了。

见虞宋不说话，金暖以为他生气了，不由得伸手拽了拽他的衣袖，撒娇道："哎呀，别板着脸嘛，我送你进去，谢谢你今天请我吃饭。"说罢就自然地挽上他的胳膊。

虞宋垂眼瞧着女生的动作，想起跨年那晚戚生生也是小心翼翼地攥着他的衣袖。

乖巧又诱人的样子让他第一次有了难以自持的冲动。

虞宋不动声色地抽出手，和金暖转身的刹那，余光看见了站在不远处的戚生生。

他目光一怔，愣在原地，金暖狐疑地顺着他的视线望向戚生生。

戚生生手里攥着手机，在虞宋看过来的时候，嘴角扯出一抹温和的笑容，似是完全不在意撞见自己的男朋友刚刚和别的女生如此亲密。

虞宋被这笑容刺得心口阵痛，他滚动喉结，脸色骇人，他盯着戚生生，似乎周遭再没了旁人。

"阿宋哥哥？"金暖小声叫他。

虞宋眸色晦涩，低声道："你先回去吧。"

说罢，他就抬起脚走向戚生生，留下金暖独自站在原地，愣怔地看着他的背影。

看着他走到那个女生的面前，随后动作强硬地将人带走。

她从未见过虞宋露出如此霸道骇人的表情，鲜活又真实。

那个女生就是他的女朋友吧。

金暖站在车前，手上还残留着虞宋的温度，她紧紧握了握拳，眼里划过悲伤。

"我们去哪儿？"

戚生生被虞宋拉着朝前走，对方没有吭声，而是在话音落地后停下了脚步。

他们走到了学校人工湖附近。

这会儿是午休时间，附近鲜有人经过。

虞宋沉着脸，转过身面对她，手还牵着没有放下。

戚生生温润又明亮的眼眸看着他，欲言又止的，仿佛想说些什么。

虞宋瞧着这双眼，心里陡然生出一丝惶恐。他忽然上前将人紧紧揽在怀里，将头埋进女生的肩窝里，贪恋地汲取她的味道。他喉结滚动，眼底情绪翻涌："你难道不会生气的吗？看到我和别人在一起，你一点感觉都没有吗？"

戚生生耳朵贴在虞宋的胸膛上，能听见对方强有力的急促心跳，她喉头紧涩，清楚现在是快刀斩乱麻的好时候。

可脑海里总会闪过虞宋说的那句话。

——"生生，好像除了你，就没人爱我了。"

每每想到这句话，她就说不出分手。

她怕她说了，虞宋会崩溃。

但是不说，一直拖着的话，对他也是一种伤害。

长痛和短痛，她想选短痛。

戚生生唇线紧抿，沉默良久才闷声道："虞宋，我们分手吧。"

语气平静，像是酝酿了很久。

我们分手吧。

这五个字像悬在虞宋心头长久的刀，这一刻总算落了下来，果然比想象中的还要疼。

疼得他连吸进去的空气都带着灼人的刺痛。

他抓着戚生生的肩膀，与她对视，眼眶渐渐泛红，但里面却没有过多的震惊和恼怒。其实他心里早就有预感了，但他还是艰涩开口："你说什么？"

不是你说的无法随便，坚定不移吗，怎么变了？

初春和煦的微风吹过湖面，空气中有青草的芬芳，戚生生深吸口气，垂眼看着池里枯败的荷叶，在听到虞宋这句带着颤抖的话，鼻尖一酸。

说完全不难过是假的，毕竟虞宋对她而言不是没有意义的人。

在过去的某个时刻，是眼前的人让她想要做出改变。

这就足够难忘了。

戚生生握紧双拳，抬眸注视他，眼前蒙上一层雾气，她的语气悲伤，但嘴角仍带着笑："虞宋，你知道吗？我从高一就喜欢你了。"

听到这句话，虞宋的手倏地握紧。

他怎么会不知道呢。

戚生生抿了抿唇，没有注意到虞宋并不意外的表情。她低头从包里掏出那支银色的自动笔，红着眼递到男生的面前，柔声说："这是你的笔，我大扫除的时候捡到的，本来想还给你来着，但那个时候我不敢跟你说话，就一直收着了。"

"很长的一段时间，它是我的精神寄托。"

眼泪顺着女生的脸庞滑落在地，她把笔轻轻放到虞宋的手心里，笑得很好看："现在物归原主了。"

虞宋盯着笔，这支笔是虞承中为他特制的，当时不见了之后他并没有在意，原来是被戚生生捡到了。

他紧紧攥着笔，长睫轻颤，强忍着胸口迸发的情绪，死死地盯着她："所以为什么还给我？"他的声音沙哑，唇色泛白，"既然喜欢了那么久，为什么要分手？生生，是我哪里做得不好吗？我可以改，别丢下我。"

虞宋声音颤抖，仿佛回到了十年前，母亲抛下他的那个夜晚。

他不愿意去承认没人爱他的事实，他不想做被丢下的人。

母亲不要他，他不接受戚生生再不要他。

他不想真的成为一个没有人爱的可怜虫。

戚生生摇摇头，主动上前抱住了他，动作里都是心疼。

"不是，你很好，真的很好。"眼泪落在虞宋的肩膀上，浸透了薄衫，她柔声说，"好到让我也想变得更好。"

她轻抚着他的背，轻声说出心里话："虞宋，遇见你之前我经历着一段十分黑暗的时光，我无数次否定厌恶自己，觉得未来没有任何盼头，可是在你拦住我的那一刻，我觉得自己还是活着的。"

"为了追赶你的脚步，我尝试着努力，我减肥，去学美术，考上京州大，变成一个我曾经想都不敢想的自己。"

"你对我来说从来都不是没有意义的，因为你，我才想要去改变。"

这些话像细密的小针一般扎在虞宋的心上，酸麻胀痛蔓延到四肢百骸。他紧紧拥着戚生生，哽咽地说出那句他不愿承认的话："那为什么现在不喜欢了？"

戚生生仰着脸，下巴搁在他的肩头，闭上了眼睛："因为我终于意识到，我对你，是好奇大于喜欢的。"

"当年，在十六班的拐角那儿，看到了你和颜桐站在一起的样子，我的第一反应是伤心，可伤心过后却觉得轻松。"

虞宋后背一僵，没有吭声。

他因为想要气虞承中，所以故意和颜桐交好，没想到竟然被戚生生看见了。

戚生生接着说："轻松的是我终于可以放过自己了——放过那个把追逐你当成习惯的自己，放过总是把自己束缚住的自己。"

"当我跳出来看的时候，我才发现，我对你，一开始确实是有心动的，但更多的其实是好奇与欣赏罢了。"

她把这种感觉当成爱，只敢远远地望着虞宋，心里下意识觉得自己和他是两个世界的人，注定不可能在一起。

因为从一开始，她就没想过和他在一起。

"所以啊，虞宋。"戚生生轻轻推开他，双眼湿漉漉的，目光轻柔地落在他的眼底，"试着和自己和解吧。你不是没有人爱的，不要让从别人那得到爱这件事困住自己。"

人最终都是要学会自爱的。

戚生生松开他，笑得很灿烂："虞宋同学，这么多年，谢谢你了。"

虞宋眉间紧皱，深长的眼里潮水翻涌，他盯着戚生生，手握成拳。

他清楚这一切都无法挽回了，从他得知戚生生的心意后，还没有推开颜桐开始。

他在戚生生这里就永远是输的。

虞宋低眉轻笑一声，手插进兜，强忍着悲伤的情绪，笑容又回到了以前的他。

"小同学，不客气。"

戚生生是个心软的女生，他一直知道，所以才贪得了这段在一起的时光。

可他也清楚，戚生生不光心软，她还很有态度，没人能逼她做选择，除非她自己愿意。

显然她现在已经不愿意对他心软了。

戚生生和虞宋分手这事没引起太大的动静，没人愿意相信他是个能这么快就在一个人身上收心的人。

虽然分手了，但虞宋表示还可以做朋友，所以时不时还是能在戚生生周围看见他，但两人显然比在一起时相处得更自然大方。

大一下学期不知不觉间过去，暑假期间，戚生生在梧城找了个教小朋友素描的兼职，施映被同学拉着去试戏，结果真的被剧组选中，虽然只是个女配角，但却是她正式踏进娱乐圈的第一步。

时间一晃来到七月底，时忧即将踏上飞往 M 国的航班。

时忧走的那天是周日，戚生生仿佛逃避似的躲在店里，梧城的夏天尤其热，店里的老式红豆沙冰卖得很好。

戚生生站在柜台里面点单收银，手机静音反扣在一边，下意识不想听见和看到任何有关于时忧要走的消息。

到了傍晚，白日暑气稍退，戚生生解开围裙，走到洗手台前用冷水洗了把脸，这才彻底从恍然的状态里清醒过来。

她用忙碌麻痹自己，不让她去想时忧的事。

时伍提过想让她也去机场送送时忧，可是鬼使神差地，她连想都没想就一口回绝了。

亲眼看着他从自己的眼前消失，想想她就舍不得。

还不如就这么悄无声息地结束。

反正她也习惯了这种没有任何仪式的告别。

不管她现在变得有多好、多优秀，她还是那个胆小的戚生生，连亲口说句"再见"都不敢。

戚生生静静地坐在门口，夕阳的余晖照在她的半张脸上，因为洗脸而湿掉的碎发黏在她的脸侧，她轻轻抬手将碎发别在耳后，街道上人群熙攘，生活的气息扑面而来，很热闹、很温暖，可她眼底的湿意还是慢慢浮了出来。

陈隽收拾完从后面出来，把一杯冰水递给她，见她一脸心事，摸了摸她的头发："小忧今天的航班，你怎么也不去送送呢？"

戚生生抬头笑了下："这不担心你忙嘛，来帮帮你。"

陈隽看着她的笑容，心里叹了口气，犹豫道："你们俩……是不是发生了什么事？我发现最近我提起他，你都是一脸心事的样子。"

戚生生喝水的动作一顿，她抿了抿唇，有些沉默。

能是什么事呢。

她喜欢他，可是人家有喜欢的人。

就像时忧说的那样。

他不喜欢我，就这么简单。

戚生生垂下眼，摇了摇头，说："没事。"她随即站起来笑着把陈隽推进去，"哎呀好啦，快换衣服，我们回家啦。"

陈隽见她不想说也不强求，只是握住了她的手，认真道："心事别憋在心里，妈妈在呢。"

听到这话，戚生生眼一热，笑着"嗯"了声："知道啦。"

等陈隽离开，戚生生唇角的弧度渐渐趋平，她叹了口气，将口袋里一整天都没有看的手机拿出来。

点亮屏幕的刹那，无数条信息跳了出来。

戚生生眼睫稍动，不是她想的那个人。

汪越两个小时前就一直给她发信息，都是在问她在哪儿的，期间还夹杂着几通未接来电。

戚生生心一跳，连忙点开要给他回拨过去，可是刚把手机贴在耳边的时候，汪越焦急的身影就出现在了门口。

他一看到戚生生就夸张地松了口气："姐姐你吓死我了，不回信息也不接电话，我还以为你出什么事了。"

戚生生挂掉电话，茫然地看着他："汪越？"

男生显然是一路跑来的，额角的汗顺着脸流到脖子里，他随意抹了一下，手里提着碎花纸袋子，戚生生只看了一眼，就认出这是店里专用的包装袋。

汪越稍稍平息了一下呼吸，他走上前把纸袋子递到戚生生面前，脸上没什么表情："这是时忧让我转交给你的。他刚刚踏上飞机，现在估计已经起飞了。"

闻言，戚生生眼睫一颤，伸手接过袋子，没有吭声。

汪越想起时忧把东西交给他时的场景——

"这些东西也没什么用了，你帮我扔了吧。"时忧说完掩饰性地轻咳一声，视线游移。

"什么呀这是？"汪越瞅着这可可爱爱的袋子好奇道，正要打开的时候，被时忱按住了手。

他抬起眼皮，妥协一般轻声道："是关于戚生生的东西。"

汪越闻言挑眉，合上纸袋子，戏谑一笑："行啊，这儿就有垃圾桶，我现在就帮你扔。"说完作势就要走到路旁的垃圾桶前。

"汪越。"时忱叫住他，声音低哑，语气里带着一丝恳求。

汪越叹了口气，像败给时忱似的："知道啦，帮你给她。"

时忱勾唇，拍了拍他的肩膀："汪越，再见。"

"别搞得跟生离死别一样，又不是不回来了，放假记得来找我玩。"汪越瞅着时忱这副模样，也生出点离别的伤感。

"行。"

那个时候的他们并不知道，再次相遇是件多么难的事。

汪越转交完东西，走到门口正要离开的时候，他还是没忍住停下了脚步，转过身看着戚生生，迟疑道："戚姐姐，你——"

"嗯？"戚生生盯着袋子，闻言抬眸瞧他。

话到嘴边却顿时不知道该如何说，汪越挠了挠头，想着反正时忱已经放下了，自己再说这些也是无用功。

"没事，我走了。"

"……好。"

回到家之后，戚生生疲惫地坐到书桌前，那个纸袋子摆在眼前，屋里没开灯，窗外照进来的光昏昏沉沉的。

这个纸袋子是她每次装曲奇用的，时忱留了下来，没有扔掉。

她看得出神，良久都没有动。

时忱会给她什么呢？

认识的这些年，她都没有彻底摸清时忱的想法，他像道无拘无束的风，不能被任何人抓住，除非他自愿停留，停留在他喜欢的人身边。

戚生生回过神，深吸口气，抬手打开纸袋。先入为主地认为里面估计又是薄荷糖，但当她伸手进去的时候，手指却触到了一个冰冷的铁盒子。

她微微一愣，轻轻把盒子拿出来。

盒子不是很大，拿在手里也没什么重量。

她疑惑地眨了下眼，手指搭在锁扣那里，轻轻打开。

月光下，她看清了里面的东西，呼吸在此时猛然凝滞，心口一阵一阵地抽痛，鼻子陡然一酸，大滴的眼泪在下一秒落了下来，砸在她的虎口，消失在黑暗里。

那个被她弄丢的，戚望买给她的 MP3，此刻静静地躺在盒子里。

MP3 旁边是她送给时忱的紫色香包，下面还压着一张照片。

戚生生咬着下唇，拿起 MP3 的手指还在轻颤。

原来，是被时忱捡去了啊。

眼泪落在 MP3 上，她用指腹拭去，但却越擦越多，整个人都陷入了无尽的悲伤中。

这是戚望失踪前留给她的礼物，她本以为这辈子都找不回来了，没想到却能失而复得。

须臾，戚生生的视线转移到那张照片上，看清的那一刻，她的神色霎时怔住。

照片里的人是她。

高一那会儿，还没有瘦下来的她。

照片里，她一脸疑惑慌张，发丝在空中飘扬，圆润的双眼看着镜头，像只受惊的小鹿，鲜活又灵动，被时忱的镜头完整地捕捉下来。

戚生生已经快不记得她那会儿长什么样了。

因为自我厌恶，她不乐意照镜子，更不提拍照了。

她哽咽地拿起照片，看着里面的人，没想到时忱竟然一直留着没删。

她翻到背后，上面用记号笔写着一行字：

2011 年 10 月 6 日，摄于今阳运动会，一只迷糊的小兔子。

戚生生神色微动，视线停留在"小兔子"这三个字上。

小兔子……是指她吗？

她皱了皱眉头，红着眼睛又仔细看了看照片。

不由得心尖一颤，忽然一个念头在脑海里应运而生，怎么也挥之不去。

游闻那时在食堂和她说的话又回荡在耳边。

戚生生心头慌乱，像有团乱麻在脑子里纠缠，明明理清的线头就在眼前，可她还是踌躇不前。

直到她慌张地打开了那个香包。

榆宿山上的姻缘香包。

只要把喜欢之人的名字塞进去就会心想事成。

里面真的有张纸，被折成小小的一团，能看出这份心意是多么晦涩小心。

她害怕了。

害怕是心里想的那个答案，又害怕不是。

不管是哪个结果，她都会难过。

周围寂静无声，戚生生静坐了许久，久到眼泪在脸颊干涸，手脚都凉了下来，她才动了动僵硬的手指。

皱巴巴的纸片上只写着简单的三个字：

戚生生

戚生生攥着纸片，整个人都泄了力气。这一刻，她只觉得呼吸不过来，胸口像被压着块大石，难受得快要窒息，眼泪又一次滚落，像断了线的珠子，怎么也止不住，心中无尽的情绪在此时找到了发泄口，起劲地往外冒。

原来"小兔子"是她。

那个如烈阳般骄傲的少年喜欢的人是她。

戚生生不知道是自己太迟钝，还是时忱藏得太好了。

不对，现在想来，他藏得一点也不好。

每一次的相处和接触，他都在小心翼翼地靠近试探。

而她做了什么呢？

她只知道躲，才会让时忱觉得，她不喜欢他吧。

戚生生抬起头，急忙擦了下眼泪，拿出手机，点开和时忱的聊天界面。

犹豫了一会儿，她才发信息："时忱，到了 M 国之后告诉我一声。"

第一次，她没有叫他"小忱"，而是说了全名。

她不明白时忱在临走前把这些东西给她是想说明什么。

是代表着他放下了吗？

戚生生咬着唇，心一慌，连忙把这个念头抛到脑后。

她想问清楚，也想明明白白地告诉他，自己的心意。

第十章 •

要和喜欢的人在一起

从京州到 M 国，飞行时间需要十二个小时。

那一天，戚生生从黑夜等到白天，聊天界面没有丝毫的变化，她甚至给他打了电话，可等了许久，电话那头却只响起冰冷的电子提示音。

时忱拒绝了所有可以让她联系到他的方式。

仿佛是要彻底从她的世界消失。

她睁着干涩的眼，盯着时忱灰掉的头像，鼻头渐渐泛酸。

它在无声地告诉她。

你已经被放下了。

泪再次从眼眶里冒了出来，砸在手机上，戚生生坐在地毯上，丢掉手机抱着膝盖，她转头看着窗外阴沉沉的天空，心也跟着慢慢沉了下去。

时忱刚离开的那段时间，戚生生像是失了魂魄一般，时常出神地盯着和时忱的聊天界面，翻看着和他的聊天记录，越看心就越发酸胀。

明明这些文字中暗藏的喜欢如此明显，可当时的她就是没有发现。

游闻瞧着越发尖瘦的下巴，眉头轻皱："开学那天就发现你不在状态，怎么了？"

戚生生正帮他做漫画校对，听到这话，手上动作 顿，随即恢复如常："没事。"

"得了吧，你这副魂不守舍的样子像极了我失恋的时候。"说到这儿，游闻话音稍顿，"不是吧，你反射弧这么长的吗？你分手到现在都快大半年了吧。"

戚生生喉头一紧，没有搭话。

失恋吗？

原来失恋是这种感觉。

戚生生长长地呼出一口气，把画稿放在桌上，抬眸看向游闻，语气迟疑："学长，你后悔喜欢上乐儿学姐吗？明明你喜欢了那么久，可她却一点希望都不给你。"

她顿了顿，终究没有说出自己的心事。

美术学院的人都知道，游闻从大一就喜欢上陈乐儿，坚持不懈地追了许久，但人家就是不答应他，大二的时候还和另一个男生在一起了，游闻也停止了追求。

在众人都以为游闻放下的时候，陈乐儿分手了，游闻又开始了他的追求之路。

闻言，游闻眼神一暗，稍长的刘海遮住了他眼里的情绪。

他伸手握住桌上已经凉掉的半杯水，沉默片刻，接着笑得吊儿郎当："有什么好后悔的，本来就是我先招惹她的，凭什么她就要答应我呢。"

游闻喝掉杯中的水，站起来垂眸看她，语气轻快："虽然说这种话很矫情，但我还是觉得，我喜欢谁是我的事，如果给她造成了困扰，那我宁愿离她远远的，再也不出现。"

"……"戚生生长睫轻颤，定定地看着他。

游闻的这些话，萦绕在她的心头，像是道怎么也抹不掉的印记。

时忧是不是也是这么想的？

他始终得不到她的回应，所以决定收回所有眷念，选择出国，把多年的暗恋深藏，把有关她的东西还给她。

把她一个人留在了充满与他回忆的地方。

戚生生从鼻腔里嗤笑一声。

真是决绝又狠心的小子。

时间不会因为谁而停留，日子还是要过下去，只是戚生生的生活里，再没了关于时忧的踪影。

不管是在梧城，还是在白安。

在大二的那个新年，戚生生第一次想过回白安，可自从那次撞见林鸣之后，陈隽就铁了心，再也不让她回去。

她也是在这时才从陈隽口中得知，因为时伍的工作调动，时忧一家从梧城搬走去了京州，具体地址陈隽也不清楚，童慧珊还把老太太从白安一起接了过去。

从此每年除夕，时家再也不用回白安过了。

时忧这个人对她来说像是一场做到头的美梦。

现在梦彻底醒了。

自那以后，戚生生将自己全身心地投入到学业里，整日奔波在教室和工作室之间，每天都沉浸在课题和创作中，依旧帮游闻写剧本，报名各种艺术比赛和展览，有意地让大大小小的事情充斥生活，才能制止胡思乱想。

本来考上雕塑系是偶然之举，但随着了解的深入，她越发爱上了这一种艺术表达形式，她也在这上面展示出惊人的天赋。本科期间的作品在校内获得许多奖项，大四的时候，她成功考上本校雕塑系的研究生，研究生毕业作品还在国内赛事上取得了不小的成绩，被送到国外参展。

而游闻的漫画也在这几年获得了巨大的关注和成绩，还卖出了版权，身为编剧的她自然也分到了不菲的酬劳。毕业之后她利用这笔资金开办了一家独立工作室，俨然已经成了一个可以靠贩卖作品为生的艺术创作者。还在国外参加驻地项目的时候结识到不少知名的艺术家，工作室的知名度也水涨船高。

不知不觉中，时间就这么过去了。

如今的戚生生已然从当年敏感自卑的女生成长为一位独当一面的艺术家，这是当年的她想也不敢想的画面。

施映也实现了自己的梦想，她当初饰演配角的那部古装偶像剧一经播出反响强烈，不管是主角还是配角都跟着火了一把，她在大二的时候就与经纪公司签了约，正式踏进娱乐圈。她签的公司当时刚成立不久，只有她一个艺人，自然什么好的资源都给她。仅仅几年的时间，她就成功跻身"小花"的行列，每部剧都是热门。

她真的如她所说，成了大明星。

2020年春天，戚生生卖掉了在梧城的房子，在京州买了套更大的平层，打算把陈隽接过来一起在京州生活。

搬家的时候，她回到梧城，特意去了趟之前租住的老房子那儿。

那里已经换了人家。

戚生生顺着熟悉的小巷走到别墅区。

原本时家的那套房子现在被另一个家庭替代，院子里依旧生机勃勃充满活力，门口的银杏树发出绿芽，只是物是人非。

戚生生淡淡地看着朱红的大门，眼前浮现出她帮时忧买药的那天。

少年五官稚嫩，深长的双眼盯着人看的时候，很有气势。

戚生生勾唇清浅一笑，有些苦涩，她收回视线，慢慢离开了那里。

家里需要带走的东西不多，大件的家具都一并留了下来，随着房子一同交给买主，只剩下一些衣物和零碎的东西。

戚生生环视着房间，最后目光落在书桌的抽屉上，她心头一动，走过去伸手打开。

那个日记本被她摆在显眼的位置。

她伸手拿起来，摸了摸封皮，随后翻开了第一页。

虞宋给她的那张二十元钱纸币，被她平整地贴在上面。

"……"

戚生生抿了抿唇，忽觉有些怅然。

仿佛时光此刻回到了当年。

她的指尖摩挲着纸币粗糙的表面，眼前浮现出金发的男生。

虞宋这些年逐步接管了虞氏的生意，将产业从梧城扩大到了京州，投资建造了不少美术馆和博物馆，在艺术产业站稳了脚跟。

两人这些年也没有断了联系，一直以朋友的身份来往。

他很忙，忙到时常出国，经常几个月都见不到人，但他每次回来都会找她。

戚生生不傻，她清楚虞宋对她没有彻底死心。

她也明确过自己的态度，可虞宋只说了句："我有追求你的权利，你不能剥夺。"

一句话，把她的话堵了回去。

日记本被她带走，戚生生合上抽屉，不一会儿把所有物件打包好了，她走到陈隽房里，想帮母亲一起收拾，却见陈隽关上了卧室房门。

她疑惑地眨了下眼，伸手推开："妈，关着门干吗？"

话音未落，屋里的陈隽似是受到了惊吓，猛地把怀里的东西塞进行李箱里，动作很快，但还是被戚生生看见了。

"怎么不敲门呀，吓我一跳。"陈隽呼了口气，低头把箱子扣上，掩住眼里一闪而过的慌乱。

戚生生看到了她的动作，走过去好奇道："什么东西啊？藏这么快，我看看。"

说罢，她就要伸手去掀箱子，却在手指碰到的瞬间被陈隽握住："哎呀，就是妈这些年私藏的小玩意，都是些没用的东西，舍不得扔。"

戚生生抽回手，视线停留在箱子上，没有再深究。她抬眸看向陈隽，注意到母亲眼眶有些红，不由得担忧道："妈，你眼睛怎么了？"

陈隽连忙揉了下眼睛，笑道："没事，刚刚打了个哈欠。"

"没事就好。"

戚生生点点头，帮她把剩下需要寄过去的东西打包好，随后联系了搬家公司来取件，和陈隽一起从房子里出来。

关上门的那一刻，戚生生忽然有些难过。

从此，她和梧城唯一的联系也没了。

这个见证她成长，让她遇见时忱的城市，自此成了难以忘怀的故乡。

春日阳光明媚，空气是温暖的味道，戚生生走到楼下站在阳光里，从口袋里掏出一颗薄荷糖，她慢悠悠地拆开包装，塞进嘴里。

熟悉的清冽味道在口腔弥漫，这么多年了，她还是没有吃习惯这个味道。

但她还是一直在买，似乎想通过这种方式想念一个人。

一个远在大洋彼岸的人。

"生生，车来了。"陈隽站在不远处朝她招手。

戚生生回过神，笑着应道："来了。"

转眼间，戚生生已经在京州度过了五个年头，2021年的秋天来得尤为迟，当夏季末的晚风吹进工作室里，凉凉的，透着湿意，她才恍然知晓季节的变化。

及地的白色窗纱随风舞动，给空荡简约的工作室增添了一抹生机灵动。伏在案前画着手稿的戚生生停下笔，抬起头吸了吸鼻子，闻到风里泥土的味道，这预示着雨水的来临。

她直起脊背，眯着眼伸了个懒腰，站起身走到窗边，注意到天边压抑浓重的云层，这才意识到时间已经到了晚上。

合上玻璃窗，戚生生拿起桌上的手机，刚点亮屏幕，游闻的电话就打了进来。

戚生生立刻接通，还没等她开口，游闻带笑的声音先响起："还没吃饭吧？"

"没呢。"戚生生笑道，"给我带什么好吃的？"

游闻闻言看了眼副驾驶上的保温壶，语气颇为得意："你乐儿姐煲的汤，她让我带给你尝尝。"

游闻大四那年考研失败，不过漫画在网络上获得了成功，自己也有了名气，他索性开始创业，和学长合伙创办的原创漫画网站经过几年的发展逐渐拥有了上百万的用户，他俨然已经成了同龄人里的佼佼者。

而陈乐儿是在去年才从国外回来的。

在得知他和陈乐儿在一起了的时候，戚生生整个人都怔住了。

她本以为这么多年过去了，游闻早就不喜欢陈乐儿了，毕竟这些年里她从没有听到他提过陈乐儿一句。

连名字都没有。

她以为游闻已经放下了。

没想到他一直念念不忘，现在终于得偿所愿了。

"那我一定要尝尝，替我谢谢嫂子。"戚生生乐呵呵地说。

听到"嫂子"这两个字，游闻很受用，挑了挑眉："等着，马上就到。"

挂掉电话，戚生生给陈隽发了微信。得到回复之后，她穿上外套，把大堂的灯关掉，昏暗顿时笼罩，她借着壁灯的光走到最里面的一个房间前，伸手扭动把手，里面的景象映入眼底。

这是一个纯白的房间，里面摆放着最简约的家具，一整面墙的落地窗，纯白的窗帘半敞，窗外树影晃动，在幽深的夜里显得宁静安详。

靠窗的工作台上摆放着一个石膏头像，看样子是个半成品，只有五官的雏形，能大概看出是一个男人的模样。

戚生生打开灯，沉默地走到石膏前，温润的眼睛注视着它，长睫微动，接着无声地叹了口气。

快七年了，时忱的模样逐渐在脑海里模糊，她努力去回忆拼凑，可眼前就像被蒙了层薄纱，不论她如何挣扎，就是触不到。

她连一张和他的合照都没有，想回忆都找不到寄托。

戚生生抬起手指，摩挲着石膏的轮廓，嘴里呢喃。

"这里有一颗痣。"她手指触碰眼下的位置，接着滑到下巴，"这里有一道浅浅的疤痕。"

关于时忱的画面在这时又一次涌上来，戚生生深吸口气，觉得胸腔都是酸涩的。她收回手，垂下长睫，看着落在窗台上的树影。

发了会儿呆，她将脸侧过长的头发别到耳后，关上灯走出去把门锁上，顺着长廊走到水台前，鞋跟与光洁的地板相撞，踢踏声在静谧的空间里回荡。

戚生生给自己倒了杯威士忌，仰头一饮而尽，浓郁的酒精味直冲鼻腔，她脸上却并没有任何难受的意味，不知何时，曾经滴酒不沾的人，现在已经能做到面不改色地喝下烈酒。

愣神之际，门口传来游闻的声音，戚生生放下酒杯，朝他走过去。

"来啦。"

"怎么把灯关了，黑漆漆的，你不害怕啊？"游闻嘴上抱怨，抬手打开灯，将温热的保温壶塞到她怀里，然后连忙将手臂和肩膀上的水珠拍掉。

戚生生看向平静的窗外，低声问："下雨了吗？"

"毛毛雨，估计下不大……"

话音刚落，就见豆大又密集的雨滴打在玻璃窗上，很快便形成了水幕，声音嘈杂又急切。

"……"

游闻摸了摸下巴，轻咳一声："你这儿还有伞吧？"

戚生生抿唇轻笑，坐到沙发上，边拧壶盖，边努嘴示意门边的铁框："记得还。"

"猪蹄汤，说是对皮肤好，听说你最近一直熬夜，乐儿特意给你煲的。"

刚打开盖，就闻到了扑鼻的香味，戚生生连忙喝了一口，温热的暖流顺着食堂滑进胃里，整个人都舒服了起来。

"太好喝了！"戚生生竖起大拇指表达了自己的喜爱，嘴甜道，"再次帮我谢谢嫂子。"

戚生生知道他在乎陈乐儿，所以总是一口一个"嫂子"地叫，听得游闻的眼角掩饰不住笑意。

他坐到戚生生对面，看着她乖巧地喝汤，不一会儿见她放下勺子，看来是喝饱了，这才开口："新作品准备得怎么样了？"

戚生生挑着里面的瘦肉放进嘴里，闻言道："差不多了，这两天就能完成。"

"那就好，你这几天赶紧把睡眠补上，看你的黑眼圈都快掉到下巴了，多注意自己的身体知道吗？"

戚生生揉了揉眼睛，干涩发痒的感觉得到缓解："知道啦，游大婶。"

游闻"嘁"了声，忽然像想起了什么，从口袋里拿出一个样式精致的信封，扔到她怀里，接着倚靠在沙发靠垫上，说道："打开看看。"

戚生生迟疑地看了他一眼，闻言打开，里面是一封邀请函。等她看清上面的内容时，不由得挑了下眉："知田美术馆的开幕酒会？"

"徐知田大师什么时候回来的？我怎么不知道？"

戚生生翻看着邀请函，语气惊喜。

徐知田大师是国内外著名的艺术家，一个作品能卖到千万以上，他也是从京州大毕业的，算是戚生生的师哥。

大师这些年一直在国外生活讲学，戚生生前年出国参加驻地活动的时候与他相识，两人一见如故，相谈甚欢，在得知她也是京州大的学生后，两人加了微信成了好友。

戚生生这段时间准备的新作品就是为了参加下个月由他牵头在京州举办的青年艺术展。

展览的地点就是徐知田在京州新建的美术馆里。

听到这话，游闻唇角一扯，头枕在手臂上给自己找了个舒服的姿势："本来徐大师是要亲自送给你的，可是某位穷追不舍的前男友先生想提前给你个惊喜。"

"……"

戚生生目光微顿，笑容收了回去，指尖在邀请函上留下浅浅的痕迹。

是啊，她之前听虞宋提起过，知田美术馆有虞氏的出资。

她睨了游闻一眼："那怎么是你给我？"

"他忽然有个急事要出国处理一下，就让我把东西交给你。"游闻好笑地看着她，语气揶揄，"别伤心，后天他就回来，跟你一起参加酒会。"

戚生生没好气地回道："我伤心什么。这都过去多久了，你能别再阴阳怪气了吗？"

游闻摊开手，一脸无辜。

戚生生不再理他，瞥向邀请函上的时间。

10月9日晚，就在后天。

"任务送达，我先回去了。"游闻看了眼窗外，见雨势已经小了下来，便不再多待。

"好，开车注意点。"戚生生抬起头嘱咐道。

他把保温壶壶盖好，拎着壶吊儿郎当地走到门边从框里挑了把黑色的伞，正要开门出去时回过头，思索片刻道："我觉得他真的挺好的。"

"嗯？"戚生生恍然眨了下眼，接着便听懂了游闻的意思。

"……"她没有搭腔，意思不言而喻。

游闻叹了口气："这么多年了，石头都该被煟化了。小丫头，你到底怎么想的？"

戚生生闻言回望着他，眼里有光在闪动，声音柔柔的却透着韧劲："学长，感动不等于爱。"

"你不是很清楚吗？"

游闻静静瞧着她，终究将满腔的话咽了回去，心里叹了口气，转身关上大门。

工作室里又再一次安静下来，戚生生把邀请函收好，走进洗手间。

她打开水龙头，捧了把凉水扑在脸上，冰凉的感觉让她头脑瞬间清醒，壁灯昏暗，她看着镜子里的自己。

皮肤白皙，又瘦了点，下巴尖俏，显得圆润的杏眼越发大，鼻子秀挺，鼻尖还沾着水珠，她抬起手指轻轻抹掉。她变了许多。

整个人看着比以前还要漂亮，气质也从沉闷变成了清冷疏离，仿佛没人能走进她的内心。她成了一个在他人眼里安静沉稳又落落大方的人，不管面对什么样的场面都能笑着应对，似乎什么也无法让她慌乱。

其实这些年除了虞宋，对她表达出好感的人不少，陈隽也有意无意地提过相亲结婚这事，但都被她委婉拒绝。

大家也只是认为她想专注于事业。

可每当黑夜降临，自己一人独处时，她自己清楚地知道，自己其实一点也不像表面看起来的那么无所谓，她其实一点长进也没有。

长进的人不会逃避别人的示爱，不会揪住过往不放。

戚生生抿了抿微凉的唇，眉头下意识地皱起，觉得自己这样自虐般的别扭样有些可笑。

完成新作的最后一道工序，戚生生疲惫地按了按眉心，抬眸注意到窗外已经天光大亮，饥饿感让她站起来的时候眼前模糊一瞬。

她脱下沾着泥土的围裙，去水台边冲了杯速溶咖啡，一点奶和糖都没有加，她边喝边刷着手机，正处理信息时，微博此时跳出一条推送。

"电影《浮山》口碑爆棚，入围国际大奖，导演 Roman 表示将会在国内上映。"

戚生生抬眼随意扫完内容，便右划删除，最近这部叫《浮山》的电影炒得尤为火热，据说导演是个海归，神秘得很，从不在镜头前露面，连是男是女都不知道，吊足了观众的胃口。

她对这些靠着营销卖弄人设的艺术创作者没什么兴趣。

收起手机，喝完杯中最后一口咖啡，戚生生才总算觉得自己活了过来。工作室成立初期游闻曾建议她招些人手，可她这些年在创作上独立惯了，不喜欢处在嘈杂的环境里，招人这个念头只好作罢，偌大的工作室成了她的半个家，有时候工作得太晚，她就会睡在这里。

施映受不了戚生生这副不好好照顾自己又得过且过的模样，于是在艺术园区附近租了个公寓，强迫戚生生搬进去帮她照顾自己的猫咪，戚生生明白她的好意，便没有推辞。

关掉工作室里的所有灯，戚生生套上那件洗得有些发皱的黑色外套，走在回去的路上。

空气里充斥着雨后泥土的气味，将夏天的最后一抹热意彻底驱散。她看着天边的鱼肚白，通宵后的疲倦在此时涌上来。

输入公寓密码打开大门，猫咪的叫声由远及近，戚生生低下头，见施映养的那只三花绵绵已经跑到了她的脚边，拿翘起的尾巴蹭着她的裤脚，喉咙里发出撒娇的低鸣。

戚生生轻笑，弯下腰摸了摸它的脑袋："知道啦，给你开罐头。"

虽然这间公寓是施映租的，但她很少来住。她现在正是当红时期，戏约不断，一年里能有十个月时间在剧组里度过，两人想见一面都得根据她的通告表来挤出时间。

这猫也就相当于是戚生生在养。

喂完猫，戚生生洗了个热水澡，接着便倒在床上昏睡过去，再醒来的时候已经到了下午。

她简单煮了包泡面对付了一下，吃完打开笔记本电脑开始处理之前她的作品在国外出售拍卖的后续事宜。登录微信时注意到徐知田不久前发来的信息，内容就是关于明晚那场私人酒会的事，以及说明是因为虞宋的请求，所以现在才来告知她。

这场酒会邀请的都是徐知田大师在圈中的好友，其中不乏知名的艺术家和策展人，是个能拓宽人脉的好机会。

戚生生回完消息，视线转移到笔记本电脑上，前段时间她早年的一件陶艺作品在M国拍卖行以两百万的价格成交，买主的身份信息她不得而知，但她很欣喜能碰到一个喜欢她作品的人。

酒会那天，戚生生早早便坐在梳妆台前开始化妆。她很少出席这种隆重的活动，礼服还是施映之前帮她挑的，一直没机会穿，这下总算遇到场合了。

她收拾好来到楼下，虞宋早已恭候多时，看见她的身影按了两下车喇叭，这下她不想上车都不行了。

"你又搞突然袭击。"戚生生无奈系好安全带，将外套和手包搭在腿上。

礼服是白色的连衣短裙，设计简约大气，但穿在戚生生身上却显得十分婉转妩媚。女生的长发没有半分修饰，随意披散在光洁圆润的肩头，五官清纯娇俏，整个人透出一种纯欲的媚感。

虞宋眼带欣赏地瞧她，良久都没有吭声。戚生生面色如常地正视前方，能感受到男人落在她身上炽热的目光。

这些年，不仅是她在成长，虞宋也是，外表还是那么优越，但脾性却变得深不可测。

像是虞承中的翻版。

戚生生有时候面对他，都不太敢直视他的双眼。

当年那个热爱历史的少年终究没有抵抗过父命，被迫拉进磨人的生意场。

戚生生想到这儿侧过头朝他笑了笑，打破沉默的场面："我们走吧。"

虞宋牵起唇角，修长的手指将领带扯松，将视线从她身上转移，启动车子："怎么没喷香水？"

戚生生眨了眨眼，下意识摸了下脖颈，呼吸间闻到男人身上传来的冷冽木质香，不由得笑道："忘了，你知道的，我一直都不太爱喷香水，觉得味道刺鼻。"

"觉得香水刺鼻，薄荷糖倒爱吃。"

"……"

男人不经意的调侃，却让戚生生心跳一顿。

"嗯，我只喜欢薄荷的味道。"戚生生侧过头降下车窗，声音很轻，尾调飘散在风里，宛如梦中低喃。

知田美术馆建在郊区的宜山上，周围树木葱茏，环境优美，美术馆从远处看就像一个盖在山顶的方形盒子，此时白色的建筑物被灯光笼罩，看起来华丽异常。

车辆到达目的地时天色已经完全暗了下来，受邀而来的客人凭着邀请函进入美术馆。美术馆灯火辉煌，宾客衣着华贵隆重，戚生生在入场门口就看到了不少圈里知名的艺术家，她笑着和其中相识的点头示意，接着跟在虞宋身后走进被布置成宴会厅的一楼大堂，抬眼便见正前方的墙壁上挂着的巨幅油画。

侍者给二人端来香槟，戚生生的视线完全被油画吸引，下意识接过喝了一口酒，耳边响起虞宋的声音："这是徐大师的珍藏，从没有展出过，今天是第一次。"

　　戚生生浅笑着点点头，依旧盯着画作。

　　虞宋见她这副入迷的样子，眼里无奈。正巧有相识的老总过来和他寒暄，他只能凑到她耳边低声嘱咐："我去应酬一下，你别乱跑。"

　　戚生生根本没听清他在说什么，目不转睛地闷闷"嗯"了声。

　　油画是瑰丽华美的风格，线条狂放用色大胆，仿佛如跳动的火焰，灼烧着观看者的视神经，这幅作品和徐知田之前的风格完全不一样。

　　戚生生心内感叹，不由得走向画作，想近距离观赏。

　　她的注意力全都被油画吸引，左手捏着高脚杯，步履缓慢，忽然左手臂撞到一个挺拔的身躯，向前的惯性被突如其来的力道打乱，她不由得脚底一滑，整个身子按照惯性朝前倾倒，手里的酒杯也顺势脱了手。

　　她的眼睛霎时圆瞪，慌乱地盯着地面，口中发出惊呼，在即将摔倒的刹那，一只蛮横的手臂揽住她的腰肢。下一秒，几乎是瞬间，戚生生感觉到自己光洁的后背猛地贴上了一个灼热的胸膛，耳畔还能感受到那人紊乱沉重的呼吸。

　　时间仿佛静止了，只能听见脚边酒杯破碎的声音，有几滴飞溅的酒水落在她的腿上，带着凉意。

　　戚生生的心跳猛地一滞，紧接着开始急促起来，手臂被身后的人一起揽在怀里，腰上的力度大得惊人，紧紧箍着她的腰，她只觉得自己一点也动不了。

　　转瞬间，她闻到了对方身上传来的味道，舒爽张扬，像盛夏的梧桐树，熟悉又陌生。

　　戚生生眼睫一颤，整个人瞬间僵硬。

　　明明只是短短的几秒，她却像经历了一场浩劫，脑海里翻滚出关于那个人的画面，眼眶顿时就红了。

　　不管过了多久，就算只是闻到他身上的味道，戚生生也能认出他。

　　等怀里的女生站稳，时忱缓缓收回揽在戚生生腰肢上的胳膊，接着后退两步，垂眸注意到西装外套上被溅到的酒渍，抬起修长的指节轻拭几下，随后单手插兜，落在她身上的视线漠然又疏离。

　　"这位小姐，你没事吧？"

　　听到男人的声音，戚生生背对着他，蓦地捏紧手心。她紧抿唇瓣，恍然地转过身面对他，抬起湿润的黑眸。

四目相对，周遭的一切声响都消失了。

戚生生红着眼睛盯着眼前的男人，长睫无意识地轻颤，表情怔然，透着一丝不易察觉的委屈。

大堂明亮的灯光下，男人西装挺拔，胸前有明显的酒渍，额前碎发随意散落，透着几分野性，深长微挑的眼眸漆黑如墨，眼下那颗小痣颜色浅淡，嘴角漾着一抹疏离玩味的弧度。

他没有系领带，第一颗扣子解开，露出的脖颈修长笔直，喉结轮廓明显，在与她直视的瞬间上下滚动，放浪形骸又矜贵自持的模样和记忆里青葱的少年逐渐重合。

时忧就这么淡淡地瞧着她，宛如面对一个初见的陌生人。

他长大了。

这是戚生生脑海里蹦出的第一个想法。

"小……"

戚生生眸光闪烁，不由得张了张嘴，但声音哑得不像话，对着这双疏离的眼，那声"小忧"怎么也说不出口。

这个眼神好陌生。

和记忆里的一点也不一样。

时忧瞧着她失魂的模样，嘴角牵起的弧度顿时消失。他眸光黯了黯，收起外露的情绪，声音低沉淡漠："没事吧？"

这个语气让戚生生心口一窒，她飞快地低下头眨了眨眼，站直身子，不知道为什么，面对如今的时忧，她生出些莫名的慌乱和胆怯。

"没事……"

她盯着对方西装外套上的酒渍，低声说道。

时忧面无表情地审视着她，不肯放过每一个表情和动作。

在气氛陷入沉默凝滞之际，宴会的主人徐知田注意到这边的情形，笑着朝二人走来。

酒杯跌落的声音吸引了周遭人的注意，那些探究的视线落在二人身上，戚生生听不见那些闲言碎语，只愣怔地看着他，鼻头微微发酸。

直到徐知田的声音叫醒了她。

"你们没事吧？"徐知田看了眼地上的碎玻璃，朝不远处的侍者招呼道，"把这里处理一下。"

随后他看向戚生生："小戚，你没被玻璃划到吧？"

戚生生眸光微动，回过神来，她迟钝地低头看了眼小腿，上面只零星沾到了几滴酒："没有……"

　　"没事就好。"徐知田松了口气，他拍了拍时忧的肩膀，视线落在时忧胸前的红酒渍上，"你这衣服……"

　　时忧随意地瞥了眼，无所谓道："我去后面处理一下。"

　　说完这句话，他便头也不回地转过身离开，没有一丝留恋，像完全不认识戚生生一般，一句多余的关心和叙旧都没有。

　　戚生生呼吸一滞，仿佛眼前的人下一秒就会消失一样，她倏地伸出手，扯住时忧的衣袖，指尖用力，泛出白色。

　　时忧离去的脚步顿住，他用力咬了咬后槽牙，扭过头后脸上依旧是熟悉的懒散，眼尾稍扬："还有什么事吗？"

　　戚生生胸膛起伏，眼泪几乎要夺眶而出。她死死盯着眼前的男人，眼里甚至带着丝祈求，但嗓子仿佛被人扼住了，说不出一句话来，只无声地摇头。

　　扯着衣袖的手很用力，像害怕被抛弃的孩子一样，可怜又哀伤。

　　两人之间诡异的互动让徐知田眉头紧皱，目光不由得在二人之间移动，迟疑地对时忧说："小时，你们俩认识？"

　　时忧深深地看了她一眼，目光从她的脸移到攥着他衣袖的手上，喉头发紧，随后漠然地垂下眸："我与这位小姐，并不认识。"

　　"……"

　　听到这句话，戚生生手上的力道猛然松开，眼里的希冀被打碎，整个人呆站在原地。时忧趁着这个空当将袖子抽出来，没有一丝留恋地走开。

　　眼眶里的眼泪再也承受不住，顺着脸庞掉了下来，戚生生拧着眉，看着时忧的背影，指尖还残留着真实的触感。

　　这不是梦，这都是真的。

　　时忧在故意疏远她。

　　戚生生低下头苦涩扯唇，觉得自己现在这副模样着实可怜。

　　看到戚生生突然哭了，徐知田顿时慌了手脚，小心地问："小戚？你……"

　　戚生生摇摇头："我没事。"她开口打断了徐知田的询问，嘴角扯出一个勉强的笑，"不好意思，都怪我没看路，把酒洒得到处都是。"

　　"没关系，你没受伤就好。"徐知田笑着摇摇头，犹豫地看了眼时忧离开的方向，心中疑惑，但终究没有问出来，"虞先生怎么没和你一起来？"

戚生生整理好心情，指着虞宋的方向："他来了，在和朋友说话呢。"

"这样啊。"徐知田看了眼应酬的虞宋，显然也想过去找他，"那你先自己随意逛逛，我去找他说个话。"说罢便要抬步离开，

戚生生抿了抿唇，犹豫地叫住了他："徐老师。"

"嗯？"徐知田停下脚步。

"刚刚的那位……男士，和您很熟吗？"

徐知田点点头："嗯，他叫时忱，刚回国不久。我和他是在 M 国的拍卖会上认识的，他很爱收藏一些小众的艺术品。他这人性子冷，说话有些直，你别放心上。"

戚生生表情暗淡，迟钝地笑了下："这样啊，谢谢。"

徐知田见她神情恍然，好奇心还是占了上风："你们真的不认识？"

"……"

戚生生喉头苦涩，原本重逢的欣喜在时忱那句"不认识"里渐渐消失殆尽，就像被兜头倒了盆凉水，浇灭了她的希冀。

"不认识，是我认错人了。"戚生生翘了下嘴角，声音哑涩，整个人看起来十分疲惫。

徐知田走后，戚生生握了握冰凉的手，缓慢地走到桌前重新拿了杯酒一饮而尽。酒精的刺激让她逐渐恢复了平静，但胸口依旧沉闷，宛如里面堵了团棉花，怎么也纾解不了。

戚生生舔掉唇角的酒渍，又拿起了一杯饮下。

等虞宋找到她的时候，她的面前已经摆满了空掉的酒杯，整个人靠在桌子边沿才能站稳，原本白净的脸红得不成样子，明明已有醉态，但还在不停地灌酒。

"怎么喝这么多？别喝了。"

他夺走酒杯，钳制住她的胳膊，逼迫她直视他。

戚生生抬起雾蒙蒙的眼睛，皱着鼻子，看起来委屈巴巴的，声音也因为酒精变得黏腻起来："你是谁啊？"

戚生生已经很多年没有这么醉过了，唯一喝醉的那次是大二开学的迎新会上，她喝醉就会认不清人，嘴里小声说着胡话，但不会发酒疯，乖巧地沾到床就睡。

虞宋无奈笑了笑："我是虞宋。走，别喝了，我送你回去。"

他边说边搂着戚生生的肩膀往出口那走，怀里的人却不同意，紧抓桌子边沿立在原地，脸颊通红："你是谁啊，我不要跟你走，我不认识你！"

说到"我不认识你"这几个字，戚生生的声音顿时染上了哭腔，她推搡着揽住她的虞宋，赌气一般："我不认识你，我才不稀罕认识你呢，你以为你是谁啊，谁要认识你……"

　　"好好好，乖，别闹了，你醉了，我们走。"虞宋好脾气地哄着她，任由戚生生继续推阻他，嘴角含笑，这么些年她从没有在他面前展露过如此骄纵可爱的模样。

　　这时宴会到了高潮阶段，徐知田在台上致完辞，原本白色的灯光顿时变成了彩色的光影，大厅里的气氛变得昏暗暧昧，浪漫的舞曲响起，令人沉醉其中。

　　戚生生抵不过虞宋的力气，被他带着朝门口摇摇晃晃地走去，但刚移动没两步，她的手腕就贴上了一只炽热的手掌，没等她反应过来，她感觉自己整个人从虞宋的怀里被扯了出来，下一秒落在另一个坚实的胸膛里。

　　她下意识地抬起头，逆着迷幻的光影，男人的轮廓逐渐清晰。

　　"看不出来她不想跟你走吗？"时忱语调低沉，冷冷地直视虞宋。

　　沾上酒渍的外套已经被他脱了，袖口随意挽起，露出结实的小臂，上面浮起的青筋展现出男人的有力，衣领半敞，能看见横亘的精致锁骨，腰细肩宽，白色的衬衫被他硬生生穿出了几分不正经的欲望感。

　　时忱的胳膊正紧紧锁在戚生生的腰上，占有欲十足。

　　虞宋被突如其来的变故惹得愣了一下，随即反应过来，他眉间皱起，声音低哑，压抑着情绪道："我是她的朋友，我们认识。"

　　听到"朋友"这两个字，时忱眉尾一挑，垂眸瞥了眼怀里的戚生生，唇角勾起一抹笑，慢条斯理地说："不好意思，我听到这位小姐说她并不认识你，谁知道你是不是在乘人之危啊。"

　　虞宋不愿再浪费时间做无谓的解释，他松了松领带，伸出手想把戚生生拉回来，可刚碰到女生的肩膀，时忱就抱着人往后退了一步。

　　"你放开她。"虞宋的眼神开始变得危险。

　　时忱仿佛没有听见似的，他故意低下头凑到戚生生发烫的耳边，低哑着嗓音用只有两个人听得到的音调说："戚生生，你是愿意和他走，还是和我，嗯？"

　　这个"嗯"字说得缱绻暧昧，醉意上头的女生睁着迷离的眼出神地看着他。

　　是时忱那个臭小子。

戚生生用力闭了闭眼，眩晕感袭来，她跟随着自己的心意抬起手指攥住时忧的衣领往下拉，整个人都贴在他的怀里，女生的体温很高，露出的皮肤都染成了红色。

四目相对，女生带着酒气的呼吸喷洒在时忧的面上，他眸色晦暗，一动不动地注视着她，心跳加速。

戚生生的视线转移到男人的唇上，顿了两秒，随后她二话不说地张开嘴，直接咬上了时忧的唇瓣，甚至用兔牙恶意地磨了磨。

唇瓣相贴，能感受到女生的柔软和馨香，时忧眼底晦暗，勒在戚生生腰上的手臂倏地收紧。虽然唇上的刺痛让他闷哼一声，但他还是没有松手，稳稳地扶着她。

优美缓慢的音乐声在耳边回荡，四周的一切在此时都消失了，只有纠缠在一起的两个人。

虞宋心头一震，眼神复杂地看着戚生生，一时竟忘了去阻止她。

戚生生眼眶泛热，到底是不忍心真的发狠去咬时忧，只轻轻磨了一会儿就松开了他，但手还抓着领子，湿润的视线黏在时忧的脸上，语气委屈地重复道："那你又是谁啊，不是说不认识我吗？"

听到这委屈巴巴的控诉，时忧心尖一颤。他幽深的目光沉沉地盯着她，无意识舔了舔戚生生咬过的地方，喉结滚动，声音低缓缱绻，像哄小孩似的："没有不认识你。"

"我怎么舍得不认识你。"

这句话说得很轻很轻，轻到已经闭上眼睛的戚生生并没有听见。

怀中的人彻底没了意识，陷入昏睡，时忧弯下腰手穿过戚生生的膝窝将人打横抱起来，没有看虞宋一眼，越过他径直走向休息间。

此时一曲结束，灯光暗淡下来，虞宋站在黑暗里，垂在两侧的手慢慢握拳，一种难言的情绪在心口翻涌。

明明他和这个男人第一次见面，但就是有种前所未有的危机感袭来。

他抬手按了按眉心，抛掉这个莫名的念头，转身追了上去。

等到躺在舒适的大床上，戚生生才感觉昏沉的脑袋好受了些，蹭了蹭柔软的枕头，嘴里无意识地发出舒服的呢喃。

时忧给她盖着被子的动作轻而缓，听到她的哼唧声，视线不由得向上，落在戚生生泛着红晕的脸上。

他眸光微动，轻轻在她的床边坐了下来，心中压抑积攒了多年的想念和情愫在这个夜晚的昏暗房间里无限蔓延，混杂着从窗外泄进来的月光，温柔到让人不忍打扰。

时忧垂下长睫，眼神是前所未有的缠绵炽热，忍不住朝着那张他日思夜想的可爱脸庞伸出手。指尖在触碰到戚生生鼻尖的瞬间，一个小小的带着微凉温度的力度握住了他的手指。

他长睫轻颤，抬眸撞上戚生生泛着水光的视线。

四目相对，连月光都默契地落在了女生的脸上，给她镀上了一层朦胧细碎的柔光。

时忧心口一滞，总觉得这只是场梦。

他没有抽出手，目光沉沉地俯视着她，一如当年那样，带着让人猜不透的深沉。

两人就这么对峙了一会儿，谁都没有先开口。

直到门外传来虞宋由远及近的寻找声才让时忧回过神来。

这个休息室很隐蔽，门是隐藏式的，不熟悉这里的人很难找到这儿。

时忧勾唇轻哂，移开了目光。

没想到这么久过去了，这个叫虞宋的人还在她的身边。

像是一盆水兜头浇在了他的头上，让他猛然从美梦里醒了过来。

时忧想要抽回手，可是戚生生不让。

女生眼圈微红，直勾勾地盯着他，手上微微用力，将好不容易才捉住的人往自己的方向扯，指节都在泛白，显然是害怕他再次甩开她。

时忧感受着手指上的渐渐收紧的力度，心脏又是一阵紧缩。他皱起眉，放弃似的回过头，用复杂的、带着控诉的眼神，低哑道："看清楚我是谁。"

眼泪无声滑落，滑到耳后隐入枕头，戚生生轻轻点了点头，还眩晕的脑袋却在此刻前所未有地清醒，酒精让她的视线眩晕模糊，但这并不妨碍她看着他。

只看着他。

"时忧。"

这两字戚生生说得很清楚，但落在时忧的耳朵里，却像是从十分遥远的地方传来的，宛如经历了多年的时光，又仿佛染上了戚生生的酒气，让人不自觉沉醉。

这好像是第一次，他听见她叫他的全名。

时忧眼睫微颤，因为这一声呼唤而后背僵直，他没有应答，停下了抽回手指的动作，漆黑的眼眸一瞬不瞬地锁着她。

"时忱。"

戚生生又叫了他一声，带着细弱的哭腔。

"别走，别离开我。"

这句话戚生生藏了七年，也许更久，在时忱离开她的每一天她都在想，要是再次见到他，她会说些什么。

好久不见，你过得好吗？

还是我好想你？

思来想去，她都不满意。

想说的太多，每一句都是词不达意，每一句都无法正确表达她的情感。

没想到真的重逢后，她最想说的，脱口而出的，是让他别再离开她。

原来心里早就有了答案。

她无法接受时忱不在她的身旁，无法承受他再次把她一个人丢下。

失去她的小火龙，连梦里都没人保护她。

戚生生握着他的手抚在自己滚烫的脸颊上，慢慢闭上眼睛，嘴上呢喃："别走……"

时忱胸口滞涩，右手被戚生生柔软细嫩的手覆盖着，指腹下是她滚烫的温度，他贪恋般地任由她握着他，心跳声愈来愈急促。他看着戚生生闭上的眼睛，慢慢地俯下身子，唇瓣带着小心的颤抖，印在女生发烫的额头上。

似羽毛轻轻滑过，很轻很淡，却能感受他隐忍的浓烈情感。

时间真的过了好久。

就算现在是二十五岁的时忱。

就算听到了她带着醉意的挽留。

他也不敢对戚生生放肆。

时忱直起身，眉眼温柔，他抬起另一只手将戚生生鬓边凌乱的碎发别到耳后，指尖在她的耳垂上流连，没忍住轻轻捻了捻。

他想起刚刚她咬他的场景，不由得嘴角扬起一抹笑，把被角掖好，将她光洁的肩头盖住。

随后听到身后传来开门的声响，他微微皱了皱眉，在虞宋进来的瞬间，轻轻将手抽出来插进兜里，表情收敛，往后退了两步，散漫地站在床边。

虞宋身后还跟着徐知田，他看到时忱和床上完好无损的戚生生，心放下来，对虞宋道："虞总，他是我邀请的客人，不是什么奇怪的人。"

徐知田看向时忱，语气有些责备："时忱，戚小姐还好吧？"

时忱耸了下肩，一派落拓不羁，漫不经心道："睡着了。"

　　虞宋看到戚生生安然的睡颜，心里松了口气，但视线落在时忱的身上的时候，眼里又浮现出恼怒。

　　这个男人突然蹿出来当着他的面带走戚生生，现在还一副吊儿郎当无所谓的模样，看着就让人火大。

　　他走到床边，路过时面无表情地扫了时忱一眼。对面的男人注意到他的目光，挑着眉迎上他的视线，理直气壮。

　　两个男人无声地较量着。

　　"……"

　　虞宋眼底晦暗，觉得莫名其妙，没再管时忱，将注意力放在戚生生身上，他伸手探了探她的额温，然后又想试试她的脸颊温度时手臂被人扯住。

　　他不满地回过头，时忱似笑非笑地说："既然是朋友，那就别动手了。怎么，想乘人之危？"

　　虞宋轻笑一声，舌尖抵了抵腮，烦躁地甩掉他的手，压着嗓子道："这位时先生，请你不要多管闲事好吗？她再怎么样也和你没关系。"

　　这句话似是打醒了时忱，他的眼神蓦地变冷，淡淡盯着他。

　　气氛陡然冷了下来。

　　徐知田在门口瞧着在昏暗的房间里"深情"对视的两人，茫然地眨了眨眼，他笑着上前小声道："先让小戚在这儿休息吧，反正这间休息室也没人会来，等她醒了再走也不迟。我们先出去吧，让小戚好好休息。"

　　虞宋见徐知田来打圆场，也不好再与时忱争辩，整理了一下稍微乱掉的领带，朝着徐知田颔首道："谢谢徐老师。"随后率先走了出去。

　　时忱表情散漫，跟在徐知田身后走出房间，在关门前扫了眼床上的戚生生，动作稍顿，哑声低喃了一句："晚安。"

　　刚说出这两个字他就喉咙一紧。

　　原来已经这么久没跟她说晚安了。

　　自从去 M 国之后他就没再登录过 QQ，逼迫着自己不去接触她的一切，自虐般折磨自己，以为时间能让他忘记戚生生。

　　可是到底是自欺欺人罢了。

　　天光透过落地窗照在戚生生紧闭的眼上，她不适地皱了皱眉，接着迷迷糊糊地醒了过来。入眼便是陌生的房间，朦胧睡意顿时烟消云散，她撑着手臂坐起来，发现自己还穿着昨晚的衣服。

　　没等她反应过来，胃里突然翻涌一股恶心的感觉，她立刻奔到洗手间里吐了个干净。

每次宿醉之后她都会吐。

等她吐完，虞宋正好推门进来，见她光着脚丫站在那儿，责备道："怎么不穿鞋就下来了，感冒了怎么办？"

说完他把他的外套递过去，示意她穿上。

"你昨晚喝太多就在这里睡着了。走吧，我送你回去。"

戚生生接过，茫然眨了眨眼，回忆了一下昨晚自己喝醉后的发生了什么，但怎么也拼凑不出完整的画面，只有破碎的片段。

例如她好像看见了时忧，她还被他抱在怀里，再然后就到了床上，时忧要走，她不让他走，还硬扯着人家撒娇。

"……"

啊啊啊啊啊啊啊啊！

她做了什么！

戚生生的脸"唰"地就红了，她抬手捂住自己的脸颊，良久才闷声道："虞宋，我昨晚喝醉之后有没有做什么出格的事？或者，有没有拉着什么人不放？"

虞宋帮她拿鞋的动作一顿，随后自然地笑道："没有，你喝醉之后很安静。怎么了？"

戚生生犹疑地摇了摇头："没事。"

她摩挲着手里的外套，衣服上还残留着虞宋的体温，迟疑片刻，终究没有穿上。

心里对虞宋刚刚的回答感到困惑。

难道真的是她的幻觉吗？

戚生生低头盯着自己的指尖，可是时忧的触感那么明显，比梦里还要真实。

虞宋把高跟鞋放到她面前，自然地蹲下身想帮她穿鞋。戚生生注意到他这个动作不由得愣怔一秒，立马往后退了一步。

"我自己来就好。"

虞宋手指一僵，垂下眼掩饰情绪，轻轻"嗯"了声，随后若无其事地站起来朝外走："我在门口等你。"

"好。"

美术馆已经清了场，戚生生和虞宋临走前特意去和徐知田拜别。

徐知田虽然已经年过六十，但看起来仍然精神抖擞，身材保持得很好，看着倒像四十多岁。他换上了舒适的中山装，笑眯眯地对戚生生说："小戚，感觉好点了吗？"

　　戚生生有些不好意思，腼腆一笑："好多了，给您添麻烦了。"

　　"没事。"徐知田提起另一件事，"对了，下周艺术展初选就要开始了，你准备得怎么样？"

　　"前天收尾工作就已经完成，就等展会开始了。"

　　徐知田满脸欣赏："我很期待。"

　　这次的青年艺术展由徐知田牵头举办，联合虞氏一起，旨在召集全国有才华的独立青年艺术家，提供给他们一个曝光展示的平台。

　　下周将进行作品初期筛选，由评委先行选出符合本次展会主题的作品，入围的作品将放在官网进行大众投票，票数最多的前十个作品将会放到知田美术馆最大的展厅特别展出。

　　到时国内知名的策展人评论家和收藏家都会出席，是个获得赏识的好机会。

　　道完别，虞宋先去停车场取车，徐知田也正要转身离开，却被戚生生叫住："徐老师。"

　　他回头笑问："还有事吗？"

　　戚生生抿了抿唇，犹疑道："您能把时……先生的联系方式给我吗？"

　　听到"时先生"这三个字，徐知田一时没转过弯来，随后了然，揶揄道："时忱啊，好啊，我直接把他微信分享给你吧。"

　　没想到徐知田这么直白，戚生生不好意思地笑了笑。

　　"我发给你了，你加他吧。他这人吧脾气有点傲，可能一开始说话并不好听，你别在意，熟悉之后就好了。"

　　戚生生弯起眉眼，颇为赞同地点点头。

　　岂止是傲，简直不可一世。

　　徐知田瞧着戚生生："不过小戚啊，你和虞宋不是……"

　　他没明说，但戚生生听懂了。她摇摇头，表情认真："我和虞宋真没那种关系，我一直说得很清楚。"

　　提到虞宋，戚生生心里就叹了口气。

　　她一直希望虞宋能走出来，和自己和解，但他却好像走入了一个死胡同。

　　沉溺在过去，无法看清自己到底要什么。

戚生生刚离开不久，时忧的身影从门廊的另一头出现，从神色来看他似乎睡得不好，短俏的头发被他揉得乱糟糟的，整个人凌厉中透着几分散漫。

他走到徐知田身边，打了个哈欠："怎么一大早就在门口吹风啊？"

徐知田看见他便想到自己刚才擅自替他做了次媒人，不禁有些心虚，手握拳抵唇轻咳，笑容意有所指："送客人。"

昨晚留在这儿休息的宴客除了他就只有那位。

显然，听到"客人"这两个字时忧揉着后颈的手微微一顿，他抬眼挑眉瞅着徐知田，没有吭声，似乎在等下文。

徐知田却没再说了，转过身朝他摆摆手："开车下山的时候注意点。"

"……"

半点没提昨晚和他"拉拉扯扯""纠缠不清"的戚小姐。

时忧勾唇轻笑，清楚徐知田是在故意吊他，想让他主动开口问。

只见这会儿老爷子瞬间没了平日里的健步如飞，一个长廊的距离他走了半天都没到拐角，闲庭信步，没有一丝尴尬。

时忧无奈地歪在门边，眸光微闪，半晌才道："她……"他顿了顿，换个称呼，"那位戚小姐，她好点了吗？"

徐知田听到这话立刻来了精神，三步并作两步走到时忧身边，语气透着隐隐的八卦气息："她好多了，临走前还跟我要了你的微信。"

闻言，时忧原本看向庭院正中水系的目光忽地一转，直直盯着徐知田，面无表情："她跟你要了我的微信？"

"嗯，我感觉她应该是对你有意思。"徐知田摸了摸下巴，眼神探究，"你俩之前到底认不认识啊，她看你的眼神实在是……"

他一时间找不到合适的形容，琢磨半天才道："不太清白。"

不太清白……

时忧心头一动，呼吸在这时因为徐知田的这句话紊乱几分。他没有应答，手插进兜下意识摸索着手机屏幕，随后扭头离开："我先回去了，接下来这段时间我会很忙，有空再一起喝酒。"

"路上注意安全。"徐知田瞅着男人的背影，无奈地摇了摇头。

在时忧的背影彻底消失在视线里的时候，背过身的徐知田这才恍然记起一件事。

之前在国外的一个小型拍卖会上，时忧花重金拍下了一件国内艺术家的陶艺作品，他后来听说之后因为好奇还特意去参观了一下，但时间间隔太长，他就一直没想起来。

现在脑中突然灵光一现，那个陶艺作品的作者，好像就是戚生生。

车上，戚生生盯着徐知田分享的微信账号，迟疑许久都没有点击添加好友的申请。

时忱的微信名是个简简单单的"时"字，头像是纯白底，上面有个简笔画的黑白篮球。

不叫三窟，头像也从他自己抱着篮球的背影变成了单独的黑白篮球简笔画。

她看了许久，忽然从心底泛出一种难言的苦涩。

那个聊天记录里对她总是有说不完的话的少年，彻底被留在了过去。

"这两天我没什么安排，明晚可以一起去吃个饭吗？"虞宋的声音将她从回忆里拉了出来。

戚生生疲倦地摇摇头："不了，前段时间熬夜太多，这几天想在家休息。"

闻言，虞宋沉默了两秒，目光看向前方，用闲聊的语气，漫不经心道："时忱，是谁啊？"

"……"

听到这个名字，戚生生心跳一滞，握着手机的力道蓦地收紧。

她长睫微颤，木木地瞧着虞宋轮廓分明的侧脸，一时间没有说话。

她以为自己听错了："什么？"

虞宋怎么会知道"时忱"这个名字。

虞宋神色未变，喉结滚动，重复道："时忱。"

"你昨晚睡着之后一直在说梦话，嘴里一直念叨着这个名字。"恰巧这时路口红灯，车停了下来，他的指尖轻敲方向盘，侧头对上戚生生的视线，"你梦到他了。"

虞宋脑海里浮现出昨晚那个男人的身影，胸口像压了块大石，面上却并未出现丝毫情绪。

他记得徐知田介绍那个男人时说的名字。

时忱。

戚生生不仅在醉后亲了他，连梦里都是他。

想到这儿，虞宋捏紧方向盘，自虐般地想得到一个答案。

四目相对，是戚生生先移开了目光。她看着前方倒数的红灯，还有三十多秒。

车里沉默片刻，戚生生轻声说："嗯，我是梦到他了。"

她忽地想起以前，跟郑碧言介绍她和时忧是什么关系时说的托词。

——"邻居家的弟弟。"

是的，她那会儿一直把他当成弟弟看待。

时忧那个时候也感觉到了吧，所以才会用忽远忽近的别扭态度来掩盖他的失望和患得患失。

多年之后，面对虞宋，这个曾经让她忽略掉时忧那道炽热视线的人，戚生生鼓起勇气，第一次直面自己的内心。

"他是我很久以前就真正喜欢的人。"

在她还未意识到的时候，她的心里，时忧就无处不在了。

那天虞宋一路上沉默不语，但他泛白的唇色能显示出他的情绪。戚生生最不想伤害的人就是他，但有些事情，不能逃避。

公寓楼下，虞宋将车停稳。

戚生生解开安全带却没有立马下车，她将手里一直没穿的西装外套叠好，眉眼温柔："虞宋同学，祝你假期愉快。"

说罢打开车门就要下去，手却被虞宋猛地攥住。

男人低垂着眉眼，本就冷白的皮肤在此刻透着几分苍冷，他的声音低哑，仿佛在隐忍着浓烈的哀伤："戚生生，你对我真的很残忍。"

他的温度包裹着她，很凉。

戚生生鼻头泛酸，逼自己笑着说："对不起，都是我不好。"

车门关上，虞宋冷冷盯着自己空荡荡的手，随后将车窗降下，点燃一根烟，但只抽了几口，风便将烟燃尽。

他盯着熄灭的烟蒂出神良久，随后拿出钱包，从夹层的最里面抽出一张皱巴巴的卡片。

卡片的一角沾有几点褪色的污渍，像是血喷洒在上面形成的痕迹。

看见卡片的瞬间，虞宋如墨的瞳仁有了波澜，他小心展开卡片，上面是用彩笔工工整整写下的一段文字，字迹清隽，末尾还画着一只简笔小兔子。

我没什么特别喜欢的东西，吃饭不挑，穿衣没有风格，性格温吞无趣，随便两个字是我的口头禅。但是，我喜欢你，无法随便，坚定不移。

我喜欢你虞宋，背着所有人。

这是一封满怀着少女心事的情书，当年被他从程于手里夺了过来。

他一拳砸在程于的鼻梁上，鼻血喷溅，染上卡片，他从地上捡起来小心地擦干净。可干涸的血迹怎么也擦不掉，就像他和戚生生，可能一开始就注定了不可能圆满。

　　回到家的戚生生第一件事就是洗热水澡，将身上的酒味洗掉换了身干净的衣服，之后便什么也不想，倒在床上一觉睡到晚上。

　　期间她做了很多梦。

　　包括那个一直缠着她的梦魇，只是这次她隐约在黑暗里窥见了天光，那是把微弱却亮眼的火。

　　戚生生心里明白，这都是因为她重又和时忧相遇。

　　此时窗外霓虹初上，偌大的房间被光影割裂，戚生生躺在床上，她在黑暗里眨了眨眼，从枕头底下掏出手机，点开和徐知田的聊天界面。

　　最新一条还是时忧的微信名片。

　　她翻了个身，侧躺在床上，手机屏幕的亮光折射进她的眼眸里，她屈着手指在添加到通讯录的按键上踌躇不前。

　　眼前总会浮现出时忧昨晚冷漠的眼神。

　　"我与这位小姐，并不认识。"

　　这句话像是被设置成了单曲循环，在脑子里叫嚣，每每想起她就想退缩。

　　她将被子一把拉过头顶，逼仄缺氧的小空间让她的思绪能够更加集中在眼前的事情上。

　　"不就是加个好友嘛，这有什么的。大不了就是被拒绝呗。"

　　啊……可是被拒绝太尴尬。

　　戚生生小声地呢喃着，心里绕了九九八十一个弯，最后实在想不到能逃避的理由了，才半眯着眼，添加好友。

　　做完这一切，她猛地熄灭屏幕，将手机重新塞回枕头底下，头枕在上面，圆润的眼睛在黑暗里眨啊眨，心跳声加重。

　　她闭上眼深深地吸了口气，胸口沉重的心跳才缓解了点。

　　不知过了多久，枕头底下忽地传来一阵短促的振动，连带着她的后脑勺都能感受得到。

　　戚生生等了一会儿才拿出手机，锁屏上清晰地跳出一条微信通知，来自"时"。

　　她有些慌乱地解开手机锁，界面还在微信，不过下面出现了一个红点，是一条未读消息。

　　时忧在刚刚通过了她的好友申请，还发了一条信息给她。

　　戚生生点开聊天框，他发了一句十分简短的话。

时："你是哪位？"

"……"

戚生生看到这句话，有些失落。

自从上了大学开始用微信之后，她的头像和昵称都和 QQ 的一模一样。

就算看见"生生"这两个字他都不至于一点怀疑也没有。

这个臭小子绝对是故意的。

她甚至能想象时忧发这句话时的表情。

戚生生越想越生气，愤愤地回："昨晚洒你一身酒的那位陌生小姐。"

"陌生"这两个字她几乎是咬着牙打的，但一发过去她就有点后悔。

真是……一碰上他，自己就跟着变得幼稚了。

这句话发过去之后，对面就好像凝滞了一般，戚生生蜷缩着身子，因为没有吃东西，胃部发出空落落的不适感，她稍稍动了下身子，忽然感受到腹部产生一阵刺痛。

她疼得下意识"啊"了声，手捂住腹部，利用掌心的温热让自己舒服点。

这些日子由于工作的原因她吃饭都没什么规律，有时候甚至太晚了就直接饿着，导致从前天开始她就感受到腹部传来的隐隐痛感，因为她本身就有慢性胃炎，就没太在意，随意吞了两颗药，昨晚甚至还空腹喝了酒。

戚生生皱着眉缓缓地平躺在床上，那细微的疼痛才得到片刻缓解。

这个小插曲她没有放在心上，再看手机时对面已经有了回复。

时："哦。"

简简单单一个字，连个标点符号都没有，明显不在意她是谁，为什么加他。

戚生生盯着手机眨了眨眼，一把将手机反扣在枕边，动作颇有种自暴自弃的意味。

这哪里是傲，简直是傲慢。

这边时忧刚结束一场饭局，攥着手机坐进车里，刚系好安全带就点开了手机，面无表情，但眸子幽黑深沉，反复地点开戚生生的名片和朋友圈，似乎想确认些什么。

一旁驾驶位上的徐子豪启动车子，瞥了他一眼。从两人碰面开始这厮就一直盯着手机，整个人魂不守舍的，也不知道在关注什么。

他悄悄凑过去想瞅一眼，手机却被时忧反扣，徐子豪"喊"了声，调侃道："跟谁聊呢？这么神秘。"

"又是主动撩你的小姐姐？"徐子豪浪荡一笑，眼神暧昧，语气轻佻不正经，"女人果然还是看脸啊，像你这样不解风情的都有大把人贴上来。"

　　这话说得刺耳，时忱沉着脸，锋利的眉眼下压，神色莫名可怕，压迫感十足。

　　徐子豪知道这是他不高兴的表现，不由得心下讶异，凤眼微挑，笑问："嗬，你这是什么表情，不高兴？不乐意我这么说人家？"

　　时忱摩挲着手机，没有应答，算是默认。

　　徐子豪眼一亮，像是发现了新大陆："这个你是真的！"

　　"什么真的假的，开你车，废话那么多。"时忱收回视线，心里还在纠结着刚刚的回复。

　　自己是不是有点，太过冷漠了。

　　时忱越是这样掩饰不坦然，徐子豪心里的好奇就越发浓重，边驶出停车场边打探道："什么类型的？甜妹还是御姐？"

　　"你能别这么八卦吗？"时忱皱眉打断他，目露不悦，"谁跟你似的，私生活那么乱。"

　　"我那叫多情，你懂个屁。"徐子豪嗤笑，"不过说真的，你是该谈个恋爱了，过年时候阿姨还让我劝劝你。"

　　说完见时忱没什么反应，他话题一转："你心里是不是还想着她？"

　　徐子豪是在时忱去M国的第一年知道这事的。

　　他一直记得在国外过的第一个圣诞夜，时忱把自己喝得烂醉，仿佛压抑许久的情绪借着酒精倾泻而出，疯子一样地扒着话筒唱着歌，唱累了就倒在地上，嘴里一直念叨着没有逻辑的絮语。

　　都是关于戚生生的。

　　那是徐子豪第一次瞧见时忱展现出如此颓唐挫败的模样，印象里目空一切的骄矜少年，在那一刻，跌落在尘埃里。

　　自那以后，他就像一直没缓过神一样，跟自己较着劲儿。

　　"没有。"

　　徐子豪回过神，听到对方说出这两个字。

　　语气干脆，没有一丝犹豫。

　　"我说谁了吗？"徐子豪笑得欠揍。

　　"……"

　　时忱耷拉下眼皮，虽然被这小子摆了一道，但难得没有反驳。他垂眸非常安静地等待手机亮起，目光似乎穿过它看着微信那头的戚生生。晚风从狭小的窗缝挤进来，吹动起他的发梢，一晃一晃的，连带着他的心，像飘荡在水面上枯叶，没有方向。

时忧眼前浮现出戚生生昨晚咬他的场景，那真实的触感还残留在唇上，他抬手摸了摸唇瓣，心跳一滞，酥酥麻麻的感觉传至四肢百骸。

"耗子，一个女生主动向别人要了你的微信，是不是就是想追你的意思？"他忽地开口。

"如果她开口没说什么其他重要的事情，而是主动跟你东拉西扯，制造暧昧，那基本就是看上你了。"徐子豪斜睨他，意味不明地笑了笑，"被人追的感觉怎么样？"

时忧解开手机，聊天记录还停在他的那个"哦"上，戚生生没有再回，似乎话题就此打住，她没有像徐子豪说的那样，跟他东拉西扯制造暧昧。

他几不可闻地"啧"了一声，手指轻敲着手机边侧，掩饰着内心的忐忑。

说实话，自从重逢后，戚生生对他的一举一动，甚至是表情眼神，就像徐知田说的，一点也不清白。

那句让他别走，搅得他思绪不宁，心口像有只猫挠一样，又痒又麻。

戚生生的朋友圈里干干净净，没有一点关于虞宋的痕迹，甚至连个男人都没有，不像是有恋情的状态。

他一点也吃不准戚生生的意思。

应该说，他不敢去往那个方面想，他怕自己伸出手又是一场空。

毕竟当年他离开的时候把那个装满他心意的香囊给了她，他怕戚生生只是因为这个的缘故，对他产生歉意愧疚，想着补偿他。

想了想，他还是锁上手机，赖在座位里，漫不经心回道："一般。"

戚生生捂着肚子，身体不适和细密疼痛让她此刻非常脆弱，心里生出点委屈，突然不太想继续聊下去了，但静了会儿还是拿起了手机，斟酌回道："把你衣服弄脏了，我心里一直过意不去，想着和你道个歉。"

手机在沉寂许久之后又重新响起提示音，时忧心头猛地一跳，垂眸看完回信，嘴角凝滞。

原来是了这件事。

徐子豪听见动静侧头看了他一眼，笑道："要是真的对她有意思，就注意点你的用词，别把人吓跑了。"

时忧不解："我的用词？"

"嗯，又寡又直的用词。"徐子豪轻笑，"绅士点，温柔点，收起你平时那副目中无人的状态。"

时忱挑眉冷哼，心里不服，但又说不出反驳他的话，索性闭上嘴，专注在聊天上。

　　他想着徐子豪的建议，迟疑地删去了刚打好的"道歉就算了，想想你该怎么补偿我的损失"这句十分不绅士的话，转而继续装着不认识她，回复："没关系，你不用在意。"

　　"……"

　　戚生生看着"没关系"这三个字，陷入了诡异的沉默。

　　啊这……

　　怎么和她设想的一点也不一样？

　　时忱把话头堵得死死的，她该怎么顺理成章地提出用请客吃饭来补偿他的建议。

　　戚生生眨了眨眼，茫然地盯着聊天界面，还是硬着头皮回道："那件西服看着就很昂贵，我实在无法不去在意，要不然我把干洗的钱转给你吧，或者其他能补偿你的方式都行。"

　　真是想什么来什么，"补偿"这两个字刺激着时忱的双眼，他不由得面色一沉，冷然回复："我不要你的补偿。"

　　戚生生呼吸一顿，不死心道："什么都行，只要是你想让我做的。"

　　时忱此刻已经陷进了戚生生就是因为愧疚所以才想补偿他的怪圈，完全联想不到这是她想和他见面的信号，继续拒绝。

　　时："不用，我没什么想要你做的。"

　　时："还有其他事吗？"

　　冷硬又直白地想结束对话。

　　这句刚点击发送，时忱就后悔了。

　　但撤回又显得太过刻意。

　　他整个人被悬在一个不上不下的位置，胸口闷得仿佛要爆炸。

　　戚生生的心彻底落了下去，连掌心都变得冰凉。

　　手机屏光把戚生生的脸色照得苍白没有血色，腹部一直被她刻意忽略的疼痛在此时凶猛地倾倒而出，将她击溃，疼得眼泪都流了出来。

　　戚生生蜷缩着身子，手机从枕头上滑落，她的注意力都被痛感吸引，没有注意到时忱这会儿又发了一条。

　　时："不过，一起去吃个饭还是可以的。"

　　腹腔里像有一把急速运转的电钻，钻着她的内脏，疼到她额头冒出细汗。戚生生呼吸急促浓重，她颤抖着手摸过手机，想打电话求救，可是意识因为疼痛逐渐模糊，眼前迷迷糊糊地看见时忧的回复，但大脑已经宕机一时转不过弯来。她红着眼回想时忧刚才冷硬拒绝的话语，心里委屈得要溢出来，只想亲口问问他为什么要这么冷漠。

怎么想怎么做，她颤着手指点开了语音通话，几乎是瞬间，对面没有一丝迟疑，时忧按了接听键。

接通后，时忧下意识呼吸放缓，喉咙发紧，寂静间，他听到了手机里传来的，戚生生痛苦沉重的呻吟。

他神经一跳，连忙焦急道："戚生生，你怎么了？"

戚生生蜷缩在床上，疼痛让她说不出一句完整的话来，只断断续续道："痛……好痛……肚子……"

时忧眉头紧锁，语气加重："告诉我你现在在哪儿？"

徐子豪不由得问道："怎么——"

"别说话！"

时忧打断他的声音，脸色难看，他把手机听筒贴在耳侧，像哄小孩一样："生生，慢慢说，告诉我你现在的位置？"

"安，安宁小区，三号，三号楼……"戚生生抽着气，尽量平稳语调，"一单元，1302……"

在晕倒前，她拼尽最后一丝力气说出自己的地址，随后眼前彻底陷入黑暗。

"戚生生！戚生生！"

时忧压着嗓音怒吼道，对面彻底没了任何声响。他咬紧后槽牙，额角青筋浮现，他立刻转头对着徐子豪说道："现在掉头去安宁小区！快点！"

说完，他立刻给120打了电话，将戚生生现在的位置报给接线员。

徐子豪："安宁小区？"

"快点，先别问了，把我送过去。"

时忧神情焦急，眼里浓黑翻滚，他手握成拳，整个人紧绷到极点。

徐子豪见他这副样子，也敛了散漫的神色，在路口掉头朝着位置开过去。

不知过了多久，倒在床上意识模糊的戚生生听到门外传来嘈杂的声响，其中夹杂着一道熟悉的声音，穿透厚重的防盗门传进她的耳朵，宛如呓语。

戚生生挣扎着想要起来去开门，可是腹部的绞痛让她身不由己，她喘着粗气，浑身就像浸泡在冰水里一样，冷得直打战。

下一秒，嘈杂声变成开门声，那道朦胧的声音彻底变得清晰，而且由远及近。戚生生紧闭双眼，但能感受到有双温暖的手拉穿过她的后背和膝窝，将她整个人打横抱起来朝外走。

戚生生缩在他怀里，能感受到这个人紊乱的呼吸和急促的心跳，他似乎在叫她的名字，她很想睁开眼看看他，可是却听到他继续说。

"别怕，我来了，很快就不痛了。"

鬼使神差地，她被这句话哄得安静了下来，心里的害怕和惶恐被抚慰，忍着疼痛直到上了救护车。

这是她第一次坐救护车，刚被时忧放下来躺到担架上她又开始害怕，拽着他的袖口不放。时忧反手握住她冰凉的手，和急救医生示意了一下，随后也跟着坐进车里。

徐子豪靠在车边手里把玩着钥匙，瞧着越来越远的救护车，勾唇轻笑。

原来还是戚生生啊。

京州大附属医院急诊室，唐潮得知有个急性阑尾炎病人要来，收起和护士玩笑的嘴脸，等在门口，不一会儿救护车进来停好，从车上下来一个高挑的帅哥，应该是病人家属。唐潮好奇多看了一眼，帮忙把人抬到病床上，等他借着灯光看清病人的脸时，不由得表情微顿，随即乐道："戚学妹。"

这声"戚学妹"完完整整地传进时忧的耳朵里，他抬眸漫不经心地看了眼唐潮，握着戚生生的手却收紧了力道。

这声学妹叫得亲热。

戚生生的意识还没完全丧失，她闻言虚弱地睁开眼看向唐潮，扯了下唇角，脸色苍白："学长。"

她记得唐潮，是京州大医学院的学长，两人在学校活动上见过，他是出了名的花花公子，当时还追过她几天，后来游闻帮她挡了回去，之后两人就没什么交集了，没想到再见面是在他的医院。

唐潮笑着应了声，把戚生生推到急诊前还想问问时忧是她的什么人，但目光触到时忧的眼神时他就噤了声。

"……"

唐潮转过头无辜地眨了眨眼，他很懂这位兄弟是在想什么。

送到急诊的路上，时忧还握着戚生生的手，没有要放开的意思。戚生生悄悄睁开眼偷看他，从这个角度看过去，时忧下颌棱角硬朗分明，睫毛密长，黑色衬衫领口露出深长的锁骨，修长有力的手扣住她的虎口，掌心的温度源源不断地传过来，疼痛都缓解了几分。

似乎是感应到了她的视线，时忱垂下眼，居高临下地对上了她的目光，一身黑衣让他更具有压迫感，男人强烈的存在感让路人都忍不住看他。

他真的长大了。

各种意义上的。

四目相对间，戚生生心脏一动，像是被戳穿了小心思，但这次她没有躲避。

时忱喉结微动，表情似笑非笑的，他用另一只空闲的手掏出手机，拇指往左滑调出相机，然后摄像头对准二人相握的手拍了张照。

"……"

戚生生茫然地眨眨眼，不知道他在干吗。直到被推进急诊室，时忱被护士拦在外面，手上男人粗粝的触感消失，她收紧拳头，这才后知后觉地反应过来。

他刚刚是在拍照……吗？

戚生生捂着腹部猛地闭上眼睛，很想在此刻找个地洞钻进去。

怎么各种自己狼狈的时候都被他碰上。

右下腹固定压痛点，典型的急性阑尾炎，唐潮按了按戚生生疼的地方，询问了感受之后就得出结论："放心，没事儿，就是普通的阑尾炎，做个小手术就好了。"

戚生生虚弱道："是学长你做吗？"

唐潮"嗯"了声，好笑道："怎么，担心我技术不好？"

"不是。"戚生生摇了摇头，"就是觉得蛮神奇的，看到穿白大褂的你。"

她记得当年在学校，唐潮左右逢源，每天穿得跟个嘻哈歌手一样，一点医生的样子也没有。现在见他套上白大褂，模样依旧如以前一样好看，气质却天壤之别，沉稳又充满安全感。

还有，那双丹凤眼终于不再乱放电了。

似乎是听出了她的言外之意，唐潮轻笑，抬起左手，只见无名指上套着一枚戒指："别爱上我，学长我有主了。"

戚生生倏地收敛笑意。

盲目自信这点还是没变。

签手术承诺书时唐潮本来想出去让时忱签的，可是让戚生生给拦了下来，表示自己现在意识清晰可以自己签。唐潮没多想便同意了，嘴上随意问道："外面那个帅哥是你男朋友？"

戚生生握着笔的手一顿，否认道："不是。"

唐潮闻言挑眉，显然在评估这句话的真假。

刚刚他叫戚学妹的时候，同样身为男人，他清楚感受到那帅哥身上瞬间散发出的警惕。

跟护食的狼一样。

唐潮不置可否："是吗……"

手术室外时忧单手插兜倚靠在墙边，外套被他随意搭在肩上，腰身微弯，高挑的身影在灯光的映射下显得无比孤寂。他黑睫下压，面无表情地看着手机相册里那张照片，不知道在想些什么。

深夜的医院依旧忙碌，走廊上站着不少焦急等待的家属，还能隐约听见压抑的哭泣和祈祷。

时忧偏头盯着亮着灯的手术室大门，眼底翻滚着浓烈的情绪。良久他点开通讯录找到徐子豪的电话，拨了过去。

"戚姐姐，人没事吧？"徐子豪笑得刻意，着重强调"戚姐姐"这三个字。

时忧没管他话语里的揶揄，直接道："京州大学附属医院，把我的车开过来。"

"是准备今晚陪在那儿的意思了？"

"……嗯。"

"行，等着，这就来。"

手术结束后，因着麻药的缘故，戚生生沉沉睡了过去，再醒来已经是凌晨时分，窗外还黑漆漆的，病房里寂静无声。

麻药的劲已经过去，她能感受到腹部隐隐的疼痛感。戚生生动了动手臂，想找找自己的手机在哪儿，可是寻了一圈都没摸到，倒是不小心吵醒了窝在沙发里的时忧。

黑暗里男人轻哼的声音，把戚生生吓了一跳。

"谁？"她清凌凌的声音响起，下意识舔了舔干涩的嘴唇，好渴。

时忧按着眉心，眼里疲惫明显。他坐直身子瞧着床上的戚生生，走过去打开了床头的小灯。

顿时，昏黄的灯光将黑暗驱散，戚生生也看清了时忧的脸。

男人五官深邃，特别是一双眼，内双的眼皮浅而淡，眉骨优越，锋利又淡漠，面无表情地看人时总透着无以言表的压迫和疏离。

就像此时。

戚生生黑瞳微颤，没有想到时忱竟然留下来陪她。

"你……怎么没走？"

时忱深深地看了她一眼，没回答她，径直走到柜台那儿，戚生生听到水倒进水杯的声音，没等她回过神，男人修长手指握着杯水出现在她眼前。

"谢谢。"戚生生迟疑接过，轻咽了几小口，干涩的喉咙得以滋润。

见她这副乖巧喝水的模样，时忱忽地开口："不疼了？"声音低又哑，像电流划过。

"咳……"戚生生被惊得轻咳几声，没敢抬头看他，捧着水杯软软地"嗯"了声，"不疼了。"

时忱没打算放过她，拉了把椅子坐在她床边，眸色漆黑，肩膀宽阔，在暖黄的灯光下存在感十足。

"今天吃饭了吗？"

戚生生悄悄抿了抿唇，垂着眸子，像个犯了错的小孩："没有。"

从昨晚到现在一口东西没吃，提到这个她的肚子适时响了几声，在病房里尤为清晰。

"……"

戚生生真的很想立刻把头蒙起来，让他看不见她。

时忱面色如常，打开手机看了眼时间，说道："还有两个小时你才能进食，再忍忍。"

语气淡淡，却不难感受到其中的安抚。

这话让戚生生微微一愣，她抬眼看向时忱，男人的侧脸轮廓在灯光下柔和异常，她这才察觉时忱的头发乱了，衬衫上遍布褶皱。

"想喝什么粥？"

时忱点开外卖软件，等了两秒却没听到回应，他抬眸看过去，只见戚生生冲着他的方向伸出手，目光专注，莹白圆润的指尖在他下巴的位置停下，只差毫厘便能摸到那道小疤。

时忱盯着那只手，眼神瞬间沉了下来，在戚生生即将触碰到他的时候攥住了她的手腕。

触感细腻，就和从前一样。

这么多年过去了，这女人对他不设防这点，一直没变。

总是能无意识撩拨到他的心弦，还不负责。

"戚生生。"

时隔多年，这是他第一次在戚生生清醒时叫她的名字。

"能不能别总是这样。"

"怎样？"戚生生茫然。

总是这样撩起他的心火，还不负责扑灭。

时忧喉结滚动，没有真说出来，攥着她的手腕凑过去："动手动脚的。"

这句"动手动脚"让戚生生微微一愣，她直勾勾地盯着时忧，没有吭声，圆润的黑眸十分无辜地眨了眨。

现在到底是谁在动手动脚。

时忧看懂了戚生生无声的控诉，但他并不松手，而是得寸进尺地往前凑了凑，顿时二人鼻尖对着鼻尖。对于男人陡然的靠近，戚生生没有躲闪，只愣怔地望着他，从眉眼到唇瓣，每一寸都烙在眼底。

鼻息间可以闻到时忧身上冷冽的味道，是记忆里让她非常有安全感的味道。

熟悉又久远的感觉让戚生生眼底泛热。

时忧前倾着身子，垂着眼睫，意有所指地盯着戚生生略带苍白的唇瓣，脑海里都是那天晚上她咬他的那一下。

暧昧炽热的气息在空气中蔓延，见她不推开他，心底不由得有个声音在叫嚣。

去确认一下，确认她对他到底是愧疚还是喜欢。

本就因为手术后麻药的影响而浑身软绵绵的戚生生，被他这直白又大胆的动作惹得失了神，根本没想过要去推开他。

时忧看着眼前毫无反抗力的女生，眸色晦暗，喉头滚动，握住她手腕的手慢慢松开逐渐往上，无意识碰开戚生生纤细的颈侧，手下细腻温凉的触感却猛地让他清醒过来。

差点又被她勾过去了。

他深吸口气别开眼不去看她，收回手坐直了身子，氛围顿时冷凝下来。

戚生生抿了抿唇，心跳后知后觉地急速加快，她攥着被角不动声色地看过去，只见时忧端坐在那儿，拧着眉也不说话，周身气势十足，好像心情不太好。

差点被占便宜的人是她吧，他生什么气？

莫名其妙。

戚生生往被子里缩了缩，就露了个眼睛出来，温润的黑眸在昏暗的灯光下闪了闪，默契地没有提刚刚的事，声音闷闷地打破沉默："你怎么没走？"

时忱睨了她一眼，修长的手指把衬衫袖扣解开，边解边扯唇道："某人晕倒前不打给120和朋友亲人，竟然打给一个陌生人，还喊得那么惨，那我就好人做到底。"

言外之意就是，我这是可怜你。

听到"陌生人"这三个字，戚生生心中郁结，她拧眉脱口而出道："谁说你是陌生人了。"

话音还没落地，戚生生就后悔了。她逃似的又往被子里缩，这下连眼睛也没了，只能瞧见毛茸茸的棕色发顶。

时忱轻笑一声，胸腔震动，他将袖子捋起来，露出结实纤长的小臂，在椅子里找了个舒服的姿势，抱臂好整以暇地瞧她："哦？那我是什么？被你泼到满身酒的冤大头？"

提到这事戚生生就尴尬地闭上了眼，眼前出现两人的聊天记录，明明谁都记得谁，却偏偏要打哑谜。

被子里的小乌龟觉得这样下去不是办法，这么多年没见，时忱这小子变得越来越猜不透了，说话跟打哑谜似的，以前是因为暗恋她所以词不达意，现在……是因为什么呢？

想到这个，戚生生不免有些难过。她抬起头直直地看着他，语调很轻却很认真："时忱。"

时忱闲闲地"嗯"了声，掀起眼皮懒散地回望过去，等着她的下文。

"我在微信上说的话都是认真的。"戚生生组织了下措辞，"你想要我做什么都可以。"

时忱收敛了笑意，狠狠咬了下后槽牙，站起来居高临下地直视她："戚生生，你这样一点意思也没有。谁稀罕你补偿我。"

说完他转身就要走，戚生生却连忙抓住了他的手指，手上一点劲也没使，但要走的某人就是定在了原地。

"别走。"戚生生软着声，怔怔地注视他，眼眶热了起来，"我不是那个意思。补偿只是个借口，我只是想……"

这种直白主动的话对于戚生生来说实在是太艰难了，艰难到她从没有对任何一个人说过。

挽留或者是祈求，在她的世界里是最不可能出现的事情，因为所有她在乎的人离开她的时候都是无声的。

戚望、小允、时忱，仿佛每个人都能毫无依恋地留下她，甚至连个让她挽留的机会的都没有。

她不想再去尝试这种被抛下的感觉，至少时忱不可以。

再开口时的声音带上丝丝委屈，戚生生抬起湿润的眸子恳求地看着他："我只是想见见你，哪怕你不想再理我了，我也想见你。"

"……"

这一刻，时忧忽然意识到其实一切都没有变，七年时光在他身上留下的只是年龄和阅历的增长，他还是当初那个满心赤忱喜欢她的毛头小子，会因为她的一举一动而心绪不宁，心跳不已，会想尽办法缠着她、看着她，而戚生生什么也不用做，光是站在那儿对着他笑，他就没了神魂。

何况她现在意识清醒，拉着他的手软声让他别走。

看起来可怜巴巴的，惹人心疼。

时忧的心脏像是被细密的针扎过一样，麻意传至四肢百骸。他愣在那突然没了主意，僵硬地别过眼不去看戚生生，耳尖发热泛红，幸亏在黑暗里视线不清，戚生生没有注意到他的异样。

他心里重重地叹了口气，妥协一般。

果然只有这只"小兔子"才能让他这个模样，果然不管怎么样他都没办法对她心硬。

场面沉默良久，对面的男人没有半点反应，戚生生好不容易升腾起的勇气在这一刻像个笑话。她早该料想到的，这么久了，谁还能一直喜欢她呢。

换成她是时忧，也不会再喜欢她了。

她才不值得七年。

思及此，戚生生松了松手上的力道，在即将滑落的时刻一个很重的力道回握住了她，宽大的掌心包裹住她的手，粗粝的触感按在她的手背上，温度源源不断地传过来。

"怵生生，我最后发给你的信息看了吗？"时忧一只手牵着她，另一只手插进兜里，半耷拉着眼皮瞧她，半张脸隐在昏暗里，语气散漫道。

听到"怵生生"这三个字，戚生生就知道他不会走了。

戚生生不由得鼻子一酸，深吸口气闷声说："我手机没在身边。"

"哦。"时忧活动了下肩颈，用力捏了捏她手背上的嫩肉，跟惩罚一样，"那回去再看。"

说罢，他跟上瘾了一样又捏了捏。他力道控制得很好，戚生生也不觉得疼，只觉得手上好温暖。

刚刚时忱沉默时，她满心的失落和惶然因为他的一个动作和几句话就得到了缓解，从前到现在，他都是温暖她的太阳。

戚生生忍不住再次软声叫他："时忱。"

"嗯。"

然后就没了下文。

时忱几不可见地勾了勾唇，重又坐了下来，优越的轮廓顿时变得清晰无比，他低睫把玩着她的手，就是不抬眼看她。

戚生生又叫："时忱。"

时忱再回："嗯？"

戚生生皱了皱眉，茫然无措："你为什么不看我？"

暧昧温馨的氛围霎时被打破。

时忱无奈地闭了闭眼，一时间分辨不清是自己太禁不起撩还是这姑娘太直。

他抬起空闲的手摸了摸烫人的耳尖，实在不想让戚生生看见自己这副紧张的模样，但还是强迫自己直视她的眼睛，脊背略微僵硬，没好气道："看你。"

戚生生顺势认真地直视他，看了很久，直到时忱受不了她的视线，她才开口道："你长大了。"

"……"时忱目光微顿，没有接茬。

戚生生本想问他为什么不回她的QQ，但话到嘴边还是咽了回去。

他们还有很多时间，她不会再让他离开了。

"在M国过得好吗？"

时忱眉尾下压："还好。"

后面便没了下文，本以为他不想提这个的时候，戚生生又听见他说："也不好。"

时忱主动迎上她的视线，声音低沉，目光缱绻："那边有时差，每次入睡前，我都会不由自主地想到你应该已经起床了，会做什么呢，想着想着就失眠了。"

戚生生眼前泛起雾气，瓮声问："还有呢？"

"M国的曲奇太甜了，我吃不惯。那里的夏天比梧城还热，路边却没有梧桐树，我想坐公交车，可是没人陪我。"

这些话像针扎进戚生生的心里，她反手握住时忱的手，良久都没有说话。

病房窗外，阳光微熹，天光穿过云层驱散黑暗，叫醒城市里的人，两人无声地手牵着手，想说的话很多，却不知道该从哪说起。

　　时忱注意到窗外的光亮，低头看了眼手机时间，两个小时快要过去了，他重又点开外卖软件："想喝什么粥？"

　　戚生生乖巧道："白粥。"

　　"好。"

　　他点了两碗白粥还有水煮蛋，想着越清淡越好。点完外卖，他才想起微信从昨晚就一直蹦出消息，他点进去看了眼，然后又关上手机。

　　忽地，他感觉手心被小小地捏了捏。

　　时忱看过去，对上戚生生柔柔的目光，道："你给自己点了吗？"

　　时忱心头一颤，恍然地盯着她，点点头，一时间觉得自己在做梦。

　　戚生生就在他的眼前，二人牵着手，她笑意盈盈地柔声跟他说话，比梦里还不真实。

　　"怯生生。"他道。

　　"嗯。"

　　"天亮了吧？"

　　戚生生笑得很好看："亮了。"

　　时忱后靠在椅背上，长长地舒了口气："那就好。"

第十一章

跟着了魔一样，只喜欢你。

戚生生做的是微创手术，恢复得很好，只在医院待了三天就出院了。

时忧那天吃完早饭之后就去了趟她家，把她的手机带了回来，之后便一直在医院陪着她，直到实在受不了微信上的狂轰滥炸才离开。

他似乎很忙，之后就没怎么来过医院，两人只能在微信上聊天。

自从和好之后，时忧就仿佛变回了从前的那个少年，几乎不需要戚生生有任何的主动，他自会出现在她世界的每个角落。

每每戚生生想提起这些年两人分别的时光，或者说起当年他离开的情景，时忧就会刻意转换话题，不去提起他暗恋的事情，也不去在意戚生生和虞宋的关系，一副都过去的样子。

她知道他这样是不想给她压力，也是保护自己不再失望和受到伤害的方式。

他的这种逃避状态让戚生生很心疼。

戚生生躺在沙发上，翻看和时忧的聊天记录，最后一句停在昨晚他发的那句晚安上。

她按熄手机，困扰地皱着眉，无声地盯着天花板。

两人现在的关系，微妙又不明，说是朋友吧，手都拉过几回了，说是男女朋友吧，也没到那份上，彼此默契地都不主动提这事。

他俩中间隔了七年的光阴，准确说起来，更像是熟悉的陌生人，对彼此的印象还是停留在从前，她和时忧，生活圈子，工作经历，全都大相径庭，想在一起仅靠回忆是不够的。

戚生生重重地叹了口气，想着自己是不是应该主动一点去了解他靠近他。

正端着汤从厨房里出来的施映听到她这一声叹息，笑道："叹什么气啊，身上还疼啊？"

手上盛鸡汤的碗温度极高，她赶忙走到餐桌旁放下碗，手指摸了摸耳垂："过来把汤喝了。"

施映是昨天回来的，剧组杀青之后她没去参加酒局，直接回公寓休息，开门见家里一个人也没有，打电话给戚生生才知道她住院了，一大早就去医院把人接回来。

"好——"戚生生老实地坐到桌边用勺子小口地喝着汤，忍不住又叹了口气，满面愁容。

施映见状好奇瞧她："怎么了，从早上开始就一脸心事的，阑尾割得不好？"她开玩笑道。

戚生生垂眸摇摇头，沉默片刻才轻声说："小施，爱上一个人的时候，患得患失是很正常的事吗？"

回想自己的过往，除却关于虞宋的那段不明不白的憧憬之外，只有时忱带给了她这个感觉。

"当然。"施映没有犹豫，只是在想要举例子的时候眼底闪过一瞬哀伤，"爱上一个人，会因为这个人的一言一行而胡思乱想，想他是不是也以同样的感觉对待自己。"

施映往后一靠，从口袋里掏出一包细烟，朝戚生生示意了一下，抽出一根衔在嘴边熟练地点燃，深深地吸了一口，娇媚大气的五官隐在烟雾中，目光望向窗外的高楼灯火，眼波流转惆怅。

戚生生静静看着她，没有打扰。这些年在娱乐圈独自打拼，施映变得喜怒不形于色，会掩饰自己的情绪，被迫穿上一身无形铠甲，只有面对戚生生的时候，她才能展露真正的自己。

"但那些患得患失和伤春悲秋很多时候只能自己消化，最后得偿所愿的也是少部分，勇敢不属于大多数。"

她转而回头开玩笑道："怎么突然问这个，难道是有目标了？"

戚生生没有回避，勾唇点点头："嗯。"

施映怪叫一声，脸上立刻浮现出八卦的神色，兴奋地问她各种关于那个目标的事情。

"长得帅吗？多大啊？做什么的？你俩怎么认识的？他主动跟你搭的话还是你主动的？"

施映实在想象不出来戚生生这个闷葫芦会主动跟男人要联系方式，

要不然这些年也不会一直单着，听到戚生生开窍，她简直比亲妈还兴奋。

这些问题"哐哐"砸过来，戚生生忽地被问蒙了。

对啊，她都不知道时忧现在是做什么工作的，甚至都不知道他在忙些什么。

"……"戚生生沉默下来，眸子顿时暗淡。

许久没等到戚生生的回答，施映回过神来："不是吧，你一点也不了解他啊，一见钟情也好歹能扯出两句吧。"

"他……是学电影的。"

被施映说得扎到了心，戚生生盘起腿小声反驳，倔强地表示自己也并非一无所知。

施映："学电影的，电影学院的？还是学生吗？"

"不是，他二十五岁了，在国外上的大学，应该是刚回来不久。"戚生生记得时忧在微信上提过，他是在一个多月前回来的。

"海归弟弟啊。"施映暧昧一笑，"那你俩怎么认识的？"

怎么认识的……这个问题比时忧的工作还要难回答。

十年前就认识了，不过那个时候的她开窍得太晚。

戚生生把下巴搁在膝头，把玩着垂下来的头发，嘟囔道："其实在我高中的时候，我就认识他了……"

这些藏在心里的话堵了很久，这下终于找到了一个可以倾诉的口子，戚生生低着声音，将自己和时忧的过往缓缓道来。

施映指尖夹着烟，直到烟丝燃烧殆尽，只剩烟蒂，她都没有动作，静静地听着，在对方话音刚落的刹那，爆了句粗口。

"生生，你可以啊。"施映将烟蒂扔进烟灰缸，眼梢微挑，一派妩媚动人。

戚生生愣怔抬眼，结巴道："什……什么？"

施映"啧"了声："严格意义上来说也不算，毕竟你是个感情迟钝的人，而且看来这个'海归弟弟'也是个别扭的性格，应该也想不到自己做了备胎。"

"备……备胎？"

猛然接受了重量级词汇的洗礼，戚生生有些恍惚，她端起鸡汤一饮而尽，已经凉透的汤滚进胃里，她皱了皱眉。

时忧才不是备胎。

听到施映用这个词来形容时忧，让她莫名心脏一缩。

"在你暗恋虞宋的那段时间，他不就是个暗恋你的备胎嘛。"施映重又抽出一根烟点燃，笑得明媚，"不过那个年纪的感情，不能用现在的眼光去看，谁都有暗恋的经历，他能一直持续到现在，也蛮难得的。"

戚生生眸光暗淡："我不知道他现在是不是还喜欢着我。"

"不喜欢你那他还对你这么好？"

戚生生摇摇头，小脸拧成一团，苦恼道："不知道。"

施映吐着烟圈，隔着还未消散的白雾看着她："……也有可能是因为不甘心。"

"不甘心？"

"你想啊，他喜欢了你这么久你都看不出来，现在时隔多年又遇见你，像他这么骄傲别扭的男人肯定做不到像一切都没发生过一样，他心里肯定是憋屈的。"施映眯了眯眼，颇为老到地说，"你注意着点，小心他把你吃干抹净之后就拍拍屁股走人。"

听到这话，戚生生耳尖发热，瞪了她一眼，站起来越过桌子把施映嘴上的烟夺过来一把按灭在烟灰缸里，笑道："想什么呢你。"

施映"哎"了一声，可惜自己刚抽了一口的烟，随后站起来挂在戚生生身上，以一种前辈的姿态告诫她："生生，你没怎么谈过恋爱，你不知道，像你这种清纯类的在男人眼里就像块勾人的肥肉，何况他还是从 M 国回来的，花活肯定很多，你玩不过他的。所以啊在没确定双方心意的时候别轻易就把自己交出去，我怕你受伤。"

戚生生半背着施映走到厨房，听到后半段话洗碗的动作顿住，她垂着的眼睫微颤，偏头看着施映："这还真不像你说的话。"

施映抱着戚生生，随手捻起一颗草莓放进嘴里，微酸的果汁在唇齿间弥漫，闻言她脸上没什么波澜地笑了笑，清楚戚生生的意思："以前年纪小，不懂事，是莽了点。"

戚生生将洗好的碗放进橱柜，湿漉漉的手指在流理台上轻轻点了点，轻声道："我相信他。"

施映松开她："相信他什么？"

"相信他不是你说的那种人。"戚生生黑眸明亮，直直望着她，"我想勇敢一次。"

"想成为你口中勇敢的少数人。"

毕竟从小到大，能让她勇敢的时刻真的太少了。

当晚洗漱完回屋睡觉前施映在浴室里叫住了她："我想起过两天在

城中影院要开一场电影首映礼，那电影最近在网上超级火，听说导演是个海归，我能要到入场资格，你可以请你那位'海归弟弟'一起去啊，他学电影的应该会感兴趣吧。"

戚生生闻言停下抹着护发精油的手，想了想然后笑道："我待会儿问问他。"

"行。"施映敷上面膜，闷声说，"想去就跟我说，我可以要到记者提问区的位置。那个导演可神秘了，在国外闷声拿了个奖，就是不露面，国内的制片方都在想办法接触他，林姐她们也有这个想法，这几天我都快听得耳朵起茧子了。"

林姐是施映的经纪人兼老板。

戚生生有点印象："那电影是不是叫《浮山》？"

"对，听名字估计是个文艺片，我没兴趣。"施映躺进浴缸里，舒服地叹慰一声，"别谢我。"

戚生生放下梳子："小的去帮您切西瓜。"

戚生生睡觉前有翻看朋友圈的习惯，在她走马观花往下刷的时候时忱的头像映入眼帘。

是半小时前刚发的。

只有短短的两个字："收工。"

两人没有共同好友，这条朋友圈底下干干净净。

刚加上好友那会儿她就清楚时忱不是爱发朋友圈的人，最新的一条还是过年时拍的一张烟火照片。

此时已经将近夜里十二点，戚生生皱了皱眉，到底在忙什么到夜里才结束。

她点了赞，想了想评论道："回家了吗？"

不到一分钟时忱就回复了她："刚到家。"

还没等戚生生反应过来，时忱直接发了信息过来："怎么还不睡？"

戚生生抿了抿唇，回道："你还没给我发晚安。"

看到这条信息时忱心跳一顿，垂睫浅笑，这姑娘不管是从前还是现在总能无意识地说出一些让人上头的话。

他刚洗完澡，还没来得及吹头发，赤裸着上半身坐在床边，水珠从发梢落到肩膀，顺着结实的肌肉纹理一路往下。

时忱盯着手机，莫名口干舌燥。

许是对面停顿的时间有点长，戚生生这才慢慢回过味来，自己发的这句话有多像在撒娇。

她想着辩解两句，可时忧却直接发了个语音过来。

戚生生眨了下眼，点开语音，将手机贴在耳边。

霎时，男人低哑磁性透着金属质地的嗓音从话筒里响起，一字一句地传进耳朵。

"晚安，兔子小姐。"

这句话让戚生生贴着手机的耳尖猛然发热，嘴角不受控地上扬，整个人缩在被子里强忍着悸动的心跳。

时忧发完语音后知后觉地感到不好意思，他摸了摸后颈，赶忙走到阳台吹了把夜风，燥热才消停了些。

正当他以为戚生生不会再回他的时候，手机直接响起了微信语音通话的铃声。

好家伙，戚生生比他勇。

时忧顿在原地，将额前滴水的刘海撩上去，锋利的眉眼染上笑意，他从冰箱里拿出一罐啤酒打开，喝了两口才接通电话。

"……"

接通后双方都没有主动开口，浮动的暧昧空气中能听见彼此的呼吸声，心跳乱了节奏。

气氛一时有些暧昧的尴尬。

戚生生深吸口气，从床上坐起来，将枕头抱在怀里，目光看向窗外天边的圆月，声音低柔："你后天有空吗？"

时忧挑眉："想做什么？"

戚生生舔了下唇角，虽然很不好意思但还是轻声说："我有两个电影首映礼的入场名额，想和你去看。然后晚上再请你吃饭。"

那天拿到手机之后她就看到了时忧发的那条约饭信息，但他这些天一直很忙的样子，自己手术后又没好全，一顿饭推迟到现在也没吃成。

"吃饭可以，但电影首映礼我去不成了。"时忧尾音上挑，故意带了点遗憾的滋味，"后天下午我有工作，实在走不开。"

听到这话戚生生眼里的光有些暗淡，语气也跟着有点低迷："好吧，那我找别人去。"

"别人，谁啊？"时忧靠在岛台边，手上的酒罐发出细碎的声响。

戚生生没注意到他语气里的紧张，吸了吸鼻子，低声道："我待会儿问问看，实在没人我就自己去，反正我也经常一个人去看电影，习惯了。"

听出女生话语里的落寞和可怜，时忧喉结滚动，眸色晦涩，胸口闷笑道："怯生生，能不能别总隔着手机撒娇，怪让人心痒的。"

还抱不到你。

听到这话戚生生猛地抬睫，她喉头一紧，心跳加速，慌忙开口："我没有……"

声音软糯，尾音愈来愈低，像猫的尾巴轻扫过喉结，带来酥麻和轻颤，时忧深吸口气，手指抵唇轻咳一声，这才将逐渐浓烈的氛围稍稍缓解。

"一个人去吧，可能会有惊喜呢。"时忧勾唇，走到笔记本电脑前坐下，点开文件看了眼，慢悠悠地说，"结束后我去接你。"

戚生生"嗯"了声，想起施映说的话，确实两个人再见后都没怎么了解过。她默了两秒，随后道："你都在忙什么啊？"

时忧用手指轻点手机，语气懒散："保密。"

戚生生被堵了回来，犹不死心，眯了眯眼，语气带上威胁："难道是一些见不得人的事？时、小、忧——"

"时小忧"这三个字让时忧忽地笑出声，胸腔都在震动，他很想走到她面前点她的额头："想什么呢，放心，再见不得人也能让你见。"

"过两天你就知道了。"

过两天你就会说吗？

戚生生半信半疑，但还是抿唇笑了笑，躺回床上："那后天见，晚安。"

"晚安。"

挂掉电话，时忧翻开通讯录找到一个号码拨了过去。

不一会儿，那边接道："时导还有什么事吗？"

时忧："我之前让你帮我要的入场名额现在不需要了，麻烦了。"

那人笑道："这事啊，没问题，我跟工作人员说一声就行。"

挂掉电话，房间里陷入沉默，时忧捏着啤酒喝下最后一口，将罐子准确地扔进垃圾桶，窗外月明星稀，风吹动绿植，一切都显得安然宁静。

他看了眼手臂内侧的兔子文身，唇角上扬。

戚生生睡得很好，第二天醒来的时候看到通话记录才彻底稳了心神。

她没有邀请别人去首映礼，只跟施映说了要一张通行证，施映挑眉："'海归弟弟'不去吗？"

"他说白天有事要忙，结束来接我。"戚生生正将烤盘推进烤箱，边设置温度边道。

"行吧。"施映喝了口她的减肥燕麦粥，口齿不清道，"我昨晚通宵打游戏，困死我了，我再去睡会儿。"

说完，她端起碗就要回房，走到一半想起来一件事："对了，林姐今早跟我提了件事。"

"什么事？"

"她说光语传媒最近在筹备一部漫画改编电影，还没官宣，现在正在接触男女主角人选，林姐觉得这是个好机会，想让我去试试。"

"那不是挺好的？"戚生生咬了口面包，笑道。

施映笑得意味深长："你知道那部漫画叫什么吗？"

戚生生眨了眨眼。

"《怪异》。"

戚生生咀嚼食物的动作停下，不由得瞪大了眼睛："游闻的那个？"

"对啊。我当时听到可惊讶了，要是能谈下来，我就能演你笔下的女主角了。"施映眼睛一亮，"不行不行，想想就激动，我还没尝试过这种热血悬疑题材呢，去试戏之前我得好好练练，不能给你丢脸。"

《怪异》这部漫画早在几年前就卖了影视版权，网上一直都有它要真人化的消息，但最后都不了了之，原因之一就是它的题材限制太多，真人化的话可能不好过审，没想到现在真的要出了。

戚生生放下面包连忙给游闻打了个电话，游闻一听是这事，笑道："你知道了啊，我还想着亲自跟你说呢，也就上个星期刚敲定的，团队、剧本什么的都还在准备阶段，一切都有变故，但立项开拍是板上钉钉的。"

戚生生还在恍惚中："我真的能看到它在电影院上映了吗？"她掐了掐自己的脸颊肉，有点疼，不是做梦。

"是真的，不是做梦，公司昨天已经联系我了，还提到让我们做剧本指导的事，我正想着打给你，没想到你消息比我灵通啊。"游闻正开车前往光语公司，笑意盈盈，"正好我现在要去光语，你要是想跟我一起，我就去接你，漫画剧本是你写的，你比我有发言权。"

戚生生想了想，觉得游闻说得没错，原作者去指导改编能最大限度地保留原著的风格。

"好，我收拾一下，你直接到小区门口等我。"

"得嘞。"游闻挂断电话，在路口转了个弯。

戚生生心底高兴，走到房间里化了个淡妆，临走时还嘱咐施映不用管烤箱，时间到了它会自动停下。

"我想吃南门的炒饭，回来帮我带一份！"施映冲着门口喊道，完全忘了自己正在减肥期，需要控制体重这件事。

"知道啦!"

负责漫改项目的制片陈煦虽然三十出头,年资尚浅,但已经是手握多部高口碑高票房电影的制片人了,他偏爱一些现实悬疑题材,这还是他第一次接触漫改电影,所以对剧本这块尤为看重。

"原作在网络上热度很高,观众们都很期待这次的真人漫改电影,我们也是秉承着精益求精的态度,所以想请原漫画编剧一起参与电影剧本的创作,既能保留原作的精神,也能呈现出最好的观感,不知道戚小姐你有没有这个兴趣。"陈煦笑着看向戚生生,他还真没想到这么脑洞大开、热血暗黑的漫画故事竟然是出自长相如此可爱的小姐之手。

戚生生闻言和游闻对视一眼,她是心动的,可是她从没有写过电影剧本,心里还是有些退缩。

她不由得迟疑道:"可是我从没接触过影视剧本的创作,我怕我写得不好。"

陈煦了然一笑:"这个不是问题,我们有专业的编剧,您帮着提提意见,修改一下就行,不用有负担,电影上映的时候我们也会将您的名字放在特别编剧那一栏的。"

听到这话戚生生思忖片刻,在陈煦期待的目光下点了点头:"好的,我知道了。"

除了剧本的事情外,他们能帮忙的不多,所以聊完之后陈煦就送他们离开了。

电梯里,游闻忽然好奇道:"陈总,导演定好了吗?"

陈煦叹了口气:"还在谈。我看中了一位,但他有点难搞,我打算等剧本出来之后再亲自去找他谈谈。"

"难搞?哪位导演啊,架子这么大?"游闻轻笑,表示不理解。

陈煦在圈子里名气很大,他这个外行人都知道,近几年口碑爆棚的犯罪悬疑类电影都是他参与制作的,还因此捧红了不少年轻导演,圈里挤破了头都想和他合作,竟然还有人会拒绝陈煦。

陈煦苦笑:"就是最近靠《浮山》在国际电影节上获得最佳新人导演的Roman。其实我之前就看过他在大学期间拍的短片,很有灵气和想法,用镜和剪辑都很大胆,很对我的胃口,前段时间得知他回国,我第一时间就去找过他,可是他这人吧,怎么说呢,很傲气,有点看不上商业电影。"

游闻闻言挑眉,概括道:"自视甚高的天才。"

陈煦轻笑："是天才，还很帅，比现下一些流量小鲜肉都好看，要是去当演员也会很吃香。"

一旁沉默不语的戚生生听到 Roman 这个名字时眨了眨眼，她昨晚在网上搜了下《浮山》的相关信息，一开始听到这个名字还以为是什么纠葛的狗血爱情文艺片，但其实是部现实题材的悬疑片，导演保密工作做得很好，网上一张照片都没有。

戚生生不由得在脑海里构建出了一个中长发，气质阴郁"高冷"的帅哥长相，遂低头轻笑，有点期待明天的首映礼了。

施映杀青后难得放了个长达一个月的假期，在家里待不住，于是晚上拉着戚生生去高级会所通宵唱歌，唱到半夜的时候戚生生实在熬不住了，想着去厕所洗把脸清醒一下。

却在走廊碰上了一个意想不到的人。

这家高级会所私密性极好，是京州有钱人最爱来的地方，很多项目都是在这里谈成的。

因为施映的缘故戚生生也跟着经常来这儿，她每次来都点顶楼的六号包厢，所以这层的服务员都差不多认识了她，见她出来忙上前："戚小姐，有什么需要的吗？"

戚生生笑着指了指洗手间的方向："没有，我去下洗手间。"

上完厕所，戚生生的困意消退大半，想着明天还要和时忱见面，顶着个黑眼圈不太好，于是打算回包厢叫施映早点回家。

刚从洗手间里出来，她抬眸就看见一个喝得酩酊大醉的男人摇晃着朝这边过来。

戚生生顿时垂下眼睫，不动声色地往旁边移了几步，避免和男人路过时产生接触。

可还没等她走过去，那男人身子猛然一晃，脚下没站稳往她的方向摔过来，她下意识虚扶了他一把，瞬间浓烈的酒气扑面而来，她皱了皱眉，收回手想要继续离开的时候，那男人突然开口，语气充满惊异。

"戚生生？"

戚生生眼睫稍动，抬起头，借着走廊明亮的灯光看清了男人的脸。

是程于。

她微微愣了两秒，遗落在脑海深处关于程于的记忆跳了出来。

嘲讽排挤、跟踪恐吓，程于留给她的印象，没一处好的。

程于怀疑自己是眼花出现了幻觉，不由得伸手搓了把脸，稍稍清醒之后又看向对面的女生，红透的脸上满是诧异，眼底闪烁着惊艳和难以置信。

戚生生今天穿了件修身的针织长袖，下身一条高腰浅色牛仔裤，展露出玲珑有致的娇俏曲线，长发披散，皮肤很白，杏眼湿润，脸上漾着被热风吹出的红晕。

整个人漂亮得耀眼。

比他想象的还要漂亮。

戚生生脸上表情冷漠，只淡淡扫了他一眼便移开了目光，冷声道："抱歉，让一下。"说罢就侧了侧身，想要过去。

这个洗手间在一个拐角里，只有一个出去的方向，走廊又窄，程于生得高大，挡在路中间像堵墙一样，想不和他接触走出去除非程于也跟着侧身。

戚生生从见到他的第一眼起心底就不自觉地涌出一阵骇意，她一直没忘程于那晚跟着她回家，被时忱痛打的场景。

"能让一下吗？"戚生生压抑着颤抖，再次沉声开口。

程于仿佛喝蒙了一样，死死盯着戚生生的脸看，心跳也跟着加速起来，本就喝醉了他更加上头。

"戚生生，你不记得我了吗？我是程于啊，今阳中学，高一（18）班的班长程于。"他不由自主地往前靠近她，眼神怔然，闪烁着光芒，嘴里喃喃道。

为了保持距离，戚生生被迫往后退，拧眉高声道："请您让一下，我不认识您，让我出去！"

"不可能，你怎么会不认识我呢。这么多年我一直记得你，每次回梧城我都会去你家巷子口找你，我还加了你的QQ，你一直不通过……"

程于双眼迷离，双手不自禁抓住戚生生的肩膀，他力气很大，任凭戚生生怎么挣扎都甩不掉："你是记得我的对不对？我那个时候做了很多对你不好的事，我现在很后悔，你……"

戚生生完全被他的动作给吓住了，他说了什么根本没听进去，不停地挣扎，厉声警告他："程于你放开我！让我出去，你再这样我报警了！"

听到戚生生叫出他的名字，程于眼睛一亮，扯着她的胳膊就要往自己怀里带，语气惊喜："你看你明明记得我，你是不是还生我气呢，原谅我生生，我是喜欢你的……啊！"

话还没说完，程于凄厉地哀号一声，只见一只骨节分明青筋浮起的手攥住程于的手腕猛地往外一扯，程于立刻吃痛地松开对戚生生的桎梏，看向打扰他的人。

视线却撞进一双阴沉浓黑的黑眸里，怎么看怎么熟悉。

"怎么又是你！"程于顺着墙瘫坐在地上，握住自己刚刚被时忧掰过的手腕，恶狠狠地盯着他。

这个臭小子的脸他这辈子都忘不了。

比虞宋还要讨厌。

时忧闻言勾唇，笑意却不及眼底。他沉着脸蹲下慢慢靠近程于，单手抓住程于的衣领，用只能让二人听见的声音说："我之前说过什么来着？"

"你再碰她，老子废了你。"

说完，他意有所指地睨了眼程于的手，将程于往后用力一推，程于的后脑顿时砸在墙上，疼得眼前白了一瞬。

戚生生在看见时忧的瞬间，心脏一缩，鼻腔处顿时泛起酸涩，愣在原地一时忘了动作。

时忧站起来用衣角擦了擦手，气氛莫名陷入沉默，他等了片刻，想听听戚生生的动静，可女生却一声不吭。他不由得偏头看过去，却见戚生生委屈巴巴地站在那儿，长发凌乱垂在脸侧，红着眼眶盯着他看，胸膛上下起伏，显然是吓着了。

时忧呼吸一滞，暗骂自己矫情个什么劲。

他连忙走到她面前，手捧起她的脸，眉头紧皱，眼里都是心疼："吓着了吧，没事了……"

还没等他安慰完，戚生生就一头扑进了他的怀里，双手紧紧环上他的腰身，脸埋进他的胸膛，眼泪浸染衣衫，烫着他的锁骨。

时忧心尖一颤，手僵在半空中，直到闻到戚生生身上的清香，感受到怀里的温软，他才觉得心落了地。

时忧喉结滚动，无奈轻笑，手臂环住女生的肩膀，渐渐收紧，像哄小孩那样揉着她的头发，嗓音低浅温柔："别怕，我在这儿呢。"

这是二人之间从未有过的拥抱。

那么用力，没有克制，只有情动。

戚生生感受到耳边胸膛里的心跳声，慢慢缓了过来。她在他怀里抬起头，时忧顺着她的动作垂下眼。

视线相撞，四目相对。

时忧眸色漆黑，眼角微扬，笑得懒散勾人："怯生生，比起撒娇，我还是喜欢你主动投怀送抱。"

戚生生缓慢地眨了眨眼睛，听到时忧的话脑子宕机片刻，环在他腰上的手瞬间僵硬，退也不是进也不是。

后怕的感觉渐渐消退，只余下羞赧。

"我没有……"她的声音细如蚊蚋，还在给自己找补点面子。

时忧忍着笑意，耷拉着眼瞧她，正要开口，却被人打断。

服务员听到这边的争执声赶了过来，看见倒在地上喝得酩酊的程于，不由得担忧道："戚小姐，这怎么回事？"

时忧收敛了情绪，将戚生生揽在怀里，冷冷地看了眼程于，代替戚生生回答："这位先生发酒疯骚扰戚小姐，你们处理一下。"

一听发生了这种事，服务员惊得直冒汗，他连忙应下，叫上另一名同事一起将程于拖出走廊。

戚生生看着被拖走的程于，还有点心有余悸，她忽然回想起拉扯间程于最后说的话。

——"我是喜欢你的……"

戚生生眼睫颤动，一种复杂的情绪在心底蔓延。

她想起学生时代程于的所作所为，所传达出来的没有一丝喜欢，只有恶意和可怕。

这样竟然也叫喜欢吗？

戚生生低眉轻嗤，觉得可笑。

时忧扯过戚生生微凉的手攥在掌心，注意到她在出神，抬起手指点了点她的额头："走吧，还想留这儿啊？"

戚生生回神，"啊"了声，弯起唇角："走吧。"

她被时忧拉着走出窄小的通道，来到包厢外宽阔的走廊上。暧昧的灯光将他的轮廓照得晦暗不明，戚生生抬头盯着他的侧脸，心口悸动，悄悄捏了捏他的手指。

时忧被她这个小动作惹得呼吸一顿，停下脚步，看了眼身侧的包厢："这间？"

戚生生摇摇头，盯着他看，眸子很亮，声音温软："这么晚了，你怎么会出现在这里啊？"

时忧闻言抬了下眉尾，眼角泛起笑意："几个朋友在这儿组了局，我没办法推辞。"

他刚说完就弯下腰凑近她，视线与之平视，两人之间的距离被拉近，呼吸相抵。

时忱直直望进她的眼里，声音低沉："不信你闻，我身上没有酒味。"

戚生生心跳一顿，随后猛然加速。她下意识往后退想躲开这令人心慌的靠近，可是刚退一小步后背就抵上了墙壁，时忱乘胜追击，空闲的手撑在戚生生的脸侧，阻绝了她的退路。

他低下头瞧她，戚生生散落到脸颊的发丝有意无意地扫过他的鼻尖："我还没先问你，你倒是先查我岗了。"

接着他学着她的话，笑容懒散："这么晚了，你怎么会在这儿？"

戚生生没敢看他，呼吸一滞，被"查岗"这个词惹得心底泛起阵阵涟漪。

她深吸口气，呼吸间都是时忱的味道。

清新的薄荷味夹杂着烟味，应该是在包厢里沾染到的，两种味道混杂在一起，像青涩和成熟的碰撞，在他的身上形成了奇妙的化学反应，让人忍不住沉沦。

戚生生被诱惑地抬起眼，视线却不经意落在他眼下那颗浅淡的小痣上，鬼使神差地，她慢慢抬起手，指尖轻轻落在那颗小痣上。

时忱没有动，目光沉沉地盯着她，脸上羽毛一般的触感让他心痒。

戚生生专注地用指尖描摹着他，从眉眼到鼻尖，从小痣到薄唇，每扫过一处都在深深地印在脑海，再也忘不掉了。

时间仿佛凝滞了，走廊光线暧昧，时忱居高临下地看着眼前的女人，她今天特意打扮过，唇红齿白，杏眼温润，露出的肩颈洁白莹润，线条舒展诱人，锁骨小巧精致，呼吸间，胸膛上下起伏，时忱眸色一暗，喉咙发痒，从心底生出一股燥意。

戚生生像旺盛的火焰，轻轻一触就能点燃他，仿佛是专门来治他的一样，随便一个眼神和动作，都能让他失去思考。

指尖恰巧在这时滑到了他滚动的喉结，戚生生眼睫轻颤，与他灼热的视线对上，呼吸沉重间，忘了收回手。

时忱眼底如翻滚的浓墨，幽暗深邃的视线落在她饱满的唇上，没有说话。

气氛变得挑逗暧昧，明明谁都没有说话，但总觉得不做点什么都对不起现在这么好的氛围。

戚生生感觉自己好像被钉在了地上，想动却发现身上软绵绵的。

"我……"

她刚开口，就被时忱打断，只见他抬起手抚上她的脖侧，掌心过高的温度贴上来的瞬间，她忍不住抿紧了唇，他动作轻柔地将一缕不听话的碎发别到她耳后，指腹轻扫耳垂，让人心尖一颤。

戚生生抬眼看着时忱，时忱没什么表情，眼神却很认真，下一秒，他单手撑住她的后脑，手指穿插进发间，拇指揉着她发烫的耳垂，偏过头就要吻上来。

戚生生闭上眼睛，攥紧他腰间的衣服。

嘴唇就要碰上的时候，对面包厢大门被打开，施映高昂的嗓音响起。

"服务员！"

这一嗓子惊醒了两人，戚生生连忙羞赧地低下头躲进时忱的怀里，像鸵鸟一样将脸埋起来。时忱面色不豫地回头看了眼出来的施映，手扶住戚生生，下意识用身体挡住她。

施映看向在走廊"偷欢"的小情侣，无辜地眨了眨眼，正要关上门的时候她注意到女方露出来的鞋，动作一顿。

"……"

场面安静了两秒，随后响起施映中气十足的声音。

包厢里，施映打量着一身黑衣的时忱，心里给这位传说的"海归弟弟"打了个分。

长相上乘，气质也不错，身高将近一米九，看身材应该经常健身，说明很自律，品位也不错，身上穿的都是国内外的小众品牌，风格偏休闲，酷爱黑色，手上戴的是百达翡丽超复杂款，有钱。

嗯——施映摸着下巴，暗自点了点头。

就是对人太冷了点，不好亲近，不知道面对女朋友是个什么样。

施映心头有些顾虑，担心时忱只是玩玩。但她看得出来，这"海归弟弟"看生生的眼神，是真的。

时忱没有在意施映打量的目光，兀自低头处理消息。

包厢里呈现出诡异的沉默。

戚生生坐在两个人之前，局促地抿了抿唇，看向一脸审视的施映，点了点她的胳膊，小声道："说话呀。"

施映反应过来，冲戚生生促狭一笑，故意看了眼手腕，笑道："时间已经这么晚了，生生你困了吧？"

戚生生不懂她想干吗，老实地点点头："嗯。"

"那你俩先走吧。"施映主动将戚生生拉起来，推到时忱旁边，"时先生你正好可以帮我送生生回家。"

时忱闻言扫了眼戚生生，不动声色地挑眉点头。

戚生生："你呢？"

施映摆了摆手："我再唱会儿，然后我自己开车走。"

戚生生有些不放心，嘱咐道："那你别喝酒，走的时候注意点，别被人拍到了。"

"好好好，我知道了，你们走吧。"施映颇有种赶人走的意味，"我好不容易放松一下，当然要尽兴啦，你赶快回去睡觉吧。"说罢就将两人推出门外。

戚生生迟疑地站在门口，觉得有些莫名，但时忱没给她时间思考，接过她手上的包，先一步走在前面，戚生生只能跟上去。

"你不跟你的朋友说一声你要走吗？"她问。

时忱举起手机，漫不经心道："早说了。"

戚生生点头，又问："你住哪儿啊？"

两人已经走进了电梯，时忱垂眸哼笑，语气懒散，笑意带着逗弄："离这儿不远，想去我那儿喝杯茶吗？"

"……"

她只是想看看两人住的地方顺不顺路。

电梯门关上，空间里只剩下二人。戚生生脸还在发烫，不自觉想起在走廊上发生的事情，顿时觉得冷静下来的氛围又变味了。

"不用。"

她往后站了点，与他错开身，这才感觉没那么紧张。没想到时忱却直接转过身面对她，拉开黑色冲锋衣的拉链，把外套脱下来。

他里面只穿了件白色的短袖，下摆塞进裤腰，显出优越紧窄的腰线。

戚生生慌乱地盯着他的皮带，不敢动弹，直到外套罩在她的身上，将她包裹住。

"外面起风了。"

时忱扫过戚生生红透的脸，勾唇轻笑，转过身漫不经心地点开手机，不再逗她。

时忱的车没有停地下车库，而是停在了街边。一出会所大门，夜里带着凉意的风吹过来，戚生生打了个寒战，直接穿上了他的外套，宽大的衣袖长出一截，穿在她身上有种像小孩偷穿大人衣服的即视感。

时忱回头见到这幅画面，心头一动，没想到戚生生穿上他的衣服，会这么磨人。

坐进副驾驶，系好安全带，车子启动。

戚生生闻到车里的香味，第一次没有觉得刺鼻不适，她不由得笑道：

"感觉好奇妙啊。"

"嗯？"时忱抬起眉，看了她一眼。

"上一次跟你坐车，还是坐的公交车，这次你都能开车载我了。"

她笑得可爱，时忱却微微一愣，胸口像被人打了一下。

他舔了下干涩的唇，良久才低声道："生生，我走之后，你……"

你有没有想过我？

想问出口的话，在唇齿间轻捻，终究还是被他咽了回去。

戚生生正低头摆弄着手链，没听清他的话："什么？"

"没事，就是问问你，明晚想吃什么。"

这个问题让戚生生愣了下，抬头看向时忱："你想吃什么就吃什么，都说了是我请。"

时忱默了两秒，随后沉声道："火锅吧，火锅店热闹点。"

闻言，戚生生眼睫轻动。

火锅店热闹点。

是担心两人单独吃饭会尴尬吧。

车里安静下来。

戚生生看着窗外飞速后退的风景，车子拐过一个路口之后周遭的街景逐渐熟悉，安宁小区就快到了。

戚生生抿了抿唇，心口有些不舒服。

重逢之后，两人都很清楚，他们之间隔着层什么。

戚生生想要去戳破那层隔膜，可是却很难，像是缺少了某个契机。

她看得出时忱在逃避，而她也没有好到哪儿去。

车子很快便停在了小区门口，戚生生拿上包和手机推开车门想要下去，手腕却被时忱轻轻扯住。

他的指腹在腕骨那儿蹭了下，戚生生微怔，回头看向他。

这是今天戚生生第一次见到时忱没有带着任何杂念的笑，唇角淡淡上扬，眼尾下弯，颊边浮现出浅淡的梨涡，锋利的眉眼此刻也柔和了下来。

温柔又脆弱。

戚生生心跳一滞，感觉他有什么话想说，于是没有主动开口，乖乖地等着。

心里仿佛有千言万语，但涌到嘴边就是说不出来。

这些年他好像只是虚长了年纪，勇气和骄傲在面对戚生生的时候瞬间瓦解。

那个跨年夜在电玩城撞到的画面，宛如梦魇，不管过去了多久，只要想起，都能轻而易举地将他的骄傲打碎。

安静片刻，时忧才抬起眼定定地注视她："晚安。"

他说得缓慢，戚生生眼里的光亮却暗了下去，她用力点了点头："你也是，晚安。"

关上车门，戚生生目送车辆离开，她在门口站了会儿，直到她抬手将碎发别到耳后才注意到自己身上还穿着时忧的外套。

她眨眨眼，低头看着衣服，抚平衣角的褶皱，闻到衣服上飘散着的味道，刚刚还烦乱的心顿时安定下来。

是啊，没什么好急的。

他还在自己身边就好。

城中电影院是市里规模最大的电影院，不少电影公映前会在这里举办首映礼和路演。

时忧说好结束来接她，所以戚生生没有开车，直接打车来到影院。

大厅里已经聚集了不少记者和摄影，墙边摆放着演员粉丝送的花篮和应援物。

戚生生今天上身一件复古米色衬衫，下身黑色短裙，配了双短靴，长发微卷。为了观影舒服，她没有戴隐形而是戴了副黑框眼镜，整个人看起来学生气息浓郁。

她攥紧手里时忧的外套，检完票准备入场的时候却在影厅门口撞上正要从里面出来的男人，她抚了抚掉到鼻尖的眼镜，看清了男人的脸。

"学长？"

游闻戴着黑口罩，看见是她，笑得眼睛眯成了一条线："小生生，你怎么也来了？"

"施映帮我要的名额。"戚生生笑，"我还想问你呢，你怎么在这儿？"

游闻刚要开口，却见陈乐儿从一旁的洗手间里出来，看见站在门口说话的二人，笑道："生生也来啦，那正好，我们坐一起。"

戚生生甜甜地叫了声"嫂子"，心里顿时就明白了游闻这个不爱电影的人为什么在这儿。

陈乐儿在影视公司工作，这电影估计是她们公司的项目。

三人在前排提问区落了座，他们前排就是这次受邀而来的记者和媒体所在的位置。

今天的首映礼是这位天才导演的首次露面，网上早已讨论得沸沸扬扬，对他的猜测也是众说纷纭，大家自然都不想错过这个热门话题。

游闻接过陈乐儿的包贴着她坐下，戚生生识趣地坐在另一边，不打扰小情侣的二人世界。

陈乐儿侧过头看向戚生生，好奇道："生生想来怎么不提前跟我说一声，我能安排你进后台跟主创合影。"

戚生生摇摇头，笑得可爱："没关系，我就是随便来看看。"

游闻插话："她啊估计是昨天在光语听到陈总提过这部电影的导演，心里好奇才想来凑热闹的。"

戚生生话头一堵，当即反驳："我没事专程来看他干吗？"

"听说是个帅哥，没事儿妹子，看帅哥不丢人。"游闻揶揄一笑，喝了口入场前买的可乐。

戚生生："……"

好吧，她确实有点好奇。

陈乐儿失笑，嗔了眼游闻，转头对戚生生小声道："你别理他，待会儿结束我带你去和他认识一下。Roman 这人虽然性子冷了点，但待人接物还是很绅士的。"

陈乐儿话锋一转："而且他现在单身，你要是有意思，可以……"

这些年里，游闻夫妻俩最爱的就是替她操心婚姻大事，见她对虞宋没那心思，就千方百计地给她介绍男人，每次都被她以事业为重给挡了回去。

闻言，戚生生立刻拒绝："算了算了，我没那个意思。"

见她一脸放过我的表情，陈乐儿无奈地笑了笑，不再提这事。

等了一会儿，影厅里逐渐被坐满，后排有演员的粉丝，手上举着黄色的横幅，上面是应援的标语。戚生生回头看了眼，忽地想起高一那年的元旦晚会，自己也是如此为施映应援的。

也是在那一天她与蒋显允正式相识。

想到这个，戚生生眼底暗了暗，新鲜劲少了大半，懒懒地撑着下巴坐在皮质座椅里，兴致缺缺。主持人一番热场之后就宣布首映礼正式开始，邀请主创团队上场。

嘈杂声欢呼声，相机快门声，每种声音都无孔不入地钻进脑子里，惹得人头疼。戚生生抬手按了按眉心，随手将眼镜拿下来，俨然想眯一会儿。

她本来就对这部电影没什么兴趣，来也是因为时忱。

主持人话音刚落，一个身着灰色连帽上衣，下配深蓝色宽松牛仔裤的男人率先走了上来。他头上戴着顶黑色的鸭舌帽，帽檐在脸上落下一片阴翳，下颌轮廓硬朗分明，男人在刺眼的闪光灯下接过递上来的话筒，随后便安静地站在角落，等着后面的演员上场。

戚生生眼前有些模糊，但看见男人的瞬间，整个人都愣住了。这个穿衣风格和形象气质，她再熟悉不过了，就算挡着脸，也能一眼认出来。

戚生生恍然地戴上眼镜，眼前的一切彻底变得清晰无比，她坐直身子定定地注视着站在台上的男人，耳边听到主持人说道："接下来我们有请主创团队来依次做个自我介绍吧，导演先请。"

主持人说完看向最边上的男人，示意他对着话筒直接说就可以。

现场安静了几秒，摄像机的镜头齐齐对准低垂着眼的男人，戚生生听到周围的女生兴奋的议论声：

"这竟然是导演！我还以为是参演的演员呢。"

"太帅了吧，怪不得事先一直不露面呢，这要是早早曝光出来谁还关注电影啊，话题准会被导演的颜值给带偏的。"

"看起来还挺年轻的，这下待会儿热搜预订了，不行我得先发出来。"

……

诸如此类的话语络绎不绝，戚生生有片刻晃神，心里说不出是什么感觉。

怪不得时忱不跟她来首映礼，合着在忙的工作就是这个。

游闻也同样看清了这位传说中的导演，他盯着对方的脸，皱起眉头往前坐了坐，想看得更清楚点。

他总觉得这个人，非常面熟。

"大家好，我是《浮山》的导演，时忱，非常感谢大家来捧场，希望大家看得愉快。"

男人大方得体的声音响起，游闻听到这个名字心头一震，猛地看向陈乐儿旁边的戚生生，眼里闪烁着光芒。戚生生没看他，只盯着台上的时忱，面上惊喜难抑，看来已经认出了这人是谁。

戚生生想起那天晚上时忱说的惊喜，不由得低眉浅笑，是挺惊喜的，她撇了撇嘴，感觉自己被时忱耍得团团转。

时忱说完放下话筒双手背在身后，抬起隐在帽檐下的眼睛，目光笔直地朝观众席上看了过来，眼神锁住同样望着他的戚生生。

四目相对，戚生生下意识嗔怪地瘪起嘴，有点委屈。

时忱扯唇轻笑，眉目漆黑，眸子里盛满了笑意，显然很高兴的样子，笑容看得人心跳失了节奏。

记者和媒体没有放过这个风头正盛又颜值超高的年轻导演，各种问题轮番上阵，面对提问时忧处变不惊，谁都想不到这是他第一次应对如此阵仗。

陈乐儿小声介绍道："别看这位时导年纪不大，但其实老成得很，做事风格严谨认真、雷厉风行的，我跟他团队对接的时候都胆战心惊的，生怕出错。"

游闻有些讶异，陈乐儿的工作能力他是清楚的，能让她都小心翼翼的人……游闻看向时忧，脑海里浮现出多年前在电玩城初遇的场景。

这位篮球小子确实有这个本事。

他又看了眼默不作声的戚生生，眉尾一挑，然后舒适地往后靠在柔软的椅背上，颇有种看戏的意味。

虽然戚生生在当年校考的时候就否认过他说时忧喜欢她的这件事，这些年他偶尔提起时，她也不正面回答，但他能看得出来，这个小妮子在说谎。

不肯让任何人走进她的心，只有一个可能。

就是心里已经有人了，只是嘴硬罢了。

很快就到了观众自由提问区，工作人员把话筒放下去，有问题想问的可以举手示意。

主持人的声音刚落下，观众席上就响起此起彼伏的热烈招呼声，戚生生看了看周围想要提问的观众，默默放下悄悄举起的手。

时忧像是看见了她的小动作，轻扯着唇，伸手抬了抬帽檐，盯着她的方向，凑到主持人旁边小声说了几句话。

不知道说了什么，主持人频频看向戚生生所在的地方，了然地笑着点点头。

被提问最多的就是两位主演，女主角季梦歌是表演系的在读学生，这是她参演的第一部电影，首次担任女主角就入围了奖项，可谓前途光明。

有媒体问她为什么会参演这部电影，毕竟题材大胆压抑，她这个年纪的演员会不会担心自己演不好。

戚生生闻言才将注意力放在主演的身上，在看到季梦歌的瞬间，有片刻的晃神。

这个女生，长得很像蒋显允。

特别是那双清冷朦胧的凤眼，遥遥看人的时候，像是一阵缥缈的风，让人捉不住，碰不着。

戚生生顿时愣在座位上，连呼吸都在下意识放缓。

电影的海报上没有演员的照片，网上的预告片里女主角只有零星的背影和侧脸，悬疑感十足，没想到真人竟然长这样。

"起初是我在微博上偶然看到导演发的人物小传，被女主角唐梦的形象所吸引，而且我名字里也有个'梦'字，所以就大胆地主动向导演举荐了自己，参加了试镜，当天晚上就收到副导演的信息说就是我了。"季梦歌低眉轻笑，中长发被她随意地用抓夹挽起，看起来利落又温柔，"至于担心这件事，我没想过，拍摄过程中我觉得我就是唐梦本人，而且剧组的前辈们也很照顾我，导演也非常专业，会帮着我一起揣摩演法。"

这番发言大方得体，在场的媒体都露出赞赏的笑容，观众席发出如雷的掌声，只有戚生生呆坐在原地，愣怔地望着她。

真的好像，连笑起来时的表情都很相似。

闪光灯的照射下，戚生生恍惚觉得站在台上的人渐渐化成了记忆里蒋显允的模样。

这个想法让她渐渐红了眼眶，胸口酸涩弥漫。她抬手揉了揉微红的眼睛，不让自己在这种场合失态。

又陆续站起来几位提问的观众，主持人忽然"画风"一转，指向戚生生他们所在的方向，笑道："我看到那位戴着黑框眼镜的小姐刚刚举手了，您有什么想问的吗？"

话音落下，周围的目光齐刷刷地看过来。场馆内有片刻的安静，陈乐儿见戚生生没有动静，不由得碰了碰她的手，小声提醒："生生，让你提问了。"

戚生生回过神，眨了眨眼，她下意识看向时忱，男人嘴角翘起温和的弧度，懒懒一笑，似是鼓励。

戚生生接过前排传来的话筒，缓缓站起来，却没有朝着时忱的方向，而是将目光落在女主角季梦歌的身上。

时忱顿时收敛笑意，皱了皱眉，盯着那道纤瘦的身影。

所有人的视线聚焦在她的身上，戚生生抿了抿唇，感受到从胸腔涌到鼻间的酸意，她强忍着哽咽，看着台上鲜活的女生，扯出一个笑："季小姐，你……开心吗？"

她顿了顿，补充一句："参演这部电影。"

季梦歌表情微顿，她本以为后面的问题应该会越来越刁钻，没想到竟然只是问她开不开心。

季梦歌笑得明媚："开心，能参演这部电影我非常开心。"

"……那就好。"

戚生生放下话筒，神色有些暗淡。刚刚一瞬间，她把季梦歌当成了蒋显允，她当然知道这是自欺欺人的，但听到"开心"这两个字，心脏还是疼得缩了起来。

要是蒋显允还在，她一定也会活得光芒万丈吧，可以任意在她向往的天空里自由翱翔。

首映礼的最后一个环节就是观看时常将近两个小时的电影，影厅的灯被熄灭，嘈杂也归于平静，一旁的陈乐儿接了个电话，随后便说要先走一步，游闻自然也跟了上去。

顿时只剩她一个人坐在那儿。

幕布上光影不停变换，戚生生面无表情地看着电影里女主沉静内敛的表演，耳边是演员的原声台词，大家都被精彩的剧情吸引，没人发出一丝声响。

蓦地，戚生生第一次感受到，原来时光真的已经过去很久了，原来，被时光带走的人，是真的回不来的。

在她愣神的时候，有个宽阔的身影猫着腰从旁边的过道那儿走过来，在黑暗里慢慢靠近她，不一会儿就轻轻在她的身边坐下，强烈的存在感让戚生生回过神。

她还没看清来人，就感受到自己搭在扶手上的右手被他握在了掌心，还恶劣地捏了捏她手背的嫩肉。

男人身上熟悉的味道飘过来，戚生生嘴角一松，在变换的光线里看过去，撞上时忱懒散的双眸，里面盛满了不爽。

他低下头凑过去，视线紧锁着她，彼此呼出的气息纠缠在一起。

戚生生垂下眼，低声道："你坐这儿干吗？"

时忱听到她还问他想干吗，不由得没好气地拿额头撞了撞她的，嗓音低沉："刚刚给你机会提问，你就这么浪费了，合着女演员开不开心比我重要。"

"……"

闻言，戚生生心口一窒，抬眸盯着他。正好这时电影里色调变得昏暗，影厅也跟着暗了下来，在一片黑暗里，男人眸光漆黑，眉眼间透着些委屈。

"对不起。"

沉默片刻，戚生生吸了吸鼻子，贴着时忱的耳侧轻声说："你最重要。"

细碎温软的呼吸扑在耳后，时忱喉头一紧，刚想说些什么就感觉脸侧印上了一个湿热轻柔的唇，只轻轻一下，很快便撤离消失。

他猛地转过头，对上戚生生泛红的眼眶，心尖一颤，仿佛有股轻缓的电流从她的唇角蔓延到他身上。时忱抬起手抚了抚被女生亲过的地方，语气有些不确定："这是什么意思？"

戚生生后知后觉地感到窘迫，她坐直身子，眼睛盯着屏幕，有点后悔自己没买份爆米花进来，想抬手给自己的脸降降温，但忘了手还被时忱握着。

"说话。"他继续追问，目光直勾勾地锁住她，看这架势是不肯让她糊弄过去。

被迫再度与他对视几秒，戚生生憋出两字，嗫嚅道："就是……"

"跟你道歉的意思。"

"……"

场面沉默下来。

戚生生懊恼地闭上眼，想立刻原地失忆，她刚刚说的是什么狗屁理由。

时忱观察她的表情，忽地自顾自地低笑起来，胸腔都在震动。

戚生生听见他的笑声，脸烧得厉害，睁开眼恶狠狠地威胁他："不准笑。"

时忱逐渐息了笑声，颇为感慨地叹了口气，凑到她耳边："怯生生，你这算什么道理，道歉要靠占我便宜，你也太霸道了。"

紧接着手指插进她的指缝，十指紧扣，他举起相握的手随意地晃了晃，声音带笑："算了，既然这样能减轻你的愧疚感，那我就忍忍吧。"

"……"戚生生咬牙微笑。

那还真是委屈你了。

接下来的时间，两个人默契地没再说话，掌心相对。静静地看完了整部电影，直到结尾字幕出现，"导演时忱"的字样映入眼帘，戚生生扯了扯他的手，眉眼弯弯："恭喜啊，时导。"

"嗯？"时忱掀了掀半垂的眼皮，迟疑地扭过头。

戚生生隔着眼镜镜片，深深地注视着他，这张记忆里青春又张扬的脸在时光流逝中变得更加俊朗深刻。

时光对每个人都很残忍，它带走了一些重要的东西，但也留下了一些。

起码对她的少年来说，留下的是馈赠。

他的梦想没有让他失望。

"恭喜你做到了，实现了当初放弃小提琴都要实现的梦想。"她轻声说，语气真诚。

听到这话，时忱收紧手上的力度，喉结极缓地滑动，仿佛过了很长的时间，但其实只有几秒，他才盯着她开口，声音是前所未有的沙哑："可是为了这个梦想，我丢下了你。"

戚生生呼吸停顿，温吞地看着他眨了下眼，有点没反应过来他的意思。

耳边适时响起片尾曲低迷轻柔的曲调，周围有人开始起身离场，不出片刻，影厅里只剩下了他们二人，空气安静，呼吸声彼此纠缠。

七年前，在得知戚生生想去京州大的时候，他第一时间就和时伍童慧珊说了自己的想法。

参加艺考，报考京州大的摄影系。

但那天晚上，时伍大发雷霆，将他的相机从窗外扔了出去，砸在戚生生的面前。

那段时间，他好像一直活在煎熬里，但心里还是有个隐秘的希冀支撑着他，想着和她考到一起，也许，她也会慢慢喜欢上他。

可直到他发现了虞宋，发现戚生生小心珍藏的目光归处。

心里那微不足道的自尊和自欺欺人被猛地撕裂开来，暴露在阳光里。

他好想逃。

人生第一次，想要逃避。

临走前还自私地把那些最隐秘的证据留给她，连 QQ 都不敢打开，怕接收到一点她拒绝他的痕迹。

哪怕是愧疚也好，恶劣地想让她一直记得自己。

可是重逢后，他又后悔了。

不希望这一切亲密的举动，是因为愧疚。

他想要她的全心全意。

时忱松了松唇角，避开戚生生的视线，站起身用力揉了把她的脑袋，轻笑道："走吧，电影结束了。"

戚生生没动，她的唇线渐渐抿直，握紧了牵着他的手，深吸口气，像鼓足了勇气，声音发着细微的颤意，听得人心都揪了起来。

"是我不好。"

她抬头仰视着他，头顶刺眼的灯光被时忱遮挡，仿佛将他镀了层不真切的滤镜，惹得她眼眶一阵阵泛热。

"是我太笨了，活该被你丢下。"

这明显丧气又难过的样子让时忱立刻没了主意，他蹲下来与她平视，锋利眉眼紧皱，眼底闪过自责和慌乱。他安抚性地捏了戚生生的脸颊和手臂，可女生却越哄越难过，眼泪都掉了下来。

他立马像哄小孩一样将人抱在怀里，下巴搁在她的颈窝，沉吟片刻才嗓音低哑道："我才要说对不起。"

"……"戚生生闻言心一紧，从他怀里出来，抬起湿润的眼。

时忧收起平日里的懒散和吊儿郎当，面对眼前的人，第一次没有词不达意，闪烁其词。

"你没有错，不要把什么都往自己身上揽。"他勾唇哼笑，带着点自嘲的意味，"感情这种事本来就是不能勉强的，被爱的人没有错，爱不应该是负担，被爱更不应该。"

他懒懒地抬起手像从前那样按在戚生生的头顶，指腹揉捏着她的额头，迎上女生发蒙的目光，眼里的情绪炽热又浓烈，宛如积压了许久的感情从细碎的缝隙处倾倒而出，烫得人不敢直视。

影厅偌大，空荡荡的空间里说句话都能带来回音。

时忧喉结滚动，薄唇轻启，终于说出了那个藏了十年的，不算秘密的秘密。

"戚生生，我喜欢你。"

他苦涩一笑："十年时间，一点都没变过，跟着了魔一样，只喜欢你。"

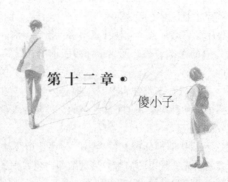

第十二章

傻小子

　　这句话像是投入平静湖水的一颗巨大石子，瞬间泛起一圈圈的波澜，余韵悠长。戚生生难以置信地看着面前笑得懒散的男人，心口生出难以言喻的酸胀感。

　　十年时间……

　　那就是说，时忧从他们两个刚认识的时候就喜欢她了。

　　戚生生感受着头顶轻柔的力度，喉头滞涩，搁在膝盖上的手缓慢握紧成拳，下一秒，几滴冰凉的泪水砸在虎口上，她抽噎着深吸口气，泪水更加肆无忌惮。

　　仿佛有双手紧抓着她的心脏，整个人难受得几乎要喘不过气来。

　　十年，时忧最宝贵的十年，就在她身上浪费了。

　　可她却一点都没有发现，要不是那张照片和香囊里的名字，她是不是会被时忧瞒一辈子？

　　戚生生咬紧下唇，强忍着不让自己哭出声，可抽泣还是从唇角倾泻出来。

　　时忧见她哭得委屈巴巴的，不由得手足无措，双手捧起她的脸，眉尾稍扬，语气故作轻松地安慰道："哭什么，还哭得这么惨。"他伸出食指，用指节蹭掉她眼尾的泪珠，轻笑，"不会是第一次被人当面表白，吓着了？"

　　戚生生没吭声，脸颊被他捏在手里，下巴被迫抬起来，但脑袋还是倔强地想低下，像个不肯被家长看见自己软弱哭泣的小孩。

　　两人就这么僵持着，气氛又一次安静下来。

　　时忧喉结缓慢滑动，掌心托着她的脸，见她不肯说话，好不容易被戚生生眼泪填满的心顿时没了底气。他顿了顿，嗓音发紧："生……"

"老大！我可算找到你了！"

想说的话被打断，时忱皱了下眉，扭头看向门口气喘吁吁的林钰。

林钰朝他们走了几步，嗓门很大："活动结束了，我们都在等着和你一起去吃庆功宴呢，都找你半天了，你怎么还不走啊？"

他在离二人还有几米远的时候才注意到老大面前还坐着个哭红眼的小姐，而他们老大正半蹲在人家面前，还拿手摸人脸。

这个画面不管怎么看，都像是老大把人家欺负哭了，在这儿哄呢。

林钰脚步一僵，识趣地定在原地，挠了挠后脑，试探性地看着时忱："老大，你们……"

时忱收回视线，咬了咬后牙，烦躁地低下头叹了口气，看到戚生生这副什么也不说，什么也不表示的模样，嘴角扬起一抹苦笑。

"我待会儿还有约，就不去了，你和大家说一声。"他的声音很冷清，没什么情绪。

他还记得要和她去吃饭。

戚生生听得眼睫颤动，抿了抿唇。

林钰迟疑："可是……"

"他去。"

还没等林钰劝阻的话说完，就听见一道清凌凌带着细碎鼻音的声音响起。

时忱闻言抬起头，撞上戚生生哭红的眼睛。

"他去的，我们待会儿一起过去。"戚生生朝林钰笑了笑，"不好意思，给你们添麻烦了。"

这么一标准的甜妹，对着他梨花带雨地微笑，林钰当时就蒙了，求救似的，朝时忱使眼色，意思是这位美女是谁，你俩什么关系？

时忱没搭理他，只紧盯着戚生生，神情有些紧张。

时忱的手随意搭在扶手上，手背青筋分明，扣住扶手的指尖泛白，显然是在隐隐使劲。

心口又因为戚生生的那句话燃起了希冀，微微下垂的眼尾给他增添了几分惹人怜爱的感觉，眼巴巴地瞧她，像只被主人抛弃在路口，还在傻等的大狗狗。

林钰瞧着二人气氛不对，茫然地眨了眨眼，转过身轻着步子走了出去。

影厅又恢复了寂静。

时忱这副没有安全感的样子让戚生生心口一窒，她抬起自己比时忱小很多的手轻轻覆盖在他的手背上，掌心感受到他被触碰时的细微紧绷。

"虽然这句话我今天已经说了很多次了,但我还是想再对你说一次。"戚生生鼻子一酸,"最后一次。"

"对不起。"

"当时的我太迟钝了,对不起。"

听到她的声声自责,时忧心口一滞,哑涩道:"除了这个呢?"

他抬起指尖轻轻点了点她的额头,轻扯唇角:"我正在跟你告白呢戚生生,拒绝还是接受,给个痛快行不行?"他微顿,喉咙发紧,"虽然我很喜欢被你钓,但现在不行。"

盯着时忧的脸,戚生生动了动唇。她知道这会儿自己应该说些什么让他安定的话,可就是不知道该怎么表达。

她的耳朵有点发烫,背脊下意识挺直,舔了舔唇,别开与他对视的目光,小声说:"待会儿庆功宴上,你打算怎么介绍我?"

时忧被她这个莫名的转折,气得一口郁气堵在胸口,不禁哑然失笑,暗道这姑娘真是不解风情还擅长吊人胃口,撩拨足了又不给人个痛快。

他想了想,顺着她的话,语气吊儿郎当道:"你想我怎么介绍?"

戚生生不好意思地抿了下唇,身子往前挪了挪,将二人之间的距离拉近,微微低下头,靠近他的脸,看着时忧面上的那颗小痣,说话间气息喷洒,视线纠缠,暧昧到了极点。

"你就跟他们说,我是你女朋友。"

时忧直勾勾地盯着她。这句话很轻很柔,但他却听得很清楚,特别是"女朋友"这三个字,落在耳朵里都发烫。

戚生生说完倒觉得窘迫的情绪开始消散,彻底没了负担,只余下忍不住的悸动和笑意。

她见时忧神情呆愣,弯了弯唇,学着他的样子捏了捏他的脸,笑着催促道:"说话呀。"

时忧回过神,从耳尖到脖颈在灯光下红成一片。他恍然握住脸上作乱的手,声音慌乱:"所以你的意思是,你是我的女朋友?"

戚生生被他这副呆呆的表情逗笑,用力地点了点头:"是。"

得到肯定的回答,时忧不知为何松了口气。积压了许久的情绪得到释放,他猛地站起来,居高临下地看着戚生生,只是看着,没有动作,像一尊雕像,但他泛着光的眼眸还是暴露他此时感情。

戚生生跟着站了起来,抬起头,脸上收敛了笑意,下一秒伸出胳膊抱住了他的腰,小小的身子缩进他的怀里,像是安抚,抑或是撒娇,耳朵贴他的心脏处,仔细听着里面的跳动。

"生生。"良久，头顶响起时忧低沉喑哑的嗓音，他紧紧回抱住了她，"是我该说对不起。我应该早点告诉你的，是我自以为是的骄傲和自尊心在作祟，你没有错，以后不准再道歉了。"

戚生生垂下眼，闷闷地"嗯"了声。

那天在虞宋的车里，她也跟虞宋说了道歉。

面对虞宋，戚生生一直感觉自己像个犯了错的人，她总觉得是因为自己的招惹才让两个人这么痛苦。

可是，时忧说得对。

爱情里没有对错。

她因为不爱，沉陷进对虞宋的愧疚里，而虞宋因为执着，不肯放过他自己。

爱一个人是种能力，亦是种天赋。

她和虞宋算起来是同类，都是缺少爱的人。

但时忧不一样。

不管是从前还是现在，一直只爱一个人，何尝不是一件值得炫耀的事情。

两人从门口出来，天色已经彻底变暗，广场被路灯点亮，偶尔有滑板少年从面前经过，时忧拉着她的手往自己身后带，不让她被磕碰到。

戚生生顺藤摸瓜直接抱住了他的胳膊，紧紧的。时忧低头看过去，瞧见她可爱的微笑，不由得挑眉，语气闲闲："还挺不客气。"

戚生生眉眼稍抬，秀气精致的眉毛耸了耸，鼻头小巧，眸子又黑又亮，一脸无辜的样子："在男朋友面前还那么拘谨，那这个恋爱谈得就太没意思了。"

"……"

可恶，女朋友比我还会是种什么体验。

时忧看得浑身泛热，凉风吹过来都无法缓解，他轻咳一声，没有搭话，翘起唇角老实地让人抱着往前走。

办庆功宴的酒店离影院有点远，此时正值下班高峰期，街道逐渐拥堵，他被堵在红绿灯路口，估计要等一会儿才能通过。

这是戚生生第二次坐他的车，她悄悄观察着车里的模样，车饰简单，中控台上连个摆件都没有，跟他这个人一样，干净利落，锋芒尽显。

"看样子要堵一会儿，你要是累了就睡吧，到了我叫你。"时忧说完便把身上的夹克外套脱下来递给她，视线落到她短裙下光洁修长的腿上，眼底晦涩浓郁，他的呼吸沉重几分，抬眼道，"都快冬天了，还露着腿，不冷吗？"

戚生生接过外套正要穿上，听到他这话微愣，低头看了眼自己的腿，又抬头看向时忧，心思一动，弯了弯唇，故意道："腿长我身上，冷不冷跟你有什么关系。"

时忧闻言扶着方向盘的手微顿，眼神变得危险，他压低声音，解开安全带俯身靠了过去，将人锁在座椅里。

热气擦过耳垂，惹得戚生生心脏直跳。

"跟我有什么关系？"时忧冷哼，气笑了，直接把外套扯过来盖在她的腿上，"我看以后你还敢不敢说这种话。"

戚生生强忍着笑意："为什么不敢？"

"你可以试试。"他意有所指地看了眼她微敞的领口，那里一片雪白细嫩的肌肤，"我反正不嫌累。"

"……"

这话说完，气氛变得奇怪起来。

戚生生拿起外套把脸遮了大半，温润的杏眼无声地瞧着他。

时忧闭了闭眼，强忍着把她嘴堵上的冲动，降下车窗让晚风吹在脸上，后脑勺都透着窘迫。

时忧吹了会儿风，担心戚生生着凉，又把窗户关上。车里恢复了安静，戚生生仰躺在半放的座椅里，丝丝困倦袭了上来，她闭了闭眼，视线落在光秃秃的中控台上，忽地想到了什么，笑着从手包里拿出一个小挂件。

时忧注意到她的动作，看清了挂件的模样。

是当年他在医务室偷偷塞在戚生生手里的小火龙。

时忧神思微顿，猛地回忆起了那天的场景。

午后阳光刺眼，空气中有青草和阳光的味道，白色床帘上倒映着女生不安的身影，鬼使神差地，他拿掉耳机，轻轻走到女生的床边，她似乎陷入了噩梦之中，闭着眼都能感受到她的不安和害怕。

在看到戚生生的瞬间，他就认出了她是公交车上一直抱着他篮球的"小贼"。

女生皮肤很白，圆润的眼睛里盛满惶恐，怯生生的，像只胆小的兔子。

少年从来不觉得自己是什么温柔的人，但那一刻，他的心跳变得慌乱，摸了摸身上的口袋，只找到了汪越输给自己的扭蛋挂件。

他盯着女生紧皱的眉眼，将手里的小火龙挂件轻轻塞进她的手心里，想给她一些微不足道的安抚。

神奇的是，梦里的戚生生似有所感，皱起的眉头渐渐舒展，呼吸也跟着平复下来。

他没想到，这么久了，只是一个挂件而已，戚生生会把它留到现在，还一直随身携带。

时忱长睫微抬，盯着戚生生柔软的侧脸轮廓，心口软得不像话。

戚生生没注意到身边人为什么突然安静下来，自顾自地把挂件摆在中控台上，眼尾上扬，得意地指着挂件冲他道："你以后开车看到它就能想到我。它就待在这儿了，你不能换掉。"

时忱直勾勾瞧着她，语调缓缓："这么霸道。"他伸手点了下小火龙的脑袋，嘴上嫌弃，"幼稚死了，跟我形象一点也不符，以后谁还敢坐我的车。"

戚生生眨眨眼，学着他的语气嘟囔道："你还想让谁坐……"

听到这充满醋意的话，时忱眉尾轻挑，笑了下，帮她把滑落到腰上的外套盖好，揉了把她的脑袋："往后只给你坐，我只给你当司机。"

戚生生心跳一滞，伸手把挂件拿在手里。因为经常在手心摩挲的缘故，小火龙尾巴上的火焰已经有些掉漆了，露出斑驳的白色，她迟疑了一会儿，低声道："我知道它是你送给我的。"

她抬起头对上时忱的眼，很认真地说了句："谢谢你，曾几何时，它给了我很多力量。"

时忱眸光闪动，没有说话，显然没有想到戚生生竟然知道这是他给的。

似乎是看出了时忱的疑惑，戚生生低眉轻笑："你走以后汪越经常来店里吃沙冰，他看到它第一眼就认出来了，说是之前输给你的东西，那个时候我就知道了。原来从一开始，你就在我身边了。"

她把小火龙重新摆好，见时忱还愣在那儿，不由得好笑地抬手在他眼前晃了晃："喂，我这么真诚地道谢，你不讲话很不礼貌啊。"

时忱沉沉地瞧着她，捉住她的手腕攥在手心，眸色浓黑深沉，仿若藏了很多的话，但开口却只有一句："知道就好。"

戚生生抬起眼睫，男人眸色浓重，神色散漫。她感受到手腕内侧被他用指腹轻蹭着，不由得心口痒痒的，忍不住凑过去，想跟刚才在影院里一样偷亲他一口。

可是对方早有警觉，在她凑过来的时候按住她的额头，轻轻推了过去，声音带笑，提醒她："想得美，你已经得逞一次了。"

"……"

这话说得，仿佛她是什么欺压民女的恶霸。

戚生生理直气壮："就亲下脸。"

正巧这时堵在前面的车辆往前移动，时忧启动车子也跟着往前，漫不经心道："不行。"

"为什么？"

时忧默了两秒，总不能说自己现在不好意思了吧，那太丢人了。

他想了想，道："不能这么早满足你。"

"……"

气氛凝滞下来。

这个理由刁钻又清奇，将二人在感情中的形象定位得十分生动。

她像个急吼吼的流氓，时忧倒像个欲拒还迎欲擒故纵的小媳妇。

真行。

戚生生彻底没了反驳的说辞，她歪在座椅里，不再打扰他开车，闭上眼睛开始休息。

庆功宴的酒店位于绵江区，是间开业不久的星级酒店，装潢是巴洛克的风格，时忧牵着还在迷迷糊糊的戚生生，在侍者的带领下走进包厢。

里面已经喝嗨了，见时忧和戚生生走进来，林钰带头发出一阵怪叫："老大领着女朋友来啦！"

刚刚在影厅里他就察觉出不对了，这下见两人手牵着手，还有什么不明白的。

时忧没有反驳他，挑眉看了眼身后的戚生生，语气懒散："介绍一下，我对象，戚生生。"

他适应男朋友的身份很快，但戚生生听到这么直白又热烈的介绍还是愣了下，心里像淌过一阵暖流。

这句介绍让在场人的目光齐刷刷地落在戚生生身上，暗自打量他们老大莫名多出来的神秘女友。

戚生生笑着和大家打了声招呼："叫我生生就好。"被看得有些不好意思，她下意识往时忧身后藏了藏，手指轻扯他的衣角。

时忧勾唇，抬手揽住她的肩膀，将人圈在怀里，走到空位旁边把人按下，抬头看向满脸惊奇的众人："看够了吗？再漂亮也不是你女朋友。"

"老大你这话太扎心了吧。"

一个黄毛的清秀男生夸张地捂住心口，和他身边同是单身狗的林钰抱在一起，林钰安慰他，笑道："嫂子确实好看。"

"老大也太不仗义了，谈恋爱了也不提前告诉我们。"

"就是，从来都没看你谈过女朋友，我还以为你不喜欢女生，哼。"

众人哄堂大笑，

时忱自然地坐到戚生生旁边，帮她倒了杯果汁，嘴里笑骂："得了吧宋艺，再胡说我就让林钰顶替你去对接演员这活。"

宋艺怕了："我错了老大。"他看向戚生生，"我开玩笑的嫂子，你别往心里去。"

戚生生笑："没关系。"

气氛因为宋艺的打岔而再次活跃起来，看得出来大家都很服时忱，连带着对戚生生也很照顾，想来敬酒但都被时忱挡了下来。

在场的除了时忱团队里的小伙伴，演员也在。季梦歌认出这是提问环节那个问她开不开心的女生，不由得举着酒杯走到戚生生旁边坐下，主动打招呼："原来你是时导的女朋友啊。"

戚生生看到是她，不禁有些晃神，愣了片刻才笑了笑："嗯，季小姐你好。"

季梦歌白皙的脸因为屋里空调热风的缘故染上红色，清冷的气质瞬间减少几分，多了些娇憨和热情。她朝戚生生举了举酒杯，意思是想喝一杯，戚生生也不含糊，倒了杯红酒，整杯灌了下去。

"戚小姐，我们之前见过吗？"季梦歌见她喝完，眼尾下弯，笑得很好看，"感觉戚小姐看我的眼神，不像在看陌生人。"

听到这话，戚生生握着酒杯的手微顿，她舔掉唇边的酒渍，摇了摇头："没有见过，只是觉得季小姐很像我的一位故友。"

"故友？"季梦歌疑惑。

"嗯。"戚生生眼里泛出哀伤，"已故的朋友。"

"啊，抱歉，让你想到伤心的事。"季梦歌眨了眨眼，没想到竟然是这样。

戚生生扯起唇，说："没事，她已经去世很久了，看到季小姐，我很感慨。"

季梦歌好奇，指了指自己："我和她长得很像吗？"

"很像。"戚生生望着她，眼神暗淡哀伤，似乎在透过她，看着另一个人，"眉眼和气质。"

"这样啊，怪不得戚小姐会问我开不开心。"季梦歌了然，低眸间，不知想到了什么，她握住戚生生的手，注视着戚生生，眼尾带笑，妩媚又多情，"生生，我过得很开心。"

一句生生，从季梦歌的口中说出来，戚生生顿时鼻子一酸，她垂睫掩盖住眼里的情绪，良久才笑道："谢谢你，季小姐。"

"叫我梦梦就好，我们加个微信吧，以后就是朋友了。"

季梦歌大方一笑，拿过手机，两个人加了好友。

戚生生看到季梦歌的头像，是电影《小姐》里的女主角，不由得笑道："金敏喜，我朋友很喜欢她。"

"是和我很像的那位吗？"

戚生生摇摇头，脑海里想起施映的样子："不是，是我另一位朋友。"

加了好友之后，季梦歌得知戚生生是位独立雕塑艺术家，惊讶又崇拜，她表示自己是艺术展的爱好者。找到共同话题后，两人的距离瞬间被拉近，聊得不亦乐乎，俨然已经成了一对无话不谈的小姐妹。

从另一桌喝完回来的时忧看到的就是这么一幅姐妹畅谈的画面，他耷拉着眼皮，淡淡扫了眼季梦歌。对方也看到了他，挑了下眉，识趣地站起来回到自己的位置，临走前还对戚生生做了个打电话的手势。

时忧看在眼里，不动声色地走过去坐到戚生生面前，沉沉地看着她，也不说话。

"怎么了？"戚生生茫然地眨眨眼。

时忧声音低沉，抬手轻轻地弹了下她的额头，脸凑了过去，呼吸炽热带着酒气："别看了。"他的口齿因为酒精的影响略有些模糊，落在戚生生耳朵里像是最浓郁的烈酒，沾染得她也有点醉了，"我去趟洗手间，你乖乖在这儿等我，别乱跑。"

听到这像哄小孩的话，戚生生眼一热，乖巧地点点头。

楼层的洗手间都在走廊尽头，走出包厢凉风吹拂到面上，驱散了几分酒气，时忧平时酒量不差，鲜有上头的情况发生，可今天心里高兴，就和林钰他们几个多喝了几杯，坐在那还好，这会子一出来就感觉眼前晃得不行。

他闭了闭眼，抬手摸了摸后脑，从洗手间出来走到水池边用冷水洗了把脸，刚转身要走，余光就瞧见了站在不远处吸烟区那儿的男人。

是虞宋。

男人背影单薄，倚靠在墙上，衬衫领口半敞，单手插兜，指尖猩红闪烁，随意地点了点烟灰，一身落拓萧瑟，听到身后的动静，不经意抬眼，与时忧懒懒的视线对上。

时忱双手插兜，嘴角轻扯，主动走了过去，漫不经心道："哟，这不是虞总吗？"

虞宋眼尾稍抬，看到时忱的瞬间他就想到了当时在车上戚生生说的话。

——"他是我很久以前就真正喜欢的人。"

想到这儿，虞宋如黑曜石般的眼眸顿时暗淡。他没有吭声，将烟蒂在垃圾桶上按灭，抬步走到时忱面前，嗓音很冷带着吸烟后的沙哑："时导，幸会。"

时忱的名字今天在热搜上挂了一天，一个年轻有为又长相出众的导演，确实能引爆话题。

时忱眼尾上挑，眼神透着不羁和桀骜，无声地回应。

不仅很狂傲，还很令人讨厌。

虞宋眸色深冷，在兜里的手紧握成拳。

两人莫名陷入了一种暗自较劲的状态，走廊狭窄，灯光昏暗，谁都没有想先避让的意思，直到身后传来一道温软的声音。

"时忱，你在吗？"

听到这个声音，虞宋眉头一跳，心都揪了起来，胸口像被人猛地砸了一拳，喉间泛出苦涩。

"来了！"

时忱面上没什么表情，但眼里不加掩饰的成功者的情绪还是清楚地映在了虞宋的眼底。

时忱欠揍地勾了勾唇，酒精没让他混乱思绪，面对这个多年前让他止步不前的男人，时忱第一次觉得畅快。

这是戚生生给他的底气。

"不好意思，虞总，我女朋友叫我了，先走一步。"

这声亲昵的"女朋友"让虞宋愣在原地，时忱没再跟虞宋浪费时间，转身就要走，但身后的男人却突然叫住了他。

"说起来，我也算是生生的前男友。她性子软，以后请你多让着她点。"男人不甘示弱，丝毫不介意反击回去。

时忱闻言低头轻噬一声，舌尖顶了顶左腮，胸口堵了口气，现在就想舒缓出来："前男友？"他冷笑，"这种生物是应该出现的吗？"

"……"

虞宋神色一凛，目光深邃带霜，形容孤寂而落寞，沉默地注视着时忱离开的背影。

刚出去就看见戚生生披着他的外套乖巧地等在那儿，长发披散，脸上泛着红晕，黑眸明亮，看起来清纯又娇媚。

她见他出来迎了上去："怎么去了这么久？"

时忧垂眸，带着醉意的眉眼锁住她，一动不动的。

戚生生眨了眨眼，觉得他的状态有点奇怪，抬手捏了捏他的脸，哄道："怎么了，难不成洗手间有鬼啊，吓得话都不会说了？"

"生生。"时忧捉住她捣乱的手，声音沉沉，似乎有什么话想说。

他想问问这七年，他们没有交集的七年，戚生生都是怎么过的。

他其实还是很嫉妒虞宋。

就算现在两人已经在一起了。

"嗯？"

沉默片刻，时忧深吸了口气，手指蹭了蹭她的手背，扯唇摇头："没事，进去吧。"

戚生生极缓地眨了下眼，没有追问。

回到包厢之后，时忧喝酒的兴致仿佛才被打开，拉着林钰他们开始玩起了小游戏，不知道是故意的，还是水平太差，每轮基本都是他被罚酒，不一会儿就喝得连脖子都红了起来。

戚生生皱了皱眉，拦住他又要递到嘴边的酒杯，担忧道："少喝点。"

时忧闻言捉住她温凉的手往自己脸上贴："烫吗？"

戚生生感受到掌心下的炽热温度，笑着"嗯"了声："很烫。"

男人似乎喝蒙，反应开始迟钝，垂下悠长的眼睫，嗓音喑哑低迷，透着些难以分辨的委屈："你的手很舒服，凉凉的，能不能别抽走？"

"好。"

看着喝多之后跟个小孩一样的时忧，戚生生失笑，不管他说什么都顺着他。

"我头好晕，看你像有两个重影在晃。"

"好，我不晃了，我送你回家。"

戚生生见他已经喝得开始说胡话了，便扯过他的胳膊搭在自己肩上和众人告了别。

时忧的半个身子都靠在了戚生生的身上，戚生生费力地扶着他走到酒店门口，用软件打了辆出租车。

司机询问地址，戚生生愣了下，才意识到她还不知道时忧住哪儿，便低头问他："时忱，告诉我你家地址。"

时忱紧皱着眉，看起来很不舒服，戚生生又问了几遍，他才勉强报出一个地址："绿城小区……"

车子启动，司机见惯了喝醉的乘客，从后视镜里看了眼后排的二人，不由得笑道："姑娘，男朋友怎么喝成这样啊？"

时忱正一脸难受地靠在戚生生的肩头，闻言眯了眯眼，帮戚生生回答："高兴。"

司机乐了："发生什么好事啦？"

"嗯，我有女朋友了。"说罢他紧紧攥着戚生生的手，炫耀似的晃了晃，"师傅，我女朋友漂亮吧。"

师傅边看路边应付醉鬼："漂亮漂亮，小伙子眼光真不错。"

听到别人夸戚生生，时忱轻哼，眼梢上挑，看起来有点得意。

戚生生耳尖泛红，把车窗降到一半。夜晚凉爽舒缓的风吹进来，驱走令人沉醉的酒气，迷蒙的霓虹灯光照进来打在时忱的侧脸上，半明半暗间，锋利的轮廓令人心动，戚生生盯着看了会儿，舔了舔干涩的唇角，淡淡移开目光。

一路上时忱都很听话，他酒品很好，不吵不闹的，就是爱哼哼，说些幼稚暧昧的小话，戚生生听得耳朵发热，她是第一次经历这种场面，难免心绪混乱，心跳就没平复过。

扶着他走进电梯，按了顶层的按钮，时忱闭着眼忽地闷哼一声，抬手扯着卫衣领口往下拽，泛红的修长脖颈和锁骨肌肤暴露在灯光下，嘴里呢喃："好热。"

"一会儿就到家了，乖，再忍忍。"

听到戚生生叫他乖，时忱清醒了点，反手掰过戚生生的肩膀，将人拢在怀里，低下脖颈，呼吸浓重急促。

戚生生的视线从他的喉结缓慢上移到眉眼，像是火把，所到之处都燃起了大火。

时忱嘴角含笑，眼底欲望翻滚，喉结上下滑动，手掌按在戚生生的后脑，指尖轻揉着她的脖颈，语气缱绻带欲："生生。"

"嗯？"

"想亲亲。"

这会儿借着酒精，他倒没了顾虑和不好意思，低下头就要凑过来。

戚生生想到之前在车里时忱的小媳妇样，没忍住轻笑道："现在不怕我太早被满足了？"

听到这话，时忧动作顿住，迟钝地眨眨眼，对给自己挖的坑感到后悔，面不改色地扯谎："我有说过这话吗？肯定是你听错了。"

戚生生失笑，不再跟他计较，恰好这时电梯也到了，她扶着时忧走到家门口，见他动作缓慢地输入密码。

"233333，你也不怕被偷。"

这密码属实让人无语了。

关上门打开灯，映入眼帘的房子总体色调偏冷，这是个宽敞的大平层，三室一厅，房子里的装饰物极少，极简风，和他的气质很符合。客厅有一整面的落地窗，能将绵江区的繁华夜景尽收眼底。

走进他的卧室，戚生生将人扶到床上之后去厨房给他冲杯蜂蜜水，但找了半天没有找到蜂蜜，只能端着白开水进来。

却见时忧坐在床上，晕晕沉沉地掀起上衣就要脱掉，但不知道想到了什么，整个人顿在那儿，手ólo抓着衣摆，目光低垂，长睫在眼下投出阴翳，短俏的黑发凌乱，增添了几分迷茫和孤寂。

戚生生勾唇，坐到床边，将水放到床头柜上，小声哄道："想什么呢？"

时忧听到她的声音，从呆坐的状态里出来。他极慢地抬起头看着她，眼神没什么聚焦，手松开衣服，垂在两侧，背微微弓着，眼睛渐渐染上湿润。

戚生生见他突然哭了，不由得心一乱，连忙心疼地把人揽在怀里，柔声说："怎么了？胃里不舒服？"

这是戚生生印象里第一次看见时忧哭，他是个很倔很傲的人，哭这种事应该只会发生在他十岁之前吧。

时忧的呼吸声很重，喷洒在颈窝处，戚生生敏感的身子往后一缩，但没有推开他，她能感受到他现在心情很不好。

气氛沉默下来。

不知过了多久，也许是几分钟，二人都没感受到时间的流逝，时忧染着鼻音的低哑嗓音在静谧的夜里响起。

"2015 年的跨年夜，其实我去京州找你了。"

戚生生顺着他背的动作顿住，眼睫颤动。

2015 年跨年……

那段遥远又模糊的记忆被时忧这句话勾得逐渐清晰完整。

那天她记得，她和虞宋去了电玩城，给时忧抓娃娃……

霎时，一个残忍又揪心的想法闪过她的脑海。她恍然地推开他，四目相对："你……"

时忧轻扯起唇，露出一个自嘲的笑："我当时就在电玩城门口，看到你和他一起站在娃娃机前面。"

　　说着说着，他似乎又回到了当时的情绪里，眼里翻涌着难以言喻的哀伤："生生，你知道我当时满脑子都在想什么吗？"

　　戚生生眼眶泛热，哑声问："在想什么？"

　　"在想，你跟我再也没关系了。你是真的不要我了。"

　　他的眼神和话语像把钝刀，磨着戚生生的心，又痛又麻。

　　眼泪掉下来，时忧用指腹擦过她泛红湿润的眼梢，小心地摸了摸她的脸，靠过去，唇瓣轻碰她的额头。

　　"乖，不哭，都过去了。"

　　他越是这样温柔，戚生生的眼泪就掉得越多，她无声地摇头，像个犯了错的孩子，为曾经分不清真正心意的自己而生气，也为那个时候的时忧难过。

　　他该多委屈啊。

　　"对不起。"她抱住他，哽咽道。

　　时忧轻笑："怯生生，你是小学生吗？这么爱道歉，都说了不是你的错。"

　　戚生生抿唇闭上眼睛，将脸埋进他的颈窝，闻着时忧身上清冽的味道，一切遗憾和误会都在这个拥抱里得到释然。

　　"生生，我今晚在洗手间撞见虞宋了。"

　　戚生生没有吭声，但抱着他的手臂收紧。

　　时忧声音淡淡的，语气没有指责和生气，只是有点失落："他说他是你的前任。"

　　"说真的，我好羡慕他。"

　　"羡慕他能陪你走过那段时间。"

　　戚生生心疼得要命，不住地摇头："我和他只谈了不到三个月，我们什么都没发生过，其实我……"

　　"那就好。"时忧乐呵一笑，打断她，显然还没清醒，"三个月，我们肯定能超过三个月，我肯定比他强。"

　　傻小子。

　　戚生生哽咽，无声地长叹一口气，将想要说的话咽了回去。

　　算了，等他清醒的时候再说吧。

　　屋外夜色浓重，深秋的晚风吹落一地枯黄，冬天就要到了。

两人静静抱了一阵，谁都没有再说话，直到听到怀中人绵长的呼吸，戚生生扶着他躺好，轻轻盖上被子，打开中央空调，热风从空调口吹出来，屋子里很快变得温暖。

戚生生目光沉沉，注视着熟睡中的时忱，睡梦中的他仿若又回到了上学的时候，每次和她一起坐在公交车的最后一排，少年总是面色沉静一言不发地盯着窗外的风景，很少会回头直视她。

那会儿她只当他脾气古怪，现在想来，估计是不好意思吧。

戚生生拿过手机点开相机，另一只手握住时忱的手，将摄像头对准两人十指紧扣的手拍了张照，随后点开微信，将这张照片发到了朋友圈。

没有配文字，但意思不言而喻。

她明白时忱现下最想要的，就是她的主动和偏爱，她愿意给她的少年足够的安全感。

不出片刻，这条朋友圈下面被朋友和师长的祝福与惊奇填满，施映更是简洁直白地点了赞。这条信息屏蔽了陈隽，戚生生想着哪天带着时忱去趟家里，亲自和她表明二人的关系。

戚生生低头看了眼时忱，关掉床头灯，屋子里陷入昏暗，只有窗外透进来一抹皎洁的月光。她轻手轻脚地从房间里出来后，施映的消息也在这时发了过来。

施映："什么情况！！！"

戚生生看见这三个感叹号都觉得耳朵疼，她笑了笑，回道："就是在一起了呗。"

施映："这才几天啊，你俩可真快。"

好像进展是有点快。

两人重逢到确定关系，还不到两周时间……

戚生生抿了抿唇，这事放在被人身上她估计也是和施映一个反应，哪有那么快就确定关系的，两周时间，暧昧的新鲜感都没过去呢。

但对象换成了她和时忱，戚生生却没感到一丝不合理。

时间对他们来说，已经失去得够多了，没必要再耗费在虚无缥缈的试探里。

聊天以施映告诫她别轻易擦枪走火结束，戚生生笑着回了个点头的表情包，随后点开朋友圈处理祝福的评论，可最新的一个点赞却吸引了她的注意。

虞宋的昵称 YU 出现在点赞里。戚生生指尖微顿，想起高中的时候他也给她点过赞。

在她发美术联考成绩的那条底下。

那是他第一次给她点赞，那天晚上，她壮着胆子又点进了他的空间，原本以为自己还是被他屏蔽的，可是那次却顺利地进入了空间。

她被他从屏蔽名单里移了出来。

仿佛，一切就是从那次开始变得不同的。

戚生生不知道他那个时候到底发生了什么，但现在再探究也没有意义了。

戚生生找了条毛毯在客厅的沙发上将就了一夜。这一夜她比想象中要睡得好，六点多就醒了。见时忧还在睡，她没有吵醒他，从衣橱里拿了件他的卫衣和短裤，径直走进浴室，洗完澡出来打算做个早餐，打开冰箱却发现里面空得不像话。

成排的啤酒和饮料，没有一点新鲜蔬菜，唯一像样的就是一盒无菌蛋。

戚生生皱了皱眉，能想象出时忧平日里就没在家里开过火。

她拿出两个鸡蛋，准备熬一锅鸡蛋粥，宿醉后最后吃点清淡的，对胃也好些。

将大米洗净放进砂锅里，戚生生一边翻看手机一边守在炉子旁边。早上明媚温暖的阳光照进厨房，洒在她的身上，长发披散，发丝在阳光下显得十分轻盈柔软。

时忧从房间里走出来时看到的就是这么一幅画面。戚生生侧脸轮廓柔和，长睫微卷，鼻头小巧精致，身上穿着他的卫衣，衣服对她来说有些过长了，短裤下两条细白笔直的腿格外晃眼。

时忧光着半个身子愣怔在原地，宿醉后发蒙的脑袋也在一瞬间清醒，他抬手摸了把后脑，觉得应该是自己还在做梦。

他用力闭了闭眼，再睁开，眼前的人没有消失。

这不是梦。

戚生生听到身后的动静，刚想转头看看，后背却在下一秒贴上一个滚烫宽厚的胸膛，对方沉重灼热的呼吸扑洒在耳后，男人具有强烈存在感的气息将她包裹，腰上也在这时多出一双有力的臂膀，缓缓收紧，将人彻底固定在怀里。

戚生生没反应过来，还保持着侧着脑袋的动作，时忧勾起唇，故意地微弯下腰，下巴搁在她的肩头，唇瓣正好贴在她的脸侧。

脸上顿时传来温热柔软的触感。

戚生生心口一窒，喉间无意识吞咽，细声道："饿了吗？"

时忱的唇还贴在她的脸上，说话间唇瓣上下开合，轻扫着脸颊，惹得人想抬手挠挠。

"好饿，做的什么？"他嗓音低哑，还透着倦意。

戚生生耳尖发烫，连忙把脸正过来："鸡蛋粥。"

说完，她想起时忱冰箱里的惨状，不由得戳了戳他搁在自己腰上的胳膊："冰箱里除了喝的什么都没有，你平时在家都吃的什么啊，一点也不健康。"

这种关心又亲昵的话让时忱心头一动，胸口像有舒缓的电流穿过，他耷拉着眼，声音懒懒的："我经常不在家，就懒得买了，那以后你帮我填满它。"

戚生生低下头，脸红得不成样子，细弱蚊蚋地"哦"了声。

气氛安静下来。

两人陷入心照不宣的沉默，锅子传来沸腾的声响，入眼便是戚生生娟秀可爱的侧脸，一切都是那么美好，这个场景是时忱梦里都不敢想的画面。

"生生。"他哑声叫她。

"嗯？"戚生生扭头瞧他，眼眉稍扬，撞上他的视线。

"你的脸好红。"

这句话仿佛带着灼人的威力，时忱眼底晦暗深邃，极具占有欲，盯着戚生生红润柔软的唇，喉结极缓地滑动，他听随着心意，把人从怀里转过来，抬起手掌握住她小巧的下颌，另一只胳膊将腰身牢牢扣住。

戚生生还是第一次看见他的身材，是精瘦的类型，细白的皮肤下隐藏着一层肌肉，仿若蕴藏着十足的力量，健壮却不过分夸张。

他的脸越靠越近，彼此呼吸暧昧纠缠，戚生生下意识握住他有力的手臂，垂下眼就要闭上时，余光从他的大臂上晃过，她微微一愣，没等她看清上面图案，他的吻就重重地压了下来。

触感温热，软得不像话。

原来他的嘴唇竟然这么软。

戚生生脑子里有刹那的空白，接着身体完全失去了自主意识，只能被他的动作带着，情不自禁地抬手环住他的脖颈，被他抱坐在流理台上。

时忱似乎在亲吻上极具天赋，侵略性极强，且极有耐心，磨人又带着点惩罚的意味，一点一点把他的热度传染到她身上。

戚生生手顺着他的手臂向上，摸到了闭眼前最后看见的位置。

在微凉的指尖触碰到文身的刹那，身上人的动作猛然顿住，戚生生感觉呼吸又回到了自己的身体，她睁开眼，眉梢泛红。

时忧捉住了她的手。

两人额头相抵，戚生生垂眼看着他手臂内侧的文身，鼻尖酸涩，她哑声说："傻不傻？"

指尖细细描摹着文身的线条纹路，那是一个小兔子形状的图案，黑青色，在肌肉纹理的衬托下显得非常违和。

这是她当年用口红在他胳膊上随意画下的兔子图案。

他竟然把它文在了自己身上。

"傻。"时忧牵过她的手指放在嘴边亲了亲，"傻得让你心疼也值了。"

又傻又犟，让人放不下。

戚生生闭上眼睛，紧紧抱住他的脖子，将脸埋进他的肩窝，闷声道："早知道当时应该画得再好看点了。"

时忧缠着她的发梢在指尖把玩，闻言挑了下眉："这不挺可爱的嘛。"

戚生生没有再说话。

总不能说当时因为不知道你喜欢的人就是我本人，所以吃醋故意没画好吧。

戚生生想了想，时忧知道了估计会嘲笑死她。

不说了，太丢脸了。

直到粥从锅盖处溢了出来，两人才分开，戚生生关掉炉子，戴上手套打开盖子盛了两碗粥，时忧帮忙拿了两只勺子，乖巧地坐到餐桌前等着喝粥。

两人刚刚经历初吻，戚生生不好意思坐他对面，抬头对视什么的太尴尬，思考了几秒，选择坐在他旁边。

身边人刚落座，时忧眉尾稍抬，深长的眼戏谑地看过来，扯唇："没必要吧，我只是宿醉，不用特意坐过来喂我。"

"……"

戚生生拿勺子的动作猛地一顿，脸烧了起来，立刻像个鸵鸟一样垂着脑袋，细声道："谁要喂你了，我就是……"

时忧单手撑着脑袋，漫不经心地等着她的狡辩。

"我就爱坐朝南这边，风水好。"

戚生生见逃不过去，彻底开始摆烂，将理由归结到一点说服力都没有的风水上。

"哼……"

时忱怎么也想不到她会这么说，没忍住哼笑出声，指节抵着唇，胸腔震动，没敢笑太久惹她生气，慢慢收敛表情，点了点头："行，以后你就坐这儿，我不跟你抢。"

"……"

鸡蛋粥很香，空了一晚上肚子的时忱很快就喝得精光，起身盛了第二碗。戚生生不爱吃烫食，一口粥要吹好久才放进嘴里，时忱回来看见她这副娇气讲究的可爱模样，忍不住抬手揉了把她的脑袋。

"你今天有什么安排？"他问。

听到这话，戚生生想起刚才在微信上看到的消息，立马放下勺子，满眼笑意地盯着他看："我艺术展的初审通过了！"

见她这么兴奋生动的模样，时忱也跟着翘起唇角，宠溺地替她将头发别到耳后，末了也不收手，直接揉上她的耳垂："真厉害。"

戚生生被他这个动作惹得耳朵发烫，她制止他的动作，商量道："下周就能把作品搬到美术馆进行票选了，可我一个人搬不动，我车后备箱空间又太小，所以……"

时忱无奈地捏了捏她的脸："想我帮你就直说，不用加这么多前缀。怯生生，我现在还不是任你派遣嘛，你说东我敢往西？"

二人吃完饭又在房子里腻歪了半天，下午林钰把时忱的车子开了回来，时忱便直接开车把戚生生送回公寓。

路上戚生生熟练地将自己的手机和他的车连上蓝牙，点开歌单循环播放一首最近新出的歌。

女歌手的声音十分有辨识度，尾音咬字独特，有种明朗的少年感，声音却很细，给人又甜又酷的感觉，非常吸引人。

听到戚生生跟着轻哼，时忱好奇地看了眼显示屏，看见歌手一栏写着的名字是：俞绘。

"俞绘，你很喜欢她？"

戚生生笑："嗯，去年出道的歌手，我很喜欢她的声音。"

艺术创园区离时忱住的地方很远，开车要四十多分钟，环路上还有些轻微堵车，戚生生无聊刷着手机，陈煦却在这时发了个剧本大纲给她。

她这才想起之前陈煦说请时忱来担任漫改电影导演的事。

戚生生点开大纲看了眼，这次的电影陈煦想先弄出个第一部试试水，如果票房成绩好就趁热推出第二部。

所以漫画大纲前半部分是在校园内的故事，主要讲述怪异的开始和发展。

戚生生认真看了眼，觉得没什么大问题，只是人物设置上有点不一样，他们安排了一个女二号，想丰富一下感情戏，女主的部分戏份被迫分给女二，这样虽然感情冲突变多了，但难免会受到原著党的斥责。

戚生生想了想，给他回复："感情戏可以在不破坏男女主的对手戏上进行适当原创，这样直接把女主戏份分给女二，可能会有部分看过漫画的读者会不喜欢。"

消息发过去没一会儿陈煦就回了个语音，戚生生连忙点开放到耳边："好的，原创也是个办法，我和编剧再商量一下，主要现在导演还没人选，剧本也不好先定下来，不然后期还得不停地改。"

闻言，戚生生抿了抿唇，关上手机，眼巴巴地看向身边的时忧。

时忧注意到她"炽热"的视线，以为她又想亲他了，轻咳一声："现在可是在高架上，我不能分心。"

……

想什么呢。

戚生生没接话，旁敲侧击道："《浮山》月底就上映了，现在预售情况也很不错。"

"嗯，所以？"

"你接下来的工作打算是什么啊？"

时忧听到这话看了她一眼，指节轻敲了敲方向盘，挑眉："暂时没有，但前段时间有个漫改电影想找我，我拒绝了。"

"为什么？"戚生生紧张，不由得攥紧了他腰上的衣服。

"因为我看了原著漫画。"

"不好看吗？"

时忧肩颈笔直，喉结滑动，声音似笑非笑："那个漫画主人公怎么看都跟我长得很像，我觉得有点受到冒犯。"

戚生生愣怔，眼里闪过一丝慌乱："……啊？"

"那个漫画编剧，是叫'兔牙'的吧。"

车子在这会儿下了高架，停在红绿灯前，时忧侧过脸一动不动地盯着她，抬起手指按在戚生生柔软的唇上，细细捻揉，眼底浓黑翻滚："兔牙老师，你说我该找谁算账呢。"

戚生生缓缓眨了下眼，没预料到时忧会知道她是兔牙的这事。

她讪笑道："你怎么知道……"

时忱勾唇，脸靠过来，眼神危险又直白，嗓音磁性低哑："陈总昨天又找过我一次，还给我看了你的照片。"

"可以啊怯生生，我的脸就这么帅吗？"

"能让你这么具有创作灵感，嗯？"

指尖随着时忱的话语慢慢挑开唇瓣，在她小巧的兔牙上蹭了一下，戚生生呼吸一乱，抬眸撞上时忱晦暗幽深的眼神，大着胆子在他指节上咬了一下。细细麻麻的痛感传来，时忱"嘶"了声，抽回手在她额头上点了一下。

"爱咬人的坏毛病。"

戚生生脸颊发烫，不好意思地揉了揉额头，小声嘀咕道："又不是我画的。"

要怪去怪游闻。

时忱摩挲着指尖，垂眼瞧她，漫不经心地"嗯"了声，极富压迫感。

见这个话题也逃不过去，她也不想敷衍他，戚生生索性说开了："没错，是我有私心，主角确实是依照你画的。"

瞧她这副理直气壮的样子，感觉下一句就要说出：画都画了，你不服还能怎么样？

时忱翘起唇角，声音带笑："所以是什么样的私心？"

这人怎么揣着明白装糊涂，非要人说出来。

戚生生心里暗道，撇了撇嘴，刚刚的气焰消了一大半，低下脑袋盯着指尖，小声道："就是——想你的，私心呗。"

闻言，时忱心跳一滞，胸膛像被猫尾扫过，酥麻难耐。

他盯着戚生生乖巧柔软的侧脸，垂眸一笑，有点佩服戚生生。

只是单纯的一句话，都能惹得他坐立难安。

车里安静下来，戚生生眼珠转动，耳朵听着旁边的动静，却发现时忱只是盯着她看，也不说话。

"所以，漫画真的让你不舒服吗？"戚生生柔声说，"我提这件事并不是非要你把电影接下来的意思，你不想拍纯商业片那就不拍，创作者有自己的坚持我理解。当初游闻学长找我写漫画剧本的时候我也纠结过，但看到以你为原型的主角原稿，我就一下子被吸引了，脑海里瞬间蹦出许多想法。"她顿了顿，轻笑道，"确实像你说的一样，看到你我就很有灵感。"

原本平复下来的心跳再次失了节奏，时忱伸手按在她的头顶，凑过去与之平视，清冽的气息扑面而来，声音低哑无奈："我明白了，小兔子精。"

时忱知道自己已经在十年前就掉入这只小兔子设下的陷阱了，逃不掉，他也不想逃。

戚生生茫然地眨眨眼。

时忧视线落在她的唇上，喉结极缓地滑动，没忍住低下头碰了一下，嗓音克制："这个吻就当利息了，等电影拍完我再连本带利地要回来。"

戚生生不客气地抬头又亲了一下："我人好，再送你一个。"

时忧愣怔片刻，随即笑出声。前方绿灯亮起，他松开她，耳尖在空气里变得灼热泛红。

回到公寓之后，施映因为假期而日夜颠倒，还在房间里睡觉。戚生生没叫醒她，将身上时忧的衣服换下来洗干净，之后疲惫地躺倒在床上点开朋友圈，却看见时忧在刚刚发了条和她同款的官宣朋友圈。

文案是："女朋友有点黏人。"

下面配上一张图。

戚生生点开图片，放大又缩小，看了好一会儿才想起这是之前她被送进急诊室的路上，时忧拍的那张相握的照片。

照片里她死死扣住时忧的虎口不放，看起来确实十分不舍和黏人。

她看见季梦歌在下面的评论："慕了慕了。"

时忧回她："呵。"

自从正式确立恋爱关系之后，戚生生才终于理解了网上所谓的"恋爱脑"。

她觉得自己现在有点那趋势了。

每天每时每刻都在想他，想听他的声音，看到什么都想跟他分享。

就连晚上睡觉都在打语音视频。

但电影上映的事情还没忙完，时忧身为导演还不能松懈，这段时间都在各地宣传，有时候一走就是好几天，两人只能靠视频缓解相思之苦。

一晃时间来到两人约定好的那天，时忧一大早就驱车赶到戚生生的工作室门口，刚下车就瞧见俏生生站在门口等他的人。

说起来这还是两人这些天来第一次见面，时忧头发又短了点，衬得整个人越发高挺凌厉，轮廓深邃硬朗。

戚生生直接跳下台阶扑进他怀里，时忧揉着她的后脑，眉开眼笑："小心点。"

"嗯。"她闷哼一声，委屈巴巴地说，"想你了。"

她没有吝啬自己的想念和喜欢，这让时忧心尖轻颤，不由得收紧胳膊，加大了这个拥抱的力度，目光沉沉地说道："我也是，好想你。"

两人就这么在门口抱了好一会儿才想起正事，戚生生领着他走进自己的工作室。内里空间洁白宽敞，地上和台子上摆放着大大小小的雕塑作品，现代艺术感十足。

时忧上下打量了一番，轻笑道："收拾得还挺像样。"

"想喝什么？咖啡还是红茶？"戚生生走到水台前，朝他扬了扬手里的杯子。

"茶。"

等待茶水的时候，时忧看到了戚生生这次的作品，是一个半人高的木料雕塑，看起来十分抽象，从外表只能看到一些嶙峋的断口和形状，下面标注的名字是《风》。

"这次艺术展的主题是变化，所以我就想到那些被风吹过而发生改变的事物。"戚生生端着杯茶走到时忧身边递给他，解释道。

时忧接过，暗暗思忖着戚生生的话，再去看作品俨然能理解了其中的美感。

"不错。"时忧抬了抬眉尾，像哄小孩子一样赞赏道，"我们生生还挺有深度。"

戚生生失笑，听出了他话语里的揶揄，抬手捏了捏他的胳膊，催促他："快点喝完干活啦。"

时忧也不着急，捉住她的手，慢悠悠道："好不容易来一趟，带我参观参观。"

说罢，他兀自放下杯子，牵着人往工作室里面走，边走边瞧，对戚生生平时的工作环境非常感兴趣。

戚生生也任由他到处走到处逛，乖乖跟在身后，还时不时介绍一下作品的来历和寓意。

直到他走到一扇白色的隐形门前。

戚生生的脚步顿在原地，时忧被她带着停了下来，视线落在隐形门上，漫不经心道："这个房间是你的休息室？"

戚生生眼神迟疑，没有吭声，算是默认。

"我可以进去参观一下吗？"时忧扯唇挑眉，一派纨绔气质，"我想看。"

"里面没什么东西，好久没住了，积了很多灰，我们走吧，没什么好看的。"戚生生搂住他的胳膊，语气像是在撒娇，推辞的话立刻就说了出来，惹得时忧越发好奇。

时忱没有说话，静静地看了她一眼，无声地压迫。戚生生目光微闪，见拦不住就松开了搂着他的胳膊。

时忱揉了揉她的头发，推开门走进去。

温暖的阳光从落地窗外倾泻进来，在灰白的地板上洒下斑驳的光影，白色窗帘安静垂落，墙角几株常青绿植给干净的空间带来几抹生机。

一眼就能看见摆在木质工作台上的那座白色石膏头像。

看样子还是个半成品，但已经有了雏形的轮廓和五官的大致走向，时忱一眼就认出了戚生生雕刻的是谁。

时忱顿时愣在原地，握着戚生生的手瞬间僵硬。

被当事人撞破隐秘晦涩的心意，难免让人难堪又窘迫，戚生生僵着脊背走到时忱面前，刻意挡住他望向石膏像的视线，翘起唇角笑意盈盈道："看完了我们出去吧。"

"戚生生。"

时忱眸色漆黑，语气严肃地叫她，听得戚生生心猛地一跳。

"给个解释。"

空气陷入滞涩，周遭安静下来，连风声都没有，她站在时忱赤忱炽烈的目光里，觉得无所遁形。

戚生生手握成拳，梗着脖子嗫嚅道："就是你看到的这样呗……"

还没等她说完，眼前忽然晃了一下，身子陡然被一个高大的身影包围，时忱将她整个人抵在工作台前，膝盖相抵，牢牢地把她圈在怀里，一只手按在她脑后，低头就吻了上去。

不知过了多久，离开前还恶劣地在她的下唇狠狠咬了一下。

"啊！"戚生生抬手捂住嘴巴，瞪圆了眼睛瞧他，口齿模糊地控诉，"疼！"

"还你的。"时忱拿下戚生生的手，替她轻轻揉了揉被咬疼的地方，气音浓重，"上次你也是这么咬我的。"

戚生生喝酒上头就记不住事，早就忘了自己上次在宴会上的壮举，现在听到这话脑海里有根筋跳了一下，闪出点零星的画面来。

"……"

刚刚还一副被咬急要报复回来的戚生生蓦地愣住了。

原来上次她喝醉之后发生的事情都是真的。

光天化日之下撒酒疯咬人，还拉着人家不放……宴会上装了半天的体面被陌生人一秒破功。

戚生生闭上眼睛，捂住脸，忽然觉得这个星球也没什么好留恋的了。

时忱听不到她心里的呐喊，双手撑在她身侧的台沿边，俯下身子靠近她，眼神透着戚生生看不懂的情绪，声音低哑："什么时候做的？"

这是在问她头像的事。

戚生生抬眸和他的视线撞上，心跳声如擂鼓。

什么时候做的……戚生生回忆了一下，好像是在前年的圣诞夜，那天施映有晚会参加赶不回来，只剩她一个人过节，装饰完圣诞树之后就不想再参加其他活动，窝在沙发里看电影打发时间。

忽地想起高一那年圣诞，她写了封情书却消失不见，伤心失意地回家，在小巷子里被三个醉汉尾随，然后哭着跑进时忱的怀里。

记忆里的画面在扫到时忱的脸上时却开始变得模糊不清，这个认知让戚生生惶恐难安，仿佛有人生生剜走了十分重要的东西一样，连预警和暗示都没有，就这么突然又残忍地把时忱在她生命里留下的印记一点一点带走。

那个瞬间，她从沙发里站起来，仓皇地跑到工作室，从夜晚待到天亮，想将他的样子永远记住。

戚生生眼眶一热，低下头没让他发现："前年。"

"本来以为能很快做好，可是一动手才发现好难。"她抬眼，柔柔笑了笑，"太久没看见你，我都要记不住你笑的样子了。"

这句话像密密麻麻的针，扎在时忱的心上。他的胸膛剧烈起伏着，隐忍着心疼，将人抱在怀里，鼻尖蹭着她的耳垂，闷声道："等我这段时间忙完，我们出去玩好不好？"

戚生生只当他想去约会，笑道："好啊，想去哪儿玩？"

"都行，海边、雪山、古城，你想去哪儿我们就去哪儿，我们会拍很多很多合照，装订成册，让你永远都忘不掉我。"

戚生生眼前升腾起朦胧的雾气。

说起来，他们确实连张合照的都没有，多年前的成年礼，时忱不在，戚生生和虞宋拍了合照。

那个时候她从没有想过以后，更没想过会和他分别，总觉得日子还长，时间不急。

可现在的她才意识到，日子还长这句话的成立是有前提的。

那就是，对方把自己的选择权舍弃，坚定地站在你身后，让你有恃无恐地往前走，转身就能看到他。

日子在忙碌中度过，时忱说的忙过这段时间，但一忙就是一个多月，经常日夜颠倒，《浮山》的票房表现十分出彩，上映三天就破了四亿，后续口碑稳健上升。这个成绩在同类型的电影里都属于佼佼者，作为新人天才导演，长相还优越，时忱的档期几乎被采访和活动填满，微博粉丝也突破了百万，网友都对这位冷颜帅哥好奇不已。

大多数都是好奇私生活的。

时忱也不藏着掖着，在粉丝百万的那天，登录只有电影宣传的微博，发了一张和女朋友手牵手散步的背影，顿时评论区一片哀号，感叹帅哥都是有家室的。

戚生生得知他这一操作还是因为自己微博突然新增了好多粉丝，手机猛地跳出许多点赞和私信的通知，点进去一看才明白怎么回事。

之前时忱随口提了一句要不要互关微博，戚生生不经常玩，就没多想，答应了下来，结果没想到这个爱秀的男人只关注了她这唯一一个素人，网友都不用扒，他直接送瓜。

戚生生满脸黑线，认命地点进微博主页检查自己有没有发过什么不好的东西，她微博里都是些参加展览的照片，唯一出镜的一张也是背影。

戚生生呼了口气，她不喜欢曝光在公众视线下被讨论，但时忱貌似很乐意通知全世界。

幼稚又霸道，戚生生无奈地摇了摇头，随他去了。

青年艺术展前期票选落下帷幕，戚生生的作品最终排名是第三。这个成绩在她的预期范围内，倒也没有多失落。作品将被展出在知田美术馆的特别展厅，为期三天时间。

时忱早早就为了戚生生的展览而空出了那一整天的时间。

一大早戚生生便坐上了他的车来到知田美术馆进行展览的开幕仪式。

徐知田见到二人行为亲昵地一起过来，先是怔了一下，随后了然一笑，揶揄地恭喜二人："真没想到啊，我这无意做的媒还成了。"

戚生生含蓄地笑了笑，时忱脸皮厚惯了，也没觉得不好意思，面不改色地悄悄捏了捏她的手心，冲徐知田笑道："有空喝酒。"

徐知田拍了拍时忱的肩膀："我先不招待你们了，玩得开心。"

和徐知田寒暄完，戚生生连忙拉着时忱朝三层的展厅走，语气透着兴奋："我的作品就在最上面的特别展厅，那可是美术馆里最大最漂亮的地方。"

听到她这宛如小孩子般炫耀的话语，时忧不禁失笑，伸手揽住她的肩膀拉到自己的怀里，无奈笑道："我们生生真厉害。"说完还奖励一般揉了揉她的额发，亲密又宠溺。

戚生生忽地没了声音，表情微怔，感受着头顶轻缓的触感。

记忆里只有戚望和时忧会像这样揉她的头。

时忧的手和父亲一样，温暖有力，仿佛能给她带来无穷的力量。

"时忧。"她清凌凌地叫他。

时忧散漫地"嗯"了声，但神色带着笑意。

"我喜欢你这样摸我的头。"她低声道，"你以后能不能每天都这样。"

戚生生目光温润，抬眸看他的时候特别像小动物，让人难以拒绝她。

时忧也不想拒绝。

"麻烦又娇气。"他漫不经心道，"知道了。"

得到答复，戚生生抿唇轻笑，搂住他的胳膊继续参观展览。

这次艺术展聚集了全国的青年艺术家，其中不乏与戚生生相识的，本以为是难得的二人约会，没想到女朋友半路就被人拐跑了。

时忧手插兜站在展台前，郁闷地听着一旁工作人员的讲解，却没听进去多少，目光全都锁在不远处戚生生的身上。她正和一位板绘的作者在聊天，也不知道聊到了什么，笑得比看见他还高兴。

时忧耷拉着眼，百无聊赖地活动了一下肩颈。这段时间都在忙工作，已经很久没去健身房了，等放假他一定要把戚生生也拉去体验一下运动的快感。

不过戚生生这小细胳膊小腿的，还娇气得不行，肯定跑两步就烦了。

这么想着，时忧垂眸轻笑。

"怎么了？"戚生生结束寒暄，走到时忧旁边。

时忧耸了下肩，收起视线，开了个小玩笑："没事，被撞了一下。"

戚生生闻言上下打量他，担忧道："没伤着哪儿吧？"

时忧嗤笑，握住她的手把玩："我又不是陶瓷做的，一碰就碎。"

戚生生懒懒地被他牵着，小声说出自己的真实感受："你身体确实蛮硬的。"

每次接吻身体压过来就像山一样，又热又重。

这句嘀咕没逃过时忧的耳朵，他眸色渐深，低头凑过来，挑眉道："谢谢夸奖。"

日子在忙碌和平静中缓缓流淌，转眼就到了年末，还有半个多月就是除夕，《怪异》漫改电影项目正式提上日程，开机时间定在年后开春，施映最后还是因为档期撞了而和电影女主无缘。

刚结束《浮山》的宣传，转头就立马进入另一个新项目，时忧心心念念的假期被整整缩短了一个月，每天基本都是在公司过的，两人的旅行计划只能搁置。

戚生生隔着视频都能看见他眼下的乌青，忍不住心疼，带上烤好的曲奇饼干去公司慰问，刚走进公司大门就撞上了林钰。

"嫂子来看老大啊。"林钰乐呵一笑，指了指走廊最里面，"他正在会议室里开会，马上就结束了，你在他办公室里等会儿。"

"好，辛苦了。"戚生生笑着点点头，没有走向办公室，而是悄悄来到会议室门口。

会议室的墙壁是一道透明的落地玻璃，被百叶扇挡住，看不清里面的情形。戚生生走到门边勾着脖子朝里看，只见时忧背对着她坐在主位上，旁边还有两个人。

会议室里暖气很足，时忧没穿外套，黑色的低领毛衣衬得他背脊越发宽阔舒展，修长白皙的手指穿插在一起，侧脸轮廓俊挺，眉尾下压，像在思索着什么，整个人透着一股非凡的气质。

戚生生视线稍顿，看得有些出神，没有发现徐子豪揶揄的目光落在她的方向，下巴稍抬，对时忧示意。

时忧迟疑地回过头，一眼便瞧见站在门口探出头东张西望的小兔子。

紧抿的唇角顿时一松，翘起一个温柔的弧度，他站起来舒展着筋骨，慢悠悠地走到门口，低头靠近她，抬手弹了下她的额头，声音带笑："偷偷摸摸地在这儿干吗呢？"

"谁偷偷摸摸了，我明明光明正大地在看。"戚生生小声反驳。

时忧轻笑出声："看什么？"

"看你呀。"戚生生一点没犹豫。

时忧慢条斯理："哦，那好看吗？"

戚生生垂睫沉思片刻，说："还行，毕竟是我男朋友，我还能嫌弃你不成。"

时忧哼笑，盯着戚生生嘚瑟的小表情，语气含笑道："戚生生，胆子大了。"

戚生生占了嘴上便宜，见好就收，认识了这么多年，不管是初次相遇还是在一起后，时忱在两人的相处之中，语言上和气势都是占上风的。

他仿佛天生自带一种令人不自觉臣服的压迫感和领导力，但不会让人生出不适感，戚生生反而很喜欢这种被他拿捏的感觉。

游闻之前开玩笑说过。

一物降一物。

戚生生抛掉脑子里莫名其妙，奇奇怪怪的脑洞走向，把手里还冒着热气的曲奇饼干递给他："刚出炉的，拿着和大家分一下。"

"不要。"时忱打开袋子闻了闻，熟悉的甜香扑鼻，忍不住翘起唇角，"这是给我的。"

戚生生无奈歪头，看着眼前这个宛如巨型狗狗的男人，心软了下来，抬手学着他的动作，揉了把毛茸茸的脑袋："小气鬼。"

"拜托——要不要这么秀啊。"

徐子豪拖着腔调从时忱身后窜出来，一把夺过曲奇，毫不客气地捻起一块塞进嘴里，吃得口齿不清，还不忘和戚生生道谢："谢啦姐姐，超级好吃。"

时忱面无表情地抬脚虚踹了他一脚，把曲奇抢回来，对徐子豪叫姐姐的称呼十分不爽。

"那我不打扰你们了，你们继续。"戚生生笑了笑，指向身后的办公室，示意自己先过去等他。

时忱抬眼扯住她的胳膊，把人拉到身边："会已经结束了。"

他看向坐在徐子豪对面的男人，恢复工作时严肃的态度，扬声道："就按我之前说的去联系吧，美术指导还找我们熟悉的人，陈总推荐的我还是不太放心。"

男人点点头："好的，时导，我这就去沟通。"说罢走出会议室，心里还在惊奇刚刚时忱面对女朋友的样子。

简直和平常见到的他判若两人。

就像一头威武霸气的狼瞬间变成一只傻头傻脑的哈士奇。

会议室里暖烘烘的，戚生生摘下围巾，纤细嫩白的脖颈暴露在空气中，她不适应地缩了缩脖子，时忱看在眼里抬手自然地按住她卫衣领子上收缩的细带，轻轻拉紧，刚得到释放的脖子顿时被卫衣包住。

接收到戚生生疑惑的目光，时忱慢条斯理地打完结，抬睫道："别着凉了。"

"嘁——"一旁被小情侣晾半天的徐子豪像小耗子一样不屑地小声嘀咕，"小气眼的男人。"

时忱听见不禁挑眉，极为挑衅地瞥了他一眼。

"谁让我有女朋友呢。"

徐子豪笑骂："你了不起，你清高，不知道是谁前段时间盯着手机犹犹豫豫，别别扭扭的，还问怎么回复！"

戚生生垂头看了眼时忱系的蝴蝶结，抬头撞上徐子豪揶揄的眼神，不好意思地笑了笑。

徐子豪是时忱公司的合伙人，他本来家里就很富裕，本科在M国念的工商管理，硕士毕业回国不想去家里的公司混日子，就出资和时忱在京州合开了这家影视传媒公司。

好多年没见，他一点没变，还是记忆里那个样貌出众、嘴甜轻佻的小男生。

"戚姐姐，下周你有空吗？"徐子豪接了杯水递给戚生生。

戚生生接过道了声谢："有空，怎么了？"

时忱翻看着自己昨晚画的手绘分镜，没抬头哼笑道："汪越这小子下周结婚，让我们回去给他当伴郎。"

戚生生讶异："结婚？"

她闻言打开朋友圈，果然看见汪越在今早发了张婚纱照，配文是："祝我们新婚快乐！"

汪越的女朋友是他大学时的校友，是个长相斯文娴静的女生，温温柔柔站在汪越旁边，满脸都是幸福的笑意，汪越则笑得有些傻气。

不知道为什么，看见别人被爱，戚生生莫名眼眶泛热，心头涌上一股暖意。

"嗯，这小子闷声干大事，说起来这两人谈了快四年了吧，没想到现在突然就领证了。"徐子豪仰躺进沙发椅里，语气感慨，"时间过得真快，我们这届都有人结婚了，说起来汪越也是我们篮球队第一个结婚的吧，我啥时候能赶上趟啊？"

时忱嗤笑，抬眉扫了他一眼："徐大少前女友那么多，每段都说是真爱，也没见你结啊。"

徐子豪被堵，气得直咬牙，朝戚生生告状："你管管他，都无法无天了。"

戚生生手捧着水杯，看戏看得十分开心的她连忙抿唇摇头，表示我管不了。

徐子豪见一个同盟都没有，顿时泄了力气，摆了摆手："罢了，爷心大，不跟你计较。"

徐子豪点开手机软件："下周既然都有空，那我就订机票了。我还是第一次当伴郎，汪越说伴郎就帮他踹门就行，听起来应该挺简单的，到时候你别故意装死啊，给我卖点力气。"

时忱没搭理徐子豪，抬眸瞧见戚生生正好奇地盯着他手里的分镜，于是把手稿放在她面前，懒声道："看看，满意吗？"

戚生生的注意力早就被手稿吸引了，连忙拿起来仔细翻看。

时忱是有点绘画功底在身上的，虽然线条杂乱，但影和形展现得很好。

漫画和影像是两种艺术形式，漫改电影不仅要保留原作的风格，也要符合影视的创作特点，景别、镜头运动、画面布局、场景设置，每一个都需要导演来思考决定，显然时忱做得很成功。

光是看了一场的分镜，戚生生的期待值就拉满了。

"开拍的时候我能跟去到现场看看吗？"戚生生温润的黑眸闪着光亮，期待地看向时忱。

时忱心尖一软，"嗯"了一声："不过剧组人多嘈杂，你要乖乖待在我身边，别乱跑。"

听到这话徐子豪暗暗嗤笑，在剧组谁不听你的，还人多嘈杂，你板着脸吼一嗓子，谁还敢大声说话。

时间来到汪越结婚前夕，从梧城机场出来，戚生生坐进汪越的车，恍然地看着窗外飞驰而过的街景，耳边是兄弟三人的叙旧说话声，不知为何，有种难言的情绪在心内翻滚。

说起来，她已经好久没回来了。

也好久没回白安了。

想起"白安"这两个字，戚生生感觉心脏猛地一缩，不禁皱了皱眉，收回视线。

身旁的时忱瞥眼瞧见女生沉默的侧颜，喉结滑动了下，没有说话，从口袋里掏出一个小小的东西漫不经心地伸到戚生生面前。

戚生生迟疑地抬起头，时忱宽大的手掌慢慢打开，一丝清香钻进鼻子里。

是他最常吃的糖。

不过这次不是薄荷味的，而是草莓味的。

时忱慢条斯理地慢慢剥开糖纸，捏着粉色的糖丸喂到她嘴边。

戚生生下意识张开嘴，柔软的唇瓣抿住他的指尖，牙齿开合，舌尖一卷，糖就被她吃进了嘴里。

唇瓣温软湿润的触感十分明显，宛若电流划过身体，带来酥麻和悸动。

时忱收回手，手指细细轻捻，感受残留的余温。

"吃点甜的，就不难受了。"

他似耳语般低沉的嗓音响起，戚生生盯着他，突然勾唇笑了一下，比阳光还要明媚。

"嗯。"

开车的汪越断断续续地听到"难受"两个字，还以为戚生生不舒服，忙说："晕车了？再坚持一下，很快就到酒店了。"

时忱家的那栋小洋楼虽然没卖，但也早就租了出去，戚生生更不用提，梧城的房子早卖了，现下回到见证他们成长的地方，竟然连个落脚的地都没有，两人只能住酒店。

"我没事，不着急，你慢慢开。"戚生生笑了下，安抚道。

徐子豪继续刚刚没聊完的话题："交代清楚了，结婚这事谁先提的？"

汪越不好意思地笑了笑："也不是谁主动，就是自然而然的，两个人觉得也差不多了，反正以后都是她，那就顺便领个证呗。"

时忱闻言赞许地点点头，表示很赞同。

徐子豪夸张地怪叫一声："可以啊汪越，真够男人的。"

徐子豪订的酒店就是汪越办婚礼的地儿，酒店一楼的会堂号称梧城最难预约的婚礼场地。

戚生生从车上下来才后知后觉地感到不舒服，一大早什么也没吃就坐飞机赶了过来，飞行期间还遇到了一波气流，颠簸和紧张让她第一次尝到晕机的滋味，现下精神放松，头晕和呕吐感觉逐渐涌上来。

几人办完入住走进电梯，他们订的房间在顶层，从电梯出来后还有段走廊要走，她没什么力气地扯住时忱的衣袖，男人停下脚步回过头，在看见她苍白的脸色时目光一顿，接着弯腰手穿过膝窝将人横抱在怀里。

动作熟练小心。

"哎，你们……"徐子豪微微一愣，还没说完就被时忱打断。

"生生有点不舒服，我陪她休息会儿，晚上再找你们。"

徐子豪皱眉："要不要去医院啊？"

戚生生头靠在时忧肩头，闭眼虚弱地摇摇头。

她不想去医院。

时忧眸色深沉，唇角平直："不用。"

徐子豪不知是不是有意还是无意，给他们两个人只订了一间房，时忧刷完卡走进去，环顾四周，正中央是一张双人大床。

他淡淡的表情微顿，薄唇抿了抿，没说什么。

戚生生头昏脑涨，根本没注意到房间里的情况，手指无力地捏住时忧的衣领，无声地催促。

时忧抱着她走到床边掀开被子把人塞进去，接着又打开空调，不一会儿温暖的热风就从上方吹过来。戚生生紧闭着眼，唇色泛白，额角有细密的冷汗冒出来，整个人看起来可怜又惹人心疼。

时忧顺势坐到床边，拇指轻轻抚掉她的冷汗，目光认真，仿佛在对待一件无比珍贵的艺术品。

"哪里不舒服？"他俯下身子，靠近戚生生的脸，声音低浅地哄着她，"生生，告诉我。"

戚生生闻言不适地闷哼一声，秀眉蹙起，半睁开迷蒙的眼，看清楚眼前的人，她没什么力气地翘起一个虚弱的笑容："我没事，躺会儿就好了，你和汪越他们出去聚吧，你应该从高中毕业后就没怎么回来过吧。"

听到这句话，时忧眸光微动，抬起指节分明的手，亲昵地把她鬓角的碎发别在耳后，神色温柔："也不是，我回来过。"

戚生生此刻反应有些迟钝，眨了下眼，默默地盯着他看。

时忧漫不经心地掀起薄薄的眼皮："我以为你和阿姨还住在梧城，之前偷偷回来过几次。"

戚生生脸上的笑意渐渐消失。

时忧还在继续说着，嗓音染上几丝低哑："每次回去我都会等在你家楼下，从白天等到黑夜，可是出来的人里，从没有你。后来我才知道，你成了小有名气的艺术家，已经在京州扎根了。"

他自嘲地笑了一下："没有你在的梧城彻底成了回忆。"

"……"

四周静悄悄的，房间里窗帘紧闭，只有床头亮着微弱的灯光，时忧的轮廓半明半暗，眉眼温柔，说出的话却让人心酸得厉害，宽阔的肩膀笼罩在她的上方，光是看着就给足了她安全感。

戚生生从很早之前就意识到，她贪恋这份安全感。

也贪恋这个人。

虽然此刻脑袋昏沉，但她还是仔细搜寻回忆里的细枝末节。

她好像，从没有亲口说过爱他。

每次都是他首先服软，对她妥协。

戚生生心内各种情绪翻涌，鼻子猛地一酸。

时忧呢，是不是也和她一样，需要她给的安全感？

四目相对，有种悄然滋长不断攀升的情愫在空气中蔓延，呼吸都变得热了起来，时忧眼神晦暗，手从额头一路往下，揉着她脖颈的软肉。戚生生没反应过来，吸了吸鼻子，唇瓣开合，正想说些什么，上方的人就压了上来。

这次的吻很绵长，戚生生感觉自己更加晕乎了。

再次醒来的时候，外面的天色已经大黑，戚生生按了按自己的太阳穴，睡了一觉之后身体总算好受了点。

她看向身边，时忧已经出去了，枕头上还残留着他身上清冽的味道。

闻到这个味道戚生生脑海里猛地跳出一些睡前的画面。

她这才后知后觉地掀开被子，看见自己穿戴整齐，连袜子都被套上，做出一副什么都没发生过的样子，不由得好笑地弯起眉眼。

这个男人，真是可爱。

她打开手机看见时忧在半小时前发的微信。

"我点了粥，在桌上，起来记得吃。"

戚生生偏过头，果然瞧见桌上摆着吃食。

她穿上酒店的拖鞋走过去坐下，打开盒子热气扑面而来，粥还很热，还是她最爱的白粥。

戚生生轻轻一笑，慢吞吞地把粥喝干净，一点不剩。

吃完饭她从行李箱里翻出件干净衣服，拿上洗漱包走进浴室洗了个澡，吹完头随意点开手机，却看见微信里收到一个意料之外的信息。

是她高一的同班同学，杨昕发来的。

她和杨昕是在今年过年的时候才加的微信好友，还是杨昕主动从班级群里加的戚生生。

戚生生皱了皱眉，迟疑地点进去。

羊毛毛："在吗？"

生生："刚看手机，请问有什么事吗？"

羊毛毛："也没什么大事。就是快过年了，想着大家好久没见了，班级群里就商量着要不办个同学会，让大家聚一聚。"

羊毛毛："你要来吗？"

羊毛毛："你一直没说话，我就冒昧私聊了。"

同学会？

戚生生没什么兴趣，之前高三同学群也办过一次，但她没有去。

少了蒋显允和施映其中任何一个人，高三同学会对她来说，就没有意义。

像是意料到了戚生生的想法，杨昕继续发："这么久没见，大家都挺期待这次同学会的，连虞宋和颜桐这两个当年的风云人物都来了，你也来玩玩呗。"

看到虞宋和颜桐这两个名字时隔多年又一次排列在一起，戚生生有一种恍如隔世的错觉，仿若回到了从前。

鬼使神差地，戚生生莫名想要见一见现在的颜桐，但这次不是为了虞宋，而是为了当年，因为自卑和嫉妒而患得患失的自己。

戚生生自嘲一笑，不就是个同学会嘛，有什么好逃避的，谁还能把她吃了。

生生："好，我会去的。"

羊毛毛："那我到时候把地点和时间发你。"

汪越的单身派对被徐子豪办得很热闹，他在梧城最贵的会所订了间最大的包房，期间酒水不断，扬言今晚喝到不醉不归，谁先回去谁是狗。

在场的都是他们初高中的同学和朋友。一帮男人边叙旧边喝酒，喝嗨之后就头挨头挤在一起抱着一个话筒鬼喊乱唱。

时忱坐在沙发角落看着瞎闹的他们不由得嘴角上扬，仿佛回到了上学的时候。

因为高兴他也喝了不少，包厢里闪烁跳跃的灯光将场景分割成混乱的光影，好似一场光怪陆离的梦。

他抬手喝了口啤酒，明明是热闹开怀的时刻，他却突然感觉心口空落落的。

好想戚生生啊，她现在在干吗？

"啊！"

汪越这时忽然哭丧表情，抱着话筒杆鬼叫一声，把徐子豪吓了一跳："你有病啊！"

"我好想我媳妇啊！"汪越显然喝醉了，晃晃悠悠地走到时忱旁边坐下，一把搂住时忱扯到跟前，"时哥，我想我媳妇了。"说罢还打了个酒嗝，眼神迷蒙。

　　时忱拍掉他的手，半撩起眼皮，好笑道："我也想。"

　　"不行，我得回去了，太晚她会担心的。"汪越越说越着急，外套怎么也穿不好。

　　徐子豪一脚踹过去，骂道："瞧你这点出息，最后的单身之夜你还媳妇媳妇的，说出去我都嫌丢人。"

　　他仰头喝了一大口酒，看向时忱："你说是吧时忱？"

　　时忱抬了抬眉尾，没有搭话，把手里的半瓶酒一饮而尽，随后抓起外套："你们先喝着，我走了。"

　　徐子豪气急："你又去哪儿？"

　　时忱背对着他摆了摆手，声音懒散，模样吊儿郎当的。

　　"回去陪媳妇。"

　　徐子豪沉默，没反应过来，直到门重新关上，他才骂了一声："这帮重色轻友的，有媳妇了不起啊！"

　　时忱从会所里出来，趁着还算清醒在软件上约了辆车。

　　一月的梧城，夜风刺骨，和徐子豪他们相比，时忱的酒量很差，刚刚着急要走又一口气喝了大半瓶酒，现下站在寒风萧瑟的路边，胃里泛起一阵难受的灼烧感。

　　时忱人高背阔，身姿颀长，目似点漆，额发被风吹得凌乱，配上偏淡颜的五官，整个人显出几丝不羁的落拓性感，身着黑色毛呢外套，站在深夜的街头，他从口袋里拿出烟，叼在嘴里拢手点燃，宛若港片里的画面场景，引得偶尔路过的行人不住地回头瞧他。

　　他会抽烟，但瘾不大，大学期间拍片剪片的时候很爱点上一根放松神经，戚生生不喜欢烟味，他就从来没在她面前抽过。

　　烟雾缭绕间，他眯起眼睛，这下自己身上不仅酒气浓郁还沾上了烟味，不知道回去后戚生生闻到是个什么反应。

　　时忱从鼻子里哼笑一声，有些恶劣地想就这么直接堵住她的嘴，让她身上都是自己的味道。

　　不知是不是酒精上头的缘故，他觉得浑身燥热，喉咙痒得不行，只有快点赶回去见她才能缓解。

　　在国外这么多年，适应了不合胃口的吃食，习惯西方的交流方式和生存法则，也熬过了许多个孤寂的夜晚，但时忧心里一直清楚，不管外面的世界有多诱惑繁杂，他最想要的，还是和戚生生在一起。

就算只是默默地待在她身边，他都会感到前所未有的放松和欣喜。

从小到大，童慧珊和时伍对他的教育分成两个流派。

一个武断，一个严苛。

但目标都是一致的，就是希望他能走他们所期盼的道路。

没有人问过他心里的想法。

因为母亲是音乐家，所以作为儿子的他也必须在音乐上有过人之处。因为父亲是物理系教授，所以他的学习也必须要好。

这仿佛在周围人的脑海里成了一种约定俗成的想法。

他不可能做不到，他必须做到。

时间一长，在这些目光和话语里，他渐渐变得沉默冷硬，筑起一道自我保护的城墙，把内心的想法藏得很好，好到连表达爱的勇气也消磨殆尽。

可是在某个阳光明媚，惹人困倦的午后，在那辆他坐了无数趟的公交车上，戚生生像只通体雪白、不谙世事的兔子，跳到他的面前，也跳进了他的心里，告诉他，你可以做自己想要做的事。

戚生生估计永远都不会知道，他对她是一见钟情。

时忧看得出来，她对那个时候的自己很不自信。

时忧抽完最后一口，烟灰在脚边落了一地。他将烟蒂在垃圾桶上按灭，手插进兜，满眼朦胧醉意，盯着霓虹闪烁的街灯，恍然间，有几片像是雪花一样的东西落到他的肩头，很快就消失不见。

竟然下雪了。

梧城的雪是堆不了雪人的。

雪花飘飘洒洒，落到地上稍纵即逝，时忧奄拉着眼，视线移到街对面的咖啡馆，透明玻璃隔窗里一对男女正相对而坐，他们嬉笑着，看起来很幸福的样子。

看着看着，时忧忽然想起多年前自己路过奶茶店门口遇到戚生生的画面。

那天他一辈子都忘不掉。

戚生生的素描本上被另一个男生占领。

不管过了多久，那一幕都像根刺，想起来眼睛就会被刺一下，泛起温热。

嫉妒，不甘，懊恼，无数种复杂的情绪把他吞噬。

直到现在都无法释怀。

因为那是戚生生那么用力喜欢一个人的证据。

是时忧从她那没有得到过的偏爱。

他好想听戚生生说爱他，声音缱绻的，带着缠绵的，一句我爱你。

那他这辈子都会任她唯命是从，哪怕她的爱不及他的万分，他都觉得值了。

本想着先不睡等时忧回来，可是饱腹欲得到满足后，神经彻底放松，困意随之席卷而来。

戚生生打了个哈欠，放下看了一半的书，缩进被子里，不知过了多久，睡意蒙眬间，她听到房间门被人从外面打开，床边响起一阵窸窸窣窣的声音，下一秒被子被掀起来，一具带着凉意的身体靠近她，接着紧紧贴在她的背后。

随之扑面而来的是浓烈的酒气和淡淡的烟草味，是十分陌生的味道，但呼吸间喷洒在耳后的气息和热度，是戚生生熟悉贪恋的。

"我以为你今晚不会回来了。"戚生生闭着眼嘟囔一声，转过身抱住时忧的腰，自然地缩进他怀里。

时忧动作很轻，手抵着她的后背，像哄孩子一样，呼吸间都是她身上的味道，之前那种患得患失的感觉烟消云散。

"有你在，我怎么可能舍得不回来。"他低声说，嗓音像上好的陈酿，带着醉人的意味。

戚生生低低地笑了笑，对他说情话的本领感到咋舌。

两人在昏暗的房间里静静相拥，时忧亲昵地揉了揉她的耳垂，将昏昏欲睡的女生吵醒："外面下雪了。"

戚生生在睡着的边缘徘徊，闻言下意识"嗯"了声。

"快过年了，生生。"

喝醉了的时忧总会说些不着边际没有逻辑的话，戚生生强撑着仰头亲了下他的下巴，哄道："知道了，到时候给你封红包。"

"呵。"他愉悦地哼笑一声，胸腔都在震动，"你只比我大一岁。"

"大一岁也是大。"戚生生的睡意消失了些，她忽然起了逗他的心思，抬眼与他直视，"叫姐姐。"

时忧抿唇没有吭声，漆黑的眼眸在酒精的催化下有种难以言喻的危险，他抬手捏住她的下巴，闭上眼不客气地吻了上去，把在回来路上脑海里设想的一切旖旎付诸行动。

戚生生想不通自己想听声姐姐的要求戳到了男人的哪根神经。

之后发生了什么戚生生已经没工夫去想了，喝醉的时忱一点也不扭捏羞涩，一点也不可爱。

　　到了后半夜，时忱紧紧锁着她，身后像被一个火炉靠着，她不适地动了动，想挣脱开来，却被时忱坚硬的胳膊搂得更紧。

　　"别动。"他低哑道。

　　"我热。"

　　"忍着点。"

　　戚生生扭头拿眼瞪他："是谁该忍着点？"

　　时忱脸皮在她面前厚惯了，轻佻地笑了下："反正不是我。"

　　气氛安静下来，两人像连体婴一样四肢缠在一起。戚生生低头看着时忱手背青筋凸起的手，心头一动，她拿指尖轻轻扫过手臂，慢慢画着圈。

　　时忱瞬间握拳，小臂上青筋浮现，咬牙隐忍道："别逼我。"

　　"……"

　　作乱点火的手指立刻收了回去。

　　不知过了多久，在戚生生以为时忱睡着的时候，她眨了眨眼，试探性地轻轻叫他："时忱？"

　　"嗯？"

　　没睡着啊。

　　戚生生想起今晚收到杨昕的微信的事，在她同意去同学会之后，杨昕立马就把时间和地点发给了她。

　　就在梧城，后天，也就是汪越婚礼结束后的第二天。

　　"我们可能要在梧城多待两天了。"她说。

　　时忱的鼻尖蹭了蹭她白嫩的后颈，懒懒哑声问："想多玩两天？"

　　戚生生抿了抿唇，不想瞒着他："后天我要去趟高一的同学会，就在梧城办。"

　　这话还没落地，时忱没有说话，但背后僵硬的身体还是能感受到他的紧张。

　　戚生生垂下眼，接着说："虞宋也在。"

　　听到这个名字，时忱忽然抽回手，戚生生顿时愣了愣，在她就要委屈地瘪起嘴唇的时候，身后的人重重地压过来。

　　时忱居高临下地盯着她，幽暗的眼底藏着叫人看不透的情绪。

　　"我如果说，我不想你去，你会不去吗？"他几乎是咬着牙说出的这句话。

"我已经答应了。"

戚生生直视他，没有逃避，语气是前所未有的肯定。

时忱顿时垂下长睫，手上的力道松了松。

"我不是为了他才去的。"戚生生仰头温柔地亲在他的眉眼上，"只是因为我自己想去。"

她边说边吻他，用肌肤相亲代替最原始的安抚。

"我和他从没有这样过。"戚生生凑到时忱的耳边，细声道，"我只对你这样。所以别生气了，好不好。"

昏暗的灯光下，戚生生长发散乱，杏眼似水，脸颊潮红，喘息是因为他，燥热也是因为他。

心脏仿佛被狠狠地撞了一下，似电流划过，时忱咬紧后槽牙，才不至于被心口汹涌的酸意席卷，他泄了力气整个人压在戚生生身上，脸埋进她的颈窝，良久都没有吭声。

"要是那个叫程于的再骚扰你，你就给我打电话。"过了一会儿，他闷声道，"我立刻赶过去揍死他。"

戚生生强忍着笑意，像摸大狗狗一样顺着他的头发。

"那我得离他远点，尽量不给你打电话。"

时忱抬头皱了皱鼻子："为什么？"

"你要是被抓了，我该怎么办？"她一脸纯良，眨巴着眼，活像只兔子精转世。

第十三章

只要你愿意

汪越婚礼那天很热闹，特别是新郎和伴郎接亲的时候，徐子豪整个人宛如打了鸡血，跟他自己的婚礼一样，浑身都充满了干劲，小词一套一套的，看得主人公汪越都有些傻眼。

时忧难得穿次正装，配上漫不经心的表情，整个人多了些纨绔的感觉。

他不太习惯这样热闹喧哗的场面，安安静静地退到最后，自带生人勿近的气场，让人不敢贸然上前搭讪，但架不住脸长得帅，又是最近热搜上的常客，还是有不少胆子大的姑娘围上来合照签名。

作为伴郎的家属，戚生生没有跟着去凑迎亲的热闹。她之前参加过大学舍友的婚礼，当的伴娘，一天下来浑身累得没有一丝力气，还被迫莫名加了不少陌生男士的微信，那之后的半个月都是在回复各种奇葩的信息中度过的。

时忧是最怕麻烦和纠缠的，戚生生想到他一脸无奈又局促地应对那些热情就忍不住想笑。

婚宴在晚上举行，戚生生提前了两个小时去礼堂等着时忧他们过来。因为新人还在后台准备，客人也还未全部到齐，被粉白玫瑰装饰夺目的台上现下只有背稿的司仪和一两个工作人员。

戚生生环视整个礼堂，入眼皆是代表浪漫的颜色，因为用的都是真花，鼻子还能闻到空气中飘扬的花香。

视线转了一圈，随后落到宣誓的台上，戚生生长睫轻动，看得入了迷。

舍友的那次婚礼她也如这般近距离看过，可那个时候只觉得累，就算最后两位新人的发言多么感人，她也没掉下一滴泪。

可不知道为什么，今天只是看着这个布置精美的舞台，她的眼就热了起来。

恍惚间，她仿佛看见时忱身着西装，背着光走向她，脸上依旧是懒散轻佻的笑，但接过她手的瞬间又变得无比认真。

那些她觉得腻歪虚假的告白誓词，如果从时忱的口中说出来，她一定会听哭的。

戚生生低眉轻笑，忽然就理解了那天舍友为什么哭得那么惨了。

遇到爱的人，值得哭一次。

戚生生抬手抚了下眼角，觉得自己这样有些矫情，像个恨嫁的小媳妇。

"又到处乱跑。"

一道低沉的声音在头顶响起，戚生生下意识地抬起还微红的眼，撞上时忱懒懒的视线。

他随手扯松领结，压了压眉尾，内心的烦躁满溢，他发誓这辈子再也不要做什么伴郎了。

垂眸瞧见戚生生明显哭过的眼，时忱手上动作一顿，皱着眉从鼻子里长舒一口气，微凉的手捧住她的脸，指腹轻蹭她细嫩的肌肤，像哄孩子一样："才半天没看见我，就哭了？"

"没出息。"

他的语气颇为宠溺，虽然面上没什么表情，但戚生生能看出他唇角上扬的笑意。

戚生生没反驳他，老实地"嗯"了声。她向前倾着身子，额头抵在时忱坚硬有力的胸膛上蹭了蹭，鼻音浓重："我就是个没出息的。"

时忱微愣，察觉到她情绪不对，手掌按住她的肩膀，顺势在她身边坐下，语气带笑："我们生生怎么又不高兴了？"

"什么叫'又'，说得我好像很'作'一样。"戚生生失笑。

时忱懒懒地哼笑一声，锋利多情的眼尾上挑，不置可否："是不'作'，但娇气。"他捏了捏她手背的软肉，"又娇气又爱撒娇，怯生生的，跟只小兔子一样。"

听见他叫她"小兔子"，戚生生想起他胳膊上的文身，不由得脸颊发烫，避开他的视线，看向别处。

正巧新娘的父亲因为不熟悉流程走台，这时正和一名代替新娘的女孩进行彩排。

走到戚生生旁边的位置时，她抬头盯着新娘父亲微躬的背影，心脏一窒。

眼眶再次不由自主地泛热，雾气升腾。

她想起她很小的时候，老家隔壁的姐姐结婚出门，戚望把她举起托坐在脖颈后，站在围观庆贺的人群里，笑着对什么都不懂的她说："我们生生以后结婚，爸爸也像这样，一直牵着你。"

光是说说他就舍不得了，看向一旁的陈隽："一想到要把我们生生的手放在另一个男人的手上，我就不舒服。"

陈隽无奈笑道："生生还小，早着呢。"

闻言，戚望释怀一笑，在阳光照耀下格外明朗："是啊，日子还长着呢，爸爸会陪生生慢慢长大，亲眼看到你出嫁的样子。"

画面定格在泛黄模糊的记忆里，戚生生咬紧牙才不至于哭出声。

时忱看她无声地流泪，泪水从尖俏的下巴滴落，砸在时忱的虎口上，烫得他心口不住地紧缩。

他心疼戚生生，心疼到连她蹙一下眉都无法接受。

台上的画面刺破了戚生生这些年被压抑下去的思念和痛苦，其实这么多年过去了，她心里其实也想过那个最坏的结局。

她不傻，不说不问，不代表她不懂。

当年陈隽从西藏回来后整个人仿佛被抽离了魂魄，失去了生机，只能用麻将和酒精逃避。

戚生生每晚都能听见她躲在被子里压抑痛苦的哭泣。

种种情形，她没法不去想。

戚望应该再也回不来了。

可她就是拧巴地不愿去证实承认，自欺欺人地告诉自己，戚望还活在这个世界的某个角落。

起码人还在，就还有个念想。

出神间，一个温凉的触感碰上了她的眼角。

戚生生泪眼蒙眬地回过头，视线里顿时被时忱填满。

"不哭了。"时忱眉眼低垂，眼里只有她，慢条斯理地帮她擦去泪水，声音低又沉，"哭得我心疼。"

戚生生的心尖颤了颤。

她不由自主抬起手，抚上时忱的手背，眼神无助泛泪，像只被遗弃在路边的小兽，语气带着请求："再说一次，'我们生生'这四个字好不好？"

　　这个眼神勾得时忱喉咙发紧，他没有像以往那样带着调笑，而是揉了揉她的发顶，十分温柔宠溺地说："我们生生真乖。"

　　不管是从前还是现在，他的所有温柔退让，小心翼翼，都只给了戚生生。

　　晚上婚宴期间，徐子豪帮汪越挡了不少酒，到结束后他已经醉得连路也不会走了，只能让时忱搀扶着他回到房间，戚生生拿着二人的西装外套跟在他们身后。

　　徐子豪酒量很不错，但今天太过高兴，各种酒混着喝，且来者不拒，喝到最后他久违地体会到双腿打颤的感觉。

　　时忱一把将人摔在床上，白色衬衫被喝迷糊的徐子豪抓出皱褶，他随意抚了一把。戚生生把外套放下，轻轻扯了下他的衣角，示意一起出去，让徐子豪休息。

　　时忱点点头，正要转身离开，床上刚刚还安静不动的徐子豪突然号叫一声，闭眼直起上半身用力搂住时忱的胳膊，嘴里嚷道："茉茉别走！我不能没有你啊！别离开我！都是我的错，你回来！"

　　声音之凄厉，语气之哀婉，听得一旁的两人满脸无奈。

　　戚生生好奇："茉茉是谁啊？"

　　时忱想扯回自己的胳膊，可喝醉之后的徐子豪一身蛮力，他试了几次都挣脱不得，不由得皱眉回道："他刚分的前女友，是个刚入行的小演员。"

　　好像是叫连茉，戏曲学院的学生，在徐子豪众多桃花里时忱印象最深的就是这个。

　　因为徐子豪对她，好像是认真的。

　　"茉茉！"

　　时忱话音刚落，徐子豪又是一声哀号，紧接着脸色一变，爬到床边，把胃里的东西悉数吐了出来。

　　顿时，一股难闻的味道在房间弥漫开来。

　　时忱的胳膊还被他抱着，连带着被迫近距离感受他的呕吐现场，脸都青了。

　　"徐、子、豪。"

　　时忱几乎是咬着牙叫出了徐子豪的名字，拳头已经握紧，感觉下一秒他就会把徐子豪连人带被子扔下楼。

戚生生连忙去洗手间拿了干净的毛巾帮时忱手臂上沾到的少许呕吐物擦干净。罪魁祸首徐子豪吐完好受了不少，满脸通红地闭眼躺了回去，但还抱着时忱不放。

盯着地上的一摊污渍，戚生生叹了口气："我去找前台，让保洁过来清理一下。"

时忱脸色铁青，唇角抿直，被迫坐在床边被酒鬼抱着。

"嗯。"

戚生生走得急，随手将门一带，但没有关上。屋里顿时安静下来，只能听见徐子豪沉重的呼吸声，时忱从口袋掏出手机看了眼时间。

已经晚上九点半了。

昨晚陪汪越他们过什么单身夜就已经够累的了，今天又折腾了一天，时忱眼梢带着疲倦，抬手揉了揉后颈，余光却在不经意间和不知何时醒过来的徐子豪对上。

眼睛圆瞪瞪的，在床头灯的映照下显得十分突兀。

"……"

时忱磨了磨后牙："你想吓死谁。"

他抽了抽胳膊，耷拉着眼无语道："松手。"

"怎么是你？"徐子豪语气失落，下意识地松开抓着时忱的手，"茉茉呢？"

"茉你个头。"时忱气笑了，活动了手腕，"都分手了还惦记人家，不像你的风格啊，徐少。"

徐子豪酒品极好，虽然脑袋晕乎，但意识还清醒。听到时忱的嘲讽，他难得没有反驳，沉默地盯着天花板，那双勾人的凤眼平静无波，良久都没有说话。

对于这位花花公子的颓唐，时忱是没想到的，他挑了下眉，眼带揶揄："我记得你说过分手是你主动提的吧。"

徐子豪长长地呼出一口浊气，喉咙干涩，不想回答他的问题："时忱，你现在得偿所愿了，开心吗？"

话题被强硬地转到他身上，时忱眉尾下压，收敛了表情，拿过他床头的烟抽出一根，银质火机蹿出火焰，将烟点燃，白烟缭绕间，声音透着冷："你什么意思？"

徐子豪晒笑一声，撑着身子坐起来，解开领口，嘲讽道："上学那会儿我就知道你暗恋她，跟护食的狼崽一样，谁碰她一下，看她一眼，你都不让。"

他顿了顿，撩起眼皮看时忧。男人背脊微躬，抽烟的动作很熟练，模样放浪不羁，和他呈现在戚生生面前的样子相比，简直判若两人。

他不禁想起在国外的时候，那会儿时忧是留学生圈里最受欢迎的男生，任何派对和聚会他都是目光的焦点。

除了脸和气质的原因外，更多的是因为时忧矜贵自持的态度。

那会儿大家都玩得很开，只有时忧像尊不染俗尘的雕像，不被外物所扰，喝酒玩乐他可以奉陪，但千万别沾上感情，他从不给别人希望和期待，半点荤腥都不碰，恋爱经历为零。

别人不理解，徐子豪却知道为什么。

"你为她拒绝了所有的示好和爱慕，甚至连第一次喝醉酒都在喊她的名字。"徐子豪叹了口气，哼笑，"就是我们在 M 国过的第一个圣诞，你喝得酩酊大醉，不停地喊着戚生生的名字，像疯了一样跑出去，然后被车撞进了医院，那次缝了几针来着，记不清了，我只记得扶起你之后满手的血。"

"你知道吗？其实那会儿我特想帮你打个电话问问她，我实在想不通，是个人都能感觉到你的心意，怎么就戚生生迟钝到这种地步。"

时忧眼皮翕动，那次车祸确实很严重，他后脑留下一道疤，现在隐在头发里。他说："莫名其妙提起这些干吗，都过去了，现在她是我的，这就够了。"

徐子豪凤眼微挑，冷然地戳破时忧一直以来的心事："我知道你爱她，那她呢？像你爱她那样，爱你吗？"

这个问题像把利刃，猛地插在时忧本就患得患失的心上，把深藏的不安连皮带肉地展露出来。

四周安静下来，只能听见烟丝燃烧的细小声响。

时忧指尖一转，把半根烟按灭，目光晦涩不明，宽阔的背脊一动不动，声音比窗外的寒风还要冷："我不知道。"

"不知道？"徐子豪听乐了，"你俩朝夕相对的，人家喜不喜欢你，你都感受不到？"

时忧喉结上下滑动，脖颈低垂，整个人的姿态很低，像一把随时都能断弦的弓。

顿了两秒，他说出了那个从重逢开始就令他惶恐不安的设想："我害怕她只是因为愧疚才跟我在一起。"

徐子豪皱起眉，心里觉得离谱，但没有打断他。

"当年我离开的时候，把藏有她名字的姻缘香囊给了她，我承认我很卑劣，想利用这个让她这辈子都忘不了我。"时忱勾唇苦笑，"长久地记住我，也比当个过客好。"

"在一起的这段时间，我当然能感受到她对我的用心。"

时忱喉头发紧："可是我见过她用力爱着另一个人的样子，那是我永远也得不到的——偏爱。"

"我曾经也以为，年少时懵懂的感情会随着时间而变淡消失，但我就是做不到，我忘不了她，我也不想忘。"

男人侧脸坚毅，垂下的长睫却在轻轻颤动："有时候我真的很纠结，我怕戚生生是因为可怜我，才跟我在一起，毕竟我对她爱了十年。"

他低头自嘲一笑："十年，这个数字说出来多震撼啊，是个人都会感动吧，谁会十年一直爱着一个摸不到碰不着的人呢，疯了吧。"他笑得眼睛泛热，声音破碎低哑，"我就是个疯子，拧巴地把她拴在我身边，哪怕她没那么爱我。"

时间似乎都停滞了下来，徐子豪没再说话，不知道该说些什么来缓和现在的气氛。

他抬眼看过去，视线越过时忱的头顶，不经意间扫到门口的位置，醉眼恍惚间他好像看见一抹黑发在门口晃了一下。

徐子豪顿了顿，抬手揉着太阳穴，再睁眼去看，门口什么也没有。

应该是自己喝多看错了。

"时忱。"徐子豪声音暗哑，抽出一根烟点燃，透过吐出的烟雾看他，"以前也没看出来你是这样的性格啊。"

"什么性格？"

"别别扭扭，爱胡思乱想，因为愧疚，你偶像剧看多了吧。"徐子豪低笑，凤眸里都是嘲弄，"爱就是爱，不爱就是不爱，现在这个年代，大家都很累的，没工夫去扯这些矫情的东西好吗？"

"决定和一个人在一起，那一定是她想跟你在一起，无关于别的东西，只是因为她想，她那么偏的一个人，你不是最懂她的吗？"

这句话徐子豪说得极轻，像在自言自语，又像在说给另一个人听，目光在半空中渐渐失去了焦点。

时忱点烟的动作微微一顿，眼睛半阖着，宛若一尊无悲无喜的雕塑，没多少生气。

他懂她吗？

算是懂吧。

明明现在已经是最亲密的关系了，可是心里不知道为什么还是有一块空落落的。

大人们总是说过程比结果更重要，小时候的他嗤之以鼻，篮球赛最后看的可不是你在比赛过程中如何出色，技术如何优秀，观众终究只看结果，也只记得赢家。

小孩子最看重结果了，只有大人才会拿过程去安慰自己。

可时忱变成大人之后，他动摇了。

有些事情，经历过必留下痕迹。

因为出国，让他和戚生生缺失的这些年，真的是正确的吗？

抽完了第二根烟，戚生生带着保洁进来清理了地板上的污秽。徐子豪彻底昏睡过去，时忱神色如常，宛如什么也没发生过，拿起外套揽着戚生生回到房间。

戚生生脸色有些苍白，时忱垂眸看在眼里，抬起手背试了试她的额温，不烫，反而有些凉。

"不舒服？"他问。

戚生生柔柔地摇摇头："没有，就是有点累了。"

"那早点休息吧，你洗完澡先睡，我处理下手头的工作。"时忱脱掉衬衫，换上舒适的长袖，拿出电脑点开，随后便开始投入工作。

电影开拍之前的筹备工作很繁琐，他不放心让别人接手，自己一直全程跟进。

戚生生没有说话，拿上换洗衣物走向浴室，走到门口时停下脚步，淡淡地回过头看向坐在昏暗角落里的时忱。

男人的轮廓在电脑屏光映照下显得十分柔和温润，眼梢微微下弯，带着疲倦的懒慢气，手腕纤细，腕骨突出明显，指节分明细长，轻点着桌面，好似遇到了什么难题，眉头微微蹙起。

这一刻，她好像看到了年少时的时忱，做什么都竭尽全力。

是因为喜欢上她，骄傲炽热如太阳的少年才变得患得患失，没有自信。

戚生生静静地看着他，鼻子一酸，心仿佛被人狠狠揪了一把。

她垂下眼收回视线，走进浴室将门关上，背靠门陷入沉默。

——"我见过她用力爱着另一个人的样子，那是我永远也得不到的，偏爱。"

时忱的这句话在脑海里不停萦绕，让她心疼不已。

在那个跨年夜之前，他就察觉到了她对虞宋的心思。

原来不知不觉间，是她亲手把时忱越推越远，直到他离开自己。

第二天戚生生睡到了中午才起，时忱不在房间里，她盯着身边的位置，无声地叹了口气。

昨晚他和徐子豪的对话，她听得一字不漏。

纠结了一晚上，她都没有想好该怎么让时忱知道，她有多爱他。

她的爱一点也不比他少。

可不管如何组织语言，都好像缺了点什么。

她本就不是会直白表达自己内心的人，也没有无往不至一往无前的勇气。

戚生生确实怯生生，她的勇气只是阶段性的。

从前是，现在也没变。

在她胡思乱想的时候，门被房卡打开，时忱一身利落的黑衣，手里拎着买回来的早餐，见她醒了勾唇轻笑："起床吃饭。"

"哦。"

戚生生现下心里正乱，不自然地避开他的目光，慢吞吞地洗漱完坐到他旁边开始吃饭。

是她喜欢的小馄饨和红豆包。

时忱眼盯着手机，目光沉沉，肩颈笔直，不说话的时候显出几分冷肃感，让人不敢轻易打扰他。

戚生生像个做错事的小孩，悄悄拿眼瞥他。时忱没有察觉，她渐渐看得入了神，随意吹了两口勺子里的小馄饨就塞进嘴里，过高的温度瞬间烫得她低叫一声，眼梢泛红。

时忱无奈皱眉，连忙抽出纸巾帮她擦掉洒到身上的热汤，眼里担心满溢："慢点吃，着什么急，给我看看烫成什么样了。"说罢他捏住戚生生的下巴，迫使她张开嘴巴对着他。

时忱低下头朝她嘴里看，舌尖已经烫红了，其他倒还好。

他没有说话，指腹捏着她的下巴，视线从小舌上移，撞上了戚生生往下的视线，女生双眼湿润，微张红唇。

四目相对，他喉结滑动，呼吸下意识放慢。

"好了吗？"戚生生有些窘迫地移开视线，低声问。

时忱不太情愿地松开手："没事，舌尖有点红，疼就喝点凉的缓解一下。"

他边说边拧开矿泉水递给戚生生，戚生生喝了一大口，好一阵才咽下去。

"不疼了。"

时忧漫不经心地"嗯"了声，又再次把注意力放在手机上，可这次却怎么也专注不了，脑海里都是刚刚戚生生看他的样子。

"同学会几点？"

见已经无法投入，他干脆把手机锁屏，转过身看她吃饭。

戚生生这次不敢再看他："晚上六点，先吃饭，再去KTV，估计十点左右结束。"

"要我去接你吗？"时忧手里把玩着手机，眉尾上抬，语气淡淡。

戚生生眼珠一转，撇了撇嘴，拿圆润的黑眸瞧他，细声细气地故意道："你想接就接呗，跟谁不让你来似的。"

"行。"时忧低眉哼笑，服气地点点头，唇角上扬，心情好了起来，"小妖精。"

看到他这个真诚的笑，戚生生心头一动，放下勺子，搬着凳子挪到他面前，抬头眨眼瞧他。两人的距离被缩短，只要时忧往前倾身就能吻到她。

时忧眸色漆黑，盯着她的唇瓣，哑声问："干吗？"

戚生生环住他的脖颈，把他往自己的方向带，彼此呼吸纠缠在一起，暧昧气息在两人之间升腾。

"你乖乖的，我结束了就给你打电话。"

时忧挑眉："你这话说得很花心。"

戚生生被逗笑，顺口回他："那你是什么？"

时忧顿了顿："被你圈养的鱼。"

气氛陡然安静下来，时忧直勾勾地看着她，不放过任何一个表情。

戚生生心口一窒。

为什么连他自己都和施映说一样的话。

"你才不是鱼。"

沉默良久，戚生生松开他站起身，越过他走进洗手间，背脊挺直，看起来有些生气。

声音很轻很淡，她不知道时忧有没有听见。

"我不爱吃鱼。"

杨昕是这次同学会的发起人，地点也是她预订的，在一家生意很火爆的烧烤店。

戚生生简单化了个淡妆，上身一件简约的蓝色荷叶袖毛衣，下身黑色牛仔裤，姣好身材尽显，看起来温婉又大方。时忧从电脑前抬起头，上下打量了她一眼，轻佻地勾唇："不准喝酒。"

"哦。"戚生生闷声道。

她还是有点生气，因为中午时忧的话。

打车到了约定的餐厅，刚下车，就瞧见站在门口迎人的杨昕，她和以前没多大变化，扎着丸子头，看起来清纯可爱。

她也看见了戚生生，唇角的弧度顿了一秒，随即笑得更开："生生，你变得好漂亮呀。"

戚生生礼貌笑了笑："你也是。"

"哎，本来我还想请施映的，可我怎么也联系不到她。人家现在是大明星，跟我们不是一路人了。"不管过去多久，杨昕对施映依旧抱有竞争的敌意，这会还要刺一下，"她现在应该也不跟你联系了吧？当时你俩玩得多好啊，但人各有志，你也别太难过。"

戚生生笑容淡了些，语气没什么情绪："施映工作忙，没时间来，她让我跟大家道个歉，说费用她全包。"

一句话，两人亲密的关系展露无遗。

闻言，杨昕笑容一僵，但很快反应过来，转开话题："快进去吧，外面太冷了。"

戚生生正好也不想跟她再纠缠，跟在她身后走进包厢。

她是踩着点来的，此时包厢里已经坐满了人，气氛非常热闹。

大家的变化都不是很大，还是记忆里熟悉的脸庞，戚生生有片刻的恍惚，感觉自己还在高一。

戚生生一进来，不少男生的目光都落在了她的身上。

有悄悄打量的，也有炽热直白的。

自从上次在京州的会所无意间碰见戚生生后，程于这段时间过得很不舒服。

少时暗藏的情愫又一次被调动起来，惹得他心痒难耐。

在看到戚生生的样貌和身段后，程于眼底晦涩，结束和旁人的对话，径直走到戚生生旁边坐下。

戚生生正低头收外套，察觉身旁位置有人落座，下意识看了眼，没想到却是程于。

原本的好心情瞬间消失殆尽。

"戚生生，好久不见。"他露出一个自认为大方得体的笑容，但眼神却直勾勾的，让人不适。

戚生生神色未变，不去看他，声音没什么起伏："嗯。"

场面变得尴尬，程于深吸口气，想解释上次的事："上次是我喝醉了，把你吓到了吧？我跟你道歉。"

正巧包厢的门这时被人从外面打开，虞宋和颜桐一前一后走进来，同学们注意到他俩下意识地放轻了说话的声音，

程于这句话不大不小，却足以让大家都听见。

"……"

戚生生眉头一抽，遏制住自己想一杯酒泼过去的冲动。

什么叫喝醉把你吓到，说得好像你把我怎么了一样。

大家探究的目光有意无意地看过来，杨昕沉着脸，没有上前打圆场。

她清楚程于心里装着谁。虽然她和他早就没有关系了，但总归心里还是不舒服。

虞宋的脚步停了下来，颜桐跟在他身后也被迫定在原地，莫名挑了下眉。

"那些话都是真的，生生，我……"

戚生生心下烦躁，刚想开口制止他，可有人却先她一步。

"你不是说帮我占位置了吗？怎么被别人坐了？"虞宋把毛呢外套搭在程于坐的椅子上，低头瞧向戚生生，桃花眼带笑。

戚生生怔然地看着他，随后目光一闪，回过神："这是我给虞宋留的，不好意思班长，你起来吧。"

看到虞宋，程于瞬间握紧了拳头，心被不甘和嫉妒填满。他没什么表情地扫了眼两人，站起来回到原来的位置。

还站在门口的颜桐把二人的互动看在眼里，直到桌上再次热络起来，她才走到最边角坐下。

这段小插曲在杨昕的打趣声里被带了过去，大家也没有深究程于和戚生生之间发生过什么。同学会的本质说到底还是叙旧，彼此和当初熟络的同学热情攀谈，一时间，桌上自动分成了好几拨，让这边陷入沉默的戚生生和虞宋显得有些格格不入。

两人自从上次宴会分别后就没再见过面，虞宋似乎真的放下了她，不仅没来找过她，连一条信息都没发。

这让戚生生感到轻松的同时又有些不安，但她没有询问的资格。

内心深处，她始终对虞宋是抱有愧疚的。

虞宋神色如常，旁人过来敬酒也大方回应，温和又得体，和矜贵自持的外表形成了鲜明的对比，让人忍不住想亲近。戚生生看在眼里，心里叹了口气。

经过这么多年的相处，她知道他最不爱的就是应酬，可是虞氏在京州的不断壮大，少不了他逢迎做戏，步步为营。

渐渐地，面具越来越厚。

戚生生没什么胃口，简单吃了点就饱了，手捧着果汁安静地打量着桌上的众人。

邵鹏如今在国外求学，施映忙于工作，这两个她高一时期最好的玩伴都不在。

这么看下来，她最熟络的反倒只剩虞宋了。

出神间，视线在扫到对面角落的颜桐时，停顿下来。

颜桐还是和记忆里一样夺目，大气的五官越发凌厉，美得让人有距离感。

她也在看她。

四目相对之间，戚生生长睫轻动，眼前有片刻恍惚。

她不由得想起高一校运会那天，男子长跑比赛，颜桐挤到她旁边热烈地替虞宋加油助威，她忍不住偷看了颜桐一眼。

那一眼，让她突然理解了什么叫差距。

现在想想，其实也没什么。

十六岁的少女面对绝对的美貌，总会有点怯懦。

戚生生低眉释然一笑，站起身打算去趟洗手间透透气。

对面的颜桐看见戚生生的这个笑容，不由得轻轻蹙眉，见她离开，也不自觉跟了上去。

"戚生生。"

走廊上，颜桐叫住了她。

戚生生回头："有什么事吗？"

颜桐似乎在酝酿措辞，顿了两秒才道："你和虞宋……为什么分手啊？"

这个问题让戚生生愣在原地，一时间不知该如何作答。

颜桐似乎也觉得自己有些冒犯，温和地笑了笑："其实高一那会儿我就看出来你喜欢他，你的视线很直白，同样身为女生，我想不注意到都很难。"

戚生生轻缓地眨了下眼，本以为会慌乱的心此刻却极为平静。

颜桐继续说："你应该也知道我以前一直在追他吧。"

"有听说。"

颜桐自嘲一笑："结果却是一场空。我以为没有男生会拒绝我的，他是第一个。当时我就觉得像虞宋这样的男人，是没人会走进他的心的。"她撩了把蓬松的鬓发，笑得妩媚动人，"可是没想到啊，他竟然喜欢上了你。"

颜桐道："按理说，你算得偿所愿，所以你俩会分手是我没想到的。而且我能察觉到，虞宋对你，还没有死心。"

走廊上不停有客人穿行，耳边还能听到包厢里的欢声笑语，戚生生声音低哑："抱歉，这属于个人隐私，无可奉告。"

其实到现在，她自己也不太清楚虞宋为什么会突然喜欢上她。

像是个未解的难题。

除了虞宋本人，没人能解答。

至于为什么分手，她没必要和一个陌生人探讨这些。

颜桐表情微怔，随即点点头："可以理解。"

她呼了口气，想转身进去，可还是忍不住把一直藏在心头的话说出来："戚生生，我蛮羡慕你的，你的暗恋，被他看到了，并且认真对待。"

"……"

这句话像把钝刀，不轻不重地戳着戚生生的心脏，只有深呼吸才能缓解几分。

她确实算是幸运的。

懵懂的暗恋得偿所愿过，时忱也回到了她的身边。

可心头还是萦绕着一些怎么也无法驱散的思虑。

紧紧将她裹挟。

吃得差不多，众人换场 KTV，颜桐借口有事提前先走了，本来戚生生也想走的，可虞宋却攥住她的手腕，他脖子和脸都在泛红发热，桃花眼迷离疏远。

虞宋把车钥匙塞进她的手里，道："先别走，结束了帮我叫个代驾。"

这是他今天跟她说的第一句话。

戚生生抿了抿唇，看着脚步虚浮的他，无奈地点点头："好。"

女生们忙不迭地去点歌合唱，一时间女生这边只剩下戚生生还坐着，虞宋则坐在离她两个空位的地方，不停地灌着酒，像个陌生人，履行着不再打扰她的约定。

程于因为憋闷已经喝得半醉，他仰躺在卡座角落，眯起眼，目光在二人身上移动。他扯唇冷笑，仰头将一瓶啤酒喝光，站起来高声招呼大家："来来来！干喝没意思，我们玩游戏吧。"

"好啊好啊，什么游戏？"有人问。

"真心话大冒险吧，最简单刺激。"他拿起一个空酒瓶摆在桌上，"我转到谁，谁就要选一个，不选的就喝酒。"

众人没异议。

戚生生眼皮一跳，总觉得程于没憋什么好屁。

他是桌游的好手，转酒瓶更是不在话下，第一把那绿色的瓶口不偏不倚地停在戚生生的方向。

众人纷纷看过来。

杨昕轻嗤，嘲讽地看了眼程于。

这男人的心思昭然若揭。

戚生生低垂眼睑，懒声道："真心话。"

程于就等着她了，不假思索说道："高一的时候有喜欢的人吗？"

戚生生顿了顿，气氛凝固下来。

"嗯。"

她没有选择喝酒，既然答应时忱了，说不喝就不喝。

虞宋眉眼微动，冷然盯着程于，像条藏在暗处的毒蛇，危险又狠戾。

程于继续转瓶子："下一把。"

瓶子只旋转了一圈便又停在戚生生面前。

众人哪还有不懂的，这是故意刁难呢。

"真心话。"

程于："是谁？"

"……"

这下大家的八卦之心被调起，目光在这两人身上徘徊，吃瓜的热情怎么也止不住。

戚生生抿紧唇，她不由得抬起眼冷冷地看向程于，向来脾气很好的她也开始恼怒。

果然他一点也没变，还是如此令人讨厌。

"这是我的隐私，可以不说吗？"

"那就喝酒。"程于挑眉将一杯酒递到她手边。

是度数很高的威士忌。

戚生生没接，场面一度陷入僵持中。

程于也不急，勾唇瞧她。

在戚生生忍不了正想走的时候，一只腕骨上缀着颗小痣的手替她接过酒。

虞宋面无表情地一口喝光，眉梢上挑："我替她喝。"

程于眼底闪过愤恨。

他想起他和虞宋打架的那天。

因为气不过虞宋当着他的面带走晕倒的戚生生，他故意拿出被他偷来的，戚生生的情书，去挑衅虞宋。

"你猜这是什么？"程于一脸得意地展开卡片，一字一句地读出上面少女隐晦的心事。

他一边读，一边欣赏虞宋骤变的表情。

"我没什么特别喜欢的东西，吃饭不挑，穿衣没有风格，性格温吞无趣，随便两个字是我的口头禅。但是，我喜欢你，无法随便，坚定不移。"

"我喜欢你虞宋，背着所有人。"

"我偷偷藏起来的，戚生生还以为弄丢了，哭得可伤心了。"程于读完卡片上的句子，嗤笑一声。

本以为被戚生生那种不算起眼的女生暗恋幻想，对虞宋这种天之骄子来说，应该不算件舒服的事，但没想到他话音刚落，虞宋的拳头裹挟着劲风砸在了他的鼻梁上。

顿时鲜血如注。

回忆结束，程于脸色难看，他捏紧瓶身，咬了咬牙，继续转瓶。

可这回，瓶口对准的是虞宋。

"真心话。"他没有迟疑。

程于冷笑："你是不是从高中的时候就喜欢戚生生？"

这个问题指名道姓，众人惊得屏住呼吸，生怕错过好戏。

虞宋没说话，只拿眼嘲讽地看着他，两个男人陷入对峙，周遭一切都仿佛消失了。

"是。"虞宋没有逃避，声音清冷，但极度肯定。

戚生生抬起眼，难以置信地盯着他的侧脸。

他以前就喜欢她？

程于表情狰狞一瞬，哑声道："是因为那张卡片吗？"

虞宋知道这是程于的死穴，他尾音上扬，故意道："没错。说起来，我还要谢谢你。"

"啪！"的一声，程于将手里的酒瓶摔碎，玻璃碎片四散迸溅，他呼吸急促沉重，赤红着眼死死盯着虞宋。

果然是因为那张卡片，他亲手把戚生生推给了虞宋。

是他成全了两人。

气氛陷入诡异的沉默。

谁都不敢说话。

在听到"情书"这两个字眼时，戚生生心口一窒，眉头紧锁。她猛地站起来，居高临下地注视着眼前沉默的男人。

她的语气迟疑，开口带着鼻音："那封……情书，你看到了？"

虞宋喉结滑动，胸口很闷，他有些喘不过气，抬头撞上女生的视线，嗓音哑得过分："对不起。"

"……"

时间仿若在此刻凝滞了。

那埋在心底深处，遗落在岁月里的隐晦秘密，原来早就被他看到了。

戚生生深吸口气，鼻子发酸。

她此时突然不知道该用什么样的情绪去承受。

生气还是好笑。

都不准确。

"我身体不舒服，先走了，你们接着玩。"

戚生生撂下这句话抓起外套和包包就推出包厢的门走了出去。

虞宋躬着背，手握成拳，下一秒也跟了上去。

一出会所大门，刺骨的寒风就从衣领灌进去，戚生生眨了眨眼，觉得四肢百骸都很冷。

她裹紧外套没有方向地往前走，心里像团乱麻，自己也不明白是种什么感觉。

有隐私被窥探的耻辱感，也有被欺骗隐瞒的愤懑。

她一直以为那封没有送出去的情书已经消失不见了，就算是被程于偷走，最起码也不应该被虞宋看到。

戚生生觉得荒唐，没想到虞宋竟然是因为一封情书才喜欢上了她，而且还瞒她这么久。

"戚生生！"

她闷头走了一会儿，直到身后传来虞宋哑涩的声音，带着细微的难以分辨的颤抖。

戚生生停下脚步站在原地。她没有回头，只是垂睫站在那儿，像小孩子赌气一样，倔强地不愿先开口。

虞宋赤红着眼，几步上前扯住她的胳膊，迫使她面对自己。

女生眼梢泛红，但表情却在忍耐，不让眼泪在他面前掉下来。

戚生生总是这样，明明心里难受得要死，但就是不说出来，就算骂他一句，叫他滚，他都不用这么煎熬。

虞宋低头死死盯着她，呼吸急促，精致的眉眼被酒气熏染，让他整个人显出几丝颓然，和平日里贵公子的形象一点也不符。

两人沉默地对峙了片刻，直到戚生生偏过视线，抬手快速地擦掉滑落的泪，他才低喃道："对不起，我确实早就知道了。"

他俩不知何时走进了一条偏巷，四周静悄悄的，只能听见夜风从耳边呼啸而过的声音，月色低迷暗淡，把二人的影子拖得长长的。

戚生生闻言轻轻挣脱开他的手，抬眸看着他，说出了那个藏在心里多年的疑问："虞宋，你到底为什么会喜欢我啊？"她顿了顿，语气好笑，"就因为那张卡片？"

虞宋长睫微颤，高挑的身影在戚生生面前第一次显得局促不安，他挺拔的背脊微微弯曲，被她挣脱的手垂落在半空中，眼里破碎的光比今夜的月色还要暗淡。

他薄唇轻启："光是一封情书当然是不够的。"

戚生生恍然看向他。

四目相对，虞宋的那双桃花眼一如记忆里的惊艳。

"生生，那个时候你的眼神，是骗不了人的。"虞宋目光沉沉，"你知道你每次偷偷看我，但不敢跟我说话的样子有多可爱吗？"

他抬起手，轻轻按在戚生生柔软的发顶，力度轻柔，和时忱的热烈相比，多了几分克制和哀伤。

"我从小就是在别人窥探的视线里长大的，那些视线里，有大胆的，畏缩的，也有令人恶心的，艳羡的，但只有你的不一样。"他轻声叹道。

戚生生微怔："哪里不一样？"

虞宋喉结滑动："你很真诚。"他似是陷入了回忆，嘴角含笑，"你总是战战兢兢的，偷看我的时候也是，从不争着往前，默默一个人在人群最后，只看着我。"

不知是不是因为突然得知自己年少时的晦涩心意有被察觉到，戚生生鼻子一酸，刚刚在包厢里的那股愤懑和不解瞬间被抚平，只余下难过。

虞宋扯唇哼笑一声，语气带着淡淡无奈和伤感："说起来还挺遗憾的，要是那会儿我早点行动就好了。"

觉得可惜遗憾吗？或许吧，但人生是没办法事事如愿的。

虞宋皱了皱眉，仰起头不让自己的脆弱被戚生生看到。

是啊，要是他再早一点就好了。

明明他才是最开始在戚生生心里留下烙印的人。

到底是从哪一步开始不对的呢？

年少时的他们没有说出爱的勇气，因为原生家庭的伤害和桎梏，他们没有爱人的天赋，自然也失去了争取幸福的勇气。

只能在那个他想一辈子珍惜的人出现时，白白错过。

冬天的梧城，路两旁的梧桐树光秃秃的，枯黄的树叶黏在柏油马路上，任汽车的轮齿碾压而过。

今阳中学门口，萧条路灯下，戚生生和虞宋沿着路牙席地而坐，相对无言却又意外地和谐自在。

藏了许久的心里话说开后，人确实会轻松下来。

戚生生打量着眼前熟悉的街道，不由得翘起唇角："这里一点也没变，对面卖烧卖的陈叔还在，他们家的豆浆特别好喝，是用豆浆粉冲兑的，我特别喜欢。"

虞宋闻言看过去，没有说话，但微微上扬的眼尾能看出他现在心情不错。

"虞宋。"戚生生忽然叫他。

"嗯？"

戚生生轻声说："那个卡片，你还带着吗？"

虞宋缓缓呼出一口气，随后从大衣口袋里掏出钱包，修长的手指打开夹层，从里面拿出那个被折成正方形的卡片。

卡片一角上还有沉积泛黑的血迹。

"……"

看着失而复得的卡片，戚生生眼睫一颤。她接过来轻轻展开，上面熟悉的笔迹和简笔画落在眼底。

"我每天都带在身边，它陪我去过很多地方。"虞宋低声说，目光落在戚生生身上，"也陪我度过了很多个难捱的时刻。"

"谢谢你，生生。"

这句谢谢宛如触动了什么开关，戚生生红着眼把它小心叠好："我还记得你曾经跟我说过的话。你说没有人爱你。"她抬眸看向他，"现在呢，你和自己和解了吗？"

曾几何时，虞宋这个人不属于他自己，他是私生子，是被母亲抛弃的可怜虫，是虞氏的继承人，是完美的代名词，他可以是任何人，但就不是他自己。

甚至在夜深人静的时刻，他都分不太清，他到底是谁，到底要干什么，未来又在哪儿。

偏执地陷在被爱抛弃的漩涡里。

可命运对他还不算太糟糕，起码让他遇到了戚生生，他渐渐清楚，虞宋可以只是虞宋。

就算他是个"打劫"小姑娘的小混混，也会有人真诚地喜欢他。

"嗯。"虞宋勾唇，弧度浅淡，却比以往任何一次的微笑都要真实，"听你的，人终究是要学会自爱的。"

这句话是她提出分手那天说的。

没想到他一直记得。

"那这个，我可以向你买回来吗？"戚生生释怀地笑了笑，举起卡片。

虞宋犹疑："买？"

戚生生轻快地"嗯"了声，随后从包里翻出她的钱包，从卡槽深处拿出一张看起来十分新的二十元纸币。

看到纸币的瞬间，虞宋心头一动，立刻便反应过来："你……还留着呢？"

"对啊，一直舍不得花，就留下来了。"戚生生展开纸币把褶皱抚按平整，然后完好地递到虞宋眼前，笑道，"这张二十元是你当年多给我的，我保管了这么久，现在我想拿它把我的卡片换回来。可以吗？"

路灯昏黄，女生清丽可爱的轮廓在灯光的映照下柔和异常，目光清灵湿润，坦荡释怀地看着他。

虞宋感觉心像揪起来一样疼。

他清楚，只要他点头，他们两人之间就彻底连一丝可能都没有了。

这个认知让他红了眼眶。

"生生，你真的很想要吗？"虞宋哑声问，眼眸漆黑。

戚生生深吸口气，点点头："虞宋，十年了，你已经不需要它了。"

虞宋胸口一滞，沉默了两秒，随后低头自嘲一笑："好，本来也是我帮你抢回来的，也算物归原主了。"

说罢，他接过那张二十元纸币，捏在指尖，眼尾上挑，桃花眼依旧带情。

"如果再重来一次，我比时忱更早点告诉你我的心意。"虞宋盯着纸币，语气淡淡，似是在闲聊，"现在一切会不会不一样？"

风声安静下来，远处公交车慢慢悠悠地驶向站点的位置，一切都是那么熟悉安宁。

"不会。你不可能比他早。"戚生生语气肯定。

"我从不怀疑他对我的爱。"

言外之意就是，在面对戚生生的所有选择上，时忱永远比虞宋坚定。

虞宋低眉哼笑，不置可否。

"可他好像一直都不明白，我有多爱他。"

相较于小孩子，成年人的和解大多会归结于"算了"二字上。

戚生生帮喝得半醉的虞宋叫了辆车，男人在临关门前深深看了她一眼："你怎么回去？"

"我好久没回来了，想到处走走。"戚生生安抚性地笑笑，"我没事的，你不用担心。"

说罢把车门带上。

昏暗的出租车内，虞宋盯着紧闭的车门，无声地扯唇轻笑。

和解。

戚生生总觉得他不是真的爱她。

她又何尝不是在逃避呢？

说到底，他还是舍不得看戚生生为难伤心，放手和成全是他能给她的最好的东西。

他闭上逐渐泛热的双眼，在黑暗中无声地长长地叹了口气。

戚生生好像忘了，明明是她先招惹他的，怎么到最后，放不下的人是他呢？

目送虞宋离开，戚生生叹了口气。她点开手机，屏幕上瞬间涌出数条信息和未接电话。

都是时忱的。

因为聚会，她顺手把手机静音，刚刚又一直没拿出来，导致她这会儿才发现。

　　戚生生立马给他回拨过去，那头的人似乎一直在等她，刚响了一声，电话就接通了。

　　"你在哪儿？怎么不接电话？你知道现在几点了吗？还没结束？喝酒了吗？要不要我去接你？戚生生你有点过分了，让我一个人独守空房，你……"

　　他担心的话还没说完，戚生生温软的嗓音就打断了他。

　　"时忱……"

　　时忱酝酿了半天的火气瞬间被熄灭，他无奈地哼了声："说话。"

　　"我好想你啊。"

　　戚生生软糯撒娇的声音掺和着晚风透过听筒传进时忱的耳朵里，心尖一颤，泛起无限的涟漪。

　　时忱穿鞋的动作一顿，将手机贴在耳侧，懒懒地翘起唇角："我没听清，再说一遍。"

　　他想起戚生生当年联考前去京州集训的时候，那天他实在忍不住打了个电话给她，本来没抱希望能听到她说想他之类的软语。

　　他因为她的生病恋家而听到了一次。

　　也只有那么一次。

　　可她今天又说了想他，这次没有任何前缀，单纯地想他。

　　戚生生知晓他的心思，认真道："我好想你啊。才分别了一小会儿我就想你了，超级超级想。"她在寒风中吸了吸鼻子，鼻尖被吹红，眼睛亮晶晶的，语气轻快，"快来接你可爱的女朋友回家呀。"

　　时忱笑了，胸腔都在发颤，带着由内而外的喜悦："把位置发我，我去接你。"

　　挂了电话，戚生生回头看了眼多年未变的今阳校门，慢步走到她和时忱当年每天等公交的站牌底下，点开微信将自己的位置共享给时忱。

　　时忱向徐子豪借了车，刚把安全带系好就收到了位置，点开看清楚地址后，不由得微微一怔，随后眼梢上挑，轻笑着踩下油门朝今阳的方向开去。

　　戚生生坐在站牌的凳子上，寒风呼啸，她下意识地把半张脸藏在围巾底下，圆润的眼睛打量着周遭的一切。

　　今阳中学似乎远离了时光的侵蚀，不管过去多久，这里永远能和记忆接上轨。

戚生生低头盯着自己的鞋尖，乖巧地等时忧来接她。

不知过了多久，视线里突然出现一双球鞋，自然又霸道地把她的双脚禁锢在他的两腿之间。

随后那双鞋的主人忽地蹲下身子，时忧带笑的脸闯进她的视线，狭长深邃的眉眼笑意盈盈，眉梢微微上挑，无一不在诉说着他此刻的好心情。

戚生生没有动，目光渐渐聚焦，垂落在时忧的唇上，她笑道："吓我一跳。"

因着这个姿势，时忧只能仰头看她，他漫不经心地耷拉着眼，长睫卷而翘，懒懒地抬起手指点了点戚生生的额头："喝酒了？"

"没有。"戚生生立刻道，向前俯下身子，两人间的距离变得更近，彼此呼吸纠缠，"不信你闻，一点酒味都没有。"

时忧没有说话，沉沉地盯着她，闻言竟真的抬起下巴吸了吸鼻子，做出闻的动作。他的喉结轮廓性感，唇瓣轻轻擦过她的，触感稍纵即逝。

戚生生呼吸一顿，感觉有股酥麻自唇瓣传自四肢百骸，她哑声问："闻到了吗？"

时忧扯唇轻笑，抬起长睫漫不经心道："真乖。"

时间已经很晚了，原本和缓的风在这时变得狂狷肆意，将地上枯黄的梧桐树叶卷入半空中，空气中开始夹杂着风雨欲来的意味。

戚生生舔了舔刚刚被时忧擦过的唇瓣，四目相对间，欲念情愫在彼此眼神间热烈肆意地滋长。她环住他的脖颈，额头相抵："你还记得这是哪儿吗？"

时忧喉结滚动，低声道："嗯，记得。"

"你答应我说会一直陪我上下学，还算数吗？"

时忧低低笑出声："戚生生，你已经不是学生了，不用上学。"

"不管。"戚生生撇嘴，"那就换成接我回家好了。"

她正色道："你愿意一辈子接我回家吗？"

回答她的是长久的沉默，时忧垂睫没有回答，戚生生盯着他，也不催促。

风越发放肆，将她的长发吹得四散开来，扫过时忧锋利的眉骨，像挠着他的心尖。

当雨滴砸在站台顶上，发出"啪嗒啪嗒"的声响时，男人低哑克制的声音传来，混杂在风雨的嘈杂里，宛如黑白有声电影。

"只要你愿意一辈子让我接你，我就绝不食言。"

戚生生眼眶一热，说不出话来。

时忱永远把选择权交给她。

几乎是转眼间，雨越下越大，随着风吹进站台里的，落在两人身上。时忱皱了皱眉，把自己的大衣脱下来盖在戚生生的头上，动作不算温柔，但很有安全感。

戚生生被罩在衣服里，周围变得黑暗，她忽地想起多年前也是在这样的天气，自己在站台里遇到的给她外套挡雨的好心少年，她不由得心念一动，搜住时忱的衣袖："那个人是你吧？"

"嗯？"时忱用鼻音回道。

"把外套扔给我，自己跑掉的男生。"戚生生眨了眨眼，佯装思考道，"我还记得他背着藏蓝色的包，你的书包不就这个颜色吗？"

"……"

时忱后背一僵，没想到她还记得这事，突然被她提起来，不禁耳尖发红，移开视线："听不懂你说什么，快走吧，下大了。"说罢揽着她就要朝街对面的车跑去。

戚生生勾唇，时忱的反应已经说明了答案。她扯住他停下来，指了指不远处二十四小时营业的便利店："我想买个吃的。"

时忱抬眸扫了眼："我帮你去买，你别淋感冒了。"

戚生生摇摇头阻止他，说："我自己去，你先去车里把空调打开，我好冷。"

拗不过她，时忱"嗯"了声，见她先跑进去自己才冒雨回到车上。

不一会儿，戚生生从店里跑出来，打开车门坐好，随意地脱掉沾湿的外套，将手里的袋子悄悄往身后藏了藏，不让时忱瞧见。

时忱注意到她的小动作，不甚在意地勾唇，从车后座拿过干净的毛巾替戚生生擦头发。

戚生生也没推阻，乖巧地闭上眼睛让他伺候自己，感觉到对方温柔的力度，还下意识舒服地哼了几声。

"买什么了？"瞧她这副可爱的模样，时忱失笑问道。

"就普通的饮料。"戚生生睁开眼，眨了眨。

时忱停下动作，眼带审视："不是说饿了买吃的？"

戚生生不太擅长撒谎，刻意避开的视线让人一眼就能看穿："我突然不饿了……"

"拿出来我看看。"男人的语气不容置疑，质感十足，在逼仄的空间里宛如鼓槌，砸在戚生生的心上。

她红着脸，不敢看他，忽然没了刚刚买东西时莫名的勇气。

"……"

待看清袋子里的东西，时忱脸上表情一顿，视线紧紧锁在戚生生身上，仿佛有实质一般，让人喉头发紧。

"我可以解释……"

"解释什么？"时忱挑眉哂笑，拿出袋子里的东西，故意在她眼前晃了晃，"解释你背着我偷偷买这个？"

他沉着脸解开安全带，整个人探过去，压在戚生生身上，将她锁在他和车座之间，一只手扣住女生纤细的腰身，将她抵在座位里。

距离骤然拉近缩短，戚生生露在空气中的脖颈和脸庞被时忱身上的温度感染，渐渐发热泛红，水滴顺着发丝落在她的胸口，布料染湿，他喉结滑动。

戚生生呼吸放缓，无辜地瞧着他，害怕自己莫名在车上点燃些什么。

"先准备好，以防万一嘛。"

时忱闻言眸色越发浓暗，紧紧盯着她这副娇艳的模样，声音沙哑："以防万一？你很期待发生些什么吗？"

戚生生抬眼迎上他的目光，双手抵在他坚实的胸膛上，凑到他耳边，低语道："我期待有用吗？"

时忱呼吸沉重，一手扣住她的后脑就吻了上去："当然有用。"

骤雨没有停歇的意思，冬日的雨自带穿透入骨髓的冷。

时忱用外套裹住怀里的人，没让戚生生沾到一点雨水。刷完房卡进屋的瞬间，戚生生还未反应过来，她就感觉自己的双脚腾空而起，整个人翻天覆地。

时忱直接把她扛在了肩上，沉着脸走到床边将她扔在床上，下一秒，他又重又硬的身子压了过来，温暖的身体不断传来热意。

戚生生心一颤，被老实压着，不敢挣脱。

可等了一会儿，时忱却什么动作都没有，只是把脸埋进她的颈窝里，沉重炽热的呼吸喷洒在她敏感的地方。

戚生生忍不住偏了偏头，耳根发烫："很痒。"

"嗯。"时忱声音闷闷的，有力的手臂环抱住她的腰，像抱玩偶一样，把人锁在怀里。

空气安静下来，只有耳边源源不断的呼吸声。

不知过了多久，时忱低哑的嗓音才响起："生生，你今天好不一样。"

语气带着丝若有似无的委屈和不解。

戚生生眨眨眼，反问："哪儿不一样？"

时忱借着姿势，偏头吻上她的耳垂："很主动，还黏人。"

戚生生失笑："那你喜欢吗？"

"喜欢。"时忱立刻说，没有半分犹豫，但很快又问，"今晚你在同学会上是不是发生什么了？"

戚生生："为什么这么问？"

时忱眼神暗了暗："我希望你只是因为我才这么主动黏人，不是因为别的什么事。"

戚生生揉着他头发的动作顿住，心脏一缩，泛起酸意。

时忱因为她，把自己放低在尘埃里。

他的自信骄傲在面对她时，都烟消云散。

没听到戚生生的答案，时忱心里叹了口气，他撑起身体居高临下地盯着她，锋利英挺的眉眼似乎藏着千言万语，但最后都化成嘴角散漫的弧度。

"我去帮你放水。"说罢他直起身打算离开。

还没等他的膝盖离开床沿，垂落在身侧的右手就被一个轻柔的力道钩住，手指上顿时感到痒痒的。

他愣了愣，低头看过去。

戚生生不知何时已经坐了起来，伸出微凉的手钩住他的手指，明明没使什么力气，就轻轻地往回扯了一下，他就宛如电流划过身体一般，定在原地不能动弹。

她的手跟他的相比显得十分小巧软糯，指腹的嫩肉擦过他的掌心，又痒又麻。

时忱眼睫轻颤，眸似点漆，下意识地放缓呼吸，顺着她往后拉的态势，又重新坐了回去。

戚生生心跳得很快，垂眸不敢看他的眼睛。她也不清楚自己现在是什么状况，心里有个声音告诉她，再不做点什么，你和眼前的人只会越来越远。

她不想要和时忱越来越远。

时忱收敛表情，滚动的喉结能看出他此刻的紧张，呼吸刻意放缓，只死死盯着戚生生，等待着她下一步的动作。

戚生生也没有让他失望，女生握着他的手，慢慢靠近他，直到两人唇瓣几乎相贴，她才停下来，微微偏过头，轻轻擦过他的薄唇，凑到耳边，低语道："时忱，我这人不擅长示爱，所以我只说一遍，你给我听好了。"

时忱心头一动，想转过脸看她，可戚生生却不让，她抬手揪住他的衣领，迫使他认真听。

"时忱，我爱你。"

这五个字像涓涓流水，淌进时忱心窝，让人舒服得眩晕，不知该作何反应。

好不容易勇敢一次，戚生生不愿意就这么算了，她继续说："我爱你，很爱很爱。"莫名地，她有点想哭，眼眶热了起来，"我心里一直有你，所以不要再说我没有那么爱你了好不好？我不喜欢听你说这种话，我会讨厌自己。"

时忱猛然一怔，他捉住戚生生的手，呼吸开始混乱。

他和徐子豪的那些话，戚生生听见了。

像是察觉到他的想法，戚生生勾唇笑了笑："我听到了，你和徐子豪的话，一句不落。所以我现在郑重地告诉你——我爱你，爱一个叫时忱的男人。"

气氛安静几秒，周遭的一切在这会儿仿若都消失了，视线里只有眼前的人，也只能听见她说的话和心跳的声音。

像有种什么等待了许久的东西在此刻从天而降，砸在他的身上，带着无限的恩泽和柔情。

时忱心尖颤动，鼻尖泛酸，呼出来的气息都是不稳的，但他还记得刚刚戚生生说的话。

"你说的'一直'，是从什么时候开始的？"

戚生生吸了吸鼻子，捧住他的脸，双眼直视他，声音带着细微的哭腔："从你离开我的那一刻，从我意识到，我往后的生命里再也没有了你之后，我的世界里就都是你了。"

"时忱，其实当初认识你，我特别高兴，真的，虽然你不爱笑，表情还很凶，时不时数落我，但我就是没有办法讨厌你。"

戚生生哽咽道："遇到你之后，我看到了另一种向着光的人生。"

"我喜欢你拉小提琴的样子，打篮球的样子，还有为我揍人的样子，我也好喜欢你帮我抓娃娃的样子。"

"因为你，我才知道我也是值得被人喜欢的。"

这个像太阳一样的少年把对她的喜欢藏了好多年，光是想到这点，戚生生就充满了底气。

她说这些本就带着些破釜沉舟的意味，她没有更好的办法能让时忱放下心，只能不停地说，不停地表达爱，即使很笨拙，但也比沉默更好。

今晚和虞宋的和解让她明白，有些事情，语言比行动有时候更能让人安心。

既然时忧想听，她就绝不吝啬。

"说完了吗？"

一直没有开口的男人哑声问。他垂着黑睫，耳尖发烫，但此时的气氛容不得他怯场。

"嗯。"戚生生后知后觉地不好意思，移开视线，讷讷道，"你要是觉得太突然消化不过来，我也理解，但是下次再想听，我就不一定还想说了……"

"怯生生。"他沉着嗓音打断她，往她的方向移动，将人逼退到床头，抬手蹭过她的眼角，似笑非笑道，"所以我理解的意思是，你早就喜欢我了？"

戚生生咽了咽口水，有些难为情："嗯，你存在感太强，我根本抵抗不了，不知不觉间，在我自己都没察觉的时候，我就喜欢上你了。"

时忧扯起唇角，心潮澎湃："哦，那还真是不好意思了。"

这句玩笑般充满傲气的"不好意思"让戚生生原本慌乱不安的心彻底安定下来。她沉默两秒，抬眸看着他的眉眼，眼泪滚落下来。

"那个时候的我一点也不好。对不起，让你受委屈了。"

时忧感觉自己的心被撞了一下，他想起戚生生当年经历的事，心疼、懊恼、后悔，种种复杂的情绪在蔓延，将他吞没。

他顿了顿，随后长长地叹了口气，将人搂在怀里，哄着："你在我这里，永远是最好的。"

戚生生目光怔怔，眼泪夺眶而出。

原来意识到自己被人好好珍视的感觉，这么好。

片刻安静后，熟悉的吻落下来，铺天盖地的，带着安抚的意味，他没有给她任何反应和拒绝的权利，时忧继续两人没有完成的事情。

"生生。"

紧要关头，他突然停了下来，两人额头相抵，四目相对，把意识模糊中的女生叫醒。

"嗯？"

"我也爱你。"

直到后半夜凌晨，戚生生才感觉自己落了地。睡意蒙眬间，她意识到时忧将她抱起来，放进浴缸里，温和的水流声和时忧的呼吸声在耳边响起。

本想就这么闭着眼让他伺候自己，可下一秒，浴缸里又进来了一个人，她被他从后面抱住。时忧把下巴搁在她肩窝里，不停地撒娇叫她"姐姐"。

"我好困。"她拧眉嘟囔道，"你别吵。"

"现在不想听我叫姐姐了？"时忧轻笑，慢条斯理地替她清理。

当然想听，戚生生识趣地闭上嘴。

"小没良心的。"时忧扯唇捏了捏她的脸颊肉，"现在倒嫌我吵了，也不知道刚刚是谁缠着要我叫她。"

……

戚生生道了个不走心的歉："别生气了，姐姐会负责的。"

时忧抿了抿唇，气笑了："你脑子里天天想的都是些什么乱七八糟的？"

戚生生意有所指地从上到下将他扫了一遍，意思不言而喻。

"想你啊。"

……

行，他是说不过她了，直接上手吧。

"我好困。"在突然被时忧从水里捞出来后，戚生生连忙说。

"你自己招的。"

沉着脸撂下这句话，时忧抱着她往回走："看看谁对谁负责。"

第二天，戚生生睡到饱才醒，她下意识地想翻身，却察觉自己还被人搂在怀里。

房间里窗帘紧闭，看不出天色。

她往旁边瞧去，果然对上了时忧看过来的视线。

"几点了？"她问。

"下午三点半。"

"你什么时候醒的？"戚生生顿时清醒，想从他怀里坐起来，腰却被他扣住，无法动弹，只能再次躺回去。

时忧盯着手机，处理公司的事宜："比你早两个小时。"

她竟然睡了这么久。

戚生生此时才有点后知后觉地感到不好意思，她把半张脸遮住，拿手指戳了戳他："起床去吃饭吧。"

"饿了？"时忧关掉手机，抬手越过她把卫衣拿过来套上。

"那我直接点餐让他们送过来。"

"嗯。"

戚生生不敢乱动，她还没穿衣服，眼巴巴地看着时忱把自己套好，用视线描摹着男人精致的线条，喉咙发紧，心跳也开始加速。

"想让我帮你穿衣服？"

注意到戚生生的视线，时忱眉梢上抬，漫不经心地凑近她，眸似点漆。

"可以吗？"

"可以倒是可以，但我不保证接下来还会不会再脱下来。"男人轻佻地扬起眉梢。

"我自己穿。"

戚生生脸发烫，没了昨晚的勇气，现在脑袋彻底清醒过来，身上的痕迹和酸痛都在提醒她发生了什么。

还有很多画面时不时跳出来。

例如她强逼着时忱叫她"姐姐"。

……

戚生生好想骂自己一句流氓。

注意到女生脸上丰富的表情，时忱淡淡一笑，抬手揉了把她的脑袋："别胡思乱想了，快起床吃饭。"

"哦。"

戚生生闷闷道，慢吞吞地把衣服穿好，脚刚落地正要站起来，她红着脸叫了声时忱。

"怎么了？"时忱走过来扶住她，"还疼？"

"嗯……"戚生生不敢看他，垂下眼，"你抱我过去。"

时忱没有犹豫，将人轻松横抱起来，走到桌边放下，在她面前蹲下来，表情严肃："是不是很不舒服？"

戚生生眨眨眼，乖巧道："还好，可以忍受。"

"要是还疼就告诉我，咱们去医院。"他语气认真，听起来不是在开玩笑。

戚生生更不好意思了："算了吧，因为这事进医院。"

时忱笑了，眼眉下垂，自然地拧开一瓶水递给她："这可由不得你。"

戚生生喝了口水，闻言没什么威慑力地瞪他："霸道。"

时忱心头一软，觉得戚生生现在说什么都是撒娇："好好，我霸道不讲理，宝贝别气了。"

这声"宝贝"叫得戚生生耳尖发烫，不由得翘了翘唇角，嘀咕道："这还差不多。"

两人简单在房间吃了顿饭，戚生生还是困，又睡了一会儿，再醒来就听见时忱和徐子豪在门外说话，她静静听了点，好像是徐子豪要先一步回京州，让他俩不着急，再玩会也没事，临近新年，项目不着急，公司那边他看着就好。

时忱应了声，结束了谈话。

推门进来，戚生生的声音蓦地响起。

"你回去吗？"

时忱抬了抬眼，将手里的烟蒂熄灭，坐到床边："看你，你想什么时候走？"

戚生生沉默两秒，低声道："我有点想回白安看看。"

气氛安静下来，时忱皱了皱眉。

他自然知道白安对于戚生生来说意味着什么。

那里不仅有她的童年，也是她噩梦的开始。

没听到时忱的回答，戚生生知道他在顾虑什么，轻轻缩进他怀里："我就回去看一眼。而且有你陪着我呢，我不怕。"

时忱叹了口气："我不同意你就不会去吗？"

当然不会。

戚生生和他一样，对想做的事，是非常倔的。

"先说好了，一步都不准离开我，必须在我的视线范围内。"时忱盯着她的眼，说得认真。

"嗯，我知道。"戚生生安抚性地笑笑，"有你在，我什么都不怕。"

听到这话，时忱眼神一暗，喉结极缓地滚动一下："生生，这些年把你一个人丢下，是我不好。对不起。"

戚生生没想到时忱会这么说，不禁愣了愣，随即鼻尖一酸，她摇摇头："你没有错，不需要道歉。我也从没有怨过你什么，毕竟是我太迟钝。"她轻扯了下唇，"都过去了，以后我不会再让你离开我。"

她说完忽然想起了什么，伸手将随身带的包拿来，从最里面翻出一个东西，摊开展示在时忱面前。

是当年藏着时忱心意的紫色香包。

"你还留着啊？"

时忱恍然接过，有种时光倒流之感，仿佛又回到了他临走前的那晚，独自坐在窗边，盯着戚生生房间的方向，手里捏着香包，默默地坐了整整一晚。

"打开看看。"戚生生轻声说。

时忧顿了顿，小心翼翼地打开香包，里面掉出来一个折起来的纸条，他似有预感，抬眸看向戚生生。

戚生生眨眨眼，示意他继续。

时忧眼睫轻颤，展开纸条，灯光下，上面清隽的小字十分清楚：

时忧。

这是个祈求姻缘的香包，只要把喜欢之人的名字放在里面，他也会喜欢你。

"我喜欢你，时忧。"

这句话，他等得实在太久了。

不过现在也不迟。

两人没有耽搁太久，天一亮就启程去了白安。徐子豪在梧城的车借给时忧暂用，倒也省了不少事。

戚生生盯着窗外倒退的景色，不由得陷入过往的回忆中。白安是她一切痛苦的来源，也是承载着她所有童年回忆的地方，那里有戚望存在的痕迹。

细数起来，她已经快八年没有回来了。

她血缘上的亲奶奶，仿佛已经把她们母女俩忘了，不关心，也不打扰。

小时候的种种，似是如幻的泡沫，在戚望离开她们的时候，就已经破灭。

车下了高架，窗外的景色开始变换，记忆里白安独有的街景渐渐清晰。

时忧担忧地看了眼沉默不语的戚生生，问道："怎么突然想回来？"

戚生生回过神："有点事情想问清楚。"

她心中藏了多年，虽然有所预感，但仍想知晓的真相。

与其抱着不切实际的期盼和寄托，倒不如早点戳破面对，她已经过够了每年自己和戚望生日那天心里无限思念愁苦的日子了。

在京州墓园立个墓，也比傻傻地空等来得好。

"时忧。"戚生生轻声叫他，笑却不及眼底，"我有点害怕。"

"怕什么？"时忧伸手揉了揉她的头发，安抚道，"既然决定了要去做，就没什么好怕的，我会陪你。"

不知是不是时忧的话起了作用，戚生生心头那股莫名的不安稍稍平复，她淡淡"嗯"了一声，把攥着的手机点开，看着陈隽在昨晚发来的信息。

"生生，奶奶生病了，她打电话过来说想见见你，妈妈知道你不想回去，但我还是告诉你一声，你自己做决定。"

这也是让她彻底决定回去的原因。

叶凤琴竟然说要见她。

戚生生昨晚看到这条消息的时候难免有些恍惚。

从戚生生记事起，奶奶叶凤琴对她的态度就是不亲近，甚至有些冷漠，与对待戚梓涵的模样相比，简直是一个天上一个地上。

敏感的孩子最是能察觉到谁对自己饱含善意，也最愿意和喜欢他们的人亲近，所以戚生生自然对叶凤琴不熟络，一年也说不上几句话。

况且，叶凤琴极其忽视戚望，每次戚望去看她，她都没有好脸色。

如果说在戚生生面前叶凤琴还能装一装的话，那在戚望面前，她连掩饰都嫌多余。

想到这里，戚生生的眸子暗了下来，无声地叹了口气。

她永远都忘不掉戚望每次被叶凤琴的冷漠伤到的眼神。

白安不大，车子很快便驶进了熟悉的旧城区。听陈隽说这一片很快就要拆迁了，叶凤琴的老屋也在规划拆迁的名单中，最迟后年，这片区域将被夷为平地。

老城区街巷狭小，杂乱的电线在头顶盘旋，家家户户已经贴上了春联，门口还挂着风干的腊肠，放寒假的孩子成群在巷子口玩耍，明媚的阳光洒下来，年味颇重，

时忱将车在街边停好，牵着戚生生朝巷子里走，在路过一个岔口时，握着的那只手忽地动了动。

他下意识停下脚步回头瞧她，却见戚生生脸色苍白，死死盯着那个没有出口的死胡同，瞳仁漆黑，长睫颤抖，身体紧绷。

时忱顺着她的视线看过去，阴暗潮湿逼仄的死胡同除了堆放着一些杂物垃圾外，其余什么也没有。

瞬间，他想到了什么，连忙侧身挡在戚生生面前，抬手捂住她的耳朵，迫使她的注意力放在他的身上，垂下的眼里心疼满溢："别怕，我在呢。"

戚生生迟缓地抬起头，撞上时忱热烈鲜活的目光，慢慢回过神，不由得眼眶发热，不争气地抿了抿唇。

她本以为自己已经足够强大了，强大到和过去发生的不堪与伤害和解，可当她再次面对当年的场景，那些阴暗的痛苦的回忆还是如潮水般涌来，将她好不容易建筑起来的城墙轻而易举地冲刷倒塌。

很奇怪，受害者一辈子都难以从苦痛中真正解脱，而那些施暴者，却可以活得心安理得、理所当然。

这条死胡同，是当年林鸣拖着她进来的地方……戚生生盯着那个角落，明明已经过去了很久很久，久到她以为自己已经忘了，但刚刚只看了一眼，那晚的一切就像放电影的一样，清晰地出现在眼前。

她猛然意识到，自己何尝不是被困住的人呢？

戚生生的泪无声滚落，被时忧用拇指擦掉，他迫使她只看着自己，掌心的温度驱散了耳朵上的寒冷，渐渐蔓延到她的心口。

男人从小就很俊朗的轮廓在此时变得柔和温润，阳光穿透缠绕的电线，洒在他身上，整个人像是自带金光一般，似乎蕴藏着无穷的暖意和力量，照进戚生生的眼底。

她的恐惧和悲伤渐渐平息。

一想到时忧在她身边，她就什么都不怕了。

他就像一粒神明送给她的药，包治戚生生的所有苦痛。

时忧搂住她，两人远离了那片阴暗，他的声音低低传来："别看别想，你只用在意我就行了，其他的都不用放在心里。"

戚生生眼皮一颤，回搂住他的腰，抬眸看他。

时忧低下头，从这个视角看过去，戚生生像只受到惊吓，眼睛湿漉漉的小鹿。

时忧心头一软，嘴角翘起一个痞笑，懒散道："你的小心脏装下我一个人都够呛。"

戚生生盯着他的笑容，心湖波澜不止，她认真地点了点头："装得下，刚刚好，满满的。"

……

时忧眼梢微抬，周围安静了几秒，随即他低眉轻笑，胸腔都在颤动，戚生生听得耳朵发麻，这才反应过来自己刚刚说得有多直白。

但她没有撒谎。

早在连她自己都没意识到的时刻，时忧这个人已经将她的心装满了。

时忧止住笑，沉沉"嗯"了声，算是回应。

这个小插曲过后，两人牵着手走到戚家老屋门口。

老旧的朱红色木门上贴着崭新的春联，门虚掩着，可以从缝隙窥见院子里光景。

摆在厨房附近的旧花盆还是戚望当年搬来的，现在已经破败不堪，成了蜘蛛网的聚集地。戚生生淡淡看着它，里面以前似乎种的是月季。

戚生生站在门口，良久都没有推开，时忱也不催她，静静地陪在一旁。

不知过了多久，院里忽然传来一个声音，听起来像是正处于变声期的少年发出来的，粗粝哑涩，有点公鸭嗓。

"我出去玩会儿，别等我吃饭了！"

那个声音由远及近，很快便到达了门口。戚生生下意识地往后退了一步，门被从里面拉开，少年的脸突然出现。

在看到戚生生的刹那，少年抱住篮球猛地刹住车，惊讶地盯着她。

时忱抬手护住戚生生，不太友好地看了眼毛糙的少年，没有多说什么。

"姐姐？"戚梓涵不确定地叫了一声，咽了咽口水，"是生生姐姐吗？"

听到戚梓涵的这声姐姐，戚生生有片刻的恍惚，她眨了眨眼，连忙点头："是我，小涵，好久不见。"

她和戚梓涵也有好多年没见过了，难得他还记得自己。

印象里小豆丁一样的孩子如今长成了比她还高的青葱少年，戚生生上下打量他，脸上掩饰不住地高兴："长大了，以前才到姐姐腰这儿。"

戚梓涵继承了伯母的美貌，小时候就看得出是个帅哥坯子，青春期也十分清俊，但外向可爱的性格一点没变，他扔掉球直接上前一把抱住戚生生，高瘦的少年轻而易举地就圈住了她，激动道："生生姐姐我好想你啊，你都没来看我，我也没你的地址，想去找你都没办法。"

闻言，戚生生心里冒出愧疚，虽然她对戚家没有多少感情，但戚梓涵她是真的当亲弟弟看待的，他也是戚家对她最好的人。

"对不起啊小涵，是姐姐不好。"

两人紧紧相拥，一番姐友弟恭的场面。

时忱嗤笑一声，单手插兜，另一只手慢悠悠地扯过戚生生的胳膊，将人从戚梓涵的怀里扒拉出来，往自己怀里带。

戚梓涵像才注意到还有一个人在场一样，奇怪地看了时忱一眼，皱眉傲气地问："你是谁啊？"

时忱扯唇冷笑，没立刻回答他，只是耷拉着眼扫视着这个半大的毛头小子，一米九的气场不是盖的，硬生生把戚梓涵看毛了。

对峙片刻，时忱手臂搭在戚生生肩上，占有欲尽显，他微仰了仰下巴，眼神桀骜懒散："叫姐夫。"

戚梓涵愣了愣，立刻用询问的目光看向戚生生。得到肯定的点头后，他如遭雷劈一般呆立在原地，不可置信地盯着时忱。

这个语气拽得要死，还面露凶光和隐隐带着小人得志之感，看起来就不像个好人的男人，竟然是他姐夫？

"姐姐，咱去医院挂个眼科吧。"

时忧上翘的唇角一僵，拳头硬了。

第十四章 ●

因为是你，所以值得。

听出戚梓涵的弦外之意，戚生生立刻看了眼时忧的脸色。见男人瞬间铁青的脸，她摆了摆手，阻止戚梓涵的"找死"行为，好笑道："别瞎说。"

戚梓涵撇了撇嘴，还想继续缠着戚生生撒娇，但被时忧一把拦住。

"干吗？"少年眼带警惕地瞧他。

时忧抬起下巴朝地上的篮球扬了扬，漫不经心道："要去打球？"

"是又怎么样。"经过时忧的提醒，少年才想起自己和兄弟们的约定，他看了眼腕表上的时间，又抬眸看向戚生生，表情焦急一瞬，迟疑道，"姐姐，我待会儿有场篮球赛，你要不要去看看？"

"她不去。"没等戚生生开口，时忧已经先帮她拒绝了，他扶着戚生生的肩膀，将她往门里轻推了一把，眼睫低垂，带着淡淡的笑意，轻声道，"去做你的事吧。"

他又说："结束后别乱跑，打电话给我。"

戚生生微愣，听懂了时忧的意思。

这么久不见，以戚梓涵的性格一定会缠着她说个不停，那她回来要解决的事情就会被搁置。

戚生生看着身后逆着光的男人，乖巧地"嗯"了声，深吸口气，推开老屋的木门，走进这个她阔别已久的地方。

时忧弯腰捡起地上的篮球，一把扔进戚梓涵怀里，打算让这个年轻气盛不知天高地厚的毛头小子长长见识："篮球赛介意加我一个吗？"

戚梓涵嗤笑，少年仰头打量他，语气颇为不屑："你？你行吗你？"

时忧哂笑，没有说话。他垂眸慢条斯理地整理着袖口，身姿矜贵颀长，配上那张脸，十分惹眼。

一个成熟，一个青春，像标注人生的两个节点。

时忱看到戚梓涵就会想到自己在他这个年纪时的模样，是不是也如这般狂妄骄慢。

好像没差，自己就是这样。

甚至比戚梓涵还要傲一点。

怪不得戚生生当年在公交车上见到他的第一眼，吓成那样。

"你姐夫我打篮球的时候，你还在叼着奶嘴光着屁股到处哭呢。"时忱低笑，损起人来丝毫不客气，就算对方是他的小舅子。

戚梓涵奔拉着眼，从齿缝里"喊"了声，觉得这个莫名其妙多出来的姐夫吹牛。他转了两下篮球，转身朝巷子出口走，走了几步后才懒声道，"最好是，别待会儿说我们欺负老头。"

二十五岁的"老头"磨了磨牙，看在戚生生的面子上，忍住了想一脚踹过去的冲动。

老屋还是记忆里的模样，只是原本充满了繁茂葱绿的院子破败了不少。房门大开，大伯母正在客厅包饺子，听到门口的脚步声下意识抬头看来，视线与戚生生撞上，愣怔片刻才认出她。

"生生？"

戚生生抿唇："大伯母。"

大伯母擦掉手上的面粉，凑近彻底看清女生，眼神恍然："回来就好。你奶奶这两天还念叨你来着，说生生不知道现在长什么样了。"

她笑着，眼角皱纹明显："更漂亮了。"

已经快八年未见，大伯母变老了，也和蔼了许多，记得以前她看见他们一家三口都甚少交流，也极少亲切地叫她"生生"。

时光仿若一把无形的刀，将人的棱角和高傲慢慢消磨殆尽。

有时候也不是真的放下，只是算了而已。

"你妈呢？没跟你一块儿回来？"大伯母重又走到餐桌旁继续擀面皮，问道。

戚生生略有些拘谨，她把包放在沙发上，回头说："没有。我正好回梧城参加朋友的婚礼，听说奶奶生病了，就想着回来看看。"

提到叶凤琴生病这事，戚生生皱了皱眉："奶奶生的什么病啊？严重吗？"

大伯母叹了口气："阿尔茨海默症，也就是老年痴呆，已经有早期症状了，医生说需要家人经常陪伴，所以今年过年我们都早早回来了。"

阿尔茨海默症……

戚生生抬头看向二楼叶凤琴的房间，说不清心里是什么感觉。

"奶奶在睡觉吗？"她轻声问。

"没有，在屋里看电视呢。你去找她聊聊天吧，多说点以前的事给她听，她现在糊里糊涂的，经常分不清过去和现在。"

"……嗯。"

戚生生唇角紧抿，小心轻着步子踏上老旧的木质台阶，来到叶凤琴的门口。

房门虚掩，能听见里面传来电视机的声音，昏暗的走廊上静悄悄的，这点声响很清晰，戚生生感觉自己的心跳得有些快。

她是紧张的。

从小到大，她都不怎么敢和这位奶奶说话，更不知道该如何和对方相处。

戚生生没什么和长辈相处的经历。

她轻轻推开门，半个身子在门外，探头朝里看了看。

只见叶凤琴躺在床上，头发已经花白，消瘦不少，她眼睛半睁，模样昏昏欲睡，听到木门嘎吱的声响，慢吞吞地看过来。

看到戚生生的刹那，她蓦地瞪圆眼睛，表情有些难以置信，低声喃喃自语道："阿望……"

电视声音掩盖了这一声轻唤，戚生生没有听见，她拘谨地走进来，在离床有半米远的位置停下，迟疑地叫了声："奶奶。"

这声"奶奶"将叶凤琴的思绪拉了回来，她眨了眨干涩的眼，动作迟缓地戴上搁在脖子上的老花眼镜，看清了来人的长相。

一丝她自己都没有察觉的失望从眼底划过。

"你是……"叶凤琴声音低哑迟缓，仔细思索了一会儿才转过弯来，"生生？"

"是我，我是生生，我来看您了。"戚生生扯唇，让自己看上去不至于那么紧绷。

叶凤琴连忙指着床边的矮凳，道："快过来坐这儿，让我看看你。"

戚生生犹豫了两秒，但见叶凤琴此时虚弱年迈的模样，仿若带着一层可怜滤镜，她便不再扭怩，走过去坐下。

场面一时陷入沉默之中，这个位置，叶凤琴可以更方便地打量她，戚生生感受到落在自己身上的视线，不由得垂下眸子，模样乖巧又局促。

"你怎么长这么高？昨天你和你爸回来吃饭的时候，个头还不到他的腰来着。"叶凤琴忽然开口，语气里充满了疑惑，仿佛真的很困惑，"头发也长长了，之前明明扎起来就一小把，还没我拇指粗，头发黄黄的，没营养，我还让你妈别忘了给你冲芝麻糊喝。"

　　戚生生心跳一滞，恍然地抬头瞧她。

　　叶凤琴伸手摸了摸戚生生的长发，皱眉道："还瘦了好多，瞧着脸上都没肉了，昨天的炸肉圆都白吃了。你妈也不知道怎么带孩子的，瘦成这样。"

　　"漂亮了，比你妈还漂亮，从你生出来那天我就觉得你和你爸简直是一个模子刻出来的，大眼睛小鼻子，哪哪儿都一模一样。"

　　"哎，对了，你爸呢，没跟你一块儿回来啊？"

　　听到这句话，戚生生再也绷不住，心仿佛被人揪在一起，眼前泛起泪雾，视线模糊。她哽咽道："他不会回来了。"

　　"胡说。"叶凤琴满脸严肃地否定她，"你爸他昨天说了今天还来吃饭，他是最懂事的，绝对不会骗我。"

　　眼泪此刻像决堤的海啸，不停地滚落下来，那些压抑多年的悲伤汹涌地淹没她。

　　戚生生哭成了泪人，她不停地摇头，手紧紧抓着叶凤琴的袖子，哭得躬起了腰："他不会回来了，他再也不回来了，我再也看不到他了……"

　　她不停地重复着这几句话，不断地将心里掩藏的伤疤揭开，看着它流血刺痛。

　　叶凤琴看她哭，抬起发皱的手擦去她落下的泪，嘴上还是不信，但语气俨然已经开始慌乱："你这孩子别瞎说，你爸他肯定是出差了，很快就回来，他送我那月季我都不会养，他说过他会帮我照顾的。"

　　"他肯定会回来的，这孩子从小到大都说到做到，他答应我的！"

　　叶凤琴越说越激动，掀开被子就要下床："我去给他打电话，阿望这孩子肯定是生我气了，是我不好，我应该对他再好点的……"

　　戚生生抬起泪眼盯着她，语气染上质询的哭腔："所以为什么呢？为什么不在他还在的时候对他好点，您知道他有多渴望您的关注吗？您到底为什么啊？"

　　"为什么……为什么……"

　　叶凤琴仿佛陷入了慌乱迷茫之中，她赤脚站在那抱住头，满脸痛苦。她的记忆像团怎么也理不清的麻绳，缠绕在脑海里，一会儿蹦出戚望讨好的脸，一会儿又蹦出死去老头子冷漠的眼神，画面杂乱交缠，她怎么也想不起来为什么。

叶凤琴再也忍受不了那些纷乱的记忆，急躁地在原地怒吼。

动静吸引了楼下的大伯母，她推开门看见房间里的景象，知道老太太是犯病了，连忙拿过柜子上的药瓶，连骗带哄地把药喂了下去。

戚生生被叶凤琴发病的情形吓到，一时忘了哭泣，呆愣地跟着大伯母一起扶老太太上床，盖好被子后，被她拉出房间。

安静的走廊上，大伯母叹了口气，显然是习惯了。她拍了拍戚生生的肩膀："吓到了吧，没事，别有心理负担，吃了药睡一会儿就好了。"

戚生生脸色苍白，讷讷地点点头。等大伯母下去，她独自一人走进二楼的书房，瞧见里面没有变化的摆设，不由得一怔。

戚望的东西早在陈隽离开时就全带走了，戚生生本以为这间房迟早还会变成杂物间，可是没想到竟然保留了下来。

她缓慢地坐到床边，四周寂静无声，脑海里回荡着刚刚叶凤琴说的话，眼眶再一次湿润起来。

原来，叶凤琴心里也是在乎他们一家的。

戚生生独自在屋里坐了会儿，直到听到楼下大伯母叫她下去的声音。

戚生生眼皮微动，从房间里出来。

"你把这饺子端上去给你奶奶，她刚刚醒了，说要见你。"

大伯母把刚出锅热腾腾的饺子装进盘子递给戚生生。

戚生生接过："像刚刚那样的情形，经常发作吗？"

"嗯，越来越严重了。"大伯母解开围裙，叹了口气，"每次一发病记忆就会错乱，把现在当成从前，像是越活越过去了。"

怪不得会对她说出那些话。

仿佛在她眼中，戚生生还是小时候的模样。

戚望也还在。

戚生生眼神一暗，喉头苦涩，垂眸端着饺子走到二楼，轻轻敲了敲房门，安静了两秒，里面才传来叶凤琴低哑的声音。

"进来。"

戚生生心一紧，这个声音是记忆里叶凤琴冷漠的语调，让她下意识紧张。

"饺子好了。"

她再次推开门走进去。这次房间里很安静，电视已经被关掉了，叶凤琴坐在飘窗旁的那把藤椅上，戴着老花眼镜，阳光洒在她身上，花白的发丝泛着柔光，印象里不算慈爱的脸此刻也显出几分祥和。

叶凤琴听到女生小心克制的脚步声，缓慢地回过头瞧她，视线落在她那双圆润乌黑的眼上，心口一酸。

"饺子放这儿吧。"叶凤琴指了指面前的矮几，又朝她招招手，"坐过来。"

戚生生放下饺子，又坐在那个矮凳上，微微仰起头，静静看着眼前的老人。

叶凤琴也在看着她。阳光下，女生轮廓柔美，长发披散，棕色的瞳仁被光照得像两颗玻璃珠，小巧的鼻头微微泛红，看起来刚哭过。

这双眼，像只无辜可怜的小狗，和戚望小时候一模一样。

恍惚间，叶凤琴仿佛回到了她第一次见到戚望的那天，也是像今天这样的艳阳天，戚诚牵着一个七八岁的小男孩走到她面前，让男孩叫她"妈妈"。

戚望闻言小心翼翼地抬眼看向这位新妈妈，如小狗般湿润惊慌的眼神落在叶凤琴的眼底。男孩可爱的脸庞并没有让女人生出多少怜爱之感，因为只要想到他是自己丈夫和情人的孩子，那股滔天的憎恶，就足以让她忽视一切。

包括男孩在她面前的紧张害怕，还有提心吊胆，也包括男孩本不应该承受的迁怒。

戚望小小年纪就学会了察言观色，不敢提出一句请求，也不敢像其他这个年龄的孩子一样，扑进父母的怀里告状撒娇。

因为他知道自己的身份和地位，一个亲生母亲去世，寄养在别人家庭里的累赘。

他感恩叶凤琴的不计前嫌，舍弃了任何提出合理诉求的权利。

像株在风雨飘摇中仍旧坚韧生长的小树，吃不饱穿不暖，孤孤单单地长大，哪怕自己的心已经遍体鳞伤，也没有一句怨言。

回忆结束，画面定格在戚望最后一次来看她的那天，他带着哭腔的声音犹如在耳，叶凤琴顿时眼眶泛热，抬手摘掉了眼镜，长长地叹了口气。

"你妈跟你说了吗？"倔强了一辈子的老人第一次在戚生生面前红了眼眶，她眨了眨眼，想驱散湿润，却效果甚微，"关于你爸的事。"

戚生生眼睫颤动："我爸，他怎么了？"

闻言叶凤琴自嘲一笑："她竟然真的瞒了你这么久，一句都不说，她比我会当妈。"

气氛安静下来，饺子飘出阵阵白雾，模糊了视线，戚生生吸了吸鼻子，仿若鼓足了勇气，抬眸道："爸爸，是不是已经……"

"死"这个字，对于戚生生来说太过残忍，她没有办法这么直白坦率地说出口。

"对，他死了。"叶凤琴面无表情，皱巴巴的眼皮耷拉着，仿佛失去了所有生机，"早死了，就在他失踪的第二年。"

听到这句话，戚生生的脸色倏地苍白，心脏紧缩。她感觉自己有些喘不上气，想说话，可嗓子仿佛被什么东西堵着，憋得眼泪都流了下来。

多年来的猜想被证实，这滋味说不上来，但一点也不好。

失踪后的第二年，也就是她十三岁的时候，可是她明明在十五岁生日的那天还收到过戚望从西藏寄来的明信片，这说不通啊……

猛然间，戚生生想到了什么。

索松村的那家民宿有个时光胶囊信箱，可以寄时光明信片。

也就是说，戚望早就写好了未来要寄给她的生日贺卡，写上不同的年份，让民宿老板在她每年生日时寄出一封。

为了让戚生生认为他还活在这个世上。

没有注意到戚生生呆愣的反应，叶凤琴继续哑声说："部队体检，他检查出了胃癌，发现的时候已经是中晚期了，做手术也没什么希望，他不忍心你和你妈眼睁睁看着他死，就打算去一个遥远的地方自生自灭。"

戚望做完这个决定，连陈隽都没有说，只告诉了她。

叶凤琴一辈子也忘不了戚望来找她的那天。

印象里坚强寡言的戚望第一次在她面前展露出脆弱的一面，"扑通"一声跪倒在她面前，哭得像个孩子一样，撕心裂肺。

"妈，我要出趟远门，可能会很久都不能回来，阿隽和生生拜托您帮我多多照看一下。"

叶凤琴以为又是部队要他出差，手拿花铲松土的动作未变，不甚在意地点点头："知道了，你去吧。"

等了一会儿，注意到眼前的人还没离开，叶凤琴这才抬起眼皮看他，却见戚望满脸泪痕，那双乌黑的眼盛满了悲伤。

叶凤琴皱了皱眉，她是第一次见戚望哭，小时候不管被磋磨得多惨都没见这孩子哭过，不由得心头一顿："怎么了？哭什么？"

话音刚落，戚望就直直跪了下来，膝盖硬生生撞在水泥地上，没有一丝犹豫，声音落在耳朵里，震得人心颤。

"妈，我往后不能再孝敬您了，您要多保重自己的身体，这花实在养不了就扔了吧。"戚望咬紧后槽牙，想控制住哭腔，可是效果甚微，"阿隽性子软，不会说话，您别跟她多计较，生生还小，她一个人带孩子肯定很辛苦，您就当可怜我，帮我多照看她们母女俩。"

"这么多年，承蒙您的照顾。"

说罢，戚望双手伏地，深深给她磕个响头，随后站起来就要往外走。

"站住！"叶凤琴扔掉花铲，拍掉手上的土，叫住他，脸色难看，语气染上怒意，"莫名其妙说什么鬼话，你想干什么？要死了交代后事呢？啊？"

戚望背影孤寂颤抖，唇色苍白，听到叶凤琴的话再也绷不住，低吼出声："对，我是要死了。"

有风吹过，月季枯黄的叶子随之落下，静谧又哀婉。

叶凤琴心跳一顿，怔在原地。

"我检查出了胃癌，晚期，医生说没多少日子可以活了，我打算去个没人认识我的地方安静地死去，从小到大，我没有为自己活过，现在要死了，我想任性一把。"戚望嗓音压抑，眼泪无声滑落。

西藏是当年戚诚当兵驻扎的地方，他从小就经常听父亲讲述在西藏的故事，他想去看一看，也算了了一桩心愿。

"胡闹！"叶凤琴上前一把钳制住他的胳膊，满脸愤怒，"得病了就去医院，不管怎样都不能放弃。"

她摇了摇头，扯着他往外走："不行，走，我们去医院，不管花多少钱我们都要治，手术也成，多活一天是一天。"

她喃喃低语，像是魔怔了一般。

可戚望不动，站在原地，任叶凤琴怎么拉也不走。

"手术已经没有意义了，已经扩散了。"戚望平静道，"其实我早就不舒服了，但怕阿隽担心就一直没说，这次要不是部队里例行体检，我都没想去医院。"

叶凤琴闻言恨铁不成钢，拍打着他的胳膊，声音里有她也没有察觉的颤抖："不舒服就去医院这是常识！你拖着病就能好了？那医院都倒闭算了！"

戚望顿了顿，语气黯然："习惯了，反正我从小到大都是这么忍过来的。"

"……"

叶凤琴哑然。

他说得没错，从小到大，戚望几乎从不会对她喊痛撒娇，不是不想，是不敢。

就算是发烧到40℃都咬牙忍着，要不是被戚诚发现，他烧死了她都不会注意。

不知道为什么，听到戚望这句自暴自弃的话叶凤琴鼻尖一酸，心内戚戚然。

这个她曾经最厌恶的私生子，现在让她十分自责。

原来在不知不觉中，她已经把戚望当成自己的亲生儿子了，只是自尊心让她从不肯承认。

那天戚望离开得决绝，他祈求她不要告诉陈隽，更不要告诉生生。

对孩子来说，父亲的远行总比死亡更容易接受一点。

怨恨总比悲伤更容易释然。

叶凤琴语气平静地说完这一切，戚生生只觉得心好痛，比刀割还要难忍。

她难以想象戚望一个人孤独地死在西藏是什么感受，甚至连块碑都没有，像游荡在世上没有归处的游魂，可怜又可悲。

戚生生心疼。

心疼她的爸爸，心疼他这一生过得太苦，更心疼他本可以过得自私一点，但却选择了最辛苦的路。

叶凤琴衰老疲惫的声音停下，屋子里顿时安静下来，寂静无声中，是阳光都无法驱散的哀伤。

得到意料中的答案，戚生生心情沉重，仿佛有只无形的手扼制住了她的脖子。

那是亲人离世的悲痛和难过。

戚生生抬手胡乱抹掉泪，眼圈通红，整个人看起来憔悴异常。她淡淡地盯着叶凤琴，说出了心里藏了很久的话：

"爸爸他是真的把您当成亲生母亲看待的。"

叶凤琴毫无生机的眼尾微微一动。

戚生生眼里没有波澜，只静静盯着眼前的老人，宛若无声控诉。

"我听妈妈说过爸爸年轻时候的事，一个半大的孩子冬天只穿着件毫无御寒能力的单衣，在学校每顿一个馒头算好的，很瘦很瘦，但却笑得比谁都开朗阳光。"

"他善良正直，您对他做的一切，他从没有一句怨言，私底下连句重话都没有说过。每次部队里发点东西都先紧着您，您半夜摔倒，是他赶过去把您背到医院，他一直努力地做个称职的好儿子。"

戚生生说到这儿语气开始带上哭腔，把这么多年她所有的怨气发泄出来："可您呢？您对他做了什么？无视、嫌弃、可有可无，一次次伤害他，人的心怎么能这么狠呢？"

"大人犯的错，为什么要孩子来背？"

叶凤琴猛地一怔，垂着的眼渐渐被泪打湿，心揪起来一样疼，脑海中闪过无数戚望的笑脸。

还有他朗声喊她妈的场景。

随后又像抹破碎的泡影，慢慢消失在阳光下。

"阿望……"迟暮的老人盯着虚空，喃喃低语，仿佛在召唤着那个再也回不来的人。

对不起。

走出房间轻轻带上门，没有声响的走廊显得格外冷清。

戚生生木然站在门口，垂眸看向手里叶凤琴刚刚给她的照片。

年代久远的照片上，一身军装的戚望笑意盈盈地看着镜头，手里抱着一个刚满月不久的宝宝，宝宝的小手紧抓着父亲的衣领，懵懂地盯着前方。

阳光灿烂，二人沐浴在光里，像另一个时空发生的事。

连绵不断的泪砸在照片上，有几滴盖住了戚望的笑脸，像个放大镜，只把笑容放大。

戚生生连忙把泪擦干，将照片按在心口的位置，仰头注视着木质房梁，止不住地哽咽。

她抽搭着，在泪眼蒙眬里翘起唇角。

"爸爸，我带你回家。"

戚梓涵说的球场就在居民楼附近，少年宛如一条游鱼，在巷子里七拐八绕最后到达目的地。

时忧手插兜，抬起眼梢扫了眼这个篮球场，不禁低嗤一声："就这儿？"

这就是个被划出来的空地，周围是低矮的住宅，地面连线条都没有，要不是有个破旧不堪的篮球架摆那儿，是个人都不会觉得这是能打篮球的地儿。

戚梓涵自信一笑："只要是真正喜欢篮球的人，不管场地什么样他都能打。"

这话有点戳中时忱，他今天第一次赞同这个欠揍少年的话。

"说得不错。"时忱懒散道，接着把自己的毛呢外套脱掉搭在手臂上，只剩一件方便活动的黑色卫衣，"看来在对待篮球上，我们还算有点共识，小舅子。"

"谁是你小舅子。"戚梓涵把球扔给他，用了十成的力气，"我警告你，想过我这关就在篮球场上打过我，不然我是不会同意你和我姐在一块儿的。"

生生姐那么可爱一人，可不能随便被人拐走，除非这个叫时忱的比他还强。

"你同不同意很重要吗？"

时忱随意运了两下球，手感还不错。他已经快半个月没碰球了，今天正好活动活动。

"……"戚梓涵没想到他会这么说。

时忱抬眸直视他，脸上没有任何表情，眉眼锋利，额发漆黑，成熟男人的压迫感扑面而来。

"她是我的，她同意就行了。"

话语里的占有欲和亲昵把面前的少年击得咽了咽口水，直到时忱越过他走到篮筐底下，他才回过神，梗着脖子硬声说："十分钟，只要你进的球比我多，我就服你。"

两人来得有些早，戚梓涵朋友还没到，十分钟够他们分出胜负的。

时忱把外套扔在一边，慢条斯理地摘掉腕上名贵的手表塞进口袋，脊背微弯，看起来十分闲适自得。

十分钟，保证不让你进一个球。

"行。"

破败的篮球场上，一高一矮的两道身影互不相让。少年面庞稚嫩，但打起球来却很猛，反应也很迅速，跳跃的高度与时忱不相上下。

一开始散漫的心态逐渐消失，时忱认真起来。

男人把衣袖卷到手肘上，手臂肌肉线条流畅有力，骨节突出分明，背脊清瘦，奔跑起来像无虑的风，少年感十足。时忱抓着篮球奋力一跃，朝篮筐的方向抛去，戚梓涵立刻跳起阻拦，可就在指尖将要触碰到球的瞬间，失之交臂。

少年落地大口喘着气，汗水顺着睫毛滑落，他随意擦了把，目光怔然地盯着时忱。

才两分钟，这个男人已经进了两个球。

都是三分。

强得有些过分。

时忱撩了把额发，眉眼带笑："2比0！"

"得意什么，还没结束呢。"戚梓涵收敛表情，把球扔给他，"继续！"

接下来的时间，是时忱单方面的碾压。戚梓涵天赋不错，但缺乏系统的训练，心态也急躁，在时忱进到第八个球时明显开始慌了，防守出现了漏洞，被时忱带球越过，又是一个盖帽。

"啊！"

戚梓涵抓了把被汗濡湿的头发，浑身都在说着烦躁。

他掏出手表看了眼时间，勾唇道："十分钟到了，9比0，小舅子，你输了。"

"……"

戚梓涵一屁股坐在地上，脸上热气蒸腾，十分不服气地扬起头："我知道！不需要你提醒。"

瞧着少年挫败的脸，时忱挑了挑眉，走到他身旁坐下，把球递给他："你天赋不错，技术跟上，努力练习，有一天会超过我的。"

戚梓涵手搭在膝盖上，闻言抬眸看时忱，迟疑道："那等我变强之后还能找你比一场吗？"

"可以。"时忱看向远处的街道，阳光大好，他晒笑着眯了眯眼，"先叫声'姐夫'听听。"

"……"合着过来安慰他就为了这个。

戚梓涵忍住翻白眼的冲动，看清了这个男人的真面目。

就一披着人皮的老狗。

但……球打得确实不错。

想到这点，戚梓涵乐呵呵地叫了声："姐夫。"

这个年纪的少年最是慕强的时候，况且又是在他最爱的篮球上赢了他。

没一会儿就一口一个"姐夫"地叫了。

"哎，姐夫，你当年真的是校篮球队的队长啊？"

"这么厉害！那你怎么没走职业道路啊？"

"姐夫你教教我呗，就你刚刚那招转身过人，特帅！"

……

面对这个自来熟的小子，时忧无奈摇摇头，被迫又做了那个过人的动作。下午阳光格外刺眼，他教完戚梓涵就转身走进阴影里，想待会儿就回去找戚生生。

他耷拉着眼掏出口袋里的烟，叼一根在嘴里正要点上，目光却在低头的瞬间落在街对面正互相拉扯的两人身上。

空无一人的巷子口，一个身着大衣，形容邋遢的中年男人正弯腰扯住一个女孩的胳膊往巷子里带，女孩不停地挣扎，高高的马尾被扯松，哭得撕心裂肺。

下一秒，那男人一把捂住女孩的嘴，哭喊变成呜咽。他鬼祟地四处打量，没注意到街对面隐在暗处的时忧，走进巷子里。

时忧点烟的动作猛地一顿，眼前定格出中年男人的脸。

是他见过一次就再也忘不掉的脸。

一瞬间无尽的愤怒和戾气将他包围吞噬。

时忧黑眸深沉，一把扔掉烟，没有一丝犹豫，朝那条巷子奔过去。

他眼底浓黑翻滚，额发被迎面的风吹起，轮廓深刻硬朗，像头藏着无限怒意的狮子。

"哎！姐夫你去哪儿？等等我！"戚梓涵听到动静回过头，只见时忧跑向对面，他下意识就抛掉球跟了上去。

一进到巷子，阳光就被阻隔在外，阴暗和寒冷把人裹挟，林鸣拖着挣扎的姑娘走到死路的角落，利用废品垃圾挡住二人。

"别出声！"林鸣威胁道，露出一口恶心的黄牙，呼吸喷洒在女孩惊恐的脸上。

突然间，一个巨大的力道抓住了他的后衣领，将他往后一甩。林鸣整个人仰躺摔倒在地。

还没等他从晕乎中回过神，那人抓着他的前襟向上提，领口顿时收紧，接着脸颊边就被人重重砸了一拳。

眼前白了一瞬，他感觉自己的牙似乎被打掉了一颗，血沫顺着唇角冒出来，他猛咳几声，掉的那颗牙滚落在时忧脚边。

时忧面无表情地瞥了眼，眼底晦涩。他继续挥起拳头，从下面砸在林鸣的小腹上，没有一丝迟疑。

"啊啊啊！"

林鸣痛苦异常的嘶吼响彻在狭窄阴暗的小巷上空，他弓起身子，捂着被时忧击打的腹部，血沫从唇边滴到肮脏的地上，他想蹲下来缓缓，可眼前的男人力气极大，提着他的衣领迫使他直视双眼，脖子瞬间被勒紧，呼吸开始困难。

时忧沉着一张脸，本就偏冷硬的五官此刻显得更加阴郁，紧紧缠在林鸣身上，没给这个人渣一丝反应的机会，挥起了拳头。

就是这个人渣，把他的生生从光明拖进了黑暗深渊，让她本就如履薄冰的人生更加艰难。

这一拳，早在他当年知晓真相时就想砸上去的，可戚生生的短信叫醒了他。

时忧此刻像是魔怔了，眼圈通红。

林鸣奋力地想从地上爬起来，手在地上摸索。这个死胡同里到处都是生活垃圾，他摸到一根断了的椅子腿，像抓住救命稻草一般紧握在手心，接着大叫着砸向时忧的脑袋。

"嘭"的一声，椅子腿砸在时忧的前额，他闷哼一声，动作顿了顿，接着就感觉有股温热的液体顺着眼皮流了下来，滴在他的手背上。

时忧眼睫轻颤，跪倒在地上，抬手捂住流血的地方，视线开始模糊不清。

"姐夫！"

戚梓涵吓得愣在原地，几秒之后才回过神，连忙上前扶时忧站起来。

林鸣被打得鼻青脸肿，仰躺在地上，想跑可是浑身像撒了架一样，动一下都疼得撕心裂肺。

"姐夫，你没事吧？"戚梓涵到底年纪还小，见到这样的场面，脸色苍白，颤声问。

时忧喘着粗气，闭了闭眼，忍着脑袋上的疼痛咬牙道："报警。"

太阳逐渐西沉，天空逐渐染上橘红色。戚生生站在门口，她给时忧打了许多的电话，都是无人接听的状态，戚梓涵也没有回来，不知道两个人打个球怎么要这么久。

心里担忧不已，戚生生打算去后街的废弃篮球场那看看，脚刚迈出去一步，手机铃声却响了起来。

是个陌生的号码。

戚生生皱了皱眉，心头涌上一股不安，她接通电话："喂？"

"姐姐，是我，小涵。"

电话里传来戚梓涵焦急的声音，戚生生心一紧，连忙问："小涵，你们人呢，怎么还不回来？"

"我和姐夫在医院呢，你快过来吧。我们逮到一个猥亵女孩的变态，姐夫和他打起来还受了伤，流了好多血，警察在给我们录口供呢。"

听到戚梓涵这一番语气焦急信息量巨大的话，戚生生的心猛地一缩，只停留在了时忱受伤、流了好多血这个信息上，她脸色瞬间苍白，紧抓着手机，声音紧绷："伤哪儿了？严重吗？我现在就过去……"

"不严重，别听他瞎说。"

没等她说完，时忱就抢过戚梓涵的手机，低沉的嗓音透过听筒传来，带着极强的安全感："别担心，我没事。"

听到时忱的声音，戚生生像被人猛撞了一下心脏，眼眶泛热，鼻音浓重："你等我一会儿，我现在就过去。"

"我真没事儿。"时忱低低笑了下，安抚她，"你别来了，我们配合调查完就能回去了。"

林鸣也在这里躺着，他不想戚生生和林鸣碰上。

也不想让戚生生知道，他早已知晓她的过往。

"你别说话了。"戚生生闷声打断他，压根不信他说的话。

她跑出巷子来到马路边招手拦车，可现在正是假期，这边又是老街区，很少有出租车会过来，她等了半天都没有见到一辆车，打车软件上也没有接单的，顿时，焦急担心和后怕把她淹没。戚生生抱着手机蹲在街边，急得哽咽道："时忱，怎么办，我打不到车。"

听到她带着哭腔的声音，时忱心疼地哄道："乖，不哭，我真没事儿，有事我还能在这么正常地跟你说话吗？"

戚生生抽着鼻子，没有吭声，良久才低声说："等我。"

闻言，时忱轻轻叹了口气，忍着额头麻药过去后泛起的隐隐刺痛，瞪了眼擅自做主背着他打给戚生生的戚梓涵，说："别急，路上小心。"

等戚生生赶到的时候，天色已经完全陷入黑暗，戚梓涵站在门口迎接她。

"姐姐，姐夫真的太帅了！你是没看到，他把那个变态按在地上打，完全不带怵的，连棍子敲到他脑袋上，他都能跟个没事人一样站起来，我太佩服他了……"

戚梓涵边走边语气激动地描述当时的场景，没有察觉到戚生生越来越苍白的脸色。直到走到急诊病房，看到坐在床上的时忱，四周的一切仿佛消失了，只有二人对视的目光真实且热烈。

时忱唇上没有一丝血色，额头被纱布缠绕起来，右手也被裹成了粽子，下巴和脖子上还有不少划伤，看起来虚弱又可怜。

男人眸色漆黑，直直地盯着她看。

戚生生心尖一颤，心疼和愤怒涌上来，她快步走到时忧旁边，想伸手打他但又舍不得，只能红着眼说："你是不是有病？"

时忧知道自己这次太过冲动了，不由得轻扯了下唇角，用没有受伤的左手去钩她的手指，语气委屈："我错了，看在我轻微脑震荡的份上，原谅我吧。"

"你就不能先控制住他再等警察过来处理吗？"戚生生皱了皱鼻子，眼泪掉下来，落在二人相缠的手指上，"要是他再砸得重一点，或者砸的是你的后脑和太阳穴，再或者他带了刀，那你会……你要我怎么办？"

她越说越后怕，抓紧时忧的手，不敢说出那个"死"字，低下头抽噎起来。

她不敢往下想，就算只是听到时忧受伤的消息都能让她心疼成这样。

时忧喉结滚动，他耷拉着眼皮懒懒一笑，抬手按在她的发顶，宽厚温暖的掌心轻轻揉着，然后滑到她的脸颊，拇指去擦去她眼角的泪，柔声说："对不起，是我太冲动了，以后不会了。"

当年从童慧珊口中听到戚生生遭遇的事情时，他就想这么干了。

可现在，看见戚生生因为他受伤而哭泣的样子，他后怕了。

幸好，他还好好的，可以一直陪在她身边。

戚生生的视线落在他的下巴上，伤口正好盖住了他原本就有的小疤，她心疼地伸手碰了碰那处："疼不疼？"

其实已经不疼了，但时忧还是故意"嘶"了一声，眼梢下垂："疼。"

戚生生一开始的怒气已经被他这副可怜兮兮的模样给冲淡，她坐到他身边，想凑过去给他吹吹，但碍于这是公共场合，她脸皮还没那么厚。

但总有人脸皮是厚的。

时忧扬了扬下巴，把伤口展示给她，表情像是疼极了："好疼啊，你给我吹吹。"

一旁装透明人玩手机的戚梓涵听到这都忍不住翻了个白眼。

不知道是谁刚刚还跟没事人一样跟医生唠嗑。

那会儿怎么没见你喊疼。

戚生生不好意思地眨了眨眼，朝四周看了眼，夜晚的急诊室里安安静静，没人注意他们这边，自己本来就想这么干，时忧既然提了她也没理由拒绝。

"你别动。"

戚生生朝他的方向坐近了点，扶住他的肩膀，嘴巴凑过去停在他下巴的位置，轻轻吹了吹。

清凉舒缓的气流吹在伤口上，原本细微的疼痛得到缓解，时忧垂眼盯着戚生生精致卷翘的长睫，忍不住勾了勾唇角，低下头，用力亲了一下。

清晰明显的"啵啵"声响起，戚生生愣住，后背一僵。她感觉空气凝滞了，周围数道视线射过来，病房里甚至还有低低的笑声响起。

"……"

她耳尖泛红，挺起腰端坐好，窘迫地轻咳一声。

瞧见戚生生不好意思的样子，时忧自顾自笑了会儿，胸腔愉悦地震动："不疼了，我们生生真厉害。"

"烦死了你。"她没什么杀伤力地瞪他，低声道，"能不能严肃点？"

"行，我严肃。"说罢，时忧煞有介事地板正表情，"等回家再不正经。"

"……"

在点滴快要打完的时候，两位身着警服的警官走了进来，来到时忧床前，戚生生站起来，眉头紧锁。

她听戚梓涵说，时忧打的是骚扰女性的变态，让她不由得想起自己小时候遭遇的事，下意识想了解更多。

不等时忧开口阻止，为首的警官说道："时先生，嫌犯已经醒了，也供述了他的犯罪事实，那今天先先到这儿，后续还有什么事情我们会再联系你，到时麻烦你配合我们。"

见警察没有提到林鸣的信息，时忧松了口气，他点点头，说："好，没问题。"

两位警告正要转身离开，戚生生却叫住了他们："请问，那个女孩没事吧？"

警官笑了下："没事，没受伤，就受了点惊吓，已经回家了。"

戚生生长长地呼出口气，感激道："太好了，谢谢你们。"

两个警官看着很年轻，为首的闻言摆了摆手："这是我们应该做的。说起来，还真得谢谢你男朋友，要不是他看到及时出手，那女孩就遭殃了。"

另一个警官点点头，附和道："是啊，那个变态算惯犯了，我听队长提过，他以前还对自己的邻居下手，幸亏发现得及时，没发生什么大事。"

时忧心一顿，猛地抬眼看向戚生生，拳头倏然收紧。

听到警官闲聊似的谈话，戚生生眼睫颤动，愣怔在原地。

四周安静下来。

戚生生手心一片冰冷，她咽了咽干涩的喉咙，哑涩出声："请问，那个人，是不是叫……"

　　"林鸣"这个名字，她已经很多年没有提过了。

　　再次提起，她只觉得打心底涌上来一股反胃和害怕。

　　年轻警官疑惑地眨了眨眼："您认识他？"

　　"我们不认识。"

　　时忱冷硬的声音这时插进来，只见原本还半躺在病床上的男人，赤脚走下床，一把将戚生生扯到背后，沉声道："今天辛苦了，二位警官慢走。"

　　戚生生面色苍白，抬眸盯着眼前男人宽阔的脊背，想到了什么，心尖一颤。

　　警官走后不久，戚梓涵也被大伯母接回家，病房里再次归于安静。

　　时忱坐回床上，略有些心神不宁地看着坐在床边面无表情低头不说话的戚生生。

　　他本想一直烂在肚子里的，可戚生生不笨，根据刚刚几人的反应，她当然能联想到他今天这么不要命的原因。

　　沉默片刻，时忱慌乱地挠了挠后脑勺，一如少年时的模样，忍不住先开口："你跟我说说话，骂我也行，别不理我。"

　　"我没不理你。"戚生生声音平静，抬头看向他的双眼却是通红的，眼泪顺着脸庞往下掉。

　　时忱一愣，拉住她的手往自己的方向带，好笑道："哭包，今天都哭几回了，你不累我还心疼呢。"

　　"我就是在觉得自己很讨厌。"戚生生抽回手，随意抹了把眼泪，直直盯着他，鼻音浓重，"你每次打架都是因为我。你怎么这么傻呀。"

　　内心翻滚的情感最后只化作了这句嗔骂。

　　时忱知道她指的是什么事，眼梢带着笑意，捏了捏她的脸颊肉，轻声说："因为我乐意呀。我就乐意为你打架，看你因为我愧疚心疼的样子，那你就一辈子都放不下我了。"时忱笑得很好看，嘴角梨涡浮现，可爱又真挚，"况且，我也算实现我的愿望了，亲手揍那个浑蛋一顿给你出气。"

　　戚生生闻言眼泪再次滚了下来。

　　她想起当年事发后，陈隽领着她去讨要说法的那天，乱糟糟的人群之外，她宛如身处另一个世界，冷眼旁观着眼前慌乱的一切。

　　心里却在祈祷，要是爸爸在就好了，他一定帮她教训林鸣。

　　现在，时忱替她做到了。

"傻子。"

"在我这里，那个人的命和你相比，连比的资格都没有。"她哽咽着轻声说，"以后你别这样了，我真的很害怕。从小到大，我已经失去很多了，我不能再失去你了。"

"好。"时忧喉结滑动，声音低哑，伸手将人拉到自己怀里，下巴搁在女生的发顶，像哄孩子一样顺着戚生生的后背，"我们生生以后会得到很多很多，比失去的部分更多的爱。我会把我们失去的都慢慢补回来。"

"……嗯。"戚生生闷声道，环住男人的腰，脸埋进他的颈窝，传递着彼此的温度。

在这个夜朗星稀的晚上，她过往种种阴霾被这个抱着她的男人驱散抚慰，心里缺失的一角被名叫时忧的人用他的方式小心翼翼地填满。

面对爱情，曾几何时，少年的第一反应是胆怯，他逃避过、悔恨过，但多年后再次重逢，时忧知道，他这辈子都无法真正逃掉的。

有的人就像身上的文身，只不过不是烙印在皮肤上，戚生生是印在他心上的。

说是执念也罢，不甘心也罢。

他都认了，他的爱不需要过多解释，爱不是枷锁和教条，没那么条条框框的理由，公交车上的一瞥便是永恒。

爱是种天赋，也是神祇降临。

可遇不可求。

遇上了，是幸事。

所以时忧觉得，他一直都是个幸运的人。

因为这些突如其来的事情，两人在白安耽搁了不少时间，回到京州后离过年就只剩几天的时间了。时忧摘掉手上的纱布，上面的伤痕已经结痂，幸好没伤到骨头，不然戚生生又要哭了。

戚生生回来后第一时间就去了陈隽那儿，自从卖掉甜品店搬到京州后，陈隽没事干但又闲不下来，就做起了烘焙微商，生意还不错，每天都能售空，赚的甚至比以前开实体店更多。

"回来啦，怎么在那儿待那么久啊，你奶奶身体没事吧？"陈隽听到门口的动静，停下抹面的动作，迎上去笑问。

戚生生摇摇头："没事。"她迟疑片刻，从口袋里掏出叶凤琴给她的那张照片，抬眸看着陈隽已经爬上细纹的眼角，微笑道，"妈，我把爸爸带回来了。"

陈隽笑容一僵，视线落到照片上，眼眶渐红。

"你……说什么呢？"陈隽颤声问，到了这个时候，她还在履行着和戚望的承诺。

不让戚生生知晓父亲的死亡。

"妈妈，我都知道了。"戚生生哽咽道，"这么多年，辛苦你了，我们一起把爸爸接回来吧。过年了，我好想他。"

这句话像是打开了什么开关，让陈隽彻底把伪装的坚强撕碎。

她捂住脸，压抑的哭泣声在房子里回荡，戚生生过去抱住她，两人紧紧相拥，因为长久的思念，也因为终于放下的释然。

那天，陈隽第一次当着女儿的面从锁住的箱子里拿出戚望的遗照。

照片上，身着军装的男人看起来还是青葱的模样，眉眼和戚生生七分相似，一双黑眸很大很亮，笑容开朗明媚，比冬日的阳光还要温暖。

她伸出手，爱抚着照片上的男人，眼泪如注。

"阿望，对不起，让你一个人在黑暗里过了这么久。"

戚生生将戚望的照片挂在了她抬眼就能看见的地方，仿佛他从未走远，一直陪伴在她们母女身边，守护着她们，一如生前那般。

今年的春节，是戚生生过得最特别的一次。

因为她爱的人都在身边。

施映放弃度假从三亚飞回来陪她过节，戚生生也告诉了陈隽她和时忧的事，陈隽却并没有惊讶，一副早就知道的样子。

"你高中那会儿我就看出来了。"

"还记得你高三那会儿和小忧不说话之后，整天魂不守舍的。我就有预感了。"

戚生生不敢吭声。

姜还是老的辣。

陈隽想叫时忧晚上来家里吃饭，但童慧珊比她先一步行动，已经早早提出了让戚生生去时家吃饭的邀请。

瞧见女儿刻意掩饰紧张的模样，陈隽笑了笑："我记得你以前是不是有点怕她？"

"是。"戚生生老实道。

"那现在呢？"

"还是有点。"戚生生哭丧着脸，"我总觉得童阿姨不喜欢我。"

陈隽给她剥了个橘子，安抚道："她不是不喜欢你，是不喜欢我。"

戚生生接过橘子，掰下一瓣塞嘴里，含糊道："为什么啊？"

陈隽没想瞒她："小忧他爸年轻时候追过我。"

"咳⋯⋯"

听到这话，戚生生噎了一下，不可置信地看着她："不是吧⋯⋯"

这么狗血。

怪不得童阿姨总当她面说些带刺的话讽陈隽呢。

原来是前情敌关系。

"所以你不用怕她。她人不坏，热心着呢，对你也肯定是满意的，不然会把她唯一的宝贝儿子交给你？"

"交"这个字有待商榷，毕竟时忧的性子说一不二，他认准的事就是童慧珊也阻止不了。

戚生生叹了口气："但愿吧。"

时忧当天下午驱车来接戚生生去时家。戚生生带上准备好的礼物，坐上车，盯着他还未完全好的额头，皱眉道："怎么还没好啊？"

"伤筋动骨都要一百天呢，我这又是破皮又是流血的，恢复时间不得砍一半？"

时忧帮她把碎发整理好，从兜里拿出准备了很久的礼物，不好意思地轻咳一声，递过去："把它戴上。"

"什么东西？"戚生生好奇地盯着宝蓝色的绒盒，心念一动，不禁好笑道，"时小忧，你想干吗？"

时忧掀起眼皮看了她一眼，耳尖泛热，故作漫不经心道："我跟我妈说，我已经向你求婚了，你也答应我了。"

他边说边慢条斯理地打开绒盒，露出里面精致的钻戒。

"这次过去她要是看见你手上没有戒指，肯定会起疑的。"时忧抬眸，定定地瞧她，眼底带着希冀和紧张，语气却依旧懒散，"所以，你戴不戴？"

"⋯⋯"

瞧了眼盒子里一看就价值不菲的戒指，戚生生皱了皱眉，故意瞪他，嗔怒说："你不会打算就这么跟我求婚吧？时小忧，你能不能浪漫点？"

被她这么一说，时忧顿时就从脖子红到了耳后根，心里的小盘算被轻易戳破，他连忙道："不是，我，我只是想先把戒指给你，我⋯⋯"

"行了，别说了。"戚生生抬手阻止他，垂睫忍住笑意，平静道，"戒指我暂且收下。"

说罢，她拿起戒指轻轻套在自己的无名指上。

细长白皙的手指和钻石十分相配。

时忱看得心一动，试探道："你答应了？"

"没有啊。"戚生生眨眨眼，黑眸流转，嘴角翘起小小的弧度，可爱又无辜，"某人连个正式的求婚都没有，我这么快答应也太便宜他了。"

瞧着戚生生这副鬼灵精的模样，时忱清楚这是在故意逗他，不由得愉悦地扯唇低笑，把她戴着戒指的手捉住，认认真真地看了一遍又一遍，像是怎么也看不够似的。

戒指的尺寸是他趁着戚生生睡着偷偷测量的，她手指细，本来担心会不会买大了，没想到戴上去正正好好。

她的手也好小，和他相比跟小孩子一样，很轻松就能握牢，怎么也挣脱不掉。

见时忱看得入迷的样子，戚生生心头一软，反手握住他的手，柔声说："逗你的，我不在乎什么仪式，我相信你。"

时忱闻言扭头看她，四目相对，车里安静下来。

女生笑意盈盈，唇红齿白，眼里只有他一个人的倒影。

他此刻好想吻她。

他也这么做了。

时伍在时忱出国后不久就被借调到京州理工大学物理研究室工作，正好童慧珊所在的乐团也在京州，所以两人就决定举家搬到这里定居。

在地下停车场停好车，两人乘坐电梯上楼。

戚生生接着电梯门的反光将自己稍显凌乱的领口整理好，时忱看了眼，伸手把人扶正，四目相对。

他盯着戚生生重新涂好口红的唇，轻笑一声，抬手用指节蹭了蹭她还残留红痕的嘴角，笑道："这里还没擦干净。"

戚生生闻言对着电梯门用力擦了下："都怪你。"

"嗯，都怪我。"时忱顺着她的话说，但声音却带笑。

戚生生这才感觉自己刚刚那句话有多像在撒娇。

气氛陷入暧昧的安静。

她移开视线，低声问："你头上这伤，叔叔阿姨知道怎么弄的吗？"

"知道。"时忱手插兜，掀起眼皮懒声说，语气寻常，仿佛这一点也不是什么值得探讨的事儿。

戚生生垂下眼："他们就没说什么？"

"说了。"时忱哼笑，"夸我做得好来着。"

戚生生心一顿，抬头看他："做得好？"

时忱"嗯"了声，低下头迎上她的目光，眼梢上扬，笑得很好看："说我这个伤受得挺值的。还问我生生有没有被吓到，他们很想你，很想见见你。"

听到这话，戚生生眼眶一热，瘪了瘪嘴，忍不住扯了下唇角，脸上又是哭又是笑的。

虽然知道时忱是在哄她，但她还是被温暖到。

时忱打开密码锁，开门提示音响起，二人刚要进去就迎面撞上了正在换鞋的时伍，父子俩四目相对，还是时伍先反应过来，朝屋里喊道："两个孩子来了！"

"爸，您要去哪儿啊？"时忱牵着戚生生走进来，顺手关上门。

"看你们一直没到，想着下去等你们的。"

时伍越过时忱看向戚生生，脸上顿时展开慈爱的笑容，语气欣喜："生生来啦，一晃好多年没见了，长高了，叔叔都快认不出来了。"

听到时伍的声音，一种亲切的感觉从心中升腾。戚生生印象里儒雅挺拔的时叔叔如今黑发间已生出花白，背也不再挺直，但看向她的目光依旧温暖如初。

戚生生黑眸泛光，连忙叫他："时叔叔。"

"哎。"时伍笑着应了声，忽然一拍脑袋，从口袋里拿出一个厚实的红包，塞到戚生生手里，"叔叔给的红包，祝生生新年快乐。"

戚生生讷讷地盯着手里的红包，下意识地看向时忱。

时忱无辜地抬了抬眉，不说话。

"你看他干吗，这是叔叔给的，尽管拿去花。"

瞧戚生生这副看时忱眼色的样子，时伍皱了皱眉，瞪了眼时忱，还以为儿子私底下欺负人家，对着时忱冷声说："你看什么看，去厨房帮你妈打下手。"

时忱"哦"了声，临走前悄悄在戚生生胳膊上捏了把。

"谢谢叔叔。"戚生生弯起眉眼，将红包小心放好，把来之前准备的礼物递给时伍，"这是买给您和阿姨的。"

时伍正要说什么，童慧珊的声音在身后响起："生生来啦。"

戚生生顿时紧张起来："阿姨好。"

童慧珊依旧是记忆里美丽的模样，岁月没在她身上留下什么痕迹。

见女生瞬间拘谨的态度，童慧珊唇角一松，露出一个温和无奈的笑，她上前安抚性地揉了揉戚生生的臂膀，没有说什么客套的话，语气和缓道："饿了吧，饭还要等会儿才能好，先吃点零食垫垫肚子。"

说罢，她回头冲时忧说："厨房不需要你捣乱，陪生生玩去。"

这亲昵宛如家人一般的对话让戚生生鼻头一酸。

她感受到了前所未有的安心和熟悉。

仿佛他们一直就是一家人似的，没有生分和客套。

她想起多年前在白安，再次遇到林鸣的夜晚，是童慧珊救了她。

原来在不知不觉中，他们早就紧紧地联系在一起了，就算她没有和时忧在一起，她也相信，童慧珊和时伍会对她好。

时忧闻言无奈轻笑："妈，她都多大人了还要陪玩。"

童慧珊瞪了他一眼。

时忧回以一个散漫的笑，走到戚生生身边，自然地牵起她的手，朝他的房间走去："走，小朋友，哥哥带你玩去。"

这话说得戚生生有些不好意思，她掐了下时忧掌心，示意他别在长辈面前乱说。

时忧不以为意，把人轻松地拉到自己前面，半搂着她推开房间门，然后将门关上。

这还是戚生生第一次进男生的房间，和时忧自己房子的装修风格差别很大，房间的色彩很丰富，原木色的书柜，上面摆满了各式的书籍和漫画，墙上贴着戚生生不认识的篮球明星海报，床对面的墙上甚至还装着一个篮筐。

戚生生好奇地四处摸摸看看，连玩具柜里的手办摆件都不放过，一个一个问时忧叫什么，模样看起来真的很像过年来走亲戚的熊孩子。

时忧极具耐心，跟在她身后，仿佛一个尽职的导游，她问什么他就答什么，直到她走到书柜前，视线落在放在最上层用玻璃罩住的摆件上。

戚生生眼睫轻动，下意识抬起脚跟，看清了摆件的全貌。

是她被出价两百万拍走的陶艺作品。

原来买主是时忧啊。

时忧呼吸稍顿，有种被人当面戳破小心思的窘迫，他摸了把后颈，试图解释："这个是……"

"两百万。"戚生生回头打断他，眼圈红红的，"突然有点心疼了，好贵啊。早知道我就做得再好看点了，这样总感觉你是被我骗了，一点也不值。"

时忱目光微怔，伸手把人扯进怀里，低下头下巴搁在她肩上，歪头看她："我乐意被你骗。"

戚生生别过脸，与他的视线撞上，近距离间，两人呼吸纠缠在一起，她鼻音浓重："你还有多少事瞒着我？"

时忱挑眉想了想，漆黑的眼睛深邃如海，把人拖进属于他的世界里，骨节分明的手拨开戚生生的碎发，指尖从耳垂擦过，触碰着女生柔和的眉眼，慢慢顺着轮廓从鼻尖落在唇瓣上，哑声说："很多，我不告诉你，自己找。"

戚生生轻轻握住他的手，主动吻了他一下，很浅很轻的一个吻，似有若无，是爱抚也是撒娇。

"谢谢。"她说，"它能被你买下来，我真的很开心。"

时忱喉结滚动，盯着她的唇，继续追问："那它现在还值不值两百万了？"

"值。"戚生生举起戴着戒指的手，在他眼前晃了晃，翘起唇角，挑眉道，"也不看看是谁做的。"

"谁做的？"时忱瞧她这副可爱的模样，顺着她的话笑问。

"你未婚妻。"

面对他的故意装傻，戚生生也不怵，直白道。

"那确实很值。"时忱"啧"了声，配合地点点头，"毕竟是我老婆做的。"

……

行，未婚妻直接上升老婆，还是你敢说。

两人还在参观房间，童慧珊突然过来敲了敲门，说家里饮料没了让时忱去趟超市，戚生生也想跟着一起去的，可童慧珊不让，叫她只管好好等着开饭就好。

戚生生只好老实坐在时忱房间里等他回来。

她百无聊赖地翻了翻书柜上的漫画，想找本感兴趣的打发时间，时忱有全套的《灌篮高手》正版漫画，放在书架上最显眼的位置，她扫了眼，勾了勾唇，再次感受到时忱对篮球的热爱。

戚生生蹲下身子，想看看最底下一层有没有其他漫画，可看过去才发现最下面一层放的不是漫画。

而是一些零散的本子和相册。

她的目光在看见最里面的红色相册时顿了顿。

这个相册的颜色着实惹眼。

戚生生心生好奇，想着里面会不会有时忧小时候的照片，于是俯身把它从角落里拿了出来。

相册外面有个透明的保护壳，她小心拆开壳子，把相册拿出来，指腹摸了摸皮质的封皮，然后满怀期待地翻开。

预想中的儿童照没有出现，入眼的却是一个少女的背影。

戚生生怔住，一时忘了动作。

这个背影她太熟了，是高中时的她。

少女微微侧着脸，露出四分之一的轮廓，可以看到她上扬的嘴角，长发披散，发丝被风吹起，整个人沐浴在阳光里，宛如向阳而生的向日葵，漂亮又生动。

这张的背景是榆宿古镇，看来是那次时忧生日跑来找她的时候拍的。

戚生生眼前蓦地浮出水汽，她用力眨了下眼，继续往下翻。

每一页都是她的照片，只不过没有一张正面照，都是侧容和背影，每张都拍得很漂亮，摄影师仿佛很清楚怎么拍她才是最好看的，不管是笑的她，还是面无表情的她，每一张都像是事先仔细研究过角度和姿势才按下的快门。

戚生生越看越难过，直到翻到最后一页，上面贴的不再是照片，而是一张张熟悉的明信片。

戚生生心一颤，拿起其中一张。

明信片背面是南迦巴瓦峰日照金山的场景，和当年她从西藏寄出去的一模一样。

她翻过来，看清了上面属于自己笔迹的字。

时忧，考试顺利。

寄出时间是 2015 年 6 月 1 日。

这是她当年为时忧寄存的明信片，她自己都快忘了，没想到他一直小心珍藏着。

戚生生心酸难耐，胸口像被压了块大石，闷闷的。她长长地深吸一口气，翻开剩下的明信片。

寄出时间都是她生日的前几天。

从 2016 年到去年截止，一次都没落下。

内容都是祝她生日快乐的话语。

寄信人那栏写的时忧，收信人写的是她的名字。

而地址填的则是她在梧城之前住的出租房。

怪不得她从没有收到过。

她都没有告诉过他自己新家的地址。

时忧这个傻小子，总是别扭又热忱地爱着她。

即使面对的是永不会回信的未来。

他也从没有想过不喜欢她。

年一过，电影《怪异》的拍摄也正式提上日程。由于整部电影特效众多，所以百分之八十的戏份都是在棚内完成的，陈煦特意为时忧请来了国外最优秀的特效团队为后期保驾护航，时忧也不想辜负戚生生对漫改电影的期待，所以更加精益求精，从前期筹备到指导演员演技，所有环节都由他亲自把关，基本每天都泡在剧组里，非常辛苦。

时忧在圈内是出了名的对待工作严谨苛刻，私下里可以和他嬉笑打闹，但只要开始拍摄任务就必须时刻保持高度紧张，绝不能犯低级错误，不然就会遭到他的眼神直视。

但剧组众人最近发现，向来冷脸脾气躁的时导有了个致命的弱点，那就是只要戚小姐来探班，他就会立刻变了一个人。

程度就相当于狮子到金毛的差别。

那也是他们最放松的时刻。

戚生生时不时就会做些好吃的送过去慰问慰问他，时间一长，她慢慢就和剧组的人都熟悉了起来，大家见她过来偶尔还会打趣一番。

"嫂子来啦。"正在调试机器的林钰抬头瞧见戚生生笑道。

他们的打趣方式就是叫戚生生"嫂子"，时导表示对这个称呼非常满意。

戚生生笑了笑，将手里的饼干递给他："刚出炉的曲奇饼干，帮我分给我大家尝尝。"

"好嘞，谢谢嫂子！"林钰嘴甜道，接过盒子去分饼干了。

这会正是傍晚收工的时间，戚生生走到休息间门口，还没进去就听见了时忧和季梦歌说话的声音，两人正在商量明天的拍摄事宜。

戚生生没有打扰他们，倚在门边等了一会儿。直到谈话声结束，季梦歌从屋里出来，二人撞上，她挑眉笑道："生生，你什么时候来的？等久了吧？"

"刚来没多久，你们谈完了？"戚生生摇摇头。

季梦歌打趣地看了眼屋内："嗯，我先走了，不打扰你们二人世界。"

戚生生不好意思地笑了下，推门走进去。

时忱背对着她还在看剧本，注意力相当集中，似乎没有听到门口的动静，不算明亮的灯光打在他的侧脸上，硬朗清晰的轮廓映入戚生生的眼底，他戴着副细框眼镜，长睫低垂，精致的眉间微蹙，鼻梁挺翘，成熟男人认真工作时的魅力荷尔蒙扑面而来。

戚生生轻轻坐到他对面，撑着下巴，看得有些入迷，直到时忱眼皮微动，懒散地抬起眸，四目相对，她才回过神。

"好看吗？"时忱翘起唇角，一副得意的小表情。

戚生生手指轻敲了两下桌面，漫不经心道："还行吧。"

时忱眼梢上扬，搁在桌下的长腿往前一伸，猛地夹住戚生生细长纤弱的脚踝，让她挣脱不得。

"嘴上一点也不乖。"

戚生生下意识地"啊"了声，没什么杀伤力地瞪他："松开。"

"不松。"时忱抬手慢条斯理地摘掉眼镜，盯着她，漆黑眼眸深邃如墨。

戚生生别开视线，忍了一会儿才嗫嚅道："好看。"

时忱"嗯"了声，继续逗她："什么好看？"

戚生生抿了抿唇，夹住他作乱的腿，软声说："你，你最好看了，行了吧。"

时忱听到她羞恼的声音，忍不住低声笑了起来，胸腔颤动，嗓音低哑带着粗粝感，传进耳朵里痒痒的。戚生生没好气地抽回双腿，站起来就要走："我走了。"

"不行。"时忱笑着拉住她的手握紧，讨饶道，"我错了，不逗你了，别走。"

说完他伸手搂住戚生生的腰，把脸埋到她肚子上，亲昵地蹭了蹭，像只讨人喜爱的大狗狗。

戚生生抬手揉着他的头发："吃饭了吗？"

"吃了盒饭，不太饿。"时忱从她肚子上抬起头，从这个角度看过去，男人眼角下垂，更像只狗狗了。

他顿了顿，想到了什么，轻声说："我下周要回趟梧城，你跟我去吧。"

"回梧城干吗？"戚生生手上动作一顿。

时忱："我高中的班主任老李让我回今阳做个演讲，说我现在是知名校友，给高三的孩子们打打气。"

听到是这个理由，戚生生忍不住轻笑："那我必须跟着去看看，难以想象你在礼堂一本正经演讲的样子。"

时忱不服气："我当年可是经常站在那儿表演的。"

戚生生闻言目光微愣，脑海里浮现出那年元旦晚会时忱在台上拉小提琴的样子。

矜贵又不羁，两种矛盾的气质在他身上和谐共存，竟在不知不觉中深刻在她的记忆里，随便调取便能完整地呈现。

戚生生喉头干涩，良久才轻声道："你还拉小提琴吗？"

时忱松开她的腰，将人拉到自己怀里，圈着她拿起剧本翻看，闻言漫不经心道："偶尔会拿出来练一会儿，没办法，已经成习惯了。"

时忱看着她的眼睛，笑问："你问这个干什么？"

戚生生脸颊开始发烫，磕磕巴巴道："我还蛮喜欢你拉小提琴的样子的，很帅。"

时忱嘴角止不住地上翘，看起来心情很好："怯生生，你真的很难搞。"

戚生生茫然地眨了眨眼，不明白他的意思。

时忱放下剧本，掌心从她的衣角伸进去，贴上她腰间的皮肤。戚生生呼吸一滞，下意识小声阻止他："时导，注意点场合。"

时忱凑近她哑声说："我回去好好练习，以后只拉给你听好不好？"

戚生生露在空气里的皮肤红得不像样，听到这句似笑似哄的话，紧紧环住他的脖颈："这可是你说的。"

"嗯，我说的，以后只有你能听到我的琴声。"

初春时节，阳光大好，今阳校园内种植的樱花陆续绽放，粉白色的花朵像数团雾色的云，挂在树梢，风一吹便下起花雨，落在行人的肩头，代表着一整个春天的美好。

时忱一身黑色休闲服装，漆黑短俏的头发柔顺而下，原本凌厉张扬的人此时显得十分乖巧，极具少年感，站在学生堆里也不违和。

今阳礼堂里坐满了学生，经典的蓝白色校服，这么多年依旧没变，大家都在聚精会神地看着台上的男人，时不时被他幽默自如的话语逗笑，现场气氛非常好。

戚生生坐在台下，看着台上的时忱，目不转睛，眼中是自己都没有发现的欣赏和崇拜。

自从在一起之后，戚生生总能发现以前被她无意识忽略的事情。

她只知道时忱优秀，但从没想过他的优秀可以如此具体。

自信、强大、包容、幽默、温柔，他几乎占据了所有她能想到的褒义词汇。

戚生生哑然失笑，情人眼里出西施的戏码竟然也会出现在她身上。

但时忧就算没有她的滤镜加持，也依旧光芒万丈。

演讲结束，台下掌声如雷，时忧笑着鞠了一躬，直起身时朝着戚生生所在的方向看了一眼。

接收到他的目光，戚生生笑了笑，站起来走到门外等他出来。

礼堂外阳光刺眼，戚生生安静乖巧地站在礼堂出口，偶尔有夹杂着暖意的风吹过，将她的发丝扬起。女生轮廓柔和恬静，面容姣好，不少路过的男生被她吸引，不住地回头看她。

甚至有上前搭讪的。

"姐姐，你一个人在这儿干吗呢？"一个身材高挑、长相清秀的男生走过来，脸上挂着腼腆的笑容，见戚生生抬眸瞧他，不好意思地挠挠头，"没见过你，应该不是我们学校的老师吧。"

"不是。"戚生生笑着摇摇头，"我在等人呢。"

男生瞧着这个可爱的笑容，瞬间心跳得更快了，忍不住追问："你在等谁啊？我可不可以加你……"

"不可以。"

没等男生说完，一道强硬的嗓音从他身后传来，他下意识扭过头，只看到时忧宽阔的肩背。男人路过他，径直走到戚生生旁边，手亲昵地搭在她肩头，歪头扯唇散漫道："她在等我，演讲结束小同学你该回教室了。"

看清时忧的脸，男生目光微怔，认出他是刚刚在礼堂演讲的学长，立刻窘迫道："我，我走了，姐姐再见。"

说完就垂着脑袋跑远了。

戚生生看着男生落荒而逃的背影，不由得翘起唇角："看到他我就想到你上学那会儿的样子。"

时忧捏了捏她的脸，不爽道："我胆子哪有他大，搭讪张口就来。"

"也是。"戚生生颇为赞同地点点头，抬头瞧他，"挺高一人，也不知道胆子长哪儿了，喜欢就是说不出口。"

"……"

时忧轻咳一声，耳尖泛红，不再给自己挖坑，拉起戚生生的手就往外走。

"我和老李说过了，接下来也没我什么事了，咱们走吧。"

两人走到樱花道上，时忧忽地停下脚步，戚生生被迫也跟着停下："怎么了？"

时忱没有吭声，看着满地的樱花，低声说："当年你的成人礼，我是故意没有下去找你的。"

　　戚生生愣了愣："为什么？"

　　"我不敢去找你合影。"时忱转过身面对她，目光沉沉，"我当时很别扭地想，不和你合影，那就不会结束。"

　　"我怕那会儿是我和你最后的一张照片。我不想成为你人生的过客。"

　　听到这话，戚生生心一顿，反手握住他的手："没关系，我们现在拍也是一样的。"

　　说罢，不等时忱反应，戚生生拿出手机点开相机，叫住路过的同学，请她帮他们拍一张。

　　"笑一笑，别板着脸。"戚生生戳了戳他的腰，"把酒窝露出来，我喜欢看。"

　　时忱闻言唇角一松，无奈地垂眸扫了她一眼，接着伸手将人搂进怀里，在快门按下时扬起一个明媚恣意的笑容。

　　春日暖阳下，在他们度过了短促青春岁月的校园里，时忱终于和他朝思暮想了十年的小兔子，有了第一张正式的合照。

　　两人拍完合照准备离开学校，出了校园时忱掏出车钥匙径直走向停在门口的车，但下一秒却被戚生生扯住袖子，他下意识地停下脚步，回头询问似的瞧她。

　　戚生生不太明显地朝街对面的公交站看了眼，笑道："我想要你陪我坐公交车。"

　　时忱闻言挑了挑眉，越过她的发顶看向那个记忆里熟悉的公交站台，瞬间明白了戚生生的意思，他不由得哂笑一声："行啊，戚同学。"

　　一声"戚同学"，仿佛让时光回到了从前，两人约定好一起上下学的时光。

　　时隔多年，608 路线还在运行中，公交车已经换成了最新的能源车，一上去，崭新明亮又空荡荡的车厢让戚生生有些恍惚，总觉得一切都变了，但总也有没变的。

　　开车的师傅还是当年的那个。

　　时忱点开支付软件扫了两下公交码，师傅习惯性地看向上车的乘客，这一看只觉得上来的男生非常高，长相还极为眼熟。

　　这个念头让他眯起眼睛又仔细看了两眼，随后想起什么，嘴角漾出一个笑容："小同学，你和你小女朋友又来坐公交车啦。哎哟，我都好多年没见过你们了，没想到这么久了你俩还在一起呐。"

这句话一出时忱心跳一顿，抬头看向司机师傅，愣怔片刻笑道："是啊，我们……还在一起呢。"

他没想到司机还记得他们，更讶异于司机师傅对戚生生的称呼。

原来当年在旁人眼中，他们竟是这么亲密的关系。

时忱低睫轻笑，要是当年他勇敢一点，可能就不会蹉跎这么多年了。

"真好，结婚了吗？"

时忱下意识盯着往后排走的戚生生，笑得吊儿郎当："我还没求婚呢。"

师傅不赞同地皱了皱眉："你这孩子，谈了这么久的恋爱，得给人一个交代，不然人小姑娘会心寒的。"

时忱抿唇点点头，煞有介事："您说得对。"

戚生生正往里走，听到二人的对话，不由得抓住扶手停了下来，心头有些无奈与辛酸。

时忱结束和司机师傅的交谈，走过去牵起她的手走到最后一排靠窗的位置坐下，眼眸带着调笑："听见了？"

"听见了。"戚生生睨了他一眼。

"小姑娘心寒了吗？"时忱把玩着她的手指，故意拿司机的话逗她。

戚生生垂眸盯着自己无名指上的戒指，没有说话。

等了一会儿，没听到女生带笑的嗔骂，时忱疑惑地抬眸看过去，视线却撞上戚生生极为认真的目光。

认真到让人下意识屏住呼吸。

公交车走走停停，车厢轻微晃动，这个时间点鲜有乘客上车，窗外掠过的景色是二人过去看了无数次的，现在落在眼底却有种恍如隔世之感。

气氛安静下来。

时忱轻扯唇角，刚要说些什么缓和气氛，刚要开口就被戚生生打断。

"我怕你心寒。"她声音清凌，带着微不可察的笑意，"所以我得行动了。"

……

时忱一时间没反应过来她是什么意思，眼尾微扬，只盯着她看。

戚生生也不需要他有什么反应，说完就从包里拿出一个看起来很新的素描本，递到男人面前，晃了晃，示意他打开。

当看到素描本封面的刹那，被刻意压制在心底的记忆涌出。

时忱眸色一暗，眉间微蹙，胸口升腾起难言的郁结。

那次在奶茶店的画面疯狂地涌现出来，他不太想看见这个本子。

上面都是戚生生暗恋另一个人的证据。

"干吗？"他没好气地别开视线。

戚生生："打开看看。"

"不看。"

一米九的男人此时像个小孩一般，赌气地不肯施舍一点眼神，连手都揣进了口袋里。

戚生生哑然失笑，虽然不清楚他为什么这么排斥的原因，但她不会就这么错过这次机会。

"那我翻给你看。"

话音刚落，戚生生把素描本按在时忱的腿上，翻开了第一页，这时正好公交车在一处路口的红绿灯前停下，车厢静止，四周陷入沉默。

两人仿佛在无声地对峙。

不知过了多久，到底是时忱先败下阵来。

他叹了口气，低下头，不情不愿地扫了眼素描本。

本子上确实有用铅笔画的人像速写，但画的却不是预想中的那位。

"……"

戚生生一张一张地往后翻，那上面的每一页，画的都是他。

笑的他，面无表情的他，静的他，动的他。

一举一动，一颦一笑，每个线条都极有把握，仿佛已经练习过无数遍。

时忱心头一颤，眉头紧紧拧起来，眼前瞬间泛起一阵雾气，他用力眨了两下，别过脸，觉得自己被戚生生弄哭这事很矫情。

但又忍不住盯着素描本看，情绪复杂到爆炸，不敢抬头瞧她。

直到戚生生翻到了最后一页，一张和前面雪白纸张不同的画纸掉了出来。

时忱反应极快地伸手接住，指尖捏住边缘，轻轻展开。

因为时间久远而微微泛黄的纸张上画的是一个抱着篮球在篮筐前奋力跳跃的黑发少年。

他身后还画着条可爱的小尾巴，尾巴上的火焰被铅笔涂黑，看起来耀眼又热烈。

纸上的少年身材线条硬朗挺拔，侧脸轮廓和刚刚看到的相比，显得无比稚嫩，可以看出作画之人的水平。

这是和素描本上的他完全不是一个等级的笔触。

认真稚嫩又天马行空，但却饱含浓浓的心意。

时忧长睫轻颤，看到了右上角的落款时间。

2014年6月6日

是戚生生高考前一天，也是他在奶茶店看到素描本秘密的那天。

时忧的手握紧又松开，喉头哑涩难耐，心脏像被人攥在手里，狠狠揉搓，疼得他眼梢泛红。

"这是我迟了好多年没送出去的礼物。"戚生生抿了抿唇，哽咽道，"现在给你，不算太迟吧？"

时忧深吸口气，极轻地扯了下唇角，抬起眼盯着女生同样泛红的眼圈，喉结上下滚动，哑声说："不算。"

"只要你回头，我永远在原地等你。"

只要你愿意奔向我，无论多久多晚，都不算迟。

男人的声音像沉沉的提琴，很哑，却有安抚人心的力量。

"你已经二十五岁了。"戚生生耸了耸鼻子，眼泪滚了下来，她脱下手上的戒指，塞进时忧手里，瘪唇道，"已经超过法定的结婚年龄三年了，上次的求婚不算数，我要你再来一次。"

提到二十二岁，时忧就想到自己从前的怂样，不由得哂笑一声。

"在这儿？"他摩挲着戒指，"行吗？"

"我喜欢这里。"戚生生说，"其实每次下晚自习和你坐公交车回家，我都很开心。"

"……"

时忧心跳猛地一滞，随后无奈笑出声，再次感叹戚生生对他的威力。

"戚生生。"

他最爱的就是叫她的全名。

生生，生生……

生生不息，生生不止，仿佛蕴藏着无穷的生命力，给贫瘠的他带来渴望改变的力量与向往。

在黑暗中引领他找到微光的出口，并告诉他，迷路的时候，要记得还有一个人被他存在心底，从此他有了无法割舍的牵绊和执念。

他捧起戚生生的手，戒指停在指节。

"你愿意嫁给我吗？"

这句话时忧是笑着说的，可湿润的眼眶还是透露了他的心情。

幻想了多年的梦，终于成真了。

"我愿意。"

公交车晃晃悠悠地往前行进，他们的终点从前是那条昏暗的小巷，但现在，有彼此在的地方，就是家。

《怪异》上映当天，时忧给戚生生送了个意料之外的礼物。

"你请俞绘唱的主题曲？"

在电影结束字幕出现的时候，歌手清新空灵的声音响起，身为粉丝的戚生生一听就知道这是俞绘的声音。

"嗯，一直瞒着你，想在电影院给你个惊喜。"时忧嘴里含着薄荷糖，漫不经心地笑道，"喜欢吗？"

戚生生心头一顿，点点头："喜欢。"

她没想到只是自己上次无意间说过的话，时忧竟然还记得。

被时忧包场的影厅里，独属俞绘的歌声在四周回荡，与激昂热血的影片形成了鲜明的对比，但合起来却又十分相配。

戚生生盯着字幕，看着上面浮动的每一个工作人员的名字，他们都是促成这部电影出现的功臣。

当然，最让她开心的，是时忧拍了她的作品。

一曲结束，电影放映完毕。

两人手牵着手走出影厅，戚生生还沉浸在电影营造的氛围里，连时忧说话都没有注意到。

"嗯？"她眨眨眼，回过神，"你说什么？"

时忧无奈笑了笑，抬手将她的围巾系好，懒声说："我订了两张去西藏的火车票。你不是一直想再去一次吗？正好我接下来一段时间都没有工作安排。"

戚生生闻言愣了愣，想起之前在他房间发现的那些明信片。

她眼睫轻颤，揪住时忧腰间的衣服，把人拉近，抬眸低声说："那你能陪我去南迦巴瓦峰吗？我上次去没有看到日照金山。"

明显在听到"南迦巴瓦峰"这几个字样，时忧眼皮微微上抬，略有些不自然地轻咳一声，随后扯唇说："好，我陪你去。"

从京州开往西藏的火车上很多都是些内心追求自由信仰的游客，大家来自天南地北，说着不同的方言，却都很热情开朗，没有身处都市里的防备和距离感，畅谈和帮助不需要任何的托词。

这也是戚生生最喜欢坐火车去旅游的原因。

比起安静的飞机，她更喜欢嘈杂但充满人情味的火车。

冬季算西藏旅游的淡季，两人打算直接在那过年，等初六再回京州。

一路上虽然辛苦，但窗外的美景和同行的游客，让这段时间过得十分惹人流连。

到达拉萨站的时候，时间已经是晚上了，但天色依旧明亮，让人产生还是白日的错觉。

和上次一样，戚生生又高反了，来拉萨的第一晚不得不在医院吸氧度过。

在市区休整了两日，时忱才敢租车带她前往林芝。

到达松索村后，订的民宿就是她和施映之前住的那家。

戚生生看着眼前熟悉的招牌，不一会儿民宿的男老板便从门口出来迎接他俩。

老板似乎已经忘了戚生生，视线径直越过她，看向她身后一直没说话的时忱。

"夏天没等到你，我还以为你今年不会来了。"老板笑容憨实自然，带着熟稔，一副见到老熟人的表情。

时忱心虚地瞥了眼戚生生，随后握住老板的手，漫不经心道："工作太忙了，一直抽不出空。"

"来了就好，还是二楼拐角的房间，钥匙我放在门口的柜子上了，你知道的。"老板拍了拍时忱的肩膀，两人宛若老朋友一般寒暄了几句，接着老板像发现了新大陆，看向时忱牵着的戚生生，眼睛圆瞪，惊奇道，"小时，这位是？"

时忱不好意思地摸了摸后颈，将戚生生揽在怀里，介绍道："我未婚妻。"

戚生生笑了笑，主动说："您叫我小戚就好。"

老板眯了眯眼，一瞬间觉得戚生生有些面熟，但怎么也想不起来在哪儿见过。他没有纠结多久，思绪又放到了时忱二人身上，语气欣喜："小戚就是你一直惦记的姑娘？"

时忱的耳尖已经在不知不觉中变成血红，他不敢看戚生生，心头总有种被戳破隐秘心事的窘迫。

"对。"

戚生生疑惑地抬头看时忱，却被时忱按住脑袋往下压，心里明白了些什么，她不由得失笑出声。

听到戚生生压抑的笑声，时忱唇瓣紧抿，搁在背后的手偷偷掐了把女生的腰肉。

戚生生这次止住了笑意。

看得出来老板是由衷地替时忱高兴，直言今晚要在院子里组织一场烧烤局，到时候好好喝一场。

叙完旧，时忱默不作声地搬着行李走进房间，戚生生笑意盈盈地跟在他后面关上门。

放好行李，时忱转过身，撞上了对方带笑的视线。

四目相对间，他看到某个刚刚得知自己被惦记了很久的姑娘得意又可爱的小表情。

"笑什么呢？"时忱随手脱掉夹克外套，扔向她，挑眉僵硬道。

戚生生一把接过抱在怀里，嘴角抿笑，没有吭声，一步一步地向他逼近，直到把人逼到了床边，退无可退，只能坐下。

俯视一下子变成了仰视。

戚生生低下头凑近他，长睫扑闪，额前的碎发散落，扫过男人俊朗的轮廓，让人心头都跟着痒了起来。

呼吸纠缠间，时忱眸色逐渐变暗，却听到上方得意扬扬的小兔子开口道："你每年都会来吗？"

时忱伸手揽住戚生生的腰，把人抱坐在怀里，嗓音暗哑低沉，没有隐瞒："嗯，每年都来。"

戚生生盯着他，眸光闪动："来干什么？"

"来看日照金山。"时忱抵住她的额头，语气认真，"替你祈福。"

万丈金光从天而降照射在雪山之巅，这对地理位置、气候海拔等因素十分苛刻。

看到日照金山寓意着幸运。

他想把这份幸运送给戚生生。

祝她平安幸福。

"……"

戚生生心一颤，呼吸泛酸。

多年前，她从明信片上透过戚望的文字看到过日照金山。

多年后，她的小火龙，跨越山海，心里装着她，对着缥缈的山峰，许下让她平安幸福的愿望。

"在火车上，我终于想起了以前 QQ 号的密码，才看到我出国那天你给我发的信息。"时忱抚上戚生生的眉眼，哑声说，"对不起，没有回你，你那会儿是不是讨厌死我了？"

戚生生摇摇头，眼睛红红道："不讨厌，我永远都不会讨厌你。"

气氛安静下来，只有沉重的呼吸声此起彼伏。

时忱扯唇轻笑，鼻尖开始泛酸，嗓音低哑："谢谢。"

戚生生摸着他的头发，无奈笑道："不客气。"

晚上，民宿里的游客们和老板一起架起了篝火，边喝酒边聊天，喝到上头的时候甚至把客厅里的移动唱歌设备搬了出来，鬼哭狼嚎般不成调的曲子响彻夜空。

戚生生披着毛毯坐在篝火边取暖，手里捧着热茶，嘴角含笑，注视着和旁人侃侃而谈的时忱。

男人喝了不少，白皙的皮肤已然泛红，但黑眸依旧明亮，笑容开朗恣意，黑发随晚风飞舞，桀骜明媚的少年感扑面而来，一如记忆里那般。

除了身高和体形，时忱好像从来就没变过。

还是那个她印象里如烈阳般如火的少年。

戚生生看着他，目光是她自己都没有察觉到的喜欢。

仿佛看不腻一样。

像是感受到了什么，时忱寻过去，对上戚生生的视线，嘴角一松，露出个带着醉意的笑来，嘴角边酒窝浅浅，连眼下那个不太明显的小痣也变得十分可爱。

时忱摇摇晃晃地站起身，径直走到点歌台前，点了首歌。

前奏刚响起，戚生生就知道了他点了什么歌。

《她说》。

她最喜欢的一首歌。

当年中考结束的那天，时忱在 KTV 里唱过。

现在想想，少年当时应该就是唱给她听的。

时忱勾起唇，脸上有醉酒后的憨态，他幼稚地把话筒贴在下巴上，目光直勾勾的，光明正大地落在戚生生的身上。

没有一丝怯意。

"这首歌，我要唱给我喜欢的人。"被音响放大的声音，清晰地传到在场每个人的耳朵里。

当年他第一次唱这首歌时，他不敢说出来的话，现在都明目张胆地倾泻而出。

戚生生坐直身子，认真地注视着沐浴在灯光里的男人，眼眶渐渐泛热。

"戚生生，不管是从前还是未来，这首歌，我只会为你唱。"

赤忧直白的话语，击中了在场的所有人，大家揶揄地看向戚生生，发出起哄的怪叫。

戚生生没有说话，眼神炽热缱绻，只能看到时忧，心跳在这样一个繁星密布的夜晚，因为他，彻底失了节奏。

"她静悄悄地来过，她慢慢带走沉默，只是最后的承诺，还是没有带走了寂寞，我们爱的没有错，只是美丽的独秀，太折磨，她说无所谓，只要能在夜里翻来覆去的时候有寄托……"

只要能在夜里翻来覆去的时候有个寄托。

他们彼此就是对方的那个寄托。

从未变过。

番外 ●

念戚

从西藏回来之后，两人的婚礼计划也提上日程。

时忱没有给戚生生太多心理准备的时间，在他二十六岁生日的那天领着戚生生去民政局领了证。

两人从确认关系到结婚还不到一年的时间，连陈隽都说太快了。

快吗？

戚生生坐在摄影机面前，手被时忱紧攥掌心，男人似乎比她还紧张，握着她的力道很重。戚生生抬头瞧时忱，时忱整个人绷得像一张拉满的弓，面对摄影师无奈的宽慰都无济于事。

"新郎官，你不用紧张，自然点笑一笑就行。"

拍摄结婚证照片的摄影师每天拍过那么多对夫妻，这两个还是他目前为止遇到的男方最紧张的一对。

时忱耐着性子嘴角轻扯，摆出的笑容怎么看怎么别扭。

戚生生看在眼里，心里被甜蜜填满。

她反手捏了捏时忱的掌心，惹得男人侧头瞧她，眼里划过一丝委屈。

仿佛在说：我已经很努力了。

戚生生忍不住翘起唇角，抬手替他将衣领整理好，指尖往上捏住了他的耳垂，力道轻缓地揉捏着，用只有两个人能听到的语气说："放松点，我就在你身边呢，老公。"

这声软糯的"老公"落在时忱耳朵里，他一瞬间以为自己听错了，眼神一怔，随后心头泛起一阵酥麻和酸胀。

男人捉住她的手，放在唇边轻吻着，眼角洋溢着怎么也掩饰不住的喜欢。他直勾勾地盯着戚生生，突然觉得自己好幸福。

多年的执着与暗恋，总算得偿所愿了。

眼前的女生成了他的妻子，往后余生，他们都会在一起。

这么想着，他眨了眨湿润的眼，哼笑道："好，老婆。"

戚生生鼻尖一酸，对着摄影师小哥抱歉笑道："不好意思，我们继续吧。"

当快门按下的那一秒，戚生生想到陈隽问她的那个问题。

快吗？

一点也不。

她和时忱蹉跎了太久的时光，她不愿意也不舍得让她的少年再等她。

这次的成片效果很好，看着结婚证上两人头靠着头笑意温暖的模样，时忱立刻拍了张照片发到微博和朋友圈，将他的喜讯昭告天下。

当天，时忱导演结婚的新闻立时登上热搜第一，看着结婚照上颜值颇高的二人，网友无不感叹简直是绝配。

为了给自己老公一点面子，戚生生登上了半年都不一定发条动态的微博，特意转发了时忱的那条博文，算是盖章"宣示主权"。

之前的隐秘女友身份算是得到官方的认证。

戚生生的微博也沾了这位不懂低调的导演的光，涨了一大波粉丝。

后续婚礼的事宜时忱本想全揽下来，不让戚生生为这事费心，可是戚生生不同意："我也要参与婚礼的策划。"

时忱刚从浴室里出来，发丝还在滴着水，低头擦拭头发的时候背部肌肉蓬勃紧绷，可以看出其中隐藏的力量。

戚生生是的视线落在他背上留下的痕迹，不由得脸颊一热，移开了视线。

此时已是凌晨，两人闹了半宿，这才清理完要休息。

时忱闻言停下动作，走过去蹲在戚生生面前，便抬手轻抚她脖子上的红痕便调笑道："准备婚礼很烦的，到时候可别哭着跟我撒娇。"

戚生生前倾身子搂住他的脖子，用鼻头轻蹭他："放心吧时导，这是我们的婚礼，一生只有一次，我不想当个甩手掌柜。"

时忱被她这副娇气可爱的模样惹得身上又躁了起来，不由得托住她站了起来。戚生生心头一跳，下意识双腿锁住男人精瘦的腰。

呼吸痴缠间，时忱眼神晦暗，语气缱绻："好，我和你一起。"

"为了我们一生只有一次的婚礼。"

男人身上的肌肉很硬，紧紧勒着她，仿佛想和她融为一体。戚生生红着脸，把头埋进时忱的颈窝，发丝挠着他的脖颈，痒到了心头。

"我还不想睡。"

腻了一会儿，戚生生闷声道。

时忱隔着睡裙在她身上点火，眼波潋滟："澡又白洗了。"

戚生生紧紧搂着他："你明天忙吗？"

时忱懂她的小心思，不禁愉悦地笑出声，胸腔都在震动，顺着她的话说："不忙，通宵也可以。"

小心思被戳破，戚生生也不羞恼，继续闷声道："那我们要个孩子吧？"

这句话仿佛一个引爆氛围的炸弹，落在时忱的心间，泛起无数涟漪。

他只觉得自己的心和魂都被戚生生给勾去了，说出的话都带着颤音："确定？"

和戚生生的孩子对时忱来说从来都是恩赐，他从没想过用什么未来规划去阻拦孩子的到来。

他最怕的是戚生生害怕和后悔。

听说女人生孩子是从鬼门关走一趟，他比戚生生还要怕。

所以他从没在她面前提过这事。

连两人欢好都克制自己做好安全措施。

没想到现在戚生生现在主动提出来。

听出时忱语气里的小心翼翼，戚生生心口一窒，连忙点头："嗯，我想好了，我不怕。"

时忱已经把她放了下来，小心把耳朵贴在她的小腹上，眼睫轻颤，良久才哑声说："生生，其实我很早就在想我们孩子的名字了。"

戚生生轻抚抚他的头发，柔声问："说来听听？"

"女孩叫时念，男孩叫时期，思念的念，戚生生的戚。"

念戚。

戚生生心口酸胀，眼眶顿时红了。时忱抬眸与之对视，眼里的柔情和爱意比海还要深邃浓烈："好不好？"

戚生生此时整颗心都在抽痛，哪里还会拒绝他："好。"

彼此撞上的视线在此时变得暧昧缱绻，长夜漫漫，万家灯火中，蹉跎了多年时光的二人有了自己的家。

婚礼那天，戚生生是被时伍牵着走向的时忱。

代替戚望，以父亲的身份。

在时伍将她的手放在时忱掌心的刹那，眼泪如断了线的珠子滚落，做了那么多心理建设，她还是没有忍住在自己的婚礼哭成了泪人。

交换戒指的时候在哭，听时忱诉说爱意的时候在哭，新郎新娘接吻的时候唇都是颤的。

因为嫁给了她最爱的人，因为感受到了自己被好好地爱着。

时忱被她哭得也忍不住红了眼眶，一米九的男人抱着媳妇不撒手，直到晚宴敬酒的时候才被徐子豪和汪越拉走。

戚生生瞧着时忱一副不情愿的样子，手不自觉抚上小腹。

里面孕育着他俩的孩子。

那晚之后隔了两个月，她就发现自己的生理期已经很久没来了，去医院检查完，医生告知她和时忱，他们有了孩子。

这个新生命是他们爱的结晶，也是"念戚"的印证。

时间在幸福里过了四年。

时忱盯着霸占自己老婆的儿子，没好气道："时小期，去你自己房间睡。"

时期搂住戚生生的脖子，满脸委屈："妈妈，爸爸凶我。"

戚生生看着父子俩日常吃醋争宠，刚想笑，就对上了时忱浓暗的视线，不由得轻咳一声："宝贝，你有自己的房间，乖乖去睡觉。"

时期最听妈妈的话，闻言瘪了瘪小嘴，一脸不情愿地抱着玩具走了。

时忱满脸得意，转身搂住戚生生："儿子一点也不乖。"

戚生生睨了他一眼："随他爸。"

时忱顺着杆往上爬："我们把时小念也带回来吧。"

戚生生笑了："你怎么知道一定会是女儿？"

时忱吻上了她脖子，耍无赖道："就是知道。"

戚生生没什么作用的反抗声淹没在时忱的吻里。

这么多年，他一直没变，还是如年少时一般的霸道，还有爱她。

不过现在，变成了爱她和孩子。